方正飞腾版面编排与设计实例教程

崔建成　郭　清　主　编
舒　忠　洪　亮　副主编

内 容 提 要

本书以介绍方正飞腾排版软件为主线，详细介绍了书籍、期刊杂志、画册、说明书、报纸、月历、名片等出版物的版面特点及设计方法；将方正飞腾排版软件的知识讲解与实例制作相结合，以实例引出知识点，然后对知识点进行拓展，让读者在了解和掌握基础知识的前提下，充分掌握各个知识点的应用，最后通过版式设计的案例分析以拓宽读者的视野。

全书共分 10 章，其中第 1 章和第 2 章为基础知识，主要介绍了方正飞腾的特点及其排版的一般工作流程、工作环境的设置；第 3 ~ 9 章分别讲述了书籍版面、期刊杂志版面、画册版面、说明书及简介版面、报纸版面、月历版面、名片版面编排与设计的方法与技巧。从文字块的基本操作、图元和图像处理等基础内容讲起，逐步深入到高级美工、插件的应用等相关知识；第 10 章主要讲解文件的发排与输出以及印前设备色彩管理的基本过程。

本书适合想进入排版设计行业的人员使用，可作为本科与职业院校及各类培训机构的专业技术课程教材，也可供报社、杂志社、出版社以及广告公司等相关人员使用。

图书在版编目（CIP）数据

方正飞腾版面编排与设计实例教程 / 崔建成，郭清主编 .—北京：中国电力出版社，2009.1
ISBN 978-7-5083-7965-4

I. 方… Ⅱ. ①崔…②郭… Ⅲ. 排版 – 应用软件，方正飞腾 – 教材 Ⅳ. TS803.23

中国版本图书馆 CIP 数据核字（2008）第 178407 号

责任编辑：杜长清
责任校对：崔燕菊
责任印制：郭华清

书　　名：方正飞腾版面编排与设计实例教程
主　　编：崔建成　郭　清
出版发行：中国电力出版社
　　　　　地址：北京市三里河路 6 号　邮政编码：100044
　　　　　电话：（010）68362602　　传真：（010）68316497
印　　刷：北京丰源印刷厂
开本尺寸：185mm × 260mm　　印　张：20.25　　字　数：499 千字
书　　号：ISBN 978-7-5083-7965-4
版　　次：2009 年 1 月北京第 1 版
印　　次：2009 年 1 月第 1 次印刷
印　　数：0001—3000 册
定　　价：35.00 元

前　言

Preface

在众多中文排版软件层出不穷的今天，无论是在报社、出版社、杂志社、印刷厂还是广告公司都在不断寻找着适合自己的中文排版软件，目前方正飞腾 4.1（FIT4.1）以其专业版面设计的要求，适时地满足了创作和设计版面的需要。

飞腾排版系统作为方正桌面出版系统的重要组成部分，集中了方正在排版领域的优势和领先的技术，是目前出版印刷行业中使用广泛、功能最强大的排版软件之一。它主要应用于专业出版印刷领域以及办公自动化领域，它既可以排报纸，又可以排书籍、杂志、广告、DM 单等，是一个应用广泛的通用排版系统。

全书共分 10 章，全面介绍了方正飞腾 4.1 的功能与操作。

第 1 章“桌面排版从方正飞腾开始”，简要介绍了方正飞腾 4.1 的主要特点及其排版的一般工作流程和知识框架。

第 2 章“快速入门”，主要讲解了方正飞腾的操作界面、菜单栏和工作环境的设置，最后以一个简单报纸版面为例，介绍了飞腾排版软件的基本使用方法。

第 3 ～ 9 章分别以实例详细介绍了“书籍版面编排与设计”、“期刊杂志版面编排与设计”、“画册版面编排与设计”、“说明书及简介版面编排与设计”、“报纸版面编排与设计”、“月历版面编排与设计”、“名片版面编排与设计”的具体操作方法。

第 10 章介绍“打印和发排”知识，介绍了方正飞腾打印和发排参数的设置、文件的发排与输出的操作方法、印前设备色彩管理的基本过程。

本书所收集实例类型丰富、数量较多，所涉及的技术实用、高效，内容详尽、可操作性强。本书总结了笔者多年使用方正飞腾排版系统的一些经验，讲解了许多实用的技巧，并融入了作者多年的教学经验。在基础知识拓展部分，除深入讲解方正飞腾的知识点外，还对涉及的相关软件（如 CorelDRAW，Photoshop 等）中的部分功能以及印刷知识也进行了深入介绍。本书由青岛科技大学崔建成、郭清担任主编，舒忠、洪亮担任副主编，由于作者水平有限，加之时间仓促，书中疏漏和不足之处在所难免，恳请各位专家和读者不吝赐教，对于参与编写的李艳艳、周新、王滨、张桂卿等一线老师表示感谢。

特别声明：书中引用的有关作品及图片仅供教学分析使用，版权归原作者所有，由于获得渠道的原因，没有加以标注，恳请谅解并对其表示衷心感谢。

作　者

2008 年 10 月

目　录

Contents

前　言

第 1 章　桌面出版从方正飞腾开始　1

1.1　方正飞腾 4.1 简介 1
1.1.1　高品质 2
1.1.2　高效率 3
1.1.3　高稳定性 3
1.2　方正飞腾 4.1 的安装与卸载 4
1.2.1　系统配置 4
1.2.2　安装加密锁 4
1.2.3　安装注意事项 4
1.2.4　安装显示字库 5
1.2.5　安装飞腾 4.1 主程序 6
1.2.6　卸载飞腾 4.1 主程序 7
1.3　方正飞腾的一般工作流程 7
1.3.1　排版的设计与构思 7
1.3.2　资料的收集与整理 9
1.3.3　设计制作 9
1.3.4　输出 13
1.3.5　关闭文件 15
1.3.6　退出飞腾 15
1.4　方正飞腾的知识结构 15

第 2 章　方正飞腾快速入门　18

2.1　操作界面 18
2.2　菜单栏 18
2.2.1　文件菜单 19
2.2.2　编辑菜单 23
2.2.3　显示菜单 25
2.2.4　版面菜单 26
2.2.5　格式菜单 27
2.2.6　文字菜单 29

2.2.7 美工菜单 29
2.2.8 表格菜单 30
2.2.9 视窗菜单 31
2.3 环境量的分类 31
2.3.1 系统全局量 32
2.3.2 文件全局量 33
2.3.3 对象量 33
2.4 版面设置 34
2.5 设置选项 35
2.5.1 环境设置 35
2.5.2 字体设置 39
2.5.3 基线设置 42
2.5.4 长度单位 42
2.6 显示设置和相关工具 43
2.6.1 显示比例 43
2.6.2 尺子 45
2.6.3 工具条 45
2.7 排版规则与参数的设置 48
2.8 浮动窗口的设置 48
2.9 一个简单的排版实例 49
2.10 本章练习 55

第 3 章 书籍版面编排与设计 57

3.1 版式设计的原则 57
3.2 版式编排的基本能力 58
3.3 书籍版面编排与设计 58
3.3.1 书籍的组成 58
3.3.2 版面构成要素 59
3.3.3 开本 60
3.3.4 版心 60
3.4 书籍版面编排实例 61
3.5 基础知识拓展 68
3.5.1 文字块的生成与处理 68
3.5.2 文字的处理 72
3.5.3 主页操作 82
3.5.4 页面编辑 84
3.5.5 页码的修改和编辑 85
3.5.6 数学公式的处理 86
3.6 书籍版式设计精粹 91
3.7 本章练习 93

第4章 期刊杂志版面编排与设计 95

4.1 期刊杂志版面特性 95
4.2 期刊杂志版式设计的原则 96
4.3 期刊杂志版面编排实例 98
4.4 基础知识拓展 104
4.4.1 文字块的处理 104
4.4.2 文字的美工效果 109
4.4.3 定义并应用排版格式 117
4.4.4 图元的分类和生成 118
4.4.5 图元的基本编辑 122
4.4.6 图元的线型、花边和底纹设置 125
4.5 期刊杂志设计集萃 135
4.6 本章练习 136

第5章 画册版面编排与设计 138

5.1 画册特点的具体表现 138
5.2 画册版式设计的思路 139
5.3 画册版面编排实例 142
5.4 基础知识拓展 152
5.4.1 图像的排版 152
5.4.2 颜色的编辑 155
5.4.3 图像的处理 158
5.5 画册版面设计集萃 179
5.6 本章练习 180

第6章 说明书及宣传资料的版面编排与设计 181

6.1 宣传资料的版面编排与设计 181
6.2 说明书及宣传资料简介实例 182
6.3 基础知识拓展 188
6.3.1 新建表格 188
6.3.2 修改表格 190
6.3.3 表格中的文字操作 192
6.3.4 单元格的操作 194
6.3.5 表格的行、列操作 201
6.3.6 表格块的操作 204
6.4 说明书及宣传资料的版面编排集锦 210
6.5 本章练习 212

第 7 章　报纸版面编排与设计　213

7.1　报纸的版面设计主要表现 213
7.1.1　标题的处理 214
7.1.2　正文的处理 214
7.1.3　图片的使用 217
7.2　报纸版面编排实例 217
7.3　基础知识拓展 225
7.3.1　对象的基本操作 225
7.3.2　对象块的操作 231
7.3.3　飞腾排版中的图片特殊形状处理 235
7.3.4　拼版 241
7.4　报纸版面编排集锦 251
7.5　本章练习 253

第 8 章　月、台历版面编排与设计　254

8.1　点、线、面的关系 254
8.2　月历版面编排实例 255
8.3　基础知识拓展 263
8.3.1　软插件 263
8.3.2　素材窗口 263
8.3.3　素材插件的应用 266
8.3.4　层的概念及层次调整 266
8.3.5　使用库中自带的图形 269
8.4　月、台历版面编排集锦 270
8.5　本章练习 271

第 9 章　名片版面编排与设计　273

9.1　名片的意义 273
9.2　名片的构成要素 274
9.3　名片的设计 274
9.4　名片版面编排实例 276
9.5　名片版面编排集锦 279
9.6　本章练习 281

››第 10 章　打印和发排　282

10.1　文件的打印 282
　10.1.1　激光打印机驱动程序的使用 282
　10.1.2　文件打印的操作方法 288
10.2　文件的发排 289
10.3　基础知识拓展 293
　10.3.1　打印和发排参数的设置 293
　10.3.2　印前设备色彩管理的基本过程 299
　10.3.3　一个简单的设备色彩管理方案的实现方法 300
10.4　本章练习 310

第 1 章

桌面出版从方正飞腾开始

桌面出版（Desktop Publishing，DTP），又称为桌上出版，是指通过电脑等电子手段进行报纸、书籍等纸张媒体编辑出版的总称。在桌面出版系统中，用户首先面临的问题是版面的制作。无论是报纸、杂志和书刊，还是平面广告，都需要处理文字、图形和图像等素材，并把这些素材安排在相应的版面内，这个版面制作过程主要由排版软件来完成。

飞腾排版系统作为方正桌面出版系统的重要组成部分，集中了方正在排版领域的优势和领先的技术，是目前出版印刷行业中使用广泛、功能强大的排版软件之一。它主要应用于专业出版印刷领域以及办公室自动化领域，它既可以排报纸，又可以排书籍、杂志、广告、DM单等，是一个应用广泛的通用排版系统。

1.1 方正飞腾 4.1 简介

在众多中文排版软件层出不穷的今天，无论是在报社、出版社、杂志社、印刷厂还是广告公司都在不断寻找着适合自己的中文排版软件，目前方正飞腾（简称飞腾）4.1（FIT4.1）以其专业版面设计的要求，适时地满足了创作和设计版面的需要。

方正飞腾 4.1（FIT4.1）是由北大方正自主开发生产的著名桌面排版（DTP）软件，它继承了方正维思（WITS）的优点，在中文文字处理上具备其他软件无法比拟的优势，同时具备处理图形、图像的强大能力。

它整合了全新的表格、GBK 字库、排版格式、对话框模板、插件机制等功能，保证彩色版面设计的高品质和高效率。飞腾 4.1 表格可以分页和分栏、设定表头、创建反表和阶梯表，以及灌文顺序多样化等，较 4.0 版本增加了 18 大功能，运行速度提高 20%，使用更加方便、高效。

方正飞腾 4.1 提供了丰富的画图工具和十多种线型。其中圆角矩形之圆角弧度可任意改变，还提供 100 种花边、273 种底纹和十多种颜色渐变方式。通过花边、底纹和渐变功能，可以画出各种图案，甚至可以形成立体的效果。这些强大功能为报纸、商业杂志等彩色出版提供很大便利，又符合国人习惯。

对于高质量的彩色出版作业，图像处理是必不可少的重要工作之一。方正飞腾 4.1 支持十多种图像格式，能对图像进行裁剪、黑白图上色、设置勾边和立体底纹等操作，并通过图像管理工具对版面中所有图片进行统一管理、控制，配合专色处理、屏幕校色、分色输出等彩色功能，确保彩色制作出版的高品质。

在 Windows 98、Windows 2000 和 Windows XP 上，方正飞腾 4.1 均可以运行，并充分利用系统资源提高软件系统的工作效率，同时，飞腾具备网络备份、自动存盘等功能，以保障系统运行更加稳定、可靠。

方正飞腾 4.1 易学好用，编排效果丰富，功能强大，具有丰富的字体、漂亮的彩色大样、所见即所得的交互界面，保证印刷效果的准确性，从而降低整个出版过程的成本。

方正飞腾 4.1 具备高品质、高效率和高稳定性的特点。

1.1.1 高品质

方正飞腾能很好地保证用户版面设计的品质，它在文字处理、版面设计等方面具有业内领先的优势，而且对图形、图像、表格等的处理功能也十分完备。

1. 领先的文字处理优势

飞腾 4.1 支持 GBK 编码解决方案，目前方正 GBK 字体已经达到 62 款，大大减少了补字量，以提高出版物的质量，它还支持第三方字体，扩展了用户的字体效果。

变体字、装饰字效果可以说是飞腾的一大特色，它对所有文字均可做立体、立体渐变、重影、勾边、粗细、空心、倾斜、旋转等变体效果；同时可给文字勾两层边，立体和勾边可选择先勾边、后勾边等变换效果；勾边的边框效果可选择是圆角、尖角、截角等；单个文字周围可加线、花边、底纹，单行和多行文字可加外框线或铺底纹，结合飞腾的沿线排版、花边和底纹，基本能满足编辑对文字效果的要求。

除此之外，飞腾 4.1 还满足了用户对文字的特殊需求，包括画通栏线、文字块换栏 / 分节、文字重叠、文字禁排、隐藏文字、显示补字内码、竖排字不转、纵向调整、重排文字、文字自动对齐、着重点、上下标字、段首大字、叠题、纵中横排、文字块渐变、文字转曲线、文字裁剪路径、对位排版等。

2. 图形处理功能

飞腾 4.1 能让用户轻松实现对矩形、圆角矩形、椭圆、菱形、直线、各种多边形和三次曲线的绘制，其中圆角矩形的圆角弧度可任意改变。

除了支持 10 种一般的线型外，飞腾还提供 100 种花边和 273 种底纹，结合飞腾 4.1 的单向、循环、法向渐变、素材插件、立体底纹等功能，就能够满足用户对图形处理的要求。

3. 图像处理

方正飞腾 4.1 能兼容 TIF（PC 和 MAC）、TIF（LZW）、EPS（PC 和 MAC）、EPS（DCS）、JPG、BMP、GIF、PCX、GRH、PIC 等各种图像格式，同时图像可有阳图、阴图、取代、取反等作用方式。

在兼容各种图像格式的基础上，配合方正飞腾的图像勾边、黑白图上色、图像裁剪以及专业的图像处理插件，飞腾 4.1 对于通常的图像处理都能满足。

4. 超强表格功能

方正飞腾 4.1 可以建立分页和分栏表格，能设定表头、创建反表和阶梯表以及灌文顺序多样化等。

在方正飞腾 4.1 表格的单元格中，可以设置底纹、线型、斜线等属性；利用 F/B 键可自由移动单元格间的内容；能根据需求设定表格自动涨大或表格内容自动缩小。

方正飞腾表格的行列操作十分方便，它能进行表格行列复制粘贴、平均分布、调整行高列宽、插入通栏行等操作。

同时最为突出的是，飞腾的表格在 4.1 版本中实现了智能化处理，它能够根据用户提供的表格小样以及表格的设置，自动添加表格自身的行和列。

可以设定单元格内容按照特殊符号对齐，可编排横竖多个方向的跨页表格，灌文顺序可由用户任意指定，用户可按照习惯顺序生成小样文件、灌入表格等。

5. 版面设计

为保证用户版面设计的品质，飞腾设计了许多辅助版面设计的功能，其中很多都是比较人性化的需求，例如，图文互斥、块锁定、查找未排完文字、辅助线、捕捉、区域内排版、各种渐变处理、文字裁剪勾边、镜像、专色处理和分色处理等。

同时，为推动用户业务的多样化，支持飞腾 4.1 的输出 PDF 插件、自动加注拼 / 注音插件、图像插件、地图插件、棋牌插件，能有效满足不同用户的需求。

1.1.2　高效率

一个完整的系统在满足用户各种功能需要的同时，必须提供各种手段，用于保证系统运行的高效率，飞腾 4.1 版本在 4.0 版本的基础上，对系统的各项功能进行了全面的优化，其软件运行速度提高达 20%。

排版格式、图像管理、库管理、一站式窗口是飞腾 4.1 提供的重要工具。排版格式窗口能将常用文字排版功能都可设定为排版格式，可自动读取版面上文字的排版格式，存储并修改成需要的排版格式，快速应用到其他文字对象上；图像管理能对文件中所使用的图像进行统一管理，包括图像格式、图像路径、颜色模型等信息，在图像管理窗口中可直接重设图像、更新图像、激活图像、移动图像；加上库管理、一站式窗口的使用，能有效提高排版的效率。

而且，飞腾 4.1 还提供了很多其他的功能用于提高排版的效率，例如，重排文字功能，当灌入小样到文字块后，若文字块对应的小样文件发生变化，飞腾 4.1 重排文字功能可自动更新相应文字块的内容。

除此之外，还有文字块中显示可排字数、版面状态提示、导入 / 导出环境量、自定义快捷键、对话框模板、旋转变倍工具等。

1.1.3　高稳定性

方正飞腾 4.1 提供了许多强有力的措施来保证用户使用过程中的稳定性和安全性。

方正飞腾 4.1 拥有自动存盘功能，它可设定文件自动存盘的时间间隔和存盘路径，同时保存飞腾文件功能实现网络备份文件，这样能有效避免用户在使用过程中由于各种外界因素导致的文件损坏和丢失。

方正飞腾 4.1 在发排 PS 文件时可自动收集图像数据，这样非常方便用户打包所有图片数据，并传输给输出部门，在输出 PS 文件时还可选输出 OK 文档，文档中记录了 PS 文件输出时需要的字体、图像、颜色等信息，可供输出部门参考。

方正飞腾配合方正世纪 RIP 的使用，可方便使用 AGFA、ECRM、SCREEN 等系列照排机，保证了用户输出菲林时的稳定性和可靠性。

1.2 方正飞腾 4.1 的安装与卸载

1.2.1 系统配置

在运行飞腾 4.1 中文版时，系统硬件、系统软件必须满足下面的最低要求。

（1）主机：Pentium Ⅱ以上 PC。

（2）内存：最低要求 64MB，建议用 256MB。

（3）显示器：MS-Windows 支持的所有显示器。

（4）操作系统：MS-Windows98/ME/NT/2000/2003/XP 中文版。

（5）所需空间：主程序及各组件安装大约需要 375MB 硬盘空间，飞腾运行时大约需要 150MB 的硬盘空间。

（6）输出系统：建议使用方正世纪 RIP2.1 或 PSPPRO2.0 及以上版本。

1.2.2 安装加密锁

从飞腾 4.1 专业版开始，采用 USB 加密狗加密。启动和运行飞腾时，机器上必须安装加密锁，否则，飞腾 4.1 专业版会弹出警告窗口，无法启动或进行正常操作。

1.2.3 安装注意事项

在安装方正飞腾 4.1 之前，首先要确认用户所购买的字体与数量，以确认如何安装与设置。最好重新启动计算机后再运行方正飞腾安装程序，运行安装程序之前，不要启动任何其他应用程序及打开任何不必要的窗口，包括杀毒软件。

图 1-1 所示为飞腾安装光盘自动播放程序的界面，可以由此选择并运行飞腾安装程序。

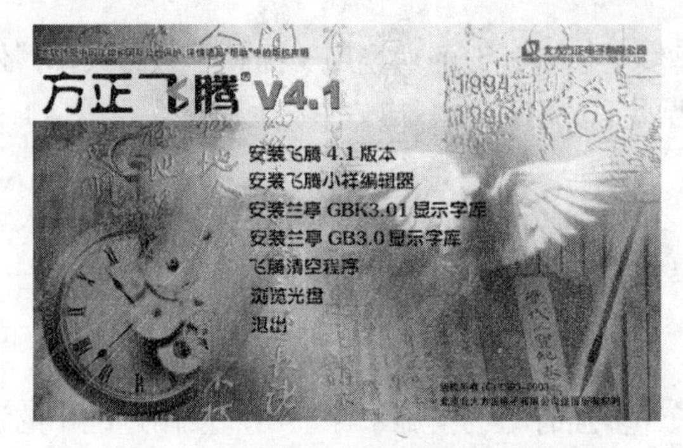

图 1-1　安装光盘自动播放程序的界面

1. 若用户已购买后端输出的 GBK 字库

（1）首先安装飞腾光盘上的兰亭 GBK3.01 显示字库（含 9 款 GBK 字，详见飞腾 4.0 说明书 11 页）。

（2）安装飞腾主程序。

（3）配置飞腾字体与基本参数。

不需要安装兰亭 GB3.0 显示字库。

2. 若用户未购买后端输出的 GBK 字库

（1）首先安装飞腾光盘上的兰亭 GBK3.01 显示字库。

（2）安装飞腾光盘上的兰亭 GB3.0 显示字库。

（3）安装飞腾主程序。

（4）配置飞腾字体与基本参数。

3. 若用户未购买后端输出的 GBK 字库，但希望以 GBK 字显示

（1）首先安装飞腾光盘上的兰亭 GBK3.01 显示字库（含 9 款 GBK 字）。

（2）安装单独购买的 GBK 兰亭字库（会覆盖已安装的 9 款字）/ 或安装书版 9.0（会自动安装附带 GBK 兰亭字库）。

（3）安装飞腾主程序。

（4）配置飞腾字体与基本参数。

4. 由低版本（3. x版）升级到飞腾 4.1

（1）首先卸载原先的低版本飞腾程序。

（2）手工删除由低版本飞腾所安装的兰亭字库（以 FZ、E- 开头）。

（3）重新启动计算机后，以上述步骤安装飞腾 4.1。

在飞腾 4.1 安装盘会提供一个“飞腾清空程序”协助低版本飞腾字体的卸载工作。

安装顺序绝对不可以错，必须先安装显示字库再装飞腾主程序。安装过程中若系统提示重新启动计算机，必须重启，决不可偷懒。建议安装字库后重新启动一下计算机再安装飞腾主程序。

1.2.4　安装显示字库

如果用户以前没有安装过飞腾软件，也没有安装过相应的字体，可以按以下的步骤安装。

（1）关闭其他的 Windows 应用程序。

（2）将飞腾 4.1 专业版的安装光盘放进光驱中，光盘会自动运行安装程序，如图 1-1 所示。

（3）单击“安装兰亭 GBK3.01 显示字库”，按照提示，单击“下一步”按钮，会弹出关于许可证协议条款的对话框，单击“是”按钮，弹出选择字体对话框，如图 1-2 所示。

（4）选择要安装的字体后，单击“下一步”按钮，飞腾即开始安装所需字体，安装完成后，会弹出对话框，让用户选择立即重启计算机还是稍候重启计算机。

（5）安装完 GBK3.01 显示字库后，接着安装 GB3.0 显示字库，安装步骤与安装 GBK3.01 的步骤类似。

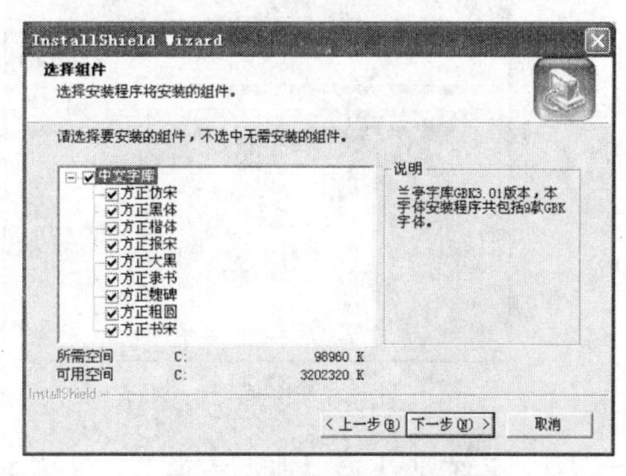

图 1-2　选择字体对话框

1.2.5 安装飞腾4.1主程序

飞腾 4.1 的安装程序是一个标准的 Windows 安装程序，只要按照安装程序所给的提示，单击“下一步”按钮即可将飞腾安装到计算机中，具体安装步骤如下：

（1）关闭其他 Windows 应用程序，以避免干扰。

（2）单击图 1-1 所示界面中的“安装飞腾 4.1 专业版”，或双击安装光盘中的 Fitsetup 文件夹中的 Setup.exe 文件，启动飞腾 4.1 安装向导，即可弹出如图 1-3 所示的提示对话框。

（3）由于已经安装了显示字库，所以直接单击“是”按钮，进入安装界面，并弹出“欢迎使用方正飞腾 4.1”对话框，如图 1-4 所示。

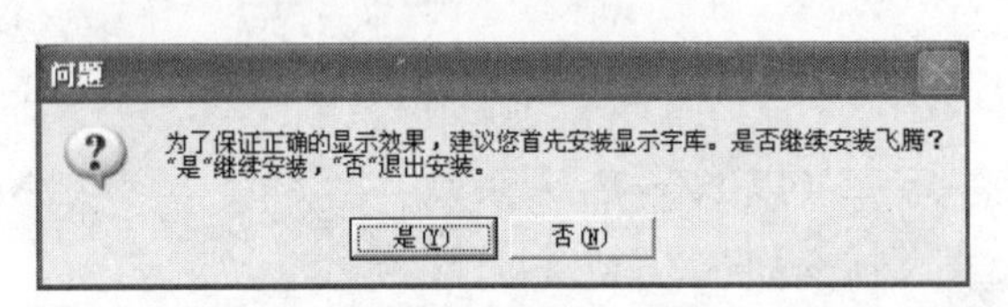

图 1-3　提示安装字体对话框

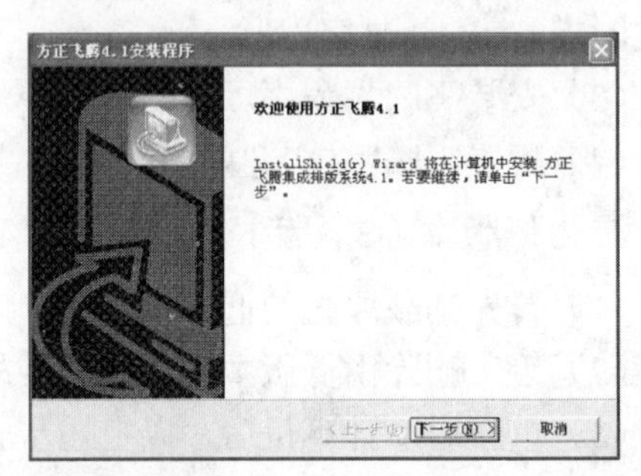

图 1-4　欢迎使用方正飞腾 4.1 对话框

（4）单击“下一步”按钮，弹出“许可证协议”对话框，询问用户是否接受“许可证协议”的所有条款，单击“是”按钮。

（5）弹出“选择目标路径”对话框，如图 1-5 所示，这里选择系统默认的安装路径。用户也可以单击“浏览”按钮自己设定安装路径。

（6）单击“下一步”按钮，继续执行安装程序，弹出如图 1-6 所示的“选择安装类型”对话框，在此可根据需要选择安装类型。

飞腾 4.1 安装程序提供了 3 种安装类型，用户可根据需要进行选择，具体操作步骤如下：

1）典型安装：安装除 PSB 显示模块外的其他所有组件，并自动设置系统的一些参数。

2）简洁安装：安装最简洁的飞腾排版系统。

3）自定义安装：根据用户需求进行有选择的安装。

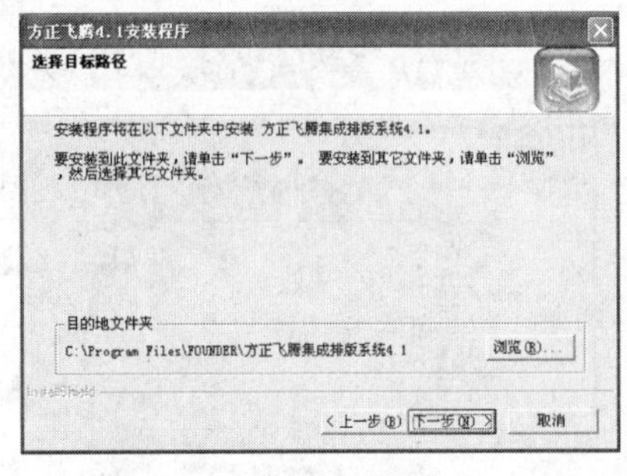

图 1-5　选择目标路径

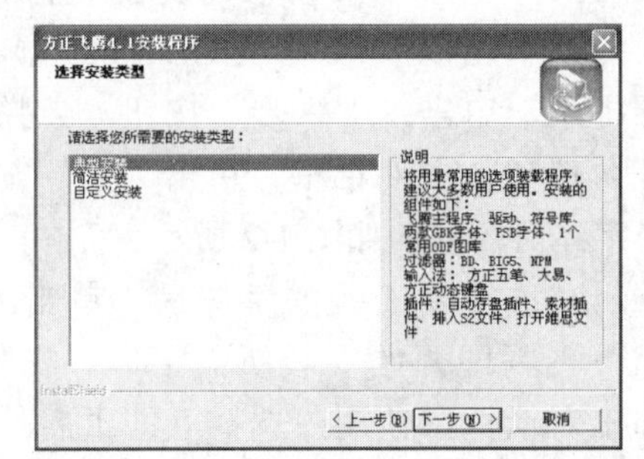

图 1-6　选择安装类型

（7）系统默认为“典型安装”，直接单击“下一步”按钮，继续执行安装程序即可。此时将出现“复制文件”指示条，显示安装进程，如图 1-7 所示。

（8）安装结束后，安装程序会提示重新启动计算机，如图 1-8 所示，选择“是”，立即重新启动计算机，并单击“完成”按钮，结束安装并重新启动计算机。

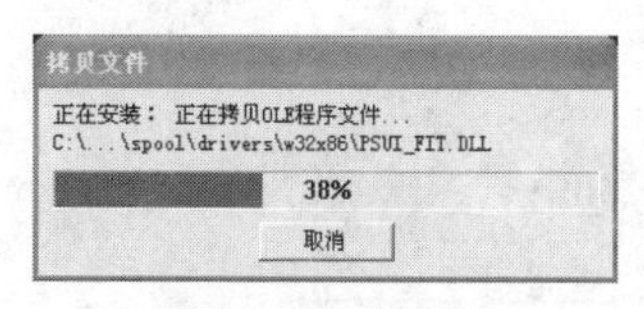

图 1-7　复制文件

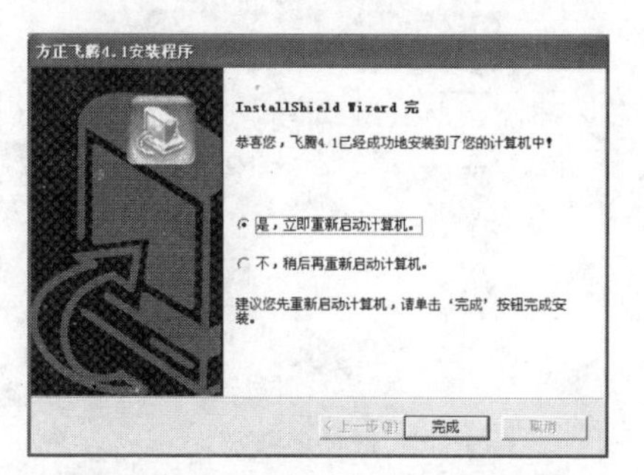

图 1-8　安装程序提示重启计算机

1.2.6　卸载飞腾4.1主程序

如果用户不想使用飞腾系统了，就可以从开始菜单中卸载它。在 Windows 的任务栏上选择“开始” | “程序” | “北大方正” | “方正飞腾 4.1” | “卸载飞腾 4.1”菜单就可以完成卸载。

1.3　方正飞腾的一般工作流程

通常情况下，在方正飞腾中进行排版设计工作一般要经过排版设计构思、资料收集与整理、设计制作和打印与出版等 4 个阶段，其流程如图 1-9 所示。

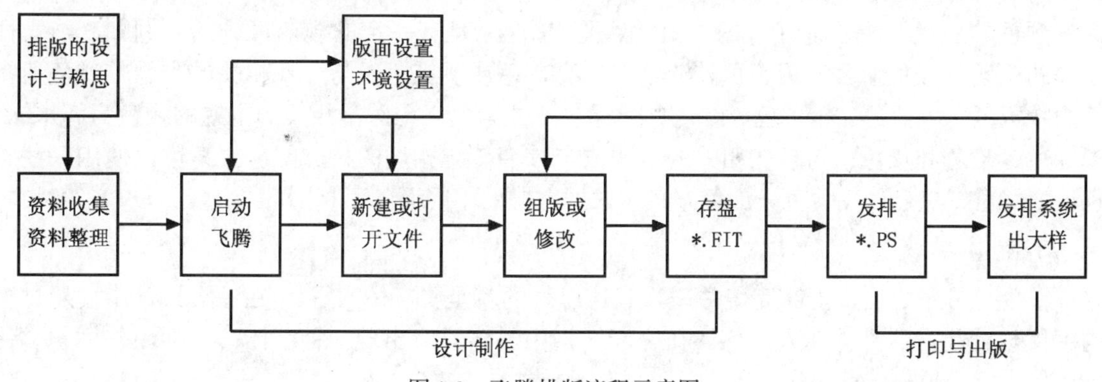

图 1-9　飞腾排版流程示意图

1.3.1　排版的设计与构思

方正飞腾的工作流程具有其自身的特性，这种特性主要体现在以下贯穿整个工作流程中的三个方面：版面结构、颜色和字体。如图 1-10 所示，为一份新闻报纸的部分版面，拥有丰富的色彩，基于网格的布局和简洁的印刷术，看上去非常清爽。

1. 版面结构

版面结构是指一种能够让浏览者清楚、容易地理解作品传达的信息的东西，是一种将不同介质上的不同元素巧妙排列的方式。

要建立一个优秀的结构，必须仔细学习观察身边的“结构”，如树、花、山、野兽、宠

图 1-10 Expresso (Portugal)

物、小孩等；经常翻翻各式各样的杂志、书本、宣传单、海报等，并尝试了解它们的版面是如何构成的。经过大量的观察，你会了解到什么是好的，什么是坏的。为了增强观察的效果，必须在大脑中将想要表达的元素和环境构成一张图，这将在设计中起到事半功倍的作用。

2. 配色方案

配色方案是升华一个版面结构的有力武器，如果仔细地使用颜色，很可能会收到意想不到的效果。 掌握配色方案的一个快捷方法就是在开始时可以使用市场上销售的色签书，它们为不同目的的主题提供了不同的配色方案。

颜色的选择取决于设计者的“视觉感受”，但还是有一定的规律可循的，例如，与女性相关的主题的颜色通常使用粉色、淡紫色、亮蓝色或桃红色；与儿童相关的主题的颜色通常使用暖黄色、天蓝色、橙黄色、红色、嫩绿色或亮紫色；与医学相关的主题的颜色为海水绿、翠绿色、暗色和灰色；与自然相关的主题或与社会传统相反的特殊配色方案可以使用一些暖色，如红色、黑色、亮黄色。配色方案应根据主题的不同而各不相同。

3. 字体

继配色方案之后，能够完美并适当表达思想的就是“字体”了。 在一个设计中使用过多的字体会看起来混乱并使人迷惑。在一套结构中最多只应出现 3 种字体：一种用作标题，一种用作小标，另外一种用作正文。

字体可以传达很多信息，例如，想表达“重量级冠军”就可以使用 Futura Black 或 Compacta 字体，因为这些字体本身看起来就很“重”；想表达“羽毛的摩擦”，那么就可以使用很轻的 Caxton Italic 字体来表达羽毛的效果。

总的来说，结构规划中最主要，也是最重要的部分就是“对齐”和“平衡”。必须很清楚文字、颜色和图片的份量，否则版面结构完成后看起来很不平衡。

版面由比较多的图片和少量文字组成在这种情况下，可以混合这些图片，使用抽象拼接，而剩余的地方可以用文字来填充。在刚开始的时候，必须决定版面究竟要突出什么，是文字还是图案，如果决定着重于图案，那么主要部分就应该用图案填充而文字就会占据相对小的版面。如果想突出文字，那么就使用大的字体作为题目，然后填入适当的辅助图案来完成的设计，从而达到视觉平衡。

1.3.2　资料的收集与整理

资料的收集与整理主要包括：文字稿件的录入、初校及修改、数字图像文件的获取及处理、图形的绘制等。

1. 文字稿件的录入、初校及修改

使用计算机所安装的操作系统就可以完成文字的录入，一般不需要使用专业的录入软件。例如，使用 Windows 98 或 Windows 2000 操作系统的写字板就可以完成文字的录入工作，也可以使用一些录入软件对文字进行录入，例如，使用 Word 办公软件也可以完成文字的录入。

对于所录入的文字在排版前最好先进行一次初校和修改，这样，可以大大减轻在排版后的修改工作量，从而提高排版效率。

2. 数字图像文件的获取及处理

图像文件获取目前主要有两种途径：一种是直接获得电子数字图像文件，另一种是将照片通过扫描仪的扫描获得。其中，直接获得电子数字图像文件的来源主要是通过卫星接收外地数字图像文件和通过数码相机拍摄的图像文件。

图像的处理主要是通过使用图像处理软件对获取的数字图像文件进行适合于印刷的处理，并将图像的模式转化成 CMYK 模式进行保存。

3. 图形的绘制

图形的绘制可以直接在排版软件中生成，通过图形功能可以画一些直线、圆、曲线等图元，也可以由其他图形软件生成，如 CorelDRAW，FreeHand 等。

1.3.3　设计制作

当进行正式的“设计制作”这个环节的时候，又有其特定的操作步骤。下面将通过一个包含基本图形、图像和文本的排版实例，带领读者快速进入飞腾世界，了解飞腾排版的基本流程。

1. 启动飞腾

安装飞腾 4.1 以后，会自动在“开始”菜单的“程序”下生成“方正飞腾 4.1”程序组，选择“方正飞腾 4.1”程序组下的“方正飞腾 4.1”命令，即可启动飞腾 4.1 开始工作，如图 1-11 所示，也可双击桌面上的“方正飞腾 4.1”快捷方式图标来启动。

可以同时启动多个飞腾，在两个飞腾中通过“复制”、“粘贴”命令交换数据，但要注意，此时将占用大量系统资源。

2. 建立新文件

新建排版文件时，要根据所排内容，设置相应的页面参数，如页面大小、排版方向、显示方式、页码类型等，建立新文件的具体步骤如下。

（1）双击桌面上的“方正飞腾 4.1”快捷方式图标，启动后弹出“版面设置”对话框，如图 1-12 所示。

图 1-11　启动飞腾 4.1

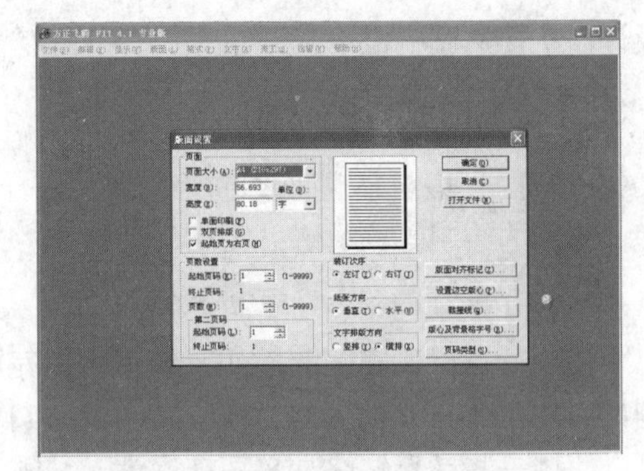

图 1-12　启动飞腾 4.1 后的界面

（2）“版面设置”对话框用于设置要建立的文件的页面大小、排版方式、页数等。首先要设置一个自定义大小的页面，设置页面宽度为 100mm，高度为 60mm，如图 1-13 所示。

（3）单击“设置边空版心”按钮，弹出“设置边空版心”对话框，修改“页边空”的各项值都为 0（默认的边空值是按图书设置的），如图 1-14 所示。

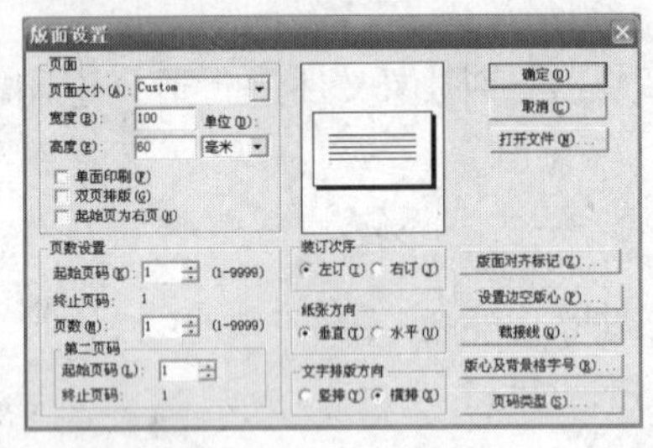

图 1-13　设置版面大小

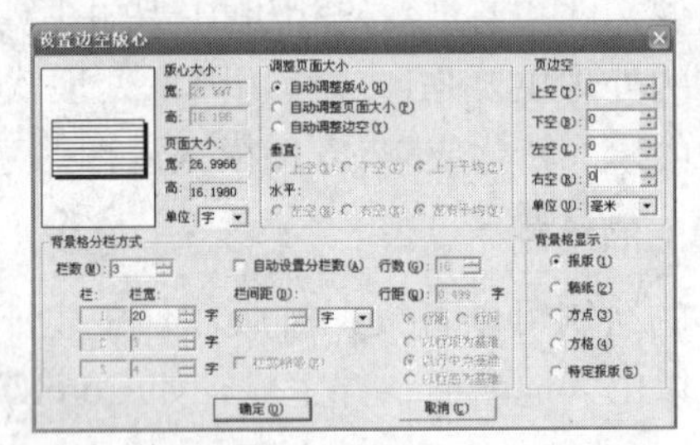

图 1-14　设置“页边空”

（4）单击“确定”按钮，返回“版面设置”对话框，再单击“确定”按钮，进入飞腾 4.1 的操作界面，如图 1-15 所示。飞腾 4.1 有着非常直观的操作界面和方便的工具按钮。

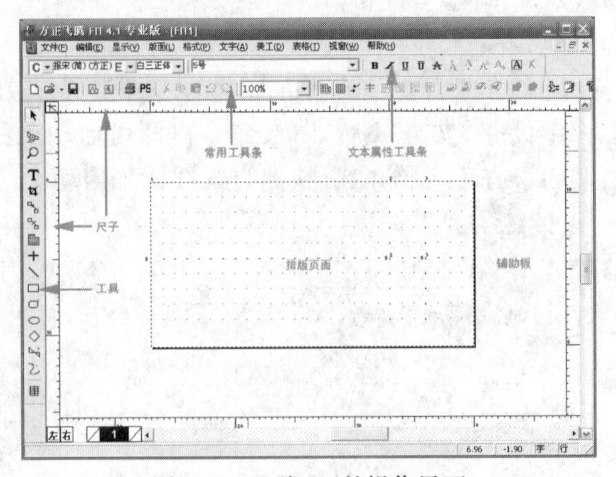

图 1-15　飞腾 4.1 的操作界面

1）标尺：位于编辑界面的四周，是一个与页面尺寸相匹配的尺子，可用来查看或控制对象所在的位置。

2）常用工具条：它将飞腾操作中最常用的一些命令作为按钮集中在一起，单击按钮，可以快速执行这些命令。

3）文本属性工具条：它集中了飞腾排版中文字格式设置的一些常用命令按钮。

4）工具：它集中了飞腾绘图和对象操作的工具按钮。

5）排版页面：它是飞腾的主要编辑界面，用户可在其中输入或导入文本、图像，进行需要的排版。该页面的所有对象都会被打印或输出。

6）辅助板：它是飞腾的临时操作区域，可以用来存放文字块、图元和图像，但在打印或发排时这些内容不会被输出。

3. 保存文件

新建文件以后，最好立即保存下来，并在后续的设计中，边工作边保存。在飞腾中保存文件的方法如下：

（1）选择“文件”菜单中的“存文件”命令，或者单击“常用工具条”工具条中的“存文件”按钮，也可使用快捷键 Ctrl+S，弹出如图 1-16 所示的对话框。

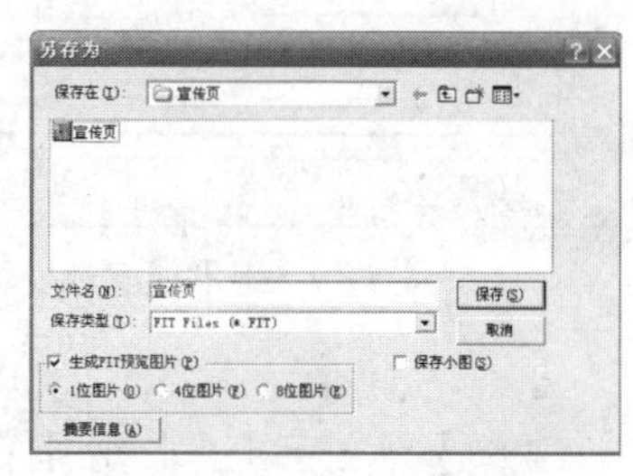

图 1-16 “另存为”对话框

（2）在“保存在”下拉列表中选择保存位置。

（3）在“文件名”编辑框中输入文件名“优惠”，飞腾默认的保存类型为 *.FIT。

（4）如果想在再次打开文件时可以预显文件的内容，则存盘时就要选择“生成 FIT 预览图片”选项，这样在保存文件时，系统自动生成一个第一页的小图，作为预显数据。保存小图时，可以选择保存 1 位图片、4 位图片、8 位图片。

（5）设置完成，单击“保存”按钮，当前新建的文件则被存于指定的文件中。

4. 设计排版

下面开始在版面上排入文字、图片，还需要绘制一些图形。

（1）首先对各对象进行准确定位，定位可以使用标尺和提示线，然后在飞腾主窗口中用“排入文字块”工具，在图像区用“画矩形工具”对版面进行划分，划版后的版面如图 1-17 所示。

用选取工具按住鼠标左键从垂直或水平标尺上向页面内拖出，即可得到一条提示线。要移动提示线时，将光标移到提示线上，光标变为双向箭头形状时，按下左键拖动，可以在页面内任意移动提示线。

（2）选择“画矩形”工具，沿提示线画一个矩形，如图 1-18 所示。

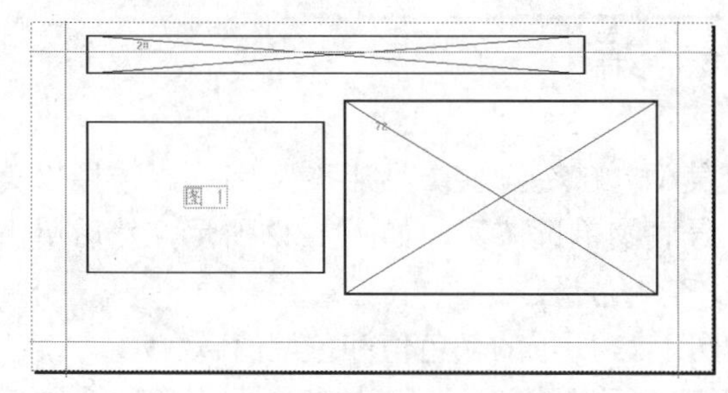

图 1-17　划版后的版面

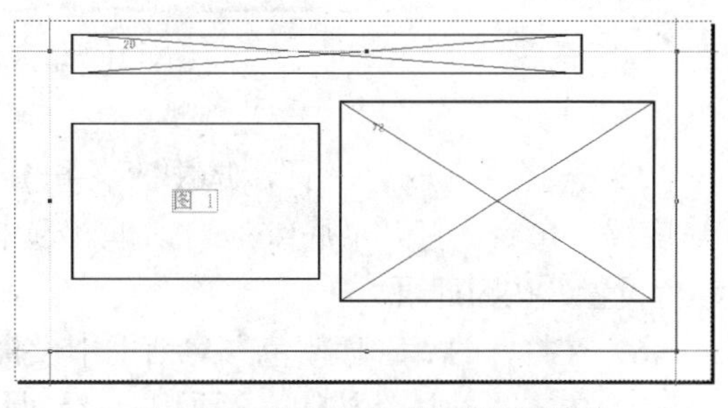

图 1-18　沿提示线画矩形后的版面

（3）选中该矩形对象，选择“美工 / 颜色 / 红色”命令，矩形线颜色变为红色，如图 1-19 所示。选择“美工 / 线型”命令，弹出“线型”对话框，将“粗细”设为“1mm”，如图 1-20 所示。

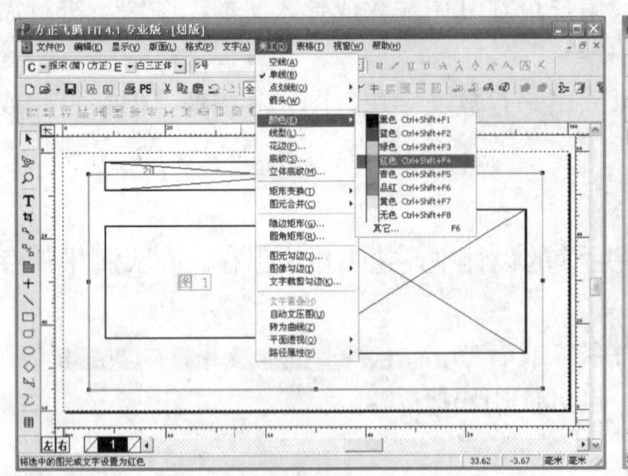

图 1-19　矩形线颜色变为红色

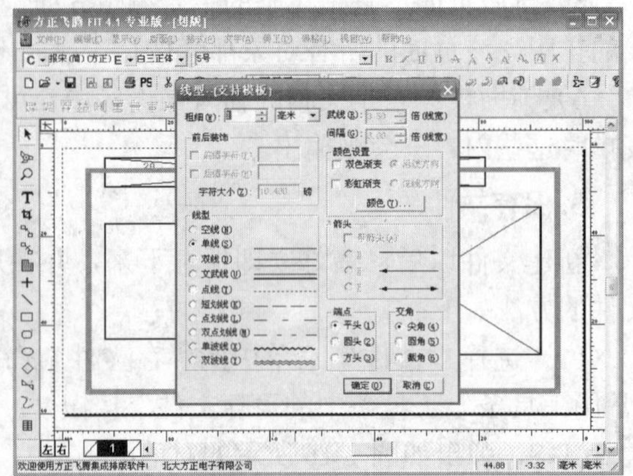

图 1-20　“线型”对话框

（4）选择文字工具，分别在文字块上输入文字，并通过文本属性工具栏的字体和字号列表设置文字的字体字号。其中“花积分 兑美丽”，方正大黑简体，小 2 号；“响玲公主饰品店”，方正大黑简体，小 4 号；“即日起，使用招商银行信用卡……”，黑体（方正），小号，如图 1-21 所示。

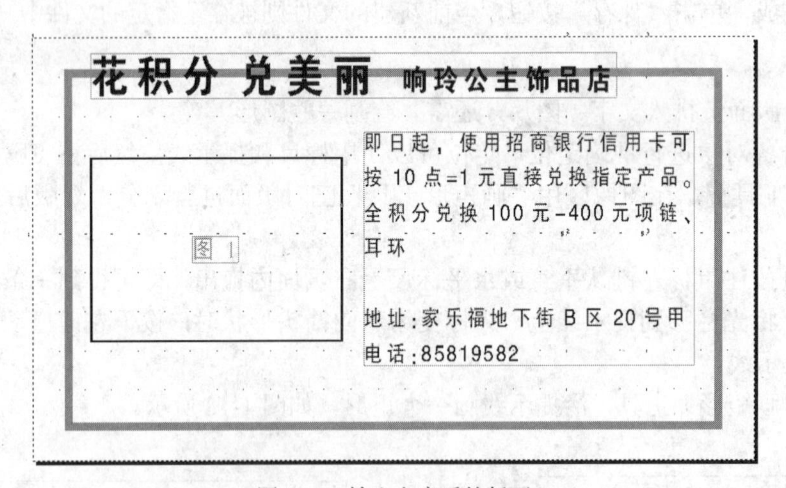

图 1-21　输入文字后的版面

（5）选择“选取”工具，选中“花积分 兑美丽 响玲公主饰品店”文字块，选择“美工 / 底纹”命令，打开“底纹”对话框。选中 1 号底纹单选按钮，如图 1-22 所示，然后单击“颜色设置”按钮即可。

（6）在打开的“管理颜色”对话框中设置如图 1-23 所示的颜色值和色调值。

（7）单击“确认”按钮，返回上一级对话框后，再单击“确定”按钮，文字块即会被填

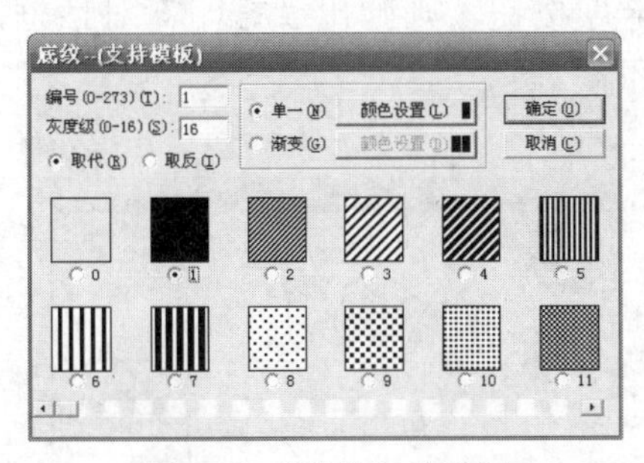

图1-22　“底纹”对话框

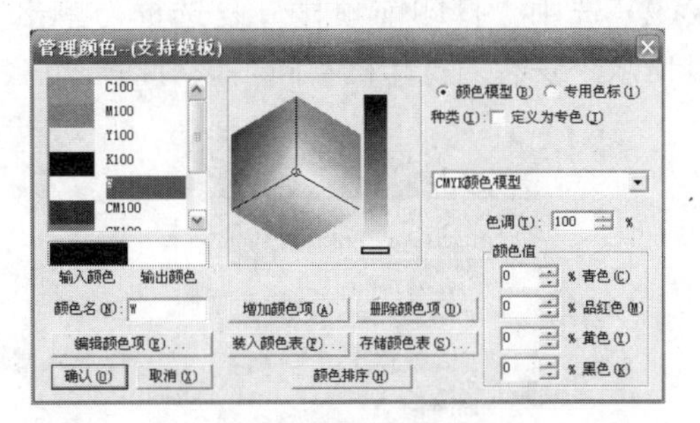

图1-23　“管理颜色”对话框

充相应的底纹，效果如图1-24所示。

（8）单击常用工具条的排入图像按钮，弹出如图1-25所示的对话框，选中对话框右上角的“预显”复选框，在其下面的预显框中就会显示图像的预览，这样方便查看图片。选择要排入的图片文件，单击“排版”按钮，光标变为形状，在要排入的位置单击，图片即被排入版面，如图1-26所示。

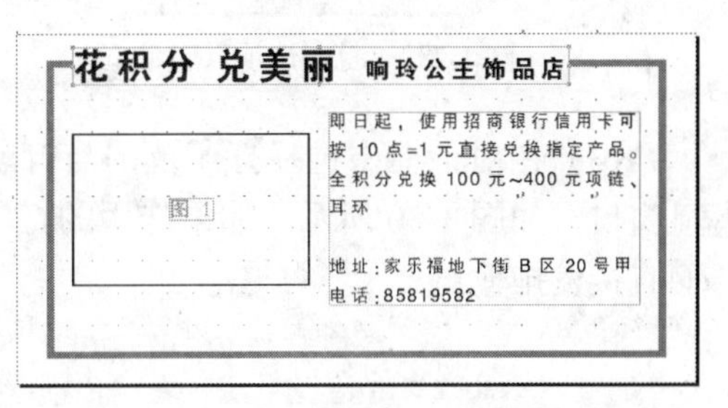

图1-24　文字块填充白色底纹后的版面

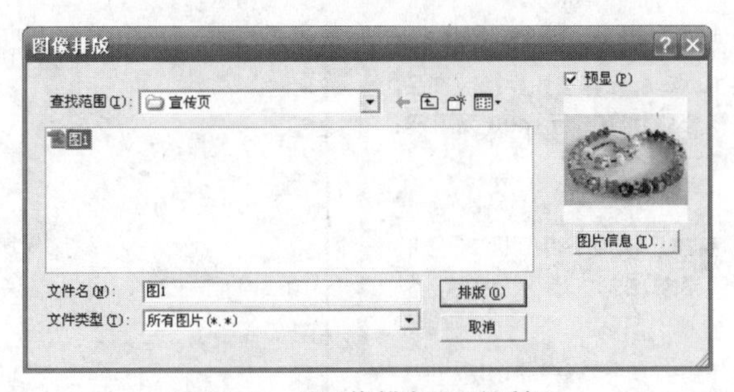

图1-25　“图像排版”对话框

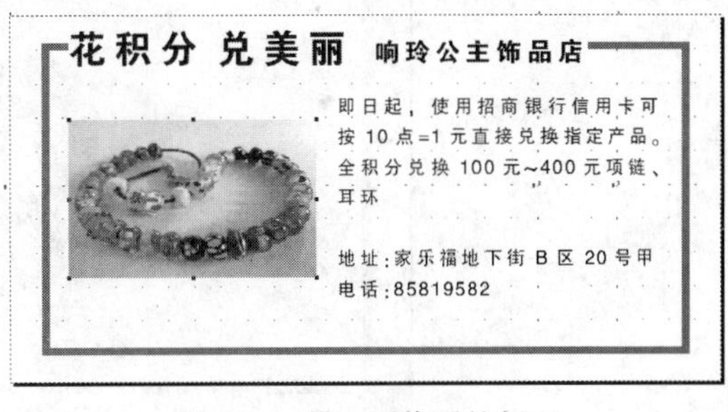

图1-26　排入图像后的版面

（9）为了清楚地查看排版效果，可以将辅助线移除，并单击“常用工具条”的“背景格”按钮，隐藏背景格，完成后的版面如图1-27所示。

图1-27　移除辅助线、隐藏背景格后的版面

1.3.4　输出

用飞腾组版完毕的文件有两种输出方式，一是通过打印的方式直接从Windows系统打印机输出纸样；二是通过发排的方式生成PS文件，经过后端的发排软件解释后，该PS文件可以输出到胶片或者纸样上。

1. 打印文件

具体操作步骤如下：

（1）执行“文件/打印”命令，系统弹出“打印选项”对话框，如图1-28所示。

（2）选中“打印前预显”复选框，单击“确定”按钮，则弹出“打印”对话框，如图1-29所示。安装的打印机不同，该对话框也会有所不同。

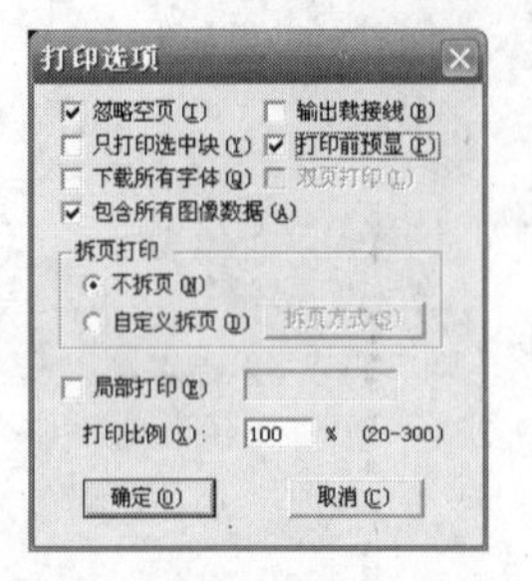

图1-28 “打印选项”对话框

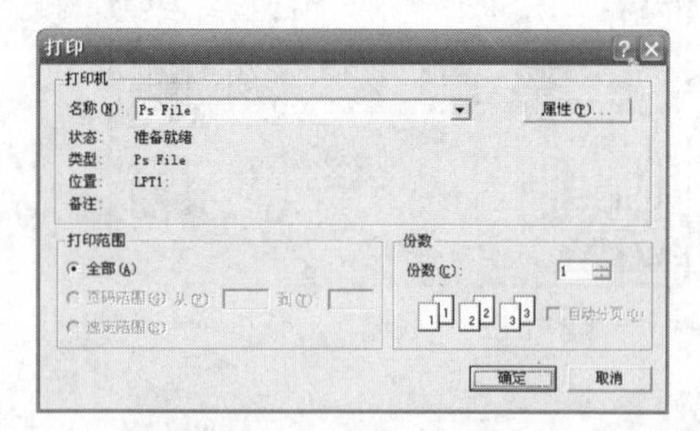

图1-29 “打印”对话框

（3）在对话框中选择打印范围与打印份数，然后单击“确定”按钮，就会弹出打印前预显窗口，如图1-30所示。如果选用的打印机为PS打印机，即使选上该项，打印前也不预显，而直接发排输出。

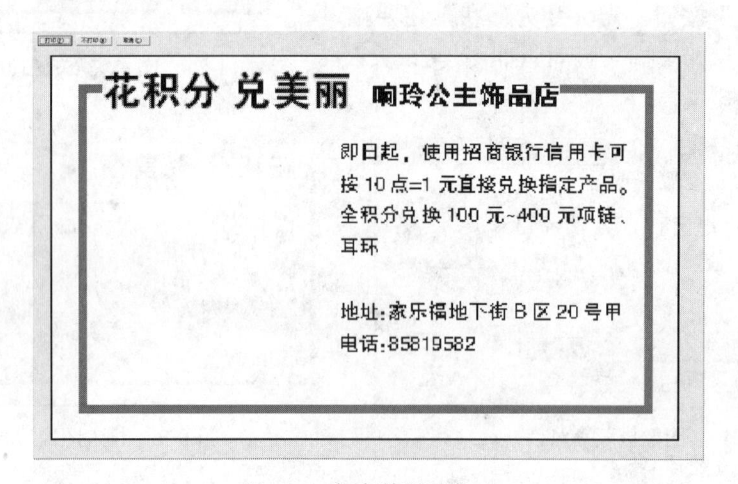

图1-30 打印前预显窗口

（4）单击左上角的“打印”按钮，即可打印；单击“不打印”或“取消”按钮，可取消打印。

2. 发排

飞腾文件可以通过执行发排命令生成PS文件，进而使用方正或其他厂家的RIP（后端输出软件），在激光印字机上输出纸样或激光照排机上输出胶片，具体操作步骤如下：

（1）执行“文件/发排”命令，或单击“常用工具条”上的“发排”按钮**PS**，系统将弹出“发排”对话框，如图1-31所示。

（2）在“保存在”中选择保存该PS文件的文件夹。

（3）在“文件名”编辑框中输入要生成的PS文件的名称。

（4）设置各项发排选项，在大多数情况下，在发排时使用如图1-31所示的发排设置即可。

（5）完成后，单击“保存”按钮。输出过程中，会弹出如图 1-32 所示的“发排信息”对话框，显示发排进程。发排结束后，单击“确定”按钮关闭对话框。

飞腾只使用方正的 RIP 发排，其他厂商不能输出飞腾生成的 PS 文件。

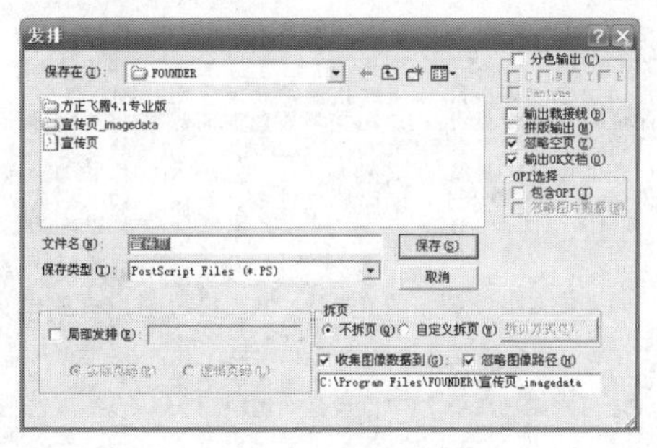

图 1-31　“发排”对话框

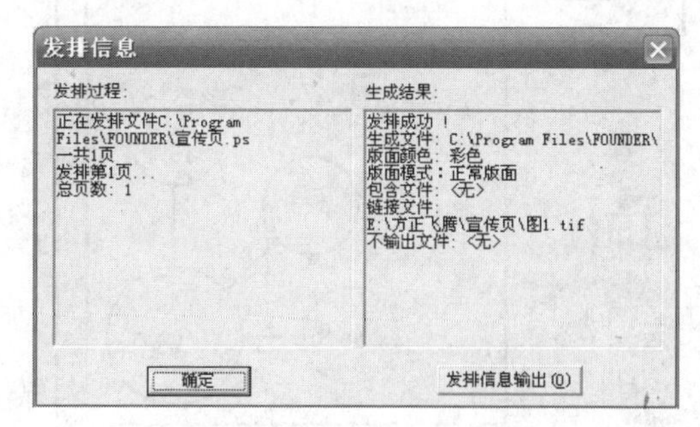

图 1-32　“发排信息”对话框

1.3.5　关闭文件

选择“文件”|“关闭”命令或单击飞腾文件窗口的关闭按钮，可以关闭当前打开的 FIT 文件。如果当前编辑的文件未经存盘，系统会给出一个提示信息对话框，如图 1-33 所示，询问是否先存盘然后关闭。

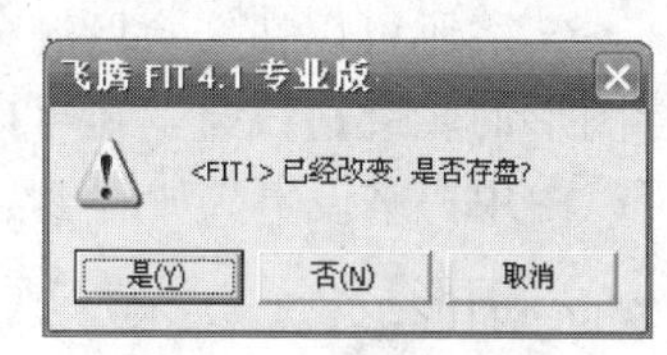

图 1-33　提示对话框

如需要存盘，则单击“是”按钮，系统将执行“存文件”命令来保存文件的修改；否则，单击“否”按钮，文件将不作存盘而被立即关闭。

1.3.6　退出飞腾

选择“文件”|“退出”命令或单击飞腾窗口的关闭按钮，则可退出飞腾。如果当前编辑的文件未经存盘，系统会给出一个提示信息，询问是否先存盘然后退出。

1.4　方正飞腾的知识结构

方正飞腾是用于出版和印刷排版的图文混排软件，集成了文字、图形、图像排版的功能。那么其知识构成主要就是关于图形（图像）和文字（文本）的，再加上前面提到的版面结构和颜色，就形成了方正飞腾的知识结构，如图 1-34 所示。

下面简单介绍这个知识结构。

1. 文字

飞腾排版系统集中了方正排版软件 20 多年的经验，满足了海内外中文排版的各种要求，例如，文字的横竖排、禁排处理、行距、字距、标点类型、分栏等。如图 1-35 所示，在分栏后可以轻松地调整栏的高度，保证文字数量刚好适应文字块的大小。

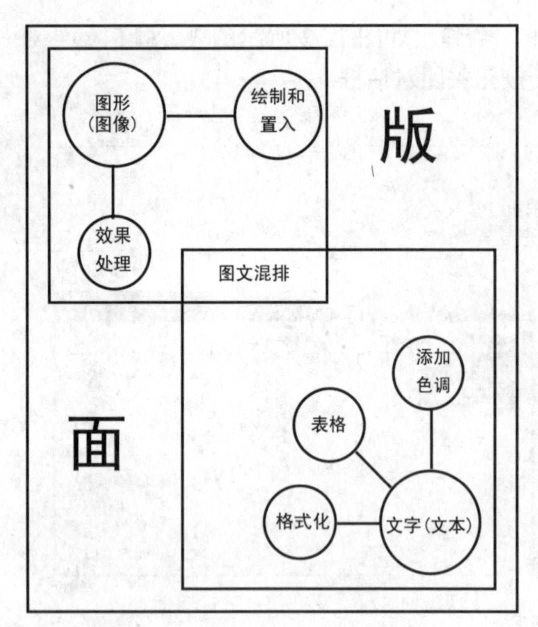

图 1-34　方正飞腾的知识结构

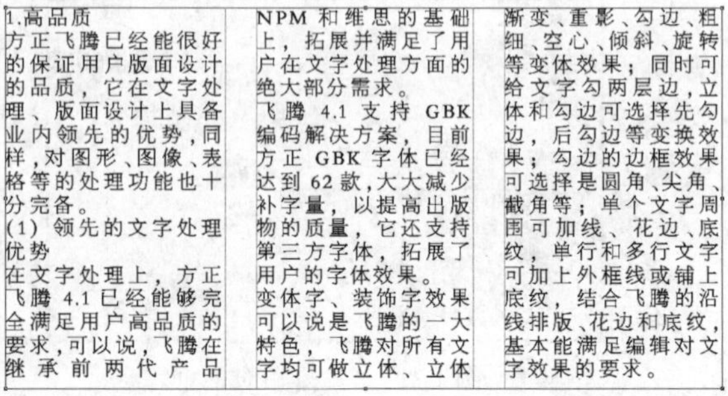

1.高品质
方正飞腾已经能很好的保证用户版面设计的品质，它在文字处理、版面设计上具备业内领先的优势，同样，对图形、图像、表格等的处理功能也十分完备。
(1) 领先的文字处理优势
在文字处理上，方正飞腾 4.1 已经能够完全满足用户高品质的要求，可以说，飞腾在继承前两代产品NPM 和维思的基础上，拓展并满足了用户在文字处理方面的绝大部分需求。
飞腾 4.1 支持 GBK 编码解决方案，目前方正 GBK 字体已经达到 62 款，大大减少补字量，以提高出版物的质量，它还支持第三方字体，拓展了用户的字体效果。
变体字、装饰字效果可以说是飞腾的一大特色，飞腾对所有文字均可做立体、立体渐变、重影、勾边、粗细、空心、倾斜、旋转等变体效果；同时可给文字勾两层边，立体和勾边可选择先勾边，后勾边等变换效果；勾边的边框效果可选择是圆角、尖角、截角等；单个文字周围可加线、花边、底纹，单行和多行文字可加上外框线或铺上底纹，结合飞腾的沿线排版、花边和底纹，基本能满足编辑对文字效果的要求。

图 1-35　调整栏的高度适应文字块

文字还可以在任意区域内排版。另外它还具有强大的沿线排版功能，不仅可以让文字沿着图形的轮廓边线排，还可以设置文字颜色和字号的渐变效果，文字在线上的起点和终点也可以由用户来设定。如图 1-36 所示，文字沿着图元的边界（线）排版。

2. 图形

飞腾排版系统提供了矩形、圆角矩形、椭圆、菱形、直线、多边形和三次曲线等丰富的图元工具，图元的组合可以生成复杂的图形。飞腾还提供了单双线、文武线、点线、短划线、单双点划线、单双波线、箭头等线型，100 种花边和 273 种底纹。线的颜色可以设置渐变，有单向渐变和循环渐变两种渐变方式；底纹的颜色也可以渐变，其渐变方式多达十几种。使用图元工具，应用线型、底纹、颜色的不同组合，可以画出各式各样的图形。如图 1-37 所示为彩虹效果的圆角矩形。

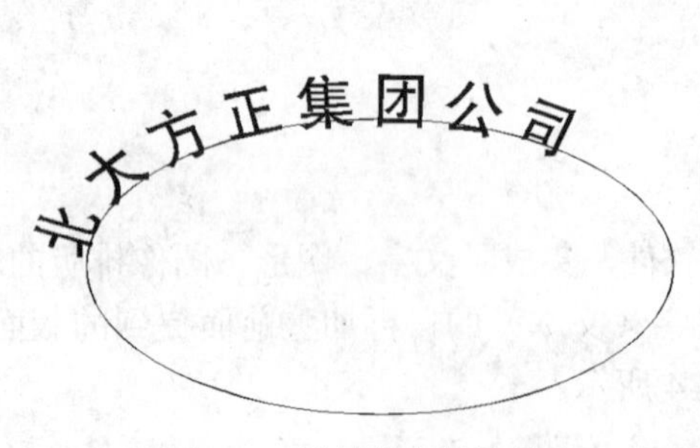

图 1-36　沿线排版的效果

图 1-37　彩虹效果的圆角矩形

3. 图像

对于高质量的彩色出版作业，图像处理是必不可少的重要部分。方正飞腾 4.1 支持十多种图像格式，能对图像进行裁剪、黑白图上色、设置勾边和立体底纹等操作，并通过图像管理工具对版面中所有图片进行统一管理、控制，配合专色处理、屏幕校色、分色输出等彩色功能，确保彩色制作出版的高品质，如图 1-38 所示为用飞腾排版软件完成的彩色版面。

图 1-38　飞腾排版软件完成的彩色版面

除此以外，飞腾排版系统还有其他很多功能，如数学公式、表格排版等功能。

图形（图像）和文字（文本）的有机结合就形成了所谓的出版物的版面。图文混排绝非图形（图像）与文字（文本）的简单堆砌，它总是按照一定的方法和审美取向进行组合的。只有正确理解与掌握版面的构成和排版规则，才能有效使用排版软件的各种工具，排出符合标准的规范的版面。图文组合的方法也是我们需要学习和掌握的知识点。

当设计制作好了出版物后，一般都要将它打印或印刷出来。由此，我们还要了解关于在方正飞腾中输出文件的知识。

这些知识点将在后面的章节中一一进行讲解。在这里，只是提出一个纲要性质的目录，以形成对方正飞腾知识点总体的印象。

第2章

方正飞腾快速入门

方正飞腾集成排版系统有强大的功能。本章将首先对飞腾4.1版主窗口中的菜单做一个整体的介绍，使大家对飞腾的功能有一个感性的认识；接着系统介绍飞腾4.1版工作环境设置方面的有关知识和注意事项，使飞腾的工作环境设置更符合自己的工作性质和习惯。

2.1 操作界面

方正飞腾4.1的操作界面如图2-1所示。在飞腾操作界面窗口中，主要包括菜单栏、工具栏、排版区、排版辅助区、标尺、卷动条、状态条等。

以下将主要介绍菜单栏中的主要命令及其功能。具体操作方法，可参阅本书相关章节中的一些实例操作过程。

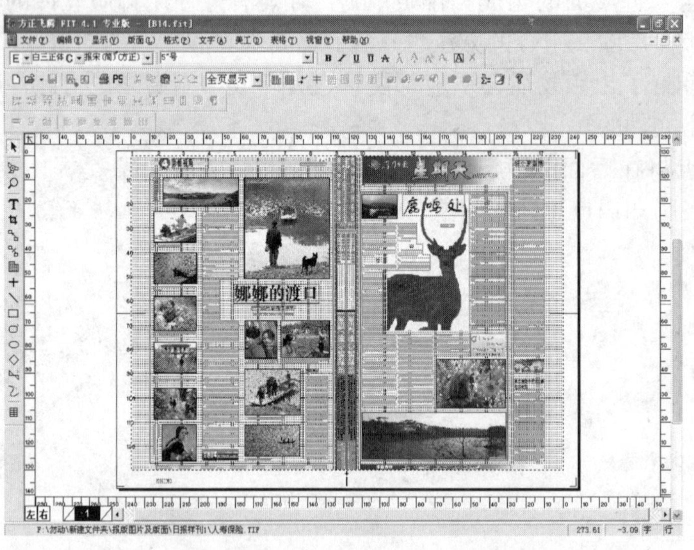

图2-1　方正飞腾4.1的操作界面及一个已排好的对开报纸版面

2.2 菜单栏

飞腾操作界面窗口中的菜单栏主要包括：文件、编辑、显示、版面、格式、文字、美工、表格、视窗等。

2.2.1　文件菜单

在文件菜单栏中包括：新建、打开、关闭、存文件、另存为、放弃修改、转黑白版、原文件输出、排入文字、排入 S2 文件、排入图像、合版、文件合并、版面设置、设置选项、自动储存设置、发排、部分发排、打印、打印设置和退出等命令，如图 2-2 所示。

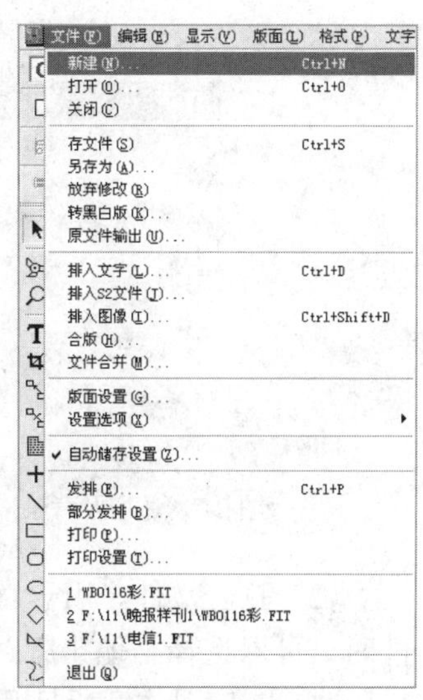

图 2-2 “文件”菜单

（1）新建文件。用于一个新建排版文件，在运行新建命令后，将会出现一个关于新建版面的版面设置窗口，用于对排版版面的基本参数进行设置，如图 2-3 所示。在版面设置窗口中，可以在页面选项栏中设置排版页面的大小，可以在页数选项栏中设置排版文件的总页数，还可以设置装订次序、纸张方向和文字排版方向等排版参数；通过单击版面对齐标记按钮，可以设置对齐标记，如图 2-4 所示。通过单击设置边空版心按钮，可以对排版版面的版心大小、页面大小、页边空、背景格的分栏方式、栏间距、行数、行距、背景格显示方式等进行设置，如图 2-5 所示。通过单击裁接线按钮，可以选择使用裁接线方式，如图 2-6 所示。通过单击版心及背景格字号按钮，可以设置排版时使用的主字号大小和选择主字体，如图 2-7 所示；通过单击页码类型按钮，可以对排版版面的页码进行设置，如图 2-8 所示。在设置完成以上排版参数后，通过单击版面设置窗口中的“确定”按钮，就可以打开一个新建排版文件开始排版操作；当然，也可以通过单击版面设置窗口中的打开文件按钮，直接打开一个已设置好排版参数或已排好版的排版文件。

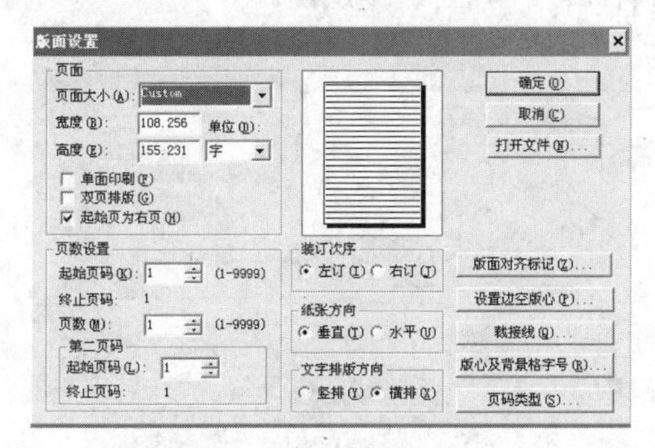

图 2-3 “版面设置”窗口

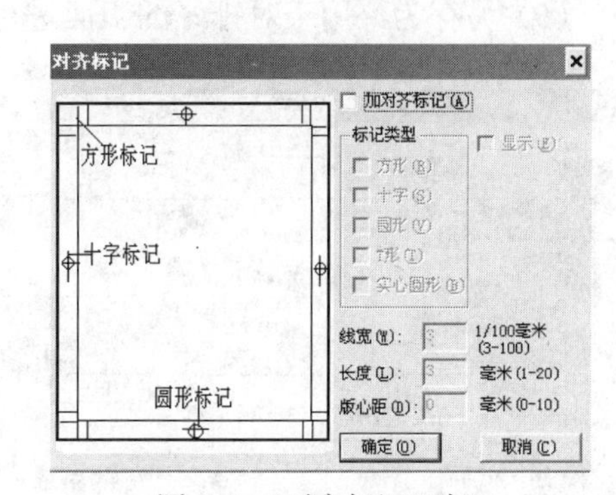

图 2-4 “对齐标记”窗口

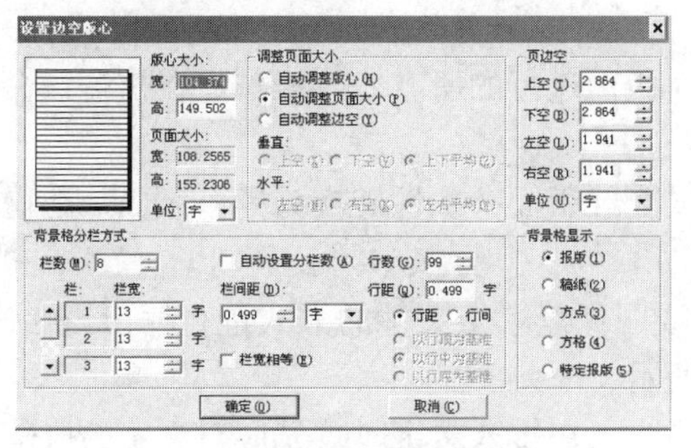

图 2-5 “设置边空版心”窗口

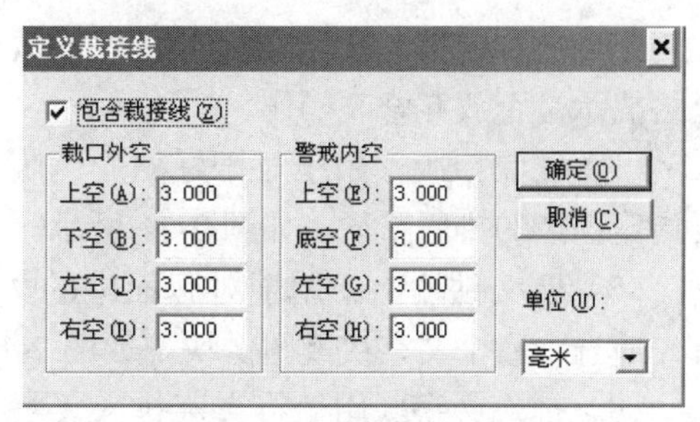

图 2-6 “定义裁接线”窗口

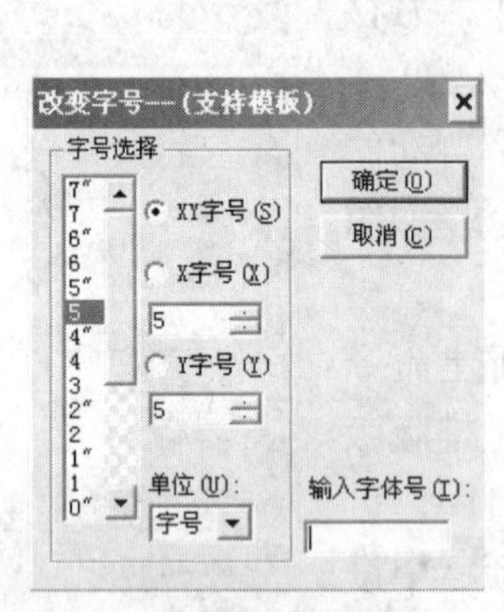

图 2-7 版心及背景格字号窗口

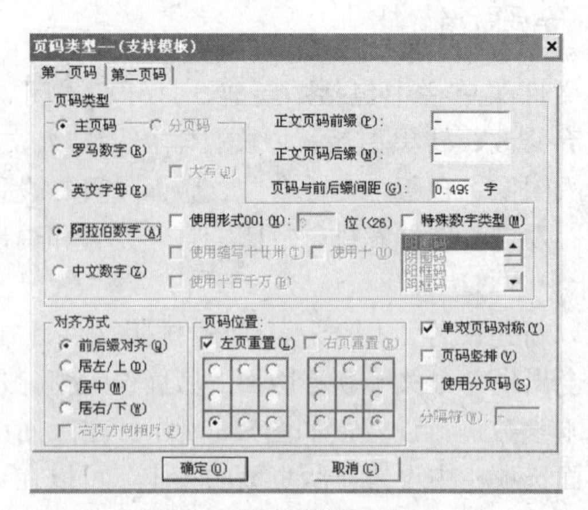

图 2-8 页码类型设置窗口

（2）打开文件。用于直接打开一个已设置好排版参数或已排好版的排版文件，在打开文件时，可以选择本地排版路径或网络排版路径进行文件选择，如图 2-9 所示。在网络中进行排版时，一定要注意所打开的任意路径（包括本地路径）下的文件，都必须通过“网上邻居”查找文件，这样可以确保图像文件在输出时不会出现丢失现象。为了提高网络操作效率，可以在本地计算机中，通过网络映射功能将网络路径映射到本地计算机中。

（3）关闭文件。用于关闭飞腾文件，如果在关闭飞腾文件前没有执行保存文件命令，则系统将提示是否执行一次保存文件命令。

（4）存文件。用于对排好的版面进行保存，在保存文件时最好通过“网上邻居”进行保存文件，并对保存的文件进行命名。

（5）另存为。用于对排好的版面进行重命名保存，如图 2-10 所示。

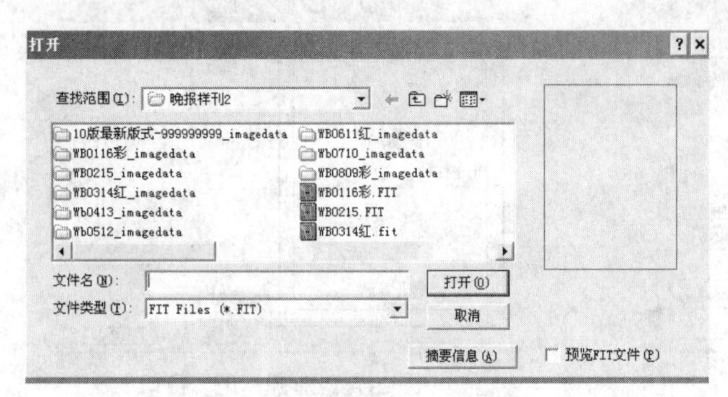

图 2-9 选择打开的飞腾文件

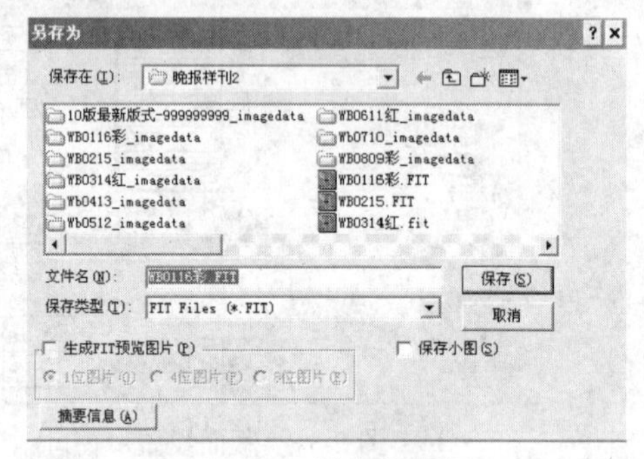

图 2-10 另存为命令

（6）放弃修改。用于在保存文件前放弃对版面进行的所有修改操作，在执行该命令时系统将提示是否放弃修改操作。

（7）转黑白版。用于对排好的彩色版面或套红版面一次性转换为黑白版面，在操作中需要指定图像的排版路径，如图 2-11 所示。

（8）原文件输出。用于对版面中的文字或图像以单个文件的方式进行输出，在操作时，首先应选中一个文字块或图像块，如图 2-12 所示。

（9）排入文字。用于将文字排入飞腾文件中，在排入文字时首先应对文字的段落格式进

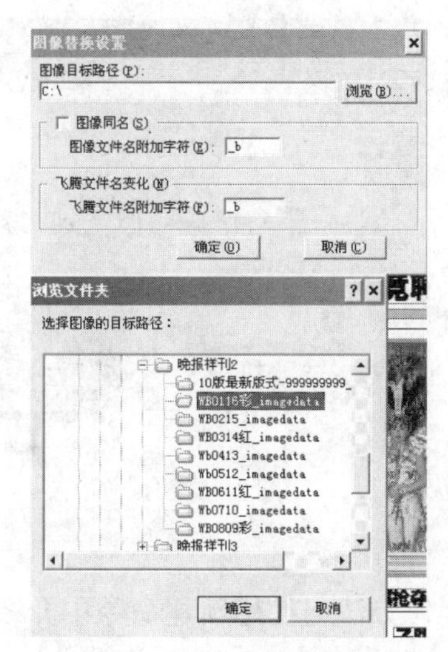

图 2-11　转黑白版命令

图 2-12　原文件输出命令

行调整。另外，在排入文字时应该选择正确的文字格式，如图 2-13 所示。

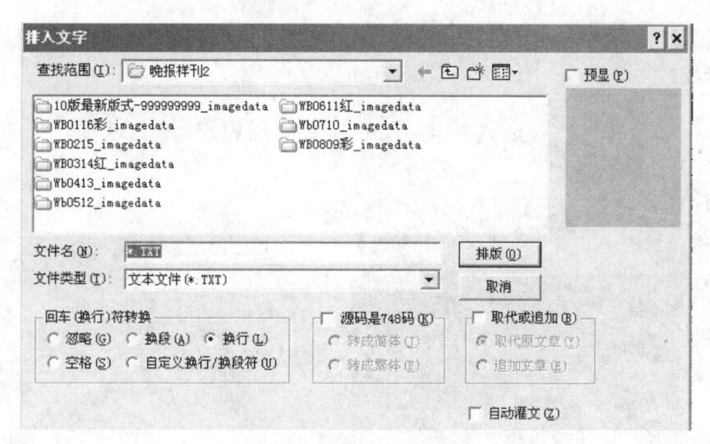

图 2-13　排入文字命令

（10）排入 S2 文件。用于排入其他软件制作的 S2 文件，排入的文件将以图像形式保存在飞腾文件中。另外，通过使用“复制”和“粘贴”命令，可以将其他一些软件中制作的图表文件直接应用于飞腾文件中，这样可以省去在飞腾中的一些排版操作过程。

（11）排入图像。用于对图像进行排版，在排入图像前必须对图像进行处理，并保存为与印刷相适应的模式，图像的处理方法在本书后面的章节中有详细介绍。排入图像必须通过“网上邻居”进行图像文件选择，以确保图像文件的正常输出和飞腾文件的网络调用，如图 2-14 所示。

（12）合版。用于将两个或多个飞腾文件合并为一个飞腾文件，通常用于简单的拼版操作，如图 2-15 所示。在进行整版合版操作时，最好在目标文件中，加入一个空白页，将源文件合并到空白页后，再执行合版操作。在实际操作中，也可以通过同时打开两个飞腾文件，使用“复制”和“粘贴”命令将其中的一个飞腾文件复制到另一个飞腾文件中。

（13）文件合并。也是用于将两个或多个飞腾文件合并为一个飞腾文件，只是在操作时，

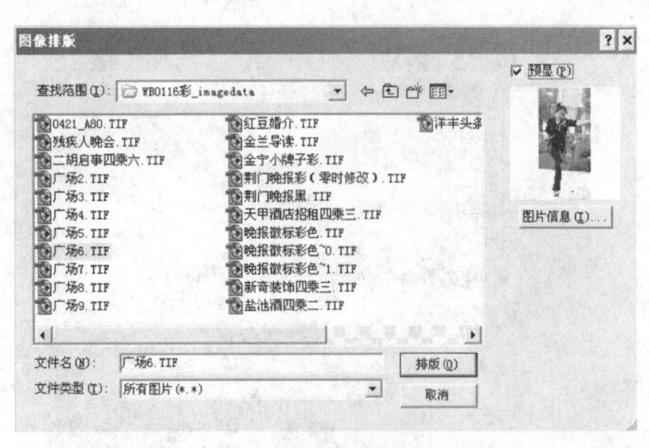

图 2-14　排入图像命令

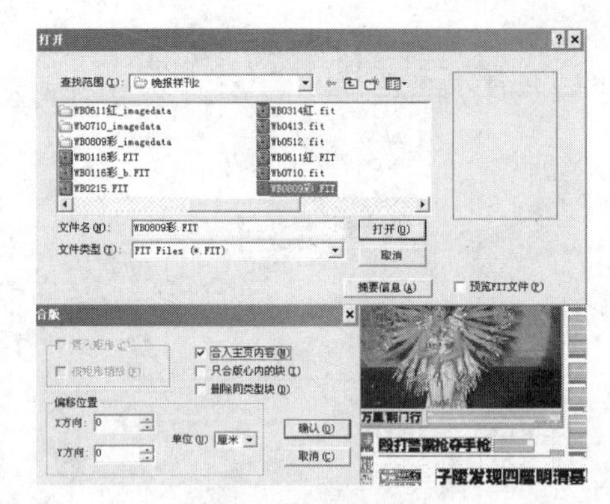

图 2-15　合版命令

系统提示将其加入其他页内，如图 2-16 所示。

（14）版面设置。用于对排版参数进行设置，其操作方法与使用新建命令中介绍的操作方法一样，其操作窗口如图 2-3 所示。

（15）设置选项。用于排版中的一些操作参数进行设置，其中主要包括：环境设置、字体设置、基线设置、长度单位、导入环境量和导出环境量等选项命令，如图 2-17 所示。

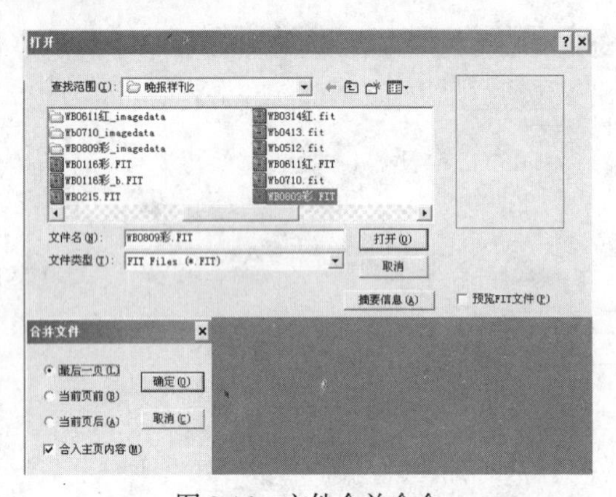

图 2-16　文件合并命令

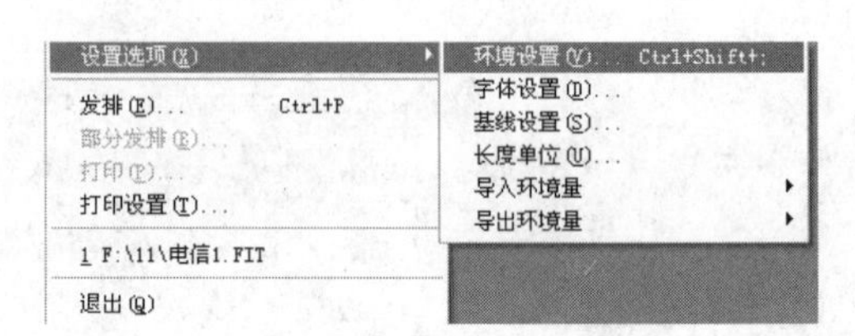

图 2-17　设置选项命令

（16）自动储存设置。用于设置在排版过程中系统能够自动将所排的飞腾文件保存在固定的文件夹中，并且可以设置自动存储的时间间隔，如图 2-18 所示。设置自动存储的好处是在飞腾文件出现意外时，可以调用这个自动存储文件进行排版或修改，不用重新进行排版。该功能在网络排版中非常有用。

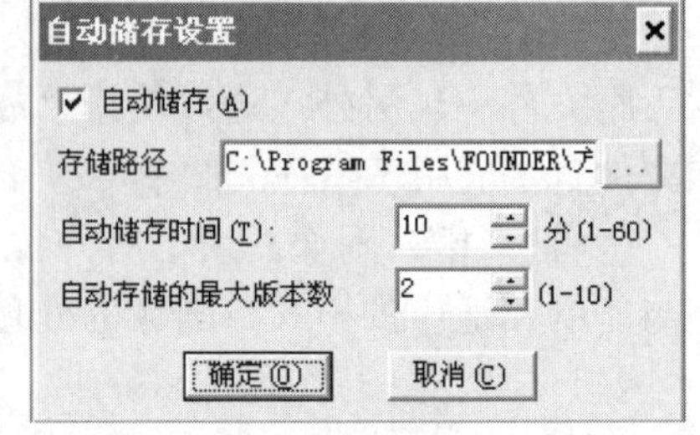

图 2-18　自动存储设置命令

（17）发排。用于将排好的版面输出为 PS 文件，使用专门的 RIP 输出软件对其进行输出。

（18）部分发排。用于将所排版面中的部分文件或全部文件输出为 EPS 文件，同样可以使用专门的 RIP 输出软件对其进行输出，还可以将其当成一个图像文件，再次用于排版。

（19）打印。用于在飞腾中直接对排版文件进行打印输出，当然在进行打印操作时，必须首先安装好打印机和打印机驱动程序，否则，将无法正常进行打印操作。

（20）打印设置。用于对打印操作进行相关的参数设置，其具体参数的设置需要结合打印机驱动程序进行操作。有关输出方面的操作，在本书第10章将会详细进行介绍。

（21）退出。用于结束对飞腾排版软件的操作。在使用退出命令时，如果没有对飞腾文件进行保存，系统将提示是否保存飞腾文件。

2.2.2　编辑菜单

在编辑菜单栏中包括：撤销、恢复、重复操作、剪切、复制、粘贴、只粘贴文字内容、粘贴透视属性、删除、删注解、选中、查找/替换、查找未排完的文字块、重新排入文字块、插入对象、动态粘贴、对象链接、对象、数学、编辑窗口、PUB文件转换错误信息和启动协同平台等命令，如图2-19所示。

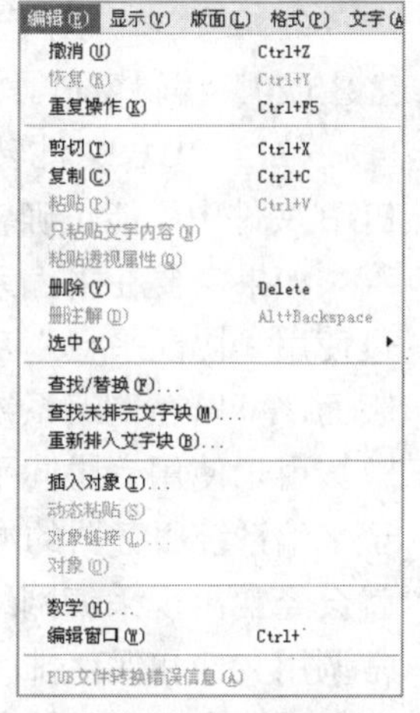

图2-19　编辑菜单

（1）撤销。用于撤销对飞腾文件的相关操作，操作中，可以撤销对飞腾文件的多步操作。

（2）恢复。用于取消最近一次进行的操作，操作中，对文字的删除或裁剪操作可以使用恢复命令进行恢复，对图元的删除、裁剪或移动位置操作可以使用恢复命令进行恢复，对图像的删除、裁剪或移动位置操作可以进行恢复。

（3）重复操作。用于重复刚刚进行的操作。

（4）剪切。将选中的对象复制到剪贴板上，同时在版面上删除选中的对象。

（5）复制。将选中的对象复制到剪贴板上。

（6）粘贴。用于粘贴被复制或被裁剪的对象。当光标为箭头状态时，运行编辑菜单中的粘贴命令，可以将剪贴板上的对象粘贴到页面上；当光标为文字状态时，可以将剪贴板上的对象粘贴到当前鼠标所在的位置。

（7）只粘贴文字内容。用于复制对象中的文字部分。

（8）粘贴透视属性。用于复制图像对象中的透视属性，并对整个图像一起复制。

（9）删除。文字光标状态下，删除插入光标后面的文字或涂黑选中的文字，其他工具状态下删除当前选中的对象。

（10）删注解。用于删除被选中的文字块或者文字中的内部注解，即取消其内部的各种属性设置。注解是指给文字块中被选中的文字所设置的属性，如字体号、花边、底纹、长扁、倾斜等。

（11）选中。用于选中对象。其中“全选”选项用于选中当前显示的所有对象，“选中页内块”选项用于选中当前页内的所有对象，“选中页外块”选项用于选中当前页外的所有对象。

（12）查找/替换。用于查找/替换文字。

（13）查找未排完文字块。用于检索没有被排入文字块的文字。其中，“文件名”选项用于在当前窗口内调入的未排完文字的文本文件（有多个文件时，检索所有的未排完文字）名称，同时在右边显示检索出的未排完文字；“返回”按钮用于返回当前排版处；“调整该文”按钮用于调整所选中的某一文本中的其中一处。

（14）重新排入文字块。重新调入小样文件，但不用再选文件名。可重排当前所选文章，也可重排本页所有文章。

（15）插入对象。用于在 OLE 客户程序中新建 OLE 服务器程序。

（16）动态粘贴。用于对 OLE 服务器程序中的数据进行复制或裁剪，粘贴到飞腾文件中。

（17）对象连接。用于设置对象的连接。

（18）对象。用于调用 OLE 服务器程序，对 OLE 对象进行编辑等操作。这是一个动态的菜单项，根据选中的 OLE 对象不同，会出现不同的相应的应用程序项。

（19）数学。用于进入数学子窗口。

（20）编辑窗口。用于在数学子窗口中进行编辑操作。

（21）PUB 文件转换错误信息。在飞腾中打开维思的 PUB 文件进行处理时，系统提示 PUB 文件中不能正确转换的内容，这些内容必须在飞腾中重做，不可使用维思的排版结果。

如果需要在采编系统下进行排版，则需要首先启动采编系统中的“协同平台”功能。通过使用“协同平台”功能，报纸版面的编辑、排版过程可以通过网络完成，对于所排的报纸版面，可以在采编系统中浏览大样，以方便报纸出版时值班总编随时对报纸版面的修改和调整。由于使用“协同平台”功能必须通过网络进行大信息量的报纸图文数据交换，因此，对于采编系统服务器的冲击就会相对大一些，采编系统服务器的维护力度就需要加强了；否则，就会经常出现采编网络系统无法正常运行的现象，例如，由于出现服务器死机现象，无法正常调用文件和保存排版及大样文件；网络访问速度过慢等。为了减轻采编系统服务器的负担，我们可以在不启动协同平台的情况下，进行报纸的排版，这样做可能会给总编的审稿带来一定的麻烦，但可以更好地确保采编网络系统的稳定。其实，在报纸的排版中，通过输出校样也同样能够让总编对报纸版面进行审核、修改；而且，输出校样在当前的报纸排版中是必不可少的，因为报纸的校对工作必须依靠输出校样。

“协同平台”功能的启动方法是：在网络工作站中打开飞腾，先不要打开文件，在飞腾中的“编辑”菜单中选择“协同平台”命令。在第一次登录时将出现如图 2-20 所示的登录窗口，在登录窗口要求输入报纸名称、用户名和密码；还可以选择报纸出版的时间、版面名称、子版名称、版心名称、版本名称、版面编辑和版面期号等信息。在填写好相关登录信息后，就可以通过单击“开始排版”按钮进行报纸的排版，如图 2-21 所示。

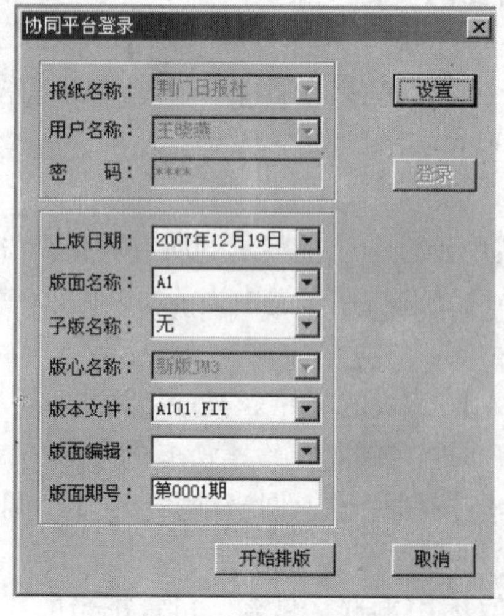

图 2-20　登录窗口

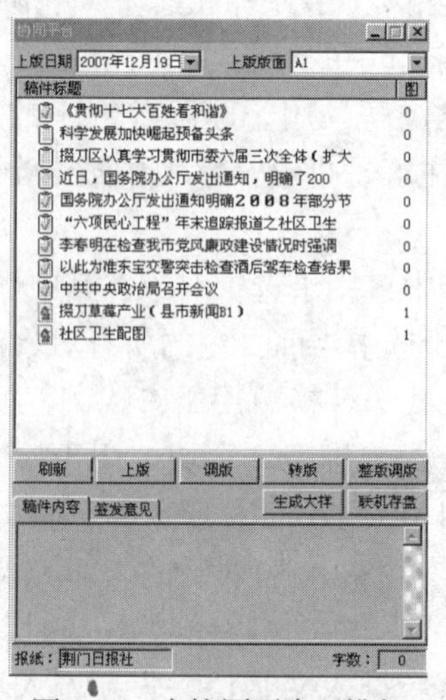

图 2-21　在协同平台下排版

在新闻采编系统协同平台下开始报纸的排版，使得报纸的排版一直处于采编系统网络下，从文件的打开至保存都是通过计算机网络完成，所排报纸版面就可以保存在采编系统服务器中。在排版完成后，通过如图 2-22 所示的操作界面，通过使用“联机存盘”和“生成大样”命令，就会在采编服务器设定的保存路径中，自动按日期命名保存飞腾文件，并生成用于预览和输出校样的 PS 文件；在通过登录采编系统后，就可以通过浏览大样功能，浏览所排报纸的大样。

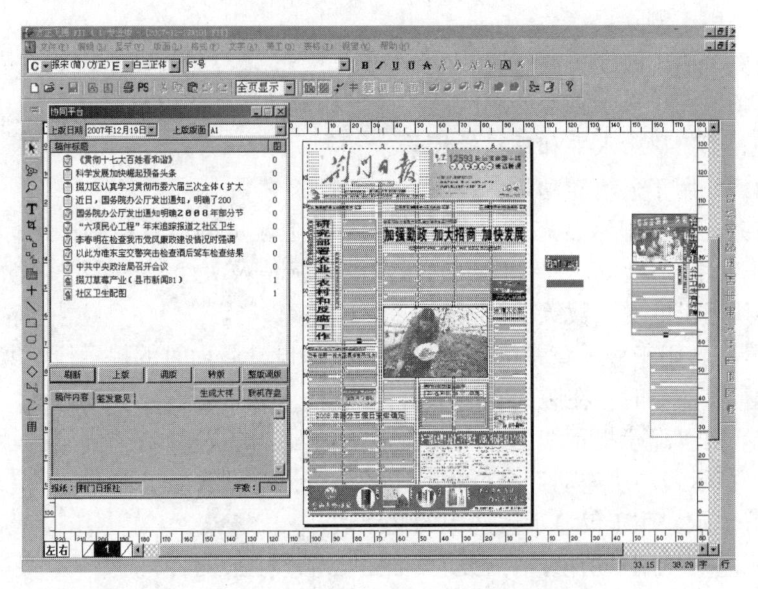

图 2-22　保存飞腾文件并生成用于预览和输出校样的 PS 文件

应该注意的是：在协同平台下进行报纸的排版，必须首先启动协同平台，保存和输出文件时必须使用“联机存盘”和“生成大样”命令。否则，报纸的排版过程将在本地计算机中完成，采编系统的“大样浏览”功能就无法正常实现。

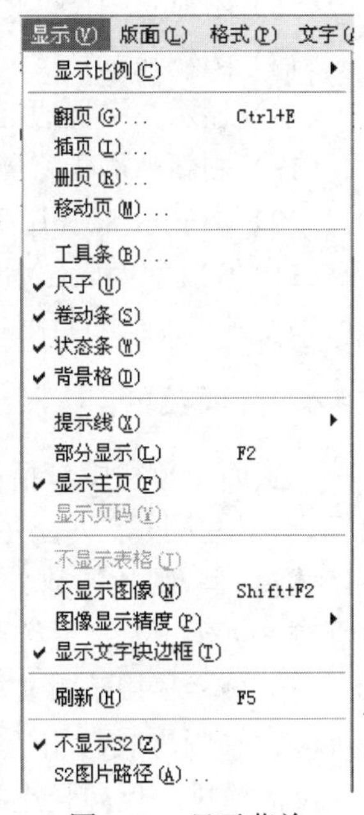

图 2-23　显示菜单

2.2.3　显示菜单

在编辑菜单栏中包括：显示比例、翻页、插页、删页、移动页、尺子、工具条、卷动条、状态条、背景格、提示线、部分显示、显示主页、显示页码、不显示表格、不显示图像、图像显示精度、显示文字块边框、刷新、不显示 S2、S2 图片路径等命令，如图 2-23 所示。

（1）显示比例。用于设置画面显示比例。其中，选中“实际大小”选项将以实际大小显示当前页；选中“默认大小”选项将以在环境设置中的默认显示比例值显示当前页；选中“全页显示”选项将显示整个页面；选中“上半版显示”选项将显示上半版页面；选中“下半版显示”选项将显示下半版页面；选中“25%”选项将以实际大小的 25%显示当前页；选中“50%”选项将以实际大小的

50%显示当前页；选中“75%”选项将以实际大小的75%显示当前页；选中“150%”选项将以实际大小的150%显示当前页；选中“200%”选项将以实际大小的200%显示当前页；选中“400%”选项将以实际大小的400%显示当前页；选中“数值设定”选项将由操作员手工设定显示比例（20%～700%）。

（2）翻页。用于显示任意页。

（3）插页。用于插入页。

（4）删页。用于删除页。

（5）移动页。用于改变页的位置。

（6）工具条。用于显示频繁使用的操作命令相应的按钮。

（7）尺子。用于显示水平和垂直的尺子。

（8）卷动条。用于显示卷动条。

（9）状态条。用于显示状态条。其中，状态条上显示的信息包括：鼠标指针所在位置的坐标值（在画面右下方显示）、操作中的对象的坐标值及大小、文字块内插字光标后面的文字、当前文字块溢出的文字数等。

（10）背景格。用于显示背景格。背景格是制作设计版面时的提示线，其作用是可以正确排列对象，运行该命令时将在版面上显示出背景格。

（11）提示线。“显示提示线”命令用于显示版面中的提示线；“固定提示线”命令用于将提示线固定；“提示线与块连动”命令用于设置是否让提示线与块连动。

（12）部分显示。用于仅显示被选中的文字块。

（13）显示主页。用于切换选择当前页面是否显示主页内容。

（14）显示页码。用于切换选择当前页面是否显示页码。

（15）不显示表格。切换表格是否显示的状态。

（16）不显示图像。切换图像是否显示的状态。

（17）图像显示精度。包括精细显示、一般显示、粗略显示、自定义显示四项。

（18）显示文字块边框。用于显示所有文字块的边框。

（19）刷新。用于将屏幕刷新一次。

（20）不显示S2。用于不显示飞腾文件中的S2文件。

（21）S2图片路径。设置发排时S2中包含图片的路径，以便发排时可以发排出S2文件中的图片。

2.2.4 版面菜单

在版面菜单栏中包括：分栏、排版方式、图文互斥、捕捉、层次、块锁定、块拷贝、块合并、块编辑、块分离、块类型定义、块参数、一站式窗口、图片参数、对位排版、文本自动调整、文字块底齐、漏白预校、页码、软插件等命令，如图2-24所示。

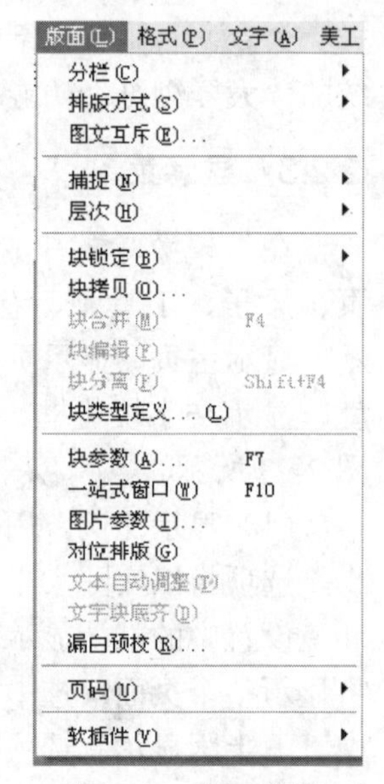

图2-24 版面菜单

（1）分栏。用于对文本块设置合适的栏数。

（2）排版方式。用于根据版面排版的需要选择正向横排、正向竖排、反向横排、反向竖排四种排版方式中的一种。

（3）图文互斥。用于文字块与对象（包括文字块）重叠放置时，指定重叠部分是否互斥。在设置为二者互斥时，还可以定义互斥的边空（文字与对象之间的空白）。

（4）捕捉。用于设定吸引对象的基准位置。使用“捕捉”命令可以准确排列对象，在飞腾排版软件中可选择捕捉的基准有页面框、背景格、尺子、提示线四种。

（5）层次。用于指定重叠放置的对象的顺序。其中，“后翻到底”选项可以将选中对象移到最底下；“后翻一层”选项可以将选中对象向下移一层；“前翻一层”选项可以将选中对象向上移一层；“翻到最前”选项可以将选中对象移到最上面。

（6）块锁定。用于将一个或多个对象固定在版面上。被锁定的对象无法进行移动、改变大小、删除等操作。

（7）块拷贝。用于将一个或多个对象再复制一次。

（8）块合并。用于将多个对象合并成一个对象的功能。

（9）块编辑。用于对对象块进行处理。

（10）块分离。用于解除多个对象合并的状态恢复成一个一个地独立对象。

（11）块类型定义。用于设置对象块的类型。

（12）块参数。可使用数值设置对象整体的位置、旋转角度、倾斜角度、块的宽、块的高等参数。

（13）一站式窗口。提供集文字、图元、图像的各种操作于一体的一站式窗口，提高用户的排版效率。

（14）图片参数。用于对飞腾文件中的图片进行属性设置。

（15）对位排版。用于调整行的位置，使各栏的行对齐。

（16）漏白预校。用于显示漏白预校窗口。其中，在漏白预校的选项设置中，主要包括预校方式、预校基值和二难预校值、忽略白色、特定块预校、特定色预校等选项的设置，如图 2-25 所示。

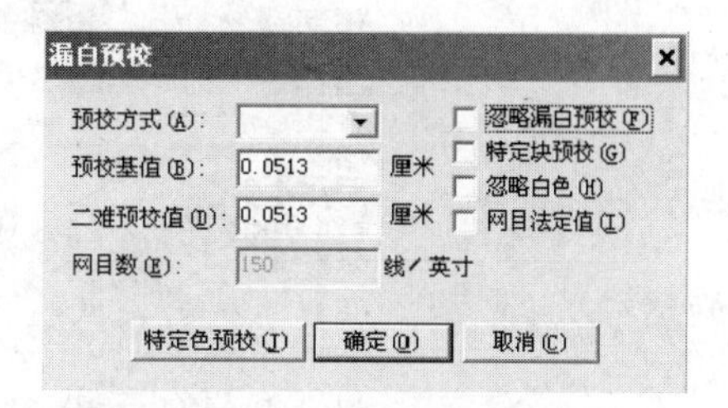

图 2-25 “漏白预校”命令

（17）页码。用于增删或设置文档的页码。其中，选中“加页码”选项只能在主页定义状态执行，运行该命令可设置页码；选中“页码定位”选项只能在主页定义状态执行，运行该命令可以自动设定页码在主页上的位置；选中“重起分页号”选项可以从当前页起重起分页号，即主页号累加 1；选中“合并主页码”选项可以从当前页起，把主页号与上一页的主页号合并，分页号重新安排，当前页及其后各页的主页号依次减 1；选中“不占页号”选项可以使当前页不占页号，即页码对此页不计数；选中“页码修改”选项可以修改主页码和修改分页码；选中“页码排序”选项可以使组版文件按页码顺序排放。

（18）软插件。用于显示并运行在飞腾中安装的所有软插件。

2.2.5 格式菜单

在格式菜单栏中包括：标题、叠题、分节、行格式、改行宽、段格式、段合并、纵向调整、Tab 键、禁排设定、空格定义、标点类型、基线调整、基线对齐位置、部分文字件成盒、纵中横排、连字拆行、小数点 / 千分号可拆行、竖排字不转、定义排版格式、行不禁排、设置自动对齐标记、清除自动对齐标记等命令，如图 2-26 所示。

（1）标题。用于新建、设置标题排版方式，并且可以设置标题块与其他块的关系属性。

（2）叠题。用于设置排版中的叠题操作，可以在一行中排列多行文字。

（3）分节。用于文字排版中的章节格式设置。

（4）行格式。用于设置水平方向上文字的摆放位置。在操作时，可以选择：居中、居右（尾）、带字符居右（尾）、撑满、居左（首）等选项功能。

（5）改行宽。用于通过设置左右端缩进，对选中文字行宽进行调整。

（6）段格式。用于设置段格式。

（7）段合并。用于把几个段落合并成一段。

（8）纵向调整。用于进行文字在垂直方向上的调整。

（9）Tab 键。用于定义 Tab 键的功能。

（10）禁排设定。用于设置文字排版中的禁排方式，如图 2-27 所示。

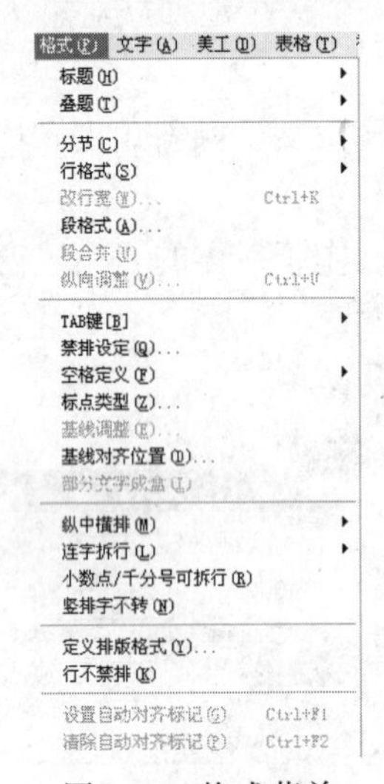

图 2-26 格式菜单

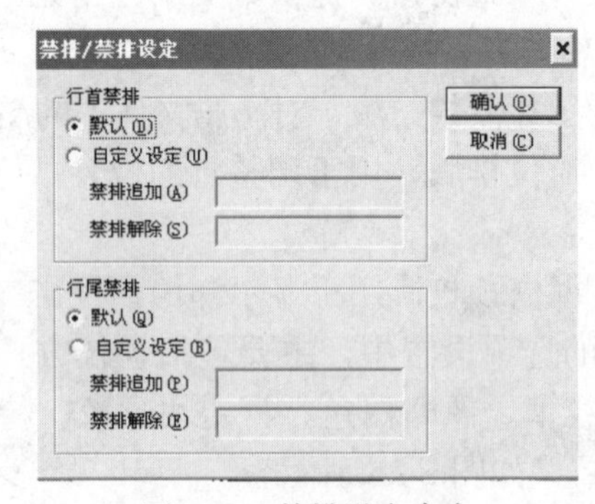

图 2-27 禁排设定命令

（11）空格定义。用于设置空格的宽度。

（12）标点类型。用于设置标点的类型。

（13）基线调整。用于以基线为基准，按照数值在垂直方向上调整文字的位置。

（14）基线对齐位置。用于定义当前块的基线位置。

（15）部分文件成盒。用于定义将一部分文件设置为一个整体。

（16）纵中横排。用于竖排时设置英文及数字为横排。

（17）连字拆行。用于设置文本的拆行方式。其中，拆行的方式主要包括：右齐拆音节、右齐不拆音节、右端不齐三种。

（18）小数点 / 千分号可拆行。用于设置小数点和千分号的拆行方式。

（19）竖排字不转。用于竖排时不将英文和数字旋转 90°。

（20）定义排版格式。用于操作员设置自定义的排版方式，以备多次使用，从而提高操作效率。

（21）行不禁排。用于自动执行不禁排的处理。

（22）设置自动对齐标记和清除自动对齐标记。用于对加入的对齐标记位置进行设置。

2.2.6　文字菜单

在文字菜单栏中包括：字体号、改字体、改字号、长扁字、变体字、装饰字、复合字、段首大字、上 / 下标字、着重点、复原、拼音 / 注音排版、编码转换、插入盒子、字母间距、字距和字间、行距和行间、底纹与划线、文字块渐变、取消文字块渐变、语种选择等命令，如图 2-28 所示。

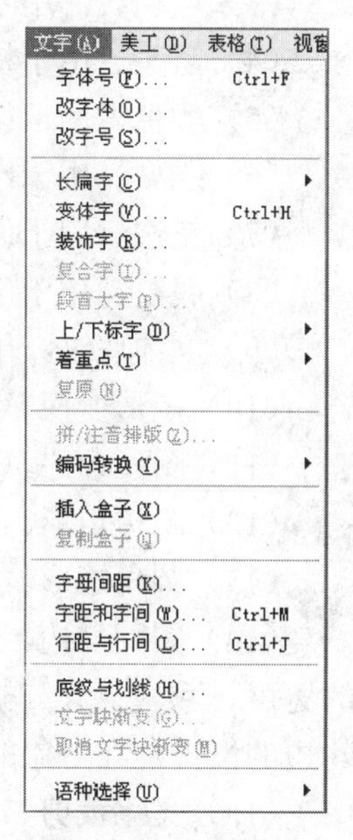

图 2-28　文字菜单

（1）字体号。用于给选中的文字设置字体和字号。

（2）改字体。用于改变已输入文字的字体。

（3）改字号。用于改变已输入文字的字号。

（4）长扁字。用于将文字定义为长字或扁字。

（5）变体字。用于给选中的文字设置立体、勾边、粗细、倾斜、空心、旋转等属性。

（6）装饰字。用于定义装饰字，给文字加上装饰形状以及线型、花边和底纹。

（7）复合字。用于定义复合字。

（8）段首大字。用于给段落设置段首大字。

（9）上 / 下标字。用于将选中文字变为上标字或下标字。

（10）着重点。用于设置着重点。

（11）复原。用于取消着重点、上标字、下标字的设置。

（12）拼音 / 注音排版。用于在汉字的旁边排入拼音或注音。

（13）编码转换。用于文字的简、繁转换。

（14）插入盒子。用于在当前文本中插入盒子。

（15）字母间距。用于设置字母之间的间距大小。

（16）字距和字间。用于设置文字的间距。

（17）行距和行间。用于设置相邻行的间距。

（18）底纹与划线。用于给文字加上划线，给文字背景加上边框和底纹。

（19）文字块渐变和取消文字块渐变。用于设置文字块是否使用渐变。

（20）语种选择。可以选择所选用的文种，还可以给段落设置段首大字。

2.2.7　美工菜单

在美工菜单栏中包括：空线、单线、点划线、箭头、颜色、线型、花边、底纹、立体底纹、矩形变换、图元合并、隐边矩形、圆角矩形、图元勾边、图像勾边、文字裁剪勾边、文字重叠、自动文压图、转化为曲线、平面透视、路径属性等命令，如图 2-29 所示。

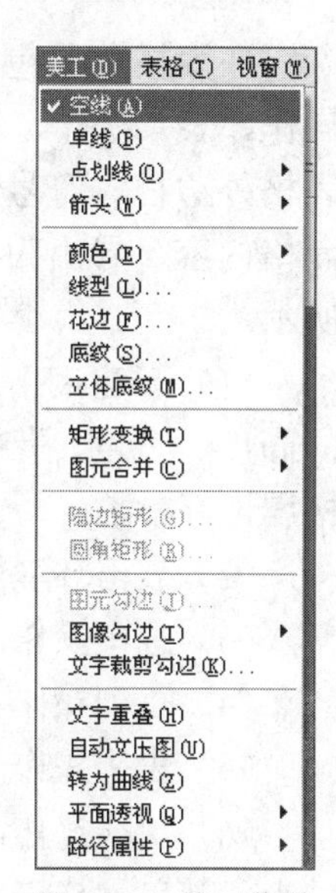

图 2-29　美工菜单

（1）空线。用于将当前选中的对象的线型被置为空线。

（2）单线。用于将当前选中的对象的线型被置为单线。

（3）点划线。用于将当前选中的对象的线型被置为点划线。

（4）箭头。用于将选中图元的线型加上箭头。

（5）颜色。用于设定对象的颜色。

（6）线型。用于设置图元对象的线型。

（7）花边。用于设置花边线和字符线。

（8）底纹。用于设置图元、文字块或文字的底纹。

（9）立体底纹。用于设置图元的立体底纹。

（10）矩形变换。用于将矩形分割为多个矩形或合并为一个矩形。

（11）图元合并。用于将两个以上的图元合并，图元的重叠部分进行镂空。

（12）隐边矩形。用于隐藏矩形的边线。

（13）圆角矩形。用于设定用工具箱图元工具绘制的圆角矩形的属性。

（14）图元勾边。用于对图元对象进行勾边。操作时，可以设置一重或两重勾边以及勾边的宽度、颜色；在勾边以前，通过选择块参数对话框中的正常、内框、外框选项，可以设置勾边的位置是在对象的两边、内侧或外侧。

（15）文字裁剪勾边。用于设置图像外文字的勾边。

（16）文字重叠。用于对两个文字块进行重叠。

（17）自动文压图。用于将文字块都位于图片之上。

（18）转化为曲线。用于将文字块中文字的轮廓全部转化为曲线或将图元转化成贝塞尔曲线的功能。

（19）平面透视。用于设置对象块的透视属性。

（20）路径属性。可以利用对象的固有属性或变换编辑结果。

2.2.8 表格菜单

在表格菜单包括：新建表格、表格环境量、选中操作、行列操作、表头操作、斜线操作、单元格操作、表格块操作、阶梯表、表格外边框、符号对齐、纵向对齐方式、锁定灌文顺序、移动单元格内容、导出为纯文本、查找未排完单元格等命令，如图 2-30 所示。

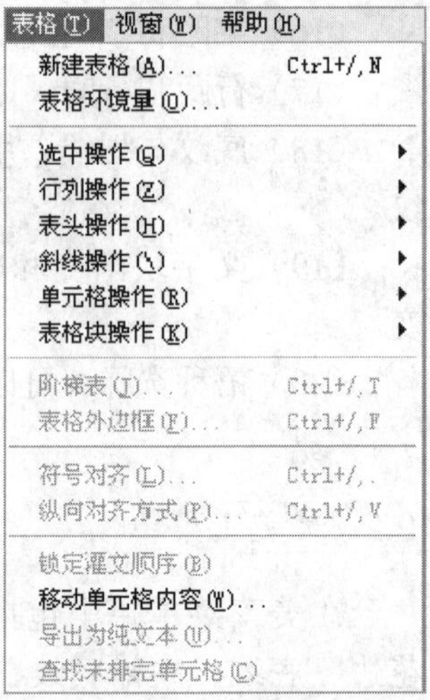

表格(T) 视窗(W) 帮助(H)
新建表格(A)... Ctrl+/,N
表格环境量(O)...
选中操作(Q)
行列操作(Z)
表头操作(H)
斜线操作(\)
单元格操作(R)
表格块操作(K)
阶梯表(J)... Ctrl+/,T
表格外边框(F)... Ctrl+/,F
符号对齐(L)... Ctrl+/,.
纵向对齐方式(P)... Ctrl+/,V
锁定灌文顺序(B)
移动单元格内容(M)...
导出为纯文本(U)...
查找未排完单元格(C)

图 2-30 表格菜单

（1）新建表格。用于新建一个表格，在新建时可以设置表格的高度、宽度、行数、列数、表格的线型、字体号、底纹、单元格属性等参数。

（2）表格环境量。用于设置表格的排版属性参数。

（3）选中操作。用于对表格中文字部分的选取。

（4）行列操作。用于对表格行和列进行操作。

（5）表头操作。用于对表格的表头进行操作。

（6）斜线操作。用于对表格中的斜线进行操作。

（7）单元格操作。用于对表格中的单元格属性参数进行设置。

（8）表格块操作。用于对表格中的块进行操作。

（9）阶梯表。用于制作和调整阶梯表。

（10）表格外边框。用于制作和设置表格外边框。

（11）符号对齐。用于设置表格中的符号对齐方式。

（12）锁定灌文顺序。用于控制表格中文字的填入顺序。

（13）移动单元格内容。用于表格中单元格内文字的移动操作。

（14）导出为纯文本。用于将表格中的文字保存为纯文本格式。

（15）查找未排完单元格。用于找出表格中没有排完文字的单元格。

2.2.9　视窗菜单

在视窗菜单栏中包括：调色板、扩展字符、状态窗口、镜像窗口、库管理窗口、层管理窗口、排版格式窗口、页面管理窗口、图像管理窗口、花边底纹窗口、沿线排版窗口、显示浮动窗口、平铺、层叠、排列图标等命令，如图2-31所示。

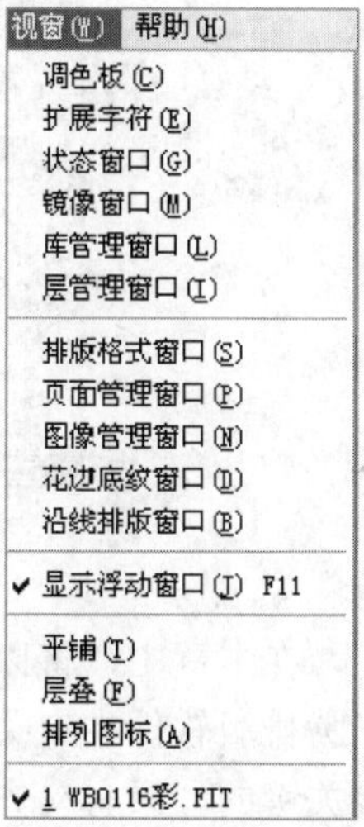

图2-31　视窗菜单

（1）调色板。用于给对象、文字定义颜色。

（2）扩展字符。用于输入扩展的字符（盘外符）。

（3）状态窗口。用于显示当前对象的属性，并可以通过修改这些参数对其进行旋转、定位等操作。

（4）镜像。用于显示镜像窗口。

（5）库管理窗口。用于保存飞腾做成的对象，将对象用odf文件的形式存盘，以后打开库管理窗口就可以使用。其中，可以进行“对象的选择”、“对象的移动”、“库文件的新建”、“打开库文件”、“存作默认”、“恢复”、“删除”、“复制”、“粘贴”、“盒子大小”等操作。

（6）层管理窗口。用于设置对象的层次。

（7）排版格式窗口。用于显示排版格式窗口。

（8）页面管理窗口。用于显示一页的内容，可以简单地进行翻页、删页等操作。

（9）图像管理窗口。用于对排入图像进行相应的操作。

（10）花边底纹窗口。用于设置对象的花边、底纹和线型。

（11）沿线排版窗口。用于显示沿线排版窗口。

（12）显示浮动窗口。用于显示浮动窗口。

（13）平铺。用于将当前的多个子窗口以平铺的形式显示在主窗口中。

（14）层叠。用于将当前的多个子窗口以层叠的形式显示在主窗口中。

（15）排列图标。用于将当前最小化的多个子窗口的图标排列起来。

2.3　环境量的分类

方正飞腾排版软件的正确、高效使用，必须首先对该软件的功能进行全面了解，从而抓住其使用操作中的关键点。方正飞腾排版软件的操作可以简单地归纳为三个方面：一是排版参数的设置；二是文字和图像的排版，其重点是图像在飞腾中的处理；三是打印输出。

飞腾排版软件中的参数的种类有很多，有排版参数方面的，有度量单位方面的，有显示状态方面的，有打印发排方面的，等等。如图 2-32 所示为在飞腾排版软件中的一部分排版参数设置窗口。

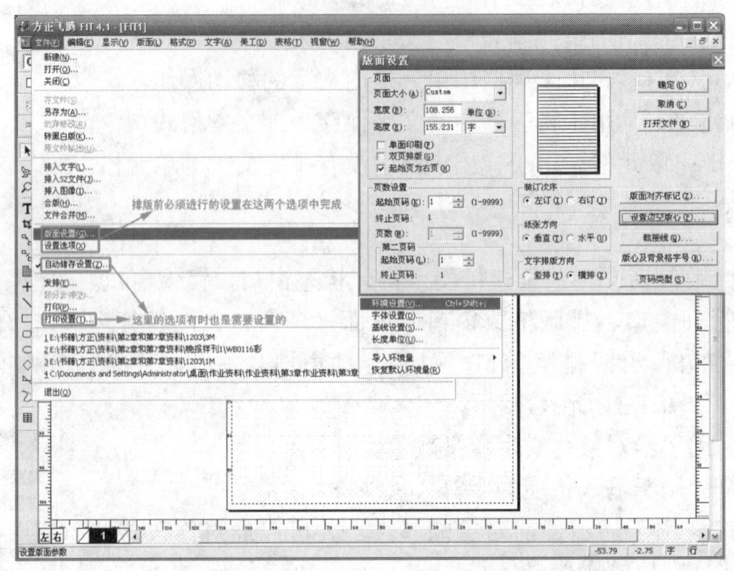

图 2-32　在飞腾排版软件中的一部分排版参数设置窗口

在本章中，将以使用方正飞腾排版软件为例，以报纸的排版过程为主线，主要介绍方正飞腾排版软件中有关排版参数的设置。在报纸版面的排版中，有关排版参数的正确设置是非常关键的。只有首先将需要进行排版的报纸中相关的排版参数设置好后，才能排出一个符合要求的报纸版面。如果在排版前没有设置好相关的报纸版面参数，则输出印刷的报纸可能会达不到要求，出现严重的错误。如报纸版心尺寸错误、报纸各版面的各项标准不统一、使用的主字体字号错误、文章中的字距行距错误等等，其中，还有一些参数的设置将会影响到报纸版面的正常输出。

有些参数的设置可以在排版过程中进行设置。在参数设置操作中，为了更好地方便操作员的操作，飞腾排版软件对参数选项进行了相应的分类。飞腾系统提供的环境量有 3 类：系统全局量、文件全局量和对象量。

2.3.1　系统全局量

系统全局量一般在无文件打开时设置，并且此时所作的设置将影响以后所有新建的文件，对系统的整个操作过程都有影响。但也有一些环境量与设置的时间没关系，也称为系统全局量，如块默认大小。

飞腾退出运行时，系统全局量会被保存到名为 FIT.CNF 的文件中去，再次启动飞腾时，这些环境量自动被调出，所以系统全局量只需设置一次，除非以后改动。

例如，在没有打开任何文件的时候，单击“文字”/“行距与行间”菜单项，弹出“行距与行间”对话框，将“行距”的系统全局值改为 0.25，则以后所有新建文件中排入文字，默认行距都是 0.25，直到被修改为止，如图 2-33 所示设置。

2.3.2　文件全局量

如果在打开文件后再设置环境量，这时所作的设置将只影响本文件的排版，只对本文件的整个操作过程有影响，所以称这些环境量为文件全局量。对某个文件来说，当它的某些文件全局量与系统全局量不同时，取它的文件全局量属性，文件全局量只保存在该 FIT 文件中。

例如，打开文件，不选中任何对象，单击“文字”/“行距与行间”菜单项，弹出“行距与行间”对话框，将“行距”值修改为 0.25，如图 2-34 所示。则以后在该文件中输入的文字，默认行距都是 0.25，直到被修改为止。但这个行距值不会影响到其他新建或打开的文件。

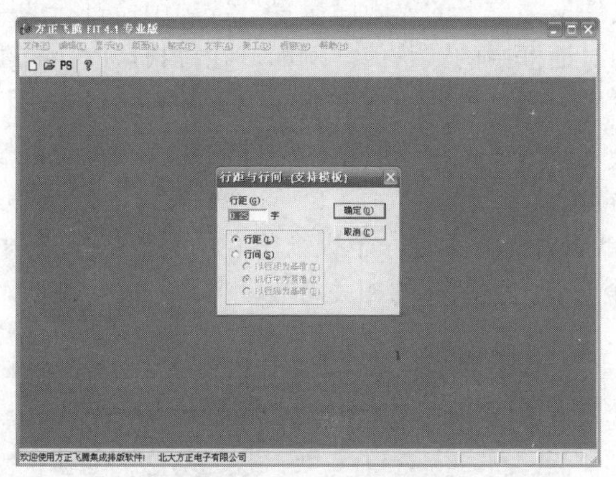

图 2-33　设置系统全局量行距

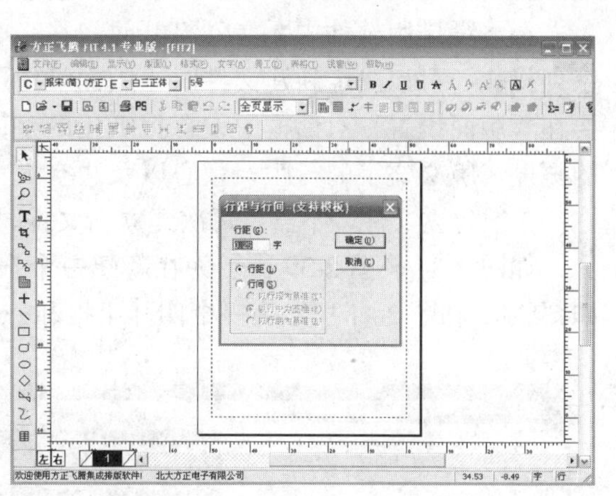

图 2-34　设置文件全局量行距

2.3.3　对象量

只对某一对象设定，只影响该对象的属性，对文件中其他对象没有影响的环境量称为对象量。对象量也只保存在该 FIT 文件中。

例如，打开一个文件，选择文字工具，选中要修改行距的文字，如图 2-35 所示。然后打开“行距与行间”对话框，将“行距”值设为 1，单击“确定”按钮后，所选文字的行距都变为 1 个字，而其他文字的行距并没有改变，如图 2-36 所示。

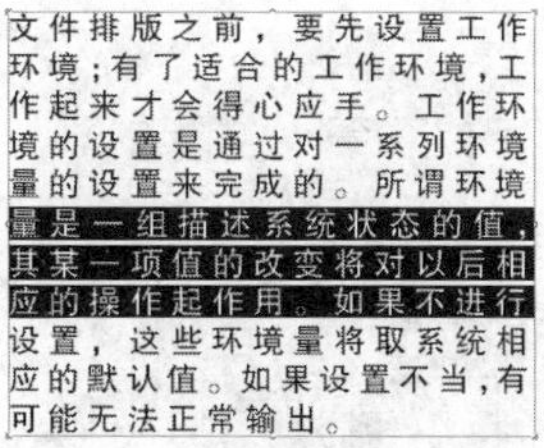

文件排版之前，要先设置工作环境；有了适合的工作环境，工作起来才会得心应手。工作环境的设置是通过对一系列环境量的设置来完成的。所谓环境量是一组描述系统状态的值，其某一项值的改变将对以后相应的操作起作用。如果不进行设置，这些环境量将取系统相应的默认值。如果设置不当，有可能无法正常输出。

图 2-35　选中要改变行距的文字

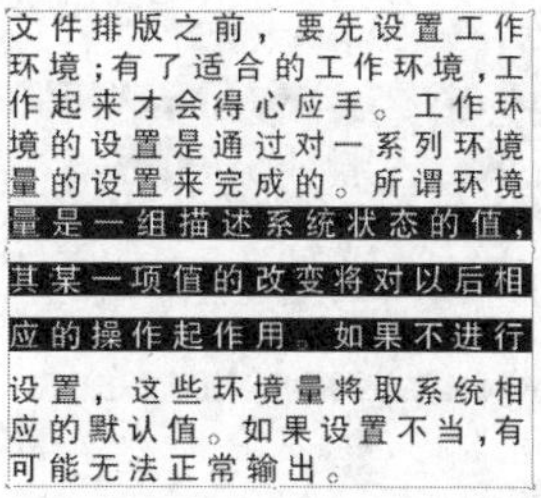

文件排版之前，要先设置工作环境；有了适合的工作环境，工作起来才会得心应手。工作环境的设置是通过对一系列环境量的设置来完成的。所谓环境量是一组描述系统状态的值，其某一项值的改变将对以后相应的操作起作用。如果不进行设置，这些环境量将取系统相应的默认值。如果设置不当，有可能无法正常输出。

图 2-36　改变行距后的效果

对某个文件来说，当它的某些文件全局量与系统全局量不同时，取它的文件全局量。对任何一个固定的对象，当对象量与文件全局量、系统全局量不同时，对象的属性取对象量。

2.4 版面设置

在报纸的排版过程中，首先要确定报纸的版心参数，其中包括长度单位、计量单位以及报纸版面的排版区域大小；然后对排版参数、排版规则参数、显示参数、浮动窗口参数进行设置；最后就是对打印参数进行设置。如果是使用专门的RIP输出软件对报纸版面进行输出，则可不用对打印参数进行设置，而需要对发排参数进行设置。在以下的内容中将会全面地对报纸排版中的相关参数的具体设置方法进行介绍。

在飞腾排版软件中无文件打开时，在“文件”菜单下的“版面设置”选项中所进行的一系列操作，可以决定新建文件时“版面设置”对话框中的默认值。例如，在排报版时，首先要在“版面设置”对话框中设置报纸用的字体号、用“自动调整页面大小”的方式设定报栏的宽度、版心文字的行距、版心以及边空大小等参数值。当以后新建文件时，飞腾系统就按这些参数建立文件，不需要每次建立新文件时都重新设置每一个参数。

如图2-37～图2-39所示为在新建一个报纸版面时，确定一个报纸版心的具体操作方法。如图2-40和图2-41所示为一个四开小报和一个对开大报版心的相关参数设置。

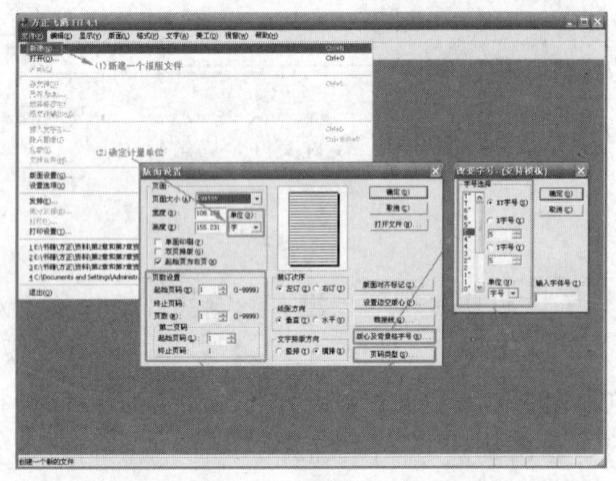

图2-37　使用“新建”命令确定计量单位及背景格大小

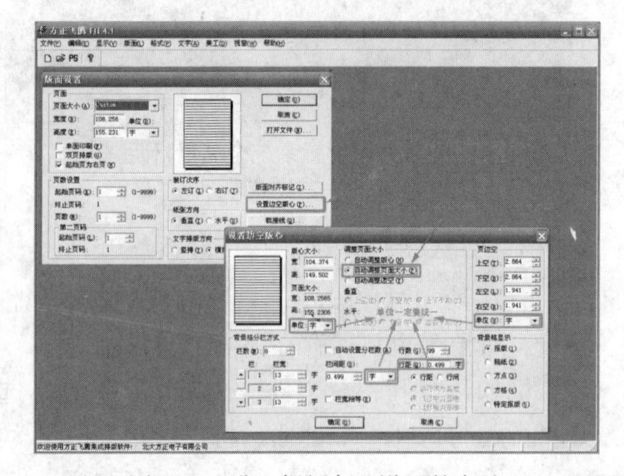

图2-38　进入报纸版心设置的方法

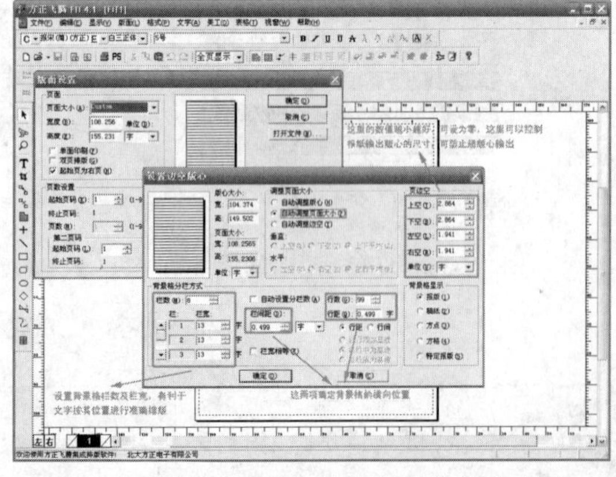

图2-39　确定报纸版心大小的具体参数选项

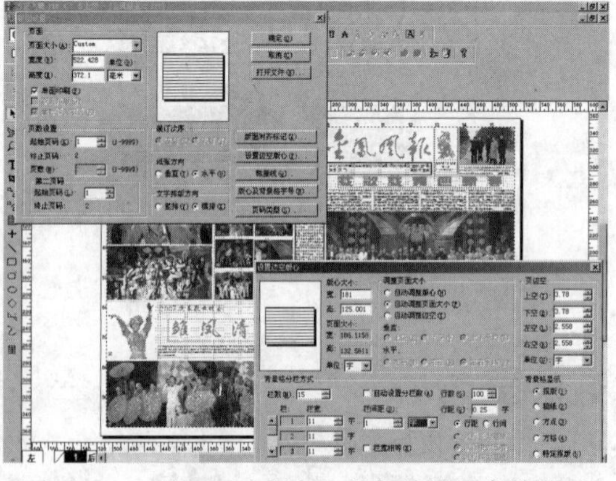

图2-40　一个四开小报版心的相关设置参数设置

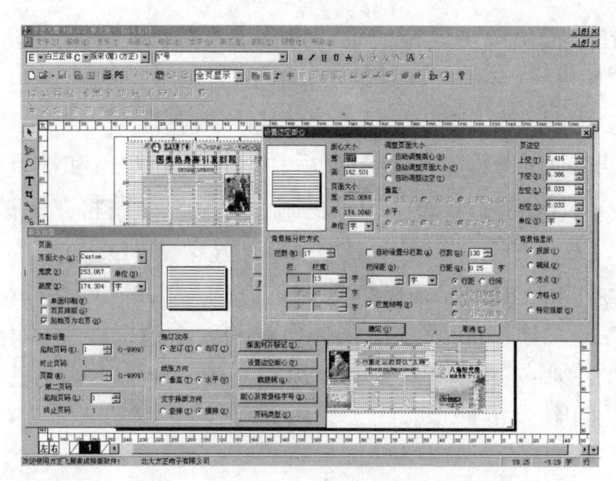

图 2-41　一个对开大报版心的相关设置参数设置

2.5 设置选项

排版参数的设置主要是通过使用“文件”菜单中的“设置选项”命令完成，该命令所设置的参数量主要是决定排版时的一些操作参数值，其中包括环境设置、字体设置、基线设置、长度单位四个选项，如图 2-42 所示为设置排版参数窗口。

2.5.1 环境设置

在飞腾排版软件中运行“文件”菜单中的“设置选项”命令后，就可以启动“环境设置”命令，该命令启动后将弹出一个“选项”对话框，其中包括块设置、环境设置、版面设置三个选项，如图 2-43 所示为“环境设置”命令中的“选项”对话框。

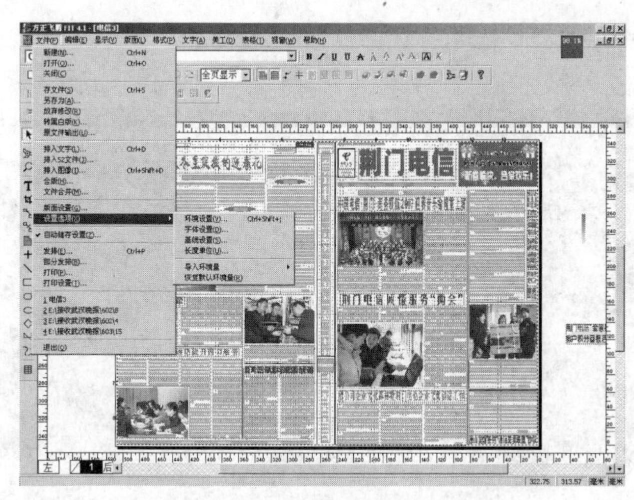

图 2-42　设置排版参数窗口

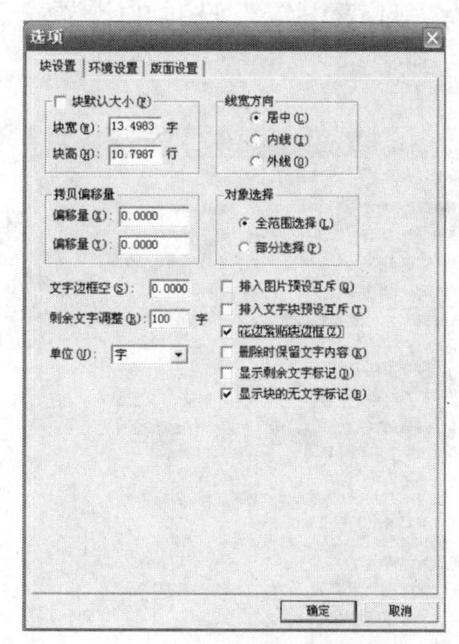

图 2-43　“环境设置”命令中的“选项”对话框

1. 块设置

“块默认大小”选项用于设置文字块、图元块的默认大小。选中该项后，在使用“排版”

命令排入文字时，在版面上单击鼠标，系统将自动在版面上按此处设定的块大小值生成一个文字块；否则，将弹出一个名为“默认块大小”的对话框，如图 2-44 所示，临时设定块的大小。对于图元块的参数设置也如此。

“拷贝偏移量”选项用于设置复制对象后粘贴生成的对象和被复制对象在页面上的偏移量，默认值为 0、0。如在此输入 20、30，复制一对象再粘贴将在距被复制对象的右下角 20、30 字的位置拷贝生成另一对象，如图 2-45 所示。

“线宽方向”选项指矩形对象边框线线宽的方向，也可以理解成边框线的位置。“外侧”选项表示边框线画在矩形边框的外侧；“内侧”选项表示边框线画在矩形边框的内侧；“中心”选项则表示边框线的中心与矩形边框重叠，边框线的一半画在矩形边框的内侧，而另一半画在矩形边框的外侧，如图 2-46 所示。

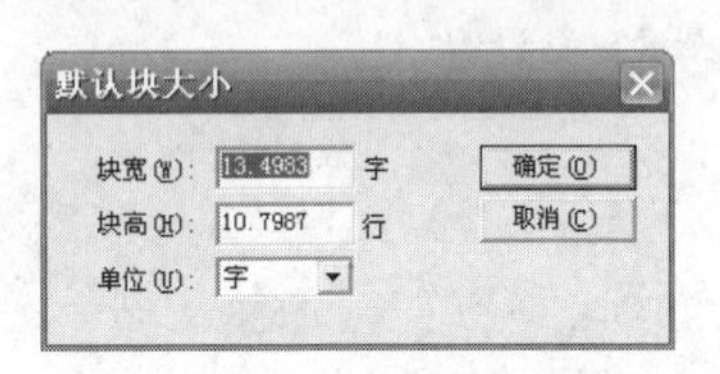

图 2-44　默认块大小设置对话框

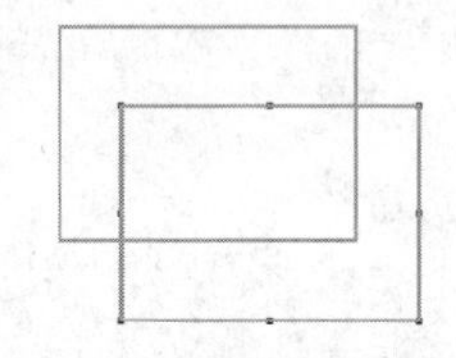
图 2-45　偏移量效果

图 2-46　设置线宽方向

如果选中“排入图片预设互斥”选项，则排入的图片将被设为具有图文互斥的属性。

2. 环境设置

“环境设置”选项中的参数主要是与文件的新建、输出、字体搭配有关，单击图 2-43 中的“环境设置”选项使得“选项”对话框变成如图 2-47 所示。该选项对话框可以设置“渐变输出等级”、“新建时设置版面参数”、“检查剩余文字”、“PS 中包含图片数据”、“在飞腾中保存小图”、“方正 PSP31 栅格解释器”、“设置搭配字体”等选项的参数值。如图 2-48 ～图 2-50 所示为“环境设置”选项的设置方法。

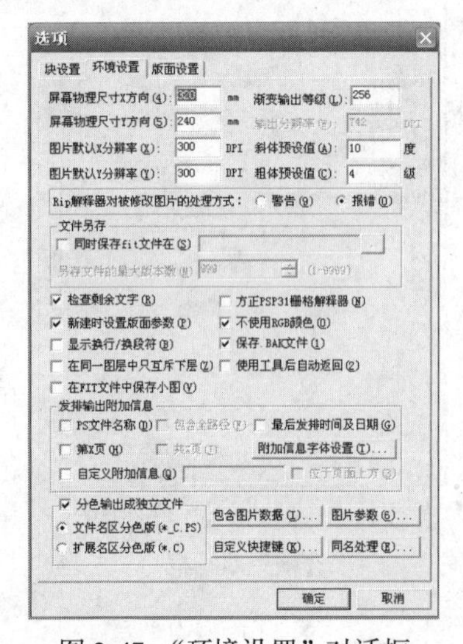

图 2-47　“环境设置”对话框

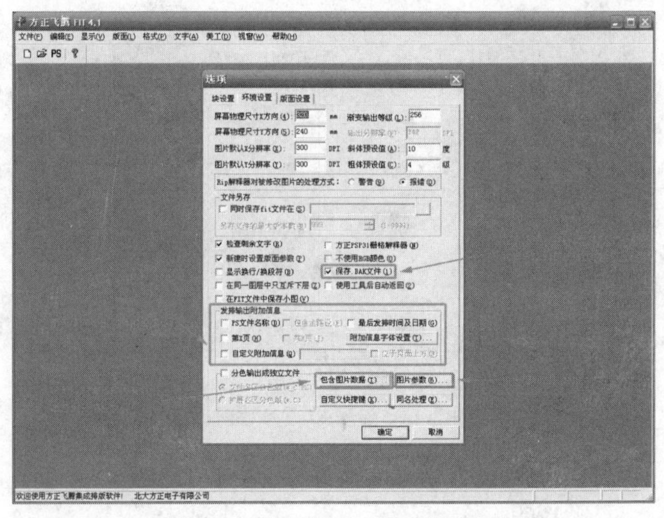
图 2-48　“环境设置”选项的设置方法

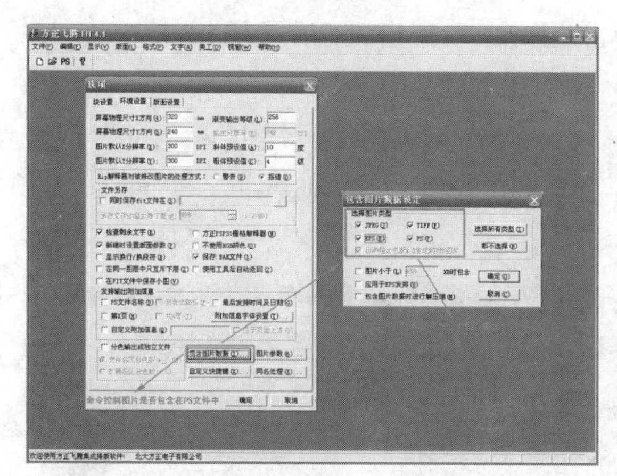

图 2-49　在发排输出报纸版面时确定 PS 文件中是否包涵图片文件

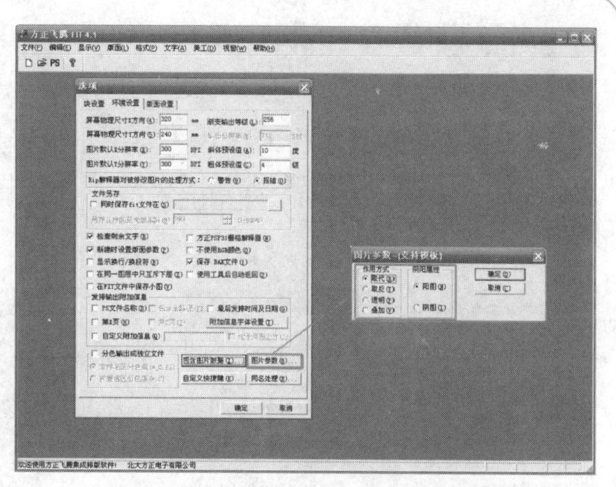

图 2-50　设置确定图片文件的排入方式

（1）“渐变输出等级”：设置渐变颜色的输出级数，其取值范围是 15 ～ 65535。级数越大，渐变效果越好，但输出速度将变慢；渐变级数越小，渐变越不平缓，会出现明显的条纹，但输出速度快。一般质量标准下，此值设在 256 左右即可。

（2）“检查剩余文字”：如果选中该检查框，当文件中有没排完文字的文字块时，飞腾在存盘时将给出提示，如图 2-51 所示，在该对话框中将显示未排完文件名和对应的文件，并可存盘、返回或继续调整。

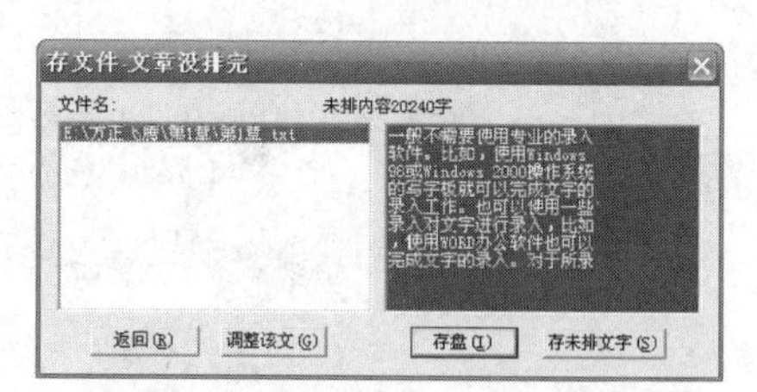

图 2-51　调整未排完文字块对话框

（3）“新建时设置版面参数”：如果选中该检查框，则在新建文件时，系统首先将调出“版面设置”对话框，让用户设置页面大小等参数。否则将直接使用“版面设置”系统全局量创建新文件，不再弹出“版面设置”对话框，不再让用户设置版面参数。此项无论何时设置，总是作为系统全局量。

（4）“在飞腾文件中保存小图”：如果选中该检查框，飞腾会在存盘时将当前文件中的图像抽线，生成一个低分辨率的图像写入飞腾文件，这样将提高用户再一次打开文件时图像的显示速度，但不影响发排。此项无论何时设置，总是作为系统全局量。

（5）“方正 PSP31 栅格解释器”：若该飞腾文件生成的 PS 文件，将通过方正 PSP31 发排输出，务必选中该项，否则不要选该方法。其主要是针对经过 LZW 压缩的图片，这样的图片在 PSP31 上需要经过特殊的处理才能正常输出，如果使用 PSP31 作为输出设备，而又不能明确文件中是否包含了经过 LZW 压缩的图片，最好选择该复选框；另外，如果当前版面中插入了 PS 图文件，该 PS 文件的来源最好与当前文件的输出一致，也就是说，如果当前文件将使用的输出设备是 PSP31，那么该 PS 文件也最好是选择“方正 PSP31 栅格解释器”选项后发排出来的。

（6）“包含图片数据”：飞腾在发排文件时，用户可以在环境设置中对发排文件时是否包含图片数据进行设定，但是，将所有图片信息都包含进 PS 文件中，那么 PS 文件将会很大，会影响网上传输的速度，所以，在环境设置时，也可以设置发排时只包含某些类型的图片，指定这些图片数据是否融入 PS 文件中。

当需要设置 PS 中是否包含图片数据时，单击此按钮，在弹出的对话框中进行设置。

3. 版面设置

“版面设置”选项中的参数主要用于设置显示状态和显示精度。单击图 2-43 中的“版面设置”选项，其对话框参数如图 2-52 所示。图 2-53 和图 2-54 为“版面设置”选项的设置方法。

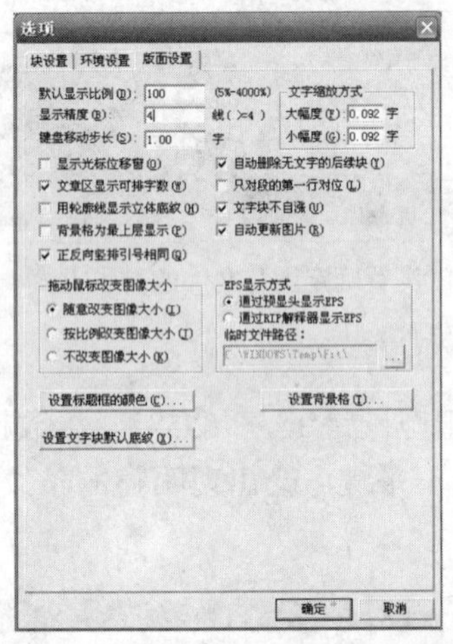

图 2-52　版面参数的设置对话框

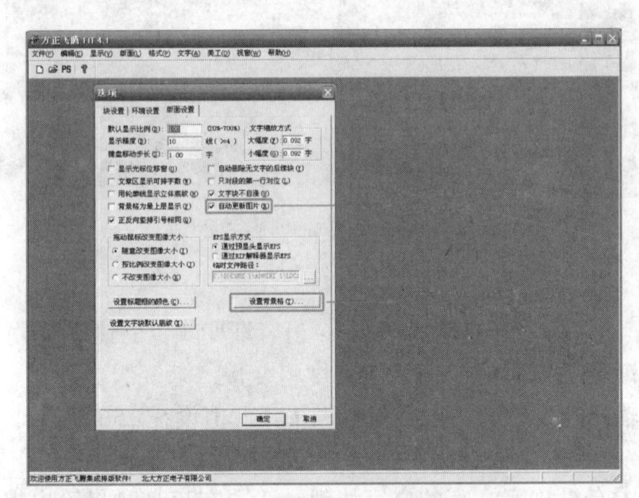

图 2-53　“版面设置”选项的设置方法

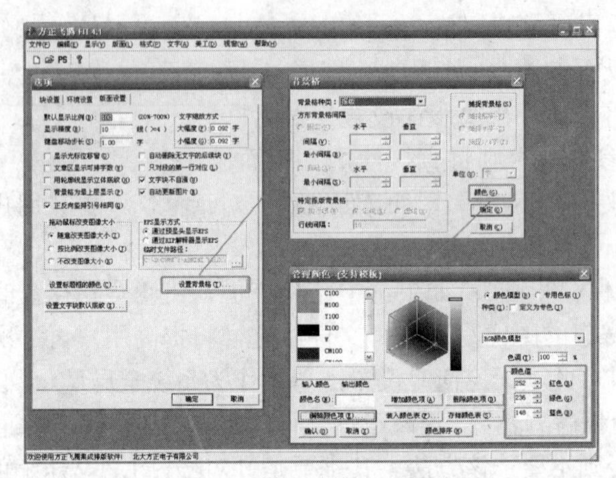

图 2-54　设置背景格的颜色

（1）“默认显示比例”选项可设范围是 20%～800%，该参数值可以决定“显示”菜单下“默认大小”命令的执行结果。

（2）“显示精度”选项参数值的大小可以决定文件的显示速度。

（3）“键盘移动步长”选项用于设置在箭头状态下使用键盘上下左右键移动光标的步长，其默认为 1 个版心字。

（4）“显示光标位移窗”选项用于确定画一个块或改变块的大小时，在光标附近是否显示光标移动的相对坐标值。

（5）“文章区显示可排字数”选项被选中后，在划文字区时将自动显示该文字区内可排文字的个数。

（6）“用轮廓线显示立体底纹”选项被选中后，则对立体底纹只显示其轮廓，这样可以提高显示的速度，而不会影响发排效果。

（7）“设置背景格”按钮用于设置背景格，单击该按钮，将弹出“背景格”对话框，从中可以设置背景格的类型和间隔以及捕捉精度。

在“版面设置”选项中，背景格主要是用于排版时页面对象的定位，对于报纸的排版其背景格可选择“报版”选项；选择了“报版”后，系统将根据“版面设置”对话框中的“设置边空版心”下“背景格设置”中的“背景格栏数”和“栏间距”的参数值来显示背景格，此时，背景格排在版心内，使得版面看起来就好像是报纸的版样纸，页面的边空上显示背景格的行、列坐标，以帮助操作员准确地划出文章区、标题区、图片排放位置，横排时背景格坐标原点在页面框的右上角，竖排时背景格坐标原点在页面框的左上角。另外，“捕捉整字”、“捕捉半字”、“捕捉1/4字”三个选项框用于设置背景格的捕捉精度，即以背景格的整字、半字还是1/4字进行捕捉；在“版面”菜单下的“捕捉”选项中的“捕捉背景格”选项被选中后，背景格就可以使用“捕捉整字”、“捕捉半字”、“捕捉1/4字”三个选项的捕捉精度捕捉向其靠近的对象。

4.“自动存储设置”

该参数的设置可以防止所排的报纸FIT文件丢失后，为了避免重新排版，可以在设置好的自动存储路径中找到相应的排版文件。如图2-55所示为“自动存储设置”选项的设置方法。

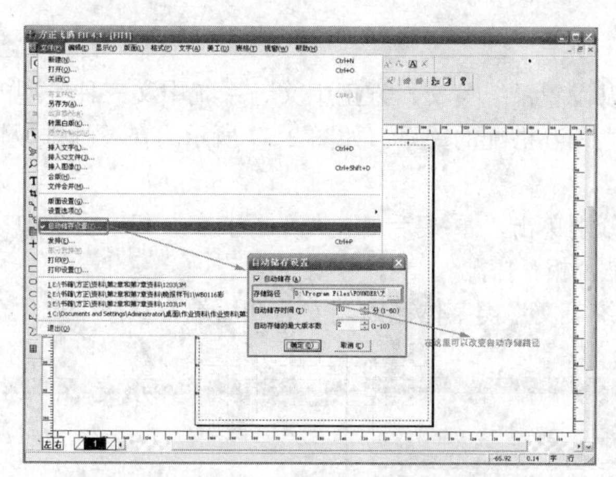

图2-55　“自动存储设置”选项的设置方法

2.5.2　字体设置

在飞腾排版软件中运行“文件”菜单中的“设置选项”命令后，就可以启动“字体设置”命令，该命令启动后将弹出一个“字体设置”对话框，在该对话框中可以设置“字体”、“后端设置”和“搭配中文—外文字体”三个可选项按钮。如图2-56所示为“字体设置”对话框中多个选项，通过按下相应的选项按钮就可以对该选项进行设置。

在该选项中主要是设置整个报纸印前系统的前端设备（主要指使用飞腾软件的排版系统）与后端设备（主要指使用方正PSPNR—RIP输出软件的输出系统）所使用字体的输出种类，也就是在使用RIP输出软件进行输出时，是决定使用飞腾软件的显示字库还是使用方正

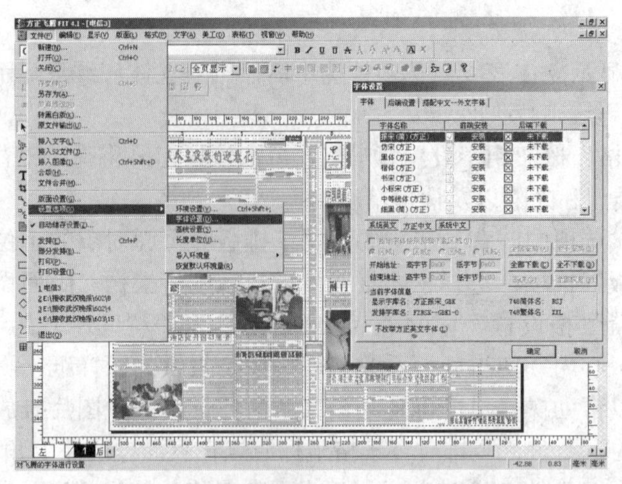

图 2-56 “字体设置”对话框中多个选项

PSPNR—RIP 输出软件中的精密字库进行输出；同时，该选项还可以用于设置在飞腾排版版中字体与 RIP 输出中的字体是否能够相互搭配，从而决定在排版与输出时的字体一致。例如，在前端设备中安装了某一种字体，而在后端设备中没有下载相应的字体，则在方正 RIP 中进行输出时，将会使用 RIP 输出软件中的精密字库进行输出；在前端设备中安装了某一种字体，而在后端设备中下载了相应的字体，则在方正 RIP 中进行输出时，将会使用飞腾中的显示字库进行输出。

1. 配置飞腾字体

在“字体”选项中可以设置系统英文、方正中文、系统中文三种类型的字体，在飞腾排版软件与 RIP 输出软件建立相互搭配的关系。如图 2-57 所示为在飞腾排版软件的字体选择选项中所显示的三种字体类型。

在操作过程中，通过分别单击“系统英文”、“方正中文”和“系统中文”按钮就可以进入相应的字体类型中设置是否相互搭配。

如图 2-58 所示为“系统英文”类字体在前端安装和后端下载两个选项全部被勾选，表示

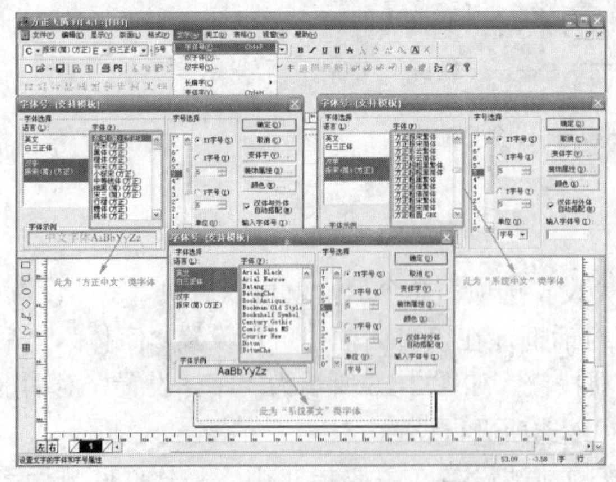

图 2-57 在飞腾排版软件的字体选择选项中所显示的三种字体类型

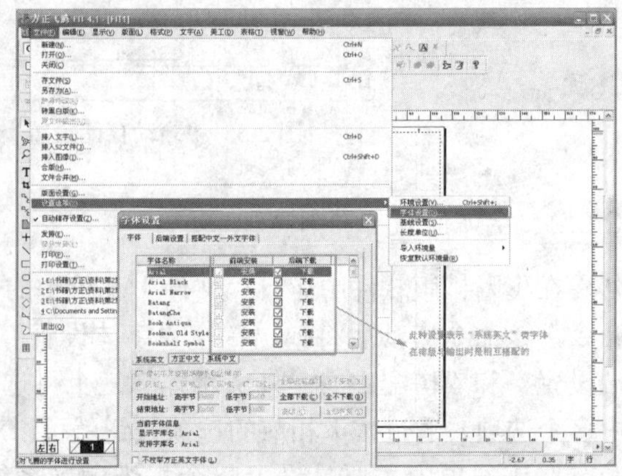

图 2-58 在排版与输出时“系统英文”类字体是相互搭配的

通过飞腾发排后的 PS 输出文件中使用的字体就是飞腾中“前端安装”选项中所使用的字体，在使用 RIP 输出软件对其进行输出时就不会调用 RIP 中的精密字库进行输出，而是使用的飞腾中的显示字库字体。

如图 2-59 所示为“方正中文”类字体在前端安装被勾选，在后端下载中没有被勾选，则表示通过飞腾发排后的 PS 输出文件中使用的字体不是飞腾中“前端安装”选项中所使用的字体，在使用 RIP 输出软件对其进行输出时就系统将会自动调用 RIP 中的精密字库进行输出。

如图 2-60 所示为“系统中文”类字体在前端安装和后端下载两个选项全部被勾选时，表示通过飞腾发排后的 PS 输出文件中使用的字体就是飞腾中“前端安装”选项中所使用的字体，在使用 RIP 输出软件对其进行输出时就不会调用 RIP 中的精密字库进行输出，而是使用的飞腾中的显示字库字体。应该特别注意的是：在“后端设置”选项中勾选所有字体后，在输出时将会使用飞腾中的显示字库进行输出，而不是使用 RIP 中的精密字库进行输出，因此，所输出的文字使用的质量将会受到影响，其精度不会比精密字库中的文字高。对于这种解决报纸版面输出中出现缺字现象这一问题的方法，在正常的报纸排版输出中，是不赞成使用的，只有在万不得已的情况下，才能使用前端安装和后端下载两个选项全部被勾选的这种方法，处理一些特殊汉字或繁体字正常输出问题。

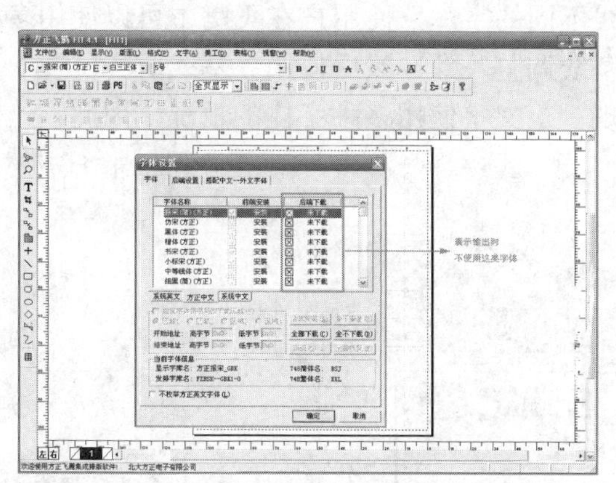

图 2-59　在排版与输出时“方正中文”类字体不是相互搭配的

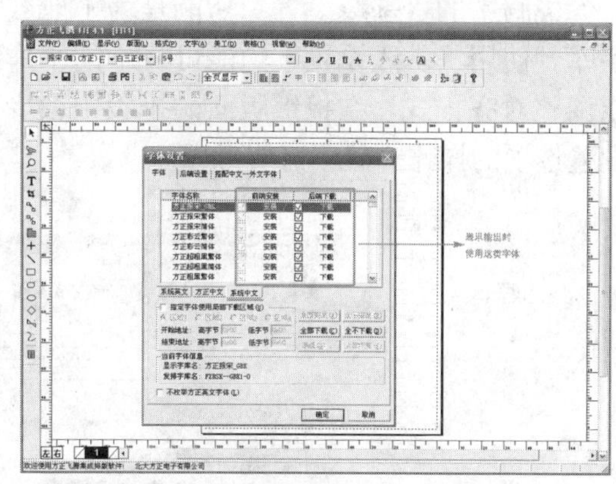

图 2-60　在排版与输出时“系统中文”类字体是相互搭配的

2. 后端设置

在“后端设置”选项中可以设置后端输出设备（也就是 RIP 输出设备）可以使用的字体数量，该选项中包括“后端 748 码字库”和“后端 GBK 字库”两大类，只有勾选的字体，才能在 RIP 输出软件中正常进行输出。如图 2-61 所示为“后端设置”选项中没有选中和选中的字体。

3. 搭配中文—外文字体

在“搭配中文—外文字体”选项中可以设置在汉文、外文与数字混排的文字中如何统一规定这三种文字的字体搭配，如在混排的文字中使用了报宋字体，如果在此项设置中将报宋对应的外文与数字设置为白三正体字，则混排的文字中的汉字为报宋，而外文与数字则为白三正体字。如图 2-62 所示为“搭配中文—外文字体”选项中的中文和外文搭配设置。

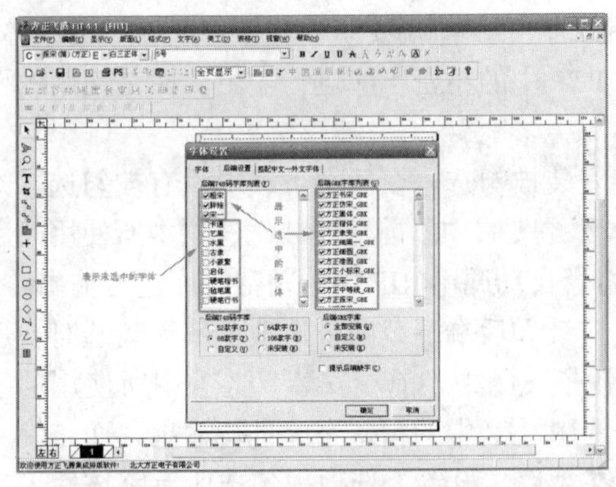

图 2-61 在“后端设置”选项中没有选中和选中的字体

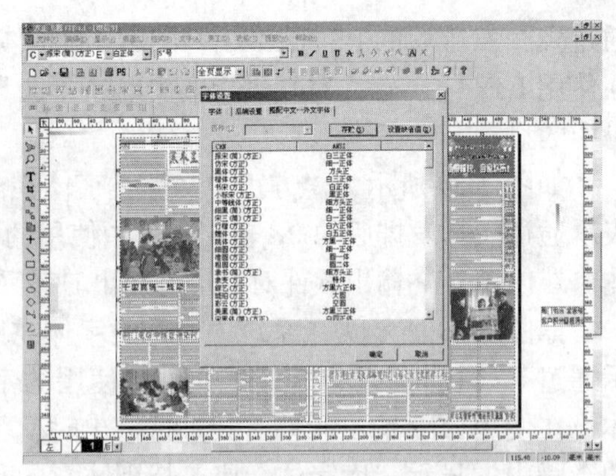

图 2-62 在“搭配中文—外文字体”选项中的中文和外文搭配设置

2.5.3 基线设置

在飞腾排版软件中运行“文件”菜单中的“设置选项”命令后，就可以启动“基线设置”命令，该命令启动后将弹出一个如图 2-63 所示的“基线设置”对话框。

飞腾中的“基线设置”功能是为了兼容基线不同的字库，使用户在飞腾中可以使用多种字库。使用“基线设置”功能可将不同字库的基线调整一致，然后使用“基线对齐位置”功能调整对齐方式。在报纸版面的排版中很少出现一行文字使用多种字体的情况，因此，这个设置选项的操作一般不需要考虑。

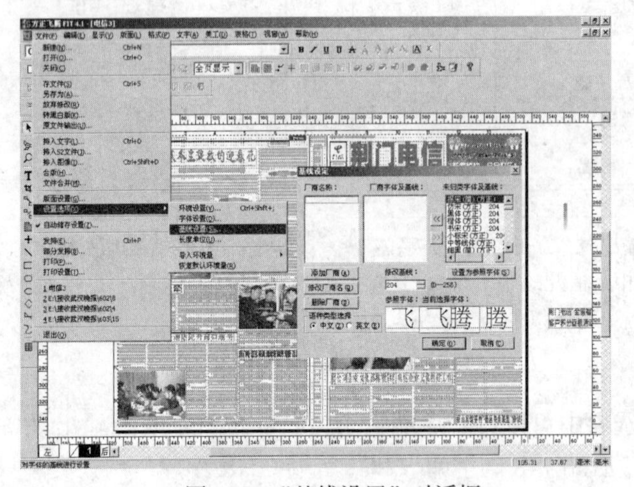

图 2-63 “基线设置”对话框

2.5.4 长度单位

在飞腾排版软件中，度量长度的单位叫做长度单位，飞腾排版软件提供使用的长度单位有“字”、“磅”、“毫米”、“英寸”、“厘米”、“级”、“PICA”。长度单位是飞腾排版软件中最重要、最基本的参数量，很多与长度大小有关的参数量的设置都是以它为基础的。在第一次启动飞腾排版软件后，应当首先调用“文件”菜单中“设置选项”下的“长度单位”命令，在弹出的如图 2-64 所示的“长度单位”对话框中进行设置。在“长度单位”对话框中可设置五类参数的长度单位，除“字号单位”、“字距单位”、“行距单位”、“Tab 键单位”外，所有其他参数的默认单位都将使用“坐标单位”，如尺子刻度等，只有个别地方固定长度单位为 mm。

在飞腾排版软件中，长度单位的选择应该根据排版的需要进行确定，对于报纸版面的排版一般都应将长度单位选择为“字”。如图 2-65 所示为在一个报版中设置长度单位的具体操作方法。

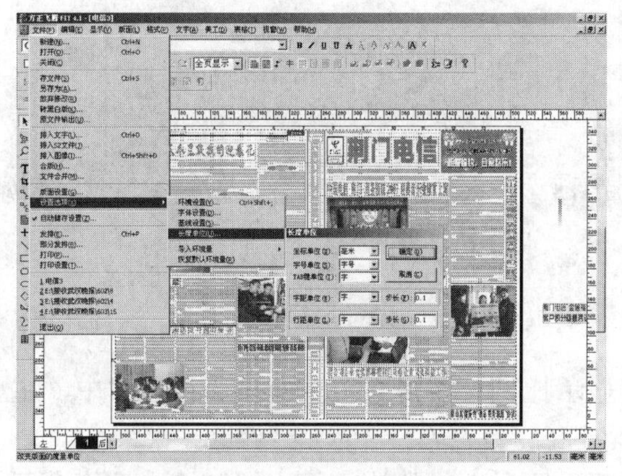

图 2-64 “长度单位”对话框

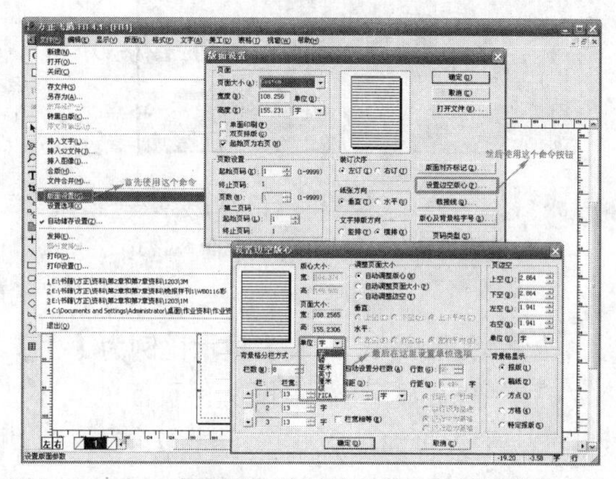

图 2-65 在一个报版中设置长度单位的具体操作方法

为了对飞腾提供的长度单位有一个明确的概念，下面将各单位的意义及换算说明如下：

（1）字：与一个字等长的距离为 1 字，例如，文字单位使用级（1 级是 0.25mm），其大小设为 12 级，则 1 个字（0.25×12）的长度等于 3mm。

（2）磅：1 磅约等于 0.35mm，1/72mch。

（3）英寸：1 英寸约等于 2.54cm，相当于 72 磅。另外，1 英寸约等于 6 PICA。

（4）级：1 级等于 1/4mm，即 0.25mm。

（5）PICA：1 PICA 为 12 磅，0.166mch。

提示

当长度单位选用了“字”之后，其长度与当前字号的参数量有关。字的大小根据“版面设置”对话框中字号的改变而改变。另外，当“坐标单位”选用了“字”之后，在有些对话框中与高度有关的参数单位会变为“行”，例如，“纵向调整”中的“总高”选项，“环境设置”中“块默认大小”选项内的“块高”选项，“块参数”中的“块高度”选项，状态窗口中的Y坐标值和高度值等。

2.6 显示设置和相关工具

“显示”菜单中的大部分命令都是用于设置排版时的显示状态。比如，是否在飞腾窗口中显示尺子、卷动条、工具条、状态行等。如图 2-66 所示为“显示”菜单中命令选项。

2.6.1 显示比例

1. 利用菜单命令选择显示比例。

（1）“显示”|“显示比例”带有一个子菜单，如图 2-67 所示列出了 12 种显示比例。

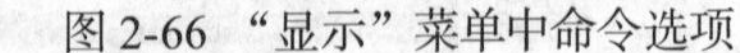

图 2-66 “显示”菜单中命令选项

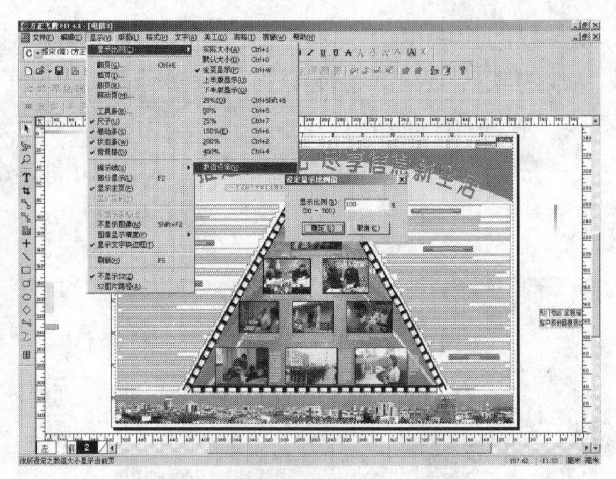

图 2-67 设置“显示比例”选项窗口

（2）“实际大小”：表示显示比例为 1 ∶ 1。

（3）“全页显示”：根据文件页面的大小改变显示比例，使得整个页面显示在窗口中，主要用于观察大页面的版式。

（4）“默认大小”：按照“环境设置”｜“版面设置”｜“默认显示比例”的比例值进行显示。用户还可以从“显示”｜“数值设定”｜“设定显示比例”对话框中自设显示比例，也可以直接在工具条的“显示比例”处输入预显的比例，范围为 5 ～ 4000。

（5）“上半版显示”和“下半版显示”：它是针对当前页而言，上、下版面的划分以整个版面长度的一半为界限。当选择“上半版显示”命令时，当前页的上半版显示在飞腾的编辑区内；当选择“下半版显示”命令时，当前页的下半版显示在飞腾的编辑区内，而且只针对单页排版。在双页排版情况下，默认为显示左页的上下版。当用户按住 Ctrl 键的同时再选择“上半版显示”、“下半版显示”选项时，则显示右页的上下版。

2. 用缩放工具改变显示比例

选择“工具条”中的缩放工具，按住鼠标左键在需要放大的版面周围画一个矩形，然后松开鼠标，版面将以矩形为中心放大。若在拖动鼠标的同时按住 Ctrl 键将缩小版面。

3. 通过鼠标操作改比例变显示

鼠标操作也可以改变当前文件的显示比例，比如使用“Ctrl ＋鼠标右键”可以使显示比例在“默认大小”和“全页显示”之间切换，使用“Shift ＋鼠标右键”可以使显示比例在“默认大小”和“200%”之间切换。

4. 使用快捷键改变显示比例

飞腾为“显示比例”子菜单中的主要命令设置了快捷键，因此用户也可以直接按相应的快捷键改变显示比例。如按快捷键 Ctrl ＋ 1 显示比例为实际大小，按快捷键 Ctrl ＋ 0 显示比例为默认大小。每个命令后面都有快捷键的提示。

“显示比例”选项在报纸的排版中的使用，可以大大方便对文字部分进行排版与修改。如图 2-68 和图 2-69 所示为整版显示与局部放大显示报纸版面，整版显示可以完整查看整个报版的图文布局，局部放大显示可以方便地对报版中的某一个部位的图文进行排版或修改。

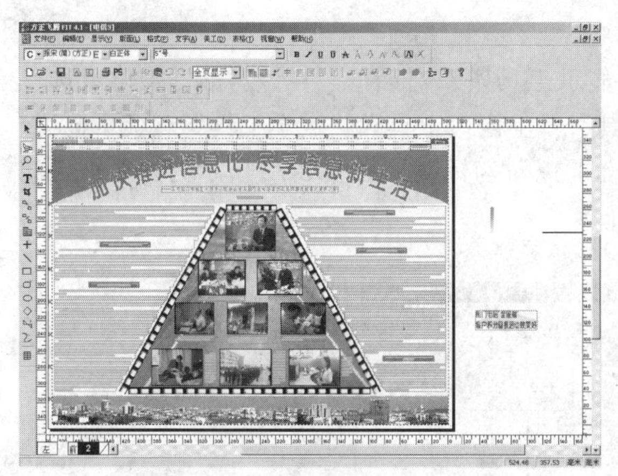

图 2-68　整版显示报纸版面

图 2-69　局部放大显示报纸版面

2.6.2　尺子

通过选择“显示”菜单中的“尺子”选项，可以在飞腾排版窗口的上、下、左、右分别显示出垂直标尺和水平标尺。如图 2-70 所示为设置“尺子”选项窗口。

尺子起着坐标的作用，用于对象的定位。拖动两个尺子的交点，可以改变尺子坐标的原点，如图 2-71 所示。双击两个尺子的交点，可恢复尺子的原点为版心的左上角。尺子上的刻度，由“长度单位”选项中的“坐标单位”选项确定。

当鼠标在页面上移动时，标尺上有两条虚线跟随移动代表当前鼠标的位置。另外，在飞腾的状态栏中也会显示出当前鼠标位置的数值。

图 2-70　设置“尺子”选项窗口

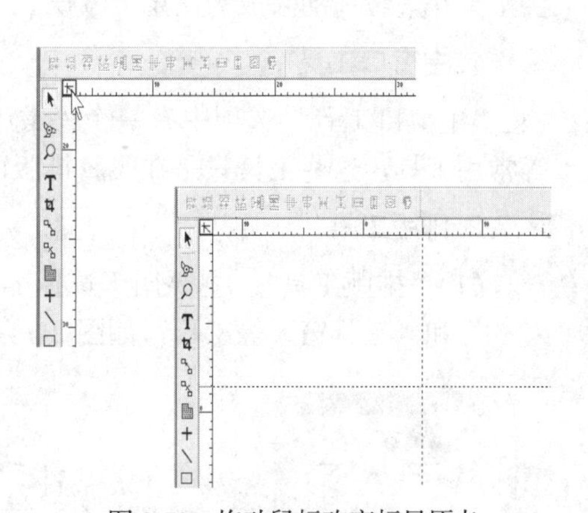

图 2-71　拖动鼠标改变标尺原点

2.6.3　工具条

飞腾排版软件中提供了许多操作工具，有用于排表格的，有用于排数学公式的，有用于排文字的，有用于图元排版的，有用于基本操作的，等等。有些工具的使用会简化操作，如加着重点、块层次的调整，在工具上单击即可，不必从菜单中层层寻找命令；有些操作则必须使用工具才能完成，如画图元必须使用图元工具，块对齐操作必须通过块对齐工具，排数学公式必须用数学工具。

选择“显示”|“工具条”命令，将弹出“显示工具条”对话框，在该对话框中可以选择要在屏幕上显示的工具类型，其中有“排版工具”、“主窗口工具”、“数学工具”三个页选项，每个页选项中列出的工具不同，选中的在名称前面以对勾标明，如图 2-72 所示为“显示工具条”对话框。

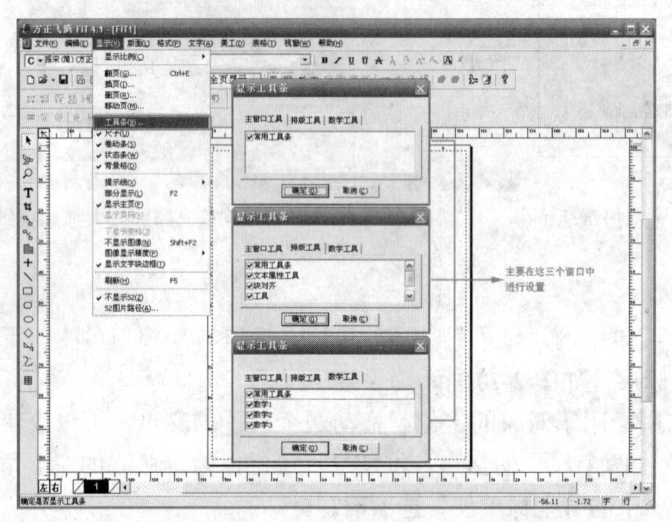

图 2-72 “显示工具条”对话框

编辑不同对象时要使用不同的形状改变工具，工具被选中后鼠标指针也会发生相应改变，这时就可以进行相应的编辑操作了。工具条可以被拖动，放在屏幕的任何位置，也可以用箭头工具在边缘拖动来成为 2 层或 3 层。

1. 主窗口工具

“主窗口工具”选项中有一个“常用工具条”选项，其中包括“新建”、“打开”、“发排”等常用工具，这些工具只是在飞腾排版窗口中无文件打开时才显示，如图 2-73 所示。

2. 排版工具

（1）“排版工具”：主要用于选择屏幕上是否显示“常用工具条”、“文本属性工具”、“块对齐”和“工具箱”等工具，如图 2-74 所示。

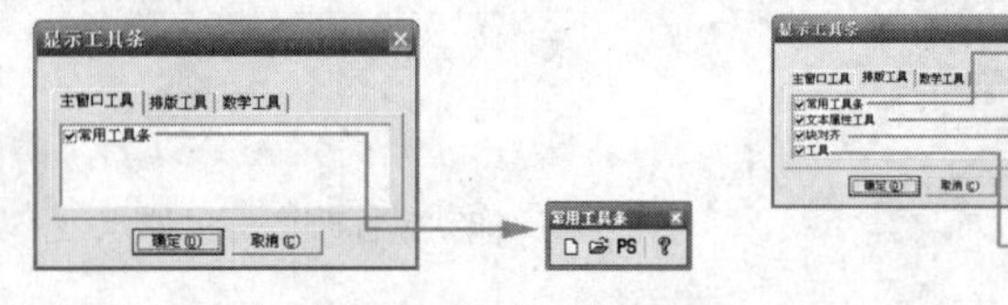

图 2-73 “主窗口工具”选项卡

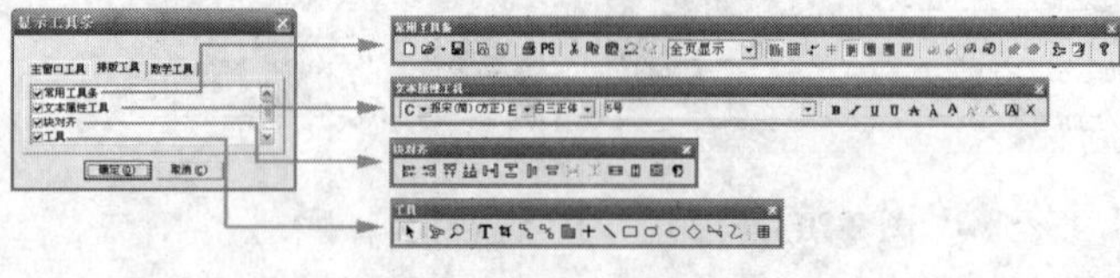

图 2-74 “排版工具”选项卡

（2）“常用工具条”：从左到右工具依次为新建、打开、存文件、排版、排入图像、打印、发排、裁剪、复制、粘贴、恢复、重复、显示比例、显示文字块边框、显示背景格、固定提示线、排版方向、层次翻动、块合并 / 分离、表格、数学、关于飞腾。

（3）“文本属性工具”：主要用于文字的编辑，从左到右工具依次为字体、字号、字加粗、斜体字、下划线、上划线、中划线、上着重点、下着重点、上标字、下标字、加通字底纹、删注解、叠题、纵中横排、段首大字、左对齐、居中、右对齐、撑满。

（4）“块对齐”的操作只能通过块对齐工具来完成。

（5）“工具箱”中包括最常用的箭头工具、文本工具以及图元工具等。下面将依次介绍工具箱中的各种工具。

（6）“选取工具”：用于选取对象。按 Ctrl+Q 键，可在选取工具与文字工具间切换。选择选取工具的同时，按住 Alt 键，在页面上单击，光标形状变为，这时拖动鼠标可以移动页面位置。

（7）“旋转 RS 工具”：用于对象的旋转、倾斜、变倍操作，其快捷键为 X。

（8）“缩放工具”：用于改变显示比例；工具中是“＋”时，为放大显示。按下 Ctrl 键后，工具中变成“－”，为缩小显示，其快捷键为 A。

（9）“T 文字工具”：用于输入文字，选取文字。

（10）“图像裁剪工具”：用于裁剪图像和在裁剪区内移动图像以选取最佳的裁剪部位，其快捷键为 T。

（11）“连接工具”：用于连接几个文字块，使得它们之间有文字的续排连接关系。

（12）“取消连接工具”：用于将文字块之间的链接取消。

（13）“文字块工具”：用于画不规则文字块，其快捷键为 F。

（14）“＋画线工具”：用于绘制水平或垂直直线。

（15）“＼画线工具”：用于绘制直线，其快捷键为 D。

（16）“□画矩形工具”：用于绘制矩形或正方形，其快捷键为 R。

（17）“画圆角矩形工具”：用于绘制圆角矩形。选中该工具停留片刻，会弹出工具条，可以画内圆角矩形，其快捷键为 V。

（18）“○画椭圆形工具”：用于绘制椭圆形或圆形，其快捷键为 Q。

（19）“◇画菱形工具”：用于绘制菱形，其快捷键为 E。

（20）“画多边形工具”：用于绘制多边形或折线。选中该工具停留片刻，会弹出工具条，可以画五边形、六边形和八边形，其快捷键为 C。

（21）“画贝塞尔曲线工具”：用于绘制贝塞尔曲线，其快捷键为 B。

（22）“画表格工具”：用于表格的绘制。

3. 数学工具

“数学工具”选项中有 4 个选项：“常用工具条”、“数学 1”、“数学 2”、“数学 3”，在“数学工具”中包含有排各种数学公式的工具，如图 2-75 所示。

图 2-75 “数学工具”选项卡

在“显示”菜单中除了以上一些使用较为频繁的命令之外，还包括：“卷动条”、“状态条”、“背景格”、“提示线”、“显示文字块边框”、“图不显示”、“部分显示”、“不显示 S2 文件”、“显示主页”和“显示页码”命令，这些命令一般都不需要太多的设置或者根本不需要进行设置即可直接使用。

2.7 排版规则与参数的设置

在飞腾排版软件中可以对排版的规则与参数做预先的设置，系统将按照这些规则与参数完成排版。在报纸排版中的排版规则与参数有：排版方向、分栏、图文互斥、捕捉、图片参数、空格定义、标点类型、段格式、定义 Tab 键、基线定义、行不禁排、拆行方式、竖排字不转、对位排版、行距、字距、长扁字、插入盒子、底纹与划线、线型、花边、底纹、颜色、圆角矩形、漏白预校等参数。在飞腾排版软件主窗口中其具体操作可以通过图 2-76 和图 2-77 所示的“版面”和“格式”两个菜单进行。

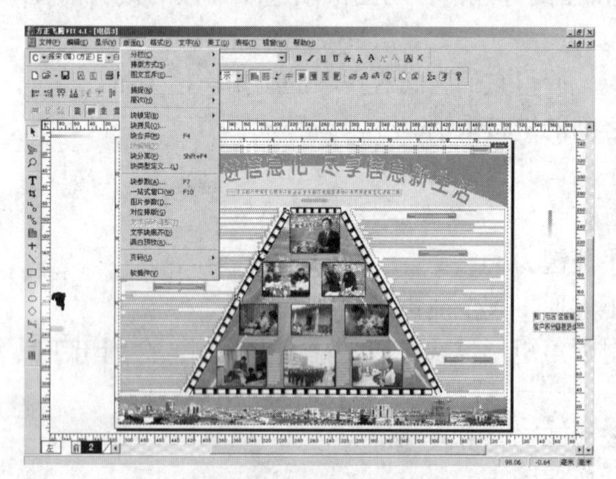

图 2-76 “版面”菜单

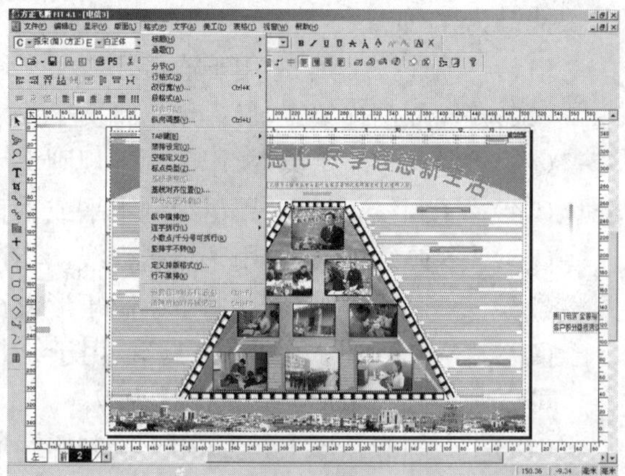

图 2-77 “格式”菜单

飞腾排版软件对以上排版规则与排版参数都有默认的设置，如果不对它们作特殊的设置，则系统使用默认值进行排版处理。以上排版规则与排版参数的具体设置方法都比较简单，在不选中任何文字、图元或图像块时，使用相应的命令即可进入事先设置好相关的参数值。

2.8 浮动窗口的设置

飞腾为编辑操作提供了各种必须的浮动窗口，用于满足不同的需要。浮动窗口打开后将一直展开在屏幕上，可以进行多次操作。浮动窗口可以被拖放到屏幕的任何位置，有的浮动窗口还可以被收卷起来，只留下窗口的标题条，待需要时再展开，在窗口标题条上的“三角形”按钮用于卷起或展开浮动窗口。

浮动窗口的设置大多在飞腾软件主窗口中的“视窗”菜单中完成，图 2-78 所示为“视窗”菜单中的设置选项，其操作方法也比较简单，一般只需要勾选需要使用的浮动窗口，所选中的浮动窗口就可以在飞腾

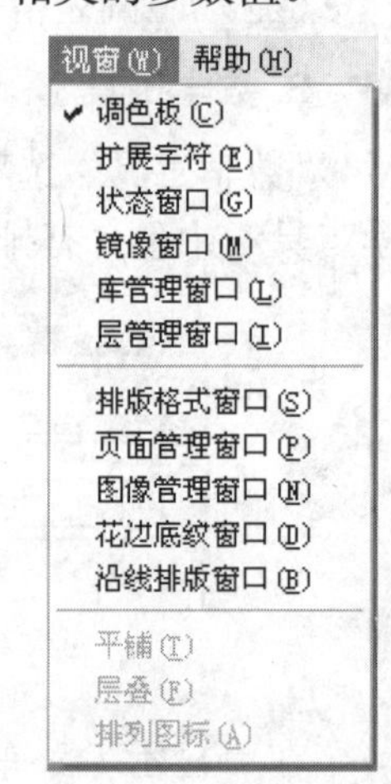

图 2-78 “视窗”菜单

主窗口中显示出来。在报纸的排版中，因为报纸版面的排版内容比较多，其中一些图文内容将占用一些排版区域外的一些空间，因此很少需要打开浮动窗口，只有在需要时临时打开即可。

2.9 一个简单的排版实例

飞腾排版软件主要用于报纸和期刊版面的排版，本节以图 2-79 所示的一个简单报纸版面为例，简要介绍一下飞腾排版软件的基本使用方法，报纸版面的具体排版操作过程可参阅第 7 章中介绍的内容，其具体操作步骤如下。

（1）首先是准备报纸排版的相关图文数据，使用相关软件处理好源图像文件和文字文本文件，使之能够满足排版与印刷需要，并将图像文件和文字文本文件保存到使用飞腾软件的本地计算机中。

（2）打开飞腾软件，并建立一个版心文件。在建立版心文件时，应该根据报纸版面设置好版心大小（栏数和行数）、度量单位、主字体号、正文行距等主要参数，其操作窗口如图 2-80 所示。

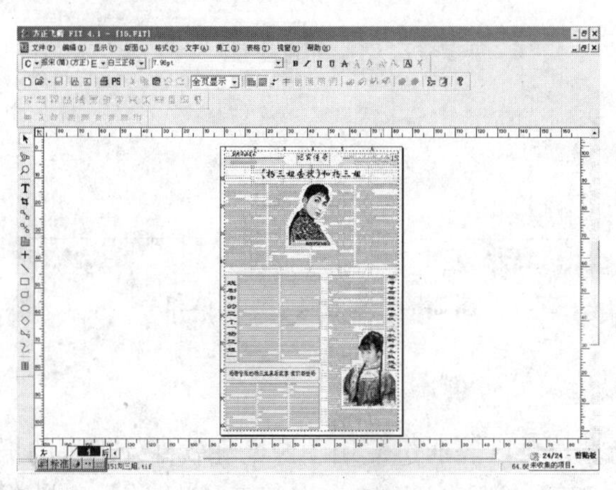

图 2-79　报纸版面

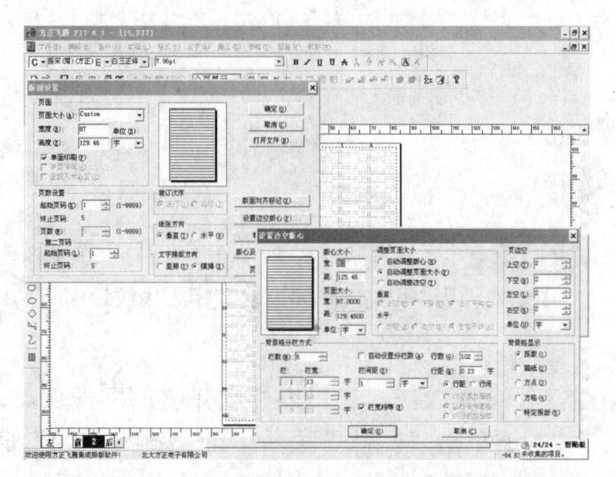

图 2-80　报版版心文件的相关参数设置

（3）对于如图 2-79 所示的报纸版面排版，首先是制作报眉。报眉中主要包括版序、本版主题、出版时间、报头题字、本版编辑及制作人和一个底纹等信息。

1）使用飞腾软件排版窗口左侧工具条中的“画矩形工具”画出一个矩形框，如图 2-81 所示。将矩形框大小设置为版面中所需的大小，并将其设置为一个底纹块，可以使用“美工”菜单中“底纹”命令完成对底纹块的设置，如图 2-82 所示。

2）激活工具条中的“椭圆制作工具”画出一个椭圆，单击“美工”菜单中“底纹”命令，将底纹块设置为白色，然后根据版面要求设置好高度和宽度值，将白色椭圆形底纹块压在矩形底纹块上，将白色椭圆形底纹块设置在矩形底纹块的上层，用白色椭圆形底纹块的一半覆盖矩形底纹块中间的上半部分，效果如图 2-83 所示；在白色椭圆形底纹块中间处输入本版主题文字，单击“文字”菜单中“字体号”命令，完成对字体和字号的设置，如图 2-84 所示。

3）用同样的方法将版序、出版时间、报头题字、本版编辑及制作人等内容，根据需要排入矩形底纹块中或底纹块外相应的位置上，在操作时可以通过激活“选取工具”，移动任意一

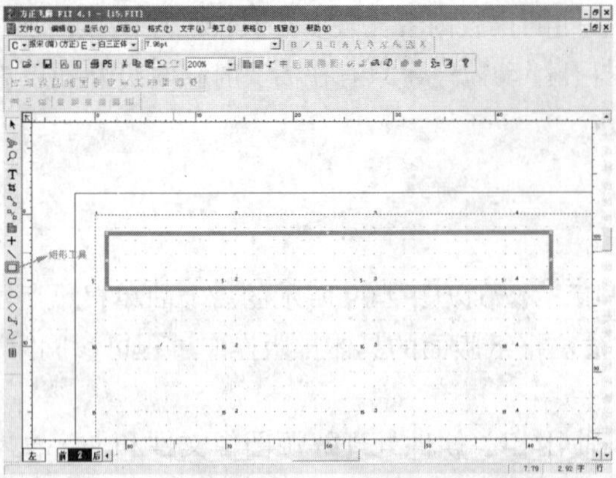

图 2-81　使用“矩形制作工具”画出一个矩形框

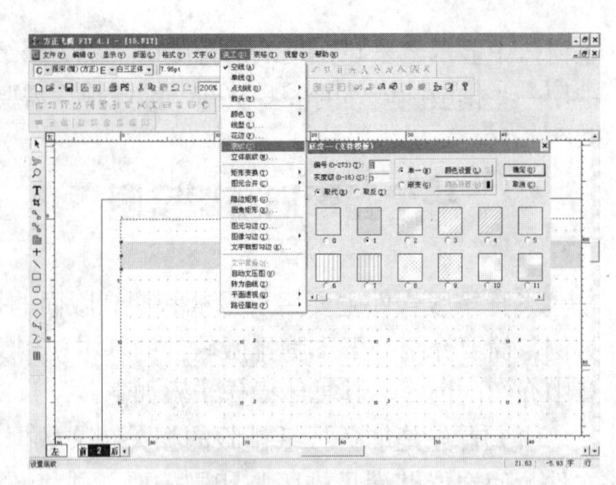

图 2-82　对底纹块进行设置

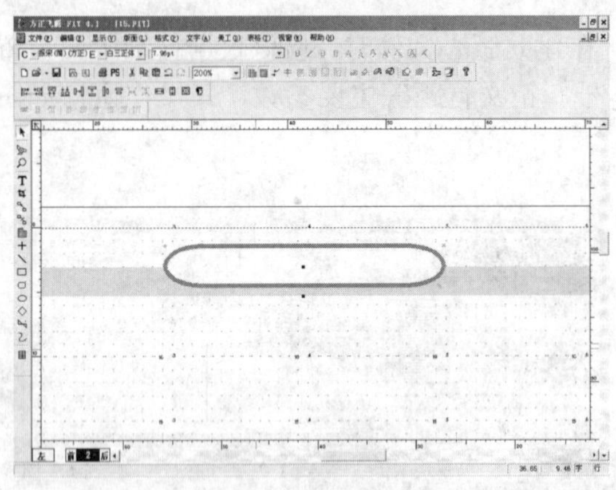

图 2-83　用白色椭圆形底纹覆盖矩形底纹块中间的上半部分

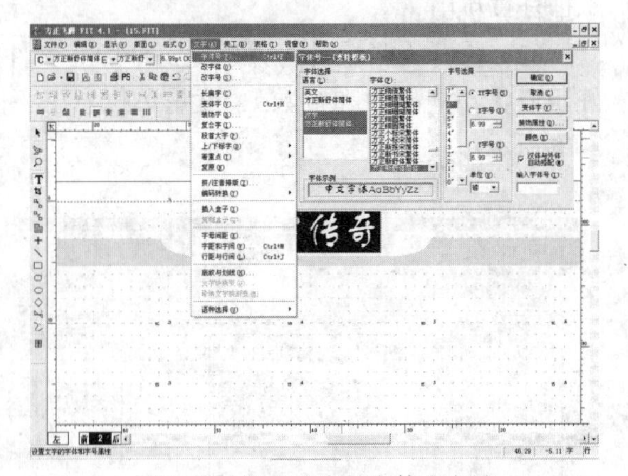

图 2-84　设置文字的字体和字号

个文字或底纹块，也可以移动排入的图像块。

4）单击“文件”菜单中的“排入图像”命令，将已经通过使用图像处理软件处理好的报头题字图像文件排入到飞腾文件中，如图 2-85 所示；激活“旋转与变倍工具”，将排入的报头题字图像缩放到合适的大小，效果如图 2-86 所示；将调好的报头题字、图像移动至底纹块中相应的位置后，即可完成报眉的制作。

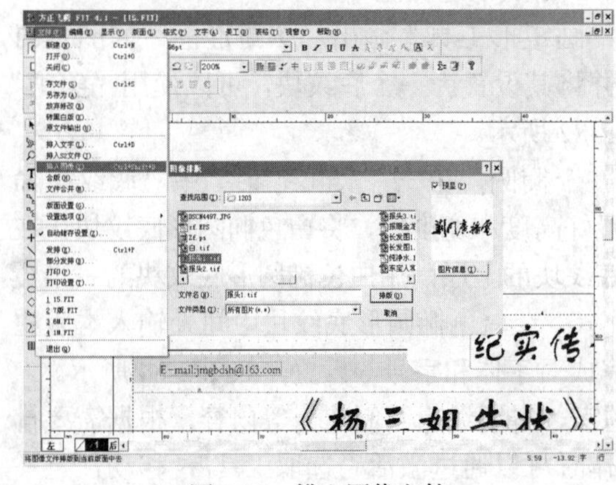

图 2-85　排入图像文件

图 2-86　图像缩放操作

（4）在报眉的制作完成后，就可以开始报纸版面中文字和图像的排版。

1）单击“文件”菜单中的“排入文字”命令，将准备好的文字排入飞腾中，如图2-87所示；激活“文字工具”，选中文章标题部分的文字，单击“格式”菜单中的“标题”命令，制作文章标题，如图2-88所示，正确设置标题的位置、大小及排版方式等相关参数；在标题区选中标题文字，单击“文字”菜单中的“字体号”命令，设置标题文字的字体和字号，效果如图2-89所示；激活“选取工具”，选中标题块，单击“版面”菜单中的“排版方式”命令，设置标题文字的排版方式，如图2-90所示；激活“文字工具”选中标题中的文字，单击“文字”菜单中的“变体字”命令，如图2-91所示，设置文字属性。

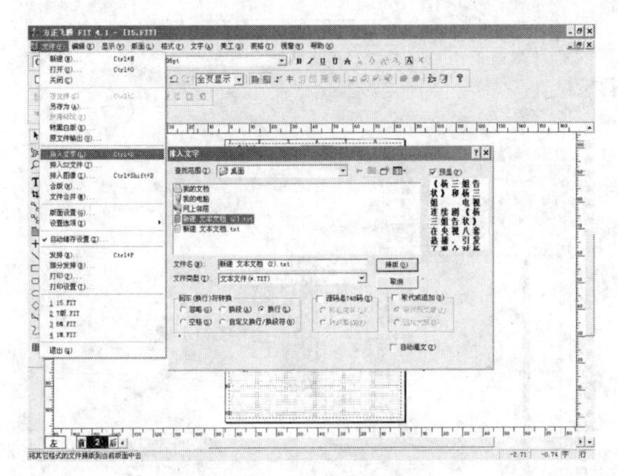

图2-87 排入文字文件

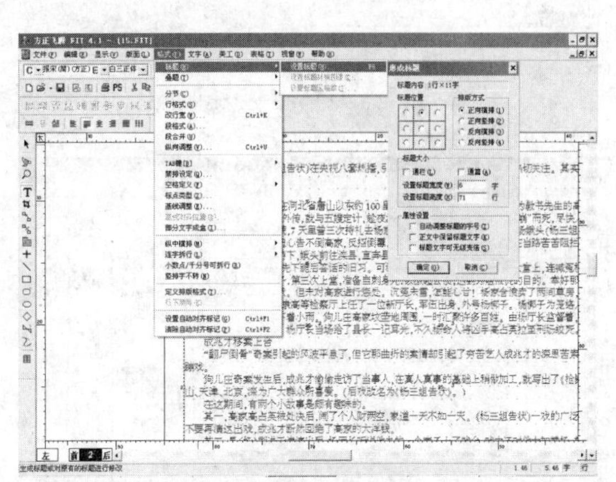

图2-88 设置标题的位置及大小、排版方式

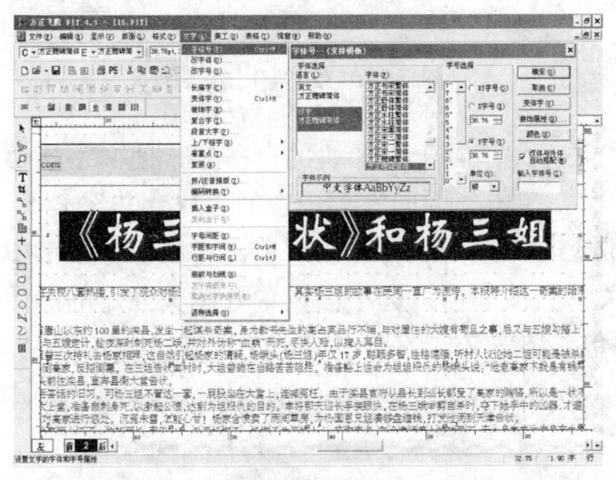

图2-89 设置标题文字的字体和字号

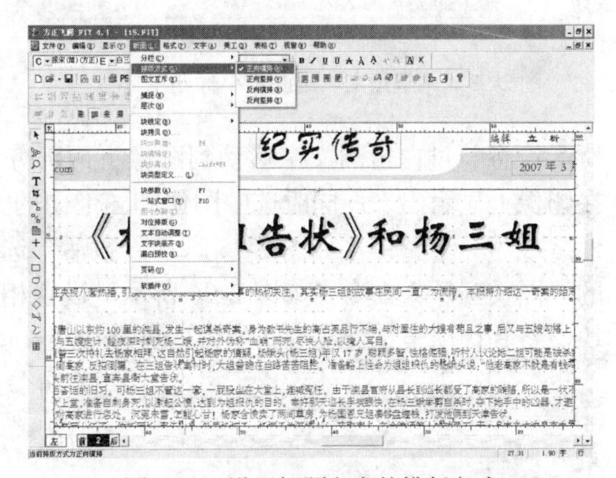

图2-90 设置标题文字的排版方式

2）文章制作完成后，可以对正文块的排版进行设置；首先是设置正文块的栏数，激活“块选取工具”选中正文块，单击“版面”菜单中的“分栏”命令进行分栏设置，如图2-92所示；然后对正文中的段落进行调整并制作正文中的小标题等操作，效果如图2-93所示。

（5）在图2-79所示的报纸版面中，本版的头条文章的正文块中包含了一个图像文件，可以通过“排入图像”命令首先排入图像文件，再通过相应的操作置入正文块；在排入图像后，将图片的说明文字通过“排入文字”命令排入飞腾中，然后选中图片说明文字，在设置好字体号后，单击“文字”菜单中“变体字”命令，对文字进行勾白边操作，效果如图2-94

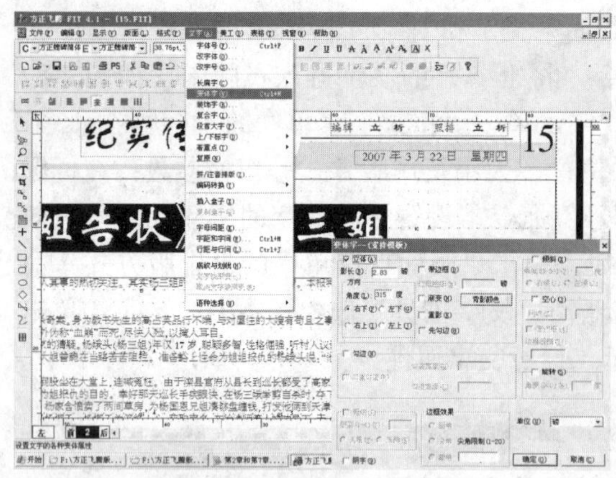

图 2-91 设置标题文字属性

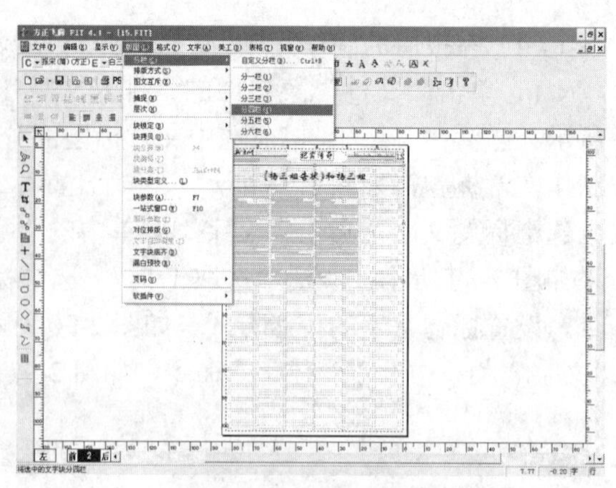

图 2-92 设置正文栏数

图 2-93 调整正文段落设置小标题字体号

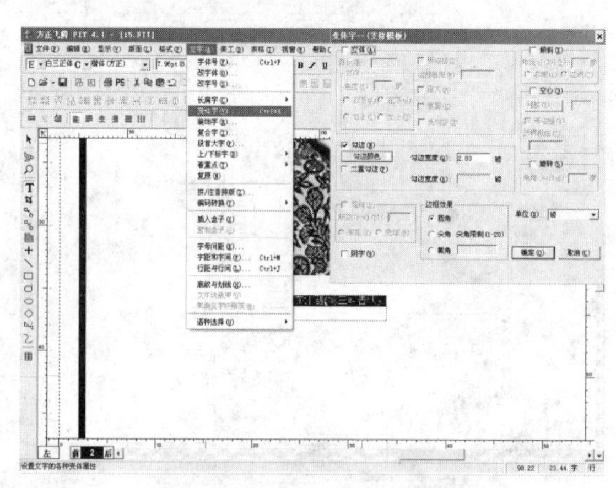

图 2-94 文字勾白边操作

所示；将勾过白边的文字移动到图像下面部分，并将文字置于图像块的上一层，使文字能够在图像上显示出来；同时选中图像和图像中的文字，单击“版面”菜单中的“块合并”命令，使之成为一个整体，如图 2-95 所示；激活“选取工具”选中该合并块，单击“版面”菜单中的“图文互斥”命令，如图 2-96 所示，设置相关参数值即可；选中已设置好图文互斥的图像块，将其移动至正文块中间位置即可完成正文中包含图像文件的操作。

图 2-95 合并图像与文字块

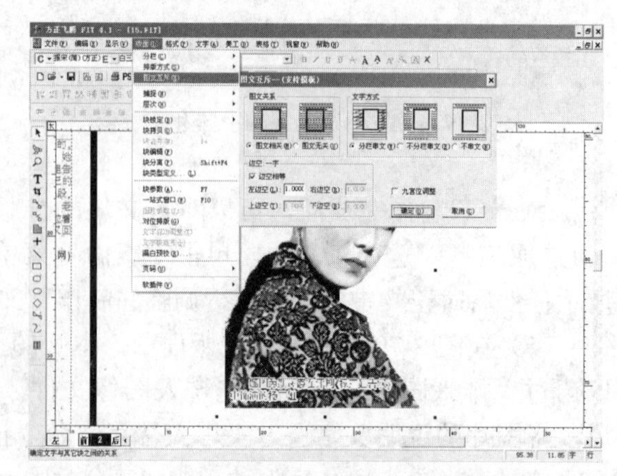

图 2-96 设置“图文互斥”窗口中的相关参数值

（6）在图 2-79 所示的报纸版面中，右下角的文章排版中也包含一个图像文件。首先单击“排入文字”和“排入图像”命令，将文章中的文字和图像排入飞腾中，放于排版版心区外的辅助排版区，如图 2-97 所示；然后将文字块移动到报纸版面右下角位置，激活“选取工具”选取文字块，同时按下 Shift 键，选中显示在文字右上角的块操作点（红色的小四正方块），向右下方拖动鼠标左键，在正文块内挖出一个制作标题的位置，使用同样的方法再按不同方向挖出一个不规则的图像排版区域，效果如图 2-98 所示；激活“文字工具”选中文块中用于制作标题的文字，利用“复制”和“粘贴”命令，将标题部分的文字单独置于飞腾版面中，使其成为一个独立的文字块；激活“选取工具”选中标题文字块，单击“版面”菜单中的“排版方式”命令，制作一个竖排标题，效果如图 2-99 所示；激活“文字工具”选中标题文字，正确设置字体，利用“旋转与变倍工具”对标题块进行放大操作，从而完成标题的字号大小设置，效果如图 2-100 所示。

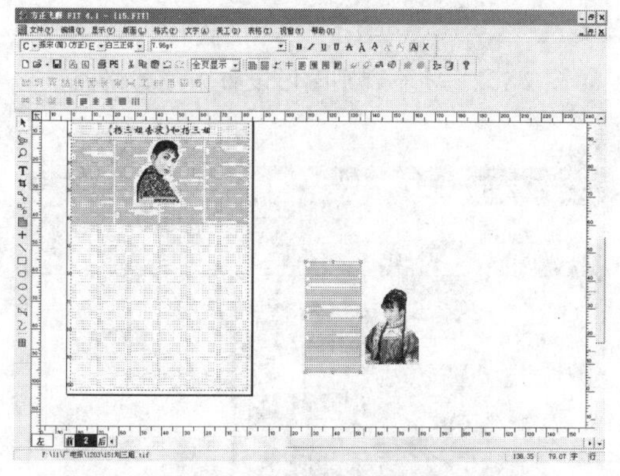

图 2-97　将文字和图像排入辅助排版区

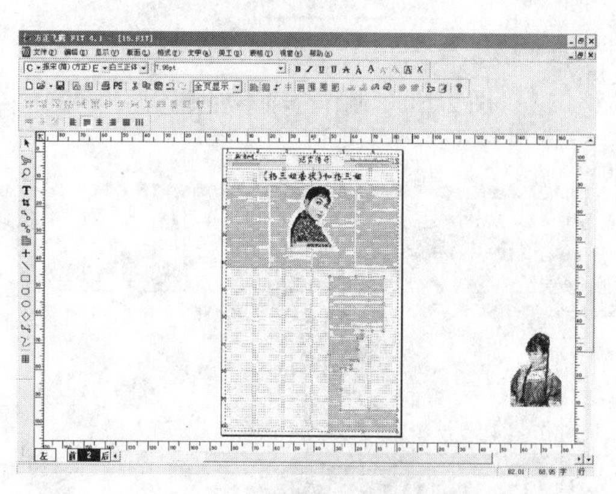

图 2-98　在正文块中挖出一个不规则空白区域用于标题与图像排版

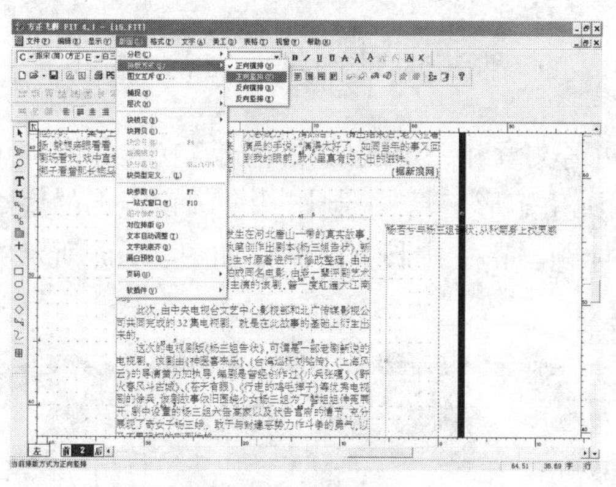

图 2-99　设置标题的排版方式

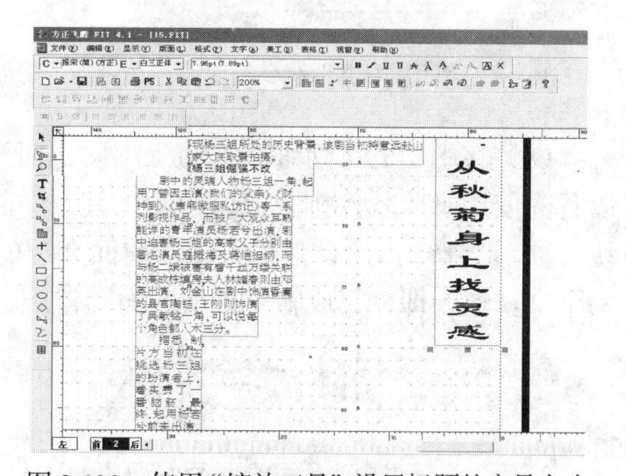

图 2-100　使用“缩放工具”设置标题的字号大小

（7）对于使用“排入图像”命令排入的图像文件，可以使用“旋转与变倍工具”对其进行等比例缩放操作，使之大小与正文块空白处的大小一致；由于正文空白处为一个不规则形状，因此排入的矩形图像在置于不规则空白处时，可能会压住文字块中的部分文字，因此，应先对图像进行相应的处理，将图像中的一些不需要的部分去掉，使图像变为一个不规则形状；激活“画多边形工具”，制作一个如图 2-101 所示的不规则图形；选中这个不规则图形，单击“美工”菜单中的“路径属性”命令，将其设置为裁剪路径，如图 2-102 所示；然后同时选中图像块和不规则块，单击“块合并”命令，则原来的矩形图像就变成了与不规则图形一样的形状了，效果如图 2-103 所示；去掉图像边缘的红线后，就可以将图像移动到正文中空出的不规则区域中，而且不会影响到文字的排版，效果如图 2-104 所示。

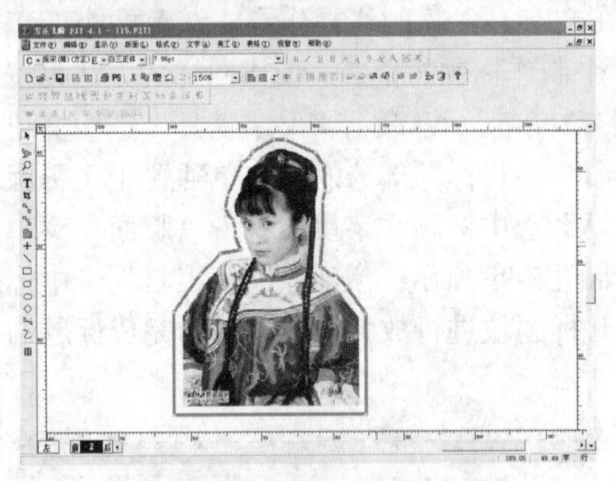

图 2-101　制作一个不规则图形

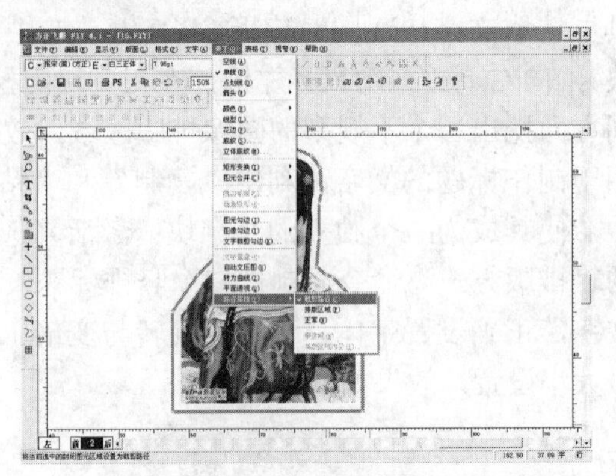

图 2-102　将不规则图形设置为裁剪路径

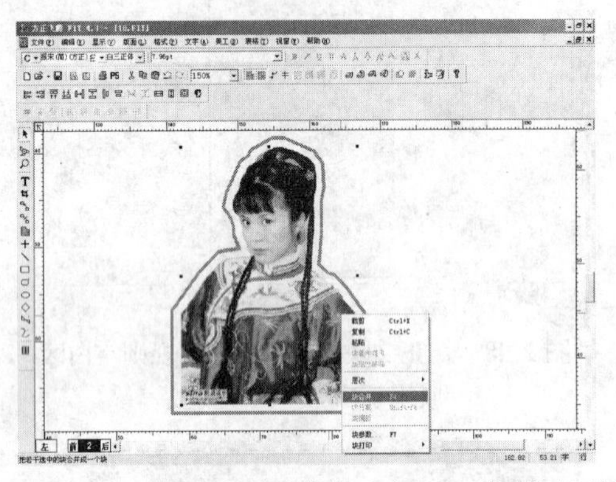

图 2-103　使用“块合并”命令改变原矩形图像的形状

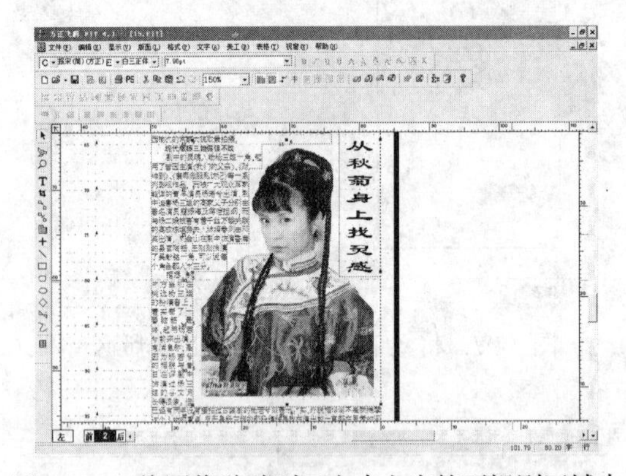

图 2-104　将图像移动到正文中空出的不规则区域中

（8）在图 2-79 所示的报纸版面中，左下角由两篇文章和一个底纹块组成。在操作时，可以首先使用飞腾软件排版窗口左侧工具条中的“画圆角矩形工具”，制作一个圆角矩形的底纹块，如图 2-105 所示；然后，使用前面介绍的文章标题与正文排版方法制作如图 2-106 所示的两个文章块，即可完成整个报纸版面的排版过程。

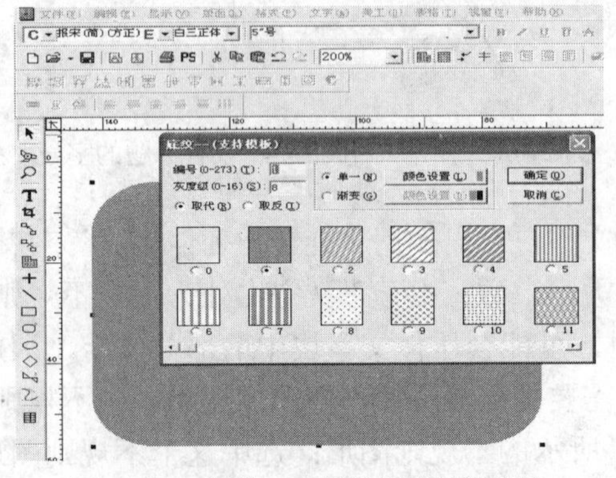

图 2-105　制作一个圆角矩形的底纹块

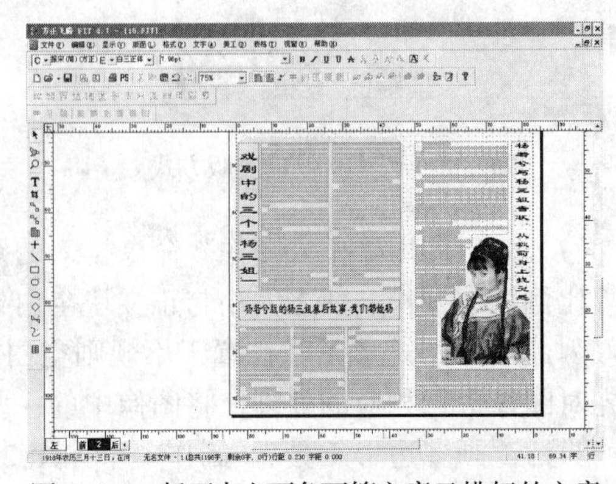

图 2-106　版面中左下角两篇文章已排好的文章

2.10 本章练习

（1）熟练使用飞腾菜单中的全部功能命令。

（2）怎样才能使“常用工具条”显示在系统窗口中？

（3）创建一个办公文件常用版面的工作环境，要求：页面大小为 A4，5 号书宋，39 行高，1 栏 42 字，行距为 0.5 字。页码为阿拉伯数字，页码形式为“X”，居中。

（1）创建版心字体字号。单击“文字”菜单中的“字体号”命令，将弹出“字体号”对话框，如图 2-107 所示。在其中按要求设置。

（2）单击“文件”菜单中的“版面设置”命令，将弹出“版面设置”对话框，如图 2-108 所示，在“页面”选项组中按要求设置。

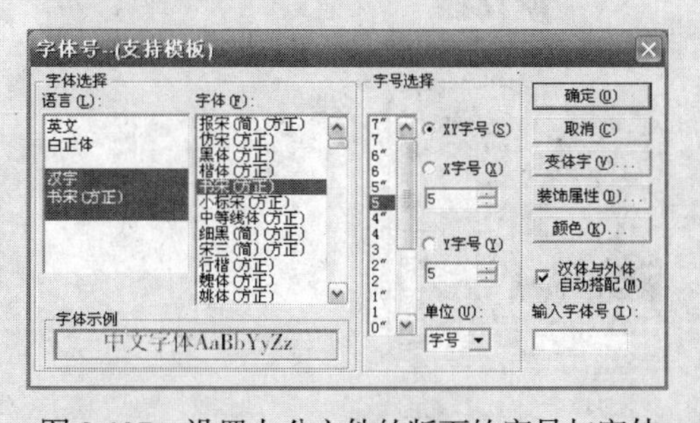

图 2-107　设置办公文件的版面的字号与字体

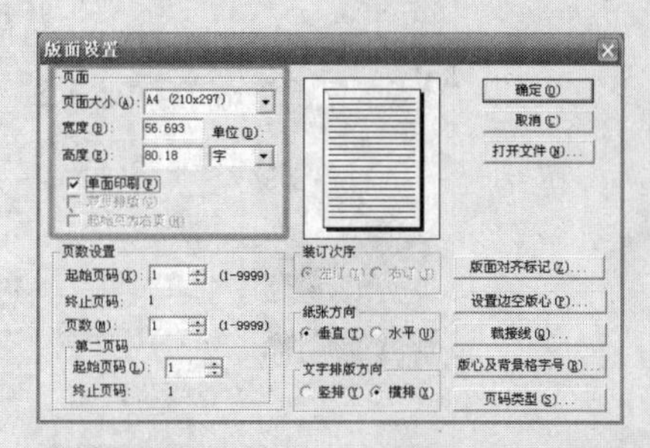

图 2-108　设置办公文件的版面的页面大小

（3）单击“版面设置”对话框中的“设置边空版心”按钮，将弹出“设置边空版心” 对话框，如图 2-109 所示。在其中进行边空、版心、栏数设置。

（4）单击“版面设置”对话框中的“页码类型”按钮，将弹出“页码类型”对话框，如图 2-110 所示。在其中取消选中“单双页码对称”复选框，将“正文页码前缀”和“正文页码后缀”按要求设置。

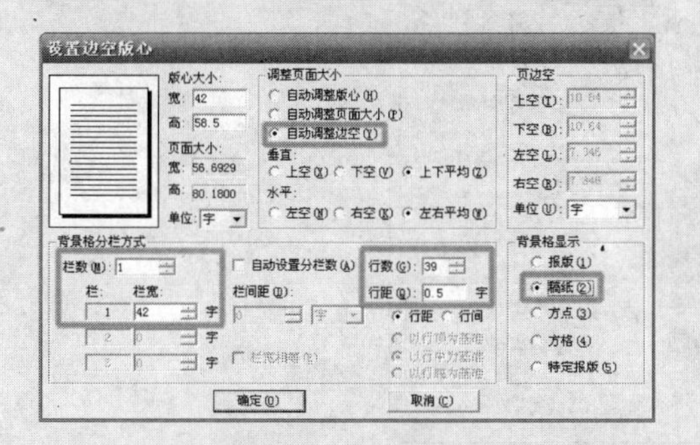

图 2-109　设置办公文件的版面的边空和版心

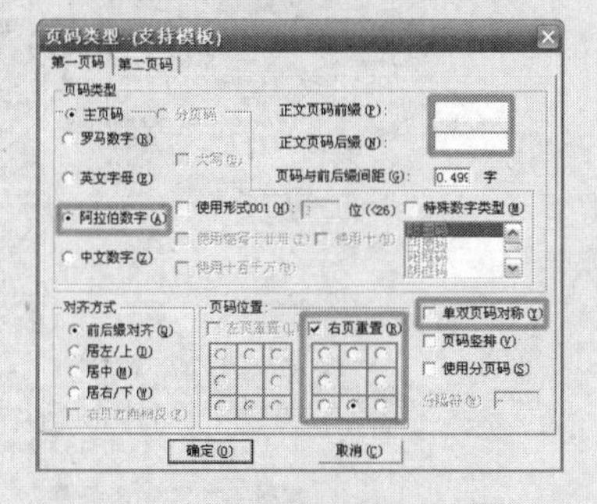

图 2-110　设置办公文件的版面的页码

如图 2-111 所示为飞腾按照设置的工作环境建立的新文件窗口。

（4）制作题。

题目：制作一个简单的排版页面。

完成稿：完成稿如图 2-112 所示。

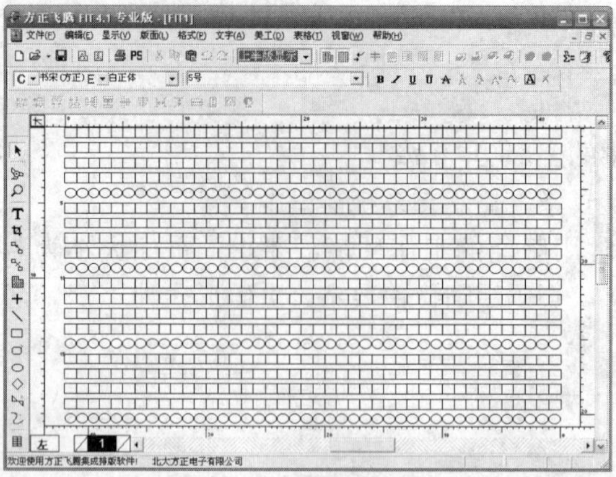

图 2-111　新建文件窗口

2　影视娱乐　荆门广播电视

2007年3月22日 星期四

赵薇怒斥"富豪500万买下小燕子":完全是造谣

十八岁"谋女郎"李曼开上宝马

郑颀做烟雾弹 韩寒金莎热吻似情侣

赵薇徐静蕾素颜示人 一白一黄对比明显

首届亚洲电影奖落幕

《汉江怪物》咬去四项大奖

荆门市永生恒饮品有限公司

美的 Midea 饮水机荆门营销代理

永生纯净水　健康永相随

地址:海慧路33号(农机局亭西20米)

电话:2350460(送水/购机热线)

图 2-112　一个简单的排版版面完成稿

第3章

书籍版面编排与设计

版式设计是一种关于编排的学问，即根据特定主题需要将有限的文字、照片、示意图、绘画图形、线条、色块等进行有机的排列与组合，将理性思维表现在一个特定的版面空间内。它是一种具有个人风格和艺术特色的视觉传达方式，是制造和建立有序版面的理想方式，是世界性的视觉传达的公共语言，如图3-1所示。

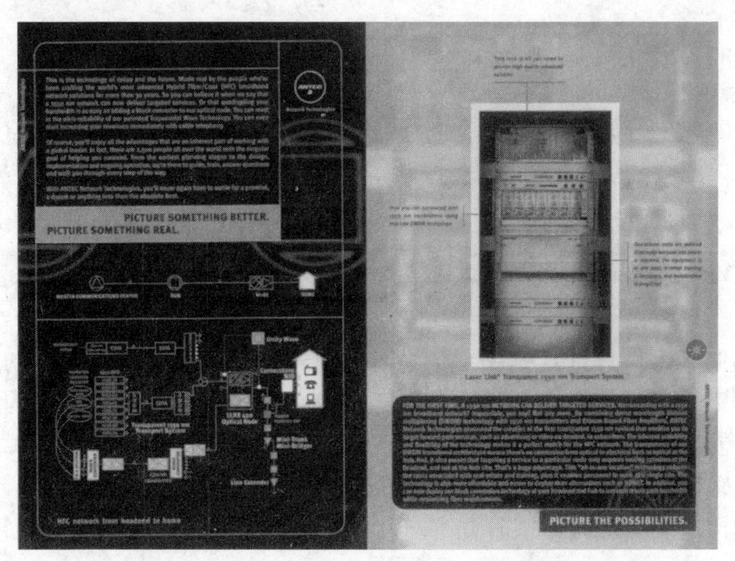

图3-1　体现了同一个版面里所有各种元素

作为视觉信息交流的载体，版式设计也越来越强调其科学性、艺术性和文化性，在各国家、地区、民族之间的信息交流中扮演着重要的角色。

3.1 版式设计的原则

版式设计的第一要素是传递准确信息。同时版式设计也要有艺术表现力与感染力，美的形式原理是规范版面形式美感的基本法则。版式与艺术表现既对立又统一地共存于一个版面之中。因此作为一个优秀设计师，在设计中必须遵循以下设计原则：

（1）主题鲜明。所有信息表达都服务于主题，如图3-2所示。

（2）形式与内容统一。完美的形式必须符合主题内容的表达，如图3-3和图3-4所示。

（3）强化整体布局。将版面的各种编排要素集合在编排结构及色彩上作整体设计，如图3-4所示。

图3-2　使用不同字体、不均衡的底线、阴阳字及图形的相互交叉渗透，所有这些都突出“玩”这一主题

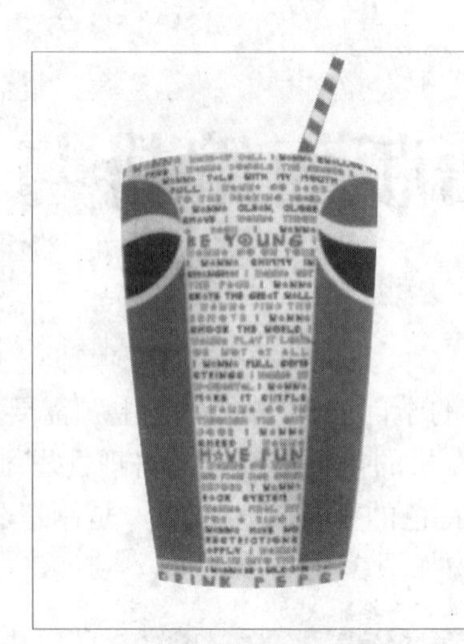

图3-3　通过字体的有序排列与图标结合，既说明内容，又表现主题

图3-4　通过肢体语言、色彩、文、形等元素杂而不乱的排列感觉，形成一种视觉上的秩序美

3.2 版式编排的基本能力

版式设计不同于字体设计或是图形创意，它要求设计者必须具备很强的综合素质，其中包括要有良好的审美鉴赏能力、版面理论知识和相关的技术控制、良好的沟通能力和一定的艺术个性表现和创造性的思维能力，必须具有以下几点能力：

（1）设计者必须具备一定的图形处理和编排软件的操作技能。

（2）良好的沟通能力，有通过研究客户需求，收集与其版面主题内容相符的文字、图形、图像的能力。

（3）具备基本版面语言的处理能力和掌握一定的印刷输出实践知识。

（4）具备一定的文化艺术修养，具备良好的审美鉴赏能力。

3.3 书籍版面编排与设计

书籍报刊等的版面，具有信息广泛性的特点，版面上的视觉效果如何、形式感的优劣，直接关系到信息的传播。一个好的版面设计，同时还能给人们带来一种高雅的艺术享受。版面是一种艺术，它同其他艺术一样，具有多样化的形式语言。

3.3.1 书籍的组成

众所周知，一本书通常由封面、扉页、版权页（包括内容提要及版权）、前言、目录、正文、后记、参考文献、附录等部分构成。

扉页又称内封、里封，内容与封面基本相同，常加上丛书名、副书名、全部著译者姓名等。扉页一般没有图案，一般与正文一起排印。

版权页又叫版本记录页和版本说明页，是一本书刊诞生以来历史的介绍，供读者了解这本书的出版情况，附印在扉页背面的下部、全书最末页的下部或封四的右下部（指横开本），它的上部多数印内容提要。版权页上印有书名、作者、出版者、印刷厂、发行者，还有开本、版次、印次、印张、印数、字数、日期、书号等。其中印张是用来计算一本书排版、印刷、纸张的基本单位，一般将对开纸双面印刷叫一个印张，一张对开张双面也称一个印张。字数是以每个版面为计算单位的，每个版面字数等于每个版面每行的字数乘以每页行数，全书字数等于每个版面字数乘以页码数，在版面上图、表、公式、空行都以满版计算，因此“字数”并不是指全书的实际行字数。

3.3.2　版面构成要素

版面指在书刊、报纸的一面中图文部分和空白部分的总和，即包括版心和版心周围的空白部分书刊一页纸的幅面。通过版面可以看到版式的全部设计，版面构成要素如图 3-5 所示。

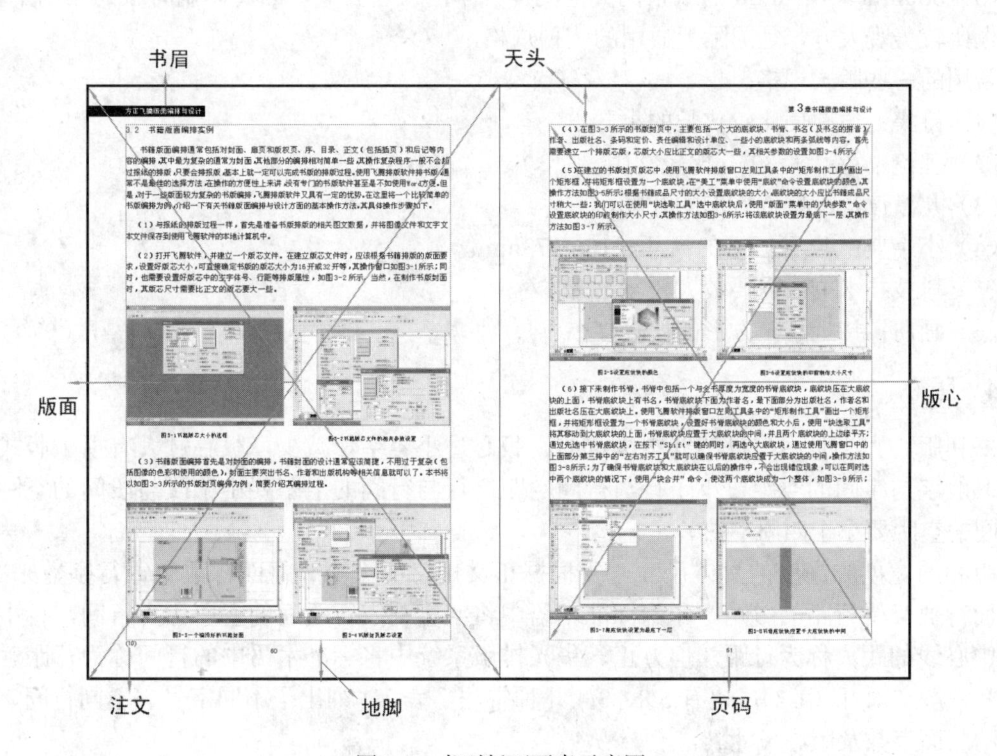

图 3-5　书刊版面要素示意图

（1）版心：位于版面中央、排有正文文字的部分。

（2）书眉：排在版心上部的文字及符号统称为书眉。它包括页码、文字和书眉线。一般用于检索篇章。

（3）页码：书刊正文每一面都排有页码，一般页码排于书籍切口一侧。印刷行业中将一个页码称为一面，正反面两个页码称为一页。

（4）注文：又称注释、注解，对正文内容或对某一字词所作的解释和补充说明。排在字行中的称夹注，排在每面下端的称脚注或面后注、页后注，排在每篇文章之后的称篇后注，排在全书后面的称书后注。在正文中标识注文的号码称注码。

3.3.3 开本

版面的大小称为开本，开本以全张纸为计算单位，每全张纸裁切和折叠多少小张就称多少开本。我国习惯上对开本的命名是以几何级数来命名的。

国内生产的纸张常见大小主要有以下几种：

（1）787mm×1092mm 平板原纸尺寸是我国当前文化用纸的主要尺寸，国内现有的造纸、印刷机械绝大部分都是生产和适用此种尺寸的纸张。目前，东南亚各国还使用这种尺寸的纸张，其他地区已很少采用了。

（2）850mm×1168mm 的尺寸是在 787mm×1092mm 25 开的基础上为适应较大开本需要生产的，这种尺寸的纸张主要用于较大开本的需要，所谓大 32 开的书籍就是用的这种纸张。

（3）880mm×1230mm 的纸张比其他同样开本的尺寸要大，因此印刷时纸的利用率较高，形式也比较美观大方，是国际上通用的一种规格。

常用的一些版式规格：

（1）诗集：通常用比较狭长的小开本。

（2）理论书籍：大 32 开比较常用。

（3）儿童读物：接近方形的开度。

（4）小字典：42 开以下的尺寸，106/173mm。

（5）科技技术书：需要较大较宽的开本。

（6）画册：接近于正方形的比较多。

3.3.4 版心

书刊版心大小是由书籍的开本决定的，版心过小容字量减少，版心过大有损于版式的美观。一般字与字间的空距要小于行与行间空距；行与行间的空距要小于段与段间的空距；段与段间的空距要小于四周空白。

版心的宽度和高度的具体尺寸，要根据正文用字的大小、每面行数和每行字数来决定。而每面行数又受行距的影响。印刷标准术语中将字行与字行之间的空白称为行间，行中心线与行中心线的距离称为行距。但方正、华光排版系统中将标准术语中的行间称为行距。书刊的行间一般空对开（1/2），也有 5/8、3/4 几种空法。表 3-1 列出了不同字号、不同行间、不同开本的版面字数及版心尺寸。

表 3-1 不同字号、不同行间、不同开本的版面字数及版心尺寸

开本	开本尺寸（毫米）	版心尺寸（毫米）	正文字号（号）	每页行数	每行字数	行间距	每页字数
大16	210×297	180×260	五号	47	48	5.25	2256

续表

开本	开本尺寸（毫米）	版心尺寸（毫米）	正文字号（号）	每页行数	每行字数	行间距	每页字数
16	188×265	135×210	三号	22	24	10.5	528
16	188×265	141×200	三号	24	25	8	600
16	188×265	141×210	四号	25	29	10.5	725
16	188×265	140×210	小四号	27	35	10.5	945
16	188×265	140×208	小四号	30	33	7.875	990
16	188×265	140×194	小四号	30	33	6.5625	990
16	188×265	148×208	小四号	31	35	7.25	1085
16	188×265	148×207	小四号	32	35	6.5625	1120
16	188×265	148×207	小四号	33	33	6	1089
16	188×265	148×211	五号	29	40	10.57	1160
16	188×265	148×211	五号	33	40	5	1320
16	188×265	141×210	五号	34	38	7.25	1292
16	188×265	141×209	五号	38	38	5.25	1444
16	188×265	155×220	五号	40	42	5.25	1680
16	188×265	153×218	小五号	46	48	4.5	2208
大32	148×210	102×159	小四号	23	24	7.875	552
大32	148×210	106×160	小四号	24	25	7.25	600
大32	148×210	102×156	小四号	25	24	6	600
大32	148×210	110×161	小四号	25	26	6.5625	650
大32	148×210	100×155	五号	27	27	6	729
大32	148×210	100×162	五号	28	28	6	784
大32	148×210	103×165	五号	30	28	5.25	840
大32	148×210	105×165	小五号	35	33	4.5	1155
32	130×184	97×151	小四号	22	23	7.875	506
32	130×184	97×147	小四号	22	23	7.25	506
32	130×184	97×140	小四号	22	23	6	506
32	130×184	97×144	小四号	23	23	6	529
32	130×184	93×146	五号	23	25	7.875	575
32	130×184	93×148	五号	24	25	7.256	600
32	130×184	96×143	五号	24	26	25	624
32	130×184	93×147	五号	25	25	6	625
32	130×184	96×149	五号	26	26	6	676
32	130×184	96×149	五号	27	26	5.25	702
32	130×184	102×153	小五号	32	32	4	1024

3.4 书籍版面编排实例

方正飞腾用来排书籍版面的功能相当强大，如书籍、杂志、期刊的目录制作、页码和书眉的排入及排版格式的定义与使用等。书籍版面编排通常包括对封面、扉页和版权页、序、目录、正文（包括插页）和后记等内容的编排，其中最复杂的通常是封面，其他部分的编排相对简单一些。本章通过书籍版面编排与设计案例详细学习飞腾中的主页操作、普通页面管理、应用排版格式等操作。其具体操作步骤如下：

（1）准备书版排版的相关图文数据，将图像文件和文字文本文件保存到使用飞腾软件的本地计算机中。

（2）打开飞腾软件，建立一个版心文件。在建立版心文件时，应该根据书籍排版的版面要求，设置好版心大小，可直接确定书版的版心大小为 16 开或 32 开等，其操作窗口如图 3-6

所示；同时，也需要设置好版心中的主字体号、行距等排版属性，如图 3-7 所示。当然，在制作书版封面时，其版心尺寸需要比正文的版心大一些。

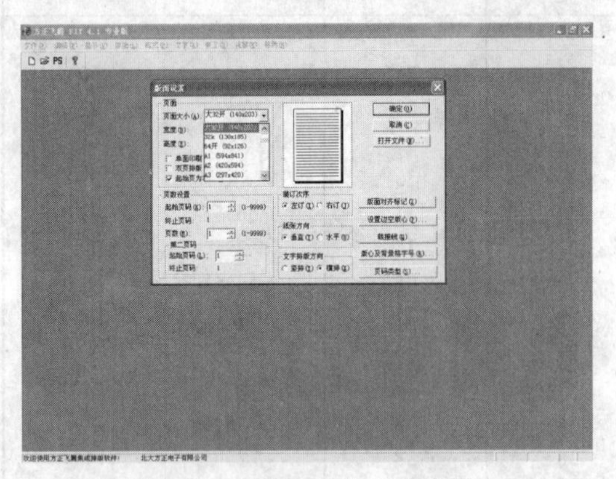

图 3-6 书籍版心大小的选择

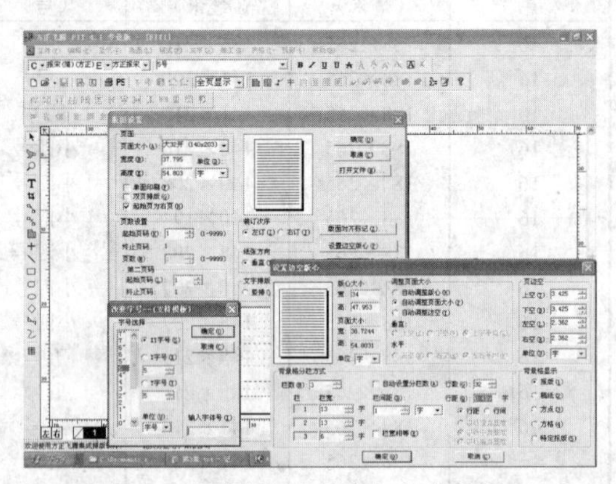

图 3-7 书籍版心文件的相关参数设置

（3）书籍版面编排首先是对封面的编排，书籍封面的设计通常应该简捷，不要过于复杂（包括图像的色彩和使用的颜色），封面主要突出书名、作者和出版机构等相关信息就可以了。下面将以如图 3-8 所示的书版封面编排为例，简要介绍其编排过程。

（4）图 3-8 所示的书版封面，主要包括一个大的底纹块、书脊、书名（及书名的拼音）、作者、出版社名、条码和定价、责任编辑和设计单位、一些小的底纹块和两条弧线等内容。首先需要建立一个排版版心，版心大小应比正文的版心大一些，其相关参数的设置如图 3-9 所示。

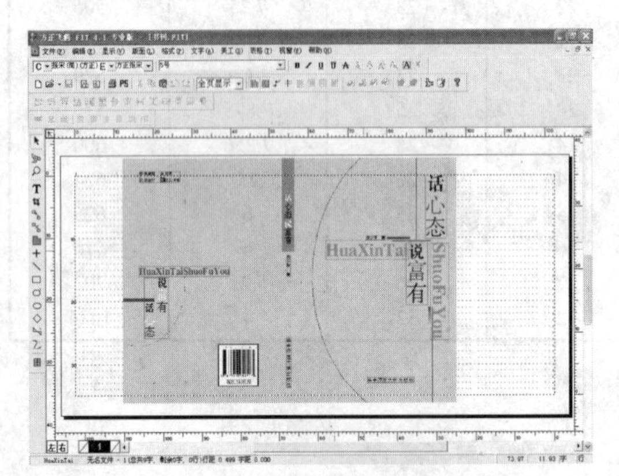

图 3-8 一个编排好的书籍封面

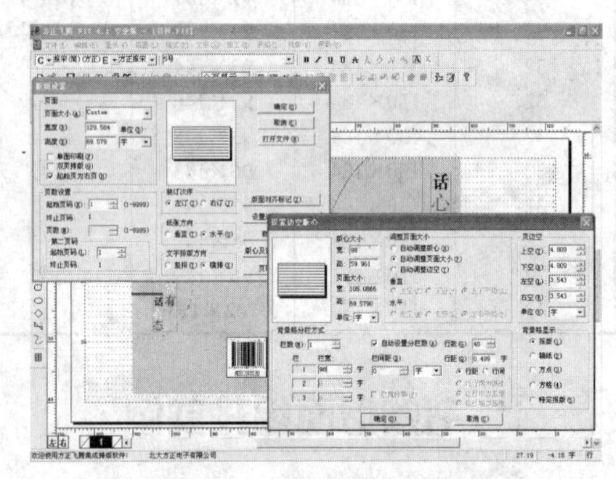

图 3-9 书版封页版心设置

（5）在建立的书版封面版心中，激活“画矩形工具”，绘制一个矩形框，单击“美工”菜单中使用“底纹”命令，设置底纹块的颜色，如图 3-10 所示，将矩形框设置为一个底纹块；根据书籍成品尺寸的大小设置底纹块的大小，底纹块的大小应比书籍成品尺寸稍大一些；激活“选取工具”选中底纹块，单击“版面”菜单中的“块参数”命令，如图 3-11 所示，设置底纹块的尺寸；然后将该底纹块设置为最底下一层，方法如图 3-12 所示。

（6）制作书脊。书脊包括一个以全书厚度为宽度的书脊底纹块，该底纹块压在大底纹块的上面，书脊底纹块通常上部为书名，中部为作者名，下部为出版社名，作者名和出版社名压在大底纹块上。

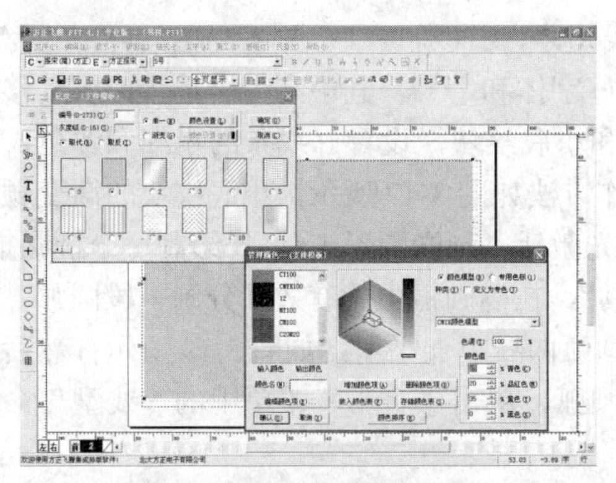

图 3-10　设置底纹块的颜色

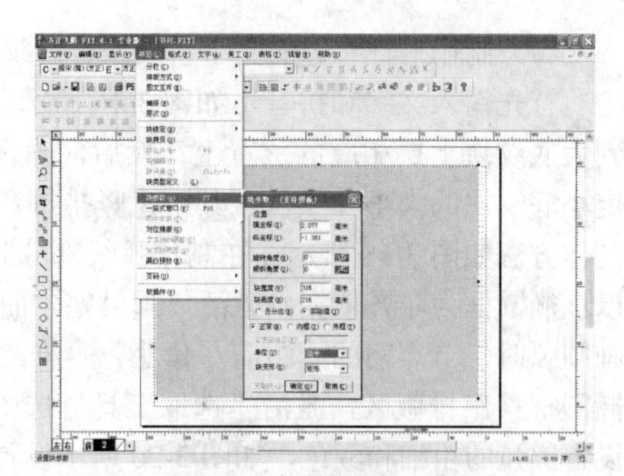

图 3-11　设置底纹块的印前制作大小尺寸

激活“画矩形工具”，绘制一个矩形框，将矩形框设置为一个书脊底纹块，设置好书脊底纹块的颜色和大小后，将其移至大底纹块的上面，书脊底纹块应置于大底纹块的中间，并且两个底纹块的上边缘平齐；因此先选中书脊底纹块，按住“Shift”键的同时，再选中大底纹块，如图 3-13 所示，单击“左右对齐工具”按钮，可确保书脊底纹块置于大底纹块的中间；为了确保书脊底纹块和大底纹块在以后的操作中，不会出现错位现象，在同时选中两个底纹块的情况下，单击“版面”菜单中的“块合并”命令，使这两个底纹块成为一个整体，如图 3-14 所示；在书脊底纹块中输入书名，设置好书名的字体号，并将书名中的两个字设置为空心字，效果如图 3-15 所示；再依次输入作者名和出版社名，并确保其处于大底纹块的上一层。

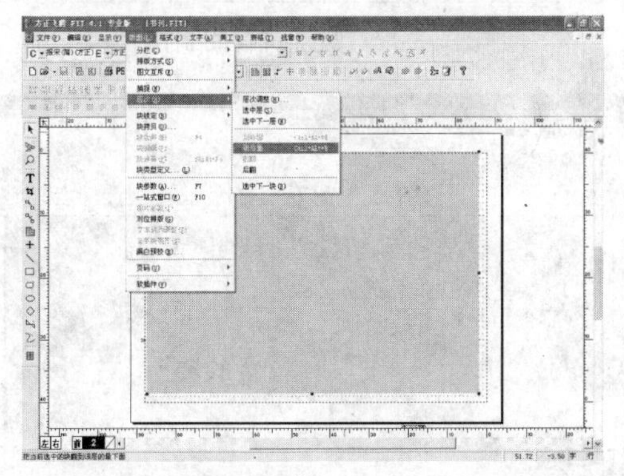

图 3-12　将底纹块设置为最底下一层

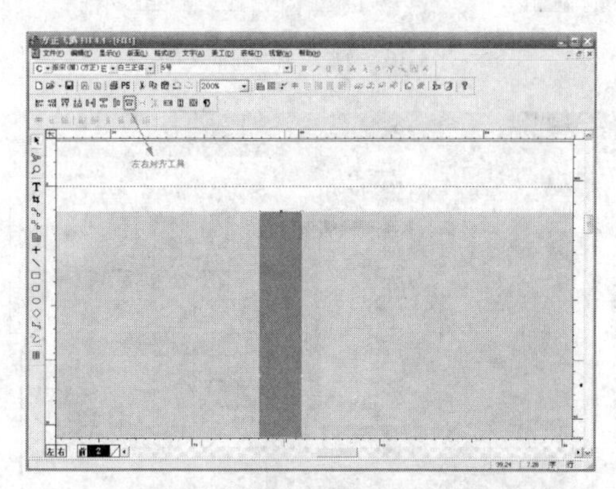

图 3-13　书脊底纹块应置于大底纹块的中间

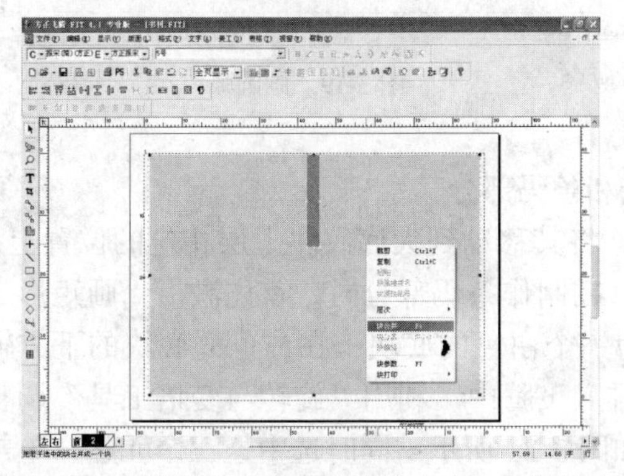

图 3-14　书脊底纹块和大底纹块成为一个整体块

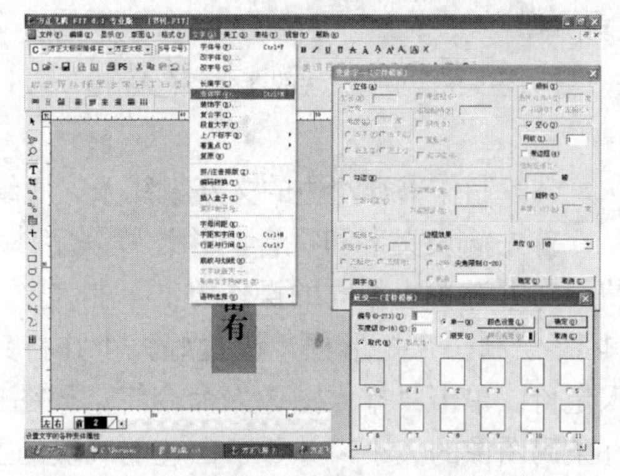

图 3-15　将书名中的其中两个字设置为空心字

（7）制作书脊右边的文字、线条、底纹和弧线部分。

首先输入文字和拼音，如图 3-16 所示，设置好字体和字号，其中有一个竖排，将其移动到大底纹块上层相应的位置上；然后，画好线条和小底纹块，设置好线条的粗细和颜色，确定小底纹块的大小和颜色；其中，竖排拼音的制作方法如图 3-17 所示，小底纹块的渐变颜色制作方法如图 3-18 所示；在制作弧线部分时，首先激活“画椭圆形工具”，绘制一个椭圆框，以该椭圆框为对齐依据，激活“画贝塞尔曲线工具”，在椭圆框中的有效部分画一段圆弧，在画圆弧时，节点间的间距应尽量小，这样绘制的圆弧曲线更加平滑，如图 3-19 所示；然后将椭圆框移出排版区，激活“选取工具”选中这段圆弧，单击“美工”菜单中的“线型”命令设置圆弧的粗细和颜色，如图 3-20 所示设置。

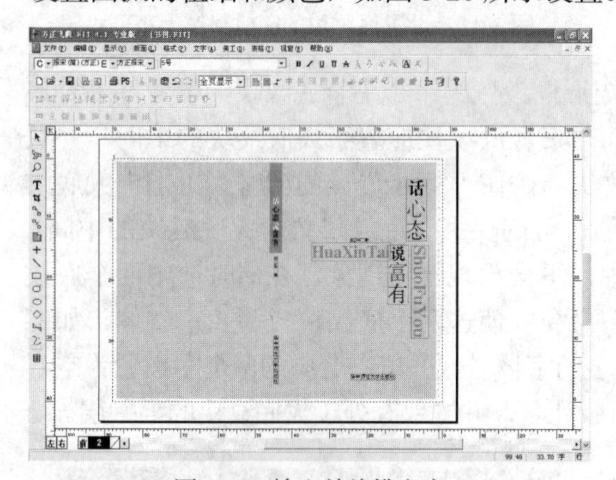

图 3-16　输入并编排文字

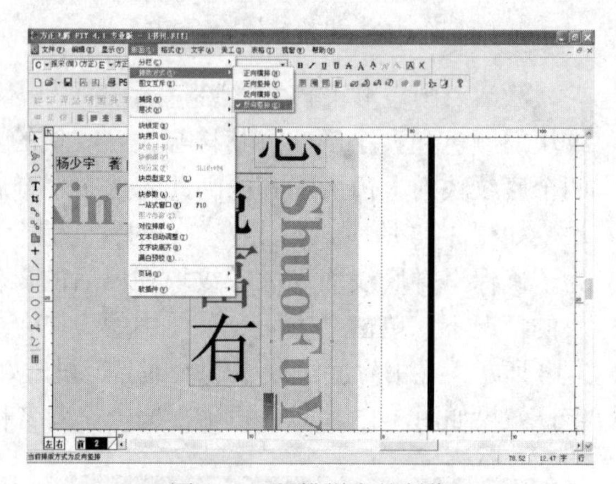

图 3-17　竖排拼音的制作

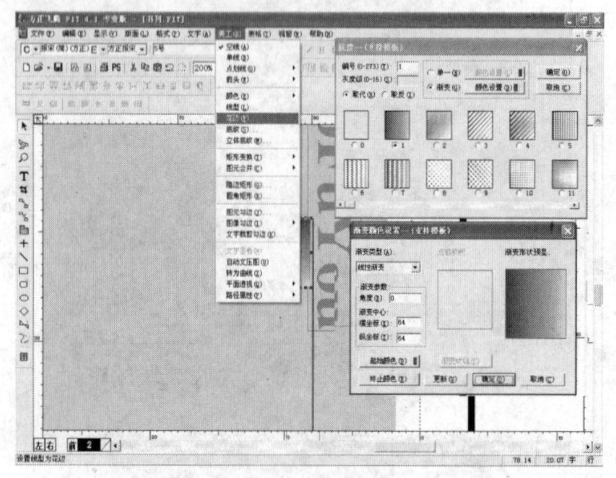

图 3-18　小底纹块的渐变颜色制作

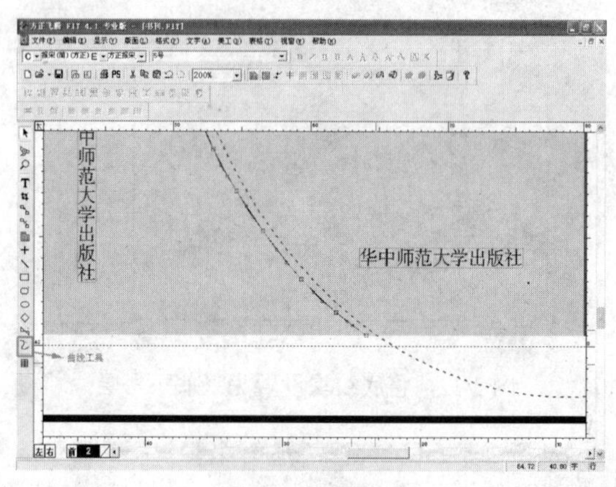

图 3-19　画圆弧

（8）制作书脊左边的文字、线条、底纹、弧线和条码部分。

首先输入文字和拼音，并设置好字体和字号，将其移动到大底纹块上层相应的位置上；使用与书脊右边相同的操作方法，制作一条弧线；在制作条码部分时，首先激活“画矩形工具”，绘制一个矩形框，设置好大小并将其设置为一个白色的底块；在白色的底块的下方输入定价；单击“排入图像”命令将条码图像文件排入飞腾中，利用“旋转与变倍工具”调整好条码图像的大小，并置于白色的底块的上方，如图 3-21 所示；同时选中这三个元素，单击“块合并”命令使之成为一个整体，最后将这个合并块移动至书脊左边的右下角位置即可。

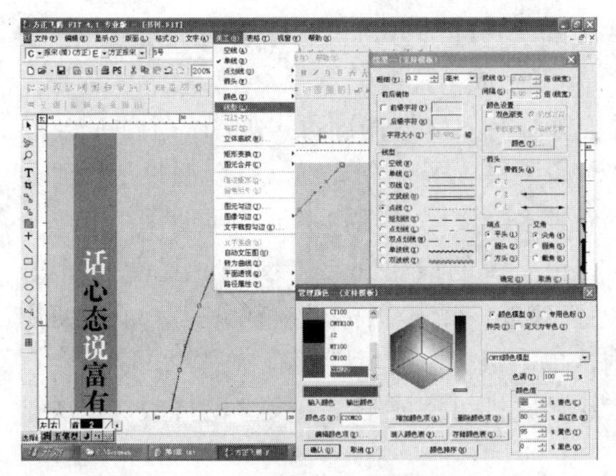

图 3-20　设置圆弧的粗细和颜色

图 3-21　制作条码

书版封面一般需要单独印刷，如果一个书版封面太小不适合于印刷需要，则可以通过在飞腾中拼版完成。在操作时，可以将整个封面同时选中合并为一个整块，并复制多个整块，进行无缝拼接，同时还有可能需要对部分整块进行旋转操作。本书在此对这方面的内容不作详细介绍了。

（9）书版内心的排版。

首先是根据图 3-6 和图 3-7 所示的操作方法设定一个排版版心，然后依次对扉页和版权页、序、目录、正文和后记等内容进行编排。

（10）在扉页中，主要包括书名、作者名和出版社名，其操作方法非常简单，只需要设置好文字的字体、字号以及文字块的排版位置就可以了。在操作过程中，可单击“左右对齐工具”和“上下对齐工具”等工具将文字块对齐。如图 3-22 所示为一个制作完成的书版扉页。

（11）在版权页中，主要是一些书籍出版信息。版权页的排版是有严格规定的，必须按照出版社的要求进行排版，有关书籍出版信息一个也不能少，而且文字的字体、字号，排版位置都是不能任意改变的。版权页中的文字内容虽然比较多，样式看上去比较复杂，但在操作时，只要分成几个块进行排版，也是非常简单的，图 3-23 为一个制作好的书版版权页。

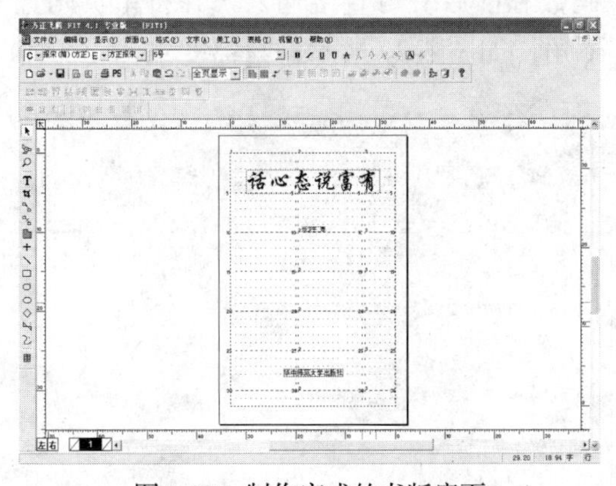

图 3-22　制作完成的书版扉页

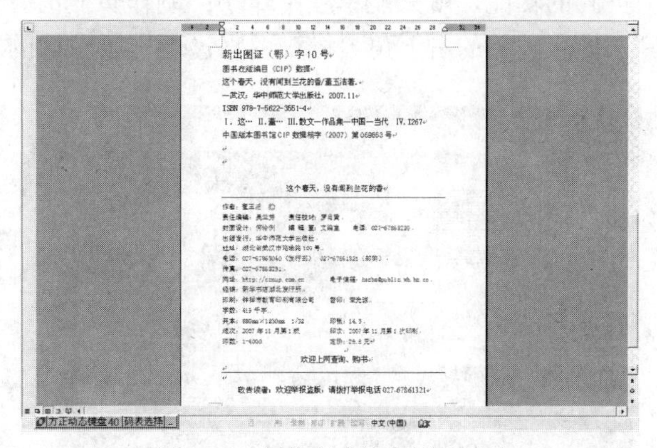

图 3-23　制作完成的书版版权页

（12）书版中序的排版是非常简单的，相当于报版中一篇文章的排版。单击“排入文字”命令，将文字排入飞腾中，利用“复制”和“粘贴”命令，将标题（也就是“序”或“前文”

或一篇文章的标题文字"代序"）单独置于排版区域的上边际部分，设置标题的字体号，移动至页面最上面的中间位置，并占用规定的版面行数，就完成了标题的排版。

序中的文字排版方法就更简单。将文字块置于排版有效区域内即可，如果一个页码排不完，则可以排入第二页；在新建飞腾排版文件时，如果只置了一个页码，可以通过使用"显示"菜单中的"插页"命令，在第一页后加入一个或多个页码（飞腾中最多可使用 10000 个页码），如图 3-24 所示；如果一页不能排完，则在正文块的最底部会出现一个蓝色小方块，通过使用鼠标单击这个蓝色小方块，鼠标指针将会变成一个排版标志；在此状态下，使用"翻页"按钮进入下一页，在下一页的排版区域内，单击鼠标左键，则没有排完的文字就会在新页中自动排出，激活"选取工具"，调整块的大小后，即可完成第二页文字的排版，依次排完一篇文章，如图 3-25 所示。

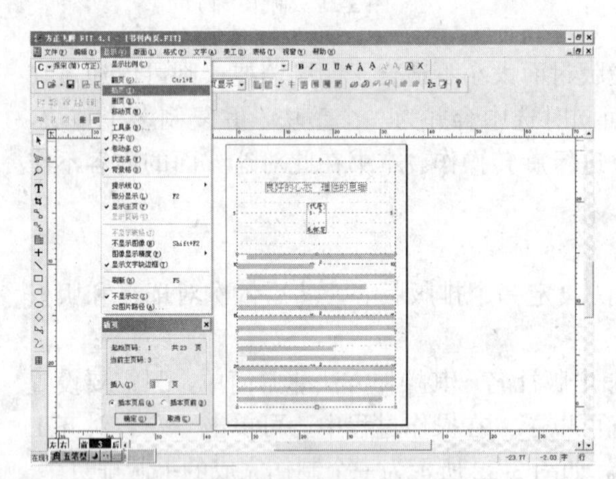

图 3-24 增加排版页数

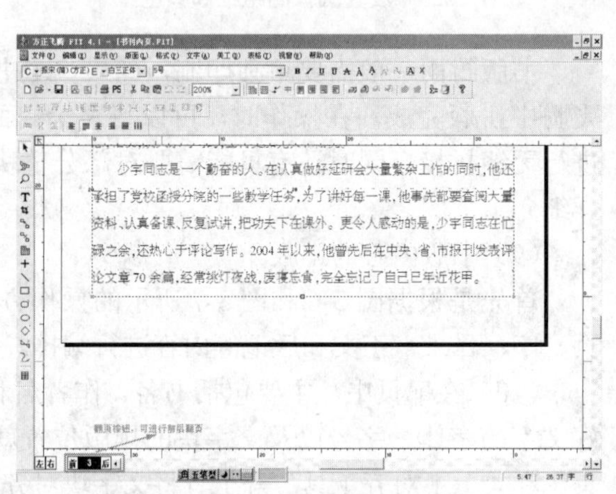

图 3-25 使用"翻页"按钮

在书籍排版中，序是需要单独占用页码的，也就是在序的页面中需要制作页码。在飞腾软件中，如果使用非专业版，是可以在页面中自动形成页码的，在建立版心文件时，就可以进行设置，如图 3-26 所示；但是如果使用飞腾专业版（如报版），则有可能不具备自动形成页码的功能，就只能单独制作了；制作页码时，页码数和前后缀可直接输入，并将单页码置于排版区域的右下角，将双页码置于排版区域的左下角，如图 3-27 所示；只需要输入一个单

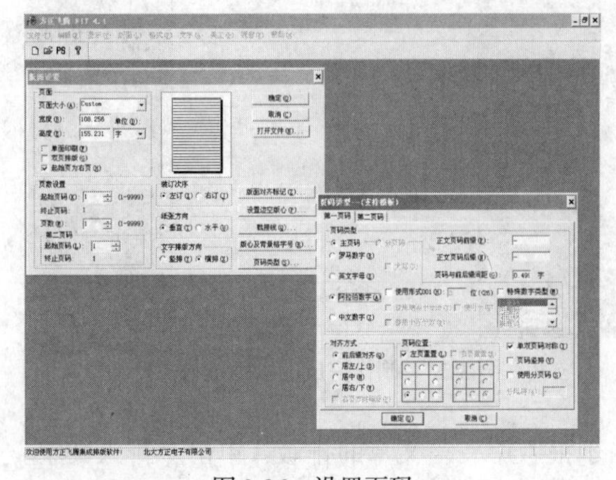

图 3-26 设置页码

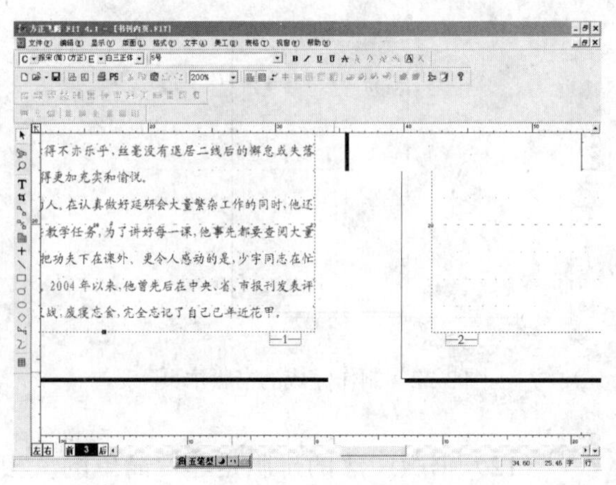

图 3-27 制作页码

页码和一个双页码后，可以使用“复制”和“粘贴”命令，制作出其他页码；为了确保页码位置的一致性和操作方便，可以在操作时，选中一个单页码，使用“复制”命令，在所有单页中使用“粘贴”命令，通过直接修改页码的数字就可以完成全部单页码的制作过程；双页码的制作过程，也可以采用同样的方法完成，这样可以大大提高页码的制作效率。

（13）在目录中，主要包括一个标题“目录”和全书中使用的文章名及文章处于的页码，其排版方法也不麻烦，只是在文章名与页码之间需要加入一些点线。在加入点线时可以使用省略号，直接排入正文块中，以提高排版的方便性。操作时，应该注意文字与页码数字的对齐。在书籍排版中，目录也是需要单独占用页码的，可以使用序中介绍的方法，制作单独的页码。如图 3-28 所示为一个已制作完成的目录页面。

（14）在正文中，主要包括全书所有的文章及插图、插页。许多书籍是分类进行排版的，也就是书中有一些篇名等需要单独占用页码的内容，在这些页面排版时，可能需要加入图像文件。因此在排正文前，最好首先将这些插页做出来。插页的制作通常分为两步：一是排入图像文件，二是输出文字（一般为篇名）。排入图像可以使用飞腾中的“排入图像”命令完成，在排入图像后，调整其大小占据整个页面的排版区域，如图 3-29 所示为一个已排好的插

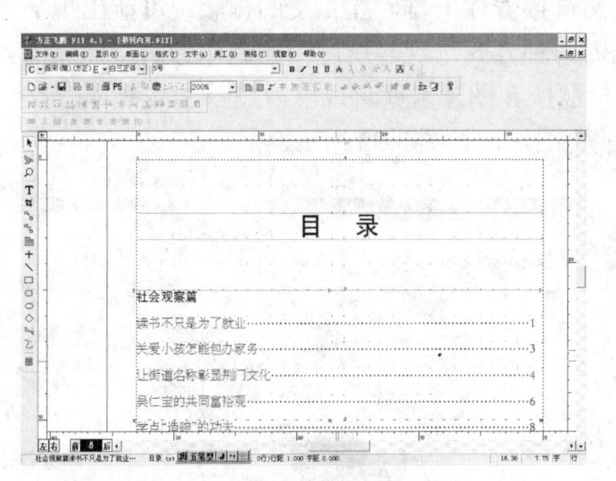

图 3-28　一个已制作好的目录页面

图 3-29　一个已排好的插页

页；将图像置于文字的下一层，为了让图像上层的文字清晰，可以让文字周围勾一点白边，如图 3-30 所示；如此完成全书中所有插页的制作过程，这样可以确保插页制作的一致性。在后面的排版中，在某一篇排版完成后，就可以直接调用相应的插页到相应的页码中。另外，插页在书籍排版中是占用整个正文部分页码的，但在制作过程中不能标出页码数；如果某一篇中的全部文章排完后，最后一页占用了单数页码，则插页不能接上占用后页的双数页码，也应从单数页码开始；插页占用的单数页码后面的双数页码应该空出，不能排入本篇的第一篇文章，要从接下来的单数页码开始，也就是插页必须共占用两个页码；因此，在篇与篇之间应注意页码数的衔接是否正确。

在排正文前，最好首先制作出排版页中的所有页码、书眉以及其他每个页码中的共同内容，这样可以确保书版每一页中共同部分的一致性，同时也可以大大提高排版效率，避免漏排和错排现象的发生。页码的制作方法在前面已有介绍，这里不再重复。书眉的排版由于单、双页也有所不同，因此，也可以使用与页码相同的方法进行排版；对于其他一些共同内容，可能会因为页码单双页的不同，而需要置于页面左右不同的位置，因此，也可以使用与页码

排版一样的方法，单独对单页进行首先制作，再对双页进行制作，如图 3-31 所示为一个已排好的单双页书版页面。

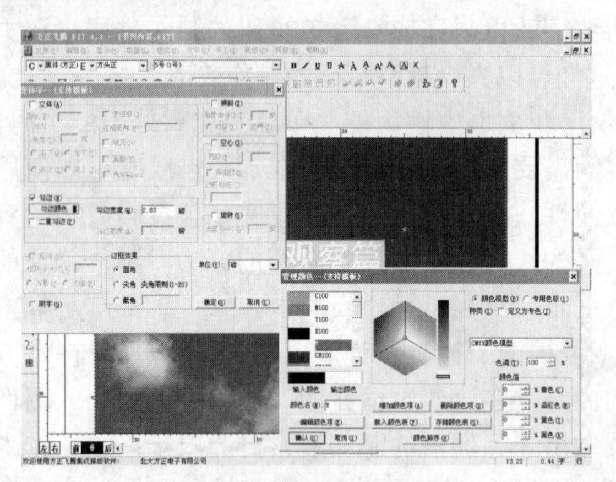

图 3-30　文字周围勾一点白边

图 3-31　已排好的单双页书版页面

正文的排版方法非常简单，可以一篇一篇文章接着往下排。在正文的排版中可能出现插图排版的情况，插图一般会以压题图和文内插图两种方式出现。压题图的制作方法与插页的制作方法一致，将图片置于文章标题位置，将标题压在图片上就可以了，如图 3-32 所示；文内插图是将正文内的某一个区域挖出来，用于放置图片，如图 3-33 所示。

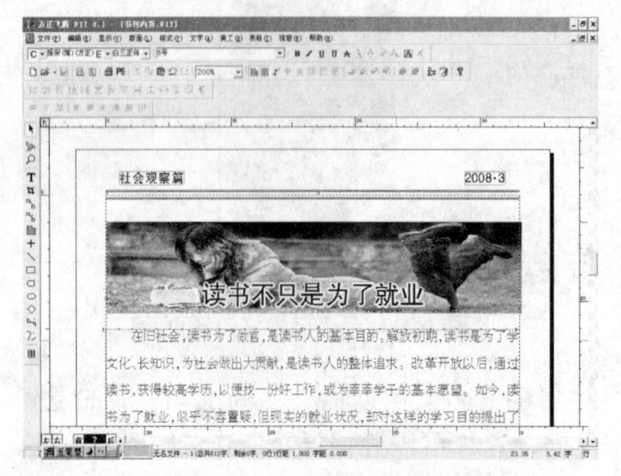

图 3-32　压题图的制作

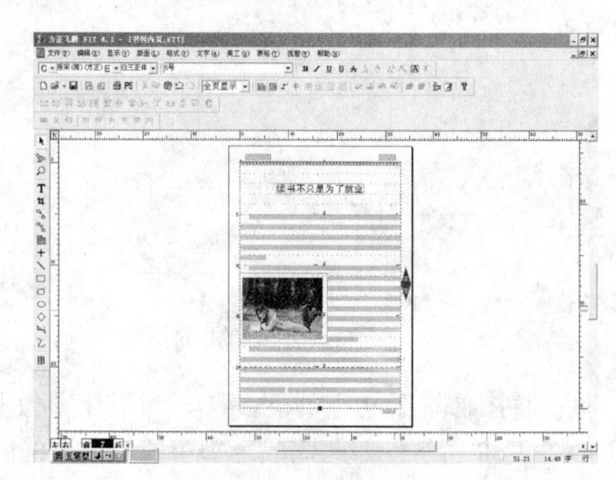

图 3-33　文内插图的制作

最后是进行后记的排版，其排版方法与序和正文的排版方法完全一致，这里就不作介绍了。只是后记不单独占用页码，可以接着全书最后一篇正文进行页码制作即可。

3.5 基础知识拓展

3.5.1　文字块的生成与处理

文字块有两种类型：一种是正常文字块，如图 3-34 所示左边一列的文字块；另一种是特殊文字块，如图 3-34 所示右边一列的文字块。正常文字块可由工具箱中的排入文字块工具生成；或排版时排入文件生成；或直接在飞腾中输入文字，所输入的文字自动生成一个文字块。特殊文字块是由图元工具所画出的封闭图形转换得到，这些工具包括□▢○◇☡☡。

1. 正常文字块的生成

（1）画块。激活排入文字块工具▦，此时光标变成“+”；将光标移到适当位置，即选择好文字块的左上角；按住鼠标左键不放，拖动鼠标到文字块的右下角，放开鼠标左键。如图 3-35 所示，上面的文字块是拖动中的效果，下面的文字块是放开鼠标后，生成了文字块的效果。每个文字块的边上都有几个实心的小方块，通常称作把柄。激活文字工具（即工具条中的 T），在要输入的地方单击，然后直接输入文字即可。

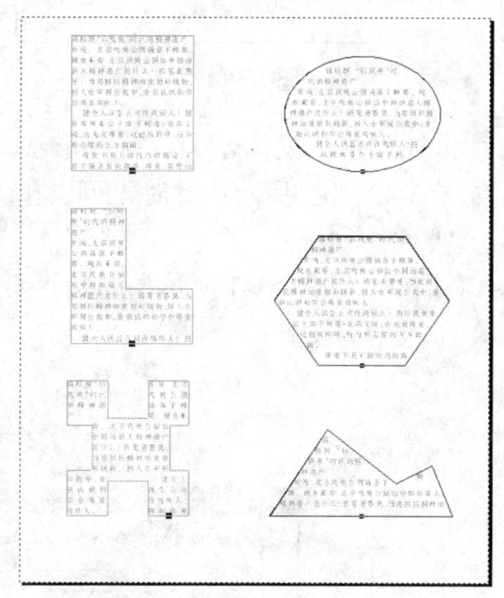

图 3-34　不同类型的文字块

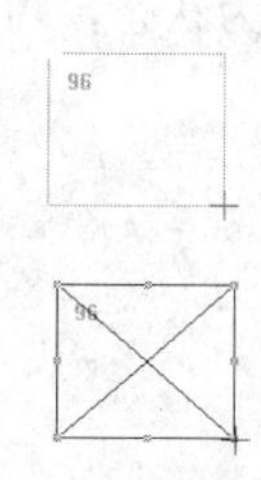

图 3-35　文字块拖动的效果

（2）排版时生成块。单击“文件”菜单项中的“排版”命令，或单击排版按钮▤，弹出如图 3-36 所示“文字排版”对话框，正确设置各项参数即可。选中要排入版面的小样文件，确认后光标变为形状▦，在版面中单击，在随后弹出的“默认块大小”对话框中设置大小，单击“确定”按钮，生成一个固定大小的块，如图 3-37 所示；或通过按住鼠标左键拉拽生成所需大小的块，如图 3-38 所示；或按住 Ctrl 键的同时单击生成页块，如图 3-39 所示。

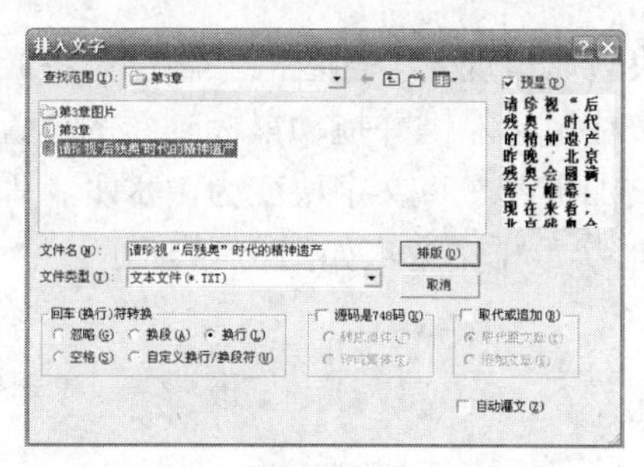

图 3-36　“文字排版”对话框

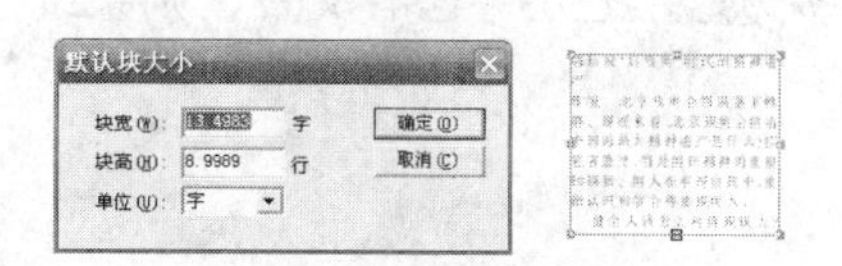

图 3-37　生成固定大小的块

图中的蓝色标志为续排标志，表示此文字块中的文字没有全部被显示，可以在另外的块中续排或者调整原来块的大小，增加块的容量。

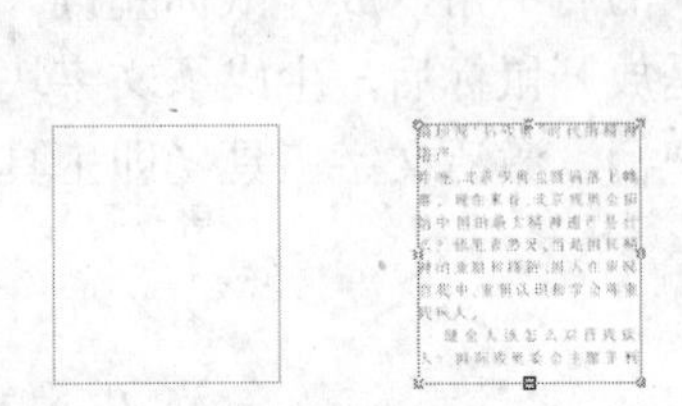

图 3-38　生成任意大小的文字块

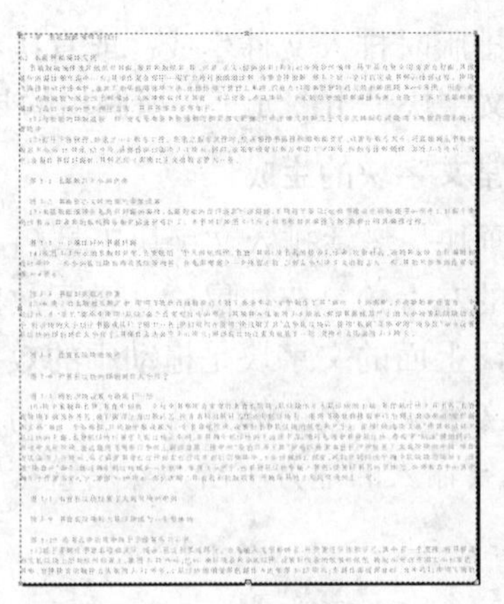

图 3-39　生成页块

生成续排文字块的方法为：将鼠标放在续排标志上，鼠标变为双箭头形状，如图 3-40（a）所示；单击续排标志，鼠标变为形状，如图 3-40（b）所示；此时，可以在版面上划出续排的文字块，如图 3-40（c）所示。

注意：如果文章已经排过，则会出现提示对话框，如图 3-41 所示，问是否要继续排版，单击“是”后，光标为状态，可继续排版。

（a）　（b）　（c）

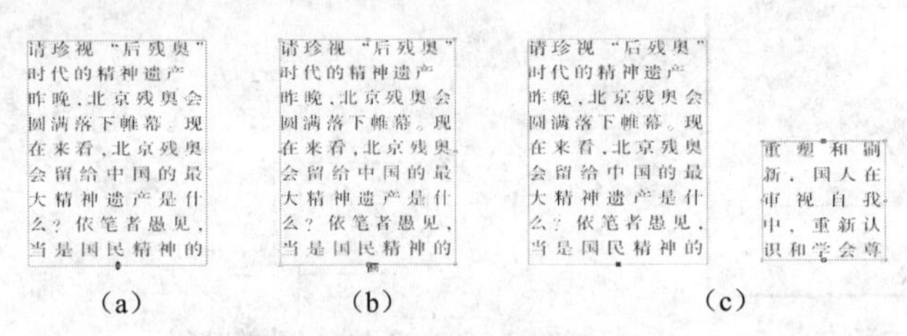

图 3-40　产生续排文字块的过程

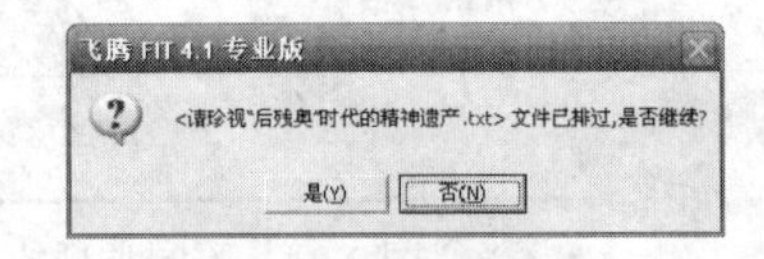

图 3-41　提示对话框

2. 特殊文字块的生成

画一封闭图元块并选中，可直接排入文字或图片，并且文字或图片可按图元的形状排版，如图 3-42 所示。

3. 改变文字块的形状

（1）正常文字块形状的改变。

激活“选取工具”，选中文字块，此时文字块边框出现 8 个红色的控制点；将光标移至文字块的任意一个控制点上，按住 Shift 键的同时按住鼠标左键并拖动鼠标到新的位置；松开鼠标左键和 Shift 键，系统在原有文字块的基础上增加折线，将文字块变为由水平、垂直折线构成的多边形，若块中已有文章，则系统按照新的形状重排文章，如图 3-43 所示。

将光标移到特殊的空文字块中　　单击鼠标左键后的效果

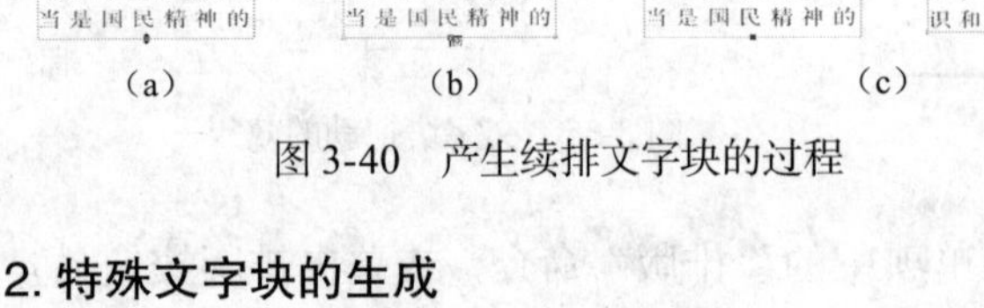

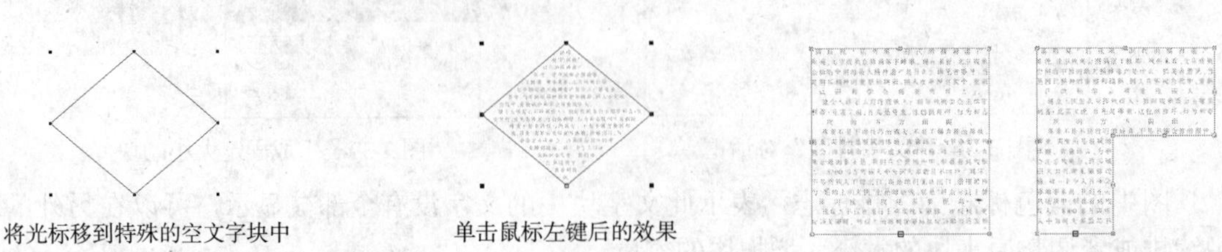

图 3-42　在图元中排入文字

图 3-43　改变文字块的形状

（2）特殊文字块的形状改变。

特殊文字块中，这几种块形状的改变可根据其大小改变的方法来得到其形状的变化。

对于选中按钮画出的任意形状多边形的块，可以增加多边形的边，也可以减少多边形的边。顶点位置的调整可通过移动把柄——多边形每个顶点上出现一个把柄，即光标在把柄上时，按住鼠标键，拖到合适位置松开键。

增加边实际上是增加顶点。在要增加顶点的边上，双击鼠标左键，此时在光标所指处出现一把柄，这个把柄就是新增加的顶点的把柄；按住该把柄，拖动到合适位置，过程如图 3-44 所示。

删减边实质上就是删去一顶点。选取要删除的顶点，双击鼠标左键，则顶点被删除后系统自动删除与该顶点相连接的边，并把与这一顶点相邻的两个顶点用一条线段连接起来，构成一条新的边，过程如图 3-45 所示。

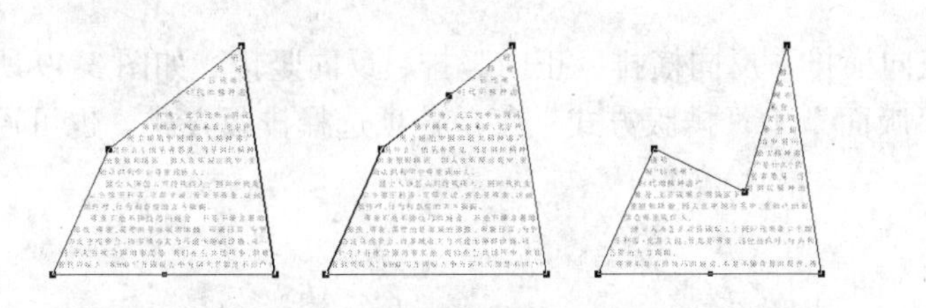

图 3-44　增加特殊文字块的边

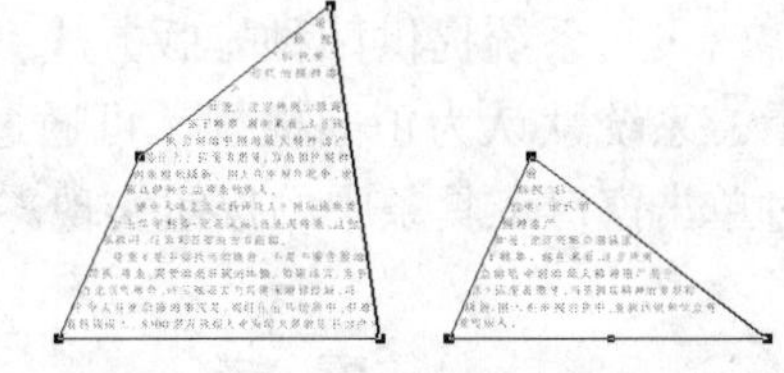

图 3-45　减少特殊文字块的边

4. 文字块的连接

连接工具，用于连接几个文字块，使得它们之间有文字的续排连接关系。取消连接工具，用于将文字块之间的连接取消。

在排报纸或杂志时，经常要将一篇文章分成几个文字块，放在版面的不同位置。可以用文字块工具先在版面上画出文字块，并调整好各文字块的位置，如图 3-46 所示。

然后选择“连接文字块”工具，依次单击各文字块，则在文字块之间建立了续排连接关系如图 3-47 所示。图中红色箭头指向的文字块为当前文字块的续排文字块。

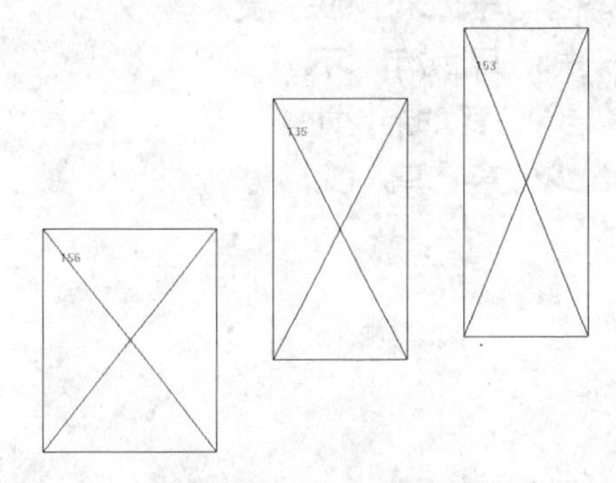

图 3-46　用文字块工具在版面上画出文字块

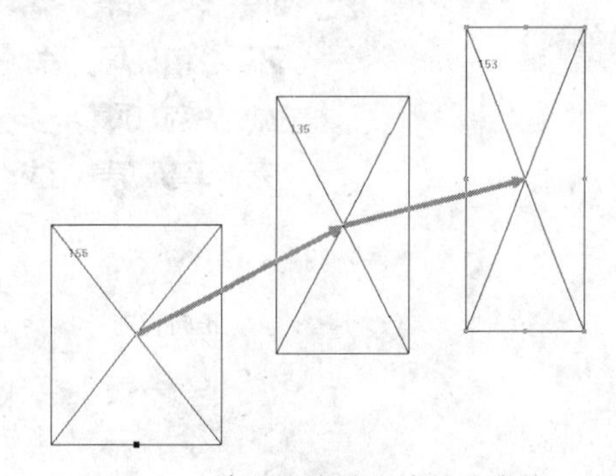

图 3-47　建立了续排连接的文字块

在左边第一个文字块中排入文章，这时会看到剩余文字自动排入红色箭头指向的文字块中，如图 3-48 所示。

如果要取消文字块之间的连接，只要选中“解除连接”工具，在红色箭头的箭头部分单击鼠标即可。但如果单击不准，则无法取消文字块之间的连接，这时可放大显示后对准位置单击。

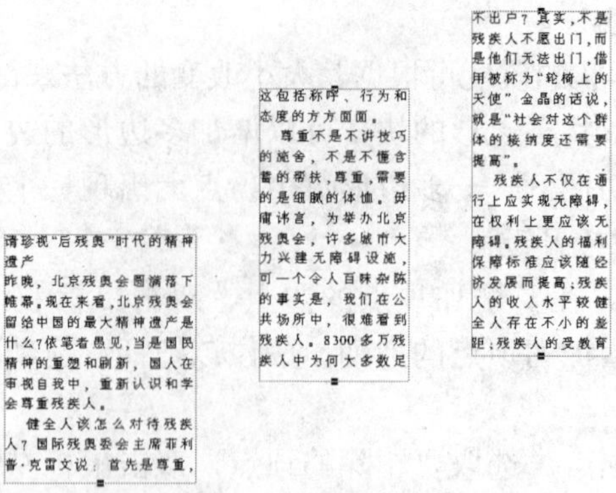

请珍视“后残奥”时代的精神遗产
昨晚，北京残奥会圆满落下帷幕。现在来看，北京残奥会留给中国的最大精神遗产是什么?依笔者愚见，当是国民精神的重塑和刷新，国人在审视自我中，重新认识和学会尊重残疾人。
健全人该怎么对待残疾人?国际残奥委会主席菲利普·克雷文说：首先是尊重，

这包括称呼、行为和态度的方方面面。
尊重不是不讲技巧的施舍，不是不懂含蓄的帮扶，尊重，需要的是细腻的体恤。毋庸讳言，为举办北京残奥会，许多城市大力兴建无障碍设施，可一个令人百味杂陈的事实是，我们在公共场所中，很难看到残疾人。8300多万残疾人中为何大多数足

不出户?其实，不是残疾人不愿出门，而是他们无法出门，借用被称为“轮椅上的天使”金晶的话说，就是“社会对这个群体的接纳度还需要提高”。
残疾人不仅在通行上应实现无障碍，在权利上更应该无障碍。残疾人的福利保障标准应该随经济发展而提高；残疾人的收入水平较健全人存在不小的差距；残疾人的受教育

图 3-48　建立了续排连接的文字块

5. 排版方式

飞腾系统提供四种排版方式：正向横排、反向横排、正向竖排、反向竖排。如图 3-49 所示。系统默认为正向横排，可通过“版面”|“排版方式”菜单选项选择排版方式，也可通过单击窗口工具条中的按钮实现。

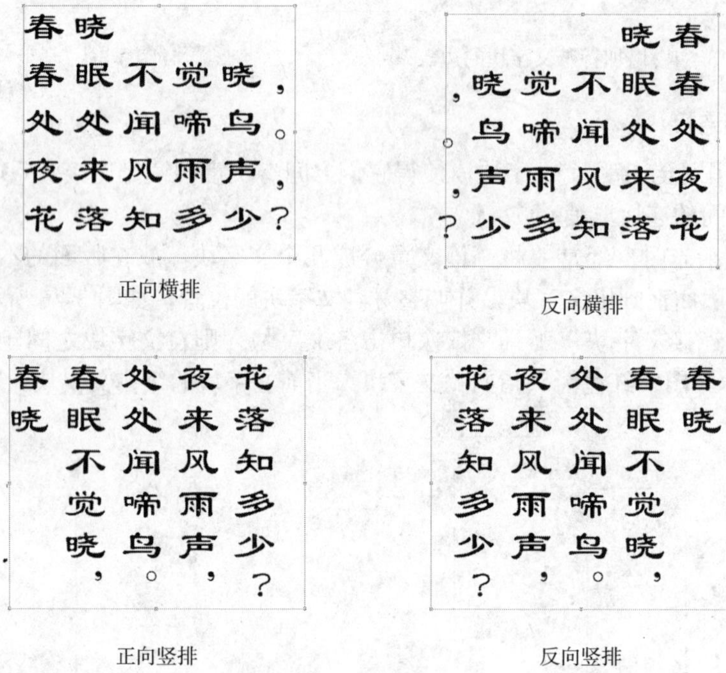

春晓
春眠不觉晓，
处处闻啼鸟。
夜来风雨声，
花落知多少？

正向横排

晓春
，晓觉不眠春
。鸟啼闻处处
，声雨风来夜
？少多知落花

反向横排

春晓
春眠不觉晓，
处处闻啼鸟。
夜来风雨声，
花落知多少？

正向竖排

春晓
春眠不觉晓，
处处闻啼鸟。
夜来风雨声，
花落知多少？

反向竖排

图 3-49　排版方式

3.5.2　文字的处理

1. 改字体、字号

（1）使用“改变字体”对话框、“改变字号”对话框、“改变字体号”对话框改变字体、字号，如图 3-50～图 3-52 所示。

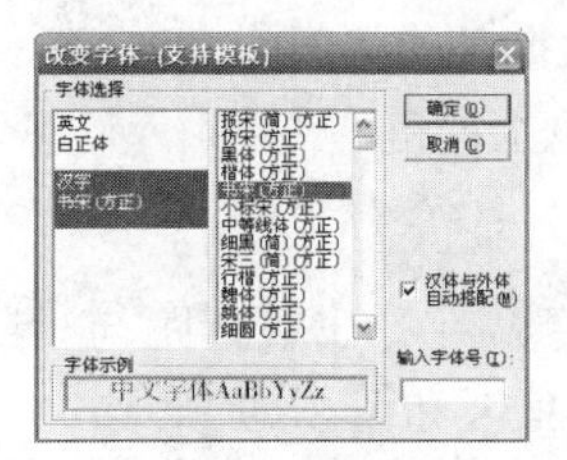

图 3-50　“改变字体”对话框

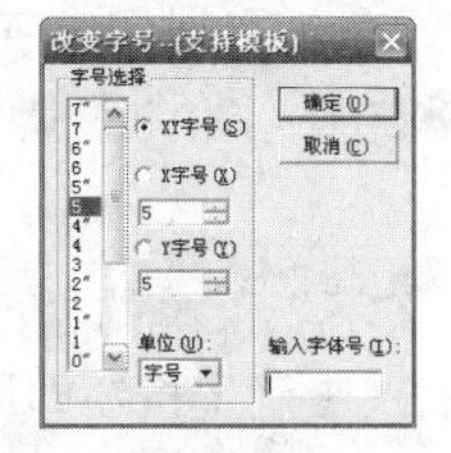

图 3-51　“改变字号”对话框

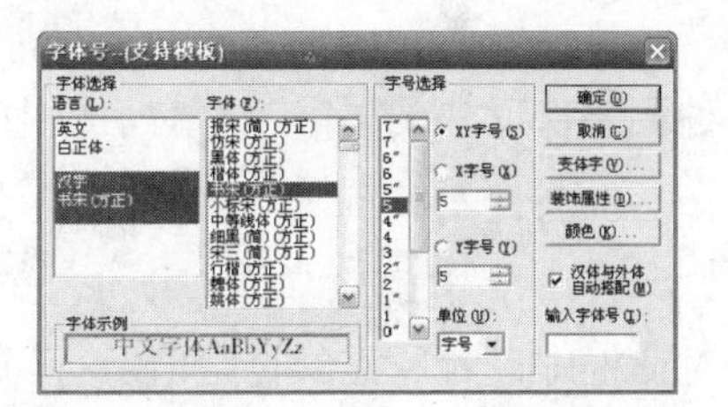

图 3-52　“改变字体号”对话框

（2）使用文本属性工具条中的“字体”和“字号”下拉列表框，如图 3-53 和图 3-54 所示。

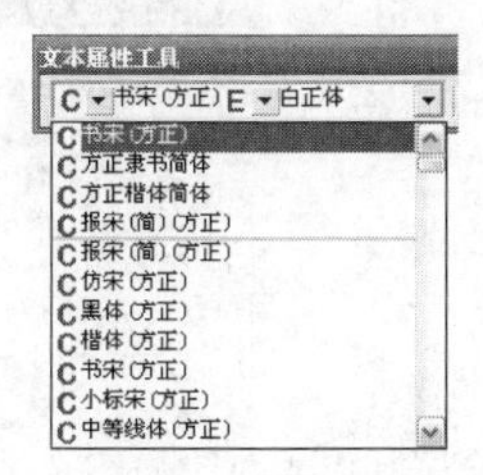

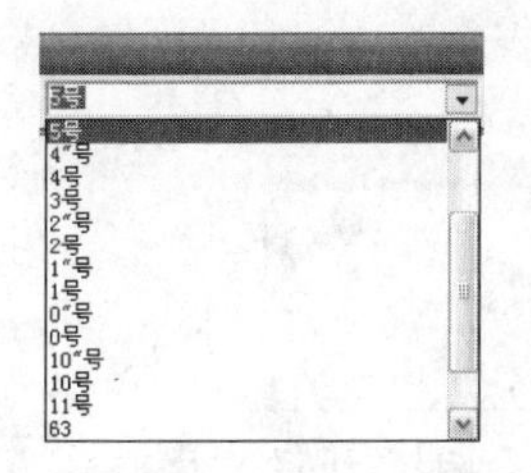

图 3-53　“文本属性工具条”中的字体列表　　　图 3-54　“文本属性工具条”中的字号列表

（3）使用右键菜单：如果要选用的字体是常用字体，则可以在选中的文字上单击右键，从弹出的快捷菜单中直接选择，如图 3-55 所示。

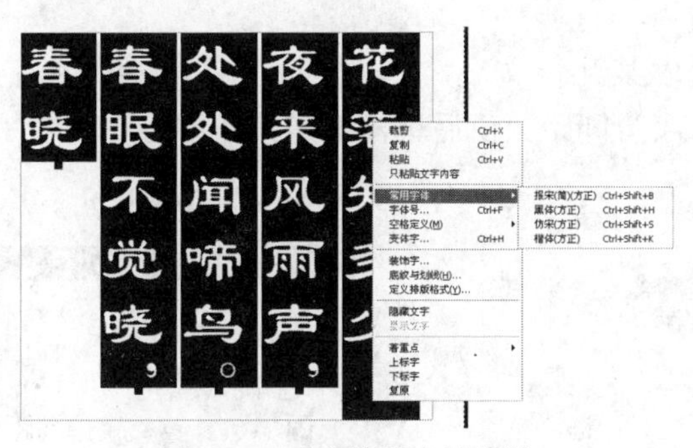

图 3-55　改字体的右键菜单

2. 字距和字间

激活“文字工具”选中文字，单击“文字”菜单的“字距和字间”命令，在弹出“字距”对话框中如图 3-56 所示，设置所需的字距值及字间方式，单击“确定”按钮，效果如图 3-57 所示。

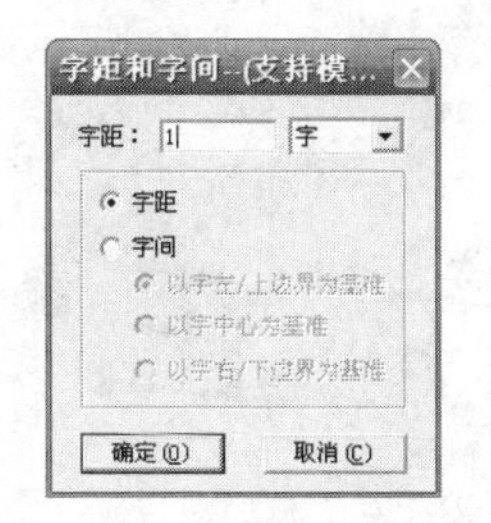

图 3-56　“字距和字间”对话框

水调歌头
明　月　几　时　有　？
把酒问青天。不知天上宫
阙，今夕是何年？我欲乘风
归去，又恐琼楼玉宇，高处
不胜寒。起舞弄清影，何似
在人间？
转朱阁，低绮户，照无
眠。不应有恨，何事长向别
时圆？人有悲欢离合，月有
阴晴圆缺，此事古难全。但
愿人长久，千里共婵娟。

图 3-57　选定文字和设置字距后的文字效果

另外，直接用键盘 Ctrl +“+”/“－”键可以调整字距，每次调整的幅度为 0.25 磅。这种调整将反映到“字距”对话框中，注意加号 / 减号必须使用小键盘上的键。

3. 行距与行间

选中文字块或某几行文字，单击“文字”菜单的“行距”命令，在弹出“行距与行间”对话框中设置所需的行距值及行间方式后单击确定按钮即可，如图 3-58 和图 3-59 所示。

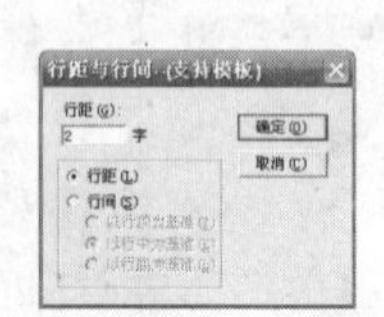

图 3-58 “行距与行间”对话框

图 3-59 选定文字和设置行距后的文字效果

另外，同样可用 Alt +“+” / “－” 键可以调整行距，每次调整的幅度为 0.25 磅。这种调整将反映到“行距”对话框中，注意加号 / 减号必须使用小键盘上的键。

4. 字母间距

激活“文字工具”选中某几行文字，单击“文字”菜单的“字母间距”命令，在弹出“字母间距”对话框中输入字母间距数值后单击确定按钮即可，如图 3-60 和图 3-61 所示。

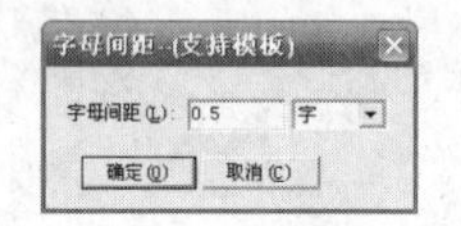

图 3-60 “字母间距”对话框

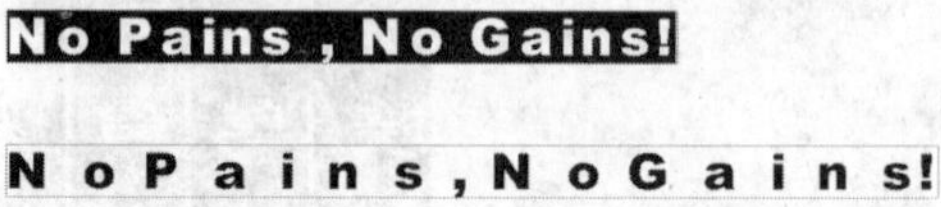

图 3-61 英文字母间距调整前后对照

5. 长扁字

选中文字块或某几行文字，单击“文字”菜单的“长扁字”命令，在弹出子菜单中选择所需的长扁字，如图 3-62 和图 3-63 所示。

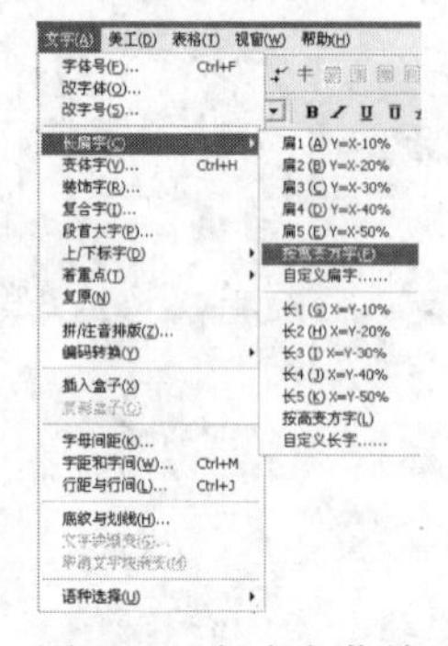

图 3-62 长扁字菜单

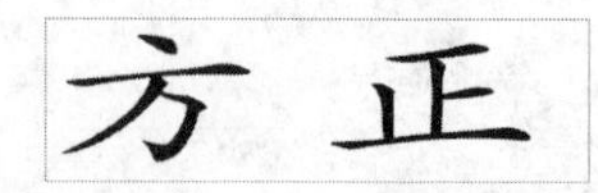

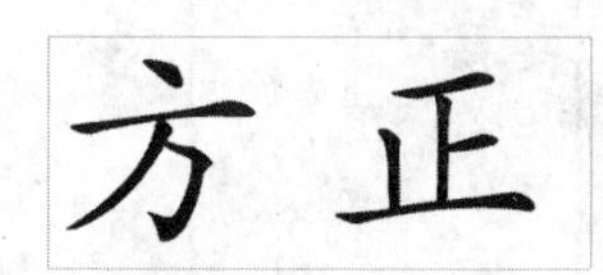

图 3-63 “按宽变方字”选项的效果

6. 给字符加着重点

（1）选中要设置着重点的文字。

（2）选择“文字”菜单中的“着重点”菜单项下的相应命令，如图 3-64 所示。也可单击文字属性工具条中的按钮，如图 3-65 所示是给部分文字加了下着重点的效果。

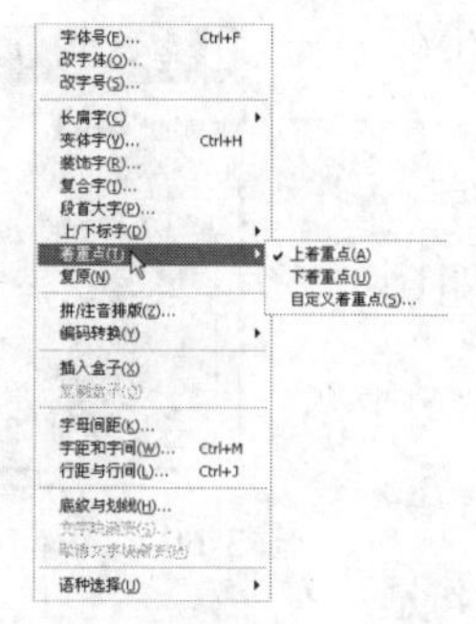

图 3-64 “着重点”子菜单

大鹏一日同风起，扶摇直上九万里

图 3-65　加着重点的效果

（3）如果选择了“自定义着重点”，则会打开如图 3-66 所示的对话框，在其中可选择其他的着重点符号，并设置其相对于文字的纵向偏移量、放缩比例等，单击“预览”按钮还可以预览设置效果。

图 3-66 “着重点”对话框

（4）如果想去掉着重点，则选中已加了着重点的文字，再次执行相应的命令，或单击相应按钮即可。

着重点只对中文有效，对外文和数字无效。

7. 上标字、下标字及其复原

（1）上标字和下标字。

1）选中要操作的文字。

2）选择“文字”菜单中的“上 / 下标字”子菜单下的“上标字”或“下标字”命令即可，如图 3-67 所示。也可直接单击文字属性工具条中的上标字按钮或下标字按钮设置。上标字和下标字的效果如图 3-68 所示。

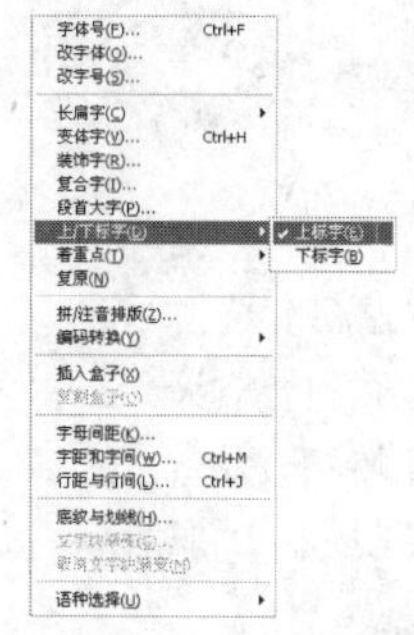

图 3-67　设置上标字、下标字的菜单选项

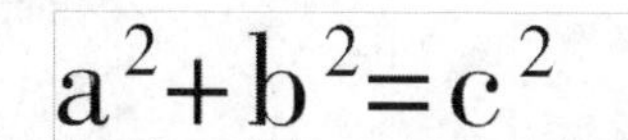

H_2O

图 3-68　上标字、下标字效果

（2）复原上、下标字。

选中设置了上标字或下标字的文字，选择“文字”菜单中的“复原”命令，或单击文字属性工具条中的“取消装饰”按钮，可恢复文字的正常状态。

8. 纵向调整

纵向调整特别适合于文章中的小标题，尤其是分栏中的小标题的排版。具体操作方法如下：

（1）用选取工具选中文字块或用文字工具选中要调整的文字。

（2）选择“格式”菜单中的“纵向调整”命令，弹出如图3-69所示“纵向调整”对话框。

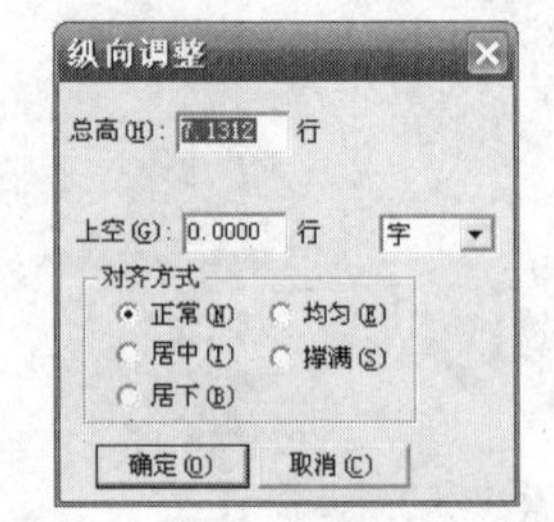

图3-69 “纵向调整”对话框

1）“总高”：定义所选中文字块或文字行所占的高度。

2）“上空”：选中文字行或文字块上面要留出的空白距离及单位。

3）“对齐方式”：其中“正常”是自上而下排版；“居中”是在总高区域内居中排版；“均匀”是在总高区内等距排版，第一行与上面的空，各行之间的空以及最后一行和下面的空均相等；“撑满”是第一行排在最上面，最后一行排在最下面，中间部分均匀排开。

（3）按照所需在对话框中进行设置，完成后单击“确定”按钮即可。如图3-70所示是纵向调整的效果，图3-71所示是改变总高的效果。

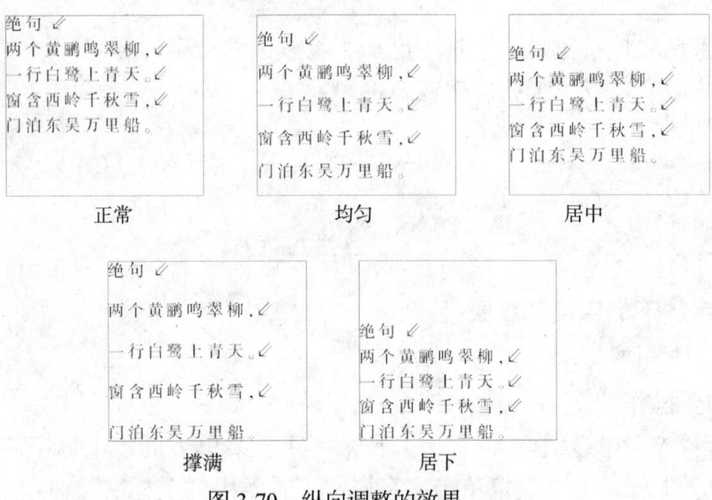

图3-70 纵向调整的效果

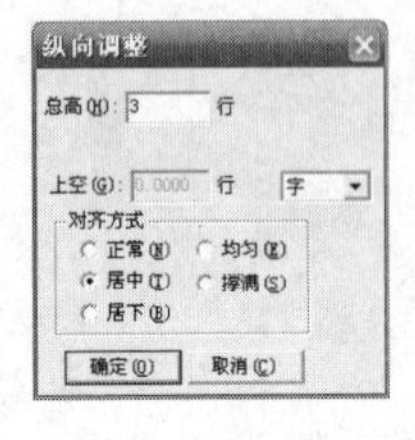

绝句

两个黄鹂鸣翠柳，
一行白鹭上青天。
窗含西岭千秋雪，
门泊东吴万里船。

绝句

两个黄鹂鸣翠柳，
一行白鹭上青天。
窗含西岭千秋雪，
门泊东吴万里船。

图3-71 改变总高的效果

9. 竖排字不转

在飞腾中竖排文字时，默认情况下英文和数字都会向左旋转 90°。如果选择了“竖排字不转”命令，英文和数字将与汉字一样正常放置不作旋转，具体操作方法如下：

（1）用文字工具选中文字或用选取工具选中文字块。

（2）选择“格式”菜单中的“竖排字不转”命令即可，效果如图 3-72 所示。

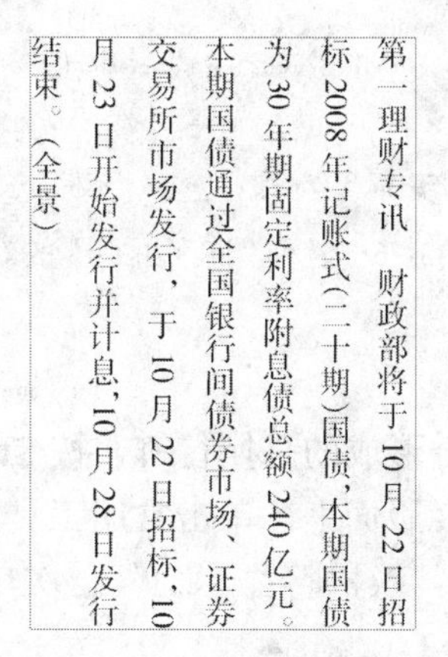

第一理财专讯　财政部将于１０月２２日
招标２００８年记账式(二十期)国债,本
期国债为３０年期固定利率附息债总额２
４０亿元。本期国债通过全国银行间债券
市场、证券交易所市场发行,于１０月２２
日招标,１０月２３日开始发行并计息,１
０月２８日发行结束。(全景)

图 3-72　“竖排字不转”选项的效果

10. 纵中横排

在飞腾中设置竖排时，利用“纵中横排”功能可以设置少于等于 5 个字的汉字、英文及数字的排版方向不变，且保持为一个盒子，具体操作方法如下：

（1）用文字工具选中所需文字（少于等于 5 个字）。

（2）选择“格式”菜单中的“纵中横排”子菜单下的某一压缩命令即可，如图 3-73 所示。图 3-74 为最大压缩的纵中横排效果。

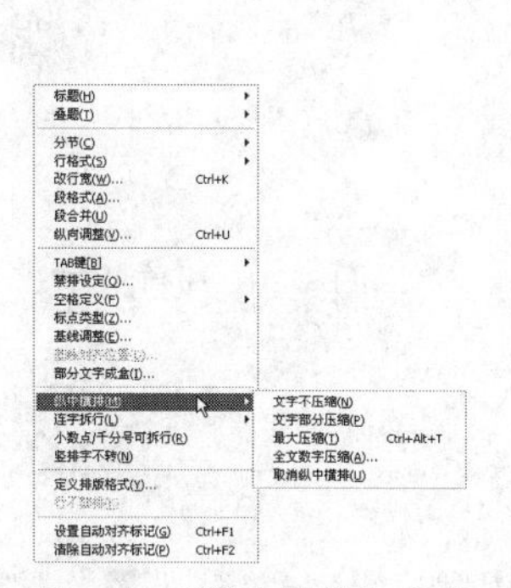

图 3-73　“纵中横排”命令

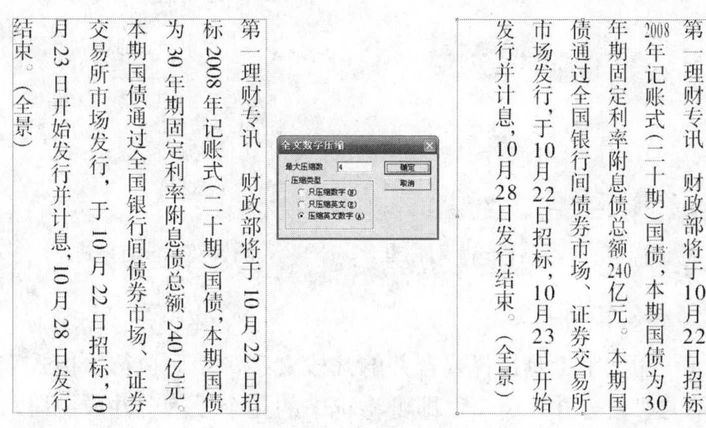

图 3-74　纵中横排效果

11. 连字拆行

连字拆行功能是在中英文混排时，针对英文所作的拆行处理，具体操作方法如下：

（1）用选取工具选中文字块。

（2）选择“格式”菜单中的“连字拆行”命令，然后从弹出的子菜单中选择需要的命令，如图 3-75 所示。各种“连字拆行”的效果如图 3-76 所示。

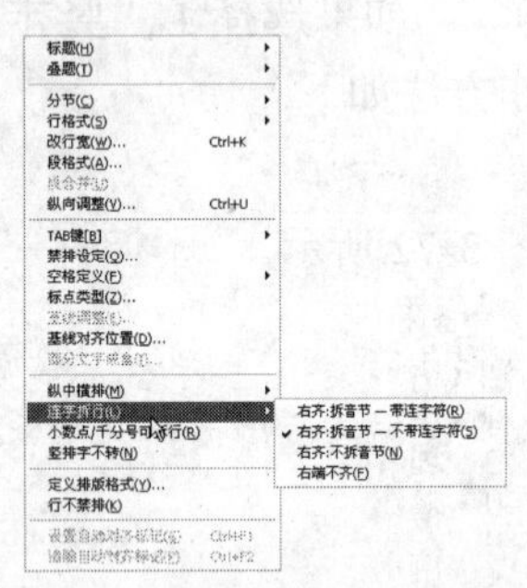

图 3-75 “连字拆行”子菜单

"What are you do-ing out there in the backyard with your guitar and your journals, anyway?" he would ask me sarcastically when I was younger.

右齐：拆音节带-

"What are you doing out there in the backyard with your guitar and your journals, anyway?" he would ask me sarcastically when I was younger.

右齐：拆音节不带-

"What are you doing out there in the backyard with your guitar and your journals, anyway?" he would ask me sarcastically when I was younger.

不拆音节

"What are you doing out there in the backyard with your guitar and your journals, anyway?" he would ask me sarcastically when I was younger.

右端不齐

图 3-76 各种“连字拆行”的效果

12. 段格式

在飞腾版面上输入或排入文字时，按 Enter 键形成的是换行符，按 Shift+Enter 键形成的是换段符。默认状态下，换行符或换段符不显示在版面上，单击常用工具条的“显示换行 / 换段符”按钮，它们才会显示出来，换行符显示为，换段符显示为。再次单击，使之弹起，则换行 / 换段符隐藏。

在文字编辑状态下，在段落中的任意位置单击鼠标，然后选择“格式”菜单中的“段落格式”命令，将会弹出“段落格式”对话框，如图 3-77 所示。按需求选择选项后，单击“确定”按钮即可。如图 3-78 所示是段首缩进的效果，图 3-79 所示是段首悬挂的效果。

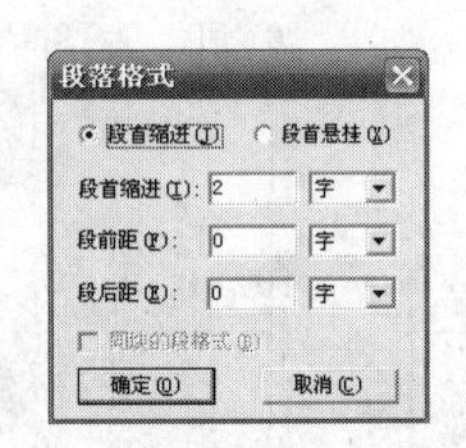

图 3-77 “段落格式”对话框

第一理财专讯 财政部将于 10 月 22 日招标 2008 年记账式(二十期)国债，本期国债为 30 年期固定利率附息债总额 240 亿元。

本期国债通过全国银行间债券市场、证券交易所市场发行，于 10 月 22 日招标，10 月 23 日开始发行并计息，10 月 28 日发行结束。(全景)

图 3-78 段首缩进

第一理财专讯 财政部将于 10 月 22 日招标 2008 年记账式(二十期)国债，本期国债为 30 年期固定利率附息债总额 240 亿元。

本期国债通过全国银行间债券市场、证券交易所市场发行，于 10 月 22 日招标，10 月 23 日开始发行并计息，10 月 28 日发行结束。(全景)

图 3-79 段首悬挂

13. 段合并

用文字工具选择要合并的几段文字，然后执行“格式”菜单的“段合并”命令，即可将选中的几个段落合并成一段，如图 3-80 所示。

段合并的功能对换行标记和换段标记所形成的段均起作用。

I was a musician, actress and writer. Somehow, those occupations just didn't fit the bill with my father; what I did never seemed to meet his approval. Poetry and songwriting were intangible and involved an area unsafe for him: emotions. "What are you doing out there in the backyard with your guitar and your journals, anyway?" he would ask me sarcastically when I was younger. "I'm just writing songs," I answered, trying not to feel ashamed.

图 3-80 段合并的前后效果

14. 改行宽

改行宽就是选中文字块或文字块中的几行文字，通过定义行首行末的缩进，调整文字的行宽，具体操作方法如下：

（1）选中文字块或文字块中的部分文字，然后选择“格式”菜单的“改行宽”命令。

（2）在弹出的如图 3-81 所示的“改行宽”对话框中设置左端缩进和右端缩进值后，单击“确定”按钮即可。

如图 3-82 所示，第一段下面的文字是左右端各缩进 1.5 个字的效果。这种设置常用于版面中一些特殊文字（如引述资料）的排版。本例还设置了该段的段间距为 0.5 字，使版面层次更清晰。

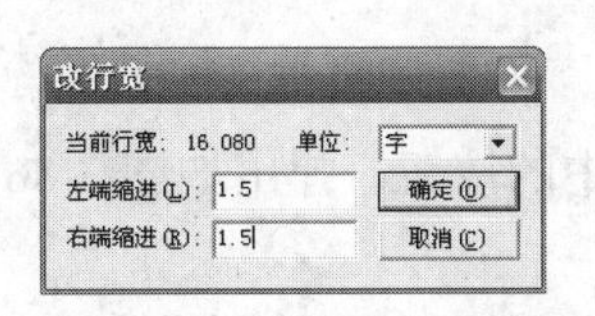

图 3-81 “改行宽”对话框

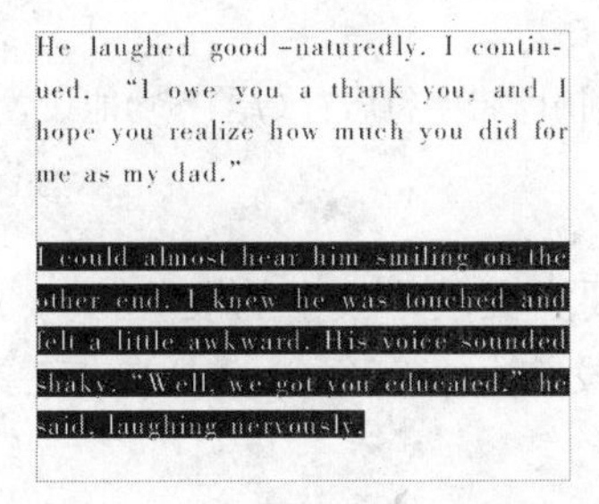

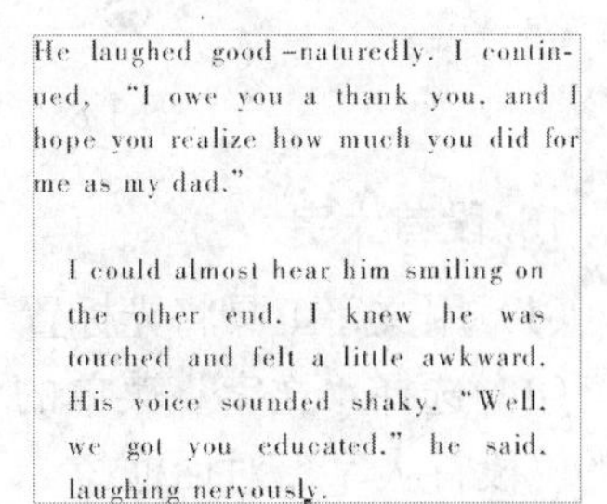

图 3-82 “改行宽”效果示例

15. 行格式

行格式指文字的对齐方式，在飞腾中可以对由回车形成的一行以及多行文字起作用（也可用于文字块），具体操作方法如下：

（1）选中要定义行格式的文字块或文字。

（2）选择“格式”菜单的“行格式”命令，弹出如图 3-83 所示的子菜单。

（3）根据需要选择对应的命令，也可直接单击如图 3-84 所示的排版格式工具条上的相应按钮。

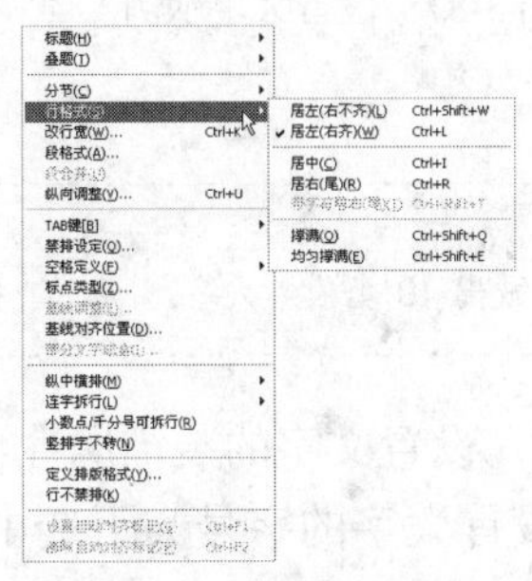

图 3-83 “行格式”菜单项

图 3-84 排版格式工具条

其中居左（右不齐）和居左（右齐）的区别是，居左（右不齐）的右端不对齐，而居左（右齐）的右端对齐；撑满则在居左（右齐）的基础上每一个硬回车行的最后一行也要撑满，右边不留空；均匀撑满则是文字不要挨着文字块边界，边界和文字之间以及文字与文字之间的间距相等。

“带字符居右（尾）”是自动在选中字符前加“·”符号，便于排目录。图 3-85（a）是文章的目录，选中目录内容后面的数字，选择“格式”菜单中的“行格式”子菜单下的“带字符居右”命令，就会出现图 3-85（b）所示的目录效果。

如果要取消目录效果，可选中目录后面的数字或选中全部目录段落，然后再选择“格式”菜单“行格式”下的其他任何一种对齐方式即可。

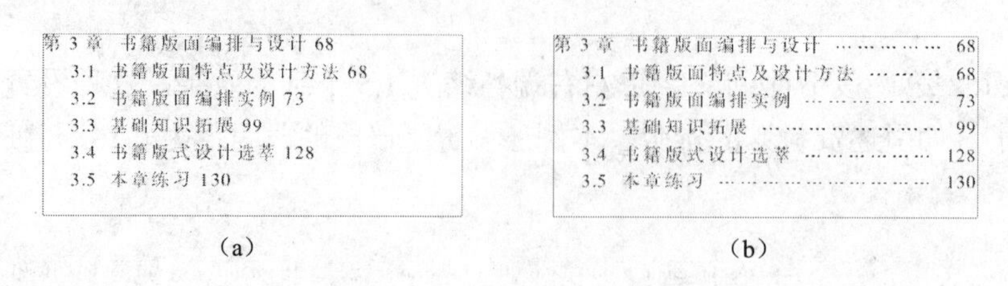

第 3 章　书籍版面编排与设计 68
3.1　书籍版面特点及设计方法 68
3.2　书籍版面编排实例 73
3.3　基础知识拓展 99
3.4　书籍版式设计选萃 128
3.5　本章练习 130
第 3 章　书籍版面编排与设计 ………… 68
3.1　书籍版面特点及设计方法 ……… 68
3.2　书籍版面编排实例 ……………… 73
3.3　基础知识拓展 …………………… 99
3.4　书籍版式设计选萃 ……………… 128
3.5　本章练习 ………………………… 130

（a）　　（b）

图 3-85　排利用“带字符居右（尾）”功能设置目录

16. 段首大字

（1）用文字工具将光标置于要定义段首大字的段落。

（2）选择“文字”菜单的“段首大字”命令，或单击工具条中的按钮，弹出如图 3-86 所示的“段首大字”对话框。

（3）设置“大字个数”、“字高占行数”等选项后，单击“确定”按钮，效果如图 3-87 所示。

段首大字-(支持模板)
大字个数(N): 1 内容: 山
字高占行数(L): 2
字号(S)...
装饰字(F)...
自动调整字号(A) X= 5.25 磅 Y= 26.25 磅
字距(W): 0.0000
使用单位(U):
段首与内文距离(I): 0.0000
字
取消段首大字(D)
确定(O)
取消(C)

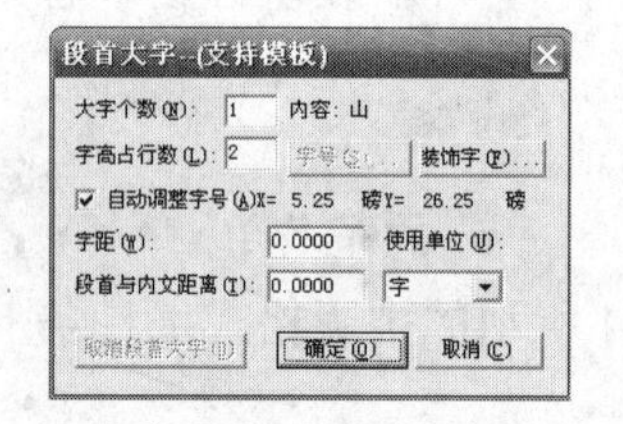

图 3-86　“段首大字”对话框

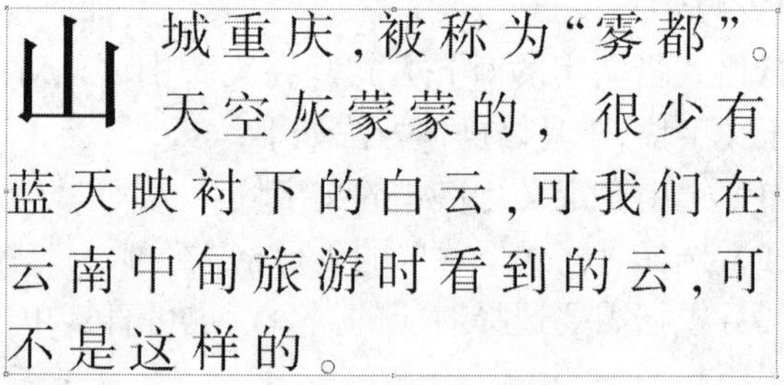

山城重庆，被称为“雾都”。天空灰蒙蒙的，很少有蓝天映衬下的白云，可我们在云南中甸旅游时看到的云，可不是这样的。

图 3-87　段首大字示例

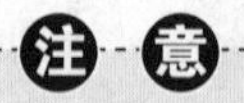

注意

段首大字最多只能有 10 个字，当“大字个数”大于 10 时，也只能做出 10 个段首大字。

（4）单击“装饰字”按钮，会弹出“装饰字”对话框，设置文字的装饰属性。

（5）选中“自动调整字号”复选框，系统自动调整段首大字的字号。不选中该项，用户可自定义段首大字的字号。

（6）如果要取消段首大字，可将光标置于有段首大字的段落中，选择“文字”菜单的“段首大字”命令，打开“段首大字”对话框，单击“取消段首大字”按钮即可。

17. 设置图文互斥

在文字块和对象（包括文字块）重叠放置时，可利用“图文互斥”命令将它们之间的关系设为互斥。设置为互斥后，可以定义互斥边空（文字块和对象之间的空白），具体操作方法如下：

（1）用选取工具选中要定义互斥的对象。

（2）选择“版面”菜单中的“图文互斥”命令，弹出“图文互斥”对话框，如图 3-88 所示。

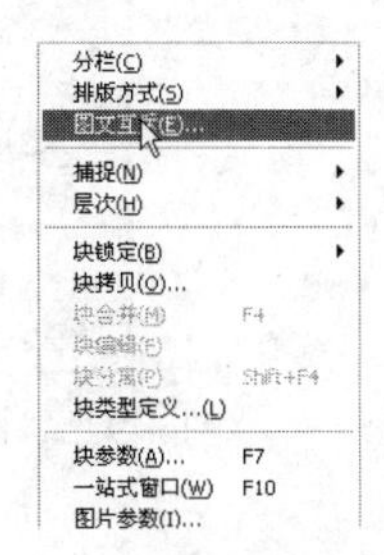

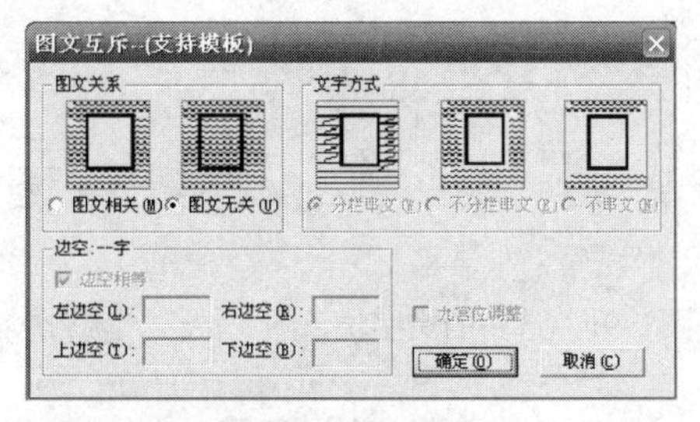

图 3-88 “图文互斥”菜单命令和对话框

（3）选中“图文相关”单选按钮（默认设置为“图文无关”）。

（4）需要文字绕对象两边分栏排版时，选中“分栏串文”单选按钮；需要文字绕对象两边不分栏排版时，选中“不分栏串文”单选按钮；不需要文字绕对象两边排版时，选中“不串文”单选按钮。

（5）在边空的各文本框中输入上下左右边空的数值。如果选中“边空相等”复选框，则只有“左边空”文本框中可以输入数值，在此处输入的数值即为 4 个边空的值。

选中一个图像，设置为“图文相关”中的“串文”，效果如图 3-89 所示。将两个文字块重叠放置，设置图文互斥属性后，可以做出标题效果，如图 3-90 所示。

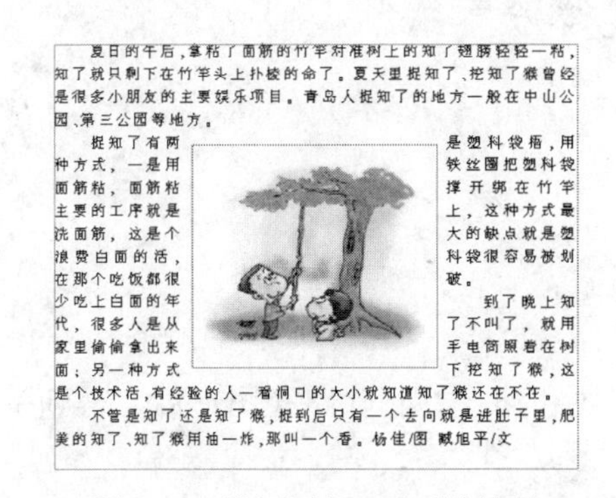

夏日的午后，拿粘了面筋的竹竿对准树上的知了翅膀轻轻一粘，知了就只剩下在竹竿头上扑棱的命了。夏天里捉知了、挖知了猴曾经是很多小朋友的主要娱乐项目。青岛人捉知了的地方一般在中山公园、第三公园等地方。

捉知了有两种方式，一是用面筋粘，面筋粘主要的工序就是洗面筋，这是个浪费白面的活，在那个吃饭都很少吃上白面的年代，很多人是从家里偷偷拿出来面；另一种方式是塑料袋捂，用铁丝圈把塑料袋撑开绑在竹竿上，这种方式最大的缺点就是塑料袋很容易被划破。

到了晚上知了不叫了，就用手电筒照着在树下挖知了猴，这是个技术活，有经验的人一看洞口的大小就知道知了猴还在不在。

不管是知了还是知了猴，捉到后只有一个去向就是进肚子里，肥美的知了、知了猴用油一炸，那叫一个香。杨佳/图 臧旭平/文

图 3-89 设置图文互斥后的效果

夏日的午后，拿粘了面筋的竹竿对准树上的知了翅膀轻轻一粘，知了就只剩下在竹竿头上扑棱的命了。夏天里捉知了、挖知了猴曾经是很多小朋友的主要娱乐项目。青岛人捉知了的地方一般在中山公园、第三公园等地方。

粘知了

捉知了有两种方式，一是用面筋粘，面筋粘主要的工序就是洗面筋，这是个浪费白面的活，在那个吃饭都很少吃上白面的年代，很多人是从家里偷偷拿出来面；另一种方式是塑料袋捂，用铁丝圈把塑料袋撑开绑在竹竿上，这种方式最大的缺点就是塑料袋很容易被划破。

到了晚上知了不叫了，就用手电筒照着在树下挖知了猴，这是个技术活，有经验的人一看洞口的大小就知道知了猴还在不在。

不管是知了还是知了猴，捉到后只有一个去向就是进肚子里，肥美的知了、知了猴用油一炸，那叫一个香。杨佳/图 臧旭平/文

图 3-90 设置图文互斥后的效果

如果选中“图文无关”单选按钮，将图放在文字块上时，则图片将压住文字块。

18. 沿线排版

文字块中的文字沿着图元的边界（线）排版，所有的图元都可用于沿线排版，具体操作方法如下：

（1）选择工具条中的“文字工具”，输入要沿线排版的文字。

（2）从工具条中选择任意一个绘制图元工具，绘制图元。

（3）按住 Shift 键，用选取工具同时选中文字块和图元，如图 3-91 所示。

（4）选择“视窗”菜单中的“沿线排版窗口”命令，将会弹出“沿线排版”窗口，如图3-92所示。

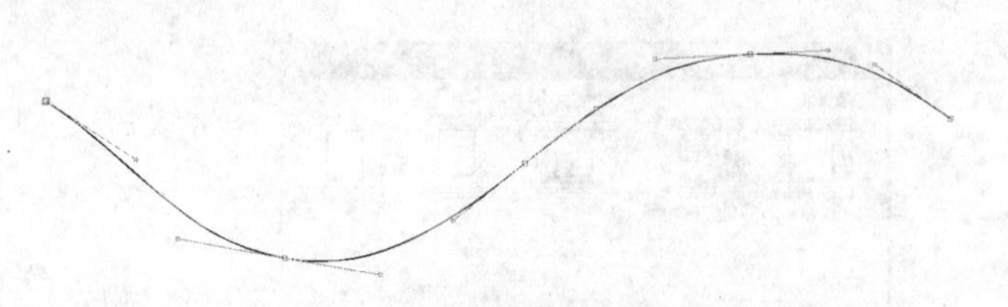

图3-91　选中的文字块、图元块

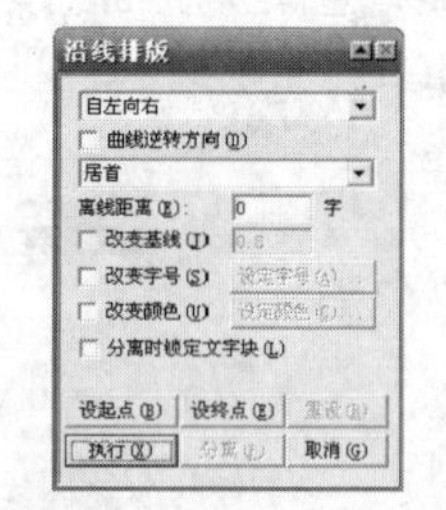

图3-92　“沿线排版”窗口

在“沿线排版的方向”下拉列表框中有自左向右、自右向左、自上向下、正立4个选项。“沿线排版时文字的位置”下拉列表框用于设置文字的位置方式，有居首、居尾、居中、撑满、密排5个选项。在“离线距离”文本框中可以输入文字与路径的距离，这里保持默认值0。“改变基线”、“改变字号”、“改变颜色”和“分离时锁定文字块”为重新设置文字的属性，这里也可以是默认设置。

（5）单击“设起点”或“设终点”按钮，在图形路径边线上可以用鼠标单击拟开始或结束的地方。单击“执行”按钮，将设置的参数应用到文本对象中。这时，文字块和路径图元自动组成一个特殊的组，文字块将按指定的路径进行排版，如图3-93所示。

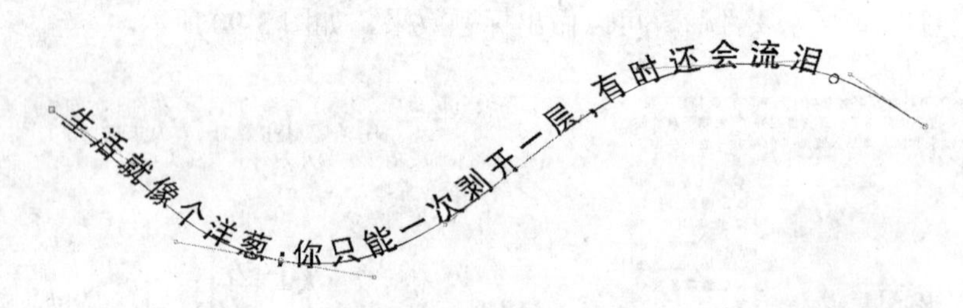

图3-93　文字沿线排版效果

在确认效果后，单击“分离”按钮，可以分开文字块和路径。删除路径图形后，得到一个单纯的文字块。

3.5.3　主页操作

飞腾系统提供主页来对页码及各页共有的内容进行统一管理，如书眉等，主页本身并不作为实际的页。主页是各页公共特性的体现，主页上排的内容，可以显示在文件中的每一页上。在主页上定义各页的公共特性可以减少工作量，特别适合于排书和杂志。

1. 主页的选中

如图3-94和图3-95所示，用鼠标左键单击“左”或“右”主页标记，选中的页标记将置黑，这时窗口显示的即为主页。

如果想显示要编辑的页面，可以单击“前”或“后”，直到显示出想要编辑的页面，如图3-96所示。

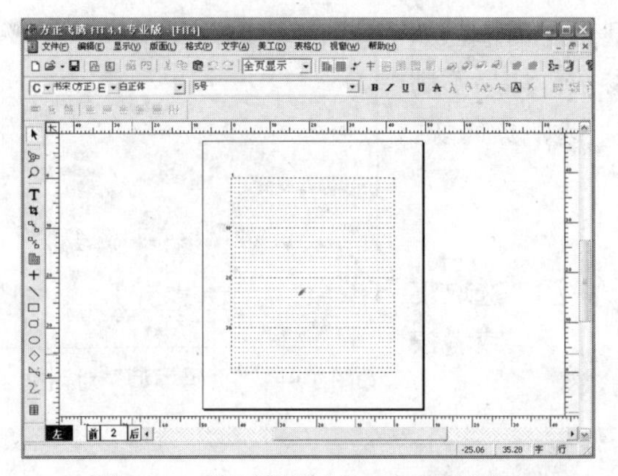

图 3-94　单面印刷只有一个主页“左”

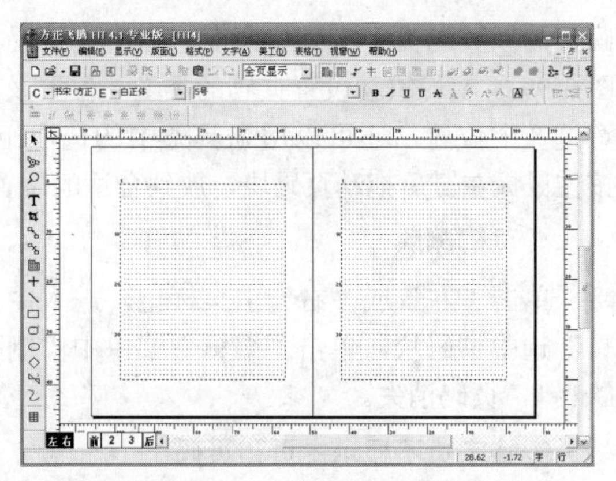

图 3-95　双面印刷有两主页“左”和“右”

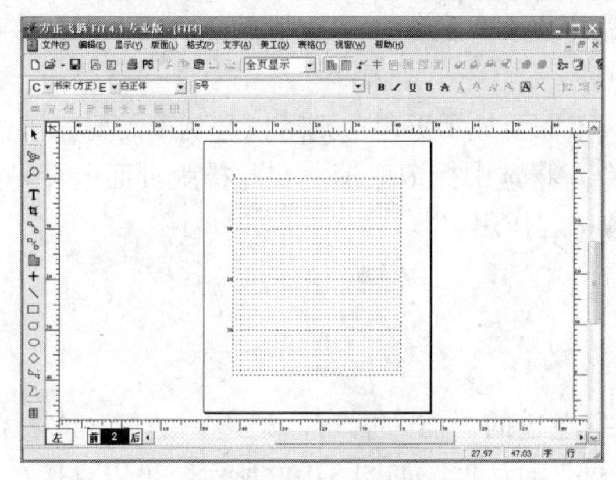

图 3-96　要选择页面

2. 加页码

单击主页中的“左”或“右”标记，进入主页的编辑窗口。单击“版面”菜单中“页码”下的“加页码”命令，如图 3-97 所示。

对于单面印刷和单页排版的版面，系统按照“版面设置”对话框中定义的页码类型和排版方式在主页上排出页码的格式，在主页显示为 0 或 1。退出主页后，排版页中则显示相应的页码。

对双页排版的版面，执行“版面”菜单中“页码”下的“加页码”命令后，飞腾系统弹出“加页号”对话框，如图 3-98 所示。如果只选左主页或右主页，则每隔一页加页码，紧接的页不加页码，通常是左、右主页都选，则所有页面都加上相应的页码。

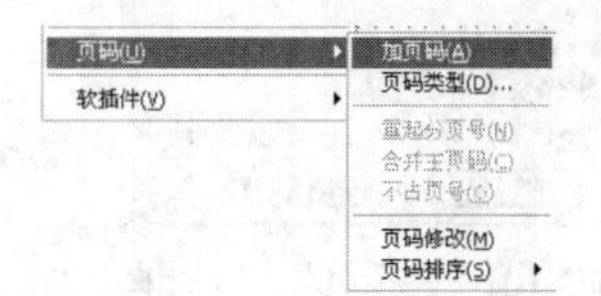

图 3-97 “页码”子菜单

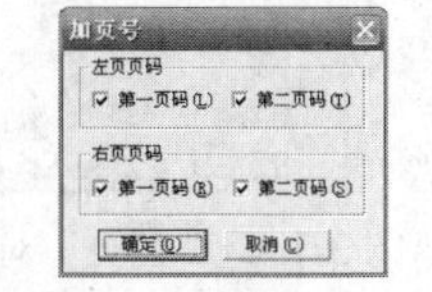

图 3-98 “加页码”对话框

3. 页码定位

单击主页上的“左”或“右”主页标记，进入主页编辑窗口。单击“版面”菜单下“页码”的“页码类型”菜单命令，弹出“页码类型”对话框，如图 3-99 所示。重新设置页码的类型、位置及其参数。如果不满意这 8 个位置，还可以用工具条中的选取工具，选中页码块，按住鼠标左键后拖动页码块，放到合适的位置。

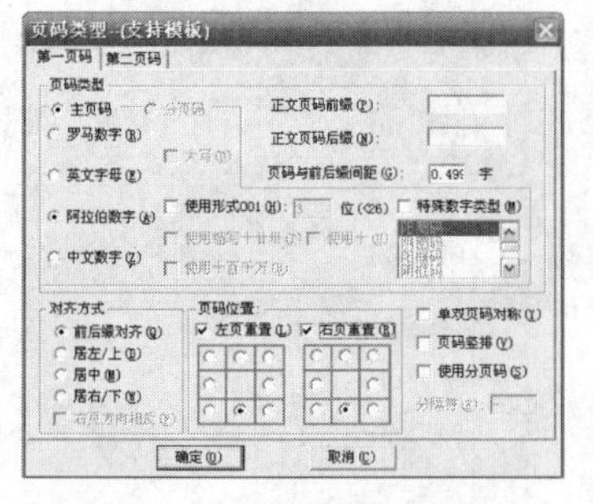

图 3-99 “页码类型”对话框

4. 页码删除

单击“左”或“右”主页标记，进入主页，激活“选取工具”选中页码块，单击“编辑”菜单中“删除”命令，或者按 Del 键，页码消失。

5. 特定页不显示主页和页码

如果在某些特定页不需要显示主页的内容，则可以翻到不需要显示主页内容的排版页，选择“显示”菜单中的“显示主页”命令，将选中标记取消，则在该排版页的页面上相应主页的内容消失。

如果用户在某些特定页不需要显示页码，则可以翻到不需要显示页码的页，单击“显示”菜单中的“显示页码”命令，将选中标记取消，在此排版页面上页码消失。但注意在这种情况下，本页仍然在页码计数中起作用。

3.5.4 页面编辑

1. 翻页

用鼠标单击水平卷动条左边的“前 / 后”标记逐一翻页。或者单击“显示”菜单中的“翻页”命令，将弹出“翻页”对话框，如图 3-100 所示。可以直接在“页序号”文本框中输入要翻到的页。在没有分页码时，页序号与页码相同。有分页码时，页序号与页码不相同，是页的总共计数。也可以选择“前一页”、“后一页”、“左主页”、“右主页”其中的一项，这时就会翻到相应的页。

2. 插页

单击“显示”菜单下的“插页”命令，将弹出“插页”对话框，如图 3-101 所示。该对话框中显示了正在编辑的 FIT 文件的起始页码、总页码数及当前页码。

选择“插本页前”或“插本页间”或“插本页后”，然后在“插入”对应的编辑框中输入要插入的页数，单击“确定”后，即在对应的位置插入所需数量的空白页。

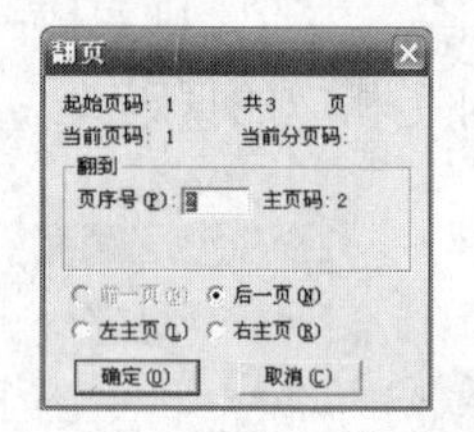

图 3-100 “翻页”对话框

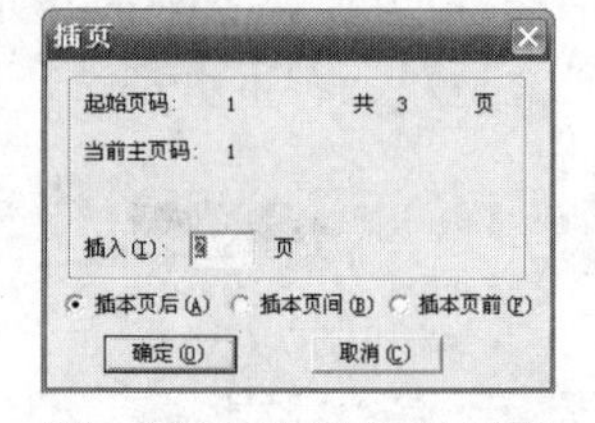

图 3-101 “插页”对话框

3. 删页

单击“显示”菜单下的“删页”命令，将弹出“删页”对话框，如图 3-102 所示。在“删除起始页”对应编辑框中输入要删除的起始页页码号，在“删除页数”对应编辑框中输入要删除的页数，按“确定”或直接回车后，将删除对应的页。

4. 页的移动

单击“显示”菜单中的“移动页”命令，将会弹出“页移动”对话框，如图 3-103 所示。在该对话框中设置好移动页的方式后单击“确定”按钮即可。

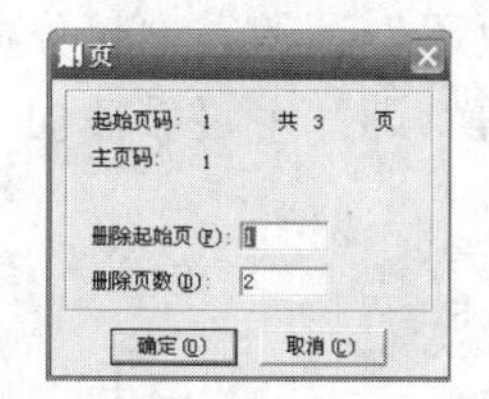

图 3-102　“删页”对话框

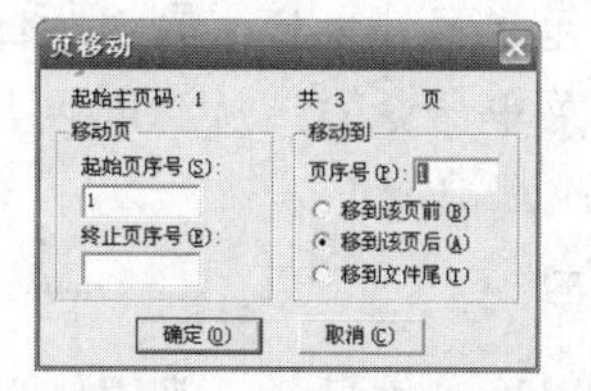

图 3-103　“移动页”对话框

5. 页面管理窗口

单击“视窗”菜单下的“页面管理窗口”命令，可以打开“页面管理窗口”，如图 3-104 所示。

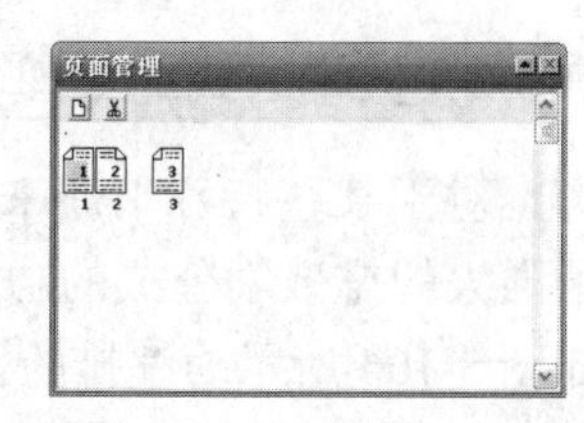

图 3-104　“页面管理”窗口

该窗口有两个工具选项，分别为插页工具和删页工具。窗口内列出了当前文件的所有页，每一页用一个页图标来表示，上面标有页的序号。其中当前页以红色标记，选中的页以绿色标记，选中的多页以黑色标记。用鼠标左键单击页面，则选中相应的页面，按住 Shift 键，同时单击多个页面，则可以选中多页。也可以单击鼠标右键，弹出右键菜单，单击右键菜单中的“增加”和“删除”选项，来增加页和删除页。

插页功能：根据页序号选中要插入页的位置，单击工具条上的按钮，则在选中页的后面插入一空白页。

删页功能：根据页序号选中要删除的页，单击工具条上的按钮或按 Delete 键，则此页被删除。删掉的页将不能被恢复，如果文件中只有一页则不能完成删页操作。

翻页功能：双击一个页图标即可翻到此页。

移动页功能：选中一页或几页的页图标，拖动到另一页上释放鼠标，则可将选中页移动到该页的位置，其他页相应顺移。

3.5.5　页码的修改和编辑

1. 页码的修改

单击“版面”菜单中“页码”下的“页码修改”命令，将弹出“页码修改”对话框，如图 3-105 所示。在“页码”列表中选择要修改的页号，在“主页码”编辑框中修改主页码，单击“确定”按钮将改动对应页的页码。

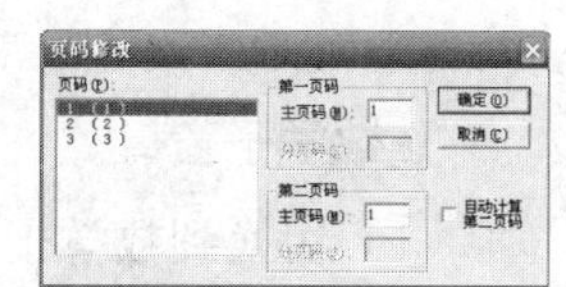

图 3-105　页码修改

2. 不占页

单击“版面”菜单中“页码”下的“不占页号”命令，则当前页不占页号。该命令常用于首页或书中的插图页。

3. 页码排序

单击“版面”菜单中“页码”下的“页码排序”命令，文件中的页按页码顺序重新排列。文件中页码被修改过之后，常需执行这个命令进行页的重排序。

4. 重起分页号

如果文件中包含有分页号，则“版面”菜单中“页码”下的“重起分页号”命令变成可选状态。执行该菜单命令后，从当前页开始重起分页号，即：主页号被加 1，分页号被置 1，后面的主页号依次都被加 1。

5. 合并主页码

如果文件中包含有分页号，则“版面”菜单中“页码”下的“合并主页号”命令变成可选状态。执行该菜单命令后，从当前页起，主页号与上一页的主页号合并，分页号接上一页的分页号续排，当前页及其后各页的主页号依次减 1。

3.5.6 数学公式的处理

对于某些特殊书籍来说，如科技书，在编排中就需要进行对数学公式的编辑。飞腾提供了强大的排数学公式的功能，可以排多行公式、脚标、根式、矩阵和行列式、分式、积分等，如图 3-106 所示为编排的各种数学公式。

$$\overbrace{\text{矩形 椭圆 菱形 多边形}}^{\text{绘制图形}}\ \dot{A}\ \ddot{B}\ \overset{*}{C}\ \hat{D}\ \check{E}\ \mathring{F}\ \bar{G}\ |\bar{\bar{H}}\ \vec{I}\ \overleftarrow{K}\ \tilde{L}$$

$$x+\overline{\overline{y+z}}=c \qquad T=\begin{vmatrix} a_1 & b_1 & c_1 \\ a_2 & b_2 & c_2 \\ a_3 & b_3 & c_3 \end{vmatrix} \qquad A_{4_{5_6}}^{1^{2^3}}$$

$$\frac{c_1}{\frac{c_2}{a_2+b_2}} \qquad \int_b^a \sqrt{x^2+1}\ dx \qquad \sum_{i=5}^{n} a_i+b_i$$

$$\sqrt[n]{a+\sqrt{b+\sqrt{c+\sqrt{d}}}}=z$$

图 3-106 各种数学公式

1. 数学子窗口

（1）切换到数学子窗口。单击“编辑”菜单中的“数学”命令，进入数学子窗口，如图 3-107 所示。

（2）数学工具。在数学工具条中的任意符号处单击鼠标左键，数学符号将显示在光标当前处。使用数学工具条中没有的符号时，可选择“辅助工具箱”菜单的命令，如图 3-108 所示，数学符号将显示在光标当前处。

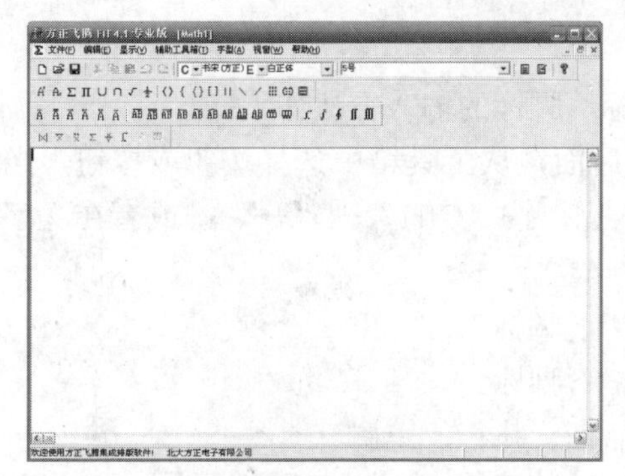

图 3-107　数学子窗口

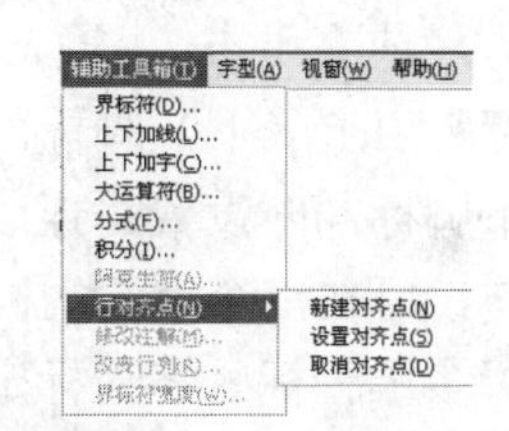

图 3-108　“辅助工具箱”菜单

（3）数学窗口中的操作。

光标的移动。在数学窗口中光标以数学盒子为单位移动。数学盒子是指数学符号及其所带字符，例如，根式与根式内的部分为一个盒子。

还可以做成多重盒子，称为嵌套。

例：$\left|\dfrac{1}{2+\dfrac{1}{3}}\right.$

用户可以使用鼠标单击例子以移动光标，或者使用键盘移动光标。

以下是使用键盘移动光标的 3 种情况：

1）光标在数学盒子之间移动：当光标在一个数学盒子前面或后面，按“→”或“←”键，光标跳过盒子。

2）光标进入或跳出数学盒子：当光标在一个数学盒子外面或里面，按“Ctrl”＋“→”或“Ctrl”＋“←”键，光标进入或跳出数学盒子。

3）光标在数学盒子内各部分之间移动：当光标在一个数学盒子内，按“Tab”键，光标可在盒子内各项之间切换。

（4）数学公式的选中。与主版面中文字的选中方法相同，在公式上拖动鼠标或用“Shift”＋“→”或“←”键。

2. 多行数学公式的对齐

将光标定位于要对齐的位置上，单击“辅助工具箱”菜单中“行对齐点”下的“新建对齐点”命令，则以下各行的对齐点均以此点为准对齐。

单击“辅助工具箱”菜单中“行对齐点”下的“设置对齐点”命令选项。则可改变此行的对齐位置，所设对齐点位置将以上述的“新建对齐点”的位置为准而对齐。

把光标定位在对齐点所在行，单击“辅助工具箱”菜单中“行对齐点”下的“消对齐点”命令选项，可把已设的对齐点取消，效果如图 3-109 所示。

$7x+5y=12$ $u+v=18$	$7x+5y|=12$ $u+v=18$
原式	在第一式等号前新建对齐点

图 3-109　数学公式的新建对齐点的效果

3. 上标和下标

在数学窗口内，可同时设置上脚标下脚标，脚标的输入方法如下：

（1）上（下）脚标。将光标定位于文字后面，从工具箱中选择按钮或按钮，光标被定位在文字右上方（或右下方），输入脚标，输入完，按“Ctrl”＋“→”键或者在文字右侧单击鼠标，则光标跳出上（下）脚标盒子。

（2）上下脚标同时设置。连续执行以上“上脚标”和“下脚标”的操作，可在一个字符上同时设置上、下脚标。

（3）设置多级脚标。将光标定位于脚标后面，执行“上脚标”或“下脚标”的操作，可以给脚标设置脚标。

（4）符号设置脚标。除了文字，界标符、行列式、阿克生符、大运算符、根号等一些注解内容也可以输入到上、下脚标。如图 3-110 所示为多层的上下标效果。

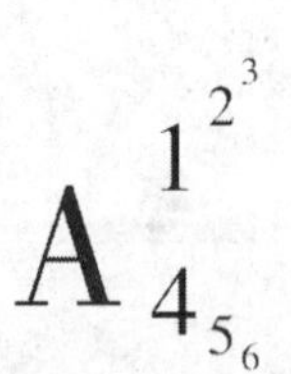

图 3-110　多层的上下标效果

4. 大运算符

（1）从工具箱输入。单击工具箱按钮中任意一个大运算符编辑工具，光标出现在大运算符顶部中间，输入完顶部内容，可按“Tab”键或通过单击鼠标将光标移到大运算符底部，接着输入底部内容完成大运算符的编辑。

（2）从菜单输入。单击“辅助工具箱”菜单的“大运算符”命令选项，弹出如图 3-111 所示“大运算符”对话框。指定大运算符符号、顶排格式、底排格式、上下空距离等项。上下空的距离必须小于 4.38mm。设置完成，单击“确定”按钮。光标被定位在大运算符顶部的位置上。以下操作方法与从工具箱输入方法相同。

选择“其他”项时，可在文本框内输入任意一个字符，“确定”后该字符被作为大运算符。

如图 3-112 所示为输入的大运算符效果。

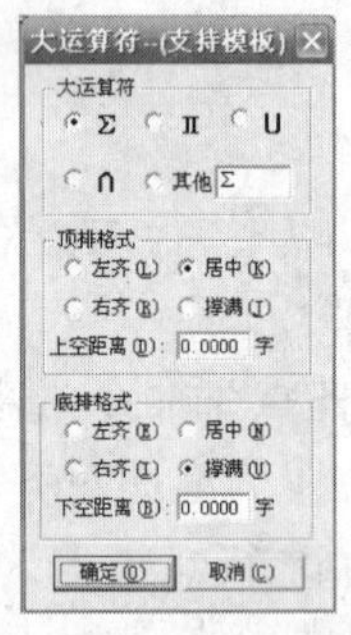

图 3-111　“大运算符”对话框

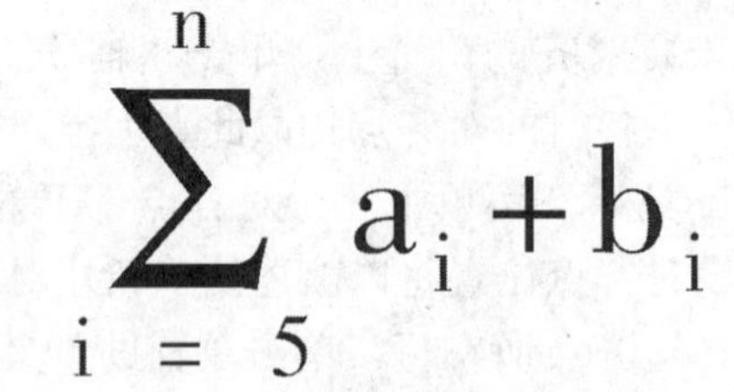

图 3-112　输入的大运算符

5. 根式

从工具条中选择根式按钮，光标被自动定位在根式内被开方式的位置，输入被开方式的值，根式会随之在垂直或水平方向上扩大；被开方式输入完毕，在开方次数的位置单击鼠标，或者按“Tab”键，光标被定位在根式开方次数的位置，输入开方次数。

如图 3-113 所示为复杂的根式效果。

$$\sqrt[n]{a+\sqrt{b+\sqrt{c+\sqrt{d}}}}=z$$

图 3-113　复杂的根式效果

6. 分式

（1）从工具箱输入。单击工具箱中的分式工具，光标被定位在分子的位置上。输入完分子，可用“Tab”键切换光标，或者单击分母位置，接着输入分母。

（2）从菜单输入。单击“辅助工具箱”菜单的“分式”命令选项，弹出如图 3-114 所示“分式”对话框，指定排版格式，距离（分子及分母和分数线的距离不能大于 4.38mm）。单击“确定”按钮，光标被显示在分子的位置上。以下操作方法与从工具条输入方法相同。

如图 3-115 所示为分式的效果。

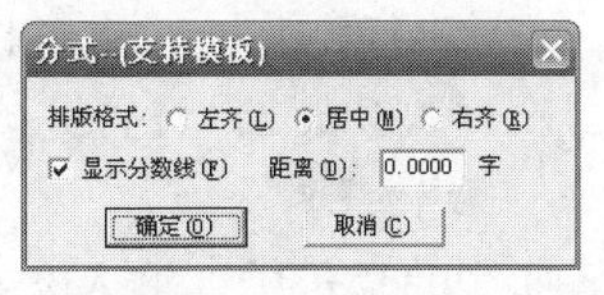

图 3-114　“分式”对话框

$$\frac{c_1}{\dfrac{c_2}{a_2+b_2}}$$

图 3-115　分式的效果

7. 积分

飞腾提供的积分符号工具有 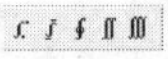 5 种。

（1）从工具条输入。激活“积分符号”工具，光标被定位在上限的位置上。输入完上限，可用“Tab”键切换光标，接着输入下限。

（2）从菜单输入。单击“辅助工具箱”菜单的“积分”命令，弹出“积分”对话框，如图 3-116 所示。指定积分号、上限位置、下限位置、上下限排法等项。上下限与积分号之间的距离不能大于 4.38mm。设置完成，单击“确定”按钮，光标被显示在上限的位置上。以下操作方法与从工具箱输入方法相同，图 3-117 所示为积分的效果。

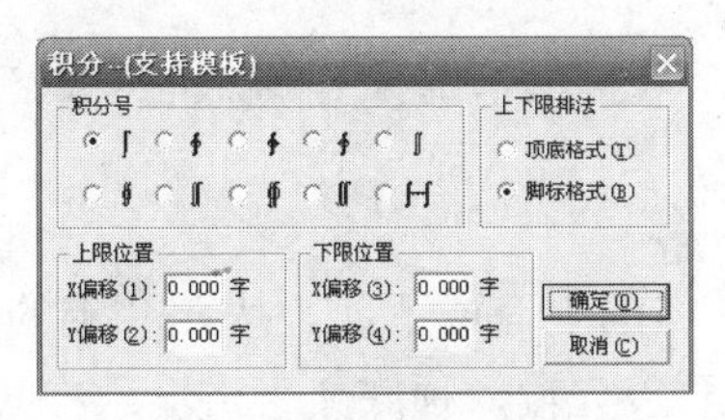

图 3-116　“积分”对话框

$$\int_b^a \sqrt{x^2+1}\,dx$$

图 3-117　积分的效果

8. 界标符

界标符有 7 种，分别为() { {} [] || \ /。

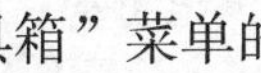

给已有的文字加界标符：选中文字，激活界标符的编辑工具（使用工具箱没有提供的界标符时，可选择“辅助工具箱”菜单的“界标符”），弹出如图 3-118 所示“界标符”对话框。选择界标符类型。然后根据需要，选择“左界标”或“右界标”，也可以左右都要或都不要。设置完成，单击“确定”按钮。

加界标符后编辑：激活“界标符工具”或单击“辅助工具箱”菜单的“界标符”命令选项。输入界标符后，光标定位在符号右侧。接着可输入多行文字，如图 3-119 所示为输入界标的效果。

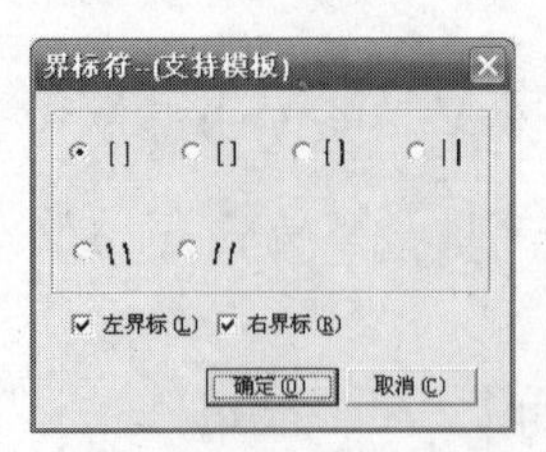

图 3-118 “界标符”对话框

$$T=\begin{vmatrix} a_1 & b_1 & c_1 \\ a_2 & b_2 & c_2 \\ a_3 & b_3 & c_3 \end{vmatrix}$$

图 3-119 输入界标的效果

9. 上下加线

上下加线的种类有。

给已有的文字加线：选中文字，选择上下加线的编辑工具。也可以选择“辅助工具箱”菜单的“上下加线”，弹出“上下加线”对话框，如图 3-120 所示。设置上下加线的种类，上下加线与文字间的距离等。加线与文字的间距不得超过 4.38mm。设置完成，单击“确定”按钮。

加线后在上下线中输入文字：将光标定位在已加线的盒子中，输入文字。

上下加线的编辑和删除：选中上下加线盒子，单击“辅助工具箱”菜单的“修改注解”命令，可重新设置参数，单击“删去线”按钮，可删除已设的上下加线，图 3-121 所示为输入上下加线的效果。

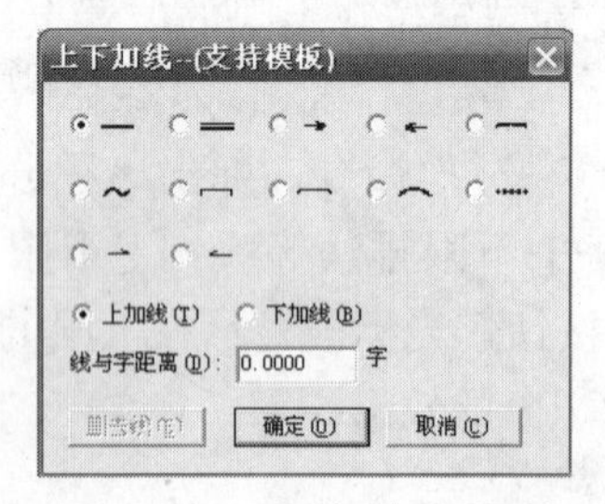

图 3-120 “上下加线”对话框

$$x+\overline{\overline{y+z}}=c$$

图 3-121 输入上下加线的效果

10. 上下加字

上下加字又称顶底排版，是指在字符或内容的上面或下面，按照一定的排版方式，加上一些内容。可以选中字符再输入顶底文字，也可以先输入顶底文字再输入中间字符。

（1）从工具箱输入。选中要加字的字符，激活上下加字的编辑工具即可。

（2）从菜单输入。选中要加字的字符。单击“辅助工具箱”菜单的“上下加字”命令选项。弹出“上下加字”对话框，如图 3-122 所示。定义加字格式、字与字距离、加字方式等，单击“确定”按钮，图 3-123 所示为输入上下加字的效果。

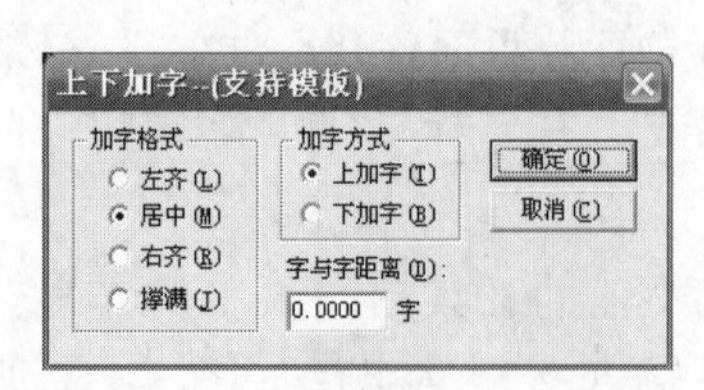

图 3-122 “上下加字”对话框

$$\overbrace{\text{矩形 椭圆 菱形 多边形}}^{\text{绘制图形}}$$

图 3-123 输入上下加字的效果

11. 阿克生符

阿克生符的种类有ȦÄÂĂÃĀ。

（1）从工具箱输入。选中字符，激活阿克生符的编辑工具即可。

（2）从菜单输入。选中字符，选择“辅助工具箱”菜单的“阿克生符”。弹出“阿克生符”对话框，如图 3-124 所示。在对话框内选择所需的符号，定义附加距离等，单击“确定”按钮，图 3-125 所示为阿克生符的效果。

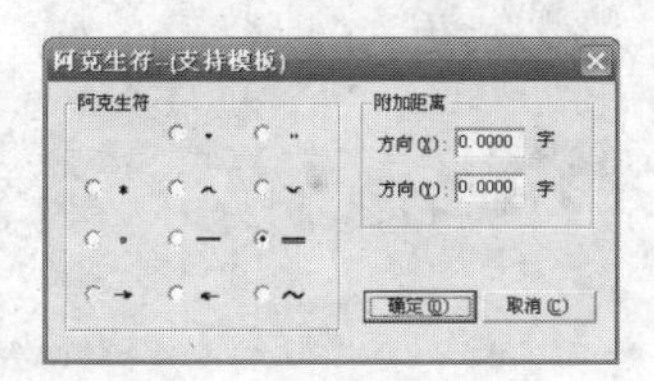

图 3-124　“阿克生符”对话框

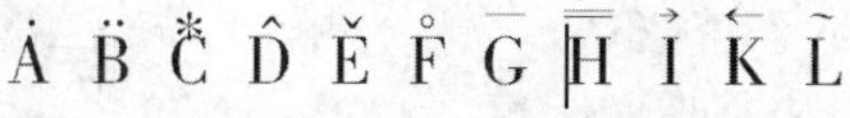

Ȧ B̈ C D̂ Ě F̊ Ḡ H I K L̃

图 3-125　阿克生符的效果

12. 数学公式排入版面

在数学子窗口中制作的公式，可以通过“文件”菜单中的“排版”功能排入到飞腾的主版面中。

（1）数学公式的默认排版。编辑完数学公式，单击“文件”菜单的“排版”命令选项。切换回主版面，此时鼠标指针变为▦，单击鼠标。公式按默认大小被灌入主版面。

（2）指定数学排版区域。如果想要直接指定排版区域，则在切换回飞腾主版面后，用鼠标在主版面拖一个矩形，指定出数学块的大小，数学公式就将在该块内排版。

在主版面的正文内插入数学公式：当主版面窗口处于正文编辑状态时，将字符光标置于欲插入公式处，单击“编辑”菜单中“数学”命令选项，进入“数学”编辑窗口进行编辑。当数学公式编好后，切换回主版面窗口，则已编公式会自动出现在光标处。

（3）排版后数学公式的编辑。数学公式排入主版面后，可以和其他文字一样进行编辑。当数学窗口和主版面窗口互相切换时，编辑结果会直接反映到对方窗口。

3.6　书籍版式设计精粹

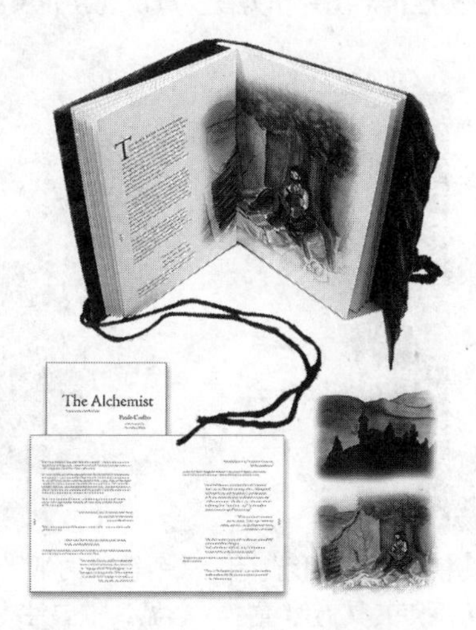

图 3-126　正文全部左对齐，首字母字号不同

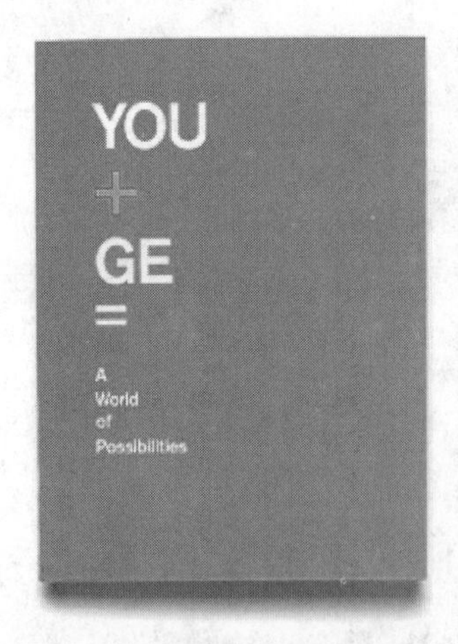

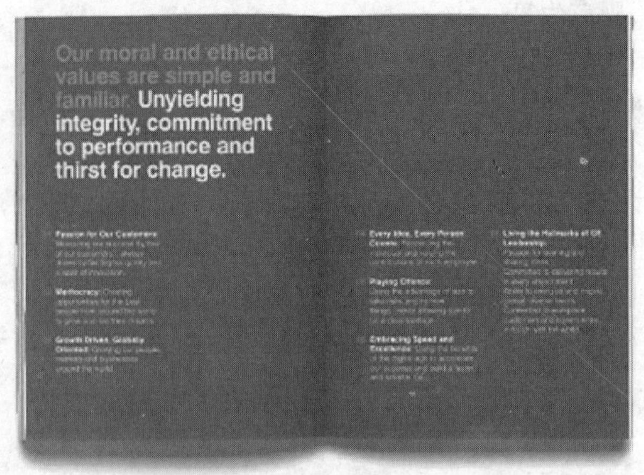

图 3-127　封面及内页中的文字色彩及排列形式，在变化中求统一

图 3-128　图文混排，图片作为首字母出现在正文中别具一格

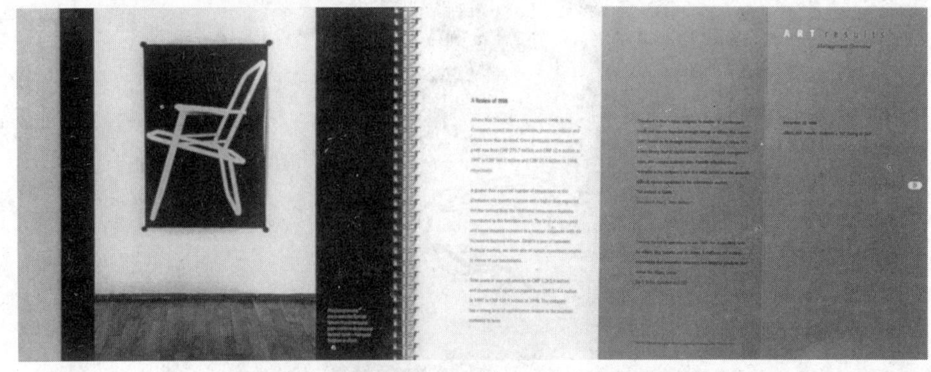

图 3-129　该书独特的方形设计，采用较厚的纸张和特殊的折页使其具有厚重感，彰显其重要性

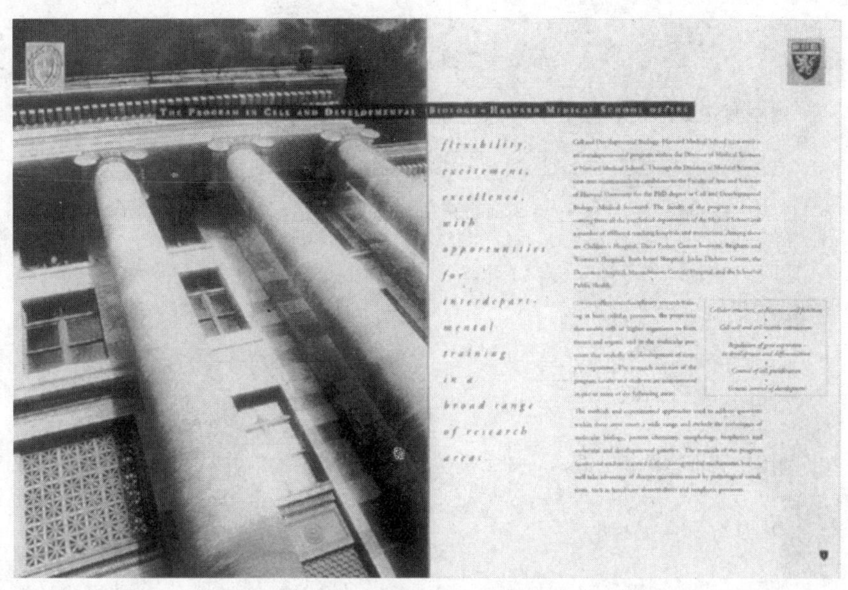

图 3-130　横贯两版的篇幅（跨页）使用了左右不对称的布局，突破常规思路，在视觉上给读者造成紧张感

3.7 本章练习

（1）书籍版面的排版有哪些特点？

（2）制作题。

题目：书籍内页。

完成稿：书籍内页完成稿如图 3-131 所示。

社会观察篇　　2008·3

读书不只是为了就业

在旧社会，读书为了做官，是读书人的基本目的。解放初期，读书是为了学文化、长知识，为社会做出大贡献，是读书人的整体追求。改革开放以后，通过读书，获得较高学历，以便找一份好工作，成为莘莘学子的基本愿望。如今，读书为了就业，似乎不容置疑，但现实的就业状况，却对这样的学习目的提出了严峻的挑战。

2006 年，广州市市容环卫局下属事业单位向社会公开招聘，13 个职位就引来了 286 个本科生、研究生竞争，平均 26 人抢一个环卫工作岗位。同年，北京市殡葬系统报名和录用比例为 100:1，难度不亚于 2007 年国家公务员考试。更有甚者，某街道社区招收一名工作人员，全国有 4000 多人报考竞聘。

要求就业的人多，而就业岗位却很少，这说明了什么？说明经济发展不够，企业发展不够，说到底是就业人多，创业人少，敢于冒风险去办企业的更少。想想看，我们多数家长都经常这样教育孩子，“你不好好读书，将来连个饭碗都找不到”。老师对学生讲，“读书不好，何以成才”。政府和企业在录用人员时讲，“择优录用，公开公平”。有多少人对学生讲过，“今天完成学业，明天就可以创业”，“不仅想到就业，还要想到创业”，“不想当老板的学生，不能算是一个好

评论

—1—

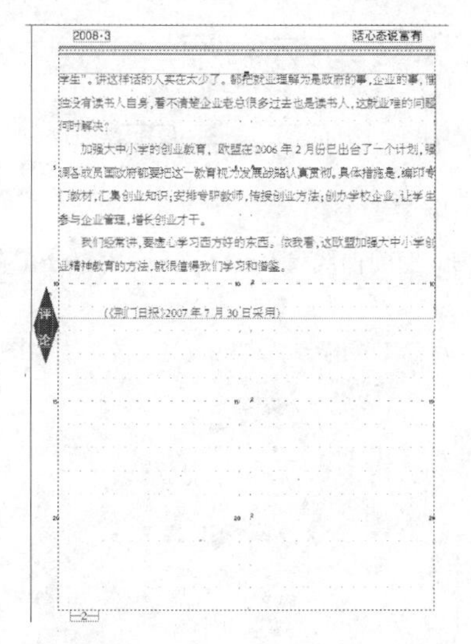

2008·3　　话心态说富有

学生”。讲这样话的人实在太少了。都把就业理解为是政府的事，企业的事，惟独没有读书人自身，看不清楚企业老总很多过去也是读书人，这就业难的问题何时解决？

加强大中小学的创业教育，欧盟在 2006 年 2 月份已出台了一个计划，强调各成员国政府都要把这一教育视为发展战略认真贯彻。具体措施是，编印专门教材，汇集创业知识；安排专职教师，传授创业方法；创办学校企业，让学生参与企业管理，增长创业才干。

我们经常讲，要虚心学习西方好的东西。依我看，这欧盟加强大中小学创业精神教育的方法，就很值得我们学习和借鉴。

（《荆门日报》2007 年 7 月 30 日采用）

评论

—2—

图 3-131　书籍内页完成稿

题目：数学练习题。

完成稿：数学练习题完成稿如图 3-132 所示。

高等数学学期末模拟试题(2)

一、 填空题（本小题 15 分，每小题 3 分）。

1．直线 $\frac{x+5}{-1}=\frac{y-3}{2}=\frac{z-1}{2}$ 与 z 轴的夹角余弦是_______。

2．曲面 $z=xy$ 在点（1，2，2）处的法线方程是_______。

3．设 $z=x^{\sin y}$ 则 $\frac{\partial z}{\partial y}=$ ______

4．利用正圆锥体体积公式，可知二重积分 $\iint\limits_{D}(2-\sqrt{x^2+y^2})\mathrm{d}x\mathrm{d}y=$ ______。

其中 D 为 $x^2+y^2\leq 4$。

5．曲线积分 $P(x,y)\mathrm{d}x+Q(x,y)\mathrm{d}y$ 与路径无关的条件是_______，其中

$P(x,y),Q(x,y)$ 存在一阶连续偏导数。

二、单项选择题（本题 15 分，每小题 3 分。每小题后的四个备选答案中只有一个是正确的，请将正确答案的代号填入题中的括号内）。

1．若 $\vec{a},\vec{b}$ 两个向量平行，则必有（ ）成立。

A．$\vec{a}=k\vec{b}$　　B．$\vec{a}=\vec{b}$　　C．$\vec{a}x\vec{b}=\vec{0}$　　D．$\vec{a}\cdot\vec{b}=0$

2．定义域为 $\{(x,y)|x+y>0$ 且 $x-y>0\}$ 的函数是（ ）。

A．$z=\sqrt{x+y}+e^{\sqrt{x-y}}$　　B．$z=\ln\frac{x+y}{x-y}$

C．$z=\sqrt{x+y}\arcsin\sqrt{x-y}$　　D．$z=\frac{1}{\sqrt{x+y}}+\frac{1}{\sqrt{x-y}}$

3．空间曲线 $x=\cos t,y=\sin t,z=t$ 在 $t=\frac{\pi}{2}$ 处的切线的方向向量是（ ）。

图 3-132

第4章

期刊杂志版面编排与设计

版面，即出版物的排列格式。版面的构成因素包括图、文和空白，版面设计的任务是要在限定的空间内将这些不同性质的内容组织为和谐的整体，使各个部分既相互关联而又层次分明。确定印刷品页面的整体形式及其中诸要素的相互关系，其核心则在于文本的组织和艺术处理。该项工作既关系到信息传递的效果，也决定着作品的美学品质。正如罗斯玛丽·蒂西所说，版面设计是“对字词的充满乐趣的编排配置，亦即信息的富于吸引力的表达”。良好的版面设计，能清晰地展现原稿的性质、体例、结构、层次，并与开本、装订形式和封面、插图风格和谐一致，起到方便实用、美观悦目的作用，同时成为印刷部门施工的蓝图与依据，使印前制作、印刷、装订工作能顺利进行，印刷材料得到合理充分的利用。

4.1 期刊杂志版面特性

期刊杂志与正规书籍相比较而言，其版式编排具有较大的灵活性。主要体现在以下几个方面：

（1）风格的多样化。这是由杂志设计中对版心的弱化而导致的。杂志在版心设定上较书籍而言有了更大的余地。如果是文学类杂志，其文字信息量比较大，理应作为编排的主体对象加以考虑，其版式也更接近于书籍，甚至也需要建立起一个版心。而学术类杂志，插图、列表非常多，充分保证这些说明性图表的易识别性也是关键，因此是否制定明确的版心也是由此决定的。同时还可利用显著的点、线、面形式创造出新颖的视觉效果，以使整体的严谨与理性中带有些许活跃因素。休闲娱乐类杂志和商业杂志则完全不同，它需要有独特的画面视觉感和新颖的图文配合形式来吸引消费者和潜在消费人群。对于这类杂志，形式上的发挥远大于对形式的限定。

（2）开本大小的无限制化。杂志通常都是16开幅面，这首先是受印刷原纸张大小的限制，16开比较不会造成纸张的浪费；其次也是基于读者在阅读过程中的便利性而定的。当然也会看到大量的杂志，为了符合其内容和杂志类型上的个性效果，从视觉上迎合广大受众的猎奇与喜新心理，从而选择一些更加异形的尺度。

（3）图文关系的多样化与大量留白。在平面设计中，最容易忽略的要素就是空间，在二维设计中的空间成为空白空间，它的重要性仅次于文字与图像，设计中空间安排得当，画面的视觉效果会成倍增加。因此在传统的中国画中就有“计白当黑”的论述。而在杂志设计中，既需要考虑由于字体、字号、字距和行距等的不同设置而可能产生的不同视觉影响，也需要关注包括标题、正文与图片三者间可能具有的一切关系，还需要重视虚空间的视觉缓冲与节奏调节作用，千万不可一味填塞和堆砌，如图 4-1 所示。

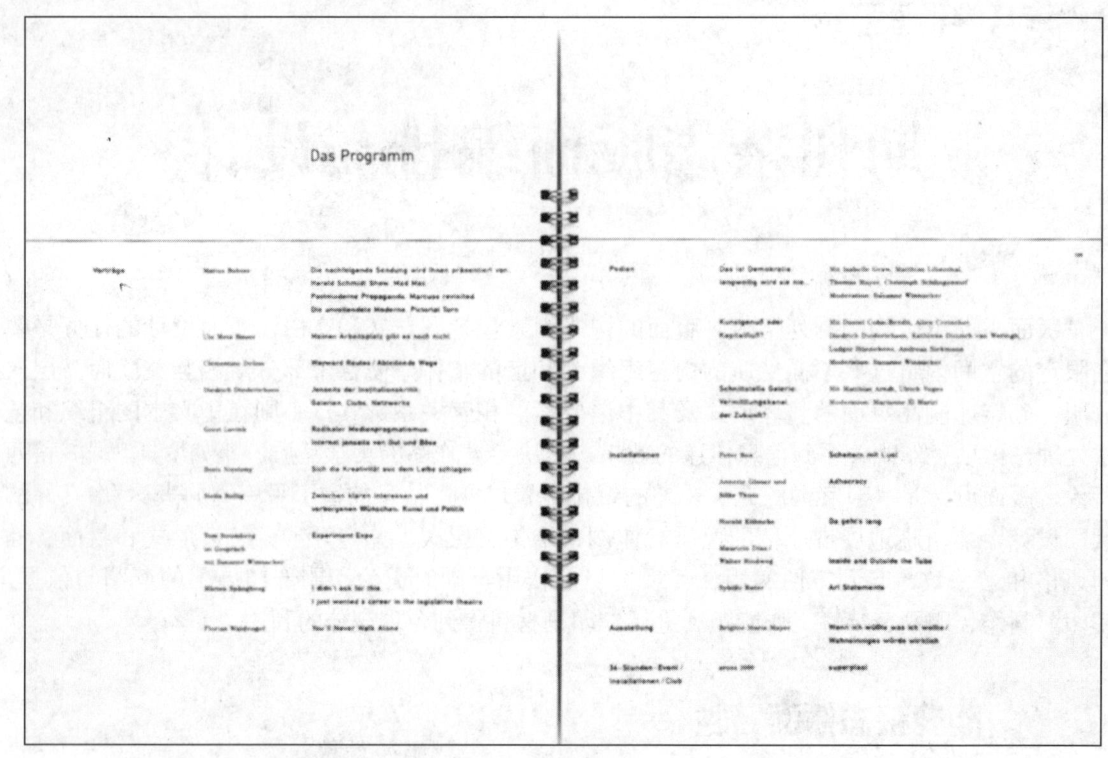

图 4-1　精心选择的字体和严谨的线条，都体现出设计中的精心安排和技巧运用，大量的空白是整体设计的要素

（4）特殊工艺的普及化。现今印刷技术的发展与印刷工艺的提高都给期刊杂志设计提供了更多追求新视觉感受与刺激的手段。这些在形式上推陈出新的努力也是出于对杂志内容与杂志阅读者的考虑而必须进行的。在有些情况下，特别是在设计一些时尚类与前卫型杂志时，我们需要借助于形式上与制作上的新颖独特来寻求与杂志主题与内容的统一。

书籍报刊的版面，具有信息广泛性的特点，版面上的视觉效果如何、形式感的优劣，直接关系到信息的传播。一个好的版面设计，同时还能给人们带来一种高雅的艺术享受。版面是一种艺术，它同其他艺术一样，具有多样化的形式语言。在 20 世纪 90 年代之前，版面艺术的重要性并未被人们充分重视，其中有理念上的问题，也有技术上的原因。版式的革新直到 20 世纪 90 年代才开始启动。直接原因是电脑的广泛使用，使人们从繁重的人工排版解放出来，走上了电脑屏幕，进而又进入了数字化时代，为版面艺术开辟了无限广阔的天地。

4.2 期刊杂志版式设计的原则

首先，版式设计要体现编辑思想、体现总体编辑构思，系统结构。其表现在版面先后次序上与每一块版面的安排上。其次，版式设计还要受杂志文章内容的制约，又反作用于内容。其表现在杂志内容不同，版式设计也不同；就是同一期杂志，内容不同，版式设计也因之有异。再有，版式设计还要依据杂志的性质。政治性或者学术性的，版式设计应严肃庄重。反之，趣味性、娱乐性内容的杂志，版式设计应较为活泼花哨。当然这也不是绝对的，而是相互融合的。

版式设计还要与各篇文章内容及各个栏目相协调，使得整期杂志呈现整体版面作若干部分的大小分割，再按各个栏目的不同情况来决定各有特色而又连为一体的版式设计构思，使设计出来的版面符合每一栏目对每篇文章的安排设计，符合栏与栏间的关系及文章与文章的关系。也就是说一篇文章的版式设计既要服从该篇文章的内容，也要服从文章内容之间的关系，还要服从栏目内容之间的关系，并与杂志整体风格统一，如图 4-2 所示。

期刊杂志版式设计的艺术原则如下：

（1）整齐划一。版式的整齐、划一是版式设计的总体要求，也是版式设计的具体要求。整齐的美不是来源呆板的重复，而是来源节奏的和谐。整本杂志的艺术格调也要整齐划一，这个整齐划一不仅包括各个版面的艺术格调整齐划一，也包括版式设计与整个杂志内容格调的整齐划一。

（2）变化多样。变化多样表义而言与整齐划一是相矛盾的，但在版式设计上，没有变化多样，也就没有整齐划一。换个角度说，整齐划一是版式设计的总体要求，而从微观要求上则是变化多样。随着科学技术的发展，字形、字号的变化，使版面更为新颖，引人注目。

（3）对称均衡。对称的版式设计，常可以使版面呈现稳定的美感。版式设计仅以对称为准则，就会显得庄重有余，活泼不足，甚至过于呆板。应该是有对称、有不对称，富于变化。要对称得有均衡感，均衡感的设计主要有三种形式，其中一种是从版心的上左到右下，从上右到左下以获得均衡感，就是交叉式的均衡法，它往往可使版面更活泼。对称均衡不仅在一个版面之内，而是在单双码两个版面之内。

（4）虚实对比。版式设计时，版面上应注重有虚有实，虚实相映，形成对比。虚与实是一种对比。有虚有实，有对比，版面上才有起伏，有变化，有节奏。版式设计和绘画都是要在白纸上安排某些东西，怎样才能安排得好，应该怎样在白纸上布局结构，两者是相通的，版式设计可借鉴画面。画面上有黑有白，有画的地方，有不画的地方，有所谓“知白守黑”之说。杂志版式设计具体说应该有秀有隐，有黑有白，有实有虚。尽量不使版面上挤得满满的。同时版式设计要“物色尽而情有余”，给读者留下思考的余地。

（5）组合分割。杂志的版面是由点、线、面等组成的。一个个字就是版面上的点，一行行文字和水线、花边等，成为版面上的线，一栏栏文字和一片文字、图片都是版面上的面，点、线、面共同构成整幅版面。因此版式设计就必须考虑如何组合，如何分割及其规律。

（6）设计的韵律。无论是版式设计的艺术原则或是思想原则，都需要由设计来体现，版式设计也就是结构版面，是杂志结构的形式体现。因此，考虑整体式设计构思时，首先要以杂志系统结构思想作为依据。杂志的版式整体结构，总的来说，应该做到完整严谨，所谓完整就是要使整个版面浑然一体而不是支离破碎或残缺不全。所谓严谨，就是版面节奏分明，联系紧密，搭配得当，而不能顾此失彼。版式结构要有层次，有层次才有韵律。要在版面上有起有伏，起伏有致，形成文章主标题→内文→小标题→内文→小标题→内文……这样的起伏状态，再加之其他部分字体字号的变化，构成整体层次较为丰富、分明的效果。标题字体如选用与内文文字较具对比性的，则版式编排的起伏感会更加明显。韵律也可谓是神气，也就是思想性、艺术性原则在版面上的体现和洋溢于版面的设计气度。

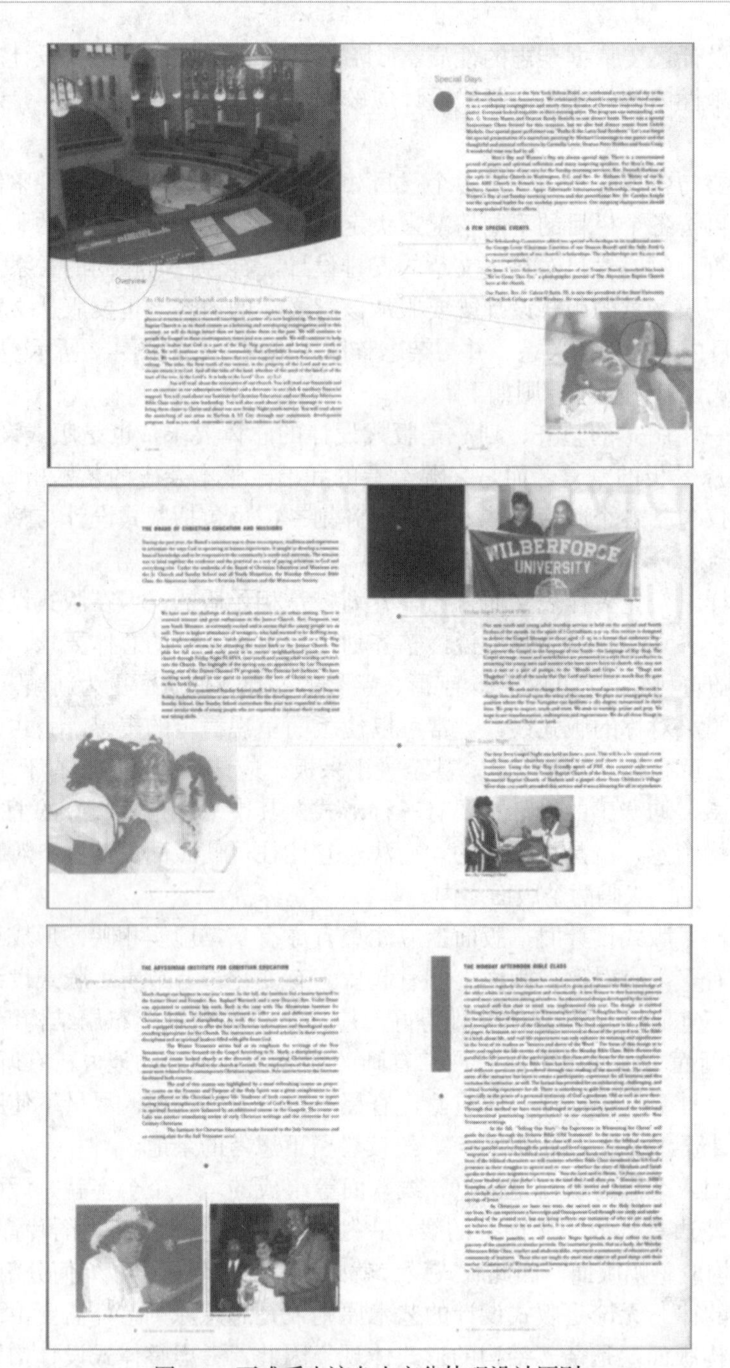

图 4-2　不难看出该杂志充分体现设计原则

4.3 期刊杂志版面编排实例

期刊杂志版面的编排与书籍、画刊及报版的版面编排有许多相似的地方。对于商业期刊的编排，其编排过程与画刊和报版的版面编排相似，排版过程比较复杂，有可能对图像的排版要多一些，而且版面中的排版元素比较多，特别是对广告图像文件的排版，在排版风格上，更接近于报纸版面的排版；对于一些比较复杂的广告版面，可能还需要使用到其他一些辅助软件才能完成版面的编排过程（如 CorelDRAW 图文处理软件和 Photoshop 图像处理软件等）。而对于学术期刊的编排，更接近于书籍的编排过程，排版过程相对简单一些，但是对于一些大量用到图表及公式的版面排版，其编排过程也不会很轻松。通常情况下，期刊杂志版面编排主要包括封面和内页组成，其中，期刊杂志封面的版面编排方法与前一章中介绍的书籍和后一章中介绍的画册版面编排方法在操作上几乎完全相同。期刊杂志封面主要由封面、封二、封三和封底四个页面组成，这四个部分应该在一个页面内完成，并完成拼版操作过程；内页主要由版权页、目录和以文字、图片及文笔广告图像为主的版面组成。由于其具体的制作过程在前一章和后一章中将以实例的方式进行详细介绍。在本章中，将重点以期刊的封面、封二、封三和封底为例，简要介绍其基本的操作过程。另外，在本章中，将以图像的处理为重点，简要地介绍一下有关图像的处理过程，并以使用 CorelDRAW 图文处理软件和 Photoshop 图像处理软件为例进行说明。

期刊杂志版面编排的基本操作步骤如下。

（1）期刊杂志的排版过程首先是准备期刊杂志排版中所需要的相关图文数据文件，并将图像文件和文字文本文件保存到使用飞腾软件的本地计算机中，以供排版时调用。

（2）打开飞腾软件，并建立一个版心文件。在建立版心文件时，应该根据期刊杂志排版的版面要求，设置好版心大小，可以以文字排版时的主字号为单位确定期刊杂志的版心大小，也可直接以厘米或毫米为单位直接确定期刊杂志的版心大小，但应该设置版心中的主字体号、行距等排版属性，如图 4-3 所示为期刊的排版版面设置窗口。

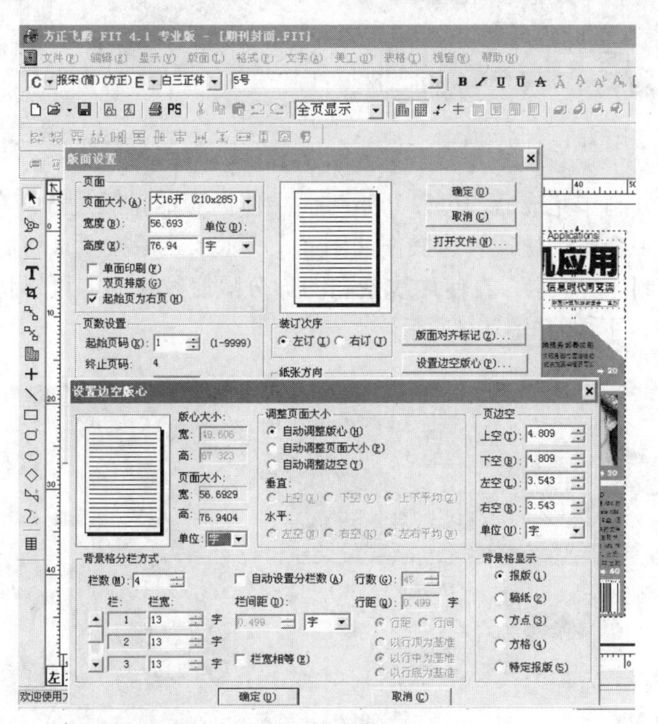

图 4-3　期刊的排版版面设置窗口

（3）期刊杂志版面编排主要包括封面、版权页、目录和内页的排版制作。其中，封面、封二、封三和封底的编排需要在一个页面内完成，并需要根据拼版规则进行拼大版操作，对于其中的某些小页面（一般为两个）还需要进行旋转操作，以便于后面的制版印刷环节的操作方便，对于彩色印刷尽量以免使用手工拼版，提高印刷的质量。接下来的内容中，就从期刊的封面排版开始，介绍期刊的编排过程。

图 4-4　已制作好的期刊版面

（4）在对如图 4-4 所示的期刊封面进行排版时，首先应制作好期刊的刊头部分，其操作方法比较简单，只需将准备的图像及文字排入版面，并进行适当的调整就可以了，如图 4-5 所示。

图 4-5　刊头部分的制作

（5）在刊头部分制作完成后，可以开始封面主体内容的排版过程。在图 4-4 所示的封面中，首先应该制作一个底纹块，具体操作如图 4-6 所示；然后按要求将底纹块使用线条和图形分隔开，效果如图 4-7 所示；在使用线条和图形分隔底纹块时，可以将线条和图形设置为无色块，具体设置如图 4-8 和图 4-9 所示。

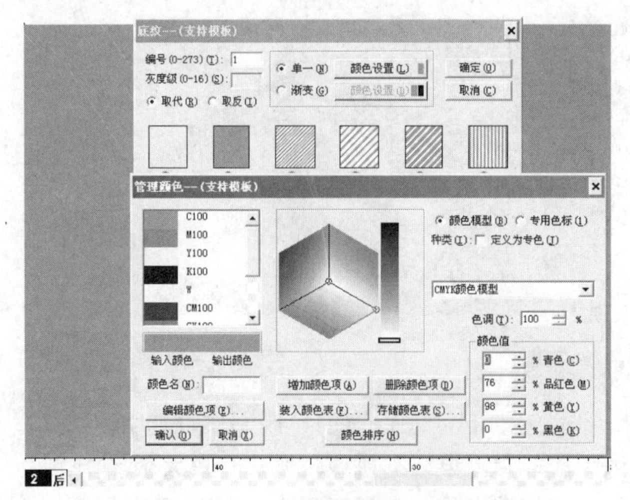

图 4-6　制作封面底纹块

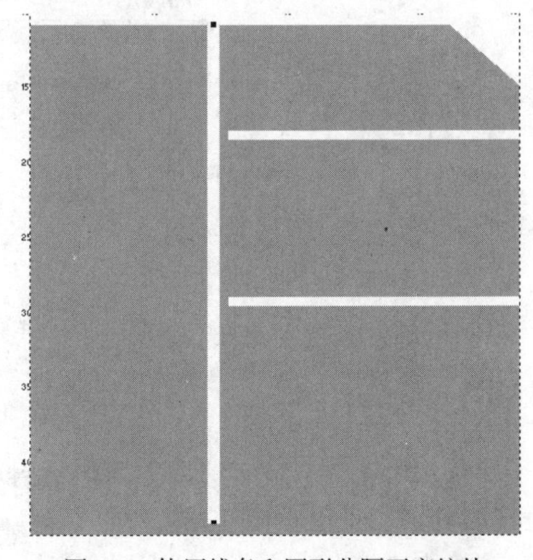

图 4-7　使用线条和图形分隔开底纹块

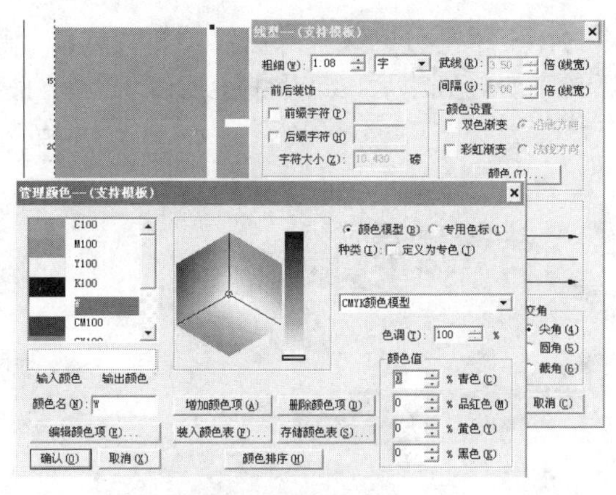

图 4-8　设置线条为无色

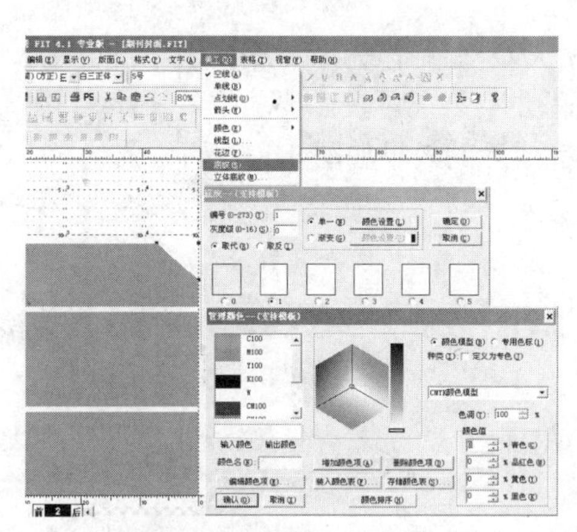

图 4-9　设置图形为无色

（6）然后在版面中按排版要求排入图像和文字，并调整好各个排版元素的大小和位置，最终期刊封面效果如图 4-4 所示。

（7）在制作完成期刊封面后，需要进行封底的排版，如图 4-10 所示为一个已制作的封底版面。

（8）在图 4-10 所示的封底版面排版中，首先制作一个封底底纹块，具体设置如图 4-11 所示；然后制作 5 个大小一致的白色底纹块，并按要求排列好后，置于在封底底纹块中，效果如图 4-12 所示；然后在 5 个白色底纹块中，排入图像及文字，效果如图 4-13 所示。

图 4-10　一个已制作的封底版面

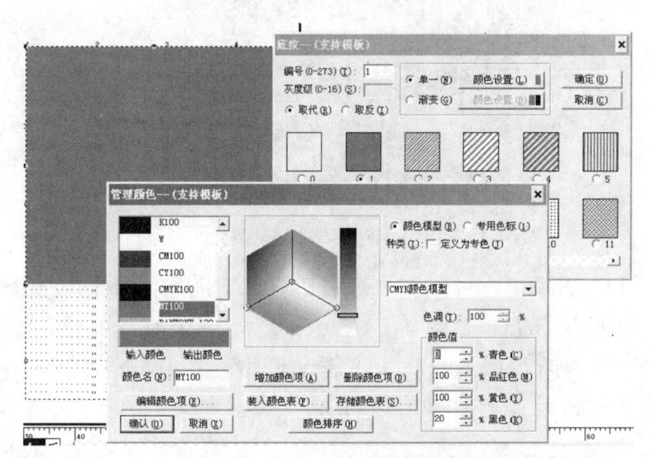

图 4-11　制作封底底纹块

图 4-12　制作封底底纹块的形状

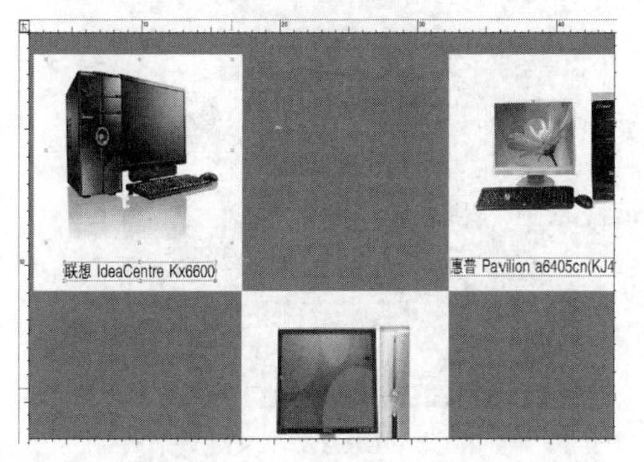

图 4-13　在白色底纹块排入图像及文字

（9）在制作完成封底的上半部分后，开始制作下半部分的文字及底纹图形。这部分操作过程并不复杂，按照要求排好文字，并调整好文字块的大小后，最后铺上底纹块就行了，制作完成后的效果如图 4-14 所示。

图 4-14 文字块和底纹的编排

（10）接下来需要进行的是封二和封三的排版过程，如图 4-15 和图 4-16 所示为已制作好的期刊封二和封三版面。

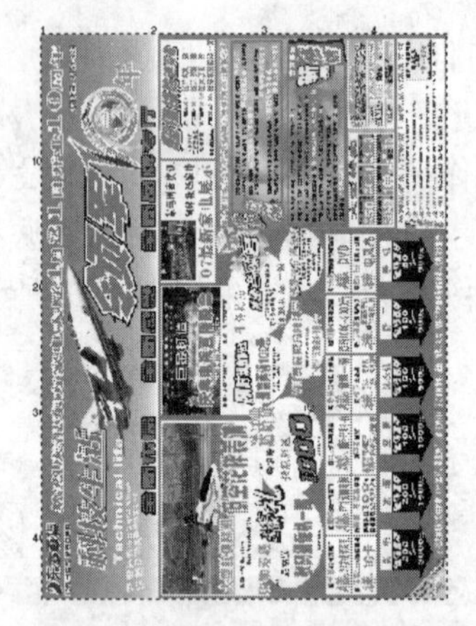

图 4-15 已制作好的期刊封二版面

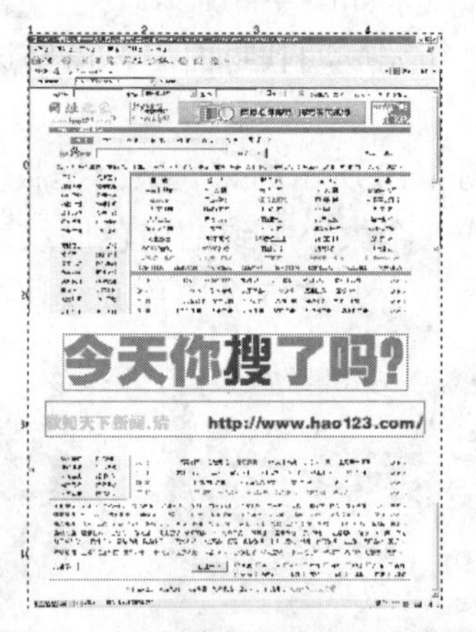

图 4-16 已制作好的期刊封三版面

（11）在如图 4-15 所示的期刊封二中的广告版面，是一个使用 CorelDRAW 图文处理软件制作的家电广告，如图 4-17 所示。对于这个制作好的广告，需要在 CorelDRAW 中保存为图像文件后，就可以直接排入飞腾文件中。在 CorelDRAW 中将文件导出并保存为可以被飞腾排版图像的操作方法如图 4-18 所示。

图 4-17 使用 CorelDRAW 图文处理软件制作的家电广告

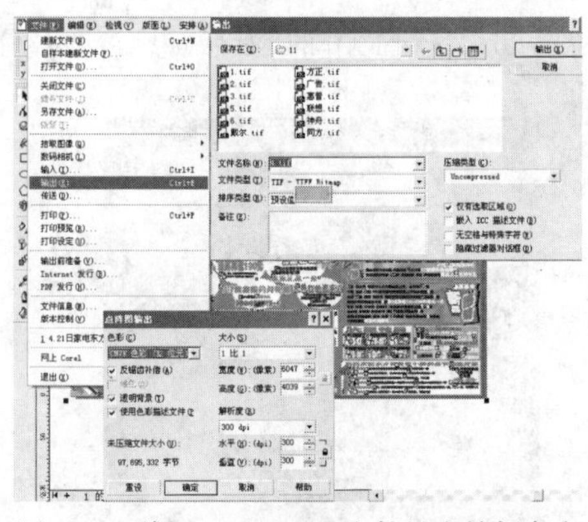

图 4-18 将 CorelDRAW 文件导出并保存为 TIF 格式图像

（12）将 CorelDRAW 文件保存为 TIF 格式图像后，在飞腾中可以通过使用排入图像命令，将图像排入到飞腾文件中。由于在 CorelDRAW 中所制作的广告版面是一个横向，在排入飞腾中后，如图 4-19 所示，将其旋转即可。

（13）在制作如图 4-16 所示的封三广告版面时，首先需要准备一个由网页组成的图像，打开需要的网页，使用截屏操作后，如图 4-20 所示，将图像拷贝到 Photoshop 图像处理软件中剪切需要使用的图像部分并保存为 TIF 格式。

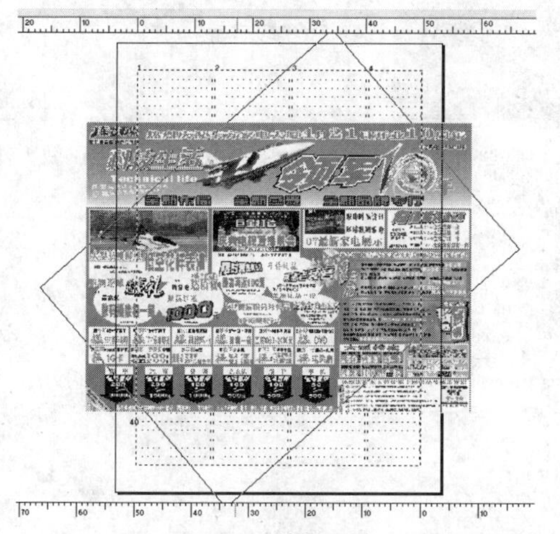

图 4-19　旋转图像

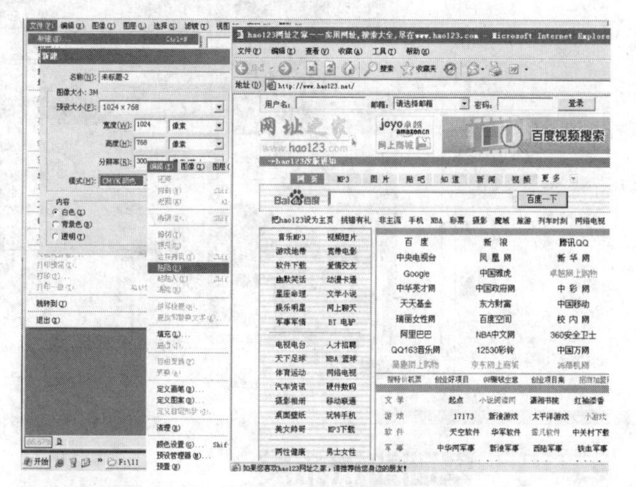

图 4-20　网页截屏

（14）将保存图像直接排入飞腾文件中。如图 4-16 所示的封三广告版面中，其版面元素比较少，只有三个部分：一个是网页截屏后的图像，一个是一个白色的底纹块，置于网页截屏后的图像上，还有一个是白色的底纹块上的文字部分。其操作方法比较简单，效果如图 4-21 所示。

（15）在期刊封面、封二、封三和封底制作完成后，还需要将其拼在一起。在拼版操作过程中，需要对部分版面进行旋转操作，在拼版前首先将单个的版面进行块合并，以便于操作方便，如图 4-22 所示为拼版后的效果。

（16）在期刊的封面制作完成后，可能还需要对其中的一些彩色页进行制作，其制作方法与封面的制作方法基本相同，在这里就不作详细介绍了，读者自己可以动手进行实际操作。

（17）接下来是制作版权页、目录和多个内页的编排过程，这些版面的操作过程在本书其他章节中，已有较多介绍，这此也就再重复了。读者可以根据本书提供的光盘中给出的飞腾排版文件和其他辅助排版文件，自己动手进行实际操作。

在完成全部内容的编排后，也就完成了整个期刊杂志版面的编排过程。

图 4-21　期刊封三广告版面的制作

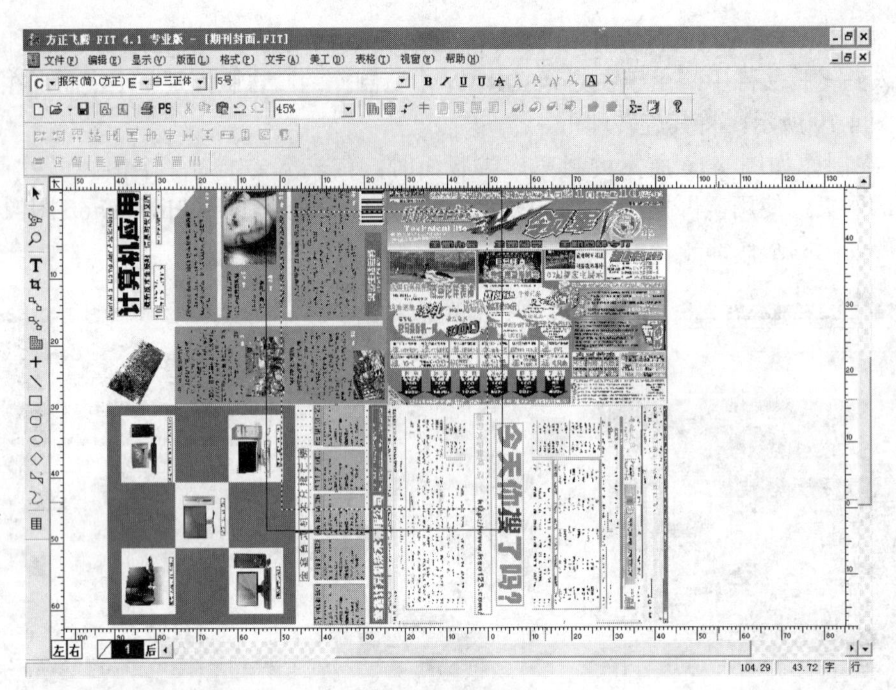

图 4-22　拼版操作

4.4 基础知识拓展

4.4.1　文字块的处理

1. 文字块的变倍、旋转和倾斜

（1）文字块变倍。

激活“旋转与变倍”工具，将光标移入文字块内，单击鼠标左键，选中此块；将光标移到文字块的把柄上，按下鼠标左键，光标按照不同的把柄变成各种箭头；拖动鼠标到新的位置，松开鼠标键，则完成变倍操作，如图 4-23 所示。

激活“旋转与变倍”工具，选中一个普通的文字块或者转化为排版区域的图元块；按住 Ctrl 键，按住鼠标左键拖移把柄，则块进行变倍，而里面的文字大小不变，如图 4-24 所示。

变倍　变倍　变倍

图 4-23　改变文字大小的变倍

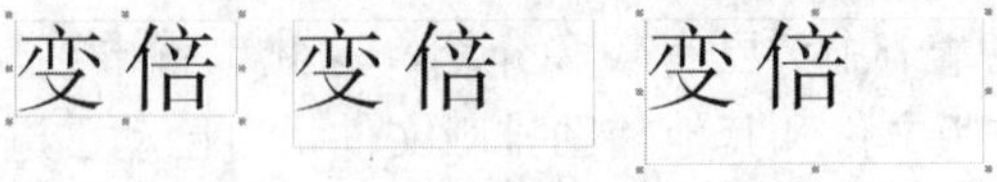

变倍　变倍　变倍

图 4-24　不改变文字大小的变倍

注意

按住 Shift 键，则变倍时原文字块的中心位置不变。

（2）文字块的旋转。

利用旋转工具可以使文字块围绕某点旋转任意角度。

1）激活该工具，选中要进行旋转操作的文字块；再在选中的文字块内单击鼠标左键，所选中文字块的周边显示四个旋转把柄和两个倾斜把柄，在所选中文字块的几何中心还显示一个旋转中心（块将围绕旋转中心旋转任意角度）。

2）如果想改变旋转中心的位置，则将光标移至当前旋转中心上，按下鼠标左键并拖动鼠标，这时光标就转换为准星光标，旋转中心随着鼠标位置的移动而不断地移动，当旋转中心移至所要求的位置时，松开鼠标左键。

3）旋转中心调整好之后，将光标移至旋转把柄上，按下鼠标键，并拖动鼠标，这时光标就会根据旋转方向变为相应的旋转光标，所选中的块也会随着鼠标位置的移动而围绕着旋转中心不断地旋转；当块旋转至所要求的角度时，松开鼠标左键，上述操作的效果如图 4-25 所示。按下 Shift 键，则以 45° 为单位进行旋转。

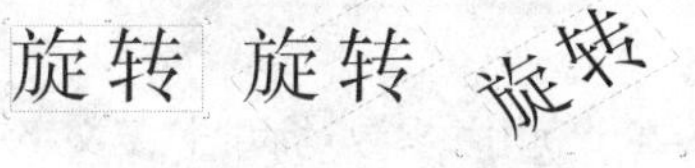

旋转　旋转　旋转

图 4-25　文字块旋转的操作

（3）文字块的倾斜

1）利用该工具选中要进行倾斜操作的文字块；再在选中的文字块内单击鼠标左键，所选中文字块的周边显示四个旋转把柄和两个倾斜把柄，如图 4-26（a）所示。

2）将光标移到倾斜把柄上，按下鼠标键，然后拖动鼠标，这时光标就会依据倾斜的方向转换为相应的倾斜光标，所选中的文字块也会随着鼠标位置的移动而不断地倾斜，如图 4-26（b）所示。

3）当块倾斜到所要求的角度时，松开鼠标键即可，如图 4-26（c）所示。

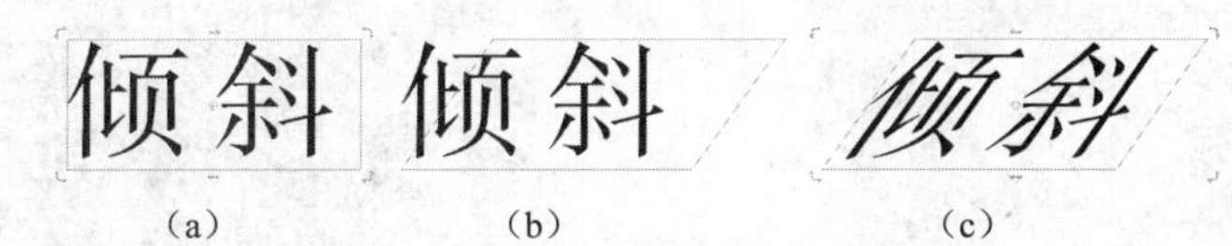

（a）　（b）　（c）

图 4-26　文字块倾斜的操作

2. 文字块的自动调整

激活“选取工具”选中文字块，单击“版面”菜单中的“文本自动调整”命令选项，此时文字块中的文字调整充满文字边框，如图 4-27 所示。并且再拖动文字块，改变文字块大小的同时也改变文字的大小。还可同时选中多个文字块，进行“文本自动调整”操作。

执行“文本自动调整”后的文字块，如果继续输入或删除文字，文字块会重排，并且自动调整文字的大小，使文字排成文字块的大小。

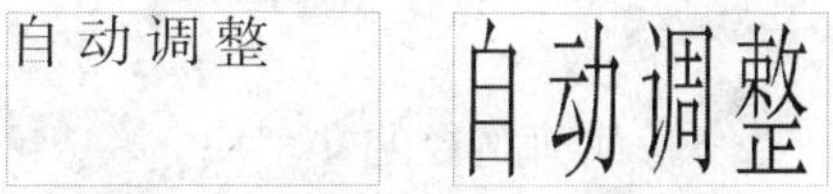

自 动 调 整　自动调整

图 4-27　文本自动调整的效果

3. 文字块变化后的恢复

激活“选取工具”选中文字块，单击“版面”菜单下的“块参数”命令选项，或者使用右键菜单的“块参数”选项，也可以按快捷键 F7，将弹出如图 4-28 所示“块参数”对话框。在“块参数”对话框中“旋转角度”和“倾斜角度”文本框中分别输入“0”。并选中“百分比”按钮，在“横向缩放比”和“纵向缩放比”文本框中分别输入“100”。设置好对话框中的内容后，单击“更新块”按钮，将把旋转或倾斜的文字块恢复原来的状态。

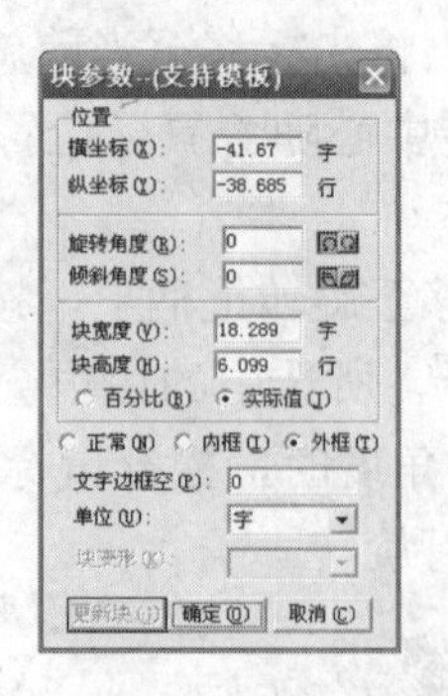

图 4-28　利用块参数对话框恢复文字块

使用“块参数”对话框还可以精确地确定文字块旋转、倾斜的角度和变倍的倍数，操作步骤与上述方法相同，在设定了旋转（倾斜）角度后，要通过“旋转”（“倾斜”）编辑框右边的按钮来确定旋转（倾斜）的方向。

4. 文字块的渐变

选中一个或几个文字块，单击“文字”菜单中的“文字渐变”命令，将弹出一个“渐变颜色设置”对话框，如图 4-29 所示。选择起始颜色、终止颜色、渐变纹线后，单击“确定”按钮，生成文字块的渐变效果如图 4-30 所示。

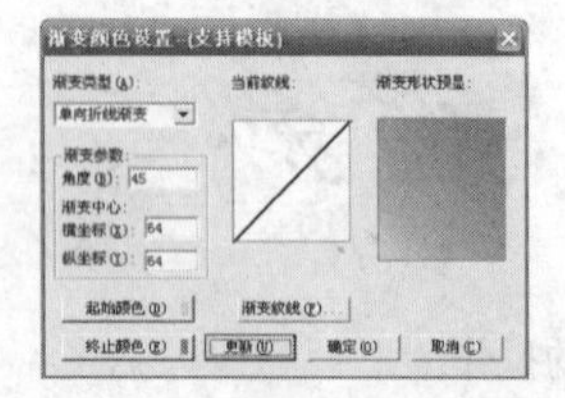

图 4-29 “渐变颜色设置”对话框

图 4-30　文字块渐变的效果

对文字块做渐变处理后，不能再用文字块去裁剪图片等操作，这两个功能是互斥的。并且，建议不要对太多文字做此操作。

5. 文字块的裁剪路径

文字块可以作为裁剪路径，用其中的文字来裁剪其他块，以实现某些特殊效果。设置文字块为裁剪路径的方法如下：

（1）激活“选取工具”选中要作为裁剪路径的文字块。

（2）移动文字块到图像的合适位置，如图 4-31 所示效果。

（3）选择“美工”菜单中的“路径属性”下的“裁剪路径”命令。

（4）按住 Shift 键，单击文字块和图像，将两个对象同时选中。然后单击“版面”菜单中的“块合并”命令，则选中的图像就会被文字裁剪，效果如图 4-31 所示。

在进行文字裁剪的操作过程中，如果裁剪对象的颜色较浅，裁剪后会出现轮廓不清楚的现象。这时，可以给裁剪后的对象加上边框，这样裁剪后的对象的轮廓就会清楚地显示出来。

图 4-31　用文字块裁剪图像

如果对完成后的裁剪路径效果不满意，可以单击“版面”菜单的“块分离”命令，然后再作修改。

6. 将文字“转为曲线”

在飞腾中，不仅可以将图元转化成贝塞尔曲线，还可以将文字块中文字的轮廓全部转化为贝塞尔曲线。通过该项功能，可以制作一些特殊的文字效果。

将文字“转为曲线”的具体操作方法如下：

（1）激活“选取工具”选中文字块，单击“美工”菜单的“转为曲线”命令，将文字块转为曲线。

（2）单击“版面”菜单中“块分离”命令。再次选中此文字，可看见贝塞尔曲线的节点。拖曳这些节点，改变对象的形状，如图 4-32 所示。

7. 复合字

复合字的功能是：将几个字或几个字和几个符号合并成一个字，占一个字宽，一个字高。被合成文字可以自定义放缩比例，且行距不增加，复合字的具体操作方法如下：

（1）激活“选取工具”选中要复合的文字（要少于 6 个字），单击“文字”菜单中的“复合字”命令，如图 4-33 所示。

宝剑锋从磨砺出
宝剑锋从磨砺出
宝剑锋从磨砺出

图 4-32　将文字转为曲线

图 4-33　“复合字”菜单

（2）在如图 4-34 所示“复合字”对话框中。分别设置主文字与附文字的颜色、横向排列调整的位置、设置附文字的 X 方向和 Y 方向偏移量、缩小倍率、偏移单位等其他相关选项。设置过程中可单击“预览”按钮从预显框查看合成效果。

（3）单击“复合”按钮查看设置效果，如不满意，可继续调整，直到得到了满意的效果后单击“关闭”按钮关闭对话框，“复合字”的效果如图 4-35 所示。

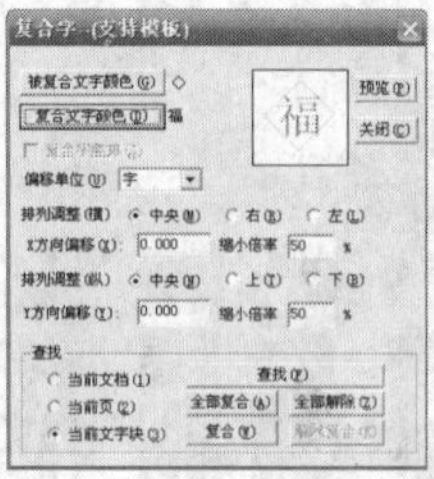

图 4-34 “复合字”对话框

图 4-35 “复合字”的效果

8. 分栏

在飞腾中，可以对一个文字块做分栏操作。选中某个文字块，设置分栏属性，则该文字块具有相应的分栏属性；如果在没有选中版面中任何文字块的情况下设置了分栏属性，此后，每次画出的文字块都会具有分栏属性。

（1）等栏划分的操作方法如下：

1）激活“选取工具”选中要分栏的文字块，在“版面”菜单的“分栏”菜单项下选择需要的分栏数，如果要进一步设置分栏属性，可选择“自定义分栏”，这时会弹出“分栏”对话框，如图 4-36 所示。

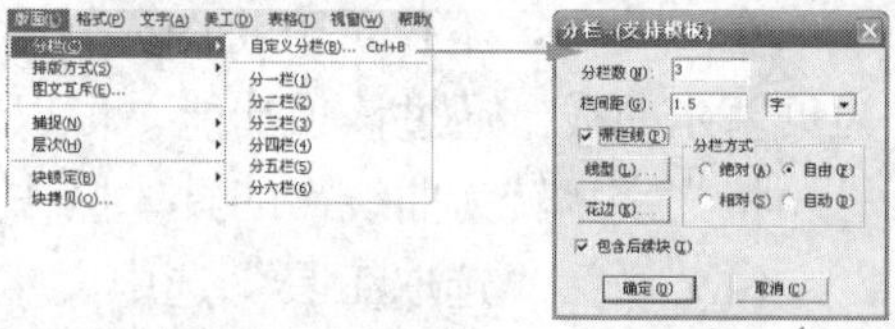

图 4-36 分栏命令及对话框

2）在该对话框的“分栏数”文本框中输入栏数，在“栏间距”文本框中输入栏间距值。

3）如果选中“带栏线”复选框，分栏后的文字块将带栏线。单击“线型”可打开“线型”对话框，进一步设置栏线的线型；单击“花边”可打开“花边”对话框，将栏线设置为所选花边类型。

4）在“分栏方式”区域中选择一种分栏的方式。

其中“绝对”是指分栏后各栏栏宽相等，且栏宽是背景格的整数倍，不保证栏间距值；“自由”是指分栏后各栏栏宽相等，但栏宽不一定按整字计算，栏间距不变；“相对”是指分栏后各栏不等宽，栏宽按整字计算，栏间距不变；“自动”是指系统自动按背景格的栏数分栏，且分栏的栏间距就是背景格的栏间距。

5）如果选中“包含后续块”复选框则选中的文字块及其续排文字块同时按此参数分栏。设置完成后，单击“确定”按钮。

如图 4-37 所示，左图是分栏前的文字块，右图是设置栏数为 2，栏间距为 1.5 字，分栏方式为“自由”后的分栏效果。

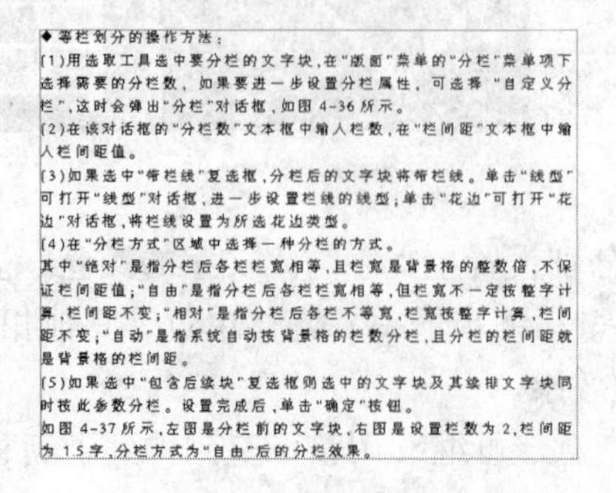

◆等栏划分的操作方法：
(1)用选取工具选中要分栏的文字块，在“版面”菜单的“分栏”菜单项下选择需要的分栏数，如果要进一步设置分栏属性，可选择“自定义分栏”，这时会弹出“分栏”对话框，如图 4-36 所示。
(2)在该对话框的“分栏数”文本框中输入栏数，在“栏间距”文本框中输入栏间距值。
(3)如果选中“带栏线”复选框，分栏后的文字块将带栏线。单击“线型”可打开“线型”对话框，进一步设置栏线的线型；单击“花边”可打开“花边”对话框，将栏线设置为所选花边类型。
(4)在“分栏方式”区域中选择一种分栏的方式。
其中“绝对”是指分栏后各栏栏宽相等，且栏宽是背景格的整数倍，不保证栏间距值；“自由”是指分栏后各栏栏宽相等，但栏宽不一定按整字计算，栏间距不变；“相对”是指分栏后各栏不等宽，栏宽按整字计算，栏间距不变；“自动”是指系统自动按背景格的栏数分栏，且分栏的栏间距就是背景格的栏间距。
(5)如果选中“包含后续块”复选框则选中的文字块及其续排文字块同时按此参数分栏。设置完成后，单击“确定”按钮。
如图 4-37 所示，左图是分栏前的文字块，右图是设置栏数为 2，栏间距为 1.5 字，分栏方式为“自由”后的分栏效果。

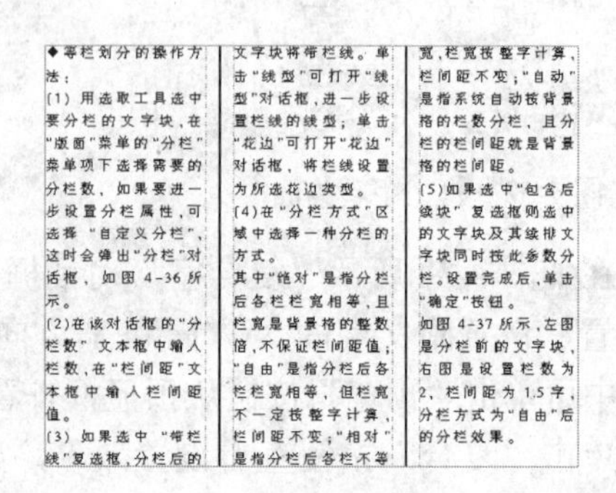

◆等栏划分的操作方法：
(1) 用选取工具选中要分栏的文字块，在“版面”菜单的“分栏”菜单项下选择需要的分栏数，如果要进一步设置分栏属性，可选择“自定义分栏”，这时会弹出“分栏”对话框，如图 4-36 所示。
(2)在该对话框的“分栏数”文本框中输入栏数，在“栏间距”文本框中输入栏间距值。
(3) 如果选中“带栏线”复选框，分栏后的文字块将带栏线。单击“线型”可打开“线型”对话框，进一步设置栏线的线型；单击“花边”可打开“花边”对话框，将栏线设置为所选花边类型。
(4)在“分栏方式”区域中选择一种分栏的方式。
其中“绝对”是指分栏后各栏栏宽相等，且栏宽是背景格的整数倍，不保证栏间距值；“自由”是指分栏后各栏栏宽相等，但栏宽不一定按整字计算，栏间距不变；“相对”是指分栏后各栏不等宽，栏宽按整字计算，栏间距不变；“自动”是指系统自动按背景格的栏数分栏，且分栏的栏间距就是背景格的栏间距。
(5)如果选中“包含后续块”复选框则选中的文字块及其续排文字块同时按此参数分栏。设置完成后，单击“确定”按钮。
如图 4-37 所示，左图是分栏前的文字块，右图是设置栏数为 2、栏间距为 1.5 字，分栏方式为“自由”后的分栏效果。

图 4-37 文字块分栏示例

（2）不等栏划分。

选中图 4-37 的文字块，将光标移到要调整的栏线上，按住 Shift 键，这时选中的栏线就能拖动了，这一操作只影响栏线两侧的栏。按设计要求可以调整多个栏线，如图 4-38 所示。

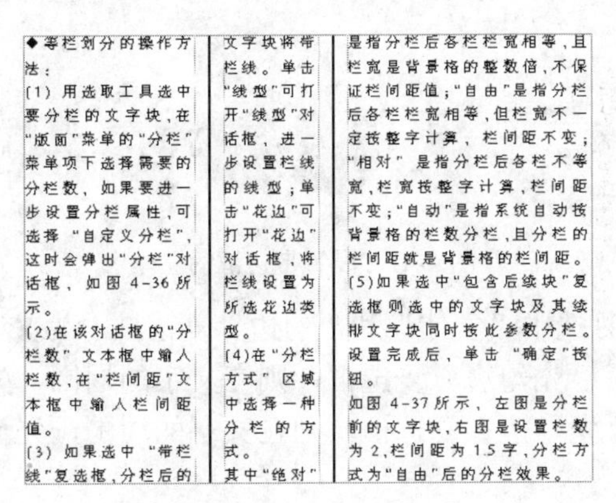

◆等栏划分的操作方法：
（1）用选取工具选中要分栏的文字块，在“版面”菜单的“分栏”菜单项下选择需要的分栏数，如果要进一步设置分栏属性，可选择“自定义分栏”，这时会弹出“分栏”对话框，如图 4-36 所示。
（2）在该对话框的“分栏数”文本框中输人栏数，在“栏间距”文本框中输人栏间距值。
（3）如果选中“带栏线”复选框，分栏后的文字块将带栏线。单击“线型”可打开“线型”对话框，进一步设置栏线的线型；单击“花边”可打开“花边”对话框，将栏线设置为所选花边类型。
（4）在“分栏方式”区域中选择一种分栏的方式。
其中“绝对”是指分栏后各栏栏宽相等，且栏宽是背景格的整数倍，不保证栏间距值；“自由”是指分栏后各栏栏宽相等，但栏宽不一定按整字计算，栏间距不变；“相对”是指分栏后各栏不等宽，栏宽按整字计算，栏间距不变；“自动”是指系统自动按背景格的栏数分栏，且分栏的栏间距就是背景格的栏间距。
（5）如果选中“包含后续块”复选框则选中的文字块及其续排文字块同时按此参数分栏。设置完成后，单击“确定”按钮。
如图 4-37 所示，左图是分栏前的文字块，右图是设置栏数为 2，栏间距为 1.5 字，分栏方式为“自由”后的分栏效果。

图 4-38　不等栏分栏效果

4.4.2　文字的美工效果

1. 变体字

飞腾可以通过“变体字”对话框，制作出变化丰富的变体字。给文字加修饰主要针对文字本身的变化，变体字中有 6 种操作类型：立体、倾斜、勾边、空心、旋转、粗细，从而做成有创意效果的字。

变体字的具体操作方法如下：

（1）激活“文字工具”选中文字或使用选取工具选中文字块。

（2）单击“文字属性”菜单的“变体字”命令选项，弹出如图 4-39 所示“变体字”对话框。

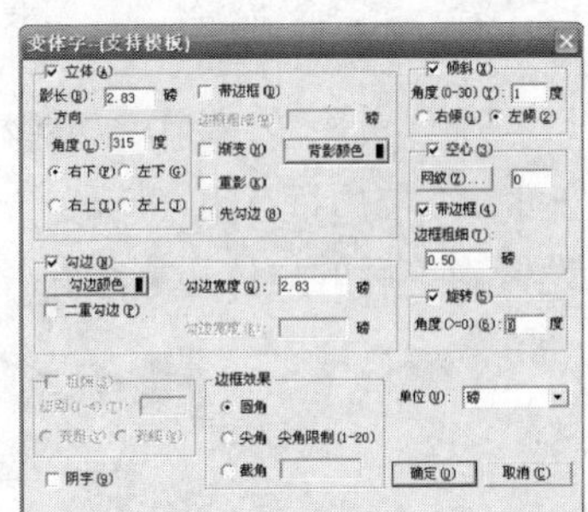

图 4-39　“变体字对话框”

（3）依次设置各个选项，单位默认按长度单位中定义的显示。如需改变，可从下拉式列表中选择。可供选择的单位有磅、英寸、毫米、厘米、PICA、级，单击“确定”按钮即可。

以下具体介绍各种操作类型：

1）立体。选中“立体”复选框，可以对其中的内容进行设置。

①“影长”：用于设置立体阴影在立体方向上的长度。

②“方向”选项组：用于设置立体阴影的方向。可从“右下”、“右上”、“左下”、“左上”4 个立体方向中选择，这 4 个方向的角度是固定的；也可在“角度”文本框中输入立体底纹的具体角度值，如 20°、130° 等。

③单击“背影颜色”按钮，打开“颜色”对话框，可设置立体底纹的颜色，如图 4-40 所示，是设置影长为 2.83 磅，角度为右上，背影颜色为浅蓝色时的效果。

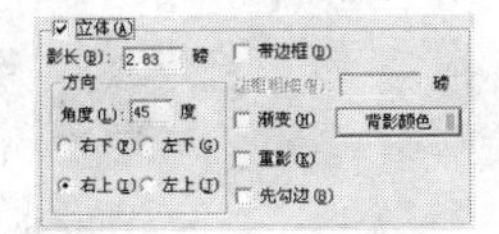

梅花香自苦寒来

图 4-40　设置影长和立体角度

④“带边框”：选中该复选框，可给立体底纹外侧加上边框。在“边框粗细”文本框中输入数值，可设置边框的粗细。选中“带边框”复选框后，其后面还会出现“边框颜色”按钮，单击该按钮，可设置边框的颜色，如图 4-41 所示是给图 4-40 所示的立体字设置带 1 磅黑色边框的效果。

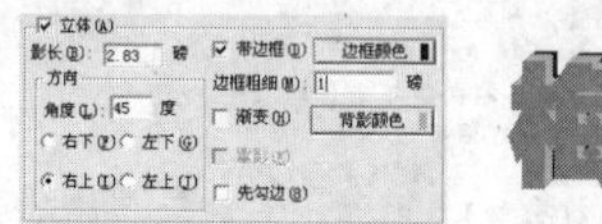

梅花香自苦寒来

图 4-41 设置带边框的立体字

⑤“先勾边”：在同时选中“立体”和“勾边”复选框，为文字设置“立体”属性和“勾边”属性时，如果选中了“先勾边”复选框，则在文字的周围，先设置勾边的属性，再设置立体的属性；如果不选“先勾边”复选框，则在文字的周围，先设置立体属性，再设置勾边属性。

⑥“渐变”：选中“渐变”复选框，会出现“起始颜色”和“终止颜色”两个按钮，单击相应的按钮，可设置立体阴影的渐变颜色，如图 4-42 所示，右边的文字效果是按对话框的设置，设置起始颜色为白色，终止颜色为蓝色后的立体渐变。

图 4-42 设置渐变立体字

⑦“重影”：选中“重影”复选框，会出现“重影颜色”按钮，单击可设置重影的颜色。此时，“带边框”和“渐变”复选框不可选，如图 4-43 所示，右边的文字效果是按对话框的设置确定后的立体重影效果，其中重影颜色为浅蓝色。

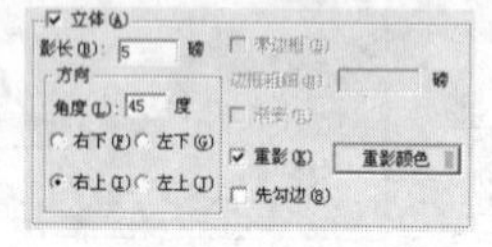

梅花香自苦寒来

图 4-43 设置立体重影效果

2）勾边。选中“勾边”复选框后，可以为选中的文字设置勾边颜色、轮廓色和各自的勾边宽度等。

①“勾边宽度”：在“勾边宽度”编辑框中键入宽度数值。

②“勾边颜色”：单击此按钮，打开颜色对话框，可设置勾边部分的颜色。

③“二重勾边”：选中“二重勾边”复选框，出现“边框颜色”按钮。单击此按钮，可设置二重边框的颜色。在“勾边宽度”编辑框中键入数值。

④“边框效果”：有圆角、尖角和截角 3 个选项。

如图 4-44 所示是普通勾边的效果；图 4-45 所示则是设置二重勾边的效果。

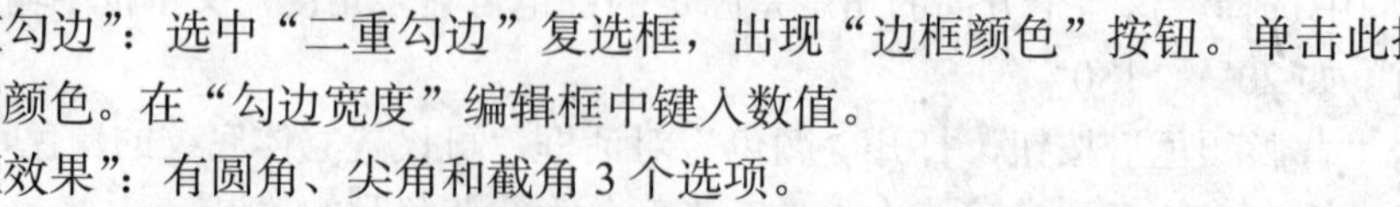

图 4-44 给文字设置普通勾边的效果

梅花香自苦寒来

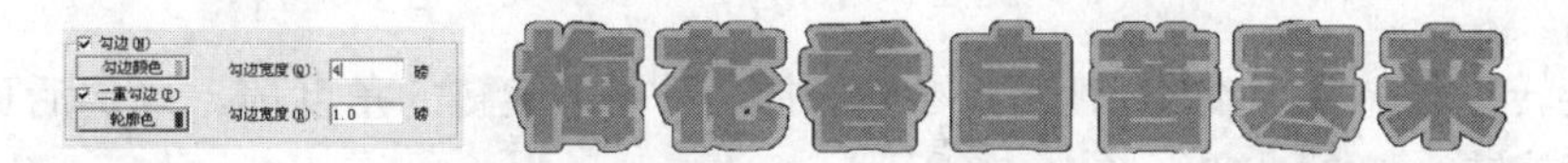

图 4-45　给文字设置二重勾边的效果

3）粗细。选中“粗细”复选框，可设置文字的变粗或变细效果。在级别编辑框中键入粗细的级别，可键入 1 ～ 4 之间的数值。当选中“变粗”时，数值越大，文字越粗；当选中“变细”时，数值越大，文字越细。

如图 4-46 所示是文字的变粗设置及效果；图 4-47 所示是文字的变细设置及效果。

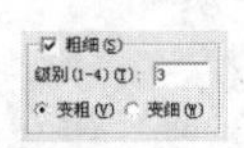

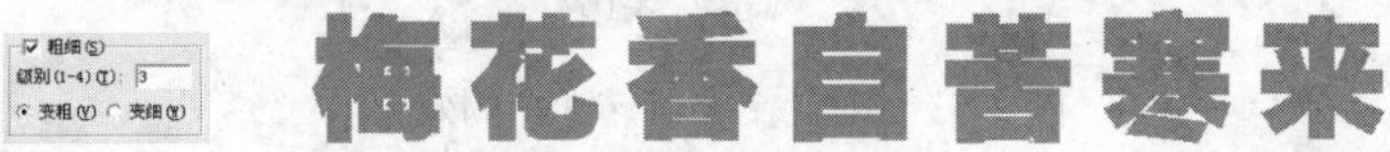

梅花香自苦寒来

图 4-46　设置文字变粗

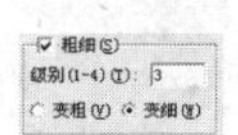

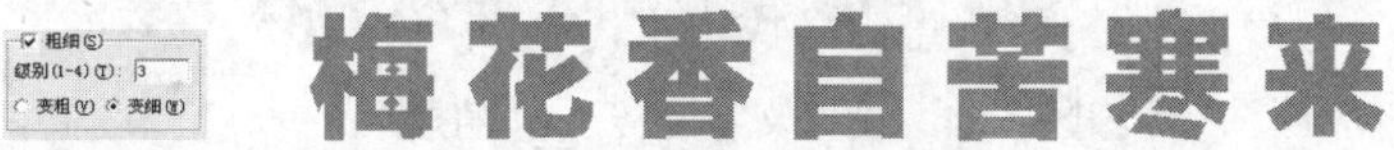

梅花香自苦寒来

图 4-47　设置文字变细

4）倾斜，选中“倾斜”复选框，然后选中“右倾”或“左倾”单选按钮，并设置倾斜的角度值（0 ～ 30°），确定后文字会按设定的方向和角度倾斜，如图 4-48 所示。

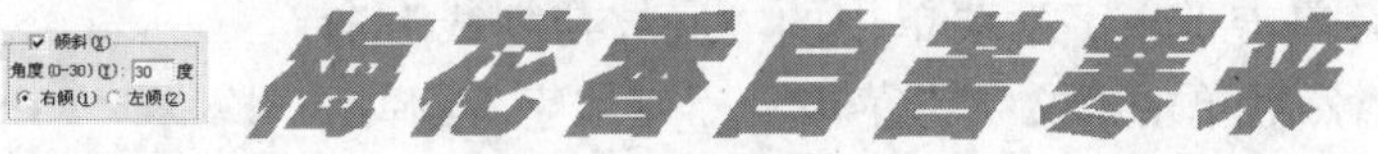

梅花香自苦寒来

图 4-48　设置文字倾斜

5）空心。选中“空心”复选框，可设置文字的空心效果。

①“网纹”：单击此按钮，打开底纹对话框，可选择文字的底纹。也可以在右边的编辑框中直接键入要选用的底纹的序号。可以选择 0 ～ 273，0 表示无底纹。

②“带边框”：选择“带边框”复选框，则文字被加上边框，并且可以设置“边框粗细”。如图 4-49 所示，是设置文字为空心并带边框的效果。

梅花香自苦寒来

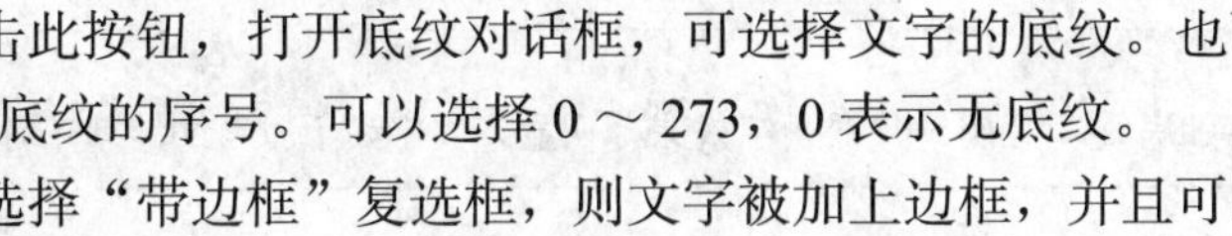

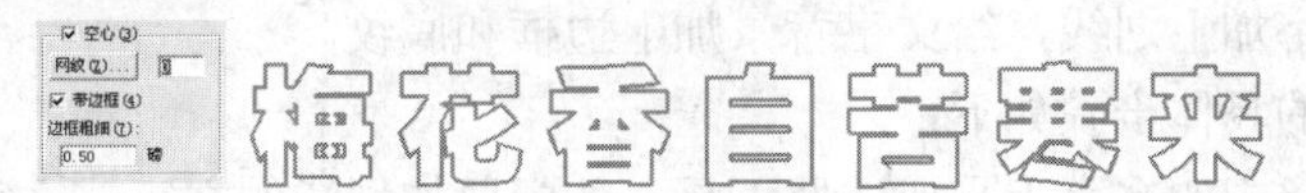

图 4-49　设置带边框的空心字

如图 4-50 所示，是设置文字为空心，单击“网纹”按钮，在打开的对话框中选择 17 号底纹（也可直接在后面的文本框中输入网纹编号），不带边框的效果。

梅花香自苦寒来

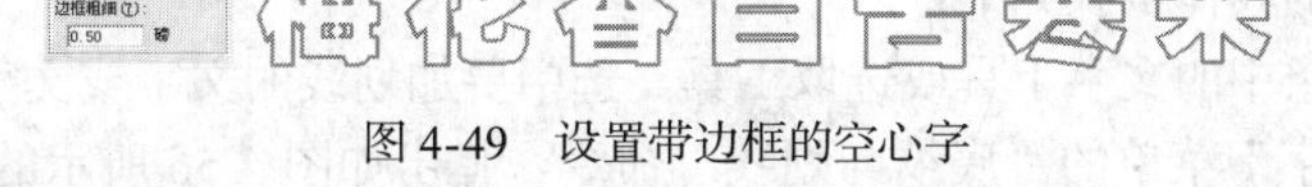

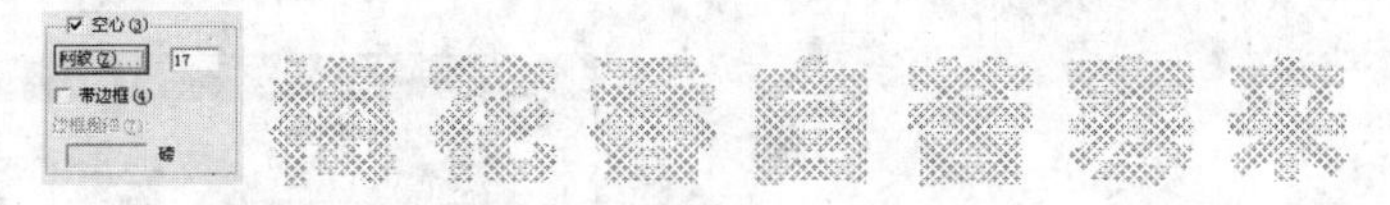

图 4-50　设置加网纹的空心字

如图 4-51 所示，是设置文字为空心，加 17 号网纹并带边框的效果。

梅花香自苦寒来

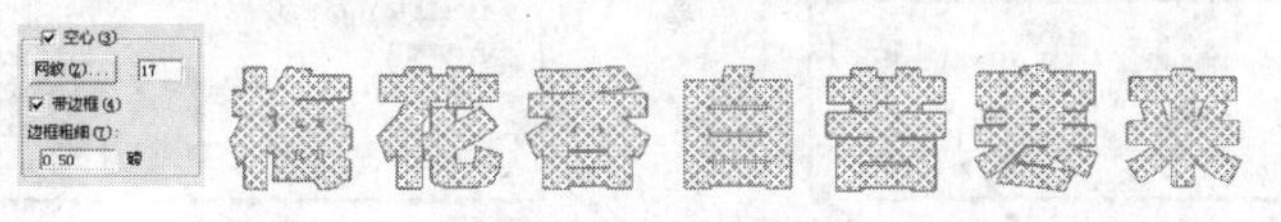

图 4-51　设置加网纹并加边框的空心字

6）旋转。

选中“旋转”复选框，在“角度”文本框中输入文字旋转的角度值，确定后可以使文字按设定的角度旋转，如图 4-52 ～图 4-54 所示。

图 4-52　设置文字旋转 210° 的效果

图 4-53　设置文字旋转 30° 的效果

图 4-54　设置文字旋转 330° 的效果

由上面的设置可以看出，旋转角度的定义是当文字正立时，角度为 0，逆时针旋转的方向为正方向，所输入的旋转角度不能为负值。

7）阴字。选中要设置为阴字的文字或文字块，单击“美工”菜单中的“底纹”命令给围子块加底纹，或者单击“文字”菜单中的“底纹与划线”命令给文字加底纹。然后单击“文字”菜单中“变体字”，弹出变体字对话框，选中“阴字”复选框可将文字设为阴字，效果如图 4-55 所示。

梅花香自苦寒来

图 4-55　阴字效果

加阴字一定要给文字加底纹，且底纹越深阴字效果越明显。文字如不加底纹，就不可能做出阴字效果。

2. 底纹与划线

飞腾可以给文字加上划线，给文字背景加上边框和底纹。

给文字加划线的具体步骤如下：

（1）选取工具条中的文字工具或选取工具，选中要加划线的文字或文字块。

（2）单击“文字”菜单的“底纹与划线”命令，弹出如图 4-56 所示的“底纹与划线”对话框。

（3）单击“划线”按钮，弹出如图 4-57 所示的“附加线”对话框。

图 4-56　“底纹与划线”对话框

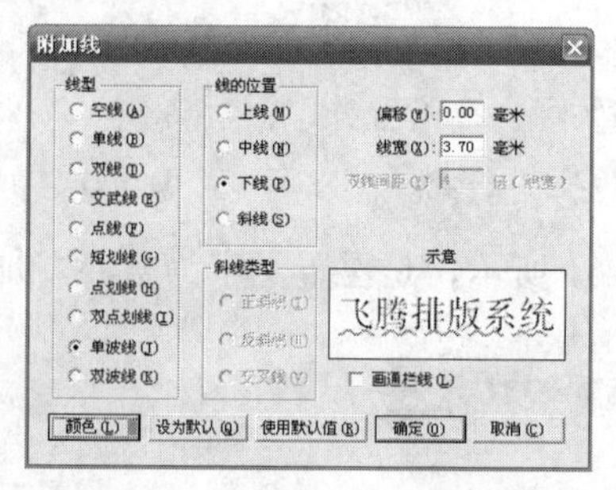

图 4-57　“附加线”对话框

在“线型”选项区中，可选择划线的种类。此处共提供了 10 种线型。在“线的位置”选项区中，可以选择划线相对于文字的位置，有上、中、下、斜 4 种。在选择上、中、下线的时候，右侧的“偏移”和“线宽”文本框可用。“双线间距”文本框，只有在选择“双线”线型时才可激活。在“斜线类型”选项区中，“线的位置”为斜线时可用，用于选择斜线的方向。

（4）如果还需要设置划线颜色，可单击“颜色”按钮，在弹出的“颜色”对话框中选择合适的颜色。

（5）如果选中“画通栏线”复选框，则会按文字块的宽度给文字加划线，否则，只按文字内容的宽度加划线。

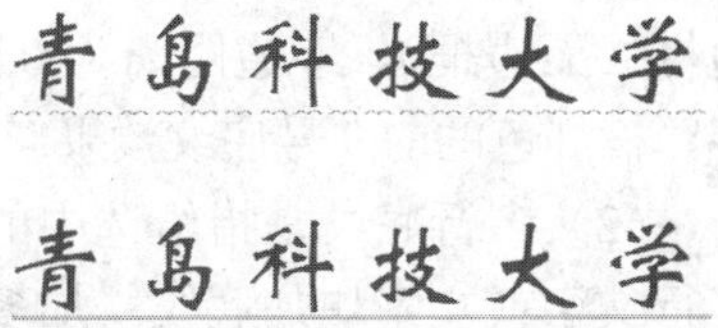

如图 4-58 所示，上图是给文字加单波线的效果，下图是加文武线的效果。

青島科技大学

青島科技大学

图 4-58　在文字下面加单波线和文武线

如果选中的是文字块，则无论选中“单行”或“多行”单选按钮，都会给文字块中所有行加上划线。

3. 给文字加边框和底纹

（1）加单行底纹的具体步骤如下：

1）选取工具条中的文字工具或选取工具，选中要加边框和底纹的文字或文字块。

2）单击“文字”菜单的“底纹与划线”命令，弹出如图 4-56 所示的“底纹与划线”对话框。

3）选中“单行”单选按钮，然后单击“边框和底纹”按钮，弹出如图 4-59 所示的“通字底纹”对话框。

4）选中“带通字底纹”复选框，然后在“边框线型”选项组下选择所需的选项：选择“空线”时，不给文字加边框；选择“单线”时，则会给文字加边框。单击“边框颜色”按钮，还可进一步设置边框的颜色。

5）一般常见的文字边框为矩形，在飞腾中还可以给文字加圆角矩形的边框。如果在“边框”选项组选中“圆角矩形”，则可进一步设置圆角矩形的角度。

6）通过“字边距离”选项组，设置文字与边框的距离。

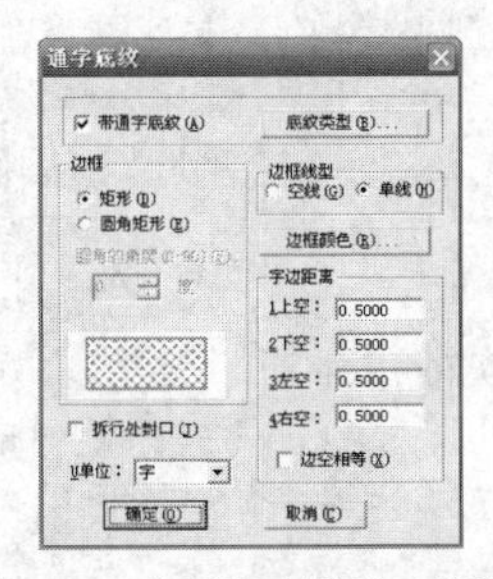

图 4-59　“通字底纹”对话框

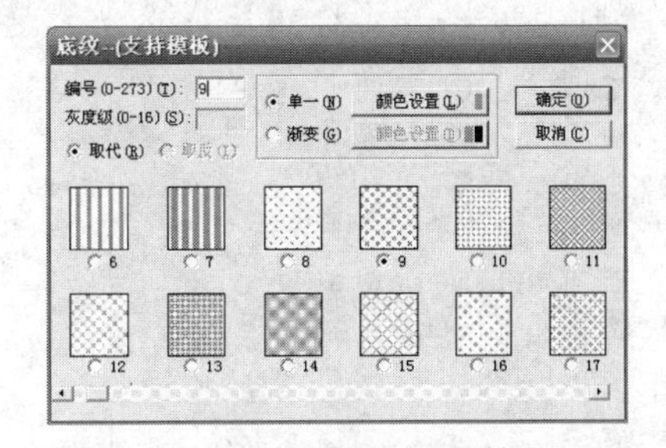

图 4-60　“底纹”对话框

7）单击“底纹类型”按钮，弹出如图 4-60 所示的“底纹”对话框，选择一种底纹式样后单击“确定”按钮返回“通字底纹”对话框。如果需要设置底纹的颜色，可选中“底纹”对话框的“单一”单选按钮，单击右边的“颜色设置”按钮打开“颜色”对话框，为底纹选择一种单色。或选中“渐变”单选按钮，单击右边的“颜色设置”按钮打开“颜色”对话框为底纹选择渐变类型和渐变色。

图 4-61 所示是给文字加矩形边框、字边距离为 0.5 字，橘红色的 9 号单一底纹效果；下图是给文字加 60° 圆角矩形、空线边框（无边框）、字边距离为 0.5 字，橘红色的的 9 号底纹效果。

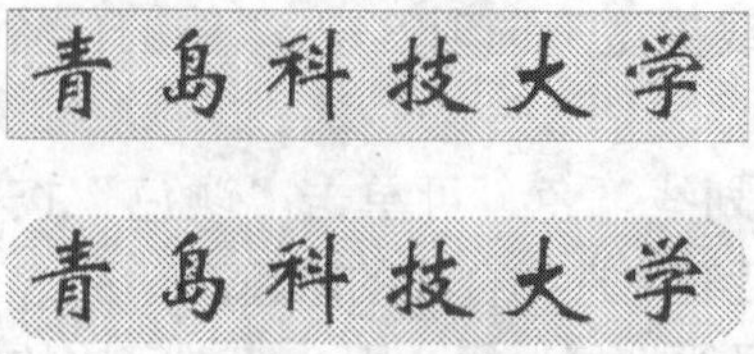

青岛科技大学
青岛科技大学

图 4-61　文字的边框底纹设置示例

多行底纹
底纹
加底纹(A)
底纹(S)
轮廓线
加轮廓线(G)
线的颜色(L)
首对齐(F)
尾对齐(E)
字边距离
上空: 0.5000
下空: 0.5000
左空: 0.5000
右空: 0.5000
边空相等(Q)
预显
单位: 字
确定(O)
取消(C)

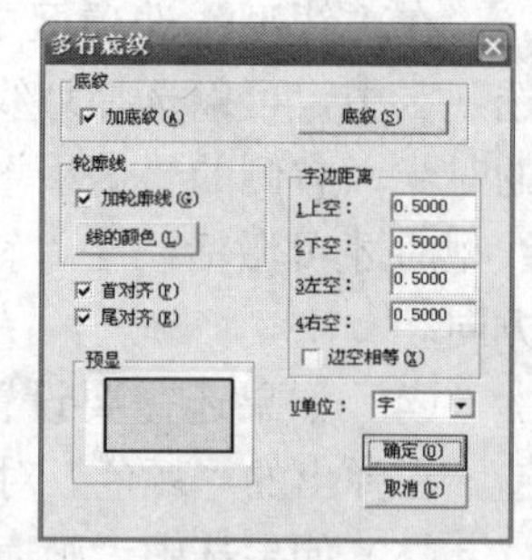

图 4-62　“多行底纹”对话框

（2）多行底纹是指给选中的多行文字或文字块加底纹。加多行底纹的具体步骤如下：

1）选中要加底纹的文字或文字块，单击“文字”菜单的“底纹与划线”命令，弹出如图 4-56 所示的“底纹与划线”对话框。

2）选中“多行”单选按钮，然后单击“多行底纹”按钮，弹出如图 4-62 所示的“多行底纹”对话框。

3）选中“加底纹”复选框后，单击“底纹”按钮打开“底纹”对话框（见图 4-60）选择需要的底纹，确定后返回“多行底纹”对话框。

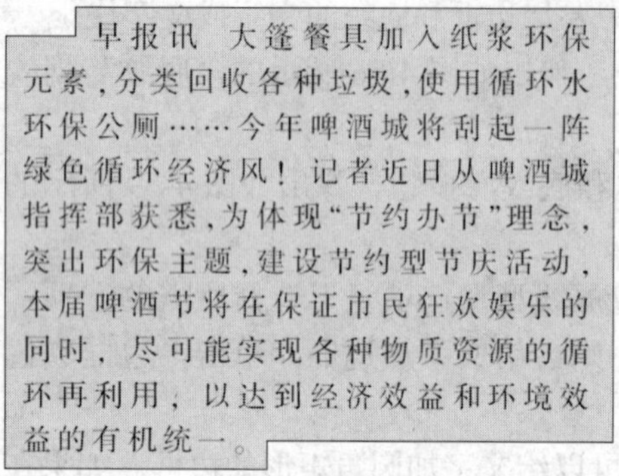

早报讯　大篷餐具加入纸浆环保元素，分类回收各种垃圾，使用循环水环保公厕……今年啤酒城将刮起一阵绿色循环经济风！记者近日从啤酒城指挥部获悉，为体现“节约办节”理念，突出环保主题，建设节约型节庆活动，本届啤酒节将在保证市民狂欢娱乐的同时，尽可能实现各种物质资源的循环再利用，以达到经济效益和环境效益的有机统一。

（a）无对齐

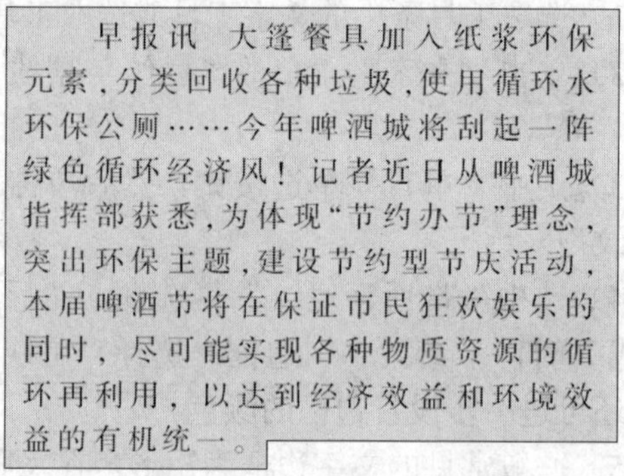

早报讯　大篷餐具加入纸浆环保元素，分类回收各种垃圾，使用循环水环保公厕……今年啤酒城将刮起一阵绿色循环经济风！记者近日从啤酒城指挥部获悉，为体现“节约办节”理念，突出环保主题，建设节约型节庆活动，本届啤酒节将在保证市民狂欢娱乐的同时，尽可能实现各种物质资源的循环再利用，以达到经济效益和环境效益的有机统一。

（b）首对齐

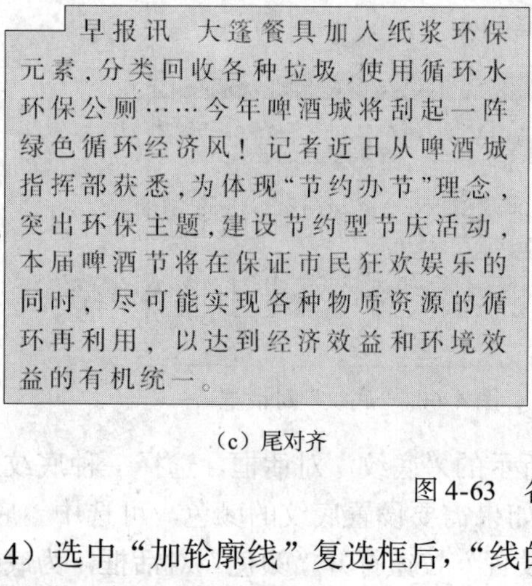

早报讯　大篷餐具加入纸浆环保元素，分类回收各种垃圾，使用循环水环保公厕……今年啤酒城将刮起一阵绿色循环经济风！记者近日从啤酒城指挥部获悉，为体现“节约办节”理念，突出环保主题，建设节约型节庆活动，本届啤酒节将在保证市民狂欢娱乐的同时，尽可能实现各种物质资源的循环再利用，以达到经济效益和环境效益的有机统一。

（c）尾对齐

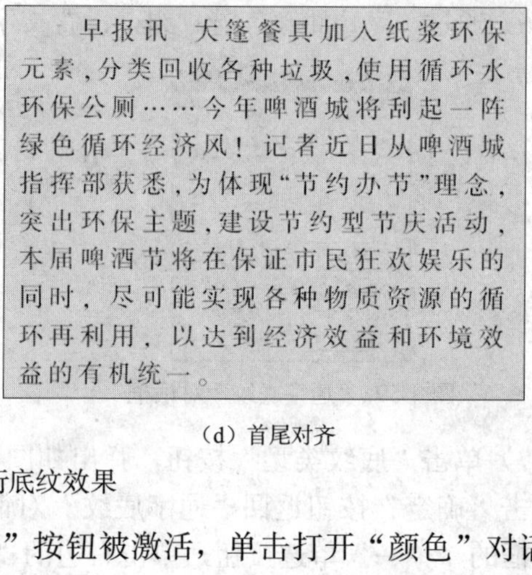

早报讯　大篷餐具加入纸浆环保元素，分类回收各种垃圾，使用循环水环保公厕……今年啤酒城将刮起一阵绿色循环经济风！记者近日从啤酒城指挥部获悉，为体现“节约办节”理念，突出环保主题，建设节约型节庆活动，本届啤酒节将在保证市民狂欢娱乐的同时，尽可能实现各种物质资源的循环再利用，以达到经济效益和环境效益的有机统一。

（d）首尾对齐

图 4-63　各种多行底纹效果

4）选中“加轮廓线”复选框后，“线的颜色”按钮被激活，单击打开“颜色”对话框，在此可进一步设置框线的颜色。

5）“字边距离”选项组用于设置边框距文字的距离，方法与“通字底纹”对话框中相同。

6）“首对齐”和“尾对齐”复选框用于设置多行底纹的形状，如图 4-63 所示，图（a）为两个复选框都不选的效果；图（b）为只选中“首对齐”的效果；图（c）为只选中“尾对齐”的效果；图（d）为同时选中两个复选框的效果。

对多行文字设置单行底纹时，底纹是断开的；对多行文字设置多行底纹时，底纹是连续的。

4. 装饰字

飞腾中的装饰字功能也是针对文字的外部装饰，主要是给文字加上各种不同几何形状的外装饰，同时，对这些装饰形状进一步设置线型、花边、底纹等属性。

设置装饰字的一般方法是：选中要设置的文字，单击“文字属性”菜单中的“装饰字”命令选项，弹出如图 4-64 所示“装饰字”对话框，选中线型、花边或底纹选项，则相应的按钮被激活，可以单击这些按钮，在弹出的线型、花边或底纹对话框中进行设置。每种选项的设置在下面进行具体的介绍。

对话框中的“长宽比例”是用来改变装饰的长和宽度的比，默认状态下长和宽是相等的。“字边距离”是指文字和装饰形状之间的距离。

（1）设置线型的具体步骤如下：

1）用工具箱中的文字工具或选取工具，选中要加装饰线的文字或文字块，如“青岛科技大学”。

2）单击“文字”菜单的“装饰字”命令，在如图 4-64 所示的“装饰字”对话框中。单击“装饰形状”右侧的箭头按钮，在弹出的列表中选择装饰的形状，选择六边形选项。设置“长宽比例”和“字边距离”。

3）选中“线型”前的复选框，单击“线型”按钮，在如图 4-65 所示的“装饰字线型设置”对话框中，选择需要的线型，这里选择双波线。在“粗细”文本框中输入线的宽度，但如果选择单波线或双波线，则“粗细”不可设置。单击“颜色”按钮给装饰线设置颜色，这里选择橘红色，效果如图 4-66 所示。

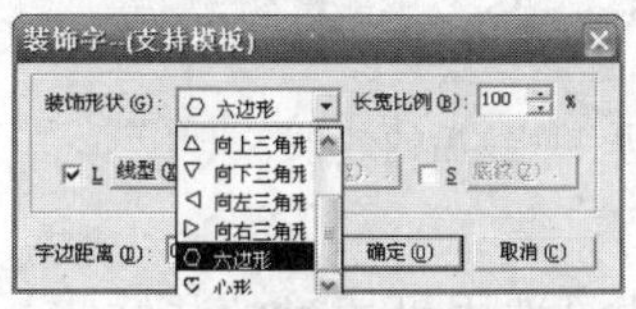

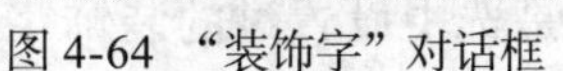
图 4-64　“装饰字”对话框

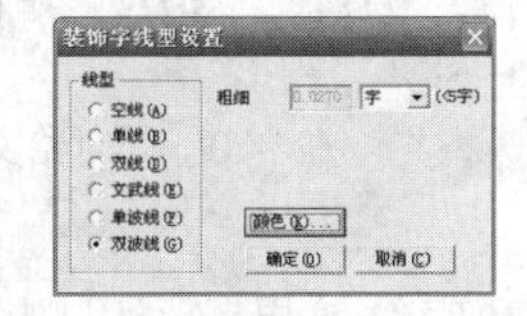

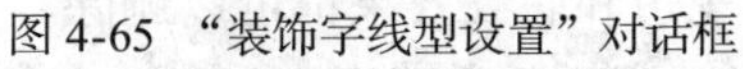
图 4-65　“装饰字线型设置”对话框

图 4-66　装饰字加线型的效果

（2）设置花边的具体步骤如下：

1）激活工具箱中的文字工具或选取工具，选中要加装饰线的文字或文字块。

2）单击“文字”菜单的“装饰字”命令，弹出“装饰字”对话框。

3）选中“花边”复选框，单击“花边”按钮，弹出如图 4-67 所示的“花边”对话框。

选中合适的“花边线”单选按钮，或直接在“编号”文本框中输入花边的编号。选中“渐变”复选框用于设置花边的渐变。选中“字符线”单选项可激活“花边”对话框中的“字体”按钮及“前后装饰”选项组。单击“字体”按钮在弹出的“字体”对话框中选择所选文字的字体，在“前后装饰”选项组内可自定义该字符线的前后缀字符及字符的大小。这里选择 10 号花边，并设置花边的颜色为橘红色，效果如图 4-68 所示。

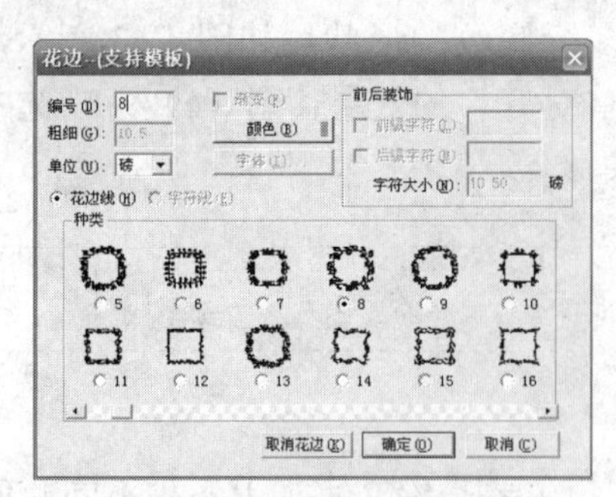

图 4-67 “花边”对话框

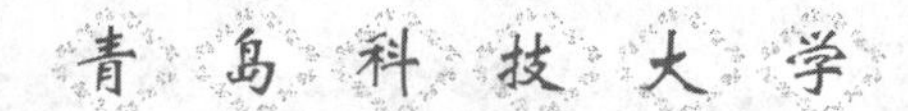

图 4-68 文字的花边效果

（3）设置底纹的具体步骤如下：

1）用工具箱中的文字工具或选取工具，选中要加装饰线的文字或文字块。

2）选择“文字”菜单的“装饰字”命令，弹出“装饰字”对话框。

3）选中“底纹”复选框，单击“底纹”按钮，在如图 4-69 所示的“底纹”对话框中选择合适的底纹单选按钮，或在“编号”文本框中输入该底纹的编号。当版面中的底纹设置为灰度图时，“灰度级”文本框才被激活，输入数值设置底纹的灰度值。选中“取代”单选按钮则新底纹属性将取代原底纹属性。选中“取反”单选按钮则新底纹属性为原底纹属性取反。选中“单一”单选按钮，单击“颜色设置”按钮设置底纹的颜色；或选中“渐变”单选按钮，单击“颜色设置”按钮设置渐变的起始颜色和终止颜色。

如图 4-70 所示是在上例加花边的基础上，选择 8 号底纹，并设置单一颜色为橘红色的底纹效果。

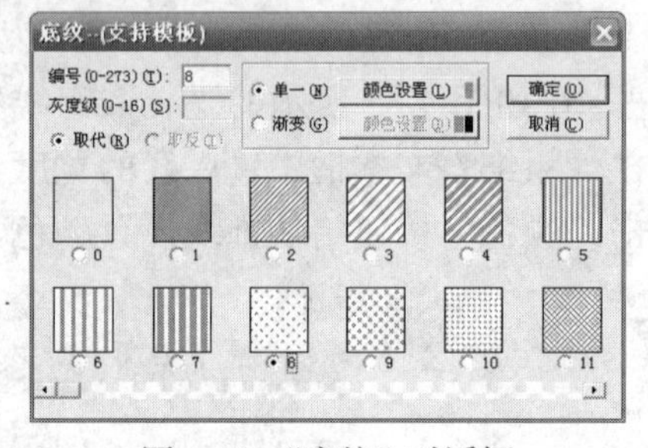

图 4-69 “底纹”对话框

图 4-70 同时给文字加花边和底纹后的效果

（4）删除装饰字效果。

对以上设置的文字的线型、花边和底纹效果都可以删除，方法是选中设置过的装饰字，打开“装饰字”对话框，清除相应的复选框并确定。

5. 删注解

所谓删注解是指取消对文字块中的文字所设置的属性，如字体号、花边底纹、长扁字、倾斜等。

在选中一个或多个文字块或者选中一些文字后，单击“编辑”菜单的“删注解”命令，即可取消被选中的文字或文字块内部的各种属性设置，使文字的设置回到最初的状态。

删除被选中文字块的注解后，该文字块中文字的属性被设置为在该文字块的局部环境量中规定的属性，局部环境量中没有规定的，取全局环境量中的值。

4.4.3　定义并应用排版格式

1. 定义排版格式

（1）新建排版格式具体步骤如下：

1）选择“格式”菜单中的“定义排版格式”命令，将弹出“定义排版格式”对话框，如图 4-71 所示。

2）单击“定义排版格式”对话框的“新建”按钮，弹出“排版格式”对话框，如图 4-72 所示。

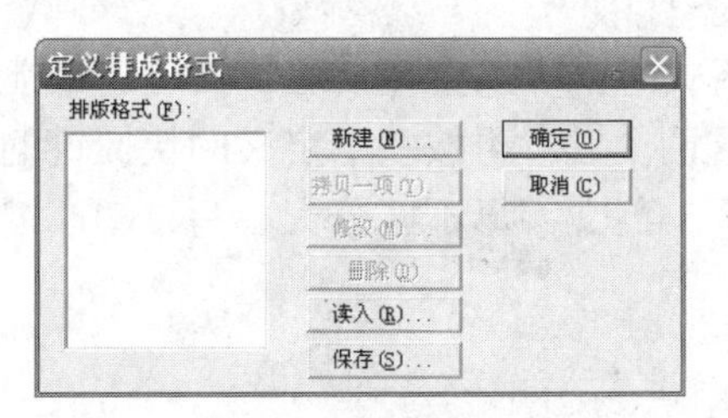

图 4-71 “定义排版格式”对话框

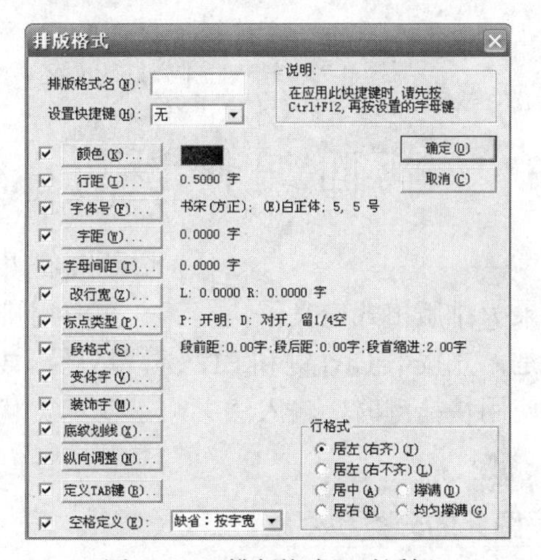

图 4-72 “排版格式”对话框

3）在“排版格式名”文本框中输入要定义排版格式的名称。

4）打开“设置快捷键”下拉列表，选择一种快捷键。

5）在对话框左侧的复选框中，分别选择打开相应的对话框，设置此排版格式的各项参数。

6）当各项参数设置完成后，单击“确定”按钮即可。

（2）将排好的内容定义为排版格式的具体步骤如下：

1）利用工具条中的文字工具，选中要作为排版格式的文字，如图 4-73 所示。

2）选择“格式”菜单中的“定义排版格式”命令，也将弹出“定义排版格式”对话框。

3）在该对话框中飞腾自动读入所选文字的属性。

4）在“排版格式名”文本框中输入要定义排版格式的名称，如“标题”。

5）打开“设置快捷键”下拉列表，选择一种快捷键。

6）当各选项设置好后，单击“确定”按钮完成设置即可。

2. 使用排版格式

在飞腾中，可以直接将已经定义好的排版格式应用于文字块或文字。

（1）用文字工具选中要使用排版格式的文字；或者用选取工具选中要使用排版格式的文字块。

（2）选择“视窗”菜单的“排版格式窗口”，弹出“排版格式”面板，如图 4-74 所示。

（3）在该窗口中双击要应用的排版格式名称，效果如图 4-75 所示。

注意

如果用户改变了某一排版格式本身的定义，那么已经应用了该排版格式的文字也将自动按照修改后的排版格式重新排版。如果对已经使用了某一排版格式的文字重新修改属性，则当该排版格式的定义被修改后，则这部分文字不会自动应用新的排版格式。

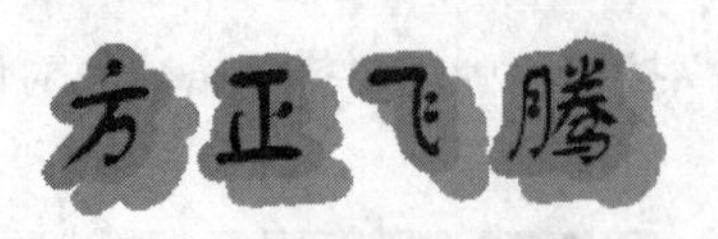

图 4-73　选中已排版好的文字

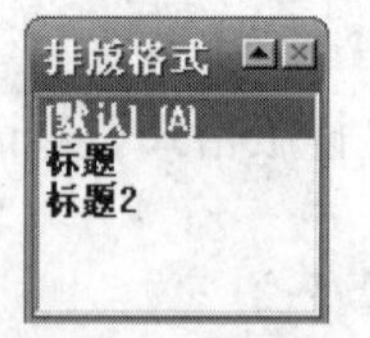

图 4-74　“排版格式”窗口

版面编排设计

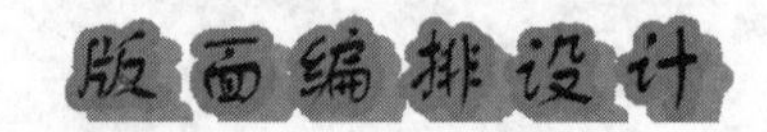

图 4-75　使用定义的排版格式

如果为排版格式定义了快捷键，在应用排版格式时就可以直接使用快捷键。快捷键的使用方法是：先按下 Ctrl 键和 F12 键，然后再放开这两个键，再按一下定义的快捷键的数字或字母。使用快捷键时，输入法必须是在英文状态下。英文字母不区分大小写，Ctrl 键不区分左右键。

4.4.4　图元的分类和生成

1. 图元的分类

飞腾系统中的图元包括直线段、矩形、菱形、椭圆（圆）、圆角矩形、多边形（多折线）和贝塞尔曲线。每个图元选中时都显示“把柄”，如图 4-76 所示。

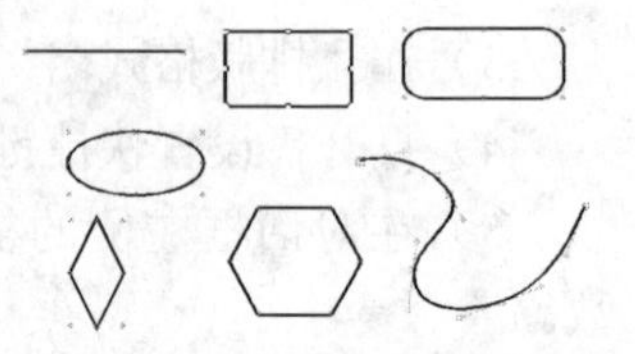

图 4-76　飞腾中的图元

2. 图元的生成

（1）绘制直线。

利用工具条上的画线工具，可以在版面上绘制任意方向的直线段，并能准确绘制出水平线段、垂直线段以及与水平夹角呈 45° 的线段，具体的操作方法如下：

1）单击工具条中的画线按钮，光标变成“十”字形，表示进入了绘制线段状态。

2）在版面上要绘制线段的起点处单击并按住鼠标左键拖动到线段终点，松开鼠标，就会形成一条线段，线段的线型由已经设定的环境量决定。

3）如果先按下 Shift 键分别朝水平、上下、斜角方向拖动，将分别产生水平、垂直或 45° 的线段。

此外，飞腾 4.1 为了使用户绘制直线更方便，在工具条上新增了一个画垂直水平线工具，单击可以直接在版面上绘制水平线段或垂直线段，图 4-77 所示即为直线的应用。

（2）矩形。

系统提供绘制任意大小的矩形及正方形的功能。具体的操作方法如下：

1）单击工具条中的画矩形按钮，光标变成“十”形，表示进入了绘图状态。

2）在版面上要绘制矩形的左上角处单击并按住鼠标左键拖动到矩形的右下角，松开鼠标，系统生成矩形，矩形的线型由设定的环境量决定。

图 4-77　直线的应用

3）如果先按住 Shift 键，再执行上述步骤，则生成一个正方形，如图 4-78 所示即为矩形的应用。

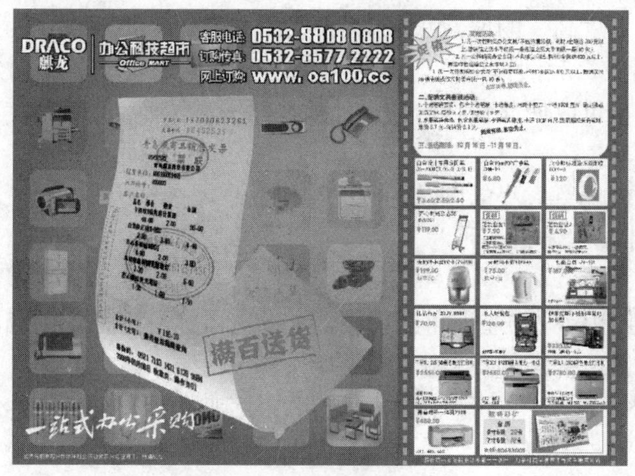

图 4-78　矩形的应用

（3）隐边矩形。

系统提供将绘制的四边形隐去上边线、下边线、左边线或右边线的功能。操作步骤如下：

1）激活“选取工具”选中已绘制的矩形，如图 4-79（a）中的矩形。

2）单击“美工”菜单下的“隐边矩形”命令，在如图 4-79（b）所示“隐边矩形”对话框中。

3）选中与要隐去的边所对应的复选框，即可得到如图 4-79（c）所示的效果。

（a）　（b）　（c）

图 4-79　隐边矩形效果和对话框

（4）圆角矩形。

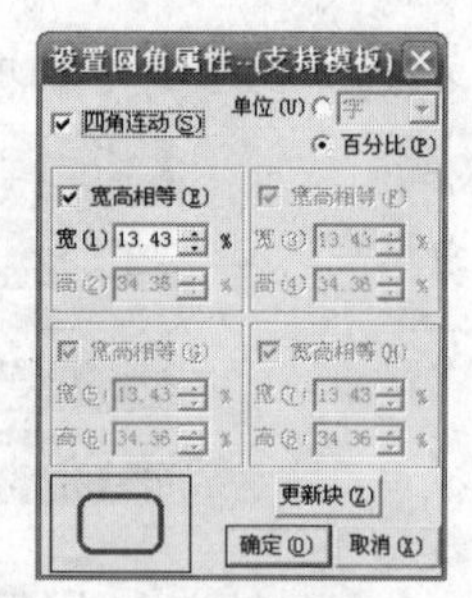

图 4-80 “设置圆角属性”对话框

选择工具条中的“画圆角矩形”工具按钮，并稍做停留，将弹出圆角矩形的两个工具按钮选项，分别是画外圆角矩形和画内圆角矩形，其绘制的方法与矩形相同。在飞腾中可以对圆角矩形的 4 个角分别设置角的宽度和高度，内角或外角。

1）激活选取工具选中要修改的圆角矩形，单击“美工”菜单中的“圆角矩形”命令选项，弹出“设置圆角属性”对话框，如图 4-80 所示。

2）默认状态下“四角连动”选项是被选中的，也就是当修改了圆角矩形的某一个角，其他的角也相应改动，所以对话框中只有一个角的编辑框是激活的；如果“宽高相等”的选项也是选中的，表明当前是正圆角。

单击“四角连动”选项，使其为非选中的状态，则其余三个角的编辑项都激活，可以分别设置各个角的“宽”、“高”的值。

在“设置圆角属性”对话框的左下角是预览框，它不仅用于查看圆角矩形的状态，而且当单击其中某一角时，可以使此角在内角与外角之间进行转换。

（5）圆和椭圆。

飞腾系统提供绘制任意大小的圆及椭圆的功能。具体操作步骤如下：

1）激活工具条中的“画椭圆形”工具，此时光标变成“十”字形，表示进入了绘制椭圆状态。

2）在版面上要绘制椭圆的左上角处单击，并按住鼠标左键拖动到椭圆的右下角，松开鼠标左键，系统生成椭圆，椭圆的线型由设定的环境量决定。

3）如果先按住 Shift 键，再拖动鼠标，则可以绘制一个圆，如图 4-81 所示即为圆和椭圆的应用。

图 4-81 圆和椭圆的应用

（6）菱形。

飞腾系统提供绘制菱形和正菱形的方法，具体操作步骤如下：

1）单击工具条中的“画菱形”工具，此时光标变成“十”字形，表示进入了绘制菱形状态。

2）将光标移至待画的菱形的左上角位置，按下鼠标左键拖动到菱形右下角，松开鼠标左键，系统生成菱形，菱形的线型由设定的环境量决定。

如果执行上述步骤时按住 Shift 键，则系统自动生成一条对角线相等的正菱形，其效果如图 4-82 所示。

（7）多边形。

飞腾系统能够绘制多边形和多折线，具体操作步骤如下：

激活工具条中的“画多边形”工具，并稍做停留，将弹出多边形的 4 个工具按钮选项，这 4 个按钮依次是画多折线、五边形、六边形、八边形。分别选择不同的多边形工具按钮，就可以绘制出如图 4-83 所示形状不同的多边形。

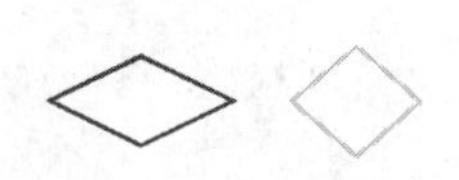

图 4-82　菱形和正菱形

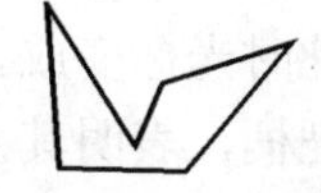
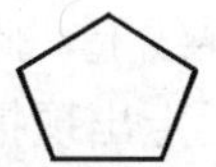
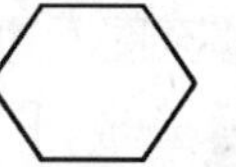
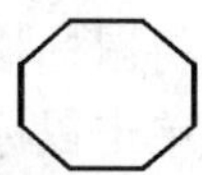

图 4-83　形状不同的多边形

绘制多边形的操作方法与前面矩形绘制的方法相同。以下只介绍多折线的绘制，具体的操作方法如下：

1）单击工具条中的“画多折线”按钮，光标变成“十”字形，表示进入了绘图状态。

2）在版面上适当位置单击鼠标左键，确定多折线的一个结点。移动鼠标，依次在其他结点处单击左键，系统将自动在结点之间加上连线。

3）双击鼠标左键，确定多边形或多折线的终点。如果需要生成闭合多边形，则必须先将光标移至第一个结点的附近（会出现一个方框表示捕捉到了该点），双击鼠标左键生成闭合多边形。

如果在多边形生成过程中，同时按下 Shift 键，系统将生成一条特殊角度的边（水平、垂直或水平夹角为 45°）。

在多边形的绘制过程中，单击了鼠标，发现位置不理想，要删除此结点时，单击 Esc 键取消当前结点，继续单击 Esc 键可取消所有节点。

（8）贝塞尔曲线。

飞腾系统提供绘制贝塞尔曲线的方法，曲线可以是闭合的或不闭合的，闭合曲线可以设置封闭图元的各种属性（如可以为排版区域或作裁剪路径），具体的操作方法如下：

1）单击工具条中的“画贝塞尔曲线”按钮，光标变成“十”字形，系统进入画贝塞尔曲线状态。

2）在版面的任意位置点按一下鼠标左键，就确定了曲线的起点。

3）依次在版面上单击鼠标左键确定其他结点；若在按下鼠标左键的同时按下 Shift 键，该结点将不作光滑处理。

4）双击鼠标左键，结束作图，光标所在点即是曲线终点。若终点选择在起点上或在双击鼠标左键的同时按下 Ctrl 键，将生成闭合的贝塞尔曲线，其效果如图 4-84 所示。

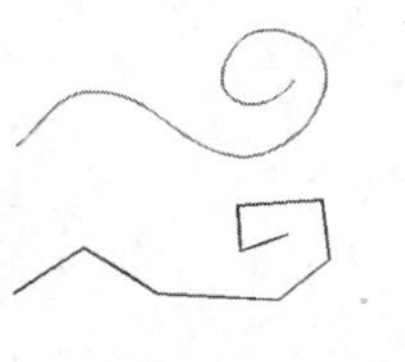

图 4-84　贝塞尔曲线

绘制过程中，结点位置不理想时，可以用 Esc 键取消当前曲线上最后的一个结点。继续单击 Esc 键可取消所有节点。

4.4.5 图元的基本编辑

1. 图元的选中

要对某个图元进行处理，必须先选中图元，图元被选中时，会将其把柄点显示出来。图元的选中有三种方法，具体操作如下：

（1）选一个图元为当前操作图元。

1）将鼠标移至图元边界线上，此时光标变成。

2）单击鼠标左键，图元上出现把柄，表明其被选中。

（2）逐一选择多个图元为当前操作图元。

1）按住 Shift 键。

2）将鼠标移至图元边界线上，此时光标变成。

3）单击鼠标左键，图元上出现把柄，表明其被选中。

4）重复步骤（2）～（3），直至选出所有需要的图元。

5）松开 Shift 键。

（3）一次选择多个图元为当前操作图元。

1）按住鼠标左键拖动到另一点。

2）松开鼠标左键，此鼠标拖动时画出的区域内包围的图元上都出现把柄，表明这些图元一次全被选中，如图 4-85 和图 4-86 所示。

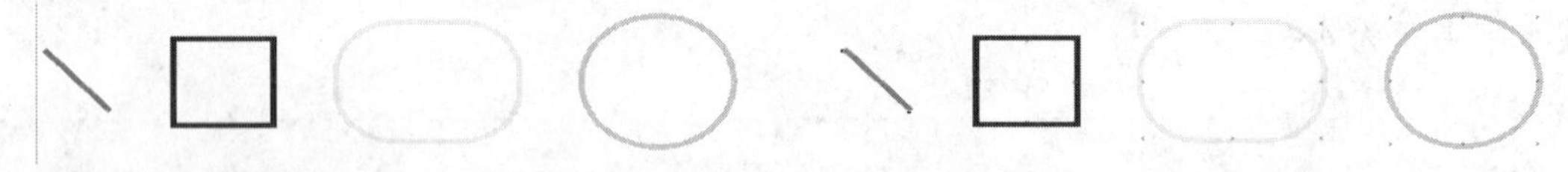

图 4-85　图元的选中的操作　　图 4-86　多个图元的选中

2. 图元的移动

图元的移动是指用户改变图元在版面中的位置的过程，具体操作步骤如下：

（1）选中要移动的图元（可以是多个图元）。

（2）将鼠标指向选中图元的任意边界线，但注意不要指向图元的把柄，此时光标变成⁜。

（3）按下鼠标左键不放。

（4）拖动鼠标到新的位置。

（5）松开鼠标左键，图元移到合适的新位置，移动图元过程效果如图 4-87 所示。

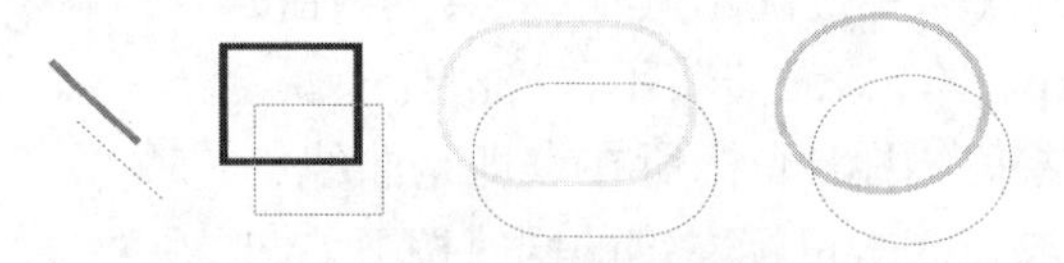

图 4-87　移动图元过程效果

注意

图元移动后，可以选择“编辑”菜单中的“恢复”命令或按 Ctrl+Z 键，使图元恢复到原来的位置。

3. 改变图元的大小和形状

要改变图元的大小和形状的操作方法有两种：

（1）修改图元的关键点是图元的把柄，点按并移动图元的把柄，就可以改变图元的大小，具体操作步骤如下：

1）选中要改变的图元。

2）将鼠标指向图元的把柄。

3）按下鼠标左键，光标按照把柄的不同变成不同方向的箭头短线光标。

4）拖动鼠标将改变图元的大小。

5）松开鼠标左键，完成图元大小的改变，如图 4-88 所示为改变图元大小的效果。

若按下 Shift 键，再执行上述步骤（3）～（5），则图元的改变与生成图元时按 Shift 键的规则相同。

（2）选中图元，单击“版面”菜单中的“块参数”命令，将弹出“块参数”对话框。选中“百分比”单选按钮，此时“块宽度”和“块高度”变成“横向缩放比”和“纵向缩放比”文本框，在这两个文本框中输入缩放的比例，如图 4-89 所示。也可以选中“实际值”单选按钮，此时在“块宽度”和“块高度”文本框中输入图元新的宽度和高度参数。

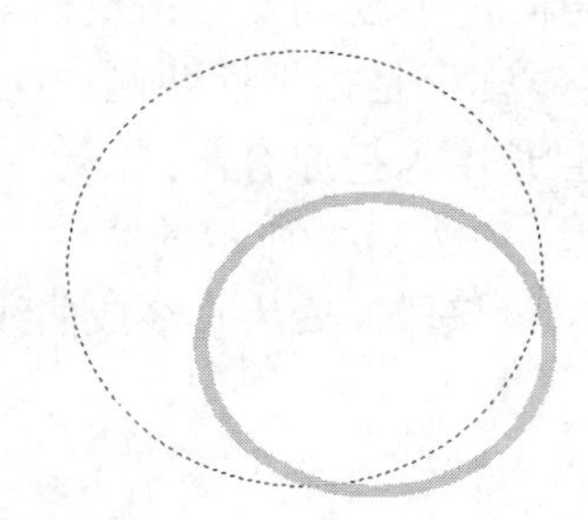

图 4-88　改变图元的大小

图 4-89　选中“百分比”按钮

4. 改变多边形的大小

（1）选中要修改的多边形。

（2）将鼠标移到该多边形的一个控制柄上，光标将变为形状。按住鼠标左键拖动控制柄，则多边形的形状将随之改变。

（3）松开鼠标，即可将该多边形改变为如图 4-90 所示的效果。

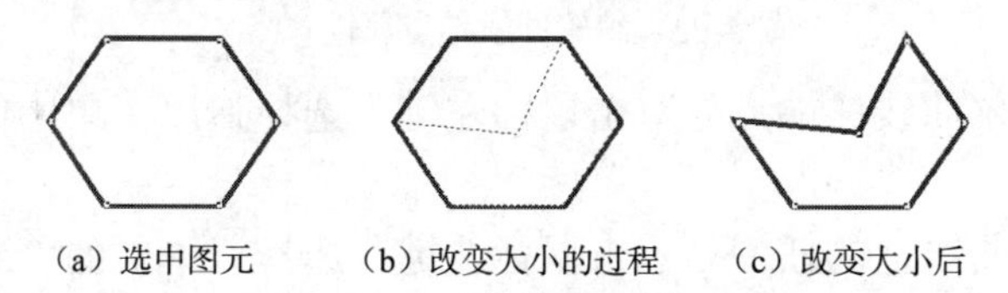

（a）选中图元　（b）改变大小的过程　（c）改变大小后

图 4-90　改变多边形的大小和形状

5. 改变多边形的边

（1）激活“选取工具”选中要修改的多边形。

（2）在要添加新边的边上双击鼠标左键，系统此时在该边上增加一个结点，如图 4-91（a）所示。在此结点处按住鼠标左键，拖动鼠标，多边形形状随之改变。移动到合适的位置，松开鼠标左键，完成多边形的修改，如图 4-91（b）所示。

（3）将光标指向即将被删除的多边形结点，双击鼠标左键。系统将此节点删除，该节点引出的两边消失，与该节点相邻的两节点连成多边形的一边，如图 4-91（c）所示。

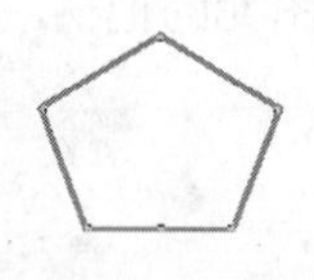
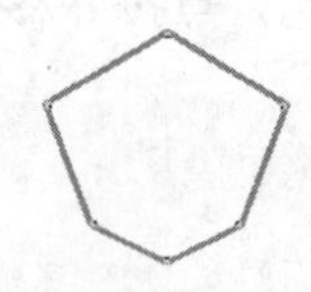
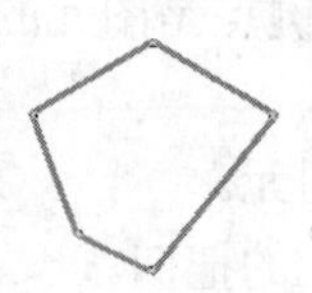

（a）增加新结点　　（b）改变形状　（c）删除多边形的结点

图 4-91　改变多边形的边

6. 改变贝塞尔曲线的大小

（1）光标在箭头状态下，选中要进行修改的贝塞尔曲线，将显示出该曲线的把柄。

（2）将光标指向曲线上的把柄，拖动该把柄，其切线上的把柄将同时移动。

（3）拖动切线端点上的把柄，将改变曲线在此点处的切线方向，对应曲线上的把柄位置不变。

（4）在曲线的节点把柄处，双击鼠标左键，将弹出一个菜单，选择所需的菜单项，如图 4-92（a）所示，可以删除该节点或改变曲线在此处的性质，可将该点设为“尖锐”、“光滑”、“比例”或“对称”。把柄属性“尖锐”是指把柄两侧切向量可独立变化；把柄属性“光滑”是指该把柄两侧切向量保持在一条直线上；把柄属性“对称”是指把柄两侧切向量反向但长度相同；把柄属性“比例”是指该把柄两侧切向量反向且长度保持原有比例。

（5）在曲线上非把柄处快速双击鼠标左键，弹出如图 4-92（b）所示的菜单，选择所需的菜单项，可以增加一个把柄或改变该段曲线的性质，也可设该段曲线为直线或曲线。

（a）双击结点的快捷菜单

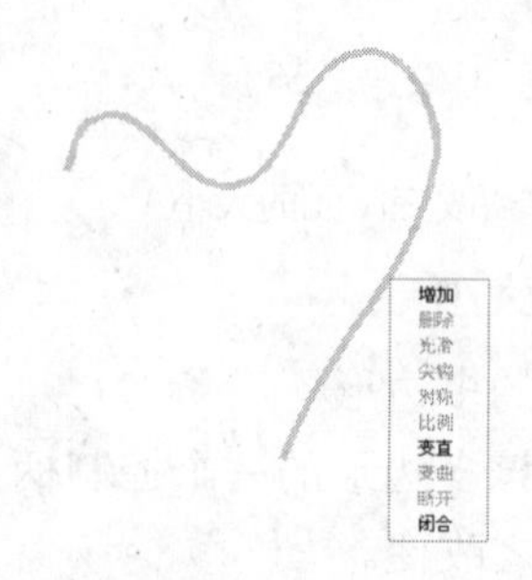

（b）双击非结点的快捷菜单

图 4-92　编辑曲线结点属性

（6）在非闭合贝塞尔曲线的端点处双击鼠标左键，选择弹出菜单中的“闭合”项，可以将该曲线闭合。

（7）在闭合贝塞尔曲线上的任一处双击鼠标左键，选择菜单中的“断开”项将在该处断开该曲线。

（8）反复修改曲线直到得到满意的结果为止。

7. 图元的复制、粘贴和删除

（1）复制、粘贴图元。

1）选中要复制的图元。

2）单击“编辑”菜单项中“复制”命令或使用快捷键 Ctrl+C。

3）选择“编辑”菜单项中“粘贴”命令或使用快捷键 Ctrl+V。即可以复制该图元。

飞腾默认的是将裁剪板上的图元粘贴到原图所在的位置，和原图重叠在一起，若在“环境设置”中设置“拷贝偏移量”，则复制到版面的图元与原图元之间会有一个偏移值。

另外，可以采用快捷方式，选中该图元，单击鼠标右键，在弹出的快捷菜单中选择复制命令，然后在要粘贴的位置单击鼠标右键，在弹出的快捷菜单中选择粘贴命令，即可在该位置复制出一个相同的图元。

（2）图元的删除有两种方式：裁剪和删除。

裁剪是将当前图元从版面中删除，但在剪贴板上保留其副本，以备粘贴。删除是真正地删除图元，不能用来粘贴，但两者操作方法类似，具体操作步骤如下：

1）选中要删除或裁剪的图元。

2）若要删除，单击“编辑”菜单项中的“删除”命令或单击 Delete；若要裁剪，单击“裁剪”命令或使用快捷键 Ctrl+X。

4.4.6　图元的线型、花边和底纹设置

1. 线型的设置

系统提供以下几种线型：空线、单线、文武线、双线、点线、点划线或双点划线、单波线、双波线等，用户可以选择不同的线型，并且指定宽度。线型的操作对象是线段、曲线、矩形、圆角矩形、菱形、椭圆和多边形，系统默认值是单线，并且默认线宽为 0.1mm。线型的设置方法有三种。

（1）通过“线型”对话框设置线型。

1）选中要改变线型的图元。

2）选择“美工”菜单中的“线型”命令，将弹出“线型”对话框，如图 4-93 所示。

其中“粗细”编辑框用于设置线宽，“前后装饰”中的“前缀字符”和“后缀字符”用于在非封闭图元的两端设置字符；在“线型”选中为“文武线”状态下，才可以设置“武线宽”和“间隔”，“武线宽”设置文武线中较粗的武线的粗细，“间隔”是指武线和文线之间的距离。

选中“双色渐变”，单击“颜色”按钮，弹出“渐变设置”对话框，如图 4-94 所示。选择渐变方式为“单向渐变”或“循环渐变”。单击该对话框中的“起始颜色”按钮将弹出“颜色”对话框，选择对应的颜色红色，如图 4-95 所示。设置“终止颜色”的方法相同。设置“起点”值为 20%，单击“确认”后，得到的图元从图元的长度 20% 处开始渐变。

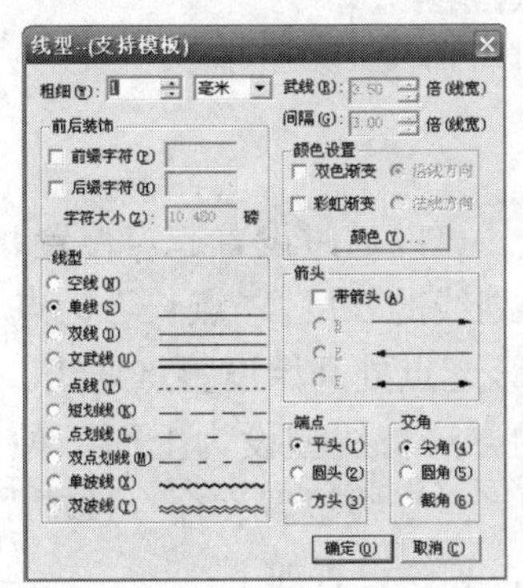

图 4-93 “线型”对话框

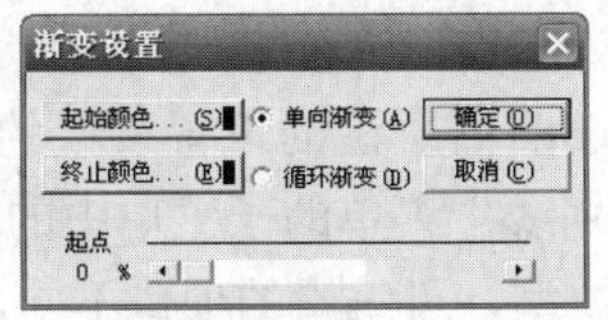

图 4-94 “渐变设置”对话框

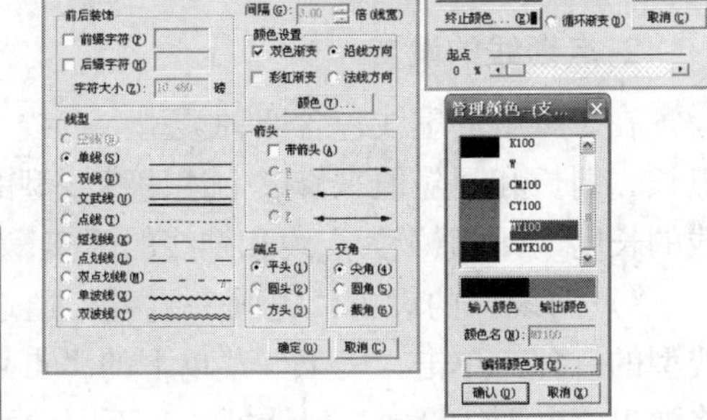

图 4-95　渐变线渐变颜色设置

在“线型”对话框中可以设置图元是否带箭头及何种类型的箭头。飞腾中的空线、文武

线、单波线、双波线等四种线型不能设置箭头。

“线型”对话框中还可以设置图元的交角类型和端点类型，交角类型有3种：“尖角”、“圆角”、“截角”，是指交点处线的形状为尖角、圆角或截角，如图4-96所示。端点类型有三种：“平头”、“方头”、“圆头”，是指线端点的形状，如图4-97所示。

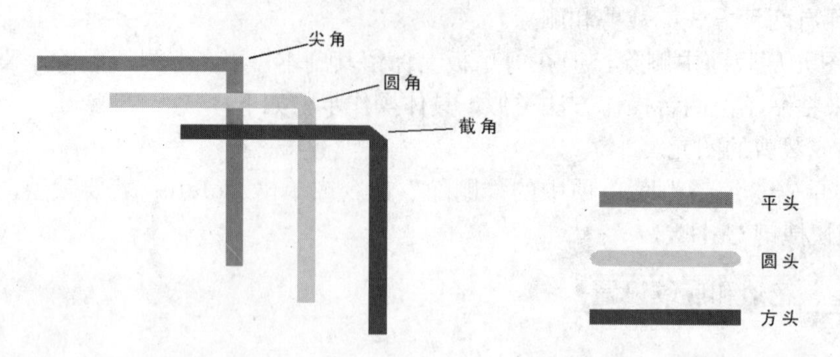

图4-96 图元的交角类型　　图4-97 图元的端点类型

3）设置好线型的各参数，用鼠标单击“确认”或者直接按回车键，线型设置就完成了。

（2）菜单命令设置改变线型。

单击“线型”菜单中的“空线”或“单线”命令设置线型，如图4-98所示。其中还可以对“点划线”和“箭头”进行设置。

（3）通过花边底纹窗口设置线型。

单击“视窗”菜单下的“花边底纹窗口”命令选项，将弹出，如图4-99所示窗口，在排版过程中，该窗口也可以处于一直打开的状态。选择“线型”属性。具体设置方法和“线型”对话框设置线型方法相同，只是设置完后单击“应用”，设置即起作用。

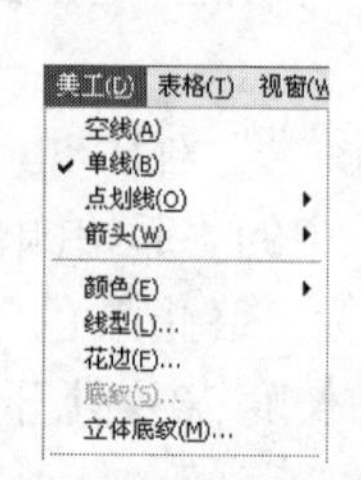

图4-98 菜单命令设置线型

图4-99 花边底纹窗口中的线型设定

2. 点划线的设置

在飞腾中的虚线包含四种类型：点线、划线、点划线和双划线。可以通过设置起点位置、点长、划长和间隔值来修改上述四种线型的参数，其中“划长”为划线的长度，“点长”为点线的长度，“间隙”为点线和划线的距离；“起点”为整个点划线从该起点处开始设置点划线。

“点划线”的设置：先画一直线，通过前面所说的设置线型的方法将线型设为上面四种线型的一种，单击“美工”菜单下的“点划线”菜单的子菜单中的“点划线设置”命令选项，将弹出“点划线设置”对话框，对不同的线型，可编辑的项也不同，具体设置如下：

（1）点线由三个量描述：点长、间隔长和起始位置，如图4-100所示。

（2）划线由三个量描述：划长、间隔长和起始位置，如图4-101所示。

（3）点划线由五个量描述：划长、间隔长、点长、间隔长和起始位置，如图 4-102 所示。

（4）双点划线由七个量描述：划长、间隔长、点长、间隔长、点长、间隔长和起始位置，如图 4-103 所示。

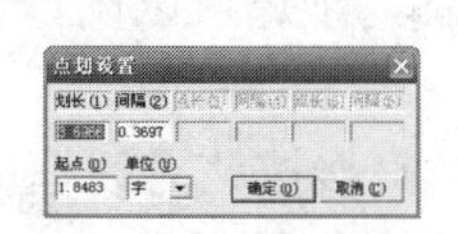

图 4-100　点线点划设置对话框

图 4-101　划线点划设置对话框

图 4-102　点划线点划设置对话框

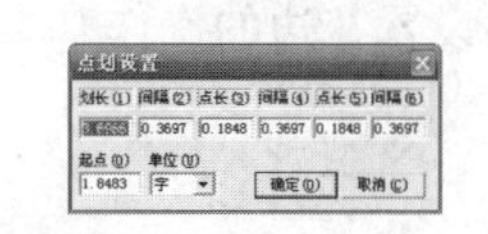

图 4-103　双点划线点划设置对话框

3.“箭头”的设置

画一条不封闭曲线，单击“美工”菜单中“箭头”子菜单下的“箭头调整”菜单项，则弹出一“箭头调整”对话框，如图 4-104 所示。

可在其中设置箭头的各项参数。“箭头角度”指箭头顶部外侧线的夹角；“尾部角度”指的是箭头尾部内侧线的夹角；“宽度”对应为前面提到的两夹角顶点的距离。其中的各项参数意义如图 4-105 所示。

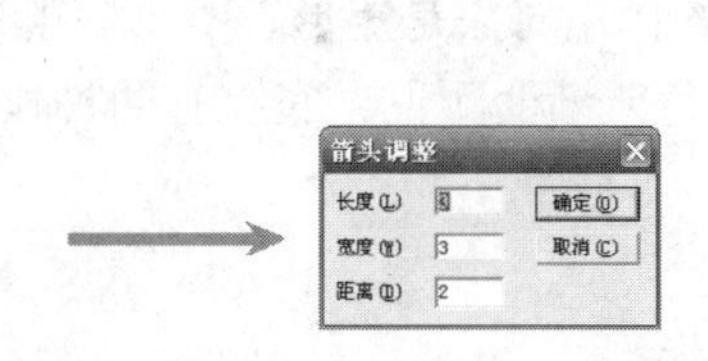

图 4-104　箭头调整的设置

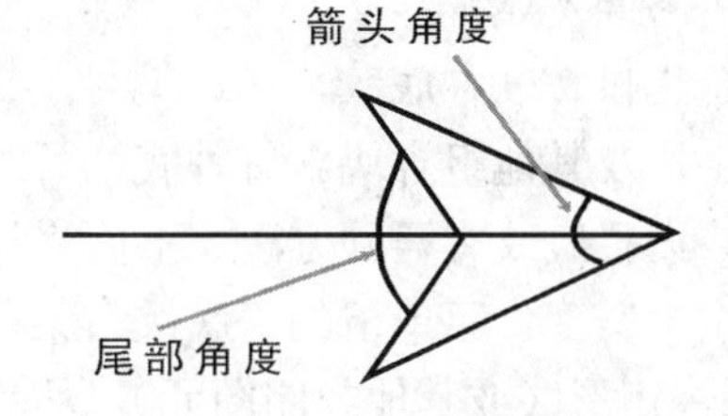

图 4-105　箭头各参数的意义

4. 花边的设置

飞腾系统提供 102 种花边，包括单波纹线、双波纹线及其他 100 种花边，花边的作用对象是线段、矩形、菱形和多边形。用户可以指定花边的编号和粗细，花边的编号范围为 0 ～ 99，花边的粗细值代表了一种字号级别。系统默认的花边编号为 0，系统默认粗细值是 10.50 磅。

设置花边有两种方法：

（1）单击“美工”菜单下的“花边”命令。

1）选中多边形图元，单击“线型”菜单中的“花边”菜单命令，系统给出“花边”对话框，如图 4-106 所示。

2）选中“花边线”项。

若改变花边的粗细，则在“粗细”编辑框中给出粗细值；用鼠标在“种类”列中选择所需花边号，或在“编号”编辑框中直接输入花边的编号数。

若需要设置渐变，则选中渐变，则“线型”对话框中介绍的一样设置渐变颜色；“前后装饰”中的“前缀字符”和“后缀字符”是指在非封闭图元的两端设置字符。

3）用鼠标选择“确认”或直接按回车键，完成设置花边的操作。

若要用字符作花边线则选中“字符线”项，“花边”对话框中的“编号”项自动变为“字符”，在“字符”项编辑框中输入用作花边的文字，单击“字体”项还可以设置文字对应的字体。

若要取消花边，则选中该对象后，再重复步骤 1）操作，直接按该对话框中的“取消花边”按钮即可。

（2）通过花边底纹窗口设置花边。

单击“视窗”菜单下的“花边底纹窗口”，如图 4-107 所示，选择“花边线”设置。具体设置方法和上述设置花边的操作基本相同，只是设置完后单击“应用”，设置即起作用。

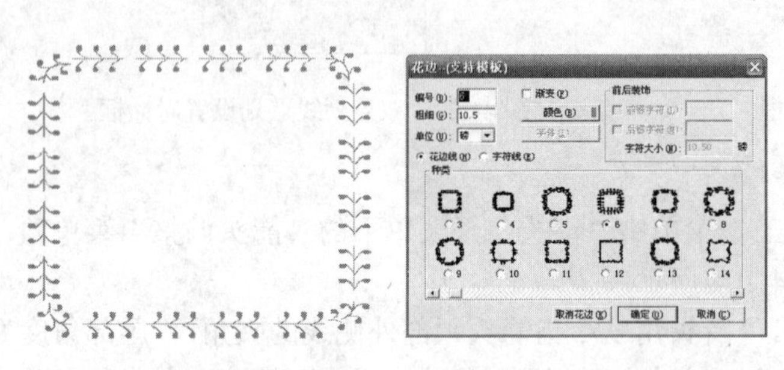

图 4-106　花边的设置

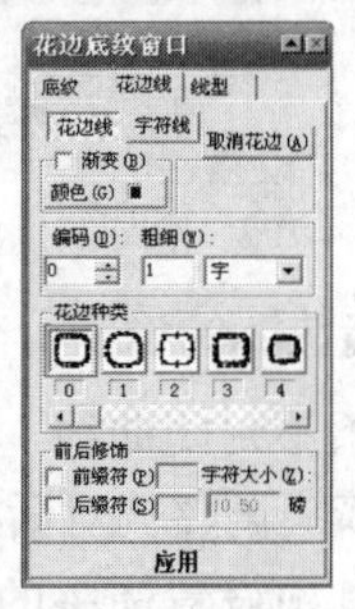

图 4-107　花边底纹窗口中的花边设置

5. 底纹的设置

飞腾系统提供 273 种底纹，底纹编号 1-273。底纹的作用对象是矩形、菱形、椭圆等封闭的图元、文字块及其他组合块。每种底纹可以有单一颜色或渐变颜色。底纹有两种作用方式：取代和取反。设置底纹有两种方法，下面将详细介绍。

（1）单击“美工”菜单下的“底纹”菜单。

1）绘制一矩形（或其他封闭图元），然后选中该矩形。

2）单击“美工”菜单下的“底纹”菜单或单击鼠标右键，选中“底纹”，弹出“底纹”对话框，如图 4-108 所示。

单击所需的底纹类型，或是在该“底纹”对话框中的“编号”项对应的编辑框中直接输入对应的编号。选择单一或渐变底纹，单击“颜色设置”设置相应的颜色。

3）选择底纹的作用方式：指底纹对下层块的作用效果，包括取代和取反，如图 4-109 所示。

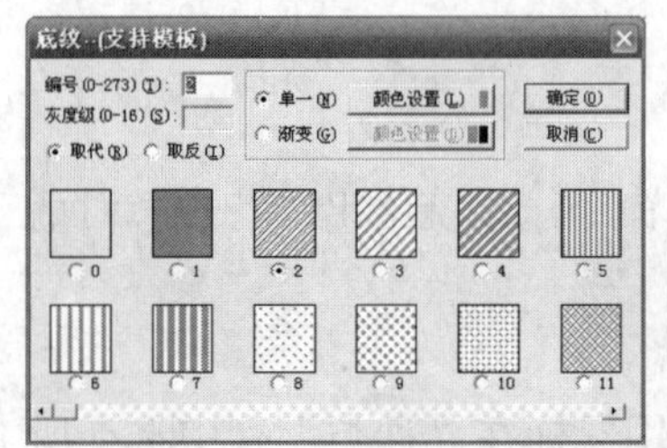

图 4-108　底纹的设置

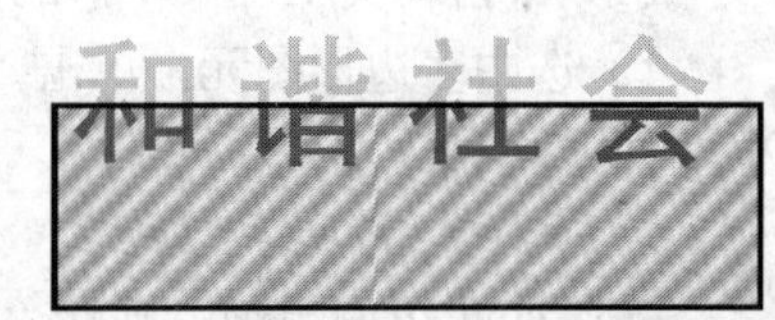

图 4-109　左边为取代的效果，右边为取反的效果，文字块都在图元的下层

“取代”：底纹颜色遮住下层的块。“取反”：处于下层的块的颜色与本来的颜色相反。

4）按“确认”后即完成了底纹设置。

系统的底纹默认设置是：0 号底纹透明，颜色为单一颜色，作用方式为取代。

（2）通过花边底纹窗口设置底纹。

单击“视窗”菜单下的“花边底纹窗口”，如图 4-110 所示设置窗口。

具体设置方法和上述设置底纹的操作基本相同。底纹的单一、渐变的设置分别为“底纹属性”上一行的两个按钮。另设置完后单击“应用”按钮，设置即起作用。

6. 立体底纹

飞腾系统可以对图元、图像、文字块以及各种对象的合并块做立体底纹效果，有两种立体底纹：平行和透视。

（1）选中图元。

（2）单击“美工”菜单中的“立体底纹”命令并弹出，如图 4-111 所示“立体底纹”对话框。

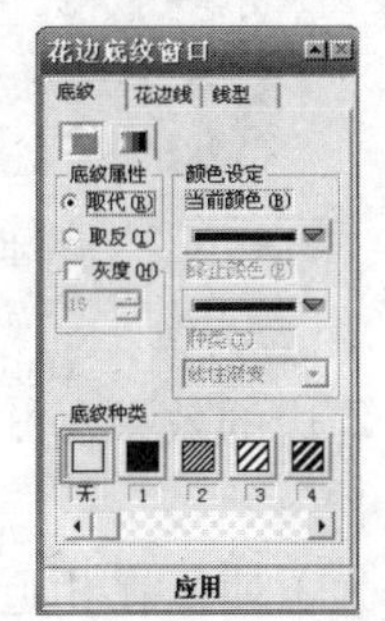

图 4-110　底纹花边窗口中的底纹设置

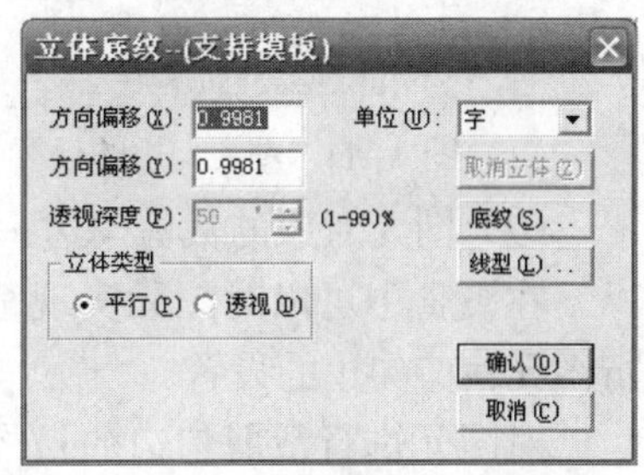

图 4-111　立体底纹对话框的设置

“方向偏移（X）”和“方向偏移（Y）”：指平移或透视后图形中心相对于原中心的偏移距离。“透视深度”：设置立体底纹透视效果的深度，用底纹面积占全部面积的百分比表示。选择“立体类型”选项区时，有“平行”和“透视”两个单选按钮。“取消立体”：取消已有的立体底纹效果。单击“底纹”按钮，弹出底纹对话框，选择底纹的基本效果。单击“线型”按钮，弹出线型对话框，选择线型的基本效果。

（3）设置立体底纹的各项后，单击“确认”即可。立体底纹的效果如图 4-112 和图 4-113 所示。

图 4-112　平行立体底纹的效果

图 4-113　透视立体底纹的效果

7. 图元勾边和裁剪勾边

（1）图元勾边。

使用图元勾边功能可以在图元边框线的内外侧都沿线勾上一层或两层边，并且可以设置勾线的颜色和粗细，具体操作步骤如下：

1）激活“选取工具”选中需勾边的图元。

2）单击“美工”菜单下的“图元勾边”命令选项，弹出如图 4-114 所示“图元勾边”对话框。

选择“直接勾边”选项，并且选中“一重勾边”选项，其旁边的“宽度”对应的设置框变为可编辑的，输入勾边线的宽度数值，默认值为 0.135，对应的单位为字。单击“颜色”按钮，将弹出“颜色”对话框，选择所需颜色即可。

3）若需设两种颜色的勾边，选上“二重勾边”，同样设定二重勾边线的宽度和颜色。

4）设置好各项后，单击“确定”按钮即可得到勾过边的图元，如图 4-115 所示。

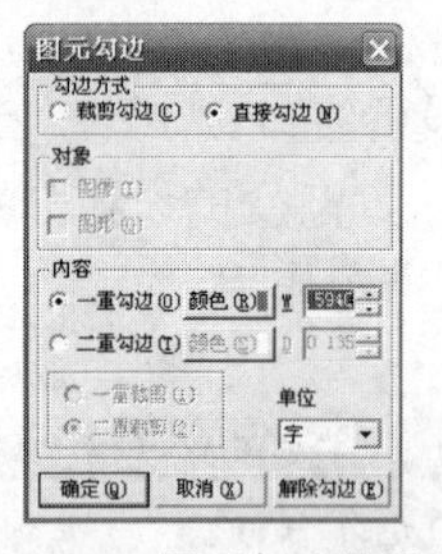

图 4-114 图元勾边的设置

图 4-115 直接勾边前后的效果

（2）图元对象的裁剪勾边。

在飞腾中可以对图元实现裁剪勾边的效果。并且可以选中多个图元，同时对这些图元进行图元裁剪勾边的设置。

对图元进行裁剪勾边的目的是为了使压在相近颜色底层图片上的图元轮廓可以清楚地显示出来。通常使用的方法是在图元上勾一圈白边，但是并不是整个图元都勾上，而是只勾压在图片上的部分。在飞腾中不仅能对文字进行裁剪勾边，而且也可以对图元进行裁剪勾边，具体操作步骤如下：

1）选中要裁剪勾边的图元。

2）单击“美工”菜单中的“图元勾边”选项，弹出“图元勾边”对话框，如图 4-116 所示。

在“勾边方式”中选择“裁剪勾边”选项，设置图元具有裁剪勾边的属性；在“对象”项中设置裁剪勾边的图元在何种对象上有裁剪勾边的效果，对象可以是图像，也可以是图元，也可两者都有。在“内容”项中可以选择“一重勾边”，也可以选择“二重勾边”。单击“颜色”按钮，弹出颜色编辑框，编辑勾边的颜色。

3）在对话框中设置相关选项后，单击“确定”按钮，裁剪勾边前后的效果如图 4-117 所示。

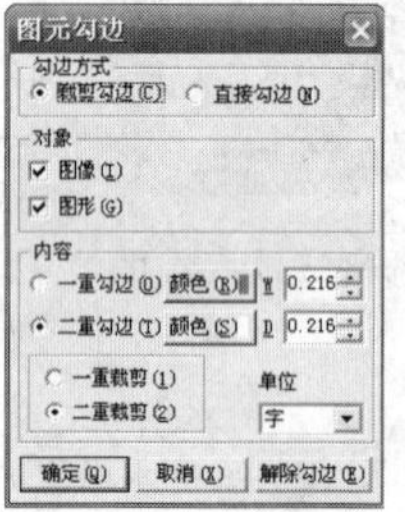

图 4-116 图元勾边的设置

图 4-117 裁剪勾边前后的效果

8. 图元合并

多个图元执行“图元合并”后成为一个图元块，其中的两层或四层重叠的部分会有镂空效果。需要注意的是，三层重叠的部分不镂空。

如果图元中设有底纹（没有底纹的可理解为底纹为无色的），则合并后的图元块底纹都为合并前最后选择的图元的底纹。如果用画区域的方法选中多个图元，则合并后的图元块底纹为合并前最底层的图元的底纹。

下面举例说明具体操作方法：

（1）在版面上依次绘制矩形、椭圆、菱形，然后将 3 个图元部分重叠在一起。

（2）如图 4-118 所示，分别设置矩形、椭圆、菱形的底纹。其中矩形的底纹为青色（C100）、1 号底纹，椭圆为品红色（M100）、3 号底纹，菱形为黄色（G100）、9 号底纹。

（3）按住 Shift 键，依次选中矩形、菱形和椭圆，单击“美工”菜单下的“图元合并”命令，则得到如图 4-119（a）所示的图元合并块。

如果用拖动鼠标的方法选中 3 个图元块，单击“美工”菜单下的“图元合并”命令，则得到如图 4-119（b）所示的图元合并块。

图元合并或块合并后的块不能再和其他图元进行图元合并。

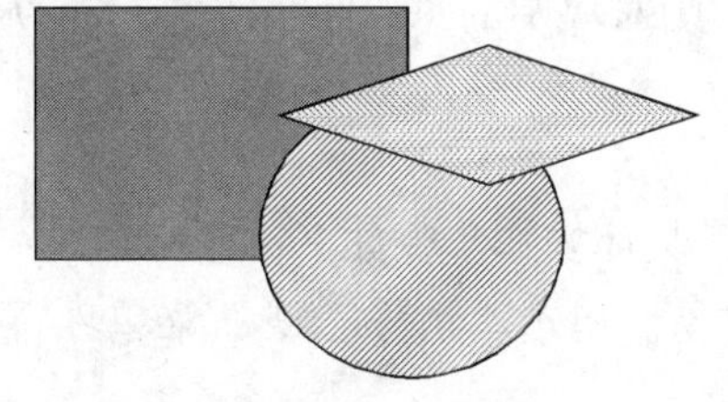

图 4-118　重叠放置的图元

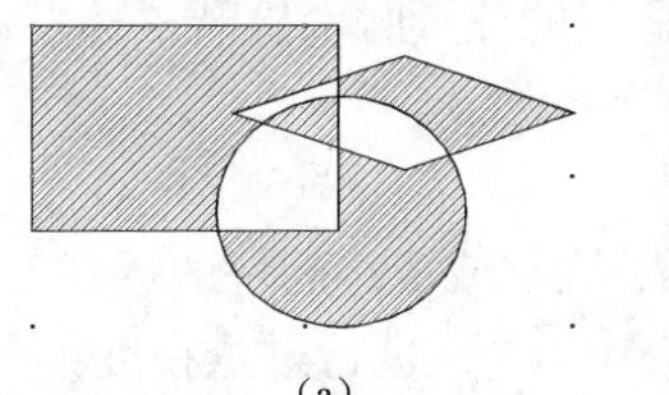

（a）

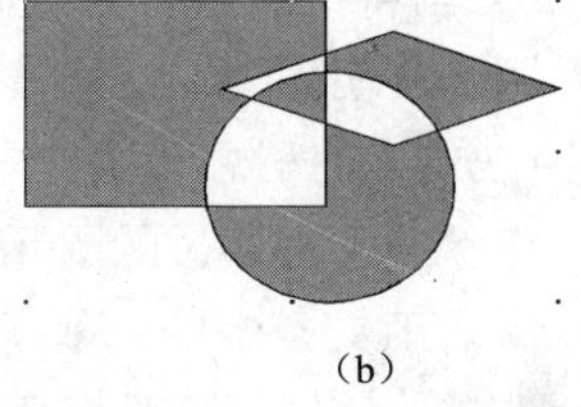

（b）

图 4-119　图元合并块的效果

9. 平面透视

飞腾中的“平面透视”功能可以对文字（要先转成曲线）及图形实现一种平面透视的美术效果。即让图形或文字看起来有一种由近及远的感觉，如图 4-120 所示。平面透视的可操作对象包括：任意的图元块、转换成曲线的文字块、只包含图元块的成组块。

青岛科技大学　青岛科技大学

图 4-120　平面透视变换示意图

在飞腾中实现“平面透视”功能的菜单有：“美工”菜单中的“平面透视”中的“编辑透视（E）”、“清除透视（D）”、“作用透视（T）”子菜单项；“编辑”菜单中的“粘贴透视属性（Q）”菜单项，如图 4-121 所示。

当对对象进行平面透视的操作时，版面中的对象周围会出现透视外包框，同时鼠标变为形状，当将鼠标放到透视外包框的把柄点上，鼠标会变为形状。在对透视对象进行透视编辑时要使用的外包控制框，每个透视外包框包含四个控制把柄点，拖动控制把柄，即可改变透视效果，如图 4-122 所示。

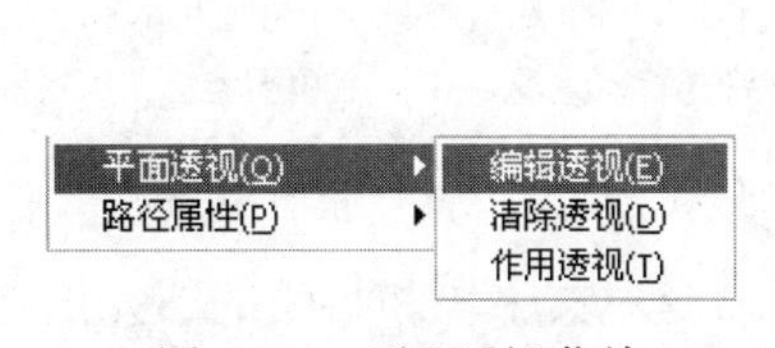

图 4-121　平面透视菜单

图 4-122　透视外包示意图

（1）编辑透视。

即对图元、文字或成组的块实现平面透视效果的过程，具体操作步骤如下：

1）选择工具条中的选取工具，选中可操作对象。

2）选择“编辑透视”，如果当前被选中的块是成组块而且块中已经有透视过的块时，则出现一个对话框，如图 4-123 所示。

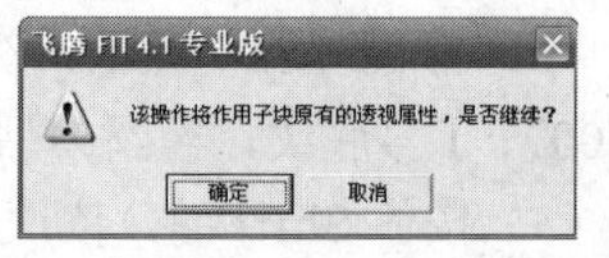

图 4-123　成组块透视变换的提示对话框

3）当选择确定按钮或选择的对象是其他的可操作对象，在当前选择块的周围生成一个透视外包框，此时只能选择透视外包框的四个控制把柄点中的某一个，选择其他地方都不起作用。

4）当光标挪动到某个控制把柄点时，就变成编辑透视的光标，按住鼠标左键，就可以拖移把柄点移动，同时与该把柄点相连的两根边不停刷新重画；

5）当将把柄点拖动到适当的位置时，松开鼠标左键，则对块中的每一个节点进行重新计算并刷新，实现平面透视效果。

（2）清除透视。

删除透视变换过的图元、文字或成组的块的透视效果。具体操作步骤如下：

激活工具条中的选取工具，选择进行过透视变换的对象，单击“清除透视”菜单项，则当前选择的块恢复到没有透视变换之前的状态。

清除块的透视属性，对块的旋转、倾斜、拉压等参数没有影响。

（3）作用透视。

将块的透视属性作用到块上（用形状相同的多边形或贝塞尔曲线来代替当前透视过的块），具体操作步骤如下：

选择某个进行过透视变换的块；再选择“作用透视”菜单项，则会将矩形、菱形转换成多边形，而将圆角矩形、椭圆等转换成曲线。透视块的透视属性将删除。

（4）复制透视。

将一个已经设置了平面透视属性的对象的透视属性复制到另一个块中。操作方法是：选中已经设置了平面透视属性的对象，单击“编辑”菜单中的“复制”选项；再选中另一个对象，单击“编辑”菜单中的“粘贴透视属性”选项。

如果当前被选中的复制对象是成组块，而且块中有已经透视过的子块，则出现一个提示框（如图 4-113 所示），询问是否真的要将该成组块进行透视变换。

直线的透视属性只能复制到直线上，不能复制到其他对象上，而其他对象的透视属性可以复制到直线上。

当块处在透视变换的状态，拖动把柄点移动时，透视外包框中不允许出现某个角大于或等于 180° 的情况，即透视外包框必须是凸多边形；当拖动把柄点使某个角等于或大于 180° 时，将光标点重置到上一个位置点。

10. 路径属性

飞腾系统可以通过选择“美工”菜单下的“路径属性”命令对文字块和封闭的图元设置不同的路径属性，如图 4-124 所示的下拉菜单，对具有不同属性的图元可以做其他不同的操作，生成图元的默认路径属性为“正常”。

（1）正常。

“正常”是指对象本身默认的路径属性，生成图元的默认路径属性为“正常”。又如：文字块的“正常”路径属性就是排版区域。对曾经变更过路径属性的对象可重新选中“正常”命令来使其恢复默认的状态记。

（2）排版区域。

飞腾可以把图元对象设置为排版区域，定义为排版区域后的图元变成空的文字块，可以实现灌文等一系列文字排版区域的操作，排版属性设置的具体操作方法如下：

1）绘制任意闭合图元，并选中该图元。

2）单击“美工”菜单的“路径属性”下拉菜单中的“排版区域”命令，这时的图元变为一特殊文字块，在此图元内能进行直接输入文字、灌入文字等文字块操作。

3）调整图元的大小，可以看见其中的文字自动调整以适应新的排版区域。

（3）设置排版区域内空。

图元特殊排版区版面边空的设置操作方法如下：

1）激活工具箱中的选取工具，单击准备设置边空的图元排版区，如图 4-125 所示。

路径属性(P)
裁剪路径(C)
排版区域(P)
✔ 正常(N)
带边框(B)
排版区域内空(I)...

图 4-124 “美工”菜单下的对象路径属性设置菜单

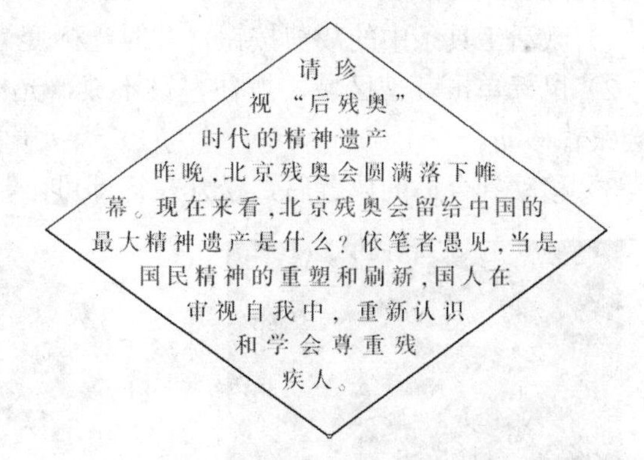

图 4-125　菱形图元排版区

2）单击“美工”菜单中“路径属性”下的“排版区域内空”，弹出“区域内空”对话框，如图 4-126 所示。在“区域内空”对应的编辑框中输入数值 1，即该排版区域的文字和矩形的边线距离为 1 个版心字大小。

3）单击“确定”按钮，该图元排版区的边空为 1 个版心字大小，如图 4-127 所示。

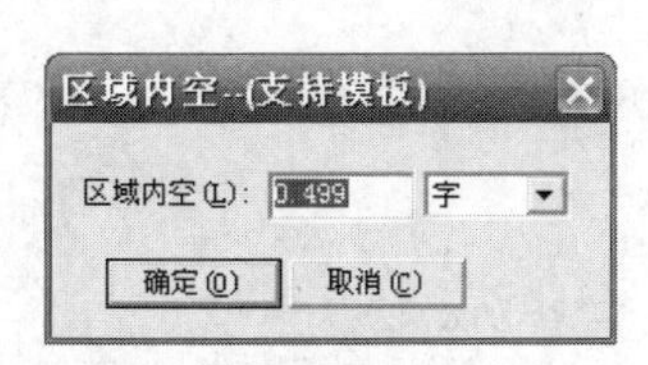

图 4-126　图元排版区边空的设置

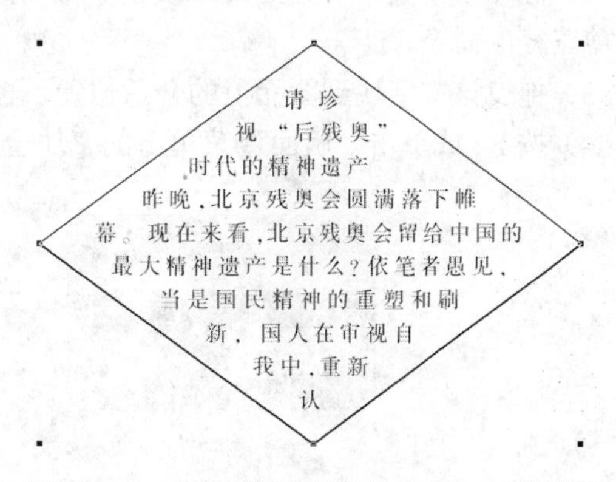

图 4-127　对图元排版区设置边空为 1 后的效果

11. 裁剪路径

利用封闭的图元块或文字块，对图像或图元有用的一部分进行裁剪。操作时，激活工具条中的选取工具，选中要定义为裁剪路径的封闭图元或者文字块，然后单击“美工”菜单中“路径属性”下的“裁剪路径”命令选项，把要裁剪的图像和已定义为裁剪路径的对象重叠放置。然后单击“版面”菜单的“块合并”即可。另外，飞腾中对封闭图元，可以直接将图像排入其中而不用设“裁剪路径”。

（1）封闭的图元可以作为裁剪路径，裁剪其他块，以达到设计的需要。

具体操作步骤如下：

1）选中要定义为裁剪路径的封闭图元或者文字块，如椭圆。

2）单击“版面”菜单中“路径属性”下的“裁剪路径”命令。

3）将要裁剪的图像和已定义为裁剪路径的对象重叠放置。

4）同时选中上述两个对象，然后选择“版面”菜单中“块合并”命令或按快捷键 F4，版面上所选中的块则被该图元裁剪，如图 4-128 和图 4-129 所示。

（2）对裁剪好的块，飞腾系统还提供了调整裁剪效果的工具。

具体操作步骤如下：

1）激活工具条中的裁剪按钮，此时光标变为按钮上对应的形状。

2）鼠标单击裁剪区域，按住左键不放，光标为手掌形如图 4-130 所示。拖曳鼠标，图像也会跟着移动。

3）移动到合适的位置后，松开左键即可。

图 4-128　裁剪前的图元和图像

图 4-129　裁剪后的图元和图像

图 4-130　调整裁剪效果，此时光标为手掌形

（3）具有裁剪属性的文字块对加底纹的图元进行裁剪。

具体操作步骤如下：

1）绘制一个图元并给图元加上底纹。

2）制作一个文字块并给文字块设置裁剪路径属性，单击“版面”菜单中“路径属性”中“裁剪路径”命令。

3）拖曳该文字块到图元上的合适位置，再同时选中图元和文字块。

4）按 F4 或单击“版面”菜单下的“块合并”命令，即得到裁剪后的合并块，如图 4-131 所示。

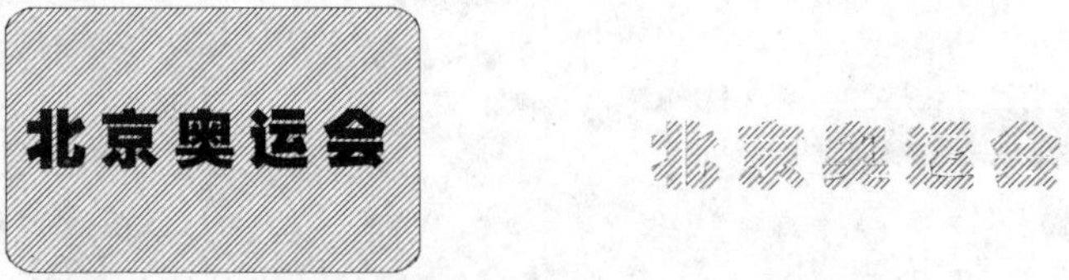

北京奥运会

（a）裁剪前的效果

北京奥运会

（b）裁剪后的效果

图 4-131　用文字块裁剪加底纹的圆角矩形效果

4.5 期刊杂志设计集萃

图 4-132　突出标题，首字母放大处理

图 4-133　白色的纸张、蓝色调的图片，整个版面干净利落

图 4-134　左边的图片与右边的底色保持版面平衡，标题与正文在字号上形成鲜明对比

图 4-135　图片顶天立地，横贯左右，极有说服力

图 4-136　巨大的标题已经说明问题

图 4-137　利用照片的排列形成不同宽度的线条

图 4-138　传统而严谨的版式设计

图 4-139　图文并茂，标题、图片层次感极强

图 4-140　通栏的照片，渴望的眼神，已经说明问题

4.6 本章练习

（1）了解期刊杂志版面的特点及主要的排版要素。

（2）根据光盘提供图像，使用 Photoshop 完成一个图像的处理过程（光盘“关于图片处理的几点说明”文件夹中提供了原图像及具体的处理方法）。

（3）制作题。

题目：期刊的目录。

完成稿：期刊的目录完成稿如图 4-141 所示。

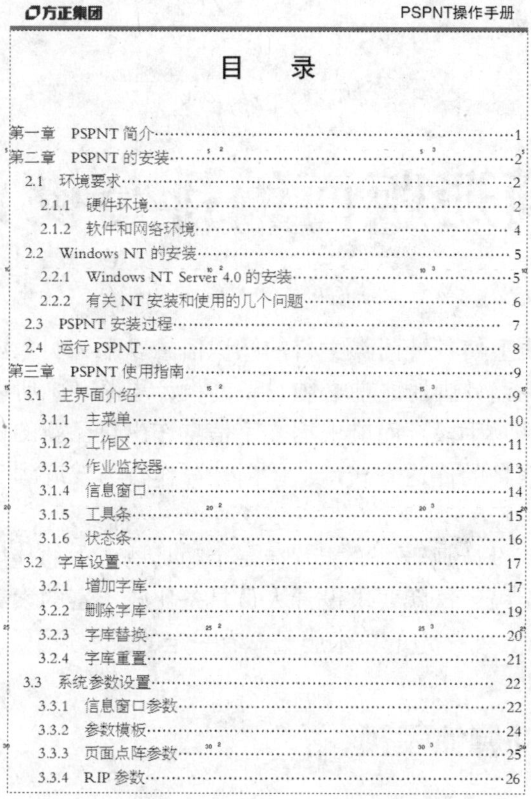

方正集团　　PSPNT操作手册

目　录

第一章　PSPNT 简介……1
第二章　PSPNT 的安装……2
2.1　环境要求……2
2.1.1　硬件环境……2
2.1.2　软件和网络环境……4
2.2　Windows NT 的安装……5
2.2.1　Windows NT Server 4.0 的安装……5
2.2.2　有关 NT 安装和使用的几个问题……6
2.3　PSPNT 安装过程……7
2.4　运行 PSPNT……8
第三章　PSPNT 使用指南……9
3.1　主界面介绍……9
3.1.1　主菜单……10
3.1.2　工作区……11
3.1.3　作业监控器……13
3.1.4　信息窗口……14
3.1.5　工具条……15
3.1.6　状态条……16
3.2　字库设置……17
3.2.1　增加字库……17
3.2.2　删除字库……19
3.2.3　字库替换……20
3.2.4　字库重置……21
3.3　系统参数设置……22
3.3.1　信息窗口参数……22
3.3.2　参数模板……24
3.3.3　页面点阵参数……25
3.3.4　RIP 参数……26

图 4-141　期刊的目录完成稿

第 5 章

画册版面编排与设计

画册的设计，其本质上使各种门类学科的知识信息以某种引人注目、便于接受的形态展示给读者，这是设计者在设计画册之前必须具备的设计思路。画册设计者应不满足只运用文字符号作为传达媒介的唯一手段，而应根据文字信息作出自己新的认识和解释，并尽可能以形象思维，以及用视觉信息的传达方式，从单向性写作行为发展到多方性传播的方向发展来满足读者的需求。

一本具有特色的版面设计画册，恰能营造一个颇具诱惑力的佳境，使读者于不知不觉之中遍览全书，愉悦满足至极。这就要求设计人员具备比较丰富的素养，有比较敏锐的审美观点，有创造性的思维方式，有一定的艺术胆量，有一定的技术知识。

5.1 画册特点的具体表现

1. 图片信息的主体化

在多数画册中，文字部分无论是从信息量上还是从体量上都会相应弱化。图片有时更会充斥着整个页面或大部分面积。因此通过一定的形式法则合理地安排图片则显得至关重要，如图 5-1 所示。

图 5-1　风格迥异的两幅作品中，文字已经不是主要内容，只是作为整版图片信息的点缀与提示

2. 文字的可图形化

将文字图形化处理，一方面是为使图片与文字的相互关系更为生动呼应，另一方面也是为了打破图片衬底、文字压上的惯常模式所引起的视觉疲劳。文字图形化有两个层面：第一层面，是对段落文字轮廓的形态处理；第二层面，对文字本身形态的处理，如图 5-2 所示。

3. 无版心设计

在对大多数画册进行版面编排时，可以完全不受版心的限制，这种无区域限制所带来的视觉感受，虽不够严谨，但往往更加大气。再加上局部文字编排的讲究，一放一收，一正一反，会产生很好的视觉感受，如图 5-3 所示。

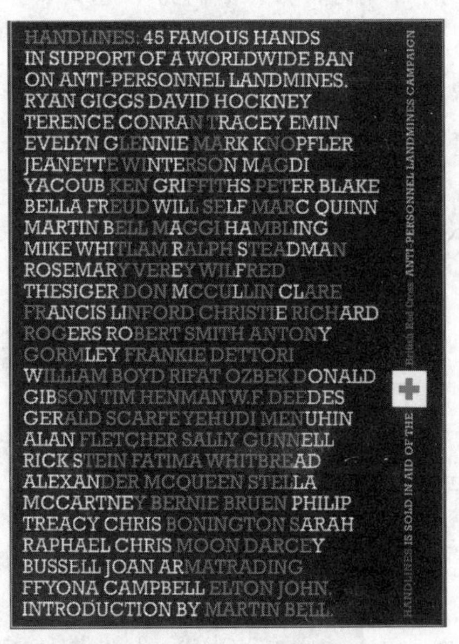

图 5-2　将段落文本以图形的形式排列组成新的图案，打破常规编排形式，既突出主题，又不落俗套

图 5-3　看似通栏的设计，正文文字整齐排列，似乎在强调版心，而图片与标题的出血又暗示读者，强调黑白照片的重要性。整幅画面构图具有强烈的表现力与冲击力

5.2 画册版式设计的思路

画册版式的设计者，应该紧紧围绕画册内容这一实际功能的需要，运用形式美的法则，进行版式设计的操作。实用与审美并重，构思、设计出无穷无尽的版面变化，使图面生动活

泼，多姿多彩。

1. 主题形象强化

在进行版式设计构思时，突出、强化主题形象的措施是，多角度地展示这一主题。如封面、封底、前后环衬、目录、译序、题词、护封都要有主题形象出现，每个形象应该有不同的变化。从变化中求得统一，进一步深化主题形象，如图 5-4 所示。

2. 版块合理分割

为书籍、折页、杂志、画册、报纸作设计时往往会有一些相同的元素：正文的布局、为插图和照片留出的空间、标题、页码、边注等，为了成功安排这些元素，必须将版面合理分割，布局合理，标题与文字的版块左右呼应，高低顾盼，文图分布疏密有致，使之变化，如图 5-5 所示。

图 5-4　该画册从封面、封底、目录、都要有主题形象出现，每形象都有不同的变化

图 5-5　这些细线将版面划分为不同功能的区域，分布合理，主次关系明确

3. 订口为轴对称

将书展开后左边与右边两面，作为一个整体画面考虑，通常称作“通栏设计”。据此设计版式，常会有一种大气魄的整体感，对视觉会带来新鲜的刺激。以订口为轴的对称版式，外分内合，张敛有致，或造成版面、开本的扩张，或加强向心力的聚敛，有衡稳之效，如图 5-6 所示。

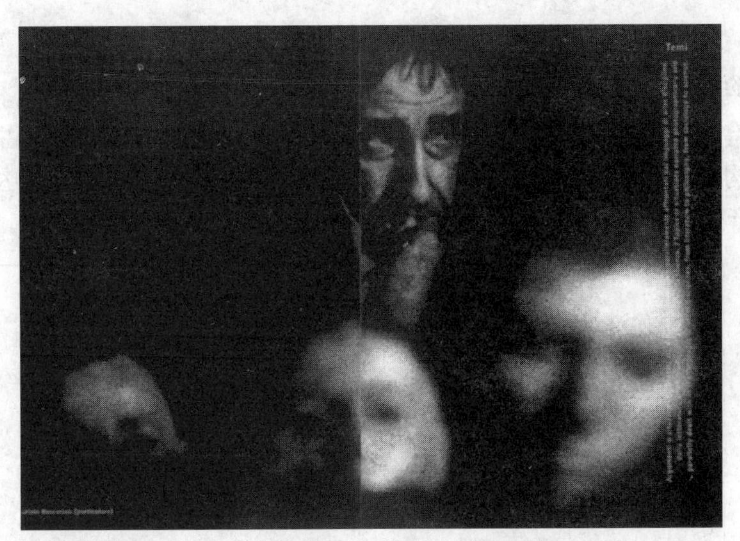

图 5-6　通栏设计中蕴含着对称与不对称，利用视觉反差，造成强烈的视觉效果

4. 书眉、页码交叉倒错

书眉、页码是版式设计中不可忽视的两个元素，合理的使用该元素，对于画面的生动活泼起着至关重要的作用。根据人的视线一般从幅面左下方朝右上移动的规律，双码书眉排在地脚，单码书眉排在天头，一天一地，或左右交错，或全书书眉页码间隔倒错，耐人寻味。上下左右间隔交错的这种形式，打破常规的绝对对称之均衡，在形式上呈现令人惊讶的新意，有独特的审美价值，如图 5-7 所示。

图 5-7　该画册从书眉的图案化到书眉的水平、垂直倒置等形式上表现得淋漓尽致

5. 大胆留出空白

版面空白是使版面注入生机的一种有效手段。大胆地留出大片空白，是现代书籍版式设计意识的体现。恰当、合理地留出空白，能传达出设计者高雅的审美趣味，打破死板呆滞的常规惯例，使版面通透、开朗、跳跃、清新，给读者在视觉上造成轻快、愉悦的刺激。当然，大片空白不可乱用，一旦空白，必须有呼应，有过渡，以免为形式而形式，造成版面空泛，

如图 5-8 所示。

6. 图案化的书眉

书眉除具有方便检索查阅的功能外，还具有装饰的作用。一般书眉只占一行，并且只是由横线及文字构成。而用图案作书眉，虽十分夸张，却仍然得体，使被表达对象的特征更加鲜明、突出，产生一种令人惊奇叫绝的美感，如图 5-7 所示。

图 5-8　大胆地留出大片空白，画面耐人寻味

5.3 画册版面编排实例

画册版面编排与期刊杂志的版面编排基本上相同，只是在编辑内容上，画册中的图片要比期刊杂志多一些。通常情况下，画册版面主要包括封面、版权页、目录和内页，其中画册封面的版面编排方法与书籍或期刊杂志的版面编排方法在操作上基本相同，画册内页主要由版权页、目录和以图片为主的版面组成。本书将以画册封面、版权页、目录和一个内页的简单制作过程为例，介绍一下有关画册版面编排的基本操作方法，具体操作步骤如下：

（1）与其他种类的对象制作方法一样，画册的排版过程首先是准备画册排版中所需要的相关图文数据文件，并将图像文件和文字文本文件保存到使用飞腾软件的本地计算机中，以供排版时调用。

（2）打开飞腾软件，建立一个版心文件。在建立版心文件时，应该根据画册排版的版面要求，设置好版心大小，可以以文字排版时的主字号为单位确定画册的版心大小，也可直接以厘米或毫米为单位确定画册的版心大小，但应该设置版心中的主字体号、行距等排版属性，在此以一个大 32 开幅面的画册版心为例，介绍如何在该排版区域对画册版面进行编排，如图 5-9 所示。

（3）画册版面编排主要包括封面、版权页、目录和内页的排版。在这里首先从画册封面的编排开始，介绍如何进行画册版面的编排。

（4）在如图 5-10 所示的画册封面版面中，包括一个经过淡化处理的封面底图、画册书脊

（如果画册比较薄，使用骑马钉装订，则不需要制作书脊）、刊名、出版日期、画册注册码、主要内容的标题和左边的一个专栏。

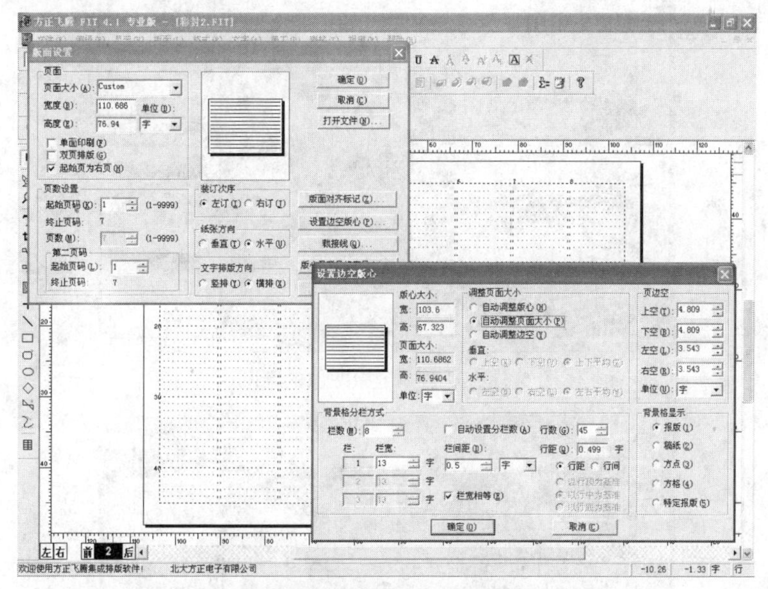

图 5-9　画册版心大小的设置

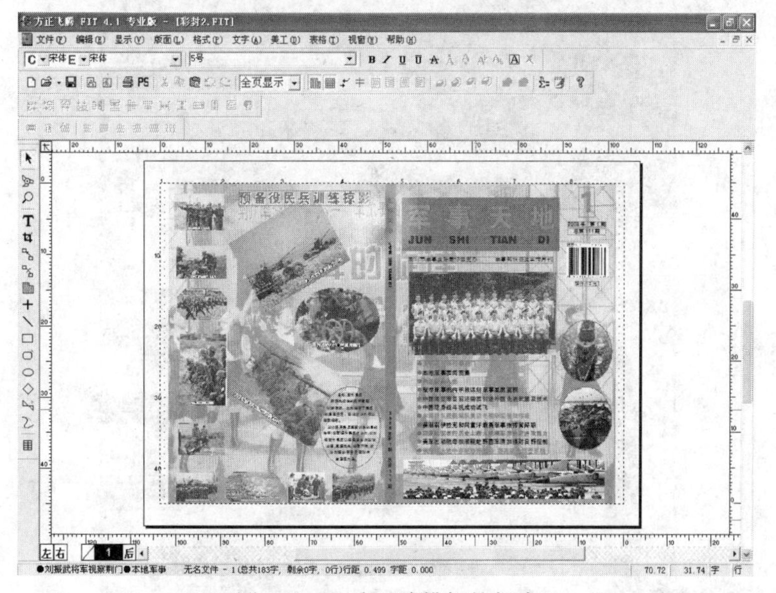

图 5-10　一个已编排好的版式

（5）由于画册中主要突出的是排入的图像和文字，因此，在准备用于画册排版中的底衬图像时，底衬图像应该淡一点。调整底衬图像的操作过程，可以在 Photoshop 软件中完成。使用 Photoshop 打开图像文件，单击“图层”菜单中使用“复制图层”命令，此时打开的图像就由两个图层组成，如图 5-11 所示；删除背景层原图像，保留新建的图层图像，如图 5-12 所示；此时，在保留的新图层图像的“图层”面板中，将显示出“不透明度”和“填充（fill）”两个选项，将“填充（fill）”选项的值由 100% 改为 40%，然后“拼合图层”，即可将原图像的色彩减淡，如图 5-13 所示。

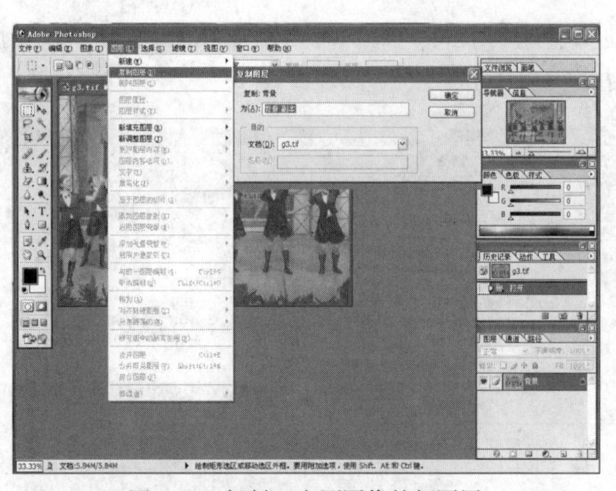

图 5-11　复制一个原图像的新图层

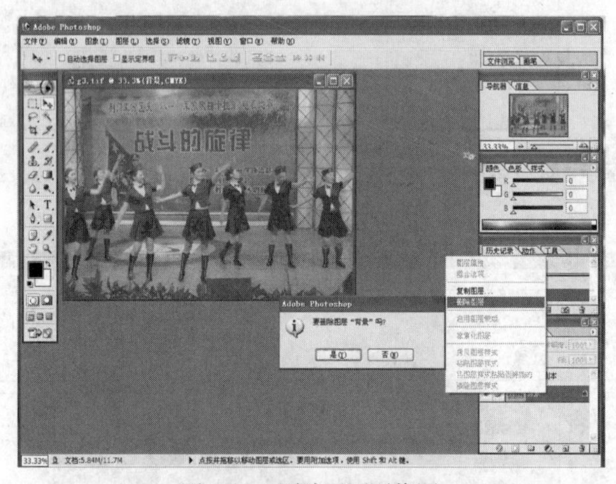

图 5-12　删除了原图像图

图 5-13　将原图像的色彩减淡

（6）在封面版心中排入底衬图像，然后将底衬图像大小调整至与封面排版尺寸大小一致（实际应该比画册成品版面稍大一点）；效果如图 5-14 所示；将调整好大小的底衬图像置于版面的最底一层，其操作方法如图 5-15 所示。

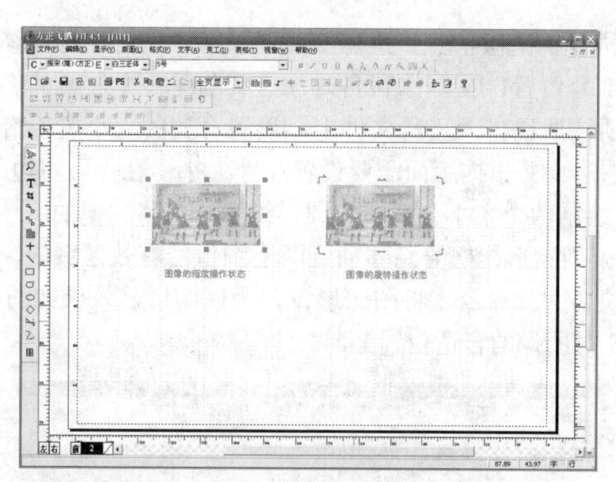

图 5-14 图像的缩放和旋转操作状态

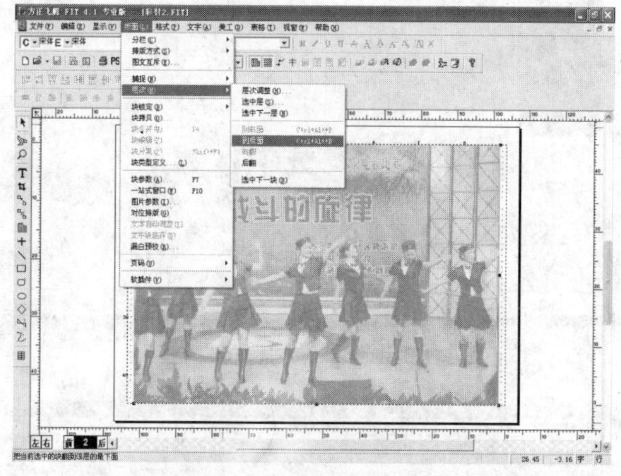

图 5-15 将底衬图像置于版面的最底一层

（7）制作画册的书脊：书脊应置于底衬图像的最中间位置，其高度要与底衬图像的高度一致（其具体操作方法可参阅书籍的书脊制作过程），单击“左右对齐工具”和“上下对齐工具”按钮，将书脊置于底衬图像的最中间位置，可以将底衬图像和书脊合并为一个整块，为了防止在后面的操作中，移动这个整块，如图 5-16 所示对其进行锁定操作。

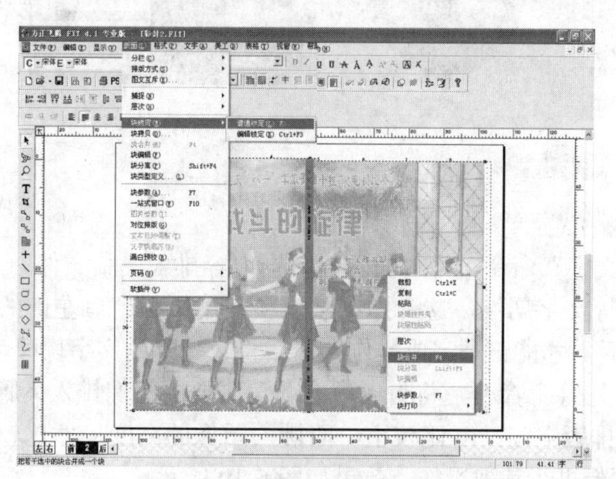

图 5-16 已锁定的底衬图像和书脊

（8）输入刊名及拼音、出版信息、出版日期等文字内容，并设置其字体、字号和颜色，移动至书脊右边的上部分位置；在制作刊名时，为其制作一个红色的底纹块即可；单击“排入图像”按钮，将画册注册码排入飞腾文件中，设置合适的大小置于恰当的位置；将三个图像文件排入画册封面右边，并根据版面需要设置尺寸大小；在排最右边的两个椭圆形图像时，激活“椭圆形工具”，绘制两个大小合适的椭圆形线框，并将线框的属性设置为“裁剪路径”，如图 5-17 所示；将两个椭圆形线框分别移动到两上图像的有效区域内，同时选中一个图像及椭圆形线框并单击“块合并”命令，将图像形设置为椭圆形，效果如图 5-18 所示，然后将两上椭圆形图像移动到底衬图像的合适位置上。

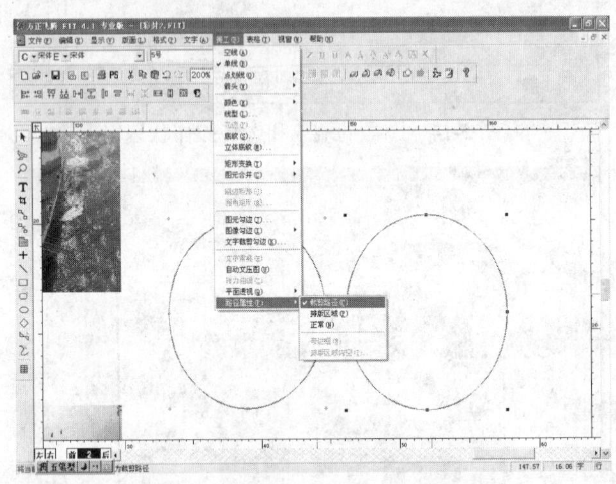

图 5-17 设置“裁剪路径”属性

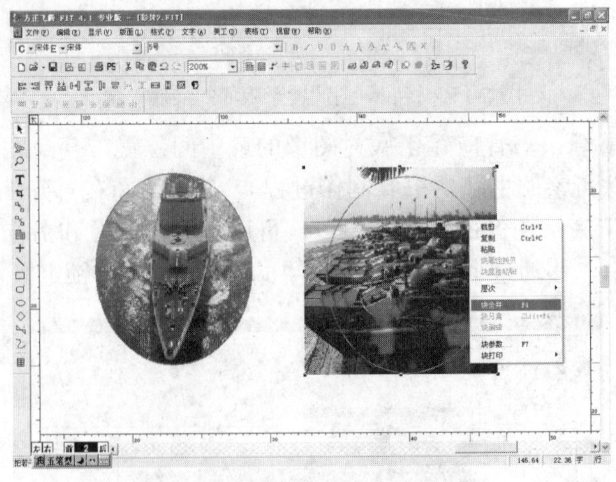

图 5-18 将图像形状设置为椭圆形

（9）单击“排入文字”命令，将封面中的文本内容排入飞腾文件中，并设置文字的字体、字号、颜色以及行距等文字属性，这一操作必须在使用飞腾窗口左侧的工具栏中选“文字工具”选中相应的文字后，才能正常完成操作；最后将设置好的文字块移动到相应的位置即可。

（10）使用“排入图像”命令，将封面中右下角需要的图像排入飞腾文件中，由于前面的排版完成后，剩下的排版空间高度比较小，而排入图像的高度尺寸比较大，因此，激活“裁剪工具”，对排入的图像进行裁剪操作，效果如图 5-19 所示。

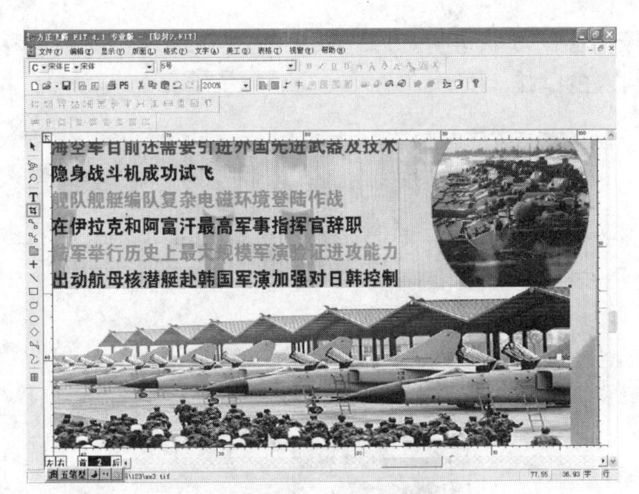

图 5-19　裁剪图像

（11）封底的编排内容是一组专栏的图像和一些文字说明，可以一次性排入所有需要的图像，并设置好图像的尺寸大小；然后输入所有的文字，并设置文字的字体、字号、颜色等文字属性；将各个图像的说明文字置于对应图像的下面位置，将其设置于图像的上一层，文字设置为勾白边，其操作方法如图 5-20 所示；然后，同时选中图像及说明文字，单击“块合并”命令，使之成为一个整体，并移动这些图像块至版面中合适的位置。

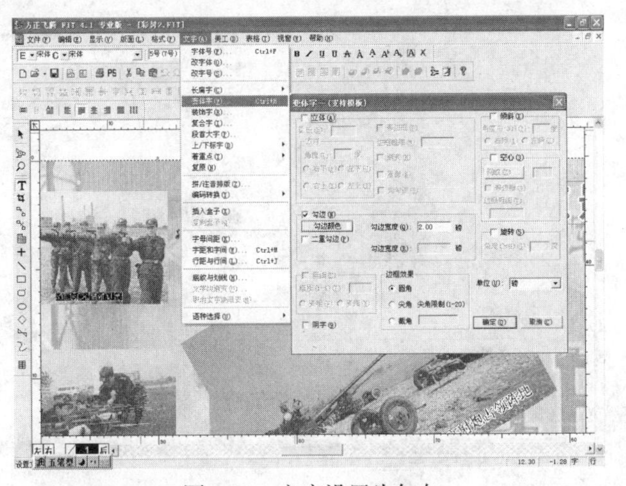

图 5-20　文字设置为勾白

激活“旋转与变倍”工具选，双击鼠标左键，使图像变为旋转操作状态，如图 5-21 所示；在飞腾窗口的底部显示出了旋转的角度数，便于精确控制的图像旋转的角度，操作时图像中的文字也同时进行旋转，效果如图 5-22 所示。

对于版面中出现的多边形图像，单击“多边形工具”绘制一个多边形框，在绘制过程中可以依据图像作为参考依据，在图像上进行操作，并将画出的多边形框设置为“裁剪路径”属性，如图 5-23 所示；然后同时选取多边形框和图像，单击“块合并”命令，即可将图像设置为多边形，其框线设置为空线即可。

版面中的椭圆形图像采用同样方法进行制作即可，在制作椭圆形文字块时，单击“椭圆形工具”绘制椭圆形框，选中椭圆形框，单击“美工”菜单中的“路径属性”命令，将其设置为“排版路径”属性，如图 5-24 所示；然后单击“文字选取工具”将文字拷贝至椭圆形框中，文字则自动按照椭圆形状进行排版，效果如图 5-25 所示。最后移动和调整图像及文字的位置，完成画册封底的编排。

图 5-21　图像的旋转操作状态

图 5-22　精确旋转图像

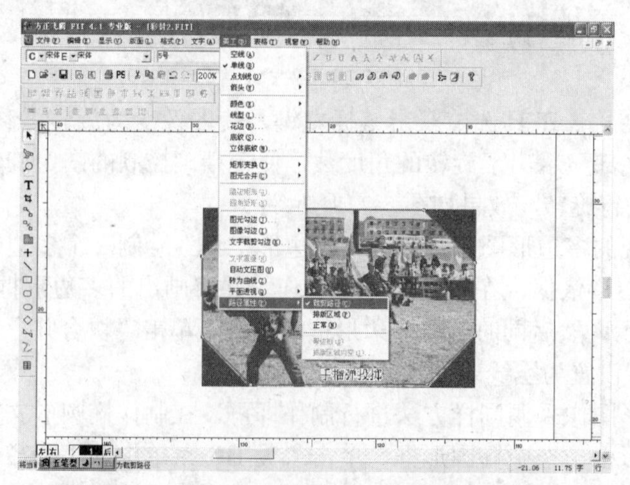

图 5-23　将多边形框设置为“裁剪路径”属性

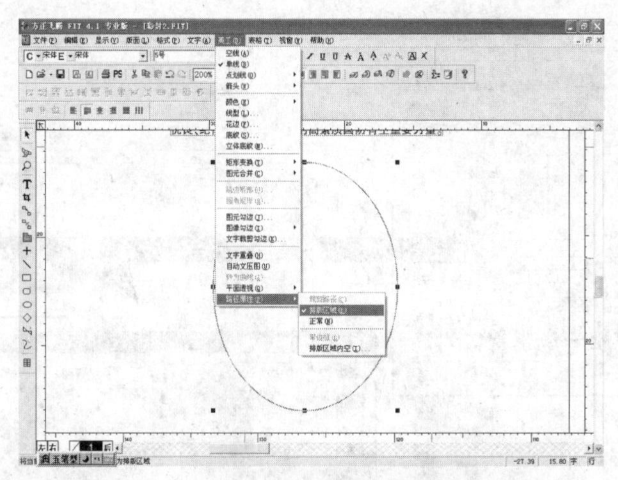

图 5-24　将个椭圆形框设置为“排版路径”属性

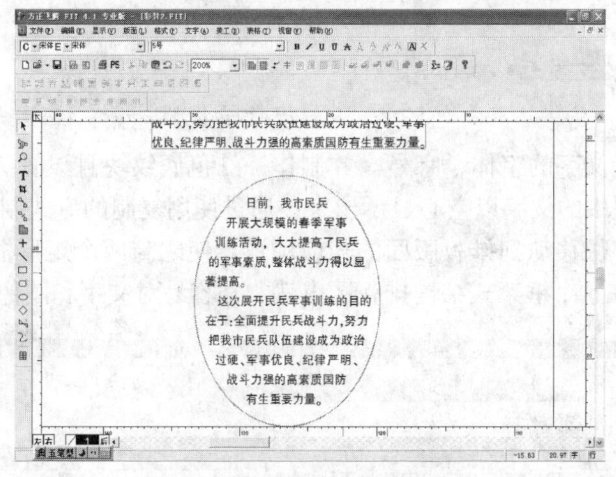

图 5-25　椭圆形状文字排版效果

（12）对于如图 5-26 所示的画册版权页和目录的编排，可以采用框架式编排方式进行操作。首先激活“矩形工具”，绘制两个矩形框，如图 5-27 所示，按设计要求设置矩形框的大小、粗细和颜色，分别置于排版页面左、右两边。

图 5-26　已制作好的画册版权页和目录

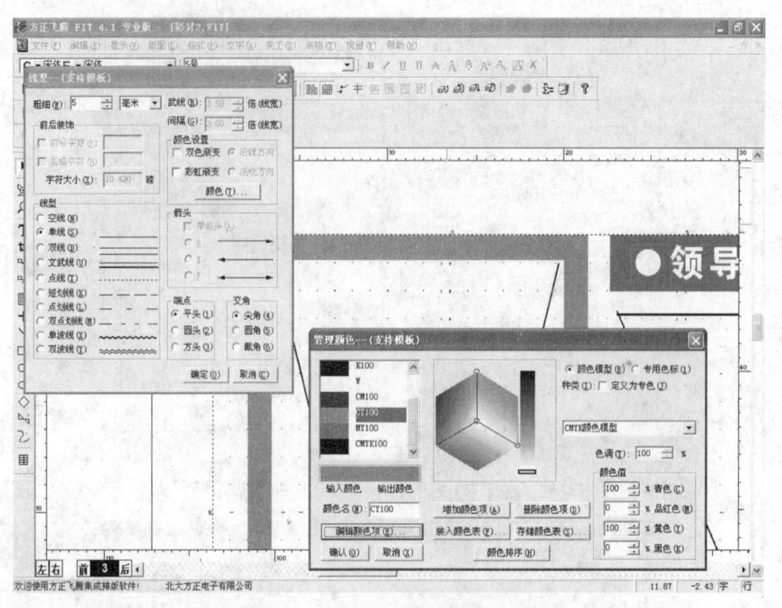

图 5-27　设置矩形框的属性

输入文字，设置文字的字体、字号，并制作一红色底纹块且设置为“取反”属性，如图 5-28 所示便于底纹块中的文字以空心显示出来；通过使用复制的方式制作相同的底纹文字块，将制作的四底纹文字块移动到排版版面的相应位置，使之与两个矩形框形成框架式结构，效果如图 5-29 所示，在这个框架式结构排版区内就非常容易对文字和图像进行排版。

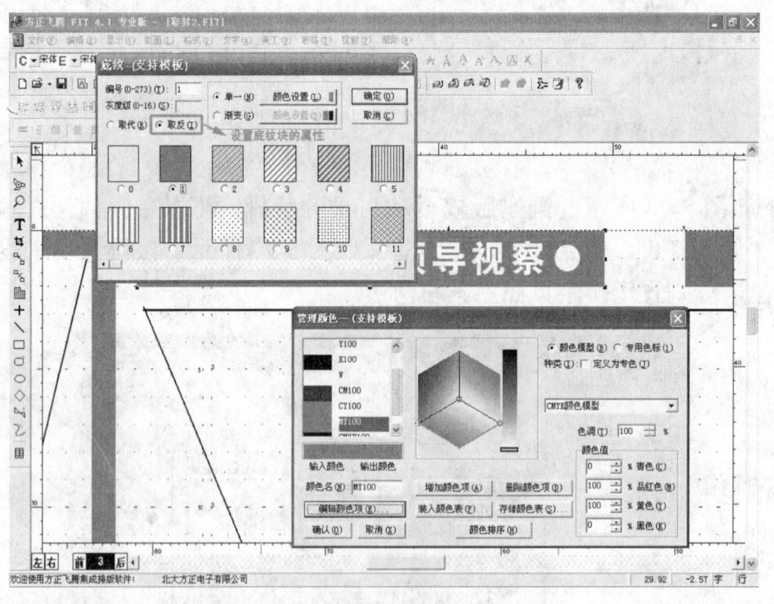

图 5-28　设置底纹块的颜色及属性

（13）在排版区域左边的绿色矩形框中，排入画册的版权文字信息，在操作时为了操作方便可以分成若干个小块进行操作，画册的刊名可以通过使用复制封面中的刊名进行制作，调整整个刊名的大小即可；在排版区域右边的绿色矩形框中，排入画册的目录文字信息，在操作过程中，单独设置目录中栏目文字的字体、字号及颜色，在标题后面输入的页数应该对齐，效果如图 5-30 所示。在版权页和目录页的剩余排版区域内，单击“排入图像”命令，将各个专栏中的图像排入飞腾文件中，调整图像的大小尺寸，使用前面介绍的与“多边形工具”结合使用的方法，制作出多边形图像；输入图像的说明文字，按要求设置好文字的字体、字号，并根据版面排版要求确定文字是否压在图像上，对于压在图像的文字，设置勾白边；最后对整个版面的图像和文字进行适当的调整，使之整齐、明了。

（14）制作画册的内页。内页的制作方法与书籍的制作方法基本相同，只是书籍中大量使用了文字，而画册中则需要大量排入图像。内页的制作，需要加入页眉和页码等信息，在进行内页编排前，可以和书籍的编排一样，将整个画册的所有页眉和页码制作出来，从而大大减轻操作的工作量。在如图 5-31 所示的内页制作中，首先可以制作页眉和页码，然后排入图像和输入文字，按照前面介绍的操作方法，完成编操作过程。内页中的其他版面制作，根据版面编排的要求不同，可以采用前面和相关章节中介绍的操作方法进行制作。在完成画册全部内页的制作后，就可以对排版页面发排输出校样，进行文字校正和版面调整，经过多次反复校正后，就可以输出最终的制版胶片或印版，完成整个画册的编排制作过程。

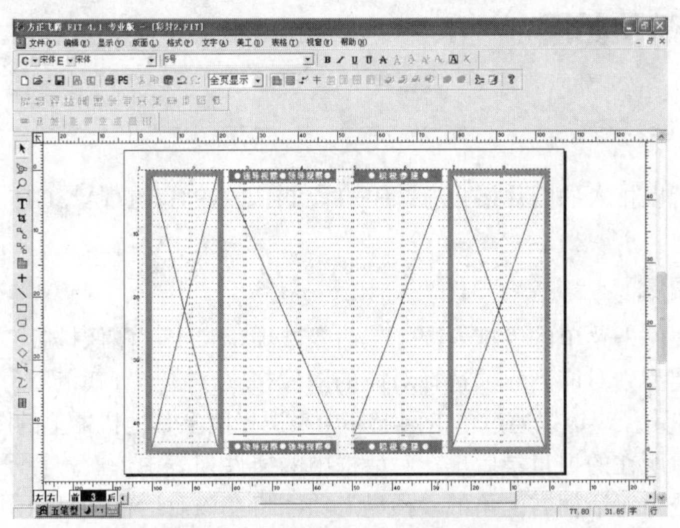

图 5-29　制作的框架式结构排版区

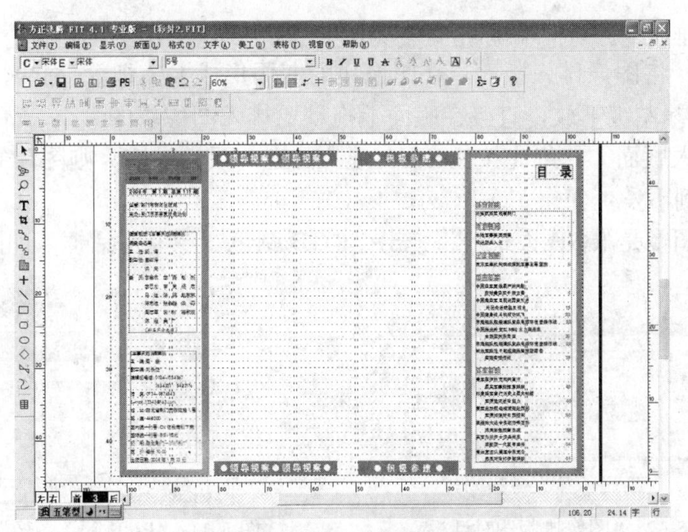

图 5-30　画册的版权和目录样式

图 5-31　已制作好的两个内页版面

5.4 基础知识拓展

5.4.1　图像的排版

飞腾系统中可以排入的图片格式有：BMP、TIF、GRH、TGA、GIF、PCX、JPG、PS、EPS、PIC。

1. 排入一个图像

（1）单击“文件”菜单的“排入图像”命令选项，弹出“图像排版”对话框，如图 5-32 所示。在“文件类型”对应列表项选择对应的图像格式，在“查找范围”项对应的下拉列表框中选择图像所在路径，可以通过单击网上邻居来选择网上其他机器上的图像。

（2）选中图像所在的根目录后，在对话框中的文件列表中依次选择子目录，直到找到所需图像文件，若选中对话框右上角的“预显”项，将在该对话框中显示图像，否则对应为空白。

（3）单击“排版”按钮，鼠标指针变为状态。单击版面的合适位置，则以该位置为图像的左上角位置，将图像排入版面，在图像块的四周形成 8 个把柄，此时排入的图像为原图大小；若按住鼠标左键不放，直接在版面上拖动要排入图像块的大小，释放鼠标左键后，图像按所画区域排入版面。如果先按住 Shift 键，再拖动鼠标左键，则图片的大小变化，但长、宽保持原图的比例不发生变化。

如果排入的图像是 RGB 模式，将弹出“RGB 颜色图像”对话框，如图 5-33 所示。单击“是”按钮即可。

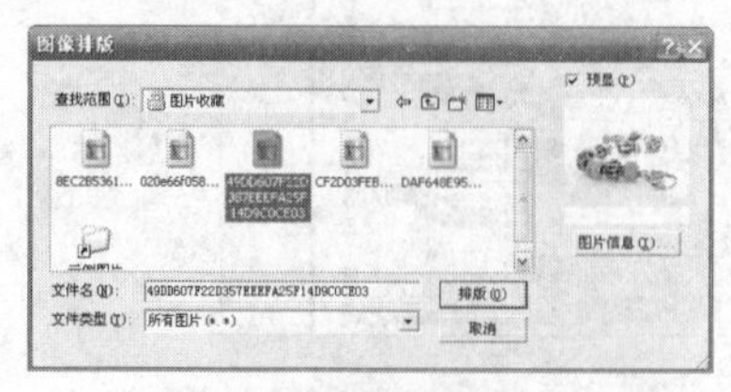

图 5-32　“图像排版”对话框

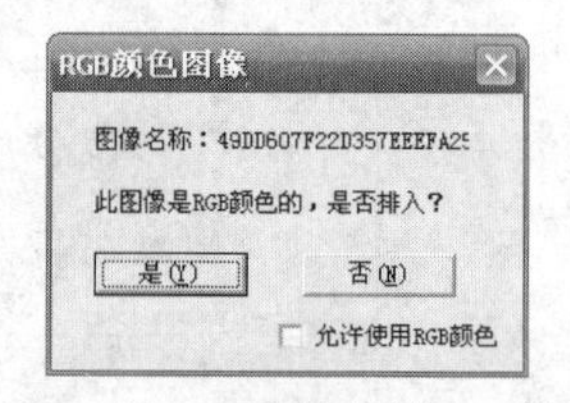

图 5-33　“RGB 颜色图像”对话框

2. 排入多个图像

在“图像排版”对话框中支持一次排入多个图像，即排入图像时，可以一次选中多个图像文件同时排入版面，但一次排入的多个图像会重叠在一起，需要将图像一个一个地移动到所需位置。按住 Ctrl 键的同时，单击图像的名字，即可完成同时选中多个图像，如图 5-34 和图 5-35 所示。

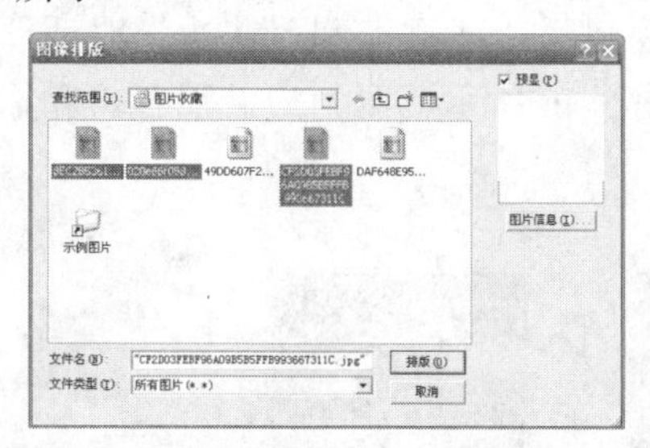

图 5-34 同时选多个图像的“图像排版”对话框

图 5-35 把多个图像排入文件中的效果

3. 图像显示精度

选中图片后，单击“显示”菜单中的“图像显示精度”命令，在弹出的子菜单中选择需要的显示精度，如图 5-36 所示。

（1）精细显示：以不高于 256K 的图像信息量来显示图片。

（2）一般显示：以不高于 64K 的图像信息量来显示图片。

（3）粗略显示：以不高于 16K 的图像信息量来显示图片。

（4）自定义：由用户输入定义来显示图片，单位为 KB，范围是 12 ～ 200。如果输入的数值为 100，则以不高于 100K 的信息量来显示图片。如图 5-37 所示为一个图片不同显示精度的对比效果。

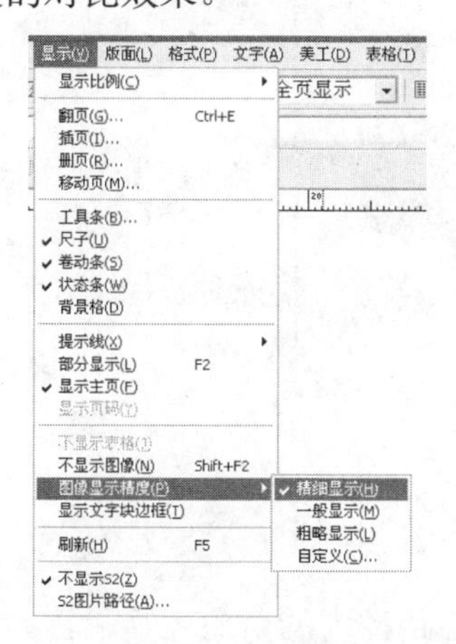

图 5-36 图片显示精度菜单命令

图 5-37 图片不同显示精度的对比效果

显示图片精度是可以随时改变的，在没有选中任何图像的情况下，如果改变了显示图片精度，则先前排入版面中的图片显示精度是不变的，只有后排入的图片显示精度才变成刚才定义的显示精度。

4. 图像的勾边

飞腾系统可以用折线勾出一个图像的轮廓线，并赋予其裁剪路径属性，对被勾边的图像可以通过拖拉勾边线来裁剪图像，可以随意地对图像做一些特殊效果。

（1）激活“选取工具”选中一图像；单击“美工”|“图像勾边”|“不裁图”菜单命令，将显示出该图的勾边线，通过拖动控制点可以改变图片的长宽比例，如图 5-38 所示。

（2）如果单击“美工”|“图像勾边”|“裁图”菜单命令，也将显示出该图的勾边线。双击勾边线上的一点，将在勾边线上增加节点，选中该节点，按住鼠标左键不放，拖动节点可任意调整勾边后图像的形状，如图 5-39 所示。在控制点上双击，可以删除控制点。

（3）对勾边后的图像，还可以使用“花边底纹窗口”、“线型”和“花边”对话框，改变边框线的线型、粗细，选用花边加在边框线上，如图 5-40 所示，图勾边后加花边和拖动勾边形成的效果。

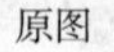

原图

勾边不裁图

图 5-38　图片勾边不裁图的效果

原图

勾边并裁图

调整勾边的形状

图 5-39　图片勾边并裁图裁图的效果

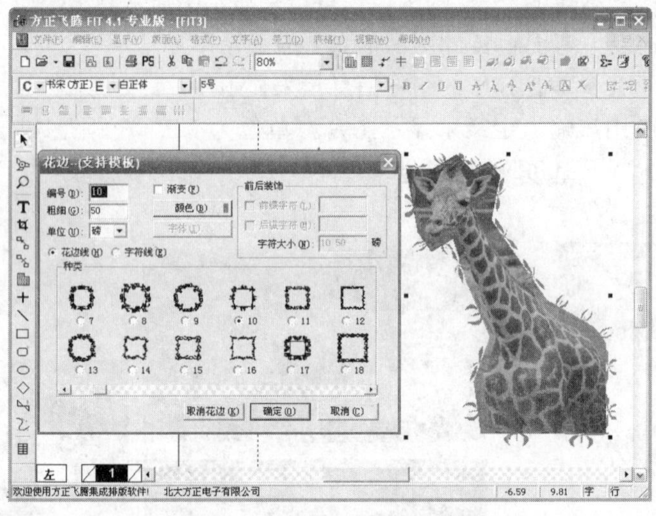

图 5-40　图片勾边加花边的效果

5. 裁剪图像

（1）利用裁剪路径。

裁剪路径是一条闭合路径，用于裁剪对象，只有在这个闭合路径内的对象才显示，其外面的部分将被裁剪掉，飞腾系统可以把封闭图元、文字块定义为裁剪路径，如图 5-41 和图 5-42 所示。

激活“选取工具”，选中要定义为裁剪路径的封闭图元（如贝塞尔封闭曲线）或者文字块，单击“美工”菜单中“路径属性”下的“裁剪路径”命令选项；拖动定义为裁剪路径的对象，与要被裁剪的图像重合。单击“版面”菜单的“块合并”命令，则被裁剪的对象只显示在裁剪路径中的那部分；激活工具条中的裁剪工具在裁剪路径中拖动，可选择出对象的最佳裁剪区域。

图 5-41　文字块裁剪图像

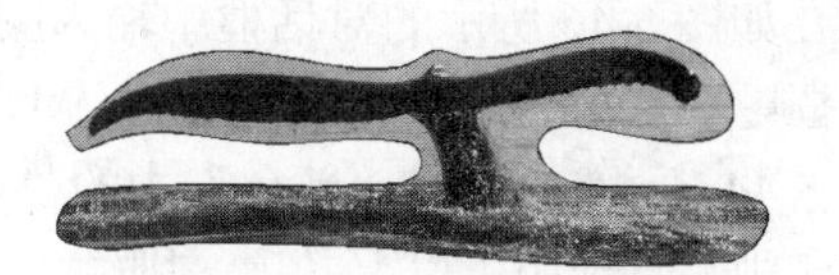

图 5-42　贝塞尔封闭曲线裁剪图像

对没有设裁剪路径的封闭图元，选择该图元后，直接排入图片，图片被裁剪。但是，文字块不具备此属性，即直接向没有设置裁剪路径属性的文字块中排入图像，图像不能被裁剪。

（2）使用裁剪工具。

使用裁剪工具，可以对图片进行最简单的裁剪，但只能在一个矩形区域中作裁剪。

激活工具条中的裁剪工具，鼠标变为裁剪状态 ⊄；单击要裁剪的图像，图像显示出把柄；将鼠标移到相应的把柄处，按下鼠标左键，鼠标变为↕形；拖动把柄，移动到合适位置，释放鼠标即可，如图 5-43 所示。如果在按下鼠标左键时，同时按下 Ctrl 键，拖动把柄可以把图像一边框拉到比图像大。

图 5-43　用裁剪工具裁剪的效果

（3）改变裁剪区域。

改变图像裁剪区域内显示的内容。首先激活工具箱中的裁剪工具，鼠标变为裁剪状态 ；将鼠标移到图片裁剪区域内，按住鼠标左键，鼠标变成✋形；拖动鼠标 ，裁剪区域内显示的内容随着移动；裁剪区域内显示出合适的内容后，释放鼠标。

5.4.2　颜色的编辑

1. 颜色窗口的编辑

单击“美工”菜单下“编辑颜色”中的“其他”命令（如图 5-44 所示）或是直接按 F6 键，将弹出如图 5-45 所示的“颜色”对话框，单击“编辑颜色项”按钮，将弹出一扩展的对话框，如图 5-46 所示。

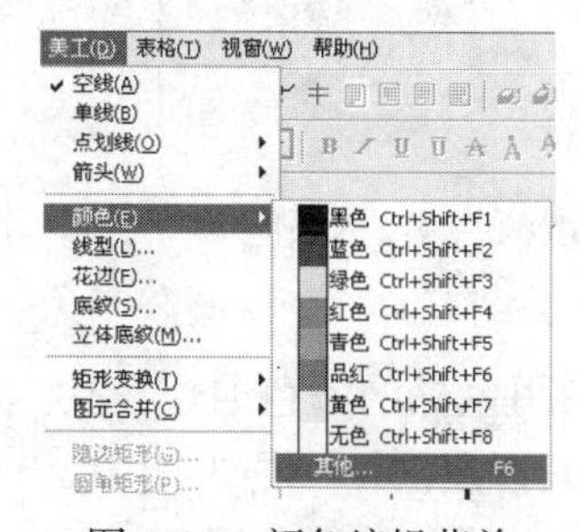

图 5-44　颜色编辑菜单

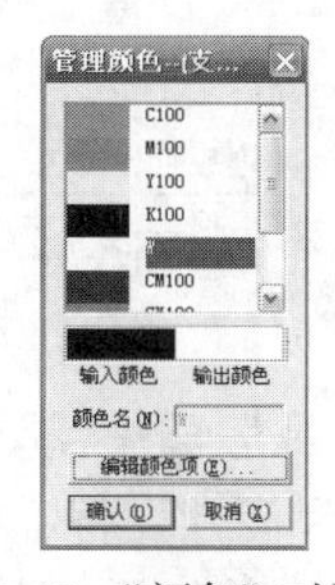

图 5-45　“颜色”对话框

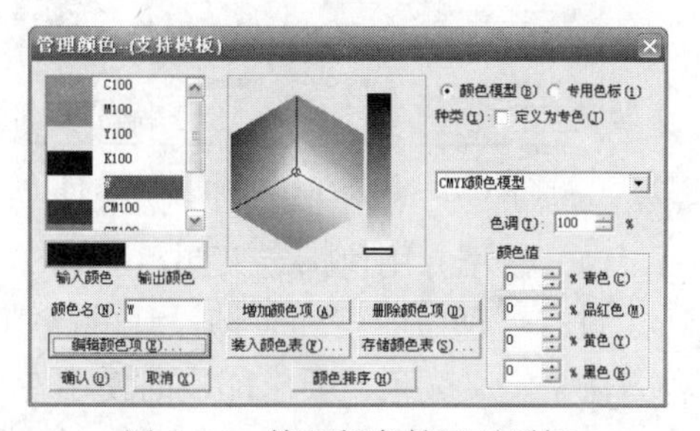

图 5-46　管理颜色扩展对话框

在如图 5-45 所示的对话框中，可以直接在“颜色名”编辑框中输入颜色的名称，来选择颜色。而在如图 5-46 所示的对话框中输入颜色名不起作用。最终起作用的颜色是在如图 5-46 所示对话框中右下角的“颜色值”中 C、M、Y、K 的返回值。

在图 5-44 中，“美工”|“颜色”中的“蓝色”、“绿色”、“红色”属于 RGB 颜色模型，如果是制作印刷品，选用了以上各项，则输出前，必须把它们转成 CMYK 颜色模型。

2. 颜色的编辑

（1）使用 CMYK 模型定义颜色。

如果飞腾排版的文件用于印刷，在排版时，通常使用 CMYK 模型定义颜色。

选中图 5-46 的“颜色”对话框中的“种类”对应列表中的“CMYK 颜色模型”；在 C、M、Y、K 各颜色分量编辑框中键入数值，或者利用箭头键或滑动块来设置颜色值。

如果选择了“定义为专色”，则所定义的颜色将作为专色输出，所定义的 CMYK 值只用于显示。

（2）使用 RGB 模型定义颜色。

如果飞腾排版的文件用于印刷，一般不使用这种方式定义颜色。如果排版的文件直接从彩色喷墨打印机输出，则可以使用 RGB 模型定义颜色。

选中图 5-46 的“颜色”对话框中的“种类”对应列表下的“RGB 颜色模型”；R、G、B 对应的各编辑框被激活，如图 5-47 所示；在 R、G、B 各编辑框中键入数值，或者利用箭头键或滑动块来设置颜色值。如果选择了“定义为专色”，则所定义的颜色将作为专色输出，所定义的 RGB 值只用于显示。

（3）使用灰度模型定义颜色。

如果飞腾排版的文件用于印刷，一般不使用这种方式定义颜色。即使在做灰度版面时，大多数情况下还是使用 CMYK 模型定义颜色，将 C、M、Y 的值定为 0，然后通过调整 K 的值得到不同的颜色。

选中如图 5-46 的“颜色”对话框中的“种类”对应列表下的“灰度模型”；对话框中间出现的是灰度层次，并且“灰度级”和“色调”对应的编辑被激活，如图 5-48 所示；在灰度级编辑框中键入数值，或者利用箭头键或滑动块来设置灰度级。色调用于改变颜色浓度的百分比，调整颜色的深浅。

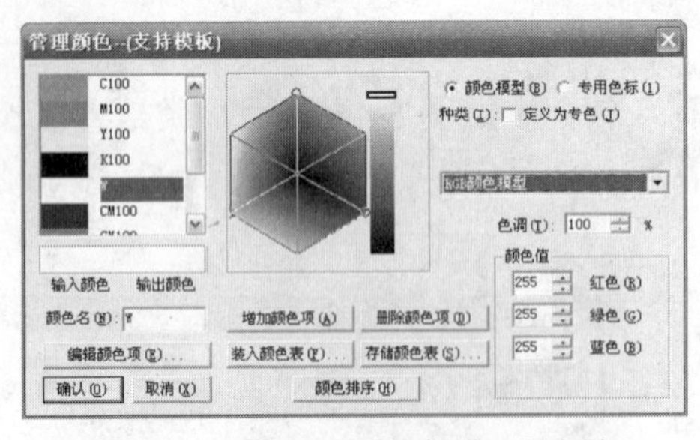

图 5-47 设置 RGB 颜色模型的颜色

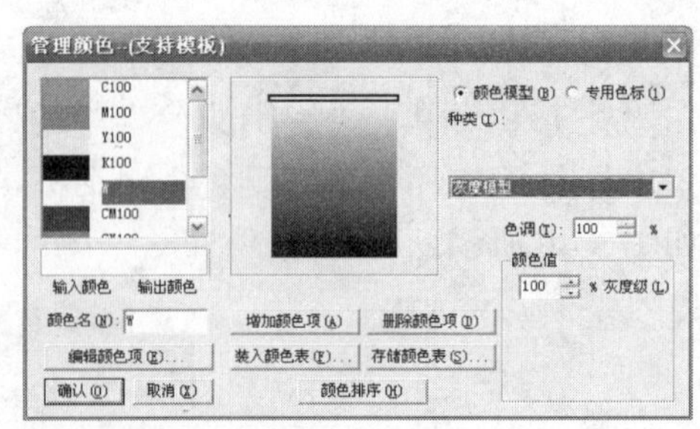

图 5-48 设置灰度颜色模型的颜色

（4）使用专用色标定义颜色。

只有个别做广告和装帧设计的高档用户，在版面中需要使用专用色标的颜色时，才用这种方法来定义颜色。要求印刷时使用专色油墨和高档设备，成本较高，国内用户很少使用。

选择“专用色标”时，可从“种类”对应的列表框中选择系统提供的 16 种专用色标颜色表，包括 Pantone 和 DIC 等色标，其中大部分是专色色标，少数是非专色色标。此时，对话框中间的区域为色标的颜色盘，其中每一方格中是一种色标颜色，用鼠标左键点中方格即可以得到一种颜色，如图 5-49 所示。

3. 颜色项的编辑

（1）增加颜色项。

按照上面颜色的编辑中讲述的任何一种方法编辑一种颜色；在“颜色项名”对应的编辑框中输入新编颜色的名字；单击“增加颜色项”按钮，调色板中显示出新编的颜色；或者单击“确认”按钮，新编的颜色立即作用于选中对象，并加进调色板，可供以后再次调用。

（2）删除颜色项。

在颜色编辑窗口左边的颜色列中单击要删除的颜色；单击“删除颜色项”按钮，对应的颜色项将从该颜色列表中消失。

（3）颜色排序。

即将调色板中的颜色项重新按颜色名称排序。单击“颜色排序”按钮，颜色编辑窗口中的颜色列按颜色名的字母顺序排列。

（4）装入颜色表。

飞腾系统提供了几种已命名的颜色表文件，用户可以把这些颜色表读入调色板，选择读入颜色表包含的颜色项，确认后将显示在颜色编辑窗口的颜色列和调色板中，用户可以直接单击使用。

单击“装入颜色表”按钮；弹出“打开”对话框，如图 5-50 所示，颜色表文件对应的类型为 *.clr；选中一个颜色表文件，如选中 Base.clr，飞腾为用户提供了 5 种 CMYK 颜色表，它们以 *.clr 文件的形式放在飞腾的安装目录下；单击“打开”按钮，弹出“选择颜色”对话框如图 5-51 所示；在左边列表中选中颜色，单击“增加”按钮，在“增加的颜色表”对应的列表中将显示对应的颜色项，如果单击“全选”按钮，则将读入文件中所有的颜色，对“增加的颜色表”对应的列表中也可以点中后，按“删除”来取消已选择的颜色；选择完颜色，单击“确认”按钮，颜色表文件中被选中的颜色显示在调色板中。

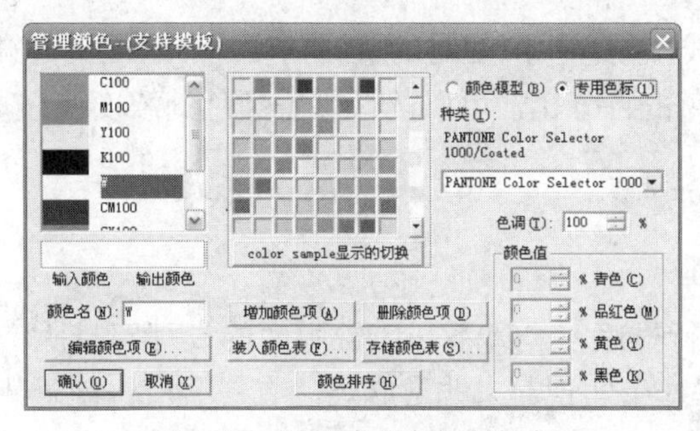

图 5-49　设置专用色标的颜色

图 5-50　设装入颜色表对话框

（5）存储颜色表。

即将调色板中的所有颜色项存成一个新的颜色表，以备再次装入。

单击“存储颜色表”按钮；弹出“另存为”对话框如图 5-52 所示，对应的文件类型项中显示“*.clr”；选择要保存文件的驱动盘和文件夹；在文件名编辑框中输入该颜色表文件名；单击“保存”按钮，在所选目录下将生成一相应的 *clr 文件。

（6）自定义颜色表。

通过增加颜色项、删除颜色项，用户可以根据自己的使用习惯自定义一个调色板，并能够将其保存到颜色表文件中，作为自定义的颜色表。

4. 调色板的使用

单击“视窗”菜单下的“调色板”命令选项，系统弹出如图 5-53 所示“调色板”窗口。在调色板中列出在颜色编辑窗口中编辑的各种颜色项，并且在各颜色后面同时显示对应的颜色名。

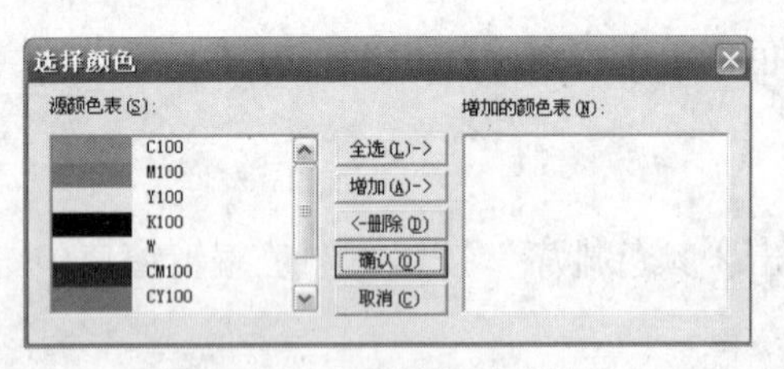

图 5-51　选择颜色项对话框

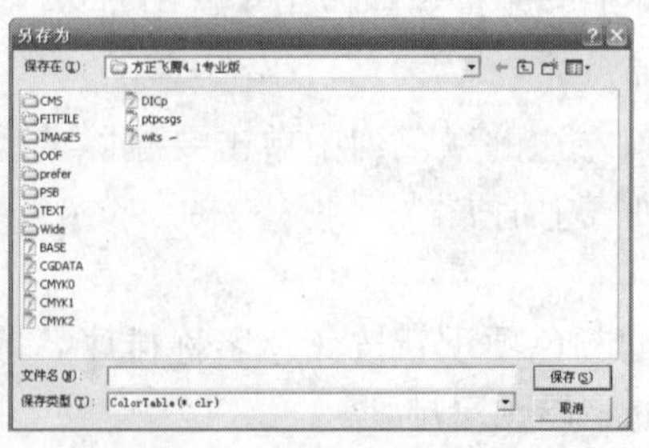

图 5-52　保存颜色表对话框

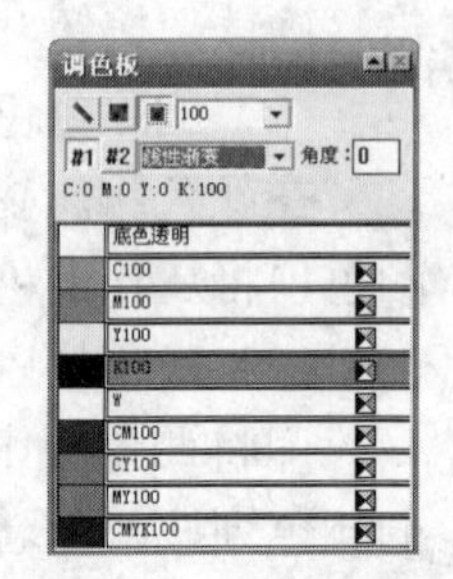

图 5-53　调色板窗口

（1）线（文字）颜色按钮（）：当选中图元（或文字）时，该按钮显示斜线或 T 形图标，并呈凹下状态，此时可单击调色板中的某一颜色，颜色立即作用于选中对象。

（2）底纹颜色按钮：选中该按钮，可以对选中的对象设置底纹的颜色。

（3）底纹线型颜色按钮：选中该按钮，可以同时定义对象的底纹和线型的颜色。其中，线型的颜色是由起始颜色和终止颜色按钮决定的，底纹的颜色由起始颜色、终止颜色按钮和渐变方式决定的。

颜色类型下拉列表框：列出了飞腾系统提供的所有的渐变效果类型，用户可以通过该列表框任意选择一种渐变效果。

（4）起始颜色按钮：设定渐变的起始颜色。

（5）终止颜色按钮：设定渐变的终止颜色。

（6）角度：设置“底纹颜色”或者“底纹线型颜色”渐变时的旋转角度。

颜色百分比下拉列表框：列出的是颜色的百分比，可以选择所需颜色的浓度。

5.4.3　图像的处理

1.CorelDRAW 图文处理软件中的图像处理

在使用飞腾排版软件对报纸与期刊杂志进行排版时，离不开广告版面的设计与排版，对于一些复杂的广告设计，方正飞腾排版软件在操作上实现起来非常麻烦，有一些广告创意甚至根本无法使用方正飞腾排版软件来完成制作。因此，在期刊杂志的广告设计中通常使用其他一些较为专业的广告设计软件（如最常用的就是 CorelDRAW 软件）进行广告版面的设计。对于报纸与期刊杂志的排版而言，不论使用什么样的广告设计软件制作的版面，都必须将其排入到报纸与期刊杂志的某一个固定的位置，使整个版面成为一个整体后，才能进行输出制版印刷，如图 5-54 所示的一个彩色报纸版面，其下半部分就可能使用 CorelDRAW 软件设计制作的广告版面，如果单独使用输出软件进行输出，这样就会给后面的制版与印刷带来不小的麻烦，毕竟使用手工拼制四色菲林片肯定会存在一定的误差，从而导致套印不准。

荆门电信召开农村分局长座谈会

荆门电信

荆门电信召开半年工作会

公告

图 5-54　一个使用了CorelDRAW 软件设计制作了广告的报纸版面

对于使用 CorelDRAW 软件设计制作的广告版面，在排入方正飞腾排版软件时，如果使用不当就会影响到广告版面的输出效果，其主要的表现在以下几个方面：

（1）虽然使用 CorelDRAW 软件设计制作了广告版面，但在存储文件时由于文件传输或其他一些因素的影响，将 CorelDRAW 文件保存为 JPG 压缩格式，被方正飞腾排版软件调用后，广告版面中的文字部分模糊，这样的版面输出效果是非常差的。

（2）由于广告设计的尺寸过大在输出为 EPS 格式后，方正飞腾排版软件无法正常将其排入排版版面中，即使是可以排入版面中，由于文件容量过大也无法正常输出。

（3）对于一些黑白版的排版版面，所提供的 CorelDRAW 广告版面文件却是使用彩色模式制作的，并没有转换为灰度模式的图像文件，就用于方正飞腾排版软件使用，使得所输出的文件质量下降。

（4）在使用 CorelDRAW 软件设计制作广告版面时，对于其中一些小字号的文字，使用了多种颜色，在输出菲林时可能四个色版中都有这些小文字的信息，经过制版印刷后，由于文字过小，就有可能使得文字部分套印不准，印刷出来的文字就会模糊不清等等。

以上因素都将会影响到整个排版版面的制版印刷质量。在本章节中，首先介绍如何把 CorelDRAW 软件设计制作的广告图像，转换为可以在方正飞腾排版软件使用的图像文件，并且以使用方正 RIP 输出软件对其进行输出为例，简要介绍如何在方正飞腾排版软件中正确使用 CorelDRAW 广告版面文件。

（1）将 CorelDRAW 文件保存为 EPS 格式后再给飞腾软件使用。

在使用方正飞腾排版软件排版时，通常会接到一些由广告商或广告设计部门提供的广告文件，这些文件大多是使用 CorelDRAW 软件设计制作的。由于当前网络传输非常方便，广告文件的提供方可能使用电子邮件等方式将广告文件传输给报社，再由出版部门对广告文件进行排版使用；因为电子邮件的传输受到被传输文件大小的限制，对于一个较大的 CorelDRAW 文件根本无法将其保存为 EPS 格式后，再通过电子邮件传输出去。因此，广告设计部门只好将 CorelDRAW 文件保存为 JPG 格式进行压缩后再传输给出版部门，这样的图像文件在排版后，文字部分的质量将变得非常差，如图 5-55 所示。

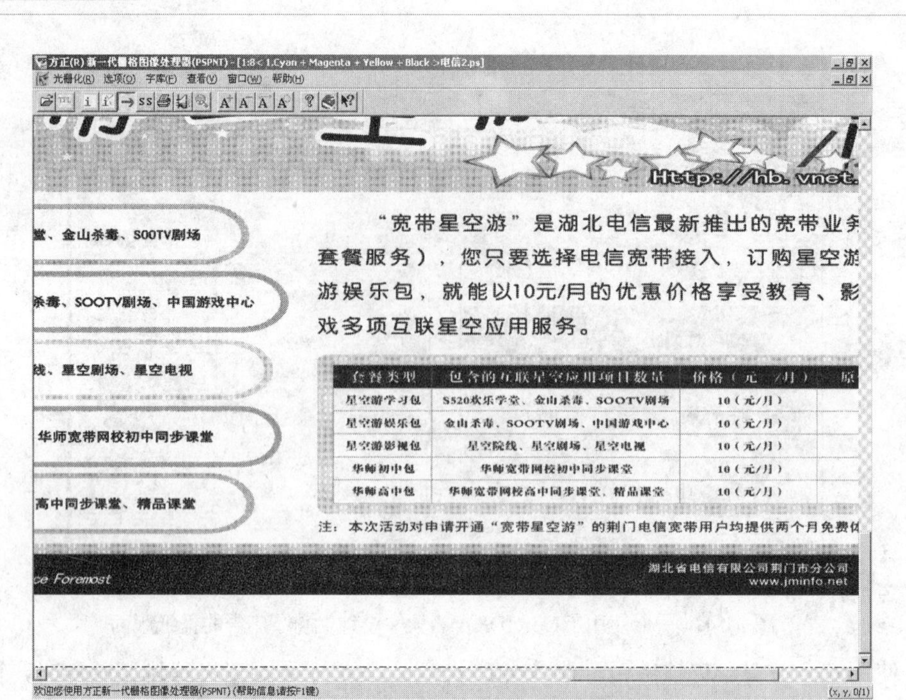

图 5-55　使用方正 RIP 解释后的 CorelDRAW 压缩格式文件

对于以上这种情况，可以通过与广告设计部门联系，将原始的 CorelDRAW 文件通过电子邮件传输过来，如果制作的 CorelDRAW 广告文件也非常大，使用电子邮件无法传输，则可以使用 QQ 将其传输过来，其具体传输方法如图 5-56 所示。在接收到 CorelDRAW 广告文件后，可以使用 CorelDRAW 软件打开该文件，并将其保存为 EPS 格式或打印为 PS 格式文件，这样就可以使用方正飞腾排版软件将其排入版面中了，最后通过方正飞腾排版软件发排为 PS 文件，并使用方正 RIP 软件进行输出。这样所输出的菲林片的文字部分就不是模糊的，非常清晰，如图 5-57 所示。

图 5-56　使用 QQ 传输 CorelDRAW 大文件

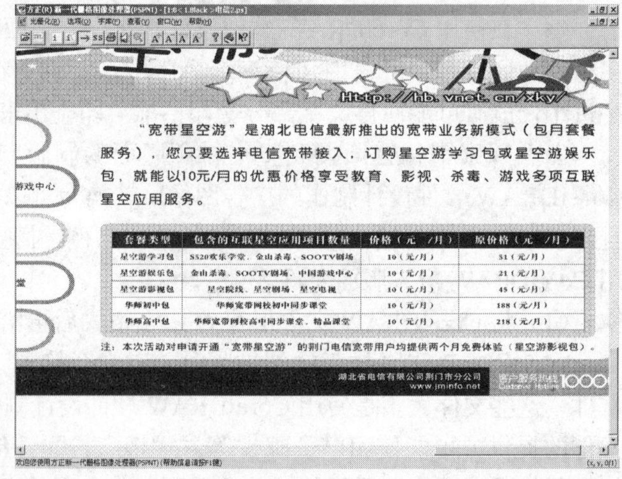

图 5-57　将 CorelDRAW 文件输出为 EPS 格式后使用方正 RIP 解释后的效果

（2）在 CorelDRAW 图文软件中将文件输出为 EPS 格式的方法。

在 CorelDRAW 图文软件中安装一个 EPS 插件的方法非常简单，可以网上下载 Corel-

DRAW 相应版本中的 EPS 插件，如 CorelDRAW9.0 中的 EPS 插件为 IEPEPS91.flt。其安装方法是将 IEPEPS91.flt 文件拷贝到 COREL 安装目录中的 Graphics9\Filters 目录内，替换原有文件即可。然后，就可以使用 CorelDRAW 图文软件将制作的版面输出为 EPS 文件，其具体操作方法如图 5-58 和图 5-59 所示。

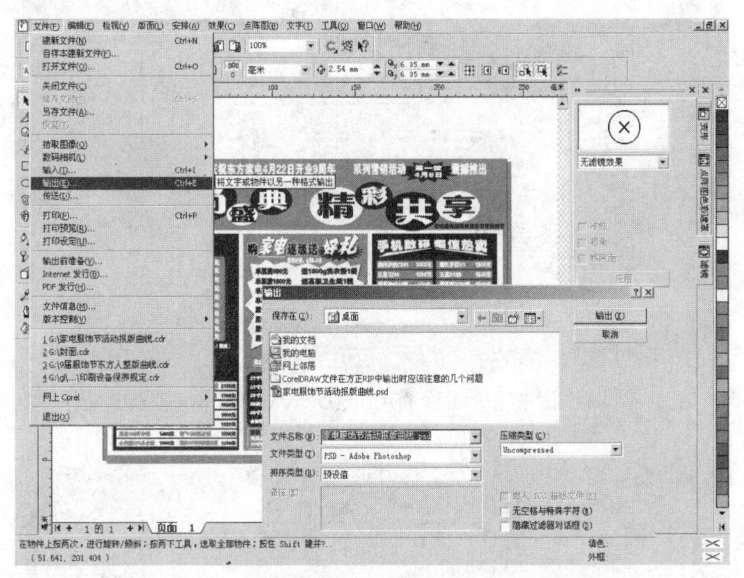

图 5-58　将 CorelDRAW 文件输出为 EPS 文件的方法

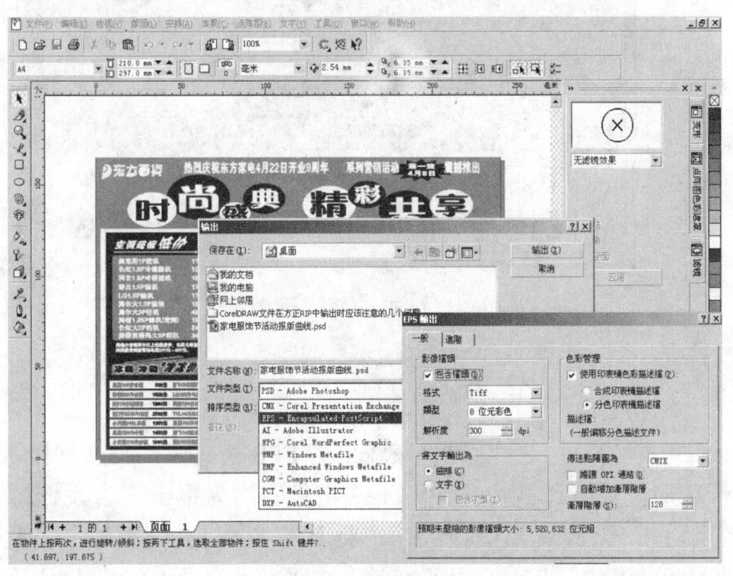

图 5-59　将 CorelDRAW 文件输出为 EPS 文件的方法

如果暂时找不到 EPS 插件文件，则可以在 CorelDRAW 图文软件中对文件直接输出为 PS 文件，这样也可以使 RIP 解释后的文字部分非常清晰。只是在输出为 PS 文件时，一定要注意版面尺寸的大小与所设计的版面大小一致，并且版面中的有效输出内容必须包含在有效输出的版面范围内。其具体操作方法如图 5-60 和图 5-61 所示。在得到 PS 文件后，使用方正 PSPNT 世纪 RIP 对 PS 文件进行输出时所解释后的文字部分也是非常清晰的。

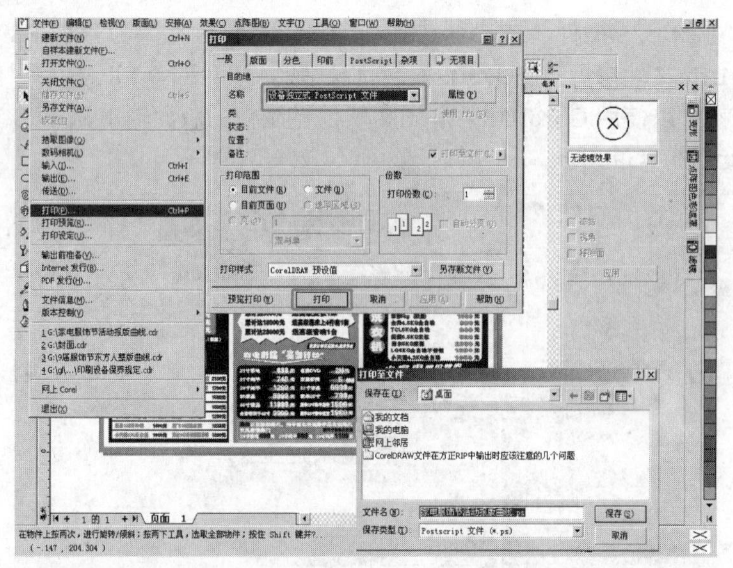

图 5-60　使用“打印”命令将 CorelDRAW 文件保存为 PS 文件

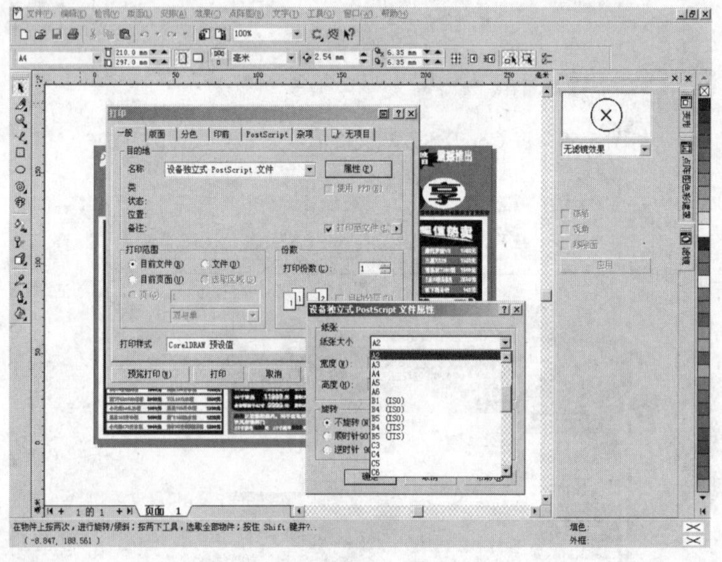

图 5-61　控制 PS 文件版面尺寸大小的方法

（3）减小 CorelDRAW 文件尺寸后再将其输出为 EPS 格式供飞腾软件排版。

在专业的设计部门设计制作的广告中，不一定是专门为报纸广告设计的，有一些是为大幅户外广告设计制作的，因此其幅面很大，在将其转换为 EPS 格式后，其文件信息量将在 CorelDRAW 文件的基础上成几倍甚至几百倍增长，这样大的图像文件使用飞腾排版软件根本无法正常进行排版，如图 5-62 所示的广告文件的宽幅达到了 2m，输出为 EPS 格式后的文件信息量将达到 300MB 以上，这样的文件将给排版和输出带来很大的麻烦。

对于以上这种图像，必须将其尺寸减小后再进行文件格式转换。其具体操作方法是：首先选中该图像的有效部分，将其宽度大小减少至 240mm，高度大小减少至 105mm，如图 5-63 所示；在减小尺寸大小后，有两个图文部分发生了变化，其中一个部分文字丢失了，另一个部分的文字白色边框过大，因此应该对其进行修正；文字丢失的部分是由于文字过大无法正常显示，将文字的字号变小即可，文字白色边框过大，只需将文字的白边参数变小后即可，如图 5-64 和图 5-65 所示为修正后的正常显示结果。通过以上修正操作后，再将其输出为 EPS 格式后的文件大小只有 13.7MB，这样的图像是可以使用方正飞腾排版软件进行排版的，其输出的图像质量也可以达到印刷的要求。

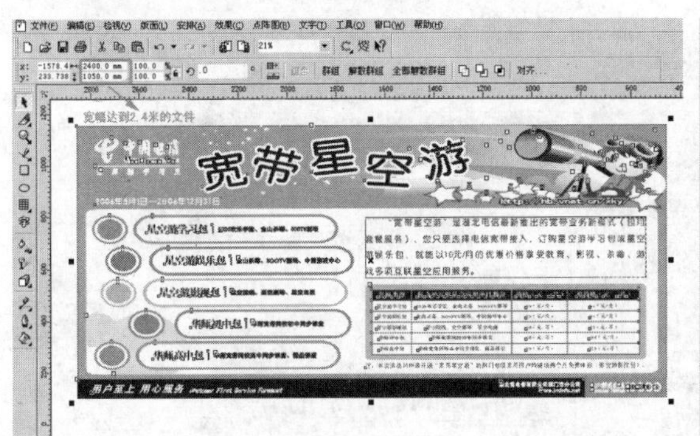

图 5-62　一个宽幅达到了两米多的 CorelDRAW 文件

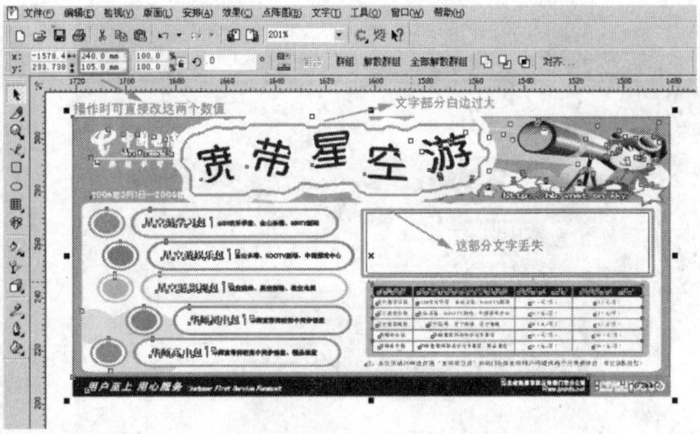

图 5-63　减小尺寸大小后的 CorelDRAW 文件

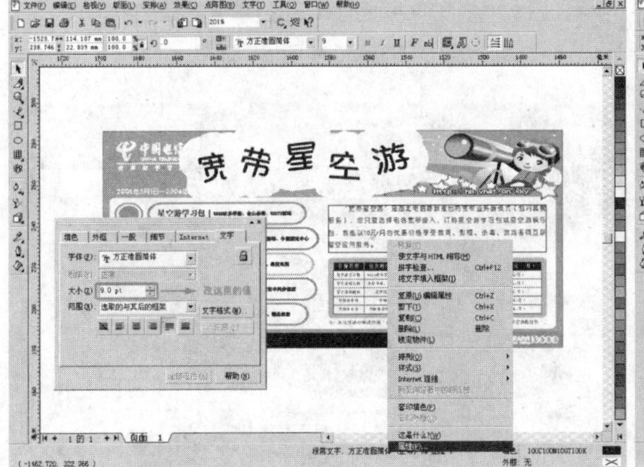

图 5-64　将文字的字号变小后所显示结果

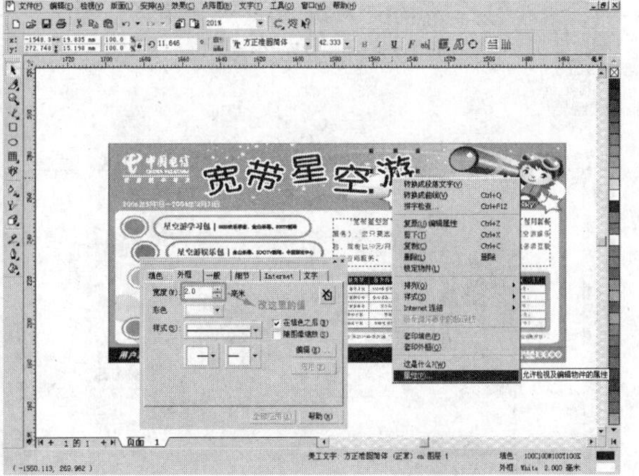

图 5-65　将文字白色边框变小后所显示结果

（4）用于黑白报纸中的 CorelDRAW 文件必须将其输出为灰阶的 EPS 格式文件。

在出版物的排版印刷中，不仅仅都是彩色的印刷版面，还有大量的黑白或套红版面需要使用广告图像文件，如果在黑白或套红版面中使用了彩色模式的图像，则其输出后的图像质量有可能会受到影响，特别是套红版面在分色输出的菲林片中红、黑版上都会有图文信息，这对于印刷的结果是非常不利的。产生这一现象的原因主要是：在使用 CorelDRAW 软件设计制作广告版面时，文字部分使用了彩色模式，如图 5-66 所示选中的文字块的 C、M、Y、K 值均为 100%，虽然在计算机屏幕上看到的是黑色文字的效果，但在印刷过程中，则必须通过四色套印完成，很可能出现套印不准的情况，从而导致印刷的文字部分模糊不清。

对于以上这种情况，我们有两种处理方法：第一种方法是将图像中 C、M、Y、K 值均为 100% 的文字块进行修正，将其彩色模式改为灰阶模式；第二种方法是在将图像文件输出为 EPS 模式时，直接将其转换为灰阶模式，其具体操作方法如图 5-67 和图 5-68 所示。

（5）对 CorelDRAW 广告版面文件中的小文字只使用一种颜色。

在使用 CorelDRAW 软件设计制作广告版面时，可能会将版面中只需要黑色印刷的文字部分也设置成为彩色模式，并且将 C、M、Y、K 四值都设置为 100%，这样在计算机屏幕所见到文字是黑色的，但其实质是通过四色印刷后叠加成为黑色。采用这种方式对版面中的小文字进行印刷时，就会出现套印不准的情况，使印刷的小文模糊不清，严重影响到印刷效果，如图 5-69 所示选中的文字块的 C、M、Y、K 值均为 100%，这样的文字块在 C、M、Y、K 四色输出时，在四个色版的菲林片上都会有文字信息，印刷时就会使用四色叠加印刷。

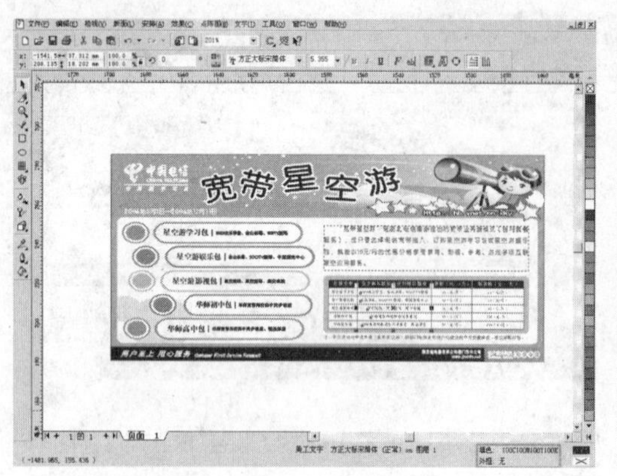

图 5-66　所选中的文字块的 C、M、Y、K 值均为 100% 的版面设计

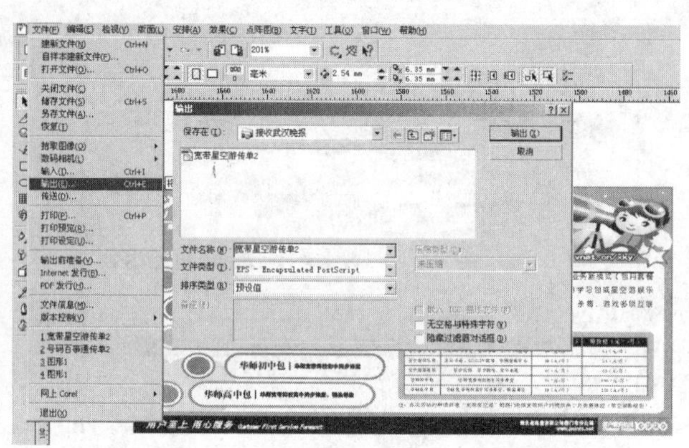

图 5-67　将彩色模式的 CorelDRAW 文件输出为灰阶模式的 EPS 文件

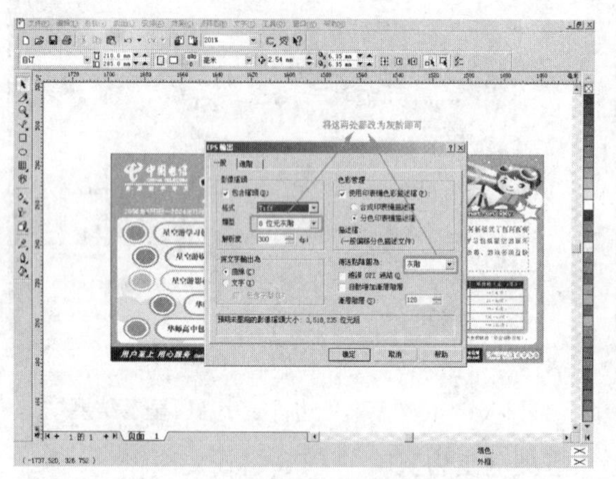

图 5-68　将彩色模式的 CorelDRAW 文件输出为灰阶模式的 EPS 文件

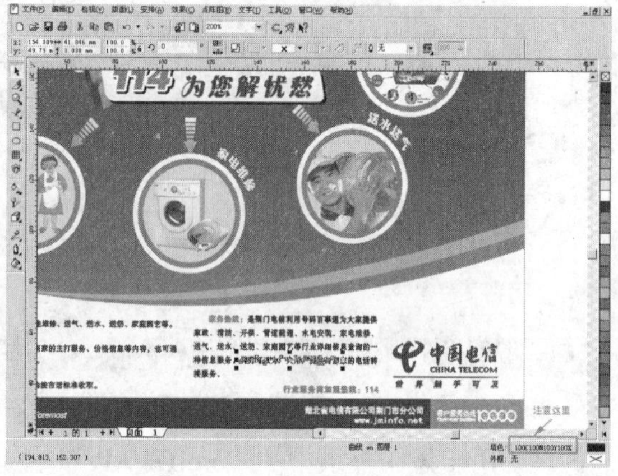

图 5-69　彩色模式下 CorelDRAW 文件中的文字块信息

对于以上这幅彩色图像，我们不能采用前文介绍的将其转换成灰阶 EPS 格式图像的方法进行处理，如果这样处理了那么图像中的其他需要彩色部分的图文输出就无法实现。这样就只能对图像中的文字部分的彩色值进行修正，将文字部分的彩色信息全部去掉，只保证其 K 值为 100% 即可，其具体操作方法如图 5-70 所示。应该注意的是，对于 CorelDRAW 文件中已进行了群组操作的文字块，必须在进行解散群组操作后，才能对要修改的文字块进行操作。

在使用 CorelDRAW 文件进行排版前，必须首先仔细查看原图的尺寸大小（包括图像的输出分辨率）、色彩（特别是文字部分的色彩是否符合并有利于印刷的要求）等方面的信息，然后再根据排版的需要进行处理，最后才是用于排版输出。这也是在排版时不论使用什么样的图像都需要操作人员加以注意的，否则就会影响到图像的印刷质量，而造成不必要的浪费。

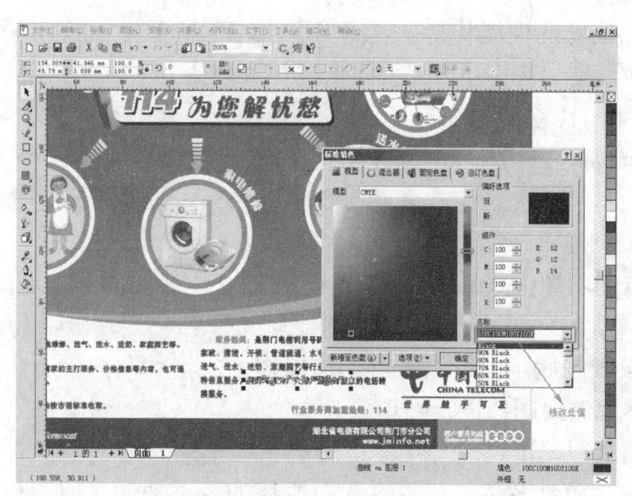

图 5-70　将图像中的文字彩色信息全部去掉的方法

2. Photoshop 图像处理软件中的图像处理

图像的基本处理过程主要是进行图像的层次调整、分色转换、图像的色彩调整和图像的清晰度调整，且操作顺序必须是先进行层次调整，再进行色彩调整，最后进行图像的清晰度调整，在进行色彩调整前必须进行分色转换。因为，图像的层次调整将会影响到图像的色彩，而图像的色彩调整对图像的层次影响非常小，如果先进行了图像的色彩调整后，再进行图像的层次调整，则调整好后的图像色彩将会发生变化。另外，分色转换是为了将 RGB 图像转换为 CMYK 图像，在分色转换后调整图像的色彩会更有利于显示出图像印刷时的色彩效果。色彩调整的幅度不宜过大，因为在图像的层次调整中已将图像的饱和度进行了调整。

彩色图像的处理的基本操作流程是：原稿分析→确定扫描参数并进行扫描（或者是设置数码相机的拍摄参数，本书以使用扫描仪为例进行介绍）→对获取的数据图像进行分析→设置图像的分辨率及图像尺寸大小→检查并调整图像阶调（即图像的层次调整）→设置分色参数→转化为ＣＭＹＫ模式→图像的色彩调整（包括进行专色调整）→锐化图像（即图像的清晰度调整）→保存图像。当然，根据图像的来源不同，其处理过程也会稍有变化，但最基本的处理过程就是以上所讲的内容。

彩色图像的处理过程比较复杂，如果要想获得比较好的图像处理效果，就必须按照以下介绍的方法进行操作。以对扫描图像的处理为例，其具体操作方法如下。

（1）原稿分析。

原稿的种类包括：反射稿、透射稿和电子照片三类。

根据原稿的不同密度范围，在扫描照片时最多可以放大 2 倍；扫描二次原稿时最好用原大或根据版面需要适当缩小一点；阳图可以放大 20 倍；阴图可以放大 3 ～ 8 倍；使用数码相机拍摄的照片虽然密度值高达 4.0，但放大倍数不能太大；从网上下载的图像最好不要使用，因为其密度值太低，图像根本就没有什么层次。

摄影记者所提供的彩色图像的尺寸应该尽量大一点，质量也要尽量好一点；版面编辑在设计版面时，根据图像所反映的内容，应该将彩图像所占用的版面留大一点。

（2）确定扫描参数并进行扫描操作。

首先要确定图像的尺寸，也就是确定图像的分辨率。

图像的最佳分辨率＝缩放倍率 × 挂网目数 ×2

针对所使用的扫描仪的性能状态，其图像分辨率不应低于 300dpi，如果在版面中图像需要占用大面积的版面，则分辨率还需要根据情况加大数值。

其次是白场定标，其参数为：青色（C）为 5%，红色（M）为 3%，黄色（Y）为 3%，黑色（K）为 0% ～ 5%。

再次是黑场定标，其参数为：青色（C）为 95%，红色（M）为 90%，黄色（Y）为 90%，黑色（K）为 85%。

另外，扫描获取的图像模式必须为 RGB 模式，如果使用数码相机拍摄的图像，其模式也必须为 RGB。

当相应的参数设置好后，就可以进行扫描操作了。当然，扫描所获取的图像必须质量要求高，否则，就根本无法对图像进行处理。

（3）对扫描原稿进行校正。

所有厂商的扫描仪驱动软件，均提供了对原稿的校正功能，如调整扫描原稿的亮度、对比度、高光和暗调、层次等。操作员在扫描时均应根据原稿的具体情况做必要的调整。下面以 MICROTEK 的 ScanMaker Pro 扫描驱动软件为例，在原稿进行预扫描后，可进行的多种原稿校正操作（在使用扫描仪扫描照片时，最好使用扫描仪本身自带的软件进行操作为最佳，最好不要使用 Photoshop 中的“输入”命令进行扫描；如果在安装好扫描仪驱动软件后，Photoshop 能够将其捆绑上，能够使用“输入”命令找到其扫描软件，还是可以直接 Photoshop 中的“输入”命令进行扫描的），如图 5-71 所示为使用 Photoshop 中的“输入”命令进行扫描时的相关参数设置窗口。

其主要操作包括：动态范围调整，黑白场设置，调整 Gamma 曲线，亮度、对比度调整，色调和饱和度的调整，去除网纹等。

（4）设置图像的分辨率及图像尺寸大小。

在得到数字图像后，必须首先确定图像的分辨率及图像尺寸大小。对于彩色图像其分辨率至少应设置为 300dpi，对于灰度图像其分辨率至少应设置为 200dpi；图像尺寸大小应根据版面的实际排版尺寸确定，最好是与排版尺寸一致，如图 5-72 所示为设置图像分辨率及尺寸大小。

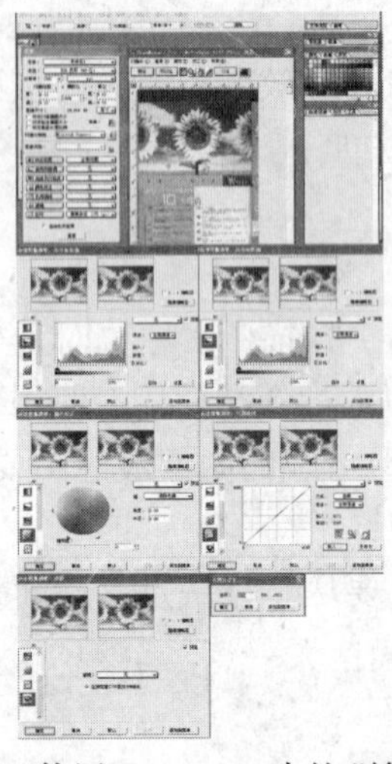

图 5-71　使用 Photoshop 中的“输入”命令进行扫描时的相关参数设置窗口

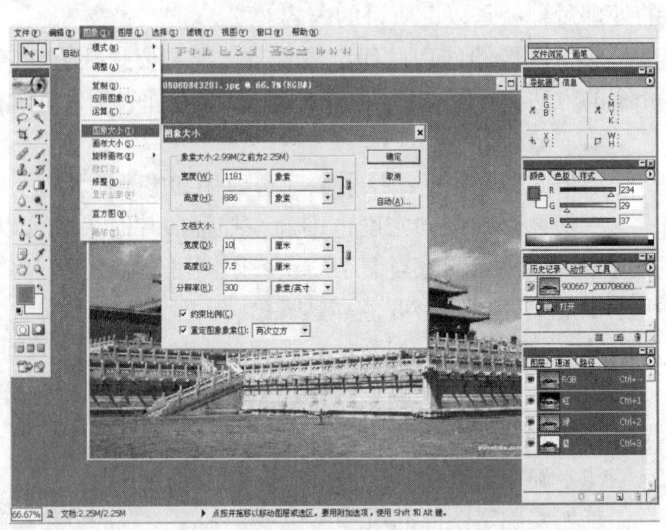

图 5-72　设置图像分辨率及尺寸大小

（5）对获取的图像进行分析。

对于获取的数字图像进行分析，首先是使用探针（即吸管工具）查看黑场的参数值，黑场是指图像中最黑的部分，如人的头发，其黑色值（K 值）必须大于 85%，而 C、M、Y 值应分别为 95%、90% 和 90% 为最佳，图像中其 C、M、Y、K 四值都不能有 100% 的网点存在。然后是查看白场的参数值，白场是指图像中最亮的部位，其白场的黑色值（K 值）为 0 ～ 5%， 而 C、M、Y 值都必须在 5% 以下为最佳值。接下来是查看次白场的参数值，次白场是指图像中仅次于白场的部分，其黑色值（K 值）为 10% 左右。最后是看中暗调（也就是中间调或灰场），中暗调是指图像中所在黑场与白场之间的部分，这部分应该是图像中有层次变化的一部分，这部分的选取定位必须准确，只能根据操作经验进行选取，中暗调之间的层次相差值最好为 10% 或稍上一点，中暗调的最大黑色值（K 值）为 30%。所有中暗调部分都必须保证灰平衡。在 Photoshop 中设置图像黑场、灰场和白场，可以通过使用“图像”菜单下的“调整”子菜单中的“曲线”命令完成，如图 5-73 所示为曲线命令窗口中的黑场、灰场和白场吸管工具。

中暗调灰平衡的相关参数值为：K 值应该在 10% ～ 30% 之间，C、M、Y 三值是有规律的（当然，C 值如果小于 10% 则无规律），其规律为：当某一点的 C 值固定时，其M值应比 C 值小 7%，其 Y 值应比 C 值小 6%。例如，如果某一个中暗调点的 C 值为 50%，则M值为 43%，Y 值为 44%。只要符合这个规律，则该灰平衡参数就基本是正确的。

另外，在对图像进行分析时，我们可以使用直方图中显示的数据进行分析，仔细观察图像的暗调、亮调和中间调的像素值分布情况，以便于对整个图像的性质有所了解，突出重点进行图像处理。另外，通过数字图像中的像素值与原稿的对比，也可以分析出两者之间存在的大致差异，以便于确定图像的处理方向，如图 5-74 所示为使用直方图分析图像。

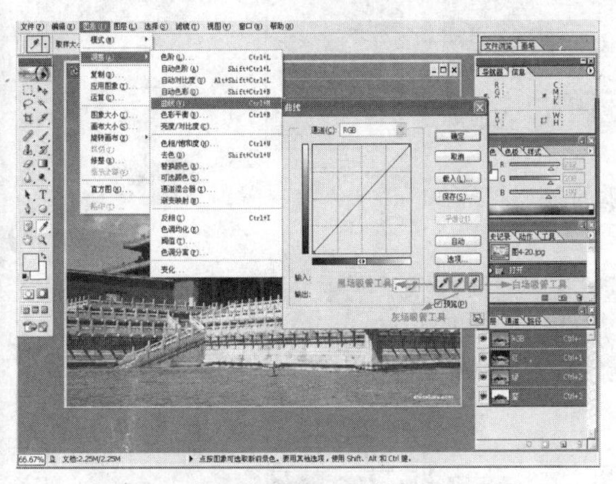

图 5-73　曲线命令窗口中的黑场、灰场和白场吸管工具

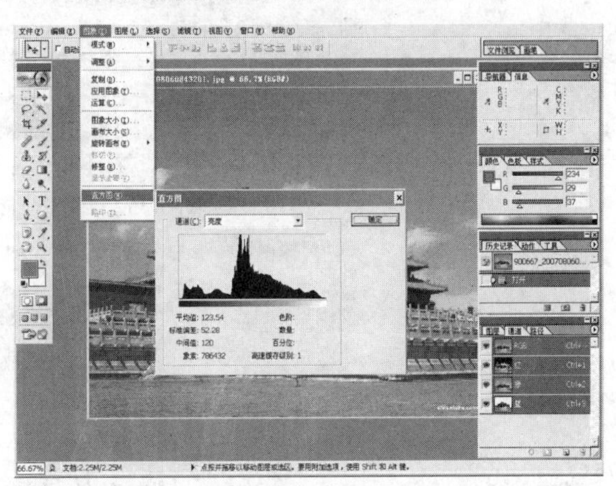

图 5-74　使用直方图分析图像暗调、亮调和中间调的像素值分布情况

（6）调整图像阶调的方法。

调整图像阶调的主要命令包括：“色阶”命令、“自动色阶”命令、“色彩平衡”命令和“曲线”命令。这四个命令用于调整黑场、白场和中暗调的相关参数值。在何时使用那一个命令，也应根据图像的具体情况而定，如图 5-75 所示为调整图像阶调的命令选择窗口。这四个命令在报纸图像处理中的操作方法在后面的内容中将进行介绍。调整图像阶调的目的就是调整图像的层次，这是应该在进行图像分色前应该做的事。

（7）设置分色参数并转化为 CMYK 模式。

通过使用 Photoshop 软件对印前图像进行处理，可以通过对分色参数的控制，以解决在不增加油墨总量的前提下保持图像的细节、色彩度、及对比度的不同要求。在 Photoshop 中，分色参数的控制命令在“编辑”|“颜色管理”|“CMYK 工作空间”选项中，分色参数的主要方式有三种：GCR、UCA、UCR。在 Photoshop 高版本软件中，可能取消了 UCA 分色方式，如图 5-76 所示为设置分色参数窗口。

彩色图像处理的分数参数设置方法是：在 Photoshop 软件的“文件”菜单中，运行“色彩设置”命令并单击“CMYK 设置”选项，即可弹出分色参数设置窗口。其中，“油墨名称”选项栏应选中“SWOP（Newsprint）”选项；网大点扩大率选项栏中选中“曲线”选项，其黑色值应设置为从 30% 起黑即可；“分色类型”选项栏中应选中“GCR”选项（不要选中“UCR”选项），黑色油墨量应为 90%，总油墨量值为 300%，UCA 选项值为 0%，黑版产生的阶调为“中等”，如图 5-77 所示为设置分色参数的方法。

图 5-75　调整图像阶调的命令选择窗口

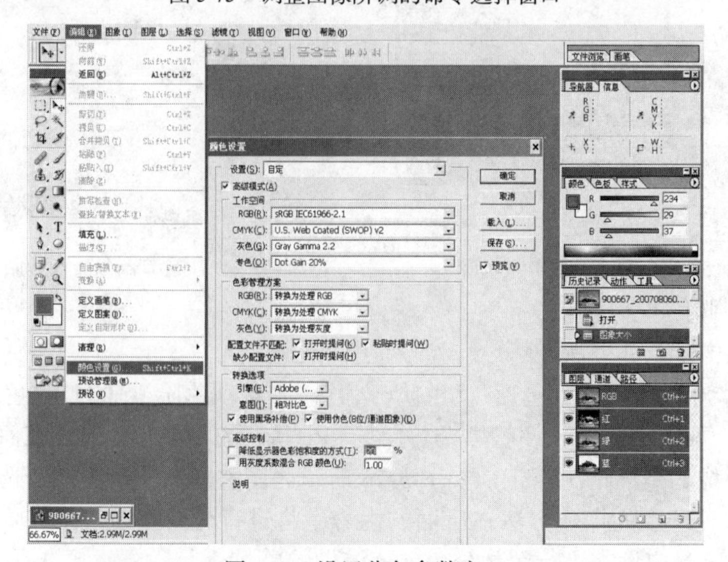

图 5-76　设置分色参数窗口

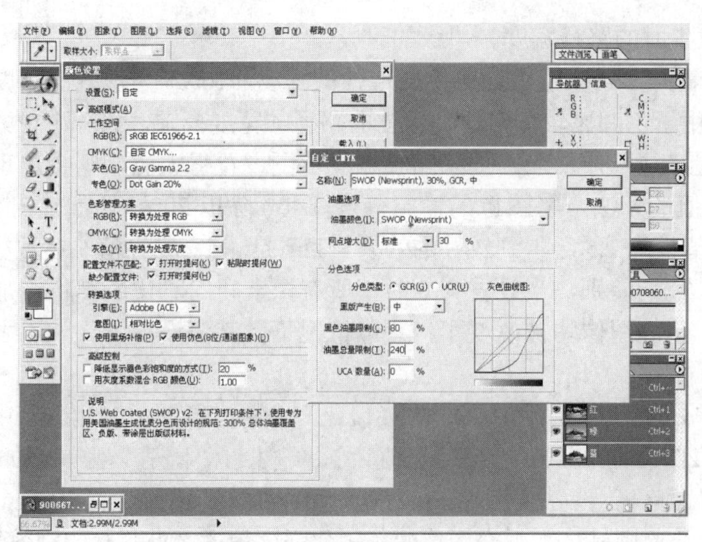

图 5-77　设置分色参数的方法

以上参数的设置是在使用的纸张、油墨等原材料质量比较好的情况下进行的参数设置。如果使用的纸张质量相对较差时，其实际参数就应进行相应调整。如黑色油墨量应为 80%，总油墨量值为 240%。

当分色参数设置好后，应该立即保存起来，并将其命名为容易识别的名称。在此参数设置下就可以将 RGB 模式转化成 CMYK 模式图像，其转换的效果就是依据以上分色参数值的设置来确定的。应该注意的是，千万不要在 RGB 模式与 CMYK 模式之间来回转换，否则，将会出现图像层次的严重丢失。

（8）图像色彩的调整。

因新闻纸所能再现的色域较小，对饱和度较高的色彩难以忠实再现，因此，对图像中的彩色，应尽量保证其色相正确，同时在亮度上符合阶调层次的总体关系。对高饱和度的彩色颜色，应尽可能使其得以再现，但对于图像中出现的小面积、具有点缀作用的、特别鲜艳的颜色，应避免过分追求色彩鲜艳而损失了色彩的变化，例如将红旗制作成没有层次变化的“红色剪纸”、将绿色草坪调节成不含任何相反色的“塑料草坪”等。另外，在校色时还应注意纸张自身的偏色，予以适当的补偿。

（9）锐化图像。

锐化图像是图像处理中的最后一个步骤，也是必须要进行的一个重要操作。图像的锐化主要是解决图像的清晰度问题，因此，锐化在数字印刷设计中非常重要，无论是通过扫描仪扫描的图像还通过数码相机中获取图像还是通过因特网上下载的图像或通过其他途径获取的数字图像总是需要进行锐化的。原始图像在扫描过程本身由于设备或原稿的原因都会产生一定程度的图像模糊；通过数码相机捕捉的图像由于使用了 CCD 元件，就像桌面扫描仪中的 CCD 一样，会产生同样类型的噪音问题而造成一定程度的图像模糊；只有高档滚筒扫描仪不会出现这种与输入过程相关的清晰度下降现象。另一方面，印刷过程也会使图像变得较虚，这主要是指由于纸张与油墨相互作用而产生的不可预见现象。因此，在印前图像的处理过程中应该对图像进行锐化处理，使得图像比实际需要的结果更清晰一些。

在图像的编辑处理过程中，可以使用 Photoshop 中的 Unsharp Mask 滤镜完成锐化操作。在 Unsharp Mask 滤镜中可以通过控制以下三个参数来进行操作：沿边缘增强对比度的程度、边缘比较和锐化发生时的路径宽度、边缘的组成。

Amount（总量）参数决定边缘对比度增强的程度，100% 为现有清晰度的一倍。Radius（范围）参数决定用于色调比较和对比度增强的路径的宽度范围，以一个像素的十分之一为单位；此参数的设置必须严谨使用，如果路径宽度范围设置得太宽，则会出现明显的光晕；有一个估计 Radius 值的方法，将图像的输出分辨率 dpi 除以 200，比如输出分辨率 dpi 为 300 时，将 Radius 的值设为 1.5 会得到较好的效果。Threshold（临界值）参数决定边缘中存在的相临像素间的最小色调差别，当设置为 0 时，所有像素间的对比度都将被加大，也就是说边缘路径已不存在，整幅图像均被改变了；一般情况下，其值设置为 2 ～ 6 之间产生满意的图像效果。

在报纸的图像处理中，可以使用“USM 锐化”命令进行图像锐化。其中，相关的参数值为：“数量”值为 200% ～ 220%，“半径”值为 1.0 ～ 1.5，“阈值”为 8 。如图 5-78 所示为图像锐化有数的设置窗口。

图像的总体锐化原则是：在观察图像时，锐化强度稍过一点，其印刷效果最佳。

（10）保存图像。

在保存图像时，不要采用任何压缩格式，应采用 tif 格式或 EPS 格式并使用 CMYK 模式进行保存。如果图像中加入了文字，一定不要将图像的文字部分与其他部分进行“图层合并”命令，否则，图像中加入的文字边缘将会产生锯齿，影响印刷效果；在保存图像时同样需要将其保存为 tif 格式或 EPS 格式，如图 5-79 所示为印刷图像的无压缩保存。另外，用于印刷的图像不要反复用 JPG 格式保存，因为 JPG 格式图像的有损压缩格式，每保存一次就会对图像进行压缩一次，这样操作对图像的信息丢失将会加剧。

针对印刷设备及印刷技能状况，在报纸彩色图像的处理中，需要注意将图像中的品红色和青色值同时稍降一点（也就是减少蓝色），而黄色值可以稍加一点，以降低红色，特别是人物脸部的红色。在整个图像画面中应该注意千万不要出现大面积绝网。

总之，对于彩色图像的处理必须坚持先调阶调，后调色彩的顺序进行。在调阶调的过程中，不能只看屏幕的显示，必须确保 C、M、Y、K 四值的具体数值是否合适，因为屏幕显示毕竟不是非常准确的。在将 RGB 模式转化成 CMYK 模式时，一定要掌握好正确的时机，不能早也不能晚，只能在图像阶调调整完成并符合要求后，才能进行转化图像模式的操作。

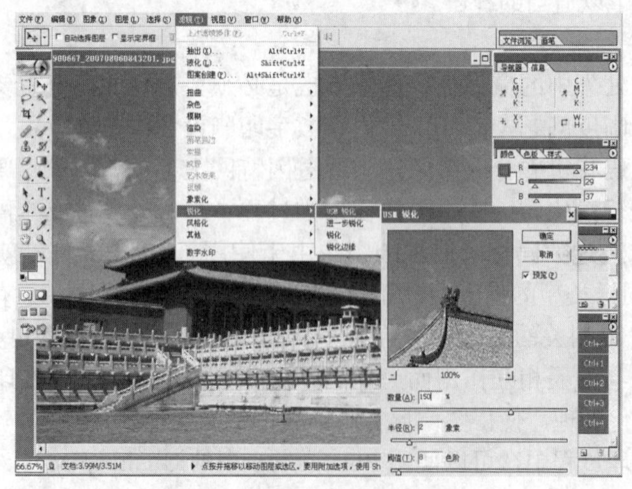

图 5-78　图像锐化有数的设置窗口

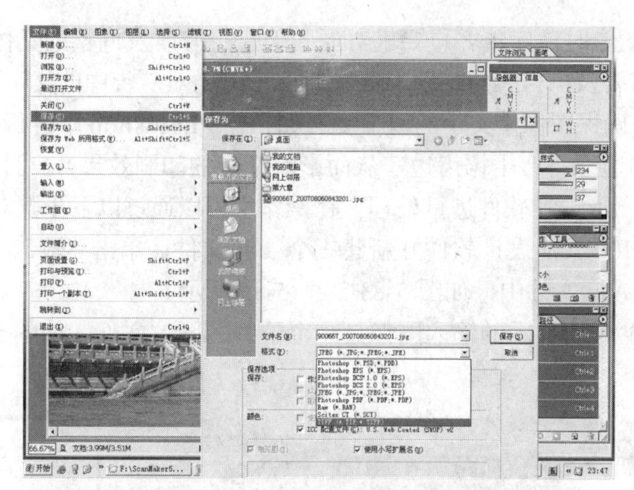

图 5-79　印刷图像的无压缩保存

3. 在不同应用程序之间对图像文件进行调整与转换

随着数码图像硬件设备（主要包括图像的获取与存储设备）和计算机网络技术在社会各个领域中的广泛应用，在飞腾排版中，将会大量使用一些外来的数字图像文件应用于排版版面中。对于一些外来的数字图像文件，特别是一些使用多种应用软件（如 Photoshop 或 CorelDRAW 等软件）制作的广告版面文件，都将会以数字图像文件的形式通过活动存储设备或互联网，非常方便地传输到排版操作人员手中。这些数字图像文件，是否能够满足印刷或版面排版的要求，是操作员首先需要特别注意的问题。通常情况下，操作员必须对接收到的外来数字图像进行相应的调整后，才能将图像应用于排版中。对于制作的基本能满足印刷要求或排版要求的图像文件，操作员只需要进行简单的处理或调整后，就可以应用于排版中；对于制作的并不能满足印刷要求或排版要求的图像文件，操作员则需要进行一些复杂的处理或调整操作后，才能应用于排版中。比如，对于一些图文混合的广告图片，如果使用 Photoshop 制作，为了保证图像中文字的印刷效果非常清晰，则可能需要使用诸如 CorelDRAW 之类的图形处理软件进行处理后，再用于方正飞腾排版软件中进行排版。

以将使用 Photoshop 软件制作的一个没有合并图层的 .psd 格式报纸广告文件为例，简要介绍一下如何使用 CorelDRAW 图文设计软件，对其进行幅面大小及色彩转换后，再应用于方正飞腾排版中，如图 5-80 所示为从广告商家处获得的一幅使用 Photoshop 软件制作的一个没有合并图层的 .psd 格式广告图像文件，准备应用于如图 5-81 所示的方正飞腾文件中。

（1）将广告图像以彩色模式排入彩色版面中的处理与调整方法。

对于广告客户送来的广告图像无论是否能够达到当前版面排版以及排版后的制版印刷要求，首先都必须清楚地了解广告客户对送来的广告图像，在印刷时需要达到什么样的效果。如广告图像在版面中的大小、以什么样的色彩模式进行印刷、广告图像中文字的印刷要求等等，如图 5-80 所示的广告图像中，通过使用 Photoshop 图像处理软件打开后，可以看出该广告图像是一个没有制作完成的图像，这是广告设计者故意没有设计好的、没有合并图层的、可以进行进一步修改的图像，之所以没有完整地制作好这个广告图像，是因为需要在排版时根据版面的实际大小及整个版面的色彩搭配情况来确定广告图像的大小及颜色模式。应该注意的是：如果广告的原始设计制作者已将制作的图像在 Photoshop 中进行了合并图层操作，则在排版过程中，将无法对这个图像进行修改及调整了，如图 5-82 所示为在彩色版面排版中使用图 5-80 所示的广告图像时，广告客户要求对原图像进行修改及调整的具体内容。

根据版面的排版需要及广告客户的要求，同时由于需要对广告中的文字部分进行修改及调整，为了能够在印刷中确保图像中文字的清晰度（如果在 Photoshop 中进行文字处理，所保存的图像中文字的部分的边缘将产生锯齿边，从而影响文字的印刷效果），可以将 .psd 格式的图像输入到 CorelDRAW 图形设计软件进行处理。在操作中可以通过以下步骤对图像进行调整：

1）首先打开 CorelDRAW 设计软件并新建一个 .cdr 文件，单击“输入”命令将 .psd 格式的图像输入到 CorelDRAW 文件中，如图 5-83 ～图 5-85 所示。

2）在 CorelDRAW 中所显示的输入图像是一个群组的图像文件，如图 5-86 所示进行修改即可解散群组操作。

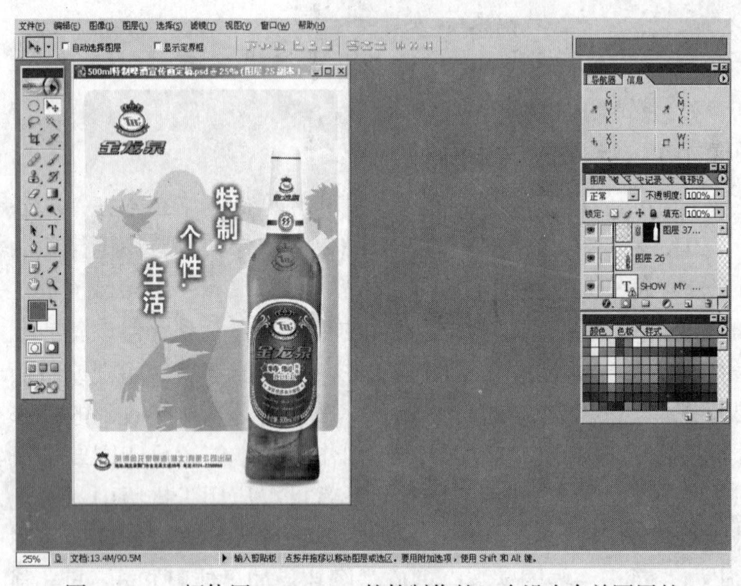

图 5-80　一幅使用 Photoshop 软件制作的一个没有合并图层的 psd 广告图像文件

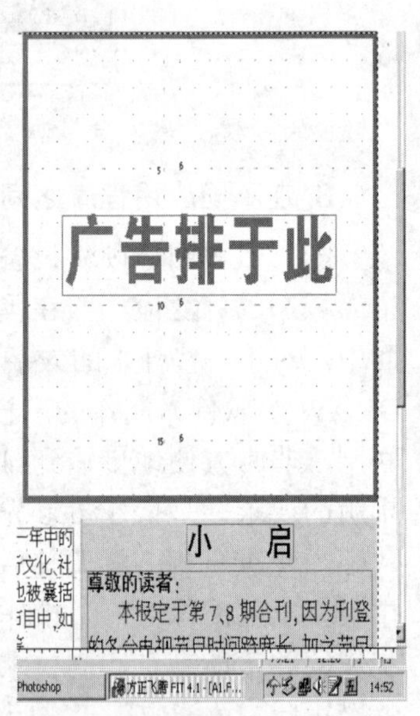

图 5-81　广告图像应排入方正飞腾文件中的具体位置

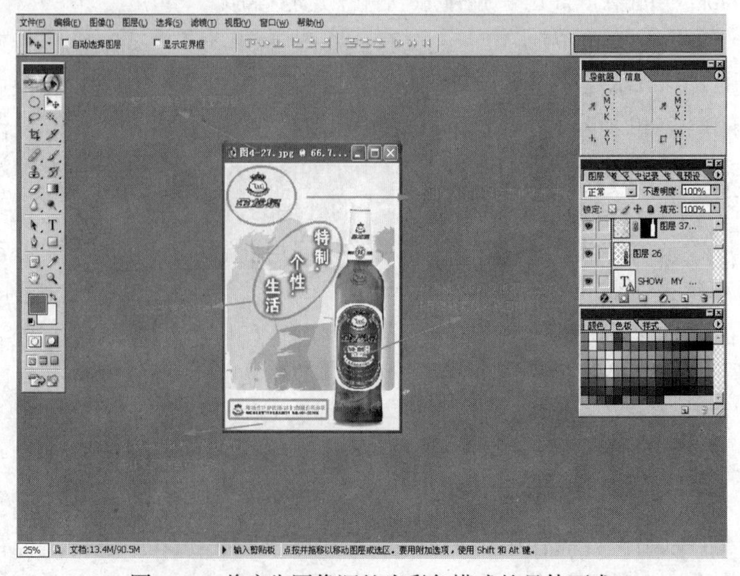

图 5-82　将广告图像调整为彩色模式的具体要求

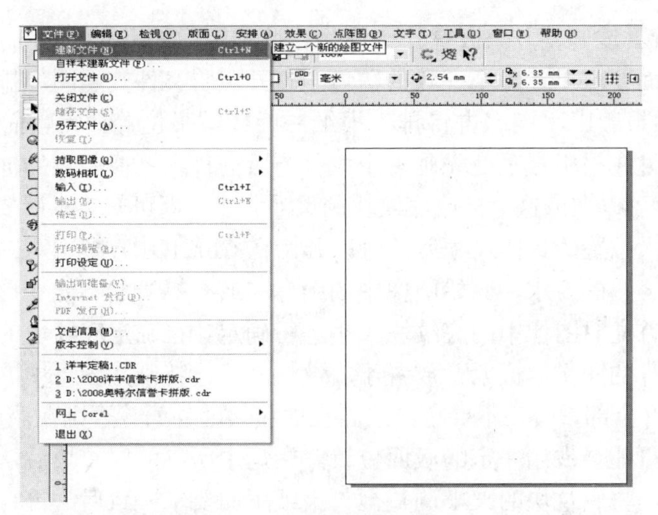

图 5-83　打开 CorelDRAW 软件并新建一个 .cdr 文件

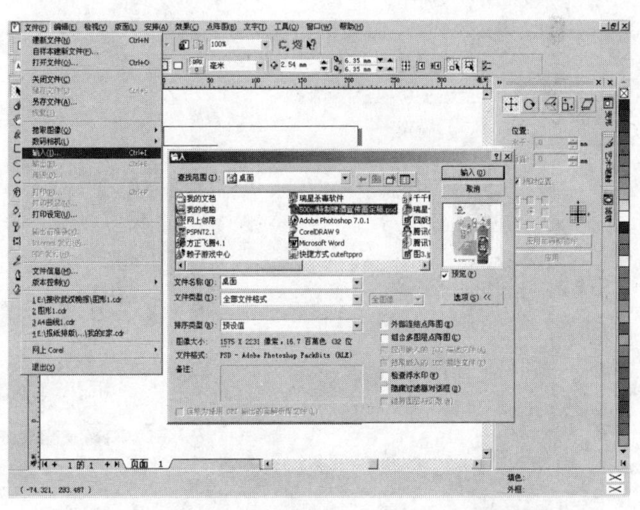

图 5-84　使用“输入”命令将 .psd 格式的图像输入到 CorelDRAW 文件中

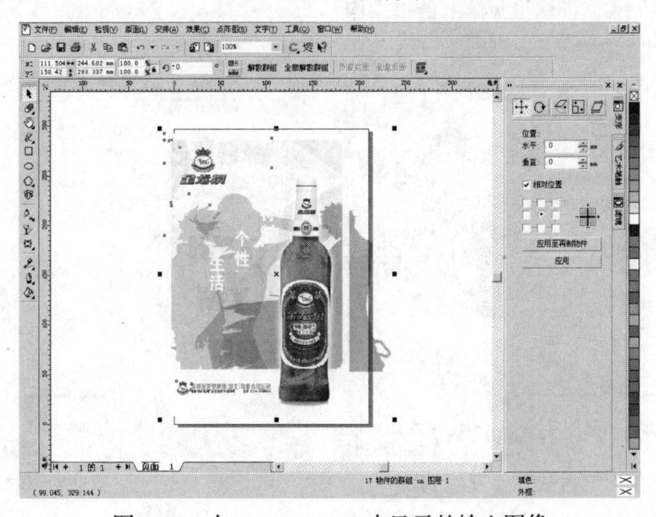

图 5-85　在 CorelDRAW 中显示的输入图像

3）对图像进行具体调整及修改操作。第一步调整图像的尺寸大小与报纸版面要求一致。为了获得与报纸版面要求尺寸大小一致的图像，打开飞腾文件查看图像排入位置的大小，如图 5-87 所示在飞腾报版中，该广告将排入报纸一版的报眼位置，在版面中图像排入位置的具体尺寸，可以通过在报版报眼处先画一个大小与所需排入图像一致的框或底纹块，再单击“块参数”命令，就可以知道这个框或底纹块的尺寸大小，即可知道了所要调整的图像尺寸大小。在知道图像排入位置的具体尺寸后，可以开始在 CorelDRAW 中对图像的尺寸大小进行调整了。根据广告客户的要求，原始图像中的图标（或商标）是不能变形的，因此，在调整图像大小时，可以首先对图像中的底纹块大小进行确定。在确定底纹块的大小时必须注意将图像中除底纹块以外的图像组成元素放置于底纹块外面，特别是图像中的图标；另外，原图中的多个底纹块最好全部重叠，不要有白边露在底纹块的外面，否则在调整底纹块的大小后，底纹块外的白边很可能会占用一定的版面位置。在选中所有的底纹块后，就可以直接对底纹块的大小进行调整，将底纹块的大小调整至与报纸版面要求一致后，再将图像中的其他元素放于相应的位置即可，其具体操作如图 5-88 和图 5-89 所示。

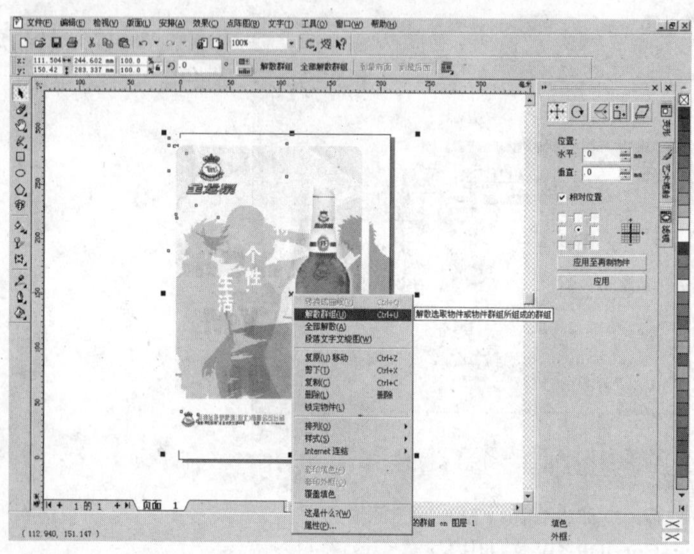

图 5-86 对输入图像进行解散群组操作

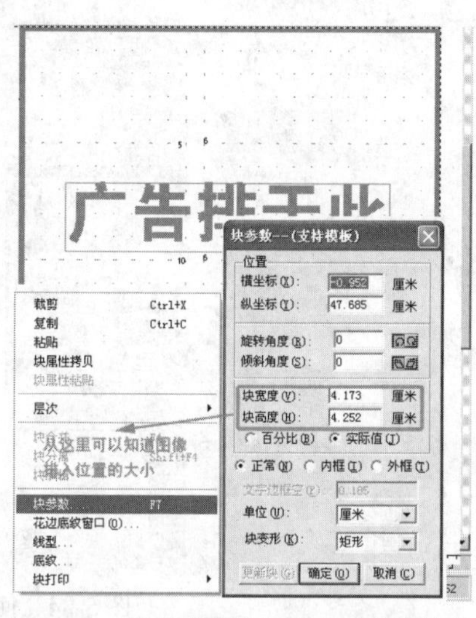

图 5-87 在飞腾中确定排入图像位置的尺寸大小

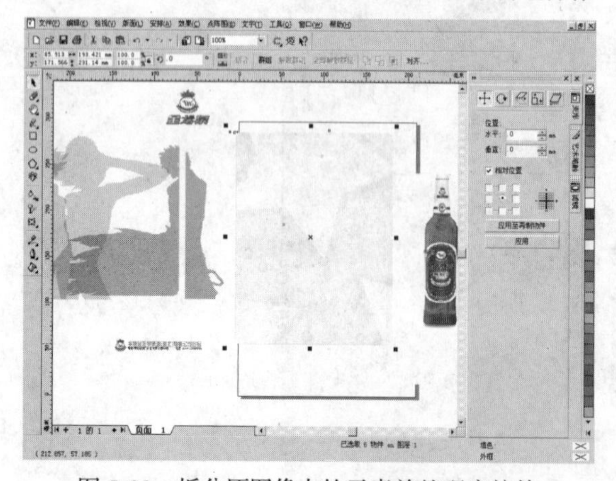

图 5-88 拆分原图像中的元素并整理底纹块

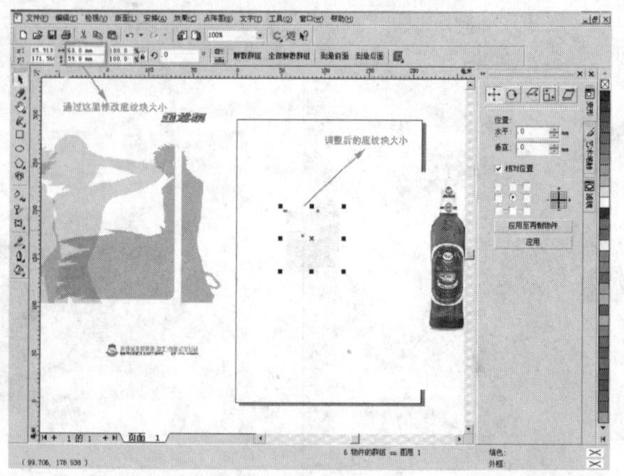

图 5-89 调整底纹块大小及显示结果

4）将原图中的两组图片元素尺寸等比例缩小，放入底纹块中，并将其中一个多出来的人形块剪切掉。其具体操作方法如图 5-90 和图 5-91 所示。

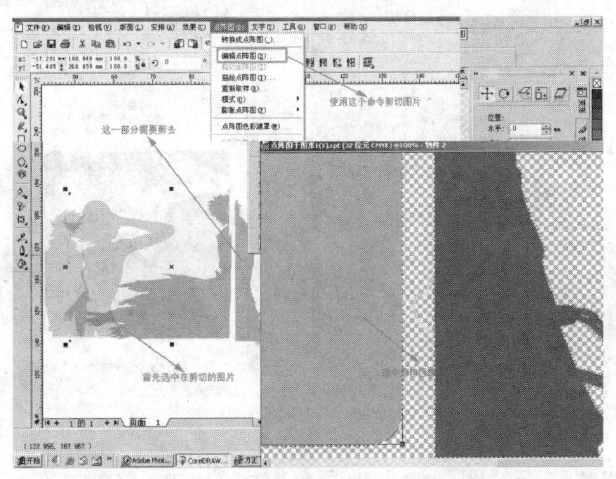

图 5-90　剪切图片的多余部分

图 5-91　原图中的两组图片元素尺寸缩小后的效果

5）对图标及文字的调整。其操作方法比较简单，只需注意在缩小图标操作中一定在使用等比例缩小。另外，在 CorelDRAW 中进行文字处理时，由于图像中的文字部分已不能进行色彩操作，因此，只能重新录入文字，并设置相应的色彩，其具体操作方法如图 5-92 ～图 5-94 所示。

图 5-92　等比例缩小图标

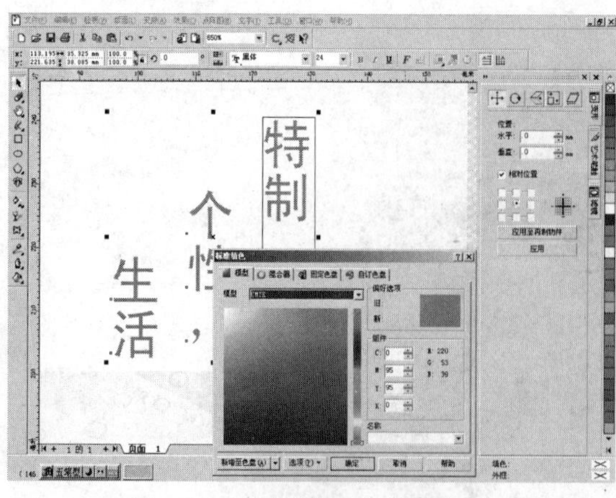

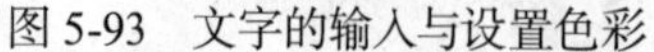

图 5-93　文字的输入与设置色彩

图 5-94　调整好后的图像效果

6）最后就是将调整好后的图像输出为彩色模式的 EPS 格式文件，以备飞腾排版软件调用即可完成全部操作过程。其具体操作方法如图 5-95 和图 5-96 所示。

图 5-95　将图像输出为彩色模式的 EPS 格式文件的方法

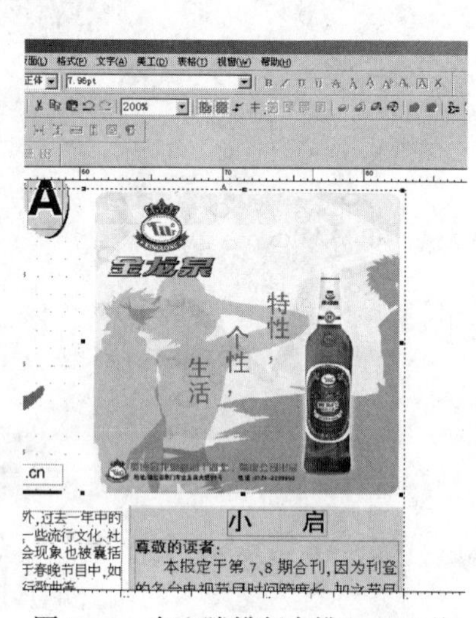

图 5-96　在飞腾排版中排入 EPS 格式文件后显示的效果

（2）将广告图像以彩色模式排入套红版面中的处理与调整方法。

如果是套红的排版版面需要使用以上图像文件，操作员对原始图像的调整操作可以参照前面介绍的彩色图像的处理方法一样进行，但是不能直接使用前面操作生成的 EPS 文件进行输出，否则，在输出胶片时，不应该套红的地方也会出现套红；关键是图像在输出时会出现大量信息丢失，如图 5-97 所示为在方正 PSPNT 输出软件中对彩色 EPS 图像进行套红输出的结果。

对于以上图像文件如果以套红的方式使用彩色模式应用于排版版面中，其操作过程要比前面介绍的将广告图像以彩色模式排入彩色版面中的处理与调整方法还要复杂一些，因为，原始图像中的底纹块的层次比较多，如果要求底纹块中使用红色（印刷中一般将其设为品红），其操作过程就非常复杂了，必须对图像中的彩色底纹层进行调整及色彩修正。当然，对于图像尺寸大小的调整可以使用前面介绍的方法进行操作。为了确保图像中原底纹块中的层次及层次中的信息不会产生大的变化，在操作中我们可以通过以下步骤对图像进行调整：

1）首先可以使用与前面介绍的完全一致操作方法，并获得一个彩色图像文件。也就是说，可以在前面操作的基础上对图像进行调整。这就是这种调整操作比前面介绍的操作方法还要复杂的原因所在。

2）将彩色图像的组成元素拆开，分解成如图 5-98 所示的多个元素。

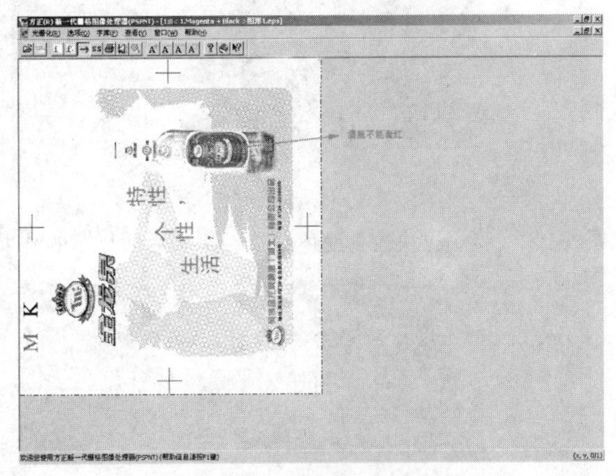

图 5-97　在方正 PSPNT 输出软件中对彩色 EPS 图像进行套红输出的结果

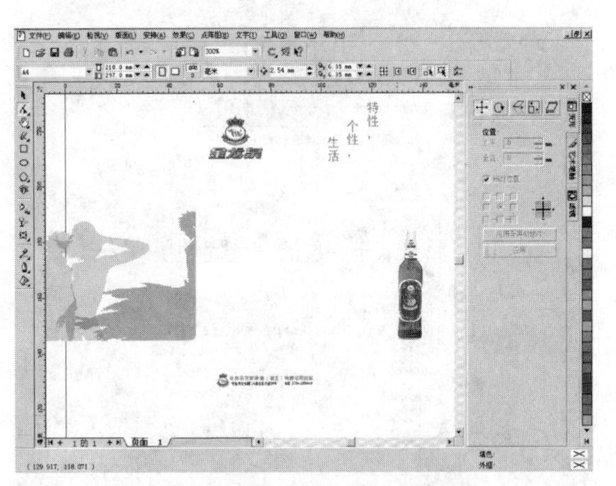

图 5-98　将前面获得的彩色图像分解开

3）此时，可以将原图像中的一些可以直接改为灰度模式的元素全部选中，单击“点阵图”菜单中的“模式”命令，将这些图像元素先转换为灰度模式，其具体操作方法如图 5-99 所示。

4）将图像中的彩色文字改为品红色，其具体操作方法如图 5-100 所示。

5）对以黄色为主的底纹块进行色彩修改。通过拆分底纹块后，可以发现这个底纹块有 7 层，其中大多数为透明层，只有最底下的一层是黄色的纯底纹块。为了满足该广告图片套红的需要，可以将最底下一层的黄色底纹块改为红色后，就可以使整个图像变为以红色为主色调。通过分析了图像的层次后，找到最关键的图像层次进行处理，从而大大减少操作步骤。选中及修改最底下一层的黄色底纹块，使其变为红色的具体操作方法如图 5-101 和图 5-102 所示。

6）由于图像组成中的底纹块比较淡，图像对比不强，可以通过对拼好的套红版图像进行色阶及对比度调整。其具体操作方法如图 5-103 和图 5-104 所示。

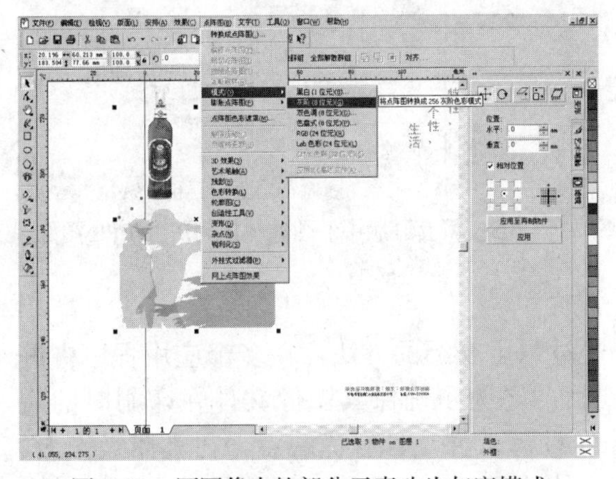

图 5-99　原图像中的部分元素改为灰度模式

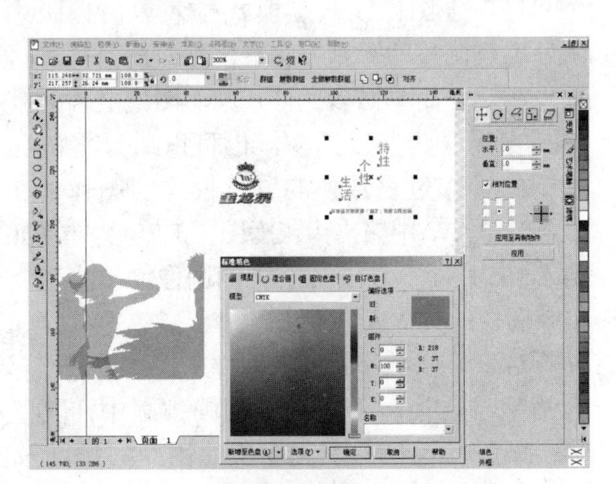

图 5-100　将图像中的彩色文字改为品红色

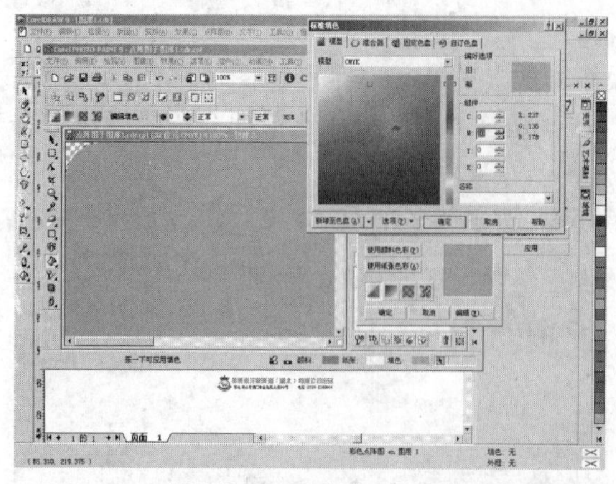

图 5-101　将最底下一层的黄色底纹块改为红色

图 5-102　将底纹块改为红色并重新拼版后所显示的结果

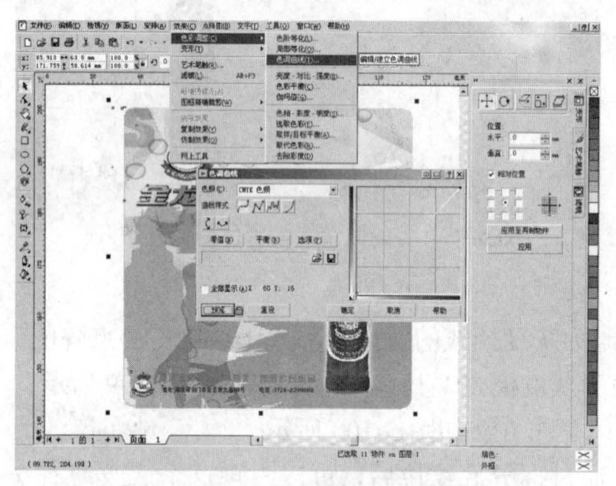

图 5-103　对拼好的套红版图像进行色阶调整

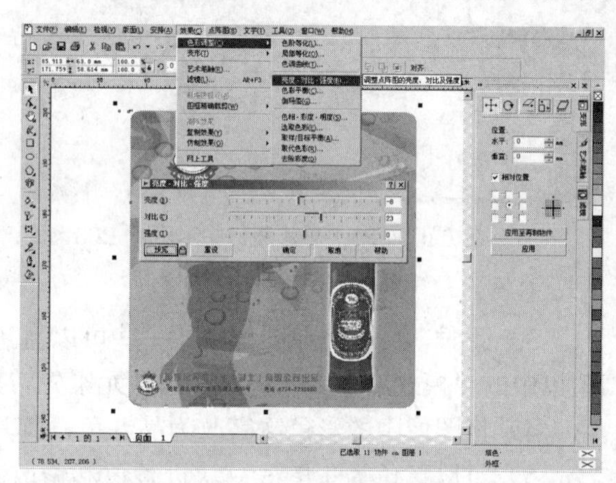

图 5-104　对拼好的套红版图像进行对比度调整

7）最后就是将调整好后的图像输出为彩色模式的 EPS 格式文件，以备飞腾排版软件调用即可完成全部操作过程。

（3）将广告图像以灰度模式排入黑白报版中的处理与调整方法。

将广告图像以灰度模式排入黑白报版中的处理与调整的操作方法有多种，而且操作过程也相对要简单得多。打开原始图像文件时就将其直接改为灰度图像，也可以通过将前面介绍的操作过程转换的彩色模式的图像，在 CorelDRAW 中输出为灰度图像 EPS 文件，如图 5-105 所示为将套红版中的图像输出为灰度 EPS 图像的具体操作方法。

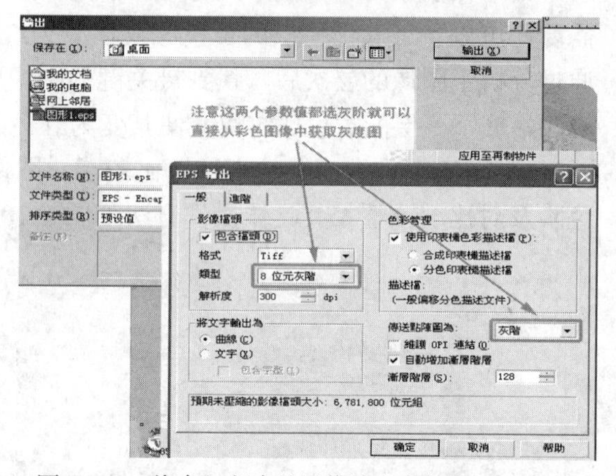

图 5-105　将套红版中的图像输出为灰度 EPS 图像

对于外来数字图像文件的排版，如果需要通过以上介绍的方法，在多个应用程序中进行调整与转换后再应用于飞腾排版中，其主要目的是为了确保其图像文件在印刷时的质量；同时，也说明了现在所使用到的排版及图像处理软件，各有优缺点。在具体操作中，应该根据不同的图像来源及制作方法，进行相应的处理后，再应用于飞腾排版中，这样做在操作上可能会造成一些麻烦，但能够保证图像的印刷质量。这是印刷者与印刷客户追求的目标，因此，也是印刷流程中各个工艺环节必须特别加以重视的。操作人员不能为了图方便或省事，而不注意图像的质量，对于一些能够做的和必须做到的操作，操作人员都必须进行相应的操作，不要怕麻烦，也不要怕占用时间。只要按照严格的操作规程进行图像处理，则在印刷中就一定可以确保甚至是大大提高图像的印刷质量。

5.5 画册版面设计集萃

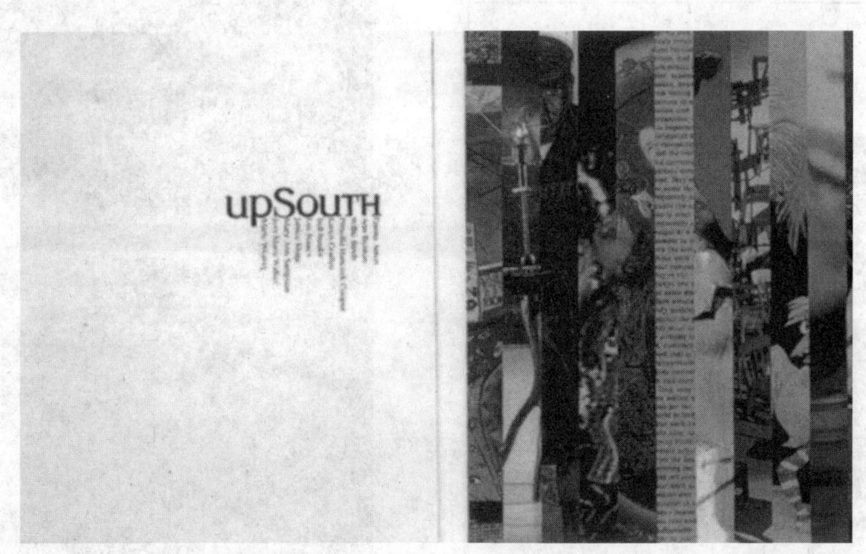

图 5-106　这是目录册的封面。白色的封面上，竖排着艺术家的名字细小而精致与横排的文字形成对比，充分表现封面优雅和精致。色彩斑斓的后封页是艺术家们的作品

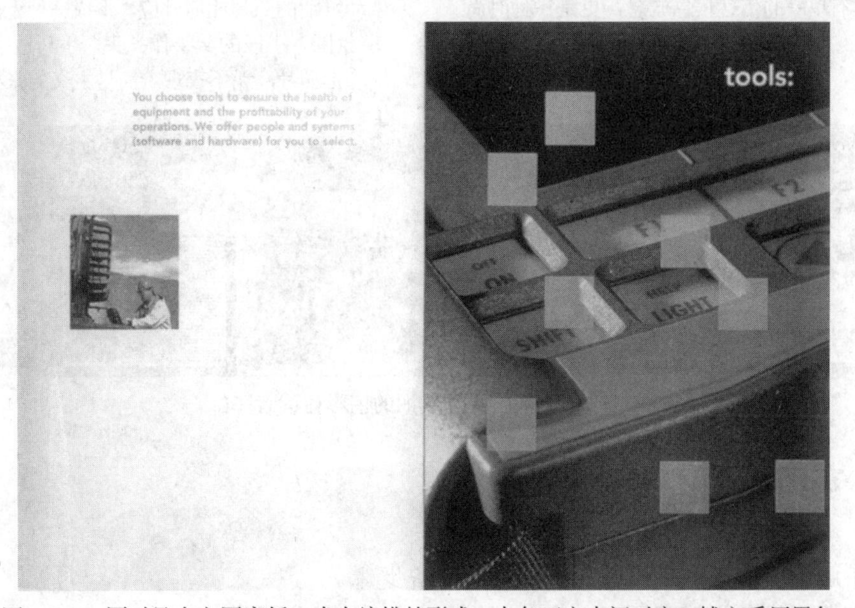

图 5-107　同时具有文图穿插、自由编排的形式。白色正文中间对齐，辅文采用黑色，左边对齐格式；底部的装饰符号居中，左右采用自由格式

图 5-108　一组可口可乐的画册版面设计，既含蓄又奔放

Memories of 1996 by Tony Blair
Barbara Cartland Michael Grade
Nick Hornby Clare Short Will Self
Paddy Ashdown The Spice Girls
Phil de Glanville Irvine Welsh
Dale Winton Michael Heseltine
Life
The Observer

图 5-109　以文字为主的排版样式，文字不仅具有单一的传达信息概念，更是一种时尚的艺术表现形式

图 5-110　空白是该设计的关键，白色纸页与生动鲜活的照片相应呼应，形成一种宁静与和谐氛围。小段的文字作齐头，小巧适中的方形照片，无不表现着简易主义的张狂

图 5-111　合理的分栏、绚丽的色彩让读者一目了然

5.6 本章练习

（1）了解画册版面的排版特点及图像的准备步骤。

（2）掌握图像色彩管理原理，简单制作一个色彩管理流程。

第6章

说明书及宣传资料的版面编排与设计

作为一名说明书设计人员，对产品说明书的设计，要考虑很多方面，首先是宣传，说明书是一个与用户沟能的窗口，设计一款既要达到很好的宣传，又要让用户容易看懂的说明书不容易，一般认为，说明书要突出产品的卖点，又不能太脱离实际，用语要简练，又不能过于简单，你了解该产品，并不代表用户也了解，用户要看说明书操作，就代表用户不懂操作才想找说明书看有没有技术指导，有些人也这样认为，说明书太详细了，用户找半天都找不到解决的办法也不是一份好的说明书，如果做一份详细的说明书，那目录很重要，目录务必准确表达该目录下的内容，内容的编写，用语最好不要太专业化，如果用户看完了，都不懂操作，那一点用也没有，既要简单，又要能说明问题，就要把握这个度了。因此对于带有目录的说明书，其版式设计与书籍一样，在此就不再赘述。

6.1 宣传资料的版面编排与设计

宣传资料的设计，又称之为“非媒介性广告”。它可以是企业形象宣传、企业产品推广，可以是一张单页，也可以是小宣传册。不仅可以宣传企业形象，还能传播企业商品信息，这样的效果是其他任何宣传媒介所不能及的。

宣传资料的版式设计一般有下列设计元素信息：图片信息（产品图片、企业商标、相关辅助设计符号），文字信息（产品文案宣传、企业介绍），色彩信息等。

单页宣传资料的设计中文字信息是非常重要的，甲方需要简明扼要地叙述产品且能让顾客尽快接受该产品，因此文字的编排在此设计中是起到举足轻重的作用的，它需要把不同文字信息进行分类，突出销售重点。在商业宣传资料的版式设计中根据不同的信息来确定文字内容的字体与字号以及与背景的呼应关系。

作为多页的企业宣传画册设计应该体现企业文化内涵，而不应该做成枯燥的文字和呆板的产品图片的堆砌。因此设计的形式语言是影响宣传效果的关键，在这里图片信息和色彩信息是需要认真斟酌的。图片信息中的相关辅助设计符号又是沟通图片和文字信息的纽带，虽然分量不多，但却起到画龙点睛的作用，在设计中是不能忽视的。而色彩信息则是能否满足人们审美需求的关键因素，如图6-1所示。

图6-1　多页的矫正鞋产品宣传页，效仿高级时装广告，简洁精美的文字印刷及小巧的图片，都表现出这个产品具备了高级女装的效果

6.2 说明书及宣传资料简介实例

说明书及简介的版面组成并不复杂，针对不同的说明对象，要编排的内容多少区别很大。对于一些小产品的技术说明，有可能一个32开的幅面就足够了；但对于一些大产品，由于技术含量高，操作方式多，要说明的内容自然也较多，因此，篇幅可能大一些，有时甚至是一本书。说明书及简介的版面编排方法与书版基本相似，只是可能需要大量排入图像、图形、表格或公式、流程图等内容，因此，对于一些内容复杂的说明书及简介在编排上可能不是一件轻松的事。使用飞腾排版软件编排说明书及简介，其基本操作可以采用书籍排版的方式进行，在编排过程中主要是解决一些特殊图形、表格及公式的排版问题。在本书中将以方正输出软件PSPNT的操作手册制作中的部分页面过程为例，介绍有关说明书及简介版面的编排基本操作方法；对于在该例中没有使用到的操作方式，将单独列入其中进行单独介绍，其具体操作步骤如下：

（1）与书籍版面的制作方法一样，说明书及简介的排版过程首先是准备说明书及简介排版中所需要的相关图文数据文件，并将图像文件和文字文本文件保存到使用飞腾软件的本地计算机中，以供排版时调用。应该注意的是：对于说明书及简介的图像文件准备必须充分，需要准备一些相关的商标、图标等（包括某一种产品的操作界面所使用到的一些相关图标）。

（2）打开飞腾软件，建立一个版心文件。在建立版心文件时，应该根据说明书及简介排版的版面的拼要求，设置好版心大小，可以以文字排版时的主字号为单位确定说明书及简介的版心大小，也可直接以厘米或毫米为单位直接确定说明书及简介的版心大小，通常情况下需要设置版心中的主字体号、行距等排版属性，以便于对版面中文字部分排版有一个统一的规定，在此以一个大32开幅面的说明书及简介版心为例，介绍如何在该排版区域对说明书及简介版面进行编排，如图6-2所示。

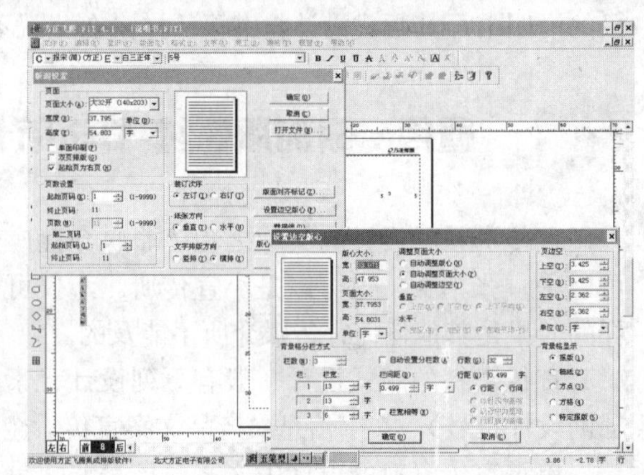

图6-2　说明书及简介版心大小的设置

（3）说明书及简介的编排主要包括一个简单的封面、目录和内页（也就是说明书及简介的主体内容）等部分的排版制作过程。

（4）在制作说明书及简介的封面时，根据不同的编排方式可以制作封底，也可以不制作封底。如果制作封底，和书籍的编排方式一样，通常需要与封面和书脊一起制作，其制作方法可参阅书籍、期刊和画册制作中介绍的相关内容。本书在此只简要介绍一下说明书及简介封面的制作过程。在如图6-3所示的说明书及简介封面中，首先单击“排入图像”命令将方正集团的商标标志图像和PSPNT输出软件的产品图像排入飞腾版面中，如图6-4所示；调整图像大小尺寸至合适的大小，然后输入版面中需要的文字，选中文字后，设置文字的字体和字号，单击“块选取工具”逐一选中图像和文字块，准确地移动到排版区域的对应位置上。

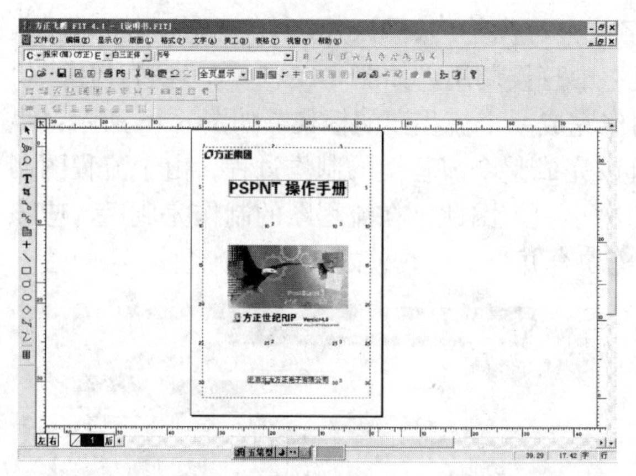

图 6-3　已制作好的方正输出软件 PSPNT 操作手册封面

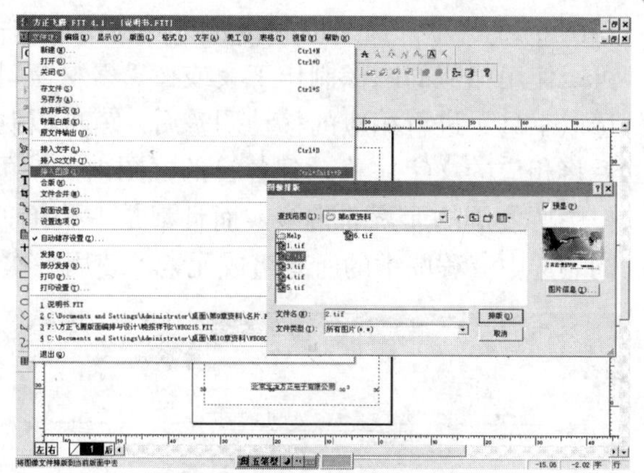

图 6-4　排入商标标志图像和产品图像

（5）编排目录。在开始目录的制作前，可以使用与书籍、期刊和画册制作中操作相同的方法，首先将页眉和页码制作好，再开始目录内容的制作过程。目录的标题文字“目录”可以以单独的文字块置于版面排版区域相应的位置上，目录中的文字内容，单击“排入文字”命令，如图 6-5 所示排入飞腾文件；目录章节内容后面与页码数的连接符可以使用省略号代替，注意页码数应该对整齐，如图 6-6 所示为一个已排好的目录页。

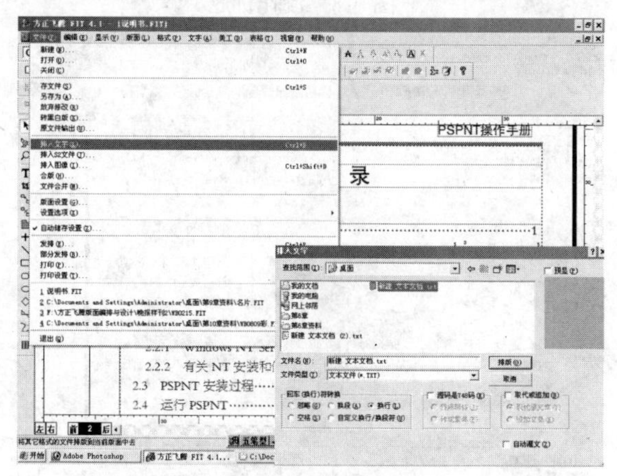

图 6-5　排入目录文字内容

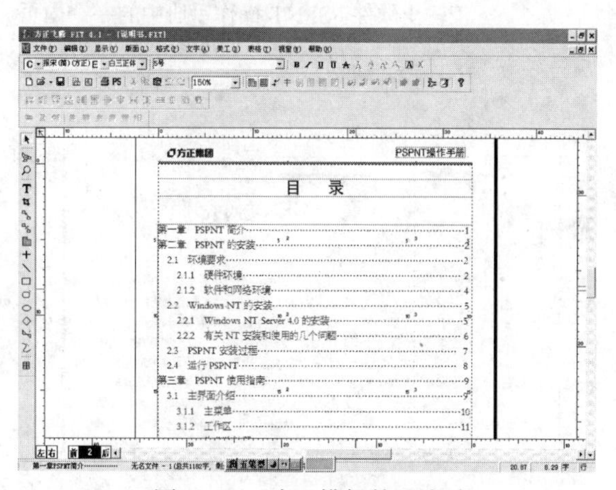

图 6-6　一个已排好的目录页

（6）制作说明书及简介的内页。在制作内页前，首先制作好内页的页眉和页码，通过使用“复制”和“粘贴”命令，将所有内页的页眉和页码一次性制作好。在制作如图 6-7 所示的页面制作过程中，首先单击“排入文字”命令，将文字排入飞腾文件中，单击“形成标题”命令制作好标题文字，如图 6-8 所示；单击“块选取工具”选中文字块，然后单击“分栏”命令对文字块进行分栏操作，如图 6-9 所示；单击“排入图像”命令排入图像文件，并设置图像的属性为图文互斥，再移动到文字块的中间位置上，效果如图 6-10 所示。

（7）在制作如图 6-11 所示的内页中带有流程图的页面时，首先使用前面介绍的方法排入文字，并制作好标题，最后再对流程图进行编排。在制作流程图时，先将流程图像的框架画出来，如图 6-12 所示可以依次使用“矩形工具”、“菱形工具”、“多边形工具”、“椭圆形工具”、“直线工具”、“斜线工具”和“曲线工具”等制作图形工具，制作各种线框和线条；另外，也可以单击“版面”菜单中的“软插件”命令，选择“素材窗口”中的各种现有图形，如图 6-13 所示；箭头的制作则可以使用特殊字符进行代替，如图 6-14 所示；对于特殊箭头，可以使用相应的图像制作工具或在“素材窗口”中直接调用，如图 6-15 所示；通过使用“块选取工具”进行相应的移动调整后，就可以制作完成一个流程图的框架，如图 6-16 所示；最后将相应的文字块移动到各自的框图内，就可以完成整个流程图的制作过程。由于流程图制作中所使用的元素非常多，而且都是一些单独的小块，因此，在流程图的制作完成后，应该同时选中流程图中的所有组成元素，使用一次“块合并”命令，使之成为一个整体。

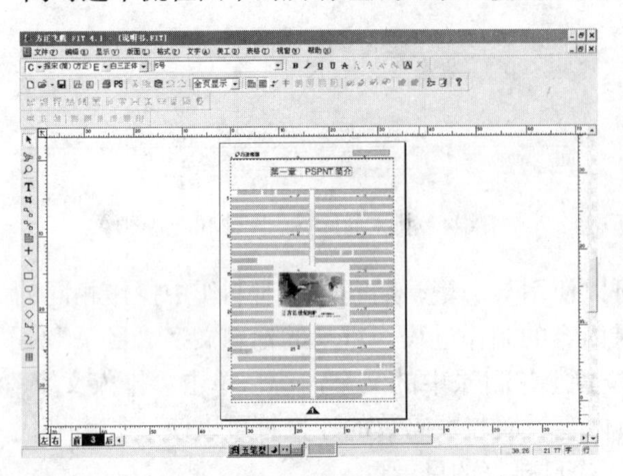

图 6-7　方正输出软件 PSPNT 操作手册中的一个内页

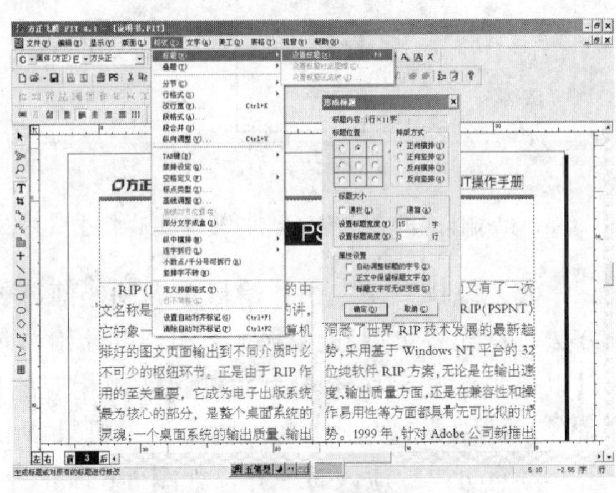

图 6-8　制作标题

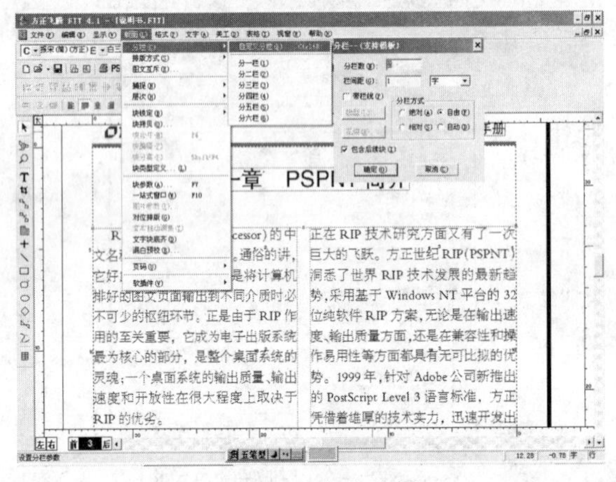

图 6-9　文字块分栏

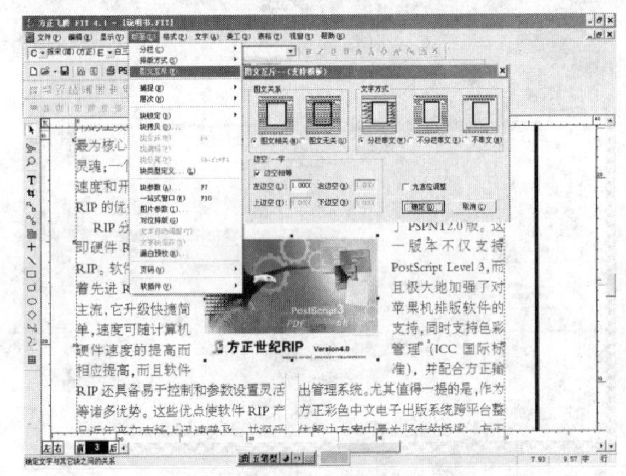

图 6-10　设置图像的图文互斥属性

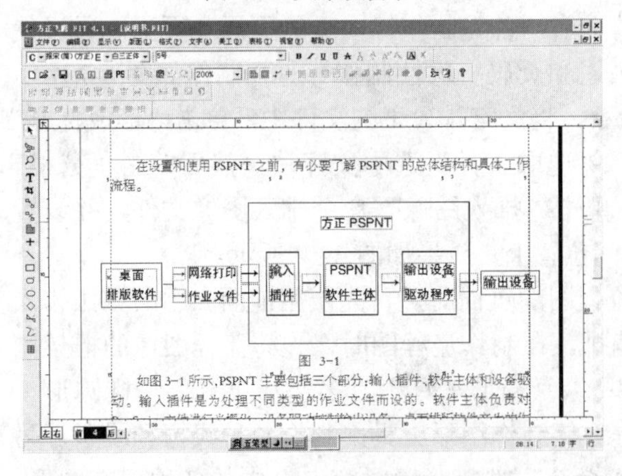

图 6-11　带有流程图的排版页面

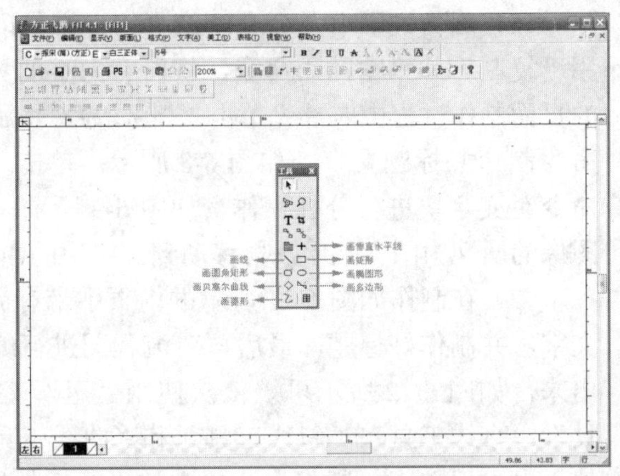

图 6-12　工具栏中对应的工具

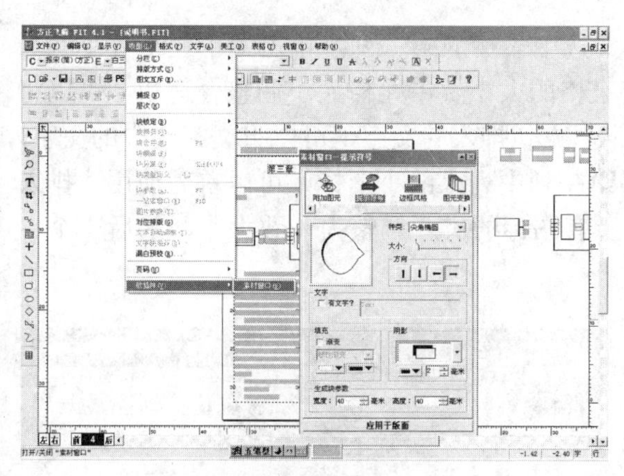

图 6-13 “素材窗口”中的各种图形

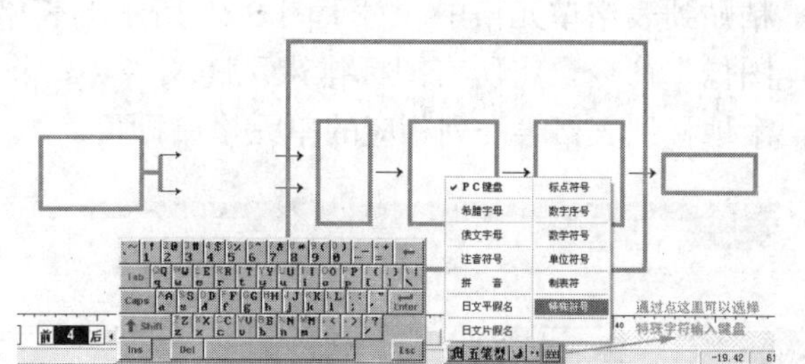

图 6-14 在输出法中选特殊符号

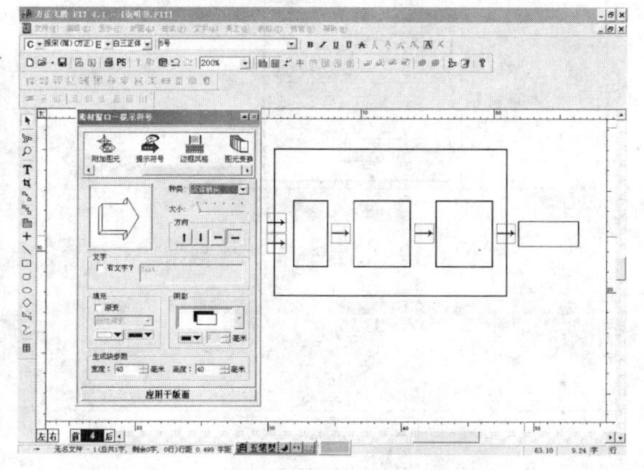

图 6-15 在“素材窗口”中的特殊箭头

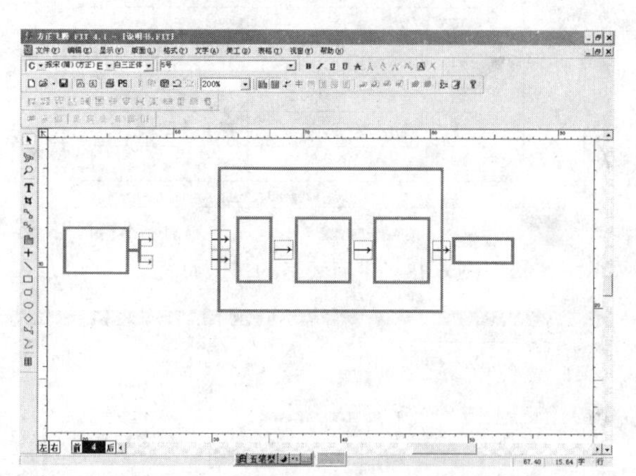

图 6-16 制作完成的流程图框架

（8）在如图 6-17 所示的带有小图标的排版页面中，其排版操作过程稍复杂，但操作方法并不复杂。在排入文字并调整好位置后，将需要排入图标的位置用空格或换行符在文字块中空出来，单击“排入图像”命令，排入图标文件，调整至合适的尺寸后，移动至相应的文字块空白处即可。对于一些可以在飞腾中制作的小图标，可以使用相应的图形制作工具或使用“素材窗口”中提供的图形，进行制作；也可以使用多种方式的组合使用进行合成。

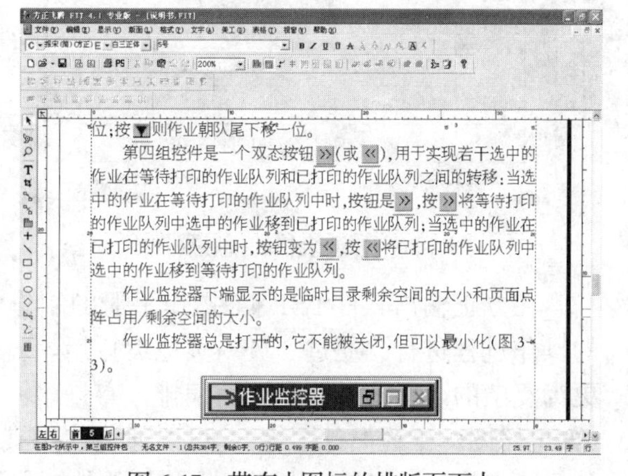

图 6-17 带有小图标的排版页面中

（9）在如图 6-18 所示的带有表格的排版页面中，可以使用飞腾软件中提供的表格制作功能完成。单击“表格”菜单中的“新建表格”命令，根据需要制作表格的行数和列数建立一个表格框架，如图 6-19 所示；然后激活“块选取工具”选中新建的表格框架，将表格框架大小调整至排版页面大小即可；激活“表格编辑工具”选中表格中需要调整的行或列，修改表格的行高或列宽及表格的排版属性，如图 6-20 所示；在图 6-18 所示的表格中，只需要修改表格中第一列的宽度值，激活“表格编辑工具”选中表格的第一列，单击“单元格大小”命令调整第一列的列宽值，如图 6-21 所示；在将表格的大小及单元格大小调整合适后，可以将文字输出相应的单元格中，如果使用“排入文字”方式排入的文字，可以将文字块中的文字，粘贴到表格单元格中；对于图 6-18 所示的表格第一列中列入的小图标，可以首先使用“排入图像”命令，将所有图标排入飞腾文件中，将所有图标的尺寸调整为一致大小，最后一个一个地移到表格第一列相应的单元格中即可。

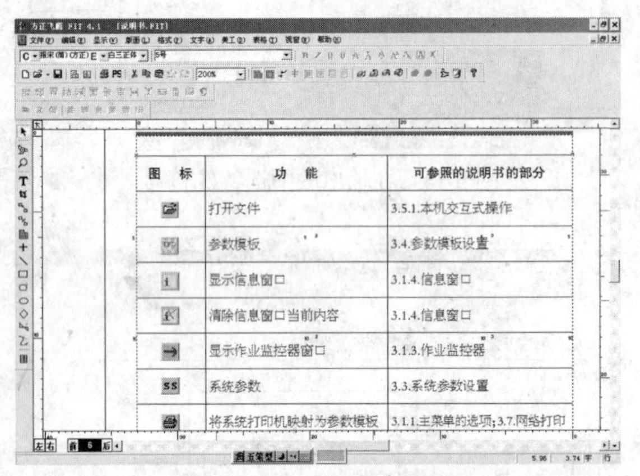

图 6-18　带有表格的排版页面

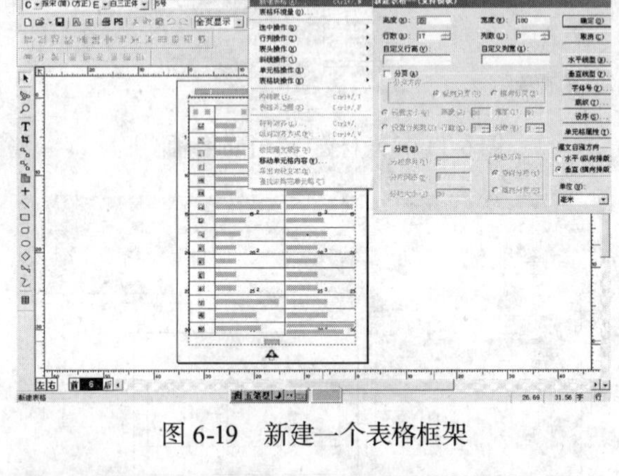

图 6-19　新建一个表格框架

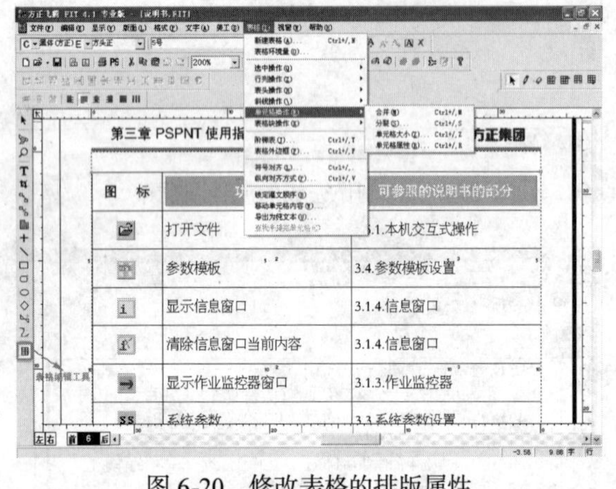

图 6-20　修改表格的排版属性

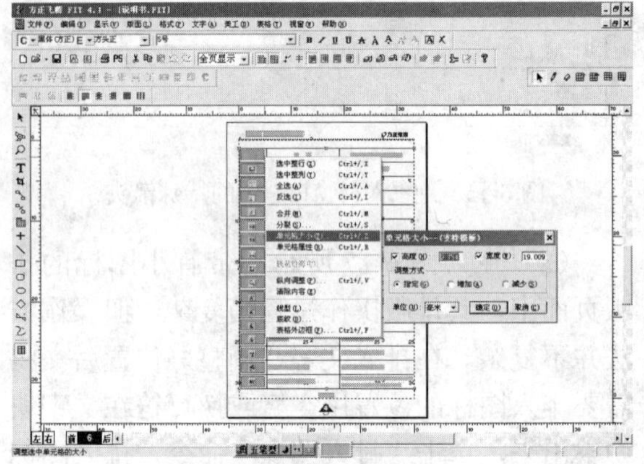

图 6-21　修改表格列宽

在方正输出软件 PSPNT 操作手册的制作中所有页面的排版方法，都可以参考以上介绍的操作过程进行。通过一页一页地编排后，就可以完成全部编排操作过程。但是，对于一些更为复杂的说明书及简介版面编排，有许多图形是很难或根本无法在飞腾排版软件中完成的（如电路图、工程设计图等），可以通过使用其他一些软件制作出所需要的图像，再直接复制到飞腾文件中；当然，也可以将其他软件制作的图像，保存为飞腾软件能够识别的图像文件，然后排入飞腾文件中。在后面介绍的内容中，将简要介绍一下有关这方面的内容。

另外，在飞腾中，还可以输入各种公式，其操作方法是：单击“编辑”菜单中使用“数学”命令，选择一个公式模板，即可输入一个公式符号，然后按照公式的排版方式输入文字或数字，如图 6-22 所示；最后将编辑的公式复制到飞腾排版页面即可。公式的具体编排方法，可参阅本书中相关章节的内容。

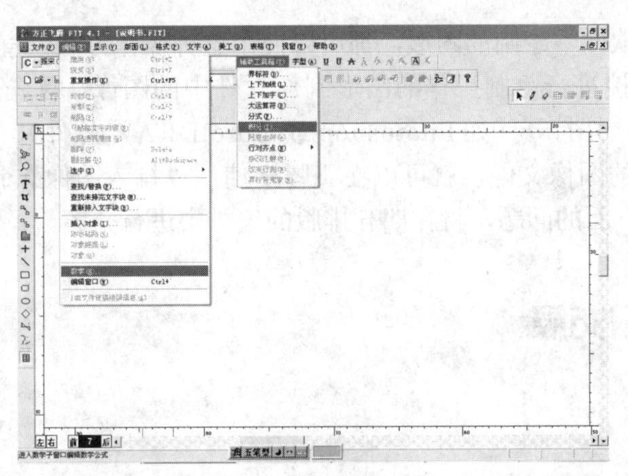
图6-22　编辑制作数学公式

（10）将Word和Excel中的图表输入飞腾中的操作方法：首先打开一个Word表格文件，如图6-23所示，选中整个表格内容，单击“复制”命令；转入飞腾操作窗口，在排版区域内单击“粘贴”命令，即可将Word中已排好的表格直接复制到飞腾文件中，效果如图6-24所示；虽然这样排入的表格，不能对表格中的文字进行修改，但可以对整个表格的大小进行调整。同样的方法，打开一个Excel图形文件如图6-25所示；转入飞腾操作窗口，通过“粘贴”即可将Excel中已排好的图形直接复制到飞腾文件中，效果如图6-26所示。

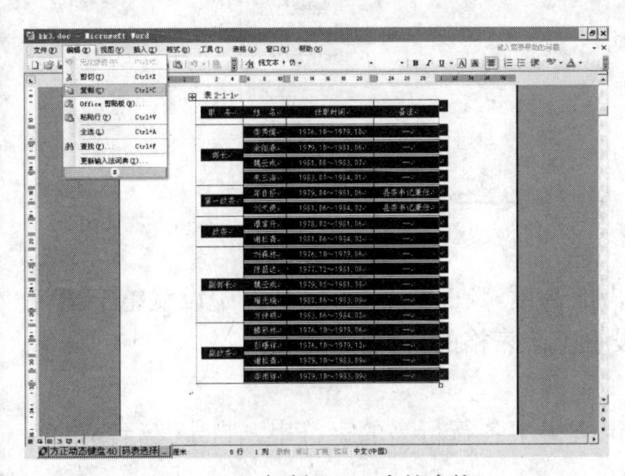
图6-23　复制Word中的表格

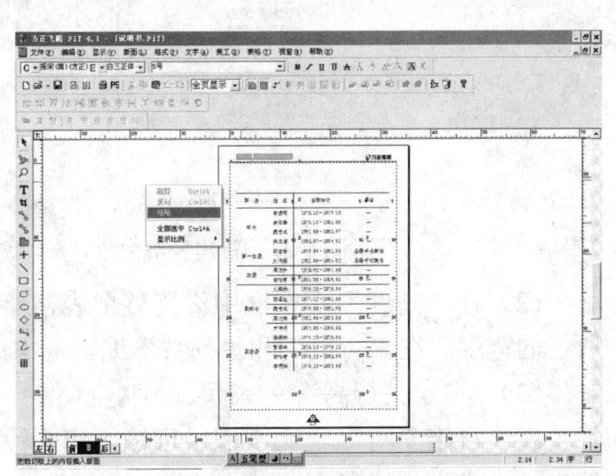
图6-24　粘贴Word中的表格到飞腾文件中

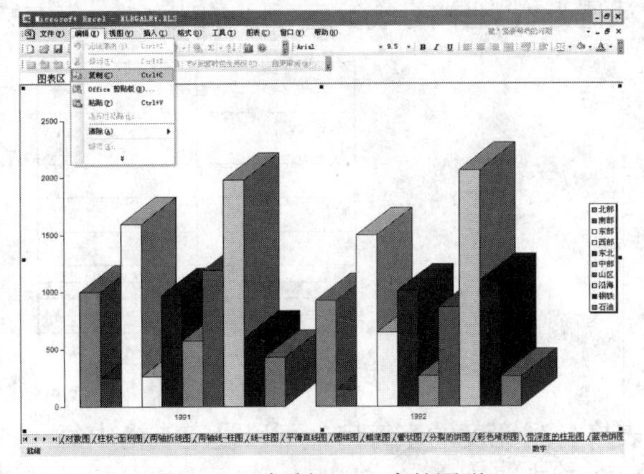
图6-25　复制Excel中的图形

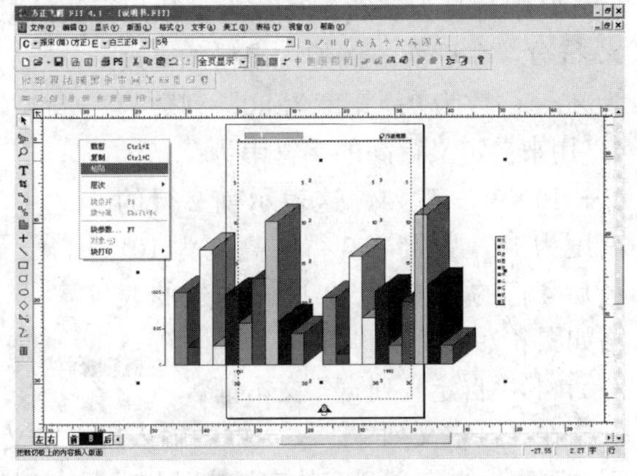
图6-26　粘贴Excel中的图形到飞腾文件中

在许多图形制作软件中绘制的图形，都可以使用这种操作方法，直接输入到飞腾文件中。也可以将一些不能直接进行复制操作的图形制作软件中的图像，首先保存为一个图像文件，然后，使用图像处理软件打开（如 Photoshop 或 CorelDRAW 软件），并进行相应的处理后，保存为飞腾可以调动的图像文件，就可以在飞腾中使用“排入图像”命令，将这些图像排入飞腾文件中。有关这方面的问题，将在期刊排版的编排中进行介绍。

6.3 基础知识拓展

6.3.1 新建表格

1. 通过菜单创建表格

建立表格的操作步骤如下：

（1）单击“表格”菜单的“新建表格”命令，如图 6-27 所示，将会弹出如图 6-28 所示的“新建表格”对话框。

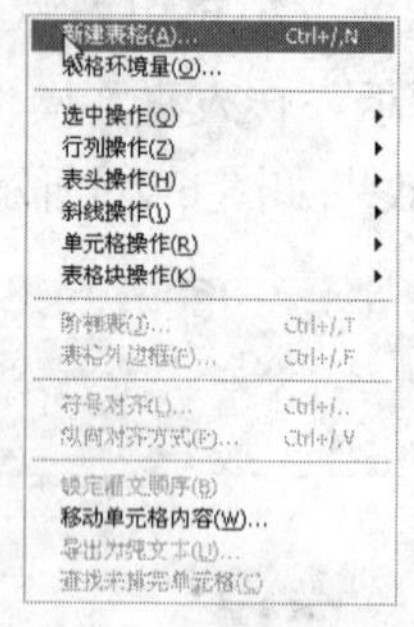

图 6-27 新建表格命令

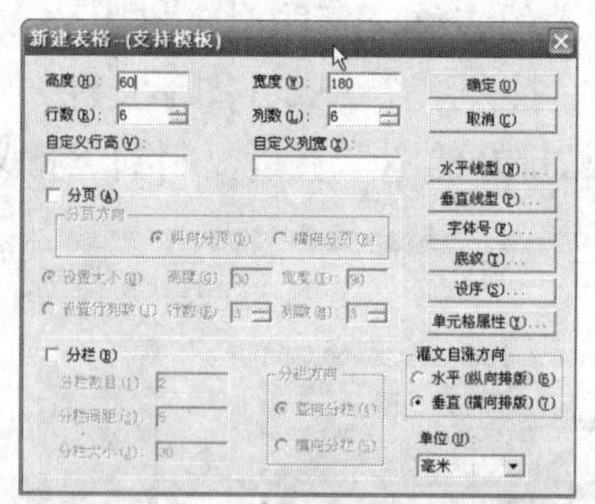

图 6-28 “新建表格”对话框

（2）在“高度”文本框中设置整个表格所占的高度，在“宽度”文本框中设置整个表格所占的宽度。在“行数”和“列数”编辑框中设置整个表格的行数和列数。

（3）“自定义行高”文本框。

在“自定义行高”文本框中可输入用来设定表格中各行行高的字符串。自定义行高的字符串的格式为：行高 × 行数＋行高 × 行数＋…。

其中行高为实数，行数为整数，行数的默认值为 1。省略号表示还可以有别的“＋行高 × 行数”在后面。例如，表格的高度为 80，行数为 9；宽度为 80，列数为 4；用来自定义行高的字符串为：15×2 + 10×3 + 5×4，这表示前 2 行的高度为 15，紧接着 3 行的高度为 10，最后 4 行的高度为 5，这样创建的表格如图 6-29 所示。

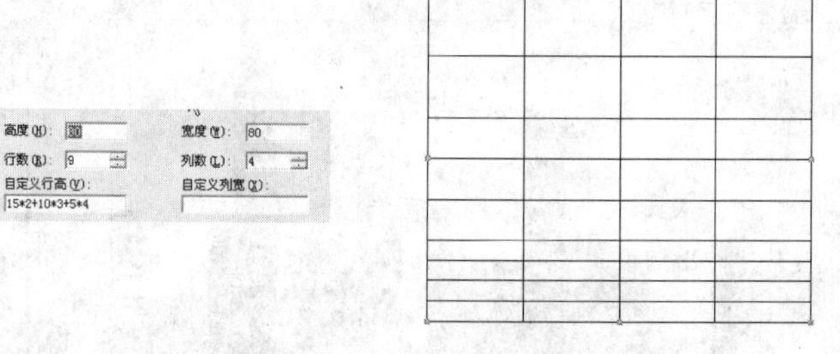

图 6-29 自定义行高示例

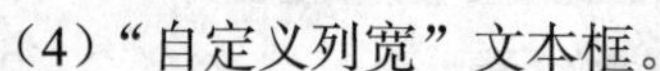

（4）“自定义列宽”文本框。

在“自定义列宽”文本框中输入用来定义表格各列宽度的字符串，可以设定表格中每一列的列宽。自定义列宽的字符串的格式是：列宽 × 列数＋列宽 × 列数＋…。

其中列宽为实数，列数为整数，列数的默认值为 1。具体设置方法与自定义行高相同。

（5）“分页”复选框。

当一页纸容纳不下新建表格时，就需要进行分页，使新建表格能在几页纸上显示。

新建表格的高度超过纸张的高度时，可选择“纵向分页”，各分页的表格纵向排列；新建表格的宽度超过纸张的宽度时，可选择“横向分页”，各分页的表格横向排列，如图 6-30 所示。

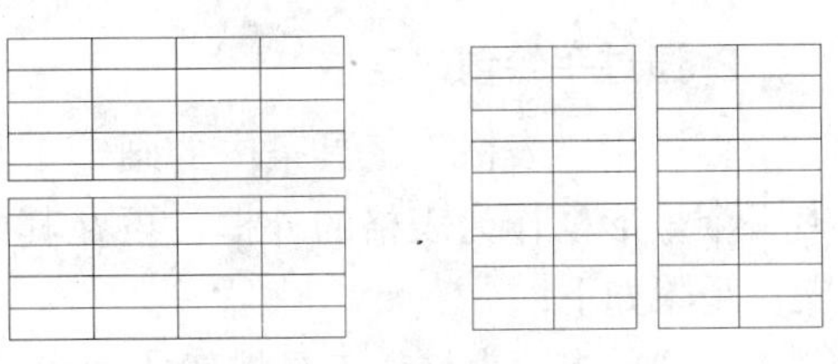

图 6-30 纵向分页和横向分页

选中“设置大小”单选按钮，则由每个分页表格的高度（纵向分页时，在“高度”文本框中设置）或宽度（横向分页时，在“宽度”文本框中设置）决定分页表格的大小。

选中“设置行列数”单选按钮，则由行数或列数决定每个分页的大小。纵向分页时，在“行数”编辑框中设置每个分页表格的行数；横向分页时，在“列数”编辑框中设置每个分页表格的列数。

分页表格的高度或宽度不能超过表格的总高度或总宽度。

（6）“分栏”选项组。

当一个表格纵向很长或横向很宽的时候，可以选中“分栏”复选框来设置表格的分栏。选中该复选框后，“分栏”选项组被激活。

当分栏数目和分栏大小发生矛盾时，排入版面中的分栏表格是以分栏大小的设置为基准的，同时对已经排入到版面中的分栏表格，可以用 Shift+ 鼠标左键拖动分栏标志的方法重新对表格进行分栏。

新建表格的高度超过纸张的高度时，需要选择“竖向分栏”，各分栏的表格横向排列；新建表格的宽度超过纸张的宽度时，需要选择“横向分栏”，各分栏的表格纵向排列，如图 6-31 所示。

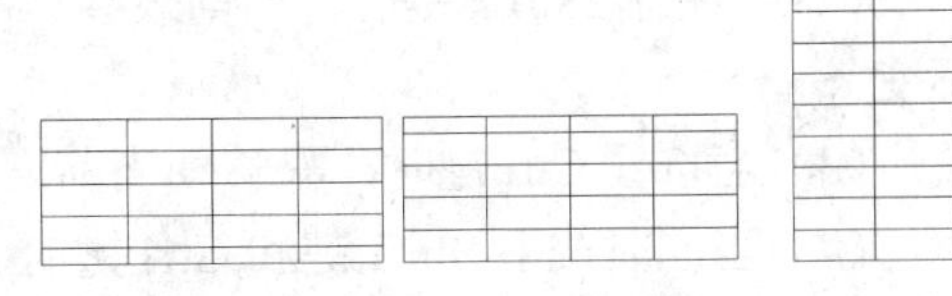

图 6-31 分栏表格

（7）单击“水平线型”与“垂直线型”按钮，弹出“线型”对话框，可以设置表格中各个水平线、垂直线的线型。单击“字体号”按钮，弹出“字体号”对话框，可以设置表格的字体号。单击“底纹”按钮，弹出“底纹”对话框，可以设置表格底纹。单击“设序”按钮，弹出“选择表格的序”对话框，可在此选择表格的序。单击“单元格属性”按钮，弹出“单元格属性”对话框，可在其中设置单元格的内容边空和底纹边空等属性。

（8）在“灌文自涨方向”选项组中可设置当文字输入到单元格的末尾时，单元格以何种方式自动扩大，并将剩余的内容水平或垂直移动。选中“水平”按钮后，当文字输入到单元格的末尾时，单元格宽度加大，并加宽到将剩余的内容排完为止。选中“垂直”按钮后，当文字输入到单元格的末尾时，单元格高度加大，并加高到将剩余的内容排完为止。

（9）各个项目设置完成后，单击“确定”按钮，鼠标变成▦，在版面上单击，即可得到所需要的表格。

2. 通过手绘创建表格

直接用“表格”工具条中的画笔工具来创建新表格。在表格的画笔工具状态下用鼠标拉出一个矩形框作为表格的外框，再在其中进行手绘或分裂单元格生成所需的表格即可，具体操作步骤如下：

（1）单击“表格”工具按钮，弹出“表格”工具条，如图 6-32 所示。

（2）激活“表格”工具条上的画笔工具。

（3）在版面上按住鼠标左键并拖动鼠标，绘制一个矩形，然后释放鼠标，此矩形即为表格的外框。

（4）在轮廓线内，按住鼠标并拖曳，就可生成水平或垂直的表线了，如图 6-33 所示。

图 6-32　表格工具条

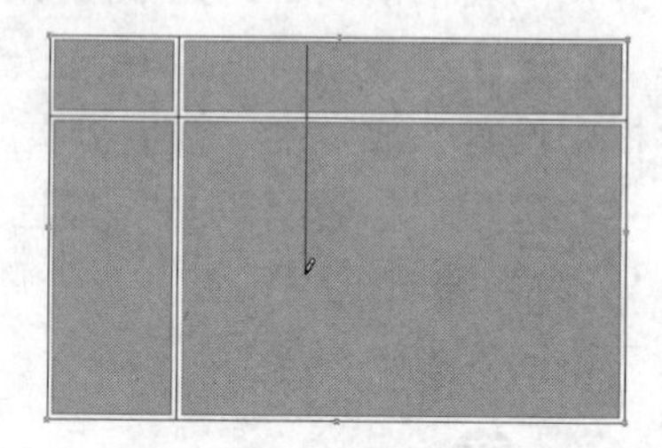

图 6-33　手绘的新表格

手绘产生的表线只能是横线或竖线。如果拖动鼠标时显示的斜线与垂直线的夹角小于 45°，那么产生的是竖线；如果夹角大于 45°，那么产生的是横线。

如果产生的是竖线，该线的起始位置是从鼠标按下点向上找到的第一条线，终止位置是从鼠标释放点向下找到的第一条线；如果产生的是横线，该线的起始位置是从鼠标按下点向左找到的第一条线，终止位置是从鼠标释放点向右找到的第一条线。

如果按下或抬起鼠标键的位置在表格外，那么画线操作不起作用。

6.3.2　修改表格

1. 移动表线

（1）直接拖曳表线时，只移动当前表线，其他表线不变。

（2）当按住 Shift 键时，当前表线以右和以下的所有表线都要被移动，并保持其相对位置不变。

（3）当按住 Ctrl 键时，只移动当前表线中鼠标单击位置附近处能移动的最短的一段线段。

（4）当同时按下 Shift 键和 Ctrl 键时，只移动当前表线中鼠标单击位置附近处能移动的最短的一段线段；并且当前表线以右和以下的所有表线都要被移动，并保持其相对位置不变。

表线移动的距离为鼠标按下和释放点间的距离，其大小受表格本身结构的限制。

移动表线的操作步骤如下：

（1）选择“表格”工具条上的箭头工具。

（2）将光标置于要移动的表线上，当光标变为 ⇹ 或 ⇳ 形状时，按住鼠标，并向所需要的方向移动，如图 6-34 所示。

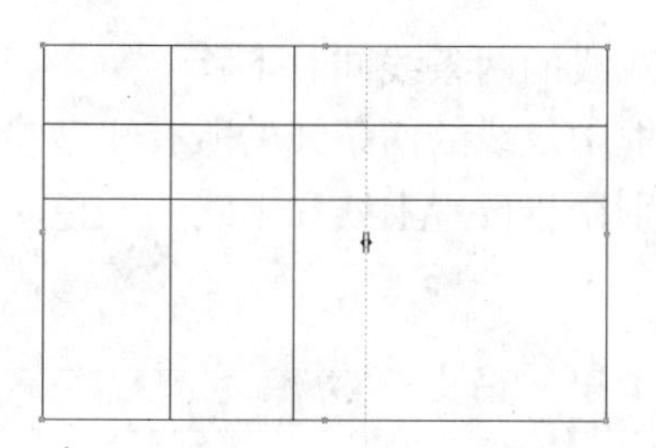
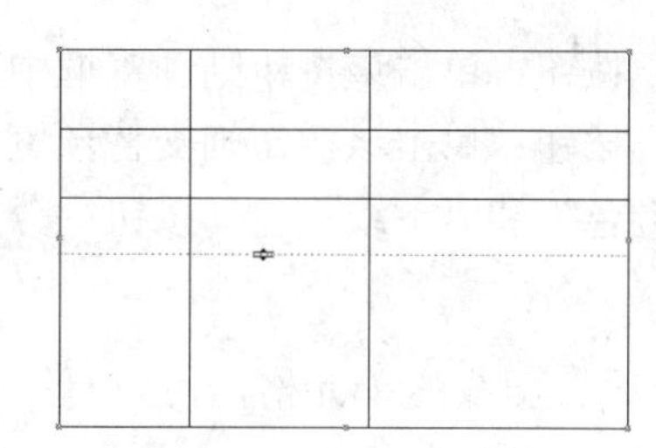

图 6-34　移动表线

（3）释放鼠标，即可将表线移到需要的位置。

2. 删除表线

（1）激活“表格”工具条上的橡皮工具。

（2）在要删除的表线段上按住鼠标左键拖动，产生一条虚线并使这条虚线与要删除的表线重合，如图 6-35 所示。松开鼠标左键，表线段即被删除，效果如图 6-36 所示。

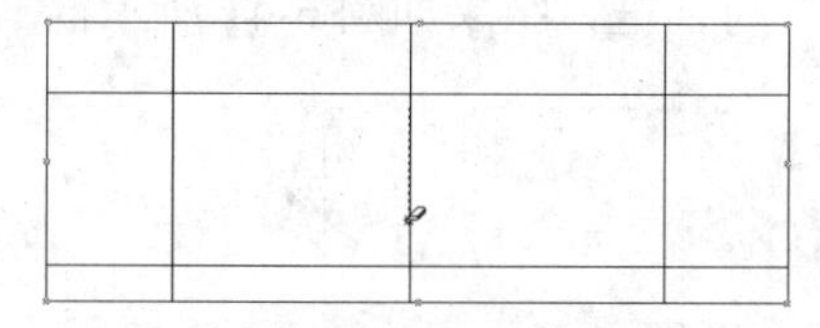

图 6-35　用“擦除工具”删除表线

图 6-36　删除表线段的效果

拖动鼠标时会产生一条虚线，应尽量使虚线靠近要删除的表线段。任何删除表线的操作都不会改变别的表线，如果一条表线被删除时影响到别的表线，那么这条表线不可删除。

3. 设置表线线型

在“新建表格”对话框中单击“水平线型”或“垂直线型”按钮，会弹出“线型”对话框，如图 6-37 所示。在该对话框中可对新建表格的表线进行设置。

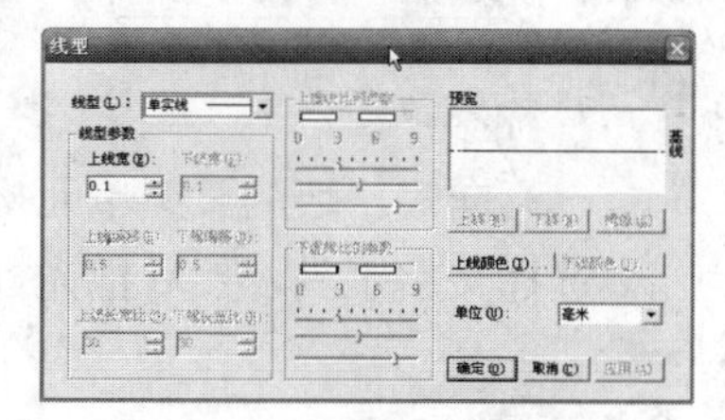

图 6-37 “线型”对话框

（1）线型：单击打开“线型”下拉列表，可以选择表线类型，共有 7 种线型可供选择。

（2）上线偏移：如果线型是单线，线偏移无意义；如果线型是双线，“上线偏移”是指上线与基线之间的距离。基线是指预览框中那条不动的基准线。

（3）下线偏移：如果线型是单线，线偏移无意义；如果线型是双线，“下线偏移”是指下线与基线之间的距离。

（4）“上线长宽比”和“下线长宽比”：这两个选项只在线型是虚线的情况下有效。长宽比的含义就是一个虚线周期的长与宽的比。“上线长宽比”是指上线是虚线时，虚线的长宽比；“下线长宽比”是指下线是虚线时，虚线的长宽比。

（5）“上虚线比例参数”和“下虚线比例参数”：虚线比例参数的含义就是组成一个虚线周期的各个部分占这个周期的百分比。

（6）“上移”按钮：单击该按钮则预览框中双线的两条线同时上移。

（7）“下移”按钮：单击该按钮则预览框中双线的两条线同时下移。

（8）“镜像”按钮：单击该按钮则交替预览框中双线的两条线的所有线型参数。

（9）“上线颜色”和“下线颜色”按钮：分别用于设置上线和下线的颜色。

4. 设置斜线

（1）选中要设置斜线的单元格，可以是一个单元格也可以是多个单元格，如图 6-38 所示。

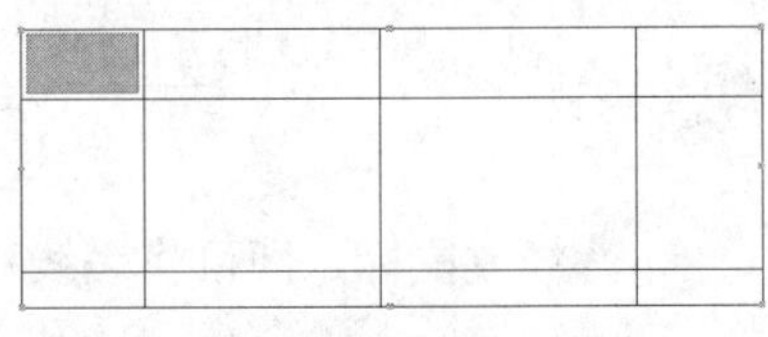

图 6-38 选中要设置斜线的单元格

（2）单击“表格”菜单中的“斜线操作”下的“类型”命令，弹出如图 6-39 所示的“设置斜线类型”对话框，在该对话框中选择一种斜线类型。

（3）单击“线宽”按钮，弹出如图 6-40 所示的“设置斜线线宽”对话框，在“斜线宽”文本框中输入斜线宽度值，单击“确定”按钮。

（4）单击“颜色”按钮，在弹出的“颜色”对话框，选择一种颜色。

（5）单击“确定”按钮关闭“设置斜线类型”对话框，结果如图 6-41 所示。

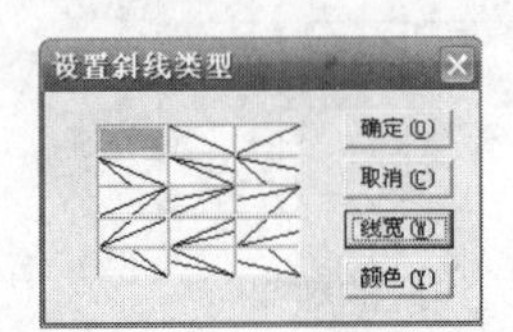

图 6-39 “设置斜线类型”对话框

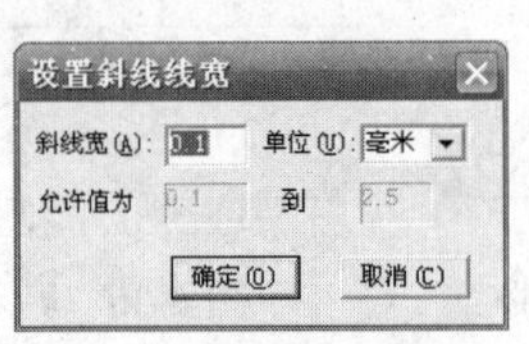

图 6-40 “设置斜线线宽”对话框

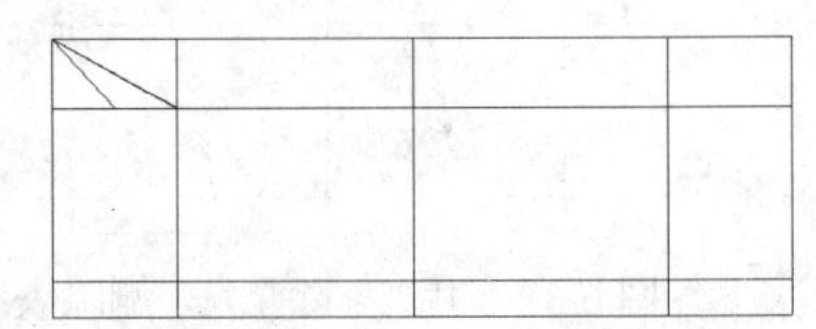

图 6-41 设置完成的表格斜线

如果要取消斜线，选中有斜线的单元格，执行“表格”菜单中的“斜线操作”下的“清除”命令即可。

6.3.3 表格中的文字操作

1. 输入文字

（1）向表格块的某个单元格中输入文字。

选择文字工具，然后把光标移至单元格中单击，然后输入文字即可。

如果输入的文字很多，单元格容纳不下，单元格可能自涨或者文字自动缩排。如果单元格的属性既不是“单元格自长”，也不是“文字自缩”，当输入过多文字使得单元格容纳不下时，超过单元格的内容会不显示，若要显示这些文字，则需要对行高或列宽重新进行调整。

（2）表格灌文。

1）选中表格中要灌文的几个单元格（也可以选中整个表格），如图 6-42 所示。

2）选择“文件”菜单中的“排入文字”命令，在弹出的“排入文字”对话框中选择要排入表格的小样文件。

3）单击“排版”按钮，光标变成灌文状态，单击要灌文的起始单元格，数据被排入各单元格，如图 6-43 所示。

图 6-42　选中表格中要排文的单元格

批次	品种	产地	批次	品种	产地

图 6-43　数据被排入单元格

在飞腾中，排入表格的小样文件有特殊的格式，即每个表项之间要用“\&”或符号隔开。例如“姓名 \& 性别 \& 籍贯 \& 住址 \& 联系电话 \&……”。如果选用其他表项间隔符，可在飞腾安装的自定义安装时，在“其他属性”中自行设置。

向表格中灌文的顺序，取决于表格的序。建议在灌文的时候，在“排入文字”对话框中的“回车（换行）符转换”选项组选择“忽略”，目的是去掉单元格中不必要的回车换行符号。

2. 表格灌文时的续排

如果在“表格环境量”对话框里没有选中“表格行（列）随灌文自动增加”复选框，而小样文稿中包含的内容比灌文的目标表格块能容纳的内容更多，例如，小样文稿中的表项间隔符指出，这个文件中包含 80 个单元的信息，但是灌文目标表格块可能只有 60 格。这时，将会有 20 项小样文稿中的内容不能灌入到目标表格块中去，这些内容被称为剩余内容。表格续灌指的是在灌文操作已经结束后，还能将这些剩余的内容记录下来，并在需要时，灌入到指定的表格块中去。

具有剩余内容的表格，将在该表格的每个分页块的右下角出现一个绿色续灌标志，如图 6-44 所示，单击该标志，出现灌文光标，在目标表格块上单击，即可进行续灌。

批次	品种	产地	批次	品种	产地
1	韭菜	张家口	8	柿子椒	通县
2	菜花	天津武清	9	扁豆	张家口

图 6-44　有续灌标志的表格

3. 导出为纯文本

在飞腾中可以将表格中的文字导出为纯文本或带表项间隔符的纯文本。对每个要导出文字的单元格，导出其中的文字时，两个单元格的导出内容间用给定的分隔符分隔，给定的分隔符是“\&”。在导出的时候，文字的排序与表格本身的序一致，具体操作步骤如下：

（1）用“表格”工具条中的箭头工具选中要导出文字的表格单元格，如图 6-45 所示。

（2）选择“表格”菜单中的“导出为纯文本”命令，弹出“另存为”对话框。

（3）在“另存为”对话框中输入导出文本的文件名，单击“确定”按钮，即可将表格中的内容导出，导出后的纯文本文件如图 6-46 所示。

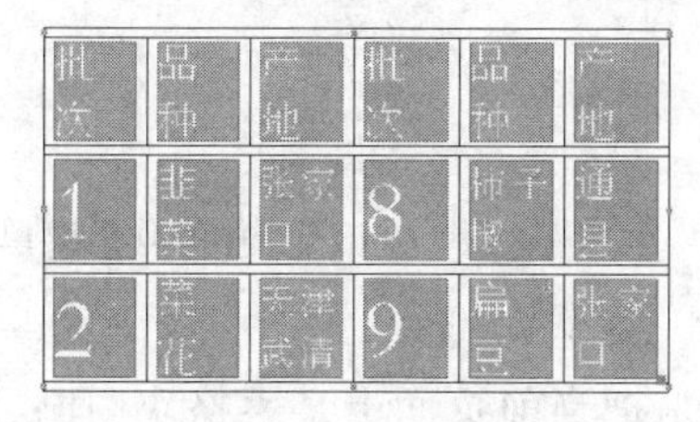

图 6-45　选中要导出文字的单元格

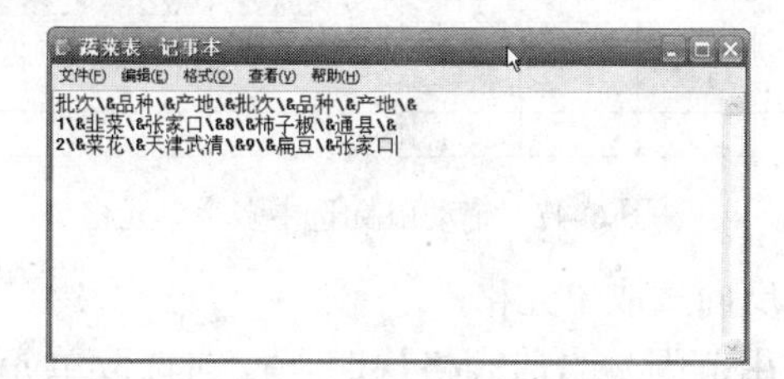

图 6-46　导出后的文本文件

4. 改变单元格中文字的字体字号

用表格工具条中的箭头工具选中要改变字体的单元格。按 Ctrl+F 快捷键，弹出字体号对话框。设置需要的字体号，单击“确定”按钮，完成选中表格的字体字号的设置。

5. 改变单元格中文字的颜色

用表格工具条中的箭头工具选中要改变颜色的单元格。按 F6 快捷键，弹出颜色对话框。选择需要的颜色，单击“确定”按钮，完成选中表格文字颜色的设置。

飞腾中所有文字属性的设置，在表格中都支持。如改行宽、文字的立体底纹、文字的装饰字和通字底纹等，具体操作与飞腾版面中的操作方法相同。

6.3.4 单元格的操作

1. 选中单元格

（1）选中一个单元格。

单元格是表格的基本单位。选择“表格”工具条上的箭头工具单击要选中的单元格即可，选中的单元格背景会变成深色。

（2）选中多个单元格。

如果要选中多个连续的单元格，可以先选中第一个单元格，然后按住 Shift 键单击最后一个要选择的单元格。

按住 Ctrl 键单击可选中多个不连续的单元格，但如果按住 Ctrl 键的同时单击已经选中的单元格时，则会取消选中该单元格。

（3）通过鼠标拖曳选中多个单元格。

选择“表格”工具条中的箭头工具，在表格块上单击并拖动鼠标产生一个虚线矩形，释放鼠标，虚线框内的单元格就会被选中，如图 6-47 所示。这种方法只能选择连续的单元格。

（4）选中整行、整列或所有单元格。

选中一个表格块，选择“表格”菜单中“选中操作”下的相应命令，如图 6-48 所示。

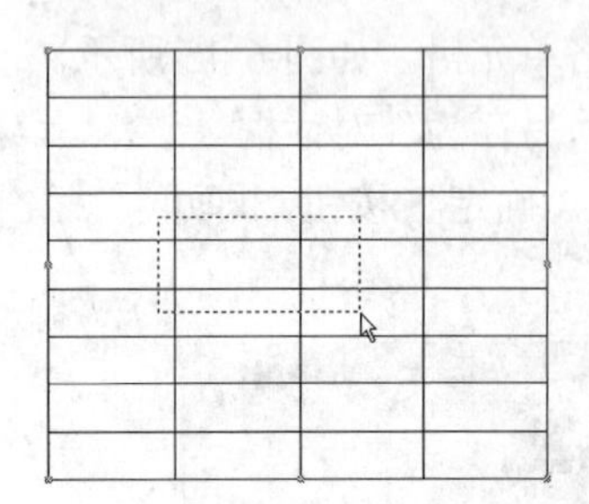
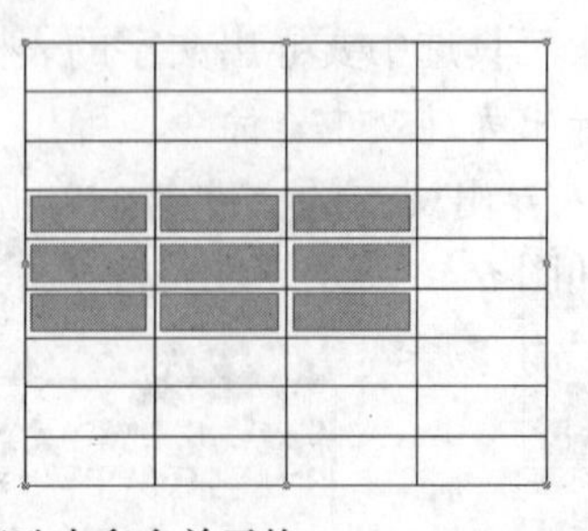

图 6-47　拖动鼠标选中多个单元格

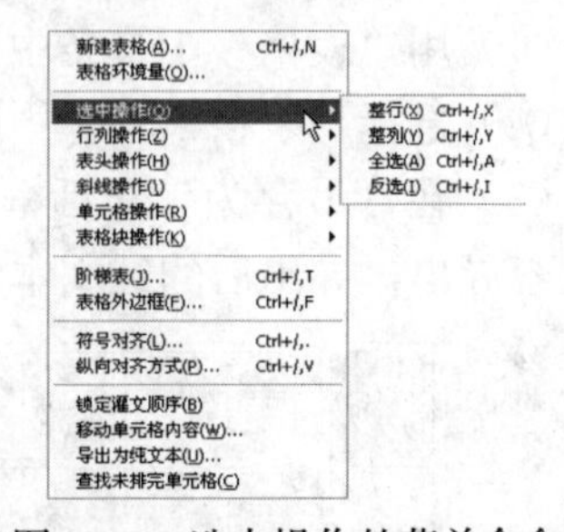

图 6-48　选中操作的菜单命令

（5）反向选取单元格。

当作用范围是当前表格块时，反向选取单元格就是把当前页面上某表格块中已经被选中的单元格置为未被选中状态，而把未被选中的单元格置为被选中状态。

选中一个或者多个单元格，然后单击“表格”菜单中“选中操作”下的“反选”命令，效果如图 6-49 所示。

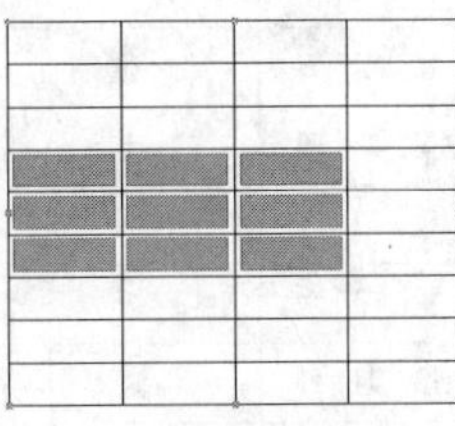

（a）选中单元格　　（b）反选

图 6-49　反选单元格

（6）查找未排完单元格。

选择“表格”工具条中的箭头工具，单击选中一个单元格。然后选择“表格”菜单中的“查找未排完单元格”命令，则第 1 个未排完单元格（按序）会被选中，按快捷键 G，继续查找未排完的单元格，效果如图 6-50 所示。

班	一年级	二年级	三年级	四年级	五年级
成	88	76	92	85	79

（a）只显示部分内容的表格

班	一年级	二年级	三年级	四年级	五年级
成	88	76	92	85	79

（b）查找到未排完的单元格

班	一年级	二年级	三年级	四年级	五年级
成	88	76	92	85	79

（c）继续查找未排完的单元格

班级	一年级	二年级	三年级	四年级	五年级
成绩	88	76	92	85	79

（d）进行调整后的单元格

图 6-50　查找未排完单元格前后的效果

2. 设置单元格内文字的排版方式

选择“表格”工具条中的箭头工具，选中要设置排版方式的单元格。然后单击“版面”菜单中“排版方式”下的相应命令，或单击常用工具条上的相应排版方式按钮，可改变单元格内文字的排版方式。

如图 6-51 所示是正向横排效果，图 6-52 所示是反向横排效果，图 6-53 所示是正向竖排效果，图 6-54 所示是反向竖排效果。

星期	早餐	中餐	晚餐
星期一	包子	香酥带鱼	东坡肉
星期二	汤面条	宫爆鸡丁	萝卜肉
星期三	花卷	土豆炒肉	花菜炒肉
星期四	鸡蛋	莲藕炒肉	清蒸鱼
星期五	蛋糕	豆角炒肉	小南瓜炒肉
星期六	稀饭	尖椒萝卜丁	韭菜炒蛋
星期日	豆浆	花生米烩猪手	包菜配粉丝

图 6-51　正向横排

期星	餐早	餐中	餐晚
一期星	子包	鱼带酥香	肉坡东
二期星	条面汤	丁鸡爆宫	肉卜萝
三期星	卷花	肉炒豆土	肉炒菜花
四期星	蛋鸡	肉炒藕莲	鱼蒸清
五期星	糕蛋	肉炒角豆	肉炒瓜南小
六期星	饭稀	丁卜萝椒尖	蛋炒菜韭
日期星	浆豆	手猪烩米生花	丝粉配菜包

图 6-52　反向横排

期 星	餐 早	餐 中	餐 晚
一 期 星	子 包	带 香 鱼 酥	肉 坡 东
二 期 星	条 面 汤	鸡 宫 丁 爆	肉 卜 萝
三 期 星	卷 花	炒 土 肉 豆	炒 花 肉 菜
四 期 星	蛋 鸡	炒 莲 肉 藕	鱼 蒸 清
五 期 星	糕 蛋	炒 豆 肉 角	肉 瓜 小 炒 南
六 期 星	饭 稀	丁 萝 尖 卜 椒	炒 韭 蛋 菜
日 期 星	浆 豆	猪 米 花 手 烩 生	丝 配 包 粉 菜

图 6-53　正向竖排

星 期	早 餐	中 餐	晚 餐
星 期 一	包 子	香 带 酥 鱼	东 坡 肉
星 期 二	汤 面 条	宫 鸡 爆 丁	萝 卜 肉
星 期 三	花 卷	土 炒 豆 肉	花 炒 菜 肉
星 期 四	鸡 蛋	莲 炒 藕 肉	清 蒸 鱼
星 期 五	蛋 糕	豆 炒 角 肉	小 瓜 肉 南 炒
星 期 六	稀 饭	尖 萝 丁 椒 卜	韭 炒 菜 蛋
星 期 日	豆 浆	花 米 猪 生 烩 手	包 配 丝 菜 粉

图 6-54　反向竖排

3. 纵向对齐方式

文字在单元格中的纵向对齐方式有居上、居中和居下 3 种，默认为居中。设置纵向对齐方式与设置行格式共同决定文字在单元格中的位置。

选中要设置纵向对齐方式的单元格，然后单击“表格”菜单中的“纵向对齐方式”命令，弹出“纵向对齐方式”对话框，如图 6-55 所示。选择需要的对齐方式后单击“确定”按钮。选择“居上”、“居中”、“居下”的效果如图 6-56 所示。

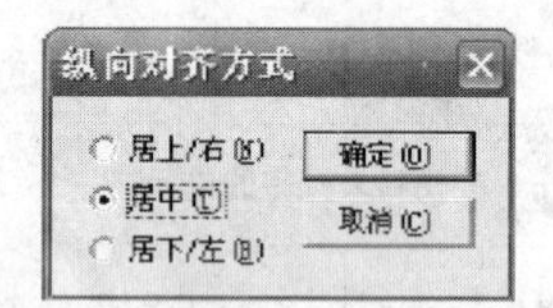

图 6-55 “纵向对齐方式”对话框

星期	早餐
星期一	包子

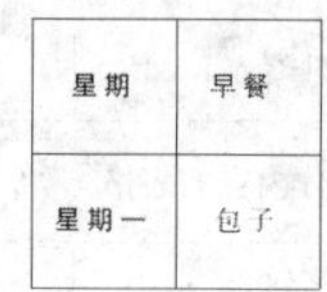

星期	早餐
星期一	包子

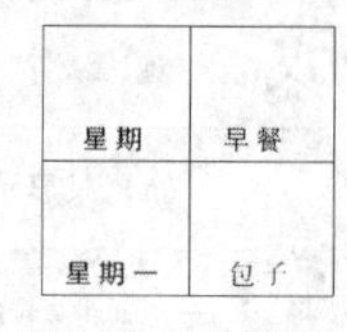

星期	早餐
星期一	包子

图 6-56　各种纵向对齐方式的效果

如果要设置单元格内文字在水平方向的对齐方式，可单击“排版格式工具条”的相应行格式按钮。

4. 设置单元格的行格式

选择“表格”工具条中的“选取”工具，选中表格中的一个或多个单元格。然后选择“格式”菜单中的“行格式”命令，将会弹出一个子菜单，如图 6-57 所示。选择相应的行对齐方式即可。

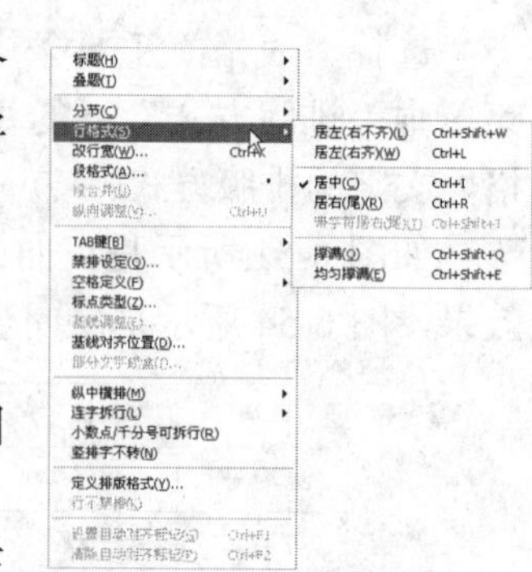

图 6-57 “行格式”子菜单

5. 符号对齐

（1）选中某一列或几列上已经输入文字的单元格。

（2）选择“表格”菜单中的“符号对齐”命令，弹出如图 6-58 所示的“符号对齐”对话框。

（3）在“符号”文本框中输入作为要对齐基准的符号。在“对齐方式”选项区中任意选择一个对齐方式。其中有：内容居左、内容居右、符号居中和自定义。此符号对齐功能在表格的一个单元格中的多行对齐也起作用。

（4）设置完成，单击“确定”按钮，如图 6-59 所示是选择“符号居中”时的对齐效果。其他对齐方式的设置与此相同。

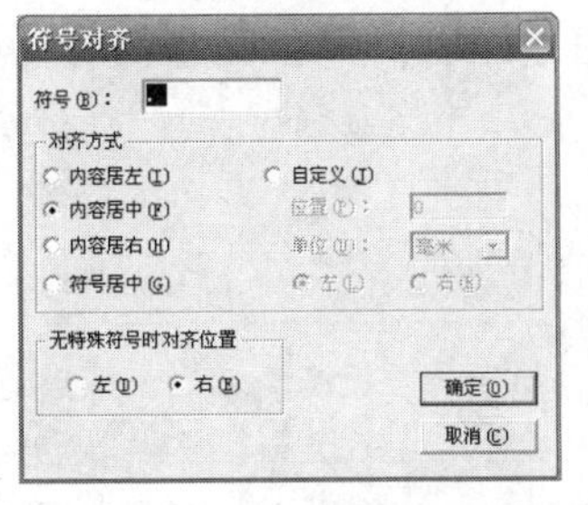

图 6-58 “符号对齐”对话框

简称	收盘	涨跌
广电运通	5.05	-0.14
大唐电信	8.77	-0.38
万力达	6.06	0.22
亚宝电气	4.10	0.14
三九发展	7.85	-0.19
广电网络	8.35	-0.24

简称	收盘	涨跌
广电运通	5.05	-0.14
大唐电信	8.77	-0.38
万力达	6.06	0.22
亚宝电气	4.10	0.14
三九发展	7.85	-0.19
广电网络	8.35	-0.24

图 6-59 小数点对齐效果

在设置符号对齐时应注意以下几点：

1）特殊符号可以是任何一个字符。

2）在某些情况下不能对齐。如“右”对齐、“位置”为 1 毫米、“符号”是小数点、单元格中的数字是 12.345。在这种情况下，小数点后面的“345”不可能在 1 毫米的空间显示出来，就不能对齐。

3）对齐位置是特殊符号在单元文字排版区域中的位置，单元格文字排版区域是单元的大小减去单元格的边空。

4）如果某一列单元格的字符串已经是按照符号对齐的了，但由于改变表格大小等原因而改变了单元格的大小，则需要重新执行“符号对齐”功能。

6. 单元格的合并或分裂

（1）合并单元格。

合并后单元格的大小是被合并单元格组大小的和，合并后单元格的内容包括了被选中单元格中的所有内容。合并单元格会影响文字的排版区域，单元里的文字要重排。

选取要合并的单元格，选择“表格”菜单中“单元格操作”菜单下的“合并”命令，如图 6-60 所示。系统将自动合并选中的这几个单元格，合并后的效果如图 6-61 所示。

样板菜			
星期	早餐	中餐	晚餐
星期一	包子	香酥带鱼	东坡肉
	汤面条	宫爆鸡丁	萝卜肉
	花卷	土豆炒肉	花菜炒肉
星期四	鸡蛋	莲藕炒肉	清蒸鱼
星期五	蛋糕	豆角炒肉	小南瓜炒肉
星期六	稀饭	尖椒萝卜丁	韭菜炒蛋
星期日	豆浆	花生米烩猪手	包菜配粉丝

图 6-60 对选中单元格执行“合并”命令

样板菜			
星期	早餐	中餐	晚餐
星期一	包子	香酥带鱼	东坡肉
星期二	汤面条	宫爆鸡丁	萝卜肉
星期三	花卷	土豆炒肉	花菜炒肉
星期四	鸡蛋	莲藕炒肉	清蒸鱼
星期五	蛋糕	豆角炒肉	小南瓜炒肉
星期六	稀饭	尖椒萝卜丁	韭菜炒蛋
星期日	豆浆	花生米烩猪手	包菜配粉丝

图 6-61 单元格合并后的效果

（2）分裂单元格。

1）选中要分裂的单元格。

2）选择“表格”菜单中的“单元格操作”子菜单下的“分裂”命令，弹出“分裂选中的单元格”对话框，如图 6-62 所示。

3）在“行数”编辑框中输入要分裂成的行数，在“列数”编辑框中输入要分裂成的列数。单击“水平线型”按钮，设置新生成的单元格的所有水平线的线型；单击“垂直线型”按钮，设置新生成的单元格的所有垂直表线的线型。

4）设置完成，单击“确定”按钮，如图 6-63 所示，左图是原表格，右图是按对话框的设置对选中的单元格区域分裂后的效果。

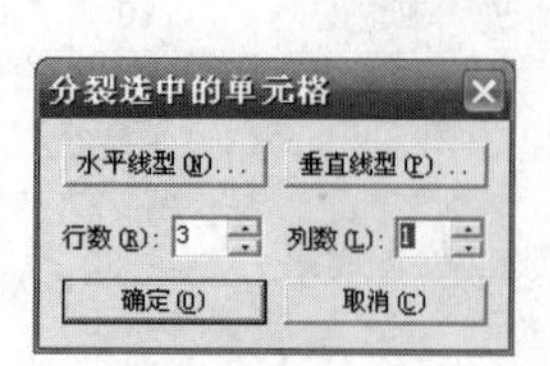

图 6-62 “分裂选中的单元格”对话框

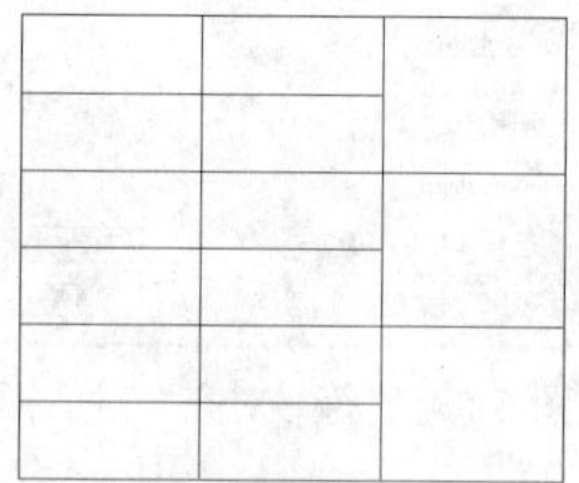

图 6-63 分裂单元格的前后效果

分裂单元格会影响文字的排版区域，单元格里的文字要重排。在分裂单元格时，当给定分裂行列数超过最大可分裂行列数后，按最大行列数分裂。

7. 调整单元格的大小

（1）选中一个或几个要调整的单元格。

（2）选择“表格”菜单中的“单元格操作”子菜单下的“单元格大小”命令，弹出“单元格大小”对话框，如图 6-64 所示。

（3）选择调整方式。选择“指定”，在“高度”和“宽度”文本框中输入的值是调整单元格的实际大小；选择“增加”单选按钮，则在原来单元格的大小上增加在“高度”和“宽度”文本框中输入的值；选择“减少”单选按钮，则在原来单元格的大小上减少在“高度”和“宽度”文本框中输入的值。

（4）设置完成后，单击“确定”按钮，如图 6-65 所示，左图是原表格，右图是按对话框的设置对选中的单元格区域指定宽度后的效果。

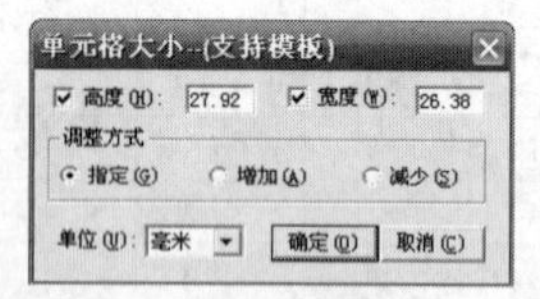

图 6-64 “单元格大小”对话框

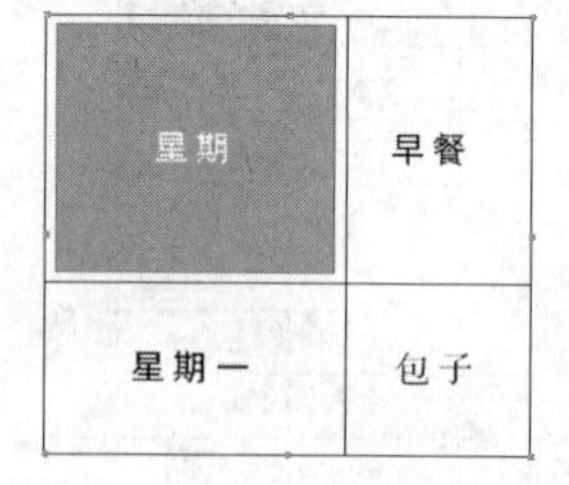

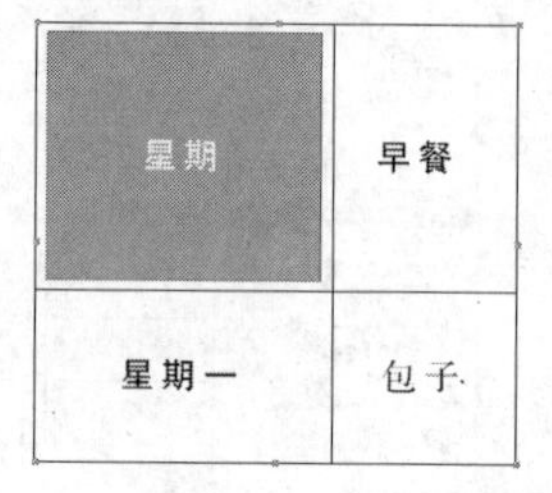

图 6-65 调整单元格大小示例

如果选中的是一个单元格，调整后会同时改变该单元格所在列的所有单元格宽度，或所在行的所有单元格高度，而不会只改变该单元格的宽度或高度。这样可以始终保持表格的一致性。

8. 设置单元格的属性

单元格的属性有自涨、文字自缩和边空。设置这些属性会影响多种操作，如拉伸、输入文字等，还会影响单元格内文字的布局。

设置单元格属性的具体操作步骤如下：

（1）选中一个或多个要设置的单元格。

（2）选择“表格”菜单中的“单元格操作”子菜单下的“单元格属性”命令，弹出如图 6-66 所示的“单元格属性”对话框。

1）边空设置。

上边空、下边空、左边空和右边空文本框用于分别设置单元格中内容的边空或单元格内底纹的边空。内容边空指单元格中的内容与单元格的距离，底纹边空指单元格中底纹与单元格的距离，效果如图 6-67 所示。

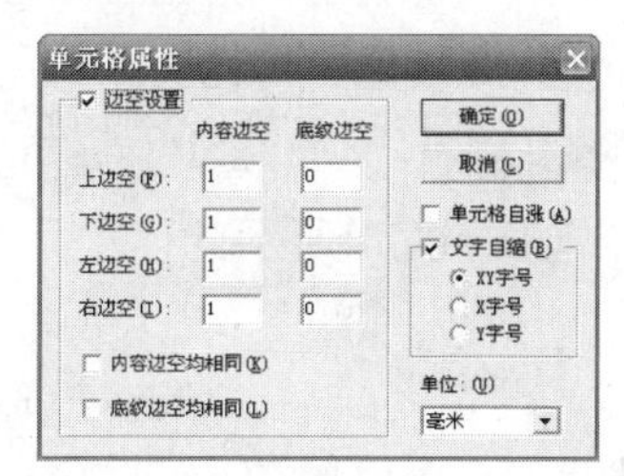

图 6-66　“单元格属性”对话框

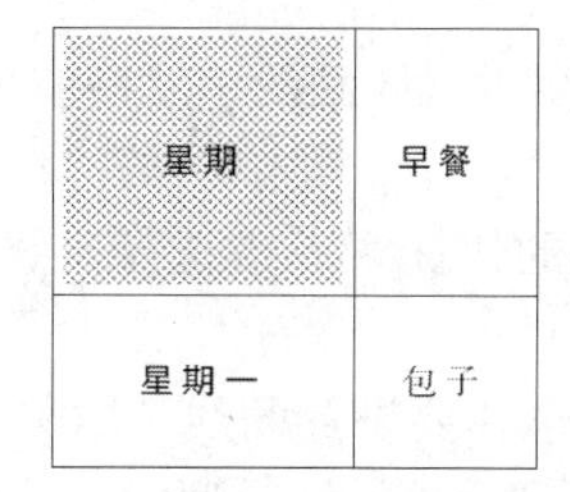

图 6-67　内容边空和底纹边空的设置及其效果

2）选中“单元格自涨”复选框，则单元格具有自涨属性，即当单元格容纳不下输入的文字时，单元格会自动扩大。

3）选中“文字自缩”复选框，则单元格具有自动缩排属性，即当单元格容纳不下灌入的文字时，单元格中的文字会自动缩小。文字自动缩排时的最小字号是 4 磅。选中“XY 字号”，则文字的横向和纵向均自缩；选中“X 字号”，则文字只在横向自缩而形成长字；选中“Y 字号”，则文字只在纵向自缩而形成扁字。

（3）各个项目设置完成后，单击“确定”按钮即可。

9. 设置单元格底纹

设置单元格底纹有两种方法，一种是在新建表格时设置底纹，这个底纹是所有单元格的底纹。另一种是对选中的单元格设置底纹，只有选中的单元格才有底纹。

（1） 新建表格时设置底纹。

1）在“新建表格”对话框中，单击“底纹”按钮，弹出“底纹”对话框，如图 6-68 所示，选择需要的底纹。

2）两次单击“确定”按钮，新建表格的每个单元格都被设置上底纹，如图 6-69 所示。

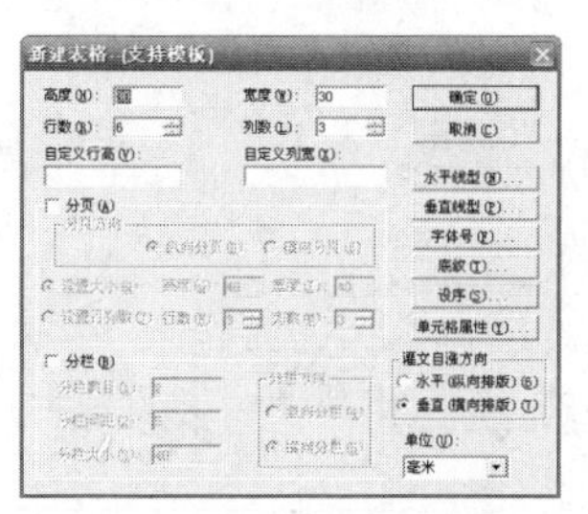

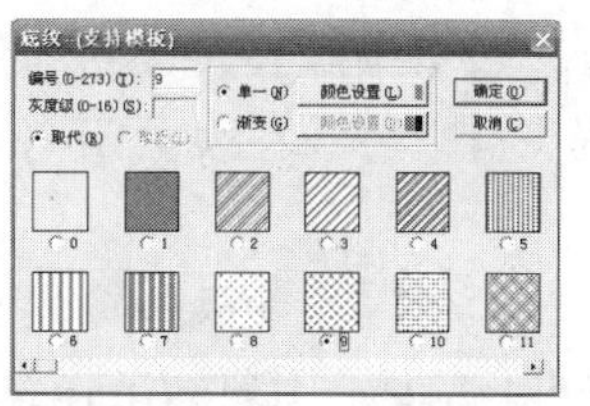

图 6-68　在“新建表格”对话框中单击“底纹”按钮

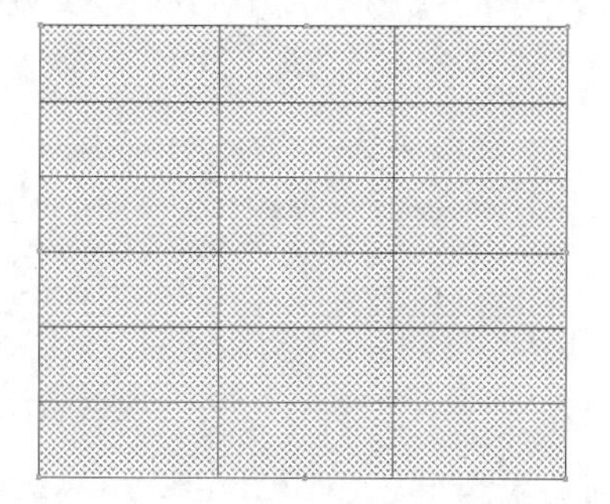

图 6-69　给新建表格设置的底纹

（2）给选中的单元格设置底纹。

1）选中要设置底纹的单元格。

2）选择“美工”菜单的“底纹”命令，弹出“底纹”对话框，选择一种底纹。

3）单击“确定”按钮，结果如图 6-70 所示。

样板菜			
星期	早餐	中餐	晚餐
星期一	包子	香酥带鱼	东坡肉
星期二	汤面条	宫爆鸡丁	萝卜肉
星期三	花卷	土豆炒肉	花菜炒肉
星期四	鸡蛋	莲藕炒肉	清蒸鱼
星期五	蛋糕	豆角炒肉	小南瓜炒肉
星期六	稀饭	尖椒萝卜丁	韭菜炒蛋
星期日	豆浆	花生米烩猪手	包菜配粉丝

图 6-70　给选中单元格设置的底纹

10. 设置单元格线型

在表格操作中可以对选中单元格的上、下、左、右边框线，内部横线、竖线的线型分别进行设置，具体操作步骤如下：

（1）选择要设置线型的单元格或单元格组。

（2）选择“美工”菜单中的“线型”命令或单击鼠标右键，在弹出的快捷菜单中选择“线型”命令，弹出如图 6-71 所示的“单元格线型”对话框。

（3）分别选择要设置的线条对象，线型、宽度等，设置完成后，单击“确定”按钮，如图 6-72 所示是利用单元格线型的设置来完成一个三线表。

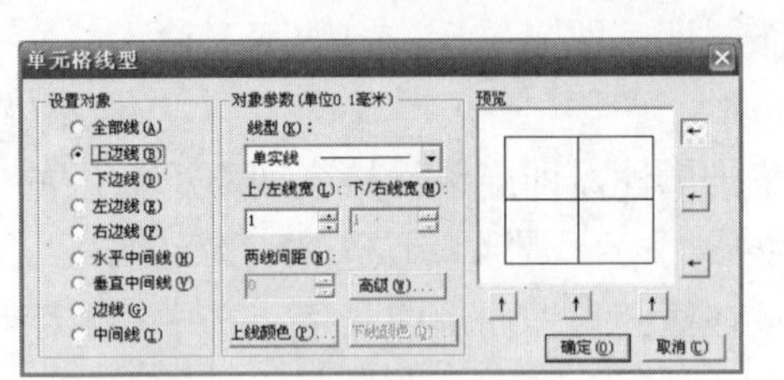

图 6-71　“单元格线型”对话框

星期	早餐	中餐	晚餐
星期一	包子	香酥带鱼	东坡肉
星期二	汤面条	宫爆鸡丁	萝卜肉
星期三	花卷	土豆炒肉	花菜炒肉
星期四	鸡蛋	莲藕炒肉	清蒸鱼
星期五	蛋糕	豆角炒肉	小南瓜炒肉
星期六	稀饭	尖椒萝卜丁	韭菜炒蛋
星期日	豆浆	花生米烩猪手	包菜配粉丝

星期	早餐	中餐	晚餐
星期一	包子	香酥带鱼	东坡肉
星期二	汤面条	宫爆鸡丁	萝卜肉
星期三	花卷	土豆炒肉	花菜炒肉
星期四	鸡蛋	莲藕炒肉	清蒸鱼
星期五	蛋糕	豆角炒肉	小南瓜炒肉
星期六	稀饭	尖椒萝卜丁	韭菜炒蛋
星期日	豆浆	花生米烩猪手	包菜配粉丝

图 6-72　原表格与其三线表

在“单元格线型”对话框的预览框右边和下边的 6 个箭头按钮分别代表“设置对象”中的“上边线”、“下边线”、“左边线”、“右边线”、“水平中间线”和“垂直中间线”。

如果“线型”下拉列表中什么都不显示，表示当前线型是“未确定状态”。“未确定状态”是表线具有线宽、两线间距和线颜色等属性，但如果“设置对象”是不唯一的线（比如中间线、全部线和边线），那么“线型”就有可能出现未确定状态。如“设置对象”是中间线，如果水平中间线和垂直中间线的线宽、颜色和两线间距等属性中有一个不一样，那么“线型”就是“未确定状态”。

11. 设置表头

表头是表页（表格块）的边界部分，表页中除去表头的部分称为表体，表体必须是规则的矩形，表头可以分布在表页四周的任何地方。

在表格中设置表头的主要作用是在分页的时候使某些页具有相同的表头信息，如图 6-73 所示。这样既减少了用户的工作量，又使表头整齐、美观。

设置表头的方法是，选中要设置为表头的单元格。选择“表格”菜单中的“表头”子菜单下的“设为表头”命令即可。

星期	早餐	中餐	晚餐
星期一	包子	香酥带鱼	东坡肉
星期二	汤面条	宫爆鸡丁	萝卜肉

星期	早餐	中餐	晚餐
星期三	花卷	土豆炒肉	花菜炒肉
星期四	鸡蛋	莲藕炒肉	清蒸鱼
星期五	蛋糕	豆角炒肉	小南瓜炒肉
星期六	稀饭	尖椒萝卜丁	韭菜炒蛋
星期日	豆浆	花生米烩猪手	包菜配粉丝

图 6-73　具有表头的分页表

如果要取消表头，只要选中已设置为表头的单元格，选择“表格”菜单中的“表头”子菜单下的“取消表头”命令即可。

在纵向分页时只能有上下的表头，在横向分页时只能有左右的表头。

6.3.5　表格的行、列操作

1. 选中行或列

可以用“表格”工具条的箭头工具拖动选择行、列，也可以通过菜单命令来选择。

选中一个单元格，选择“表格”菜单中的“选中操作”子菜单下的“整行”（或“整列”）命令，即可选中该单元格所在的行或列，如图 6-74 所示。

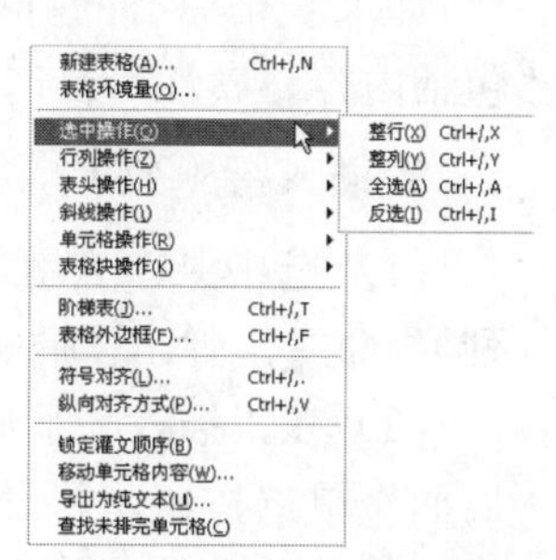

图 6-74　选中表格行、列的菜单命令

2. 复制和粘贴行列

（1）复制行和粘贴行。

1）选中要复制的一行或多行单元格，选择“编辑”菜单中的“复制”命令，或按 Ctrl+C 快捷键。

2）选中要粘贴的位置，即某个单元格，再选择“编辑”菜单中的“粘贴”命令，或按 Ctrl+V 快捷键，将会弹出“复制行列”对话框，如图 6-75 所示。

3）选中“粘贴行列”复选框，设置粘贴方向和次数，并选中“包括内容，属性”复选框，这样不但粘贴行，而且粘贴行中的内容和属性，单击“确定”按钮即可，效果如图 6-76 所示。

复制行列
粘贴内容(Z)　字体(Z)　排版格式(G)　底纹(D)　单元格内容(L)　边空(K)　斜线(X)　立体底纹(S)　特殊符号对齐(T)
粘贴行列(Y)　粘贴行(R)　粘贴列(L)
方向　向前(A)　向后(B)
粘贴次数(Q)：1
包括内容，属性(M)
确定(O)　取消(C)

图 6-75　“复制行列”对话框

星期	早餐	中餐	晚餐
星期一	包子	香酥带鱼	东坡肉
星期二	汤面条	宫爆鸡丁	萝卜肉
星期三	花卷	土豆炒肉	花菜炒肉
星期四	鸡蛋	莲藕炒肉	清蒸鱼
星期五	蛋糕	豆角炒肉	小南瓜炒肉
星期六	稀饭	尖椒萝卜丁	韭菜炒蛋
星期日	豆浆	花生米烩猪手	包菜配粉丝

星期	早餐	中餐	晚餐
星期一	包子	香酥带鱼	东坡肉
星期二	汤面条	宫爆鸡丁	萝卜肉
星期三	花卷	土豆炒肉	花菜炒肉
星期四	鸡蛋	莲藕炒肉	清蒸鱼
星期五	蛋糕	豆角炒肉	小南瓜炒肉
星期六	稀饭	尖椒萝卜丁	韭菜炒蛋
星期日	豆浆	花生米烩猪手	包菜配粉丝
星期五	蛋糕	豆角炒肉	小南瓜炒肉

图 6-76　复制行包括内容，属性的效果

4）如果只粘贴单元格中的内容，则先选中要放置内容的空行，再执行粘贴操作，在“复制行列”对话框中选中“粘贴内容”复选框，并根据需要选择下面的复选框，则只粘贴单元格中的内容、字体、底纹等，但不粘贴行，如图 6-77 所示。

星期	早餐	中餐	晚餐
星期一	包子	香酥带鱼	东坡肉
星期二	汤面条	宫爆鸡丁	萝卜肉
星期三	花卷	土豆炒肉	花菜炒肉
星期四	鸡蛋	莲藕炒肉	清蒸鱼
星期五	蛋糕	豆角炒肉	小南瓜炒肉
星期六	稀饭	尖椒萝卜丁	韭菜炒蛋
星期日	豆浆	花生米烩猪手	包菜配粉丝

星期	早餐	中餐	晚餐
星期一	包子	香酥带鱼	东坡肉
星期二	汤面条	宫爆鸡丁	萝卜肉
星期三	花卷	土豆炒肉	花菜炒肉
星期四	鸡蛋	莲藕炒肉	清蒸鱼
星期五	蛋糕	豆角炒肉	小南瓜炒肉
星期六	稀饭	尖椒萝卜丁	韭菜炒蛋
星期日	豆浆	花生米烩猪手	包菜配粉丝
星期五	蛋糕	豆角炒肉	小南瓜炒肉

图 6-77　单元格内容

（2）复制列和粘贴列。

复制列和粘贴列的操作与复制行和粘贴行的操作类似，只不过选中的

是要复制的列，在“复制行列”对话框中选中的也是“粘贴列”单选按钮。

注 意

如果指定位置处不是规则行（列），则无法粘贴。在复制之后，表格中被复制部分的结构不可改变，否则粘贴会失败。

如果选择粘贴位置时选择的是一个以上的单元格，则弹出的“复制行列”对话框中“粘贴行列”是置灰的，也就是说在这种情况下只能够粘贴内容。

如果表格原有的行列数不够，也可用复制行列的方法增加行列，只是在粘贴时不要选中“包括内容、属性”复选框即可。

3. 插入行（列）

（1）选中某个单元格，选择“表格”菜单中的“行列操作”子菜单下的“插入通栏行（列）”命令，弹出“插入通栏行（列）”对话框，如图 6-78 所示。

（2）在“插入”下选择插入“通栏行”或“通栏列”，在“插入位置”下选择“前面”或“后面”单选按钮，并设置“行高”或“列宽”的值，确定后即会在该单元格的前面或后面插入一行（或一列），其效果如图 6-79 所示。

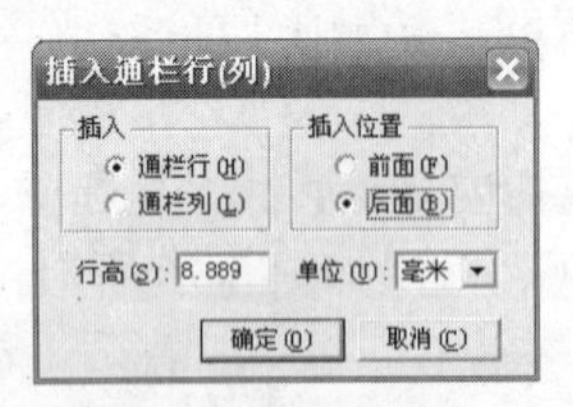

图 6-78 “插入通栏行（列）”对话框

星期	早餐	中餐	晚餐
星期一	包子	香酥带鱼	东坡肉
星期二	汤面条	宫爆鸡丁	萝卜肉
星期三	花卷	土豆炒肉	花菜炒肉
星期四	鸡蛋	莲藕炒肉	清蒸鱼
星期五	蛋糕	豆角炒肉	小南瓜炒肉
星期六	稀饭	尖椒萝卜丁	韭菜炒蛋
星期日	豆浆	花生米焙猪手	包菜配粉丝

星期	早餐	中餐	晚餐
星期一	包子	香酥带鱼	东坡肉
星期二	汤面条	宫爆鸡丁	萝卜肉
星期三	花卷	土豆炒肉	花菜炒肉
星期四	鸡蛋	莲藕炒肉	清蒸鱼
星期五	蛋糕	豆角炒肉	小南瓜炒肉
星期六	稀饭	尖椒萝卜丁	韭菜炒蛋
星期日	豆浆	花生米焙猪手	包菜配粉丝

图 6-79 插入通栏行（列）的效果

4. 删除行列

选中要删除的一行或多行，然后单击“表格”菜单中的“行列操作”子菜单下的“删除行”或“删除列”命令，如图 6-80 所示；或单击“表格”工具条的“删除行”按钮，弹出如图 6-81 所示的确认对话框，单击“确定”按钮即可删除行。

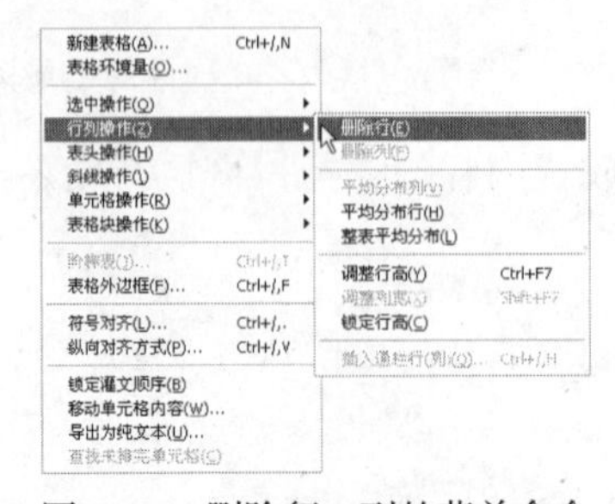

图 6-80 删除行、列的菜单命令

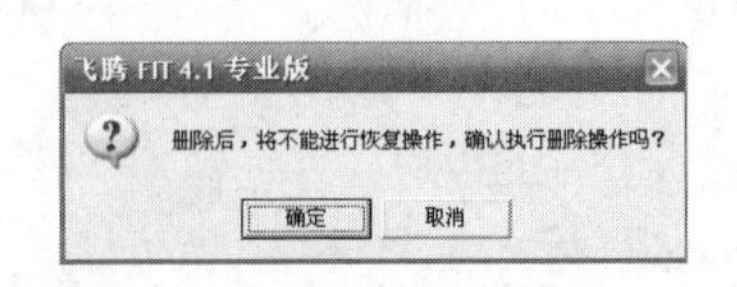

图 6-81 删除行的确认对话框

5. 平均分布行列

（1）平均分布行。

平均分布行就是将选定的若干行的行高设为相同的行高度，其具体操作方法如下：

用“表格”工具条中的箭头工具选中要设置的几行或相应单元格，然后选择“表格”菜单中的“行列操作”子菜单下的“平均分布行”命令即可，如图 6-82 所示。

（2）平均分布列。

平均分布列指将选定的几列调整为相同列宽，其具体操作方法如下：

用“表格”工具条中的箭头工具选中要设置的几列或相应单元格，然后选择“表格”菜单中的“行列操作”子菜单下的“平均分布列”命令即可，如图 6-83 所示。

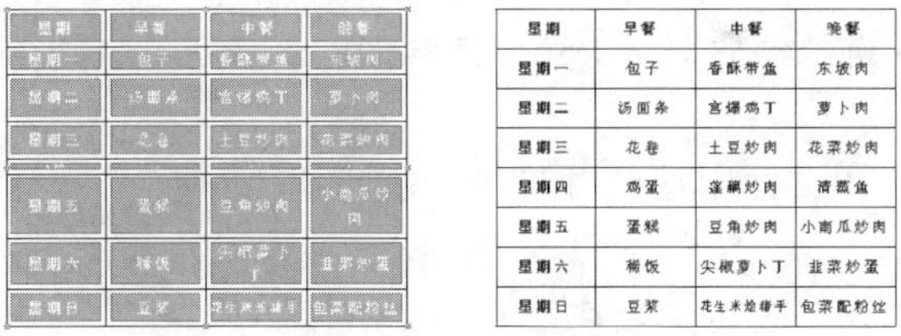

图 6-82　平均分布行

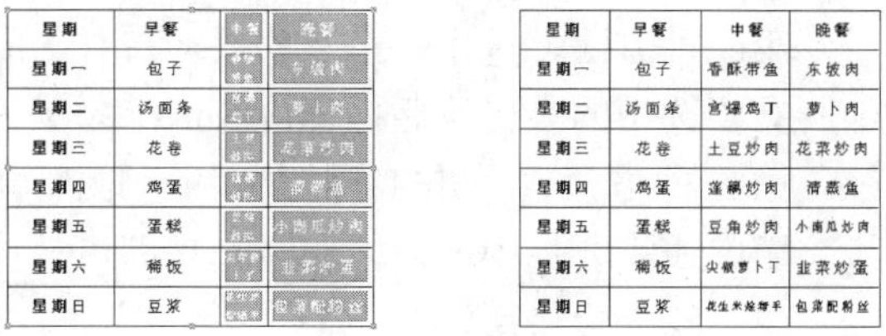

图 6-83　平均分布列

（3）平均分布整表。

平均分布整表就是将整个表格的所有行调整为相同的高度，将所有列调整为相同的宽度，其具体操作方法如下：

用“表格”工具条中的箭头工具选中表格中的所有单元格，然后选择“表格”菜单中的“行列操作”子菜单下的“整表平均分布”命令，如图 6-84 所示。

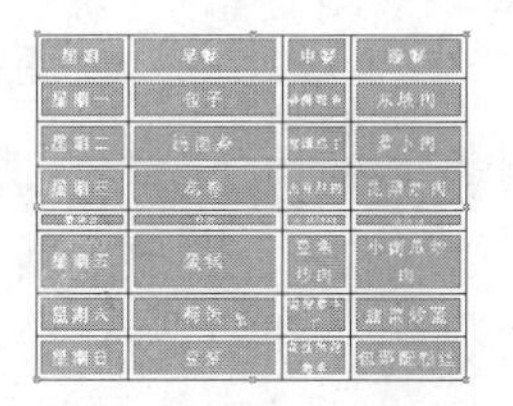

星期	早餐	中餐	晚餐
星期一	包子	香酥带鱼	东坡肉
星期二	汤面条	宫爆鸡丁	萝卜肉
星期三	花卷	土豆炒肉	花菜炒肉
星期四	鸡蛋	莲藕炒肉	清蒸鱼
星期五	蛋糕	豆角炒肉	小南瓜炒肉
星期六	稀饭	尖椒萝卜丁	韭菜炒蛋
星期日	豆浆	花生米烩棒手	包菜配粉丝

图 6-84　平均分布整表

6. 调整行高和列宽

（1）调整行高。

调整行高指在单元格中有文字的情况下，调整行的高度为文字的高度，其具体操作方法如下：

用“表格”工具条中的箭头工具选中要设置的几列或相应单元格，然后选择“表格”菜单中的“行列操作”子菜单下的“调整行高”命令，如图 6-85 所示。

（2）调整列宽。

调整列宽指在单元格中有文字，而且文字为竖排的情况下，调整列的宽度为文字的宽度，其具体操作方法如下：

用“表格”工具条中的箭头工具选中要设置的几列或相应单元格，然后选择“表格”菜单中的“行列操作”子菜单下的“调整列宽”命令，如图 6-86 所示。

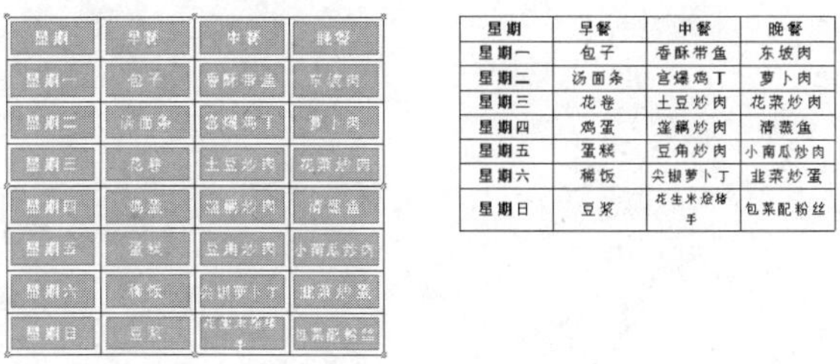

图 6-85　调整行高

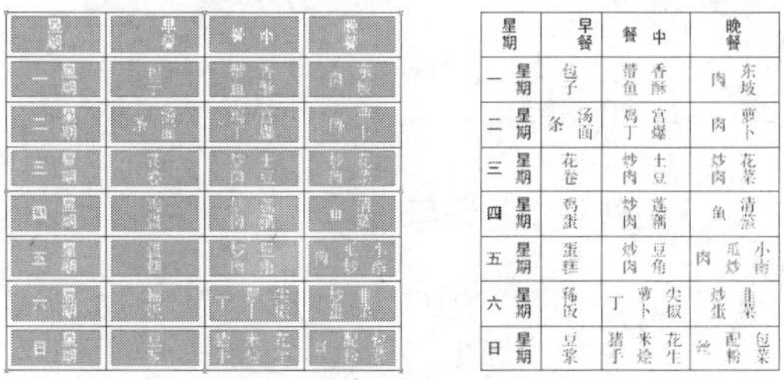

图 6-86　调整列宽

6.3.6 表格块的操作

1. 表格块的基本操作

（1）选中表格块。

选中飞腾的选取工具，单击要选中的表格块，表格块周围出现 8 个控制点，该表格即被选中。

（2）选中多个表格块。

第一种方法，选中一个表格块，按住 Shift 键，然后单击要选中的其他的表格块，直到选中所有要选中的表格块后再释放 Shift 键。

第二种方法，单击工具栏中的选取工具，在页面中按住并拖动，出现虚线，用虚线将要选中的表格块圈起来即可选中。

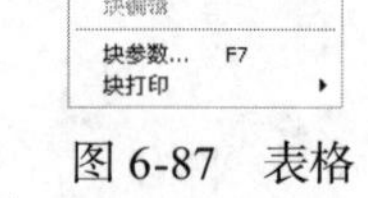

图 6-87 表格块快捷菜单

（3）移动表格块。

用选取工具选中表格块，然后按住鼠标左键拖动表格块到想要的位置后释放鼠标。

（4）复制一个表格块。

1）用选取工具选中一个表格块，并在表格块上单击右键，弹出如图 6-87 所示的快捷菜单，选择“复制”命令。

2）在要放置新表格的位置单击右键，从弹出快捷菜单中选择“粘贴”命令，则在该处生成一个新的表格块。

（5）删除一个表格块。

选中要删除的表格块，按 Delete 键即可将该表格块删除。如果删除的是分页表格的一部分，则会弹出如图 6-88 所示的对话框，提示删除分页表格会丢失分页信息。

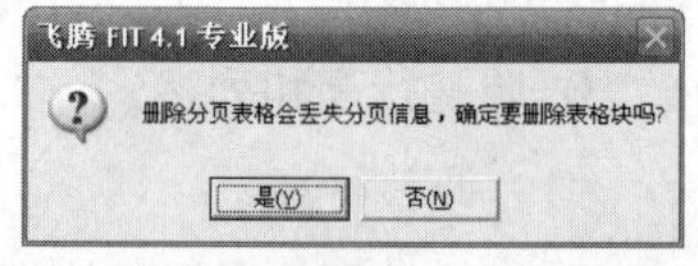

图 6-88 删除分页表格时的提示框

2. 未分页表格的整体拉伸或压缩

表格块的大小可以通过拉伸操作来改变，但只有未分页及未分栏的表格可以进行整体拉伸，具体操作步骤如下：

（1）用选取工具选中一个未分页的表格。

（2）将光标移到表格右下角的选中标志上，光标变成双箭头。

（3）拖动鼠标拉伸或者压缩表格到合适的位置后释放鼠标，如图 6-89 所示。

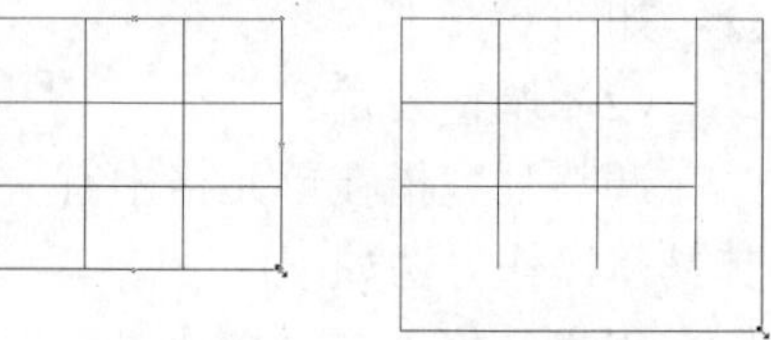

图 6-89 整体拉伸表格

注意

用 Shift+ 鼠标左键拖曳续排标志可调整续排表。

3. 表格的变倍与旋转

（1）表格的变倍。

1）选中“工具”条中的旋转与变倍工具。

2）单击表格，在表格的周围出现方框状控制点。

3）对控制点进行拉伸或压缩，可改变表格的比例，如图 6-90 所示。

（2）表格的旋转。

1）选择旋转与变倍工具后双击表格，在表格的周围出现圆弧状的控制点。

2）拖曳控制点使表格绕中点旋转，到合适的位置后松开鼠标，表格即被旋转，如图 6-91 所示。

星期	早餐	中餐	晚餐
星期一	包子	香酥带鱼	东坡肉
星期二	汤面条	宫爆鸡丁	萝卜肉
星期三	花卷	土豆炒肉	花菜炒肉
星期四	鸡蛋	莲藕炒肉	清蒸鱼
星期五	蛋糕	豆角炒肉	小南瓜炒肉
星期六	稀饭	尖椒萝卜丁	韭菜炒蛋
星期日	豆浆	花生米烩猪手	包菜配粉丝

图 6-90　变倍操作前后的效果

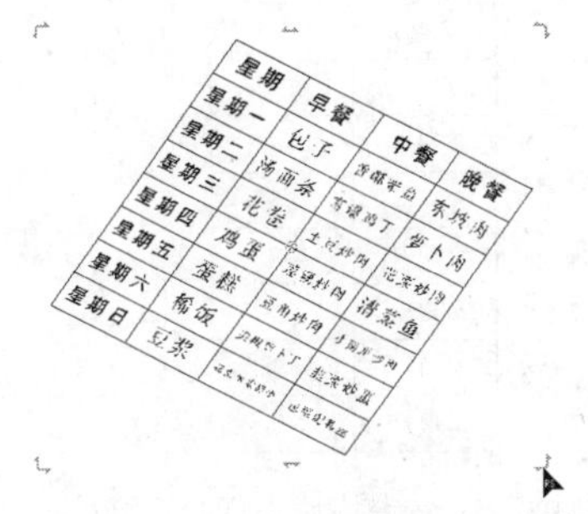

图 6-91　旋转表格前后的效果

4. 表格块的分页操作

表格块的分页有横向分页和纵向分页两种方式，下面分别说明。

（1）对表格块的纵向分页。

1）选中一个未分页的表格块。

2）将光标指向被选中表格块下边线中间的控制点，出现上下箭头后，按住 Shift 键的同时拖动鼠标压缩（不要拉伸）表格块。

3）松开鼠标后，出现如图 6-92 所示的分页标志（也叫续排标志）。

4）单击分页标志（续排标志），光标变成排文状态。

5）在版面上要放置分页表格的位置上单击并拖动鼠标形成一个矩形，如图 6-93 所示。

6）松开鼠标，即会出现一个新分页的表格块，如图 6-94 所示。此时，版面上两个表格块的大小之和等于未被分页时表格块的大小。

星期	早餐	中餐	晚餐
星期一	包子	香酥带鱼	东坡肉
星期二	汤面条	宫爆鸡丁	萝卜肉
星期三	花卷	土豆炒肉	花菜炒肉
星期四	鸡蛋	莲藕炒肉	清蒸鱼

图 6-92　压缩表格块出现分页标志

星期	早餐	中餐	晚餐
星期一	包子	香酥带鱼	东坡肉
星期二	汤面条	宫爆鸡丁	萝卜肉
星期三	花卷	土豆炒肉	花菜炒肉
星期四	鸡蛋	莲藕炒肉	清蒸鱼

图 6-93　拖动鼠标形成矩形

星期	早餐	中餐	晚餐
星期一	包子	香酥带鱼	东坡肉
星期二	汤面条	宫爆鸡丁	萝卜肉
星期三	花卷	土豆炒肉	花菜炒肉
星期四	鸡蛋	莲藕炒肉	清蒸鱼

星期五	蛋糕	豆角炒肉	小南瓜炒肉
星期六	稀饭	尖椒萝卜丁	韭菜炒蛋
星期日	豆浆	花生米烩猪手	包菜配粉丝

图 6-94　形成纵向分页表格块

（2）对表格块的横向分页。

1）选中一个未分页的表格块。

2）将光标指向被选中表格块右边线中间的控制点，出现左右箭头后，按住 Shift 键的同时拖动鼠标压缩（不要拉伸）表格块。

3）松开鼠标后，出现如图 6-95 所示的分页标志（也叫续排标志）。单击分页标志，光标变成排文状态。

4）在版面上要放置分页表格的位置上单击并拖动鼠标，拖出一个矩形。

5）松开鼠标，即会出现如图 6-96 所示新分页的表格块。此时，版面上两个表格块的大小之和等于未被分页时表格块的大小。

星期	早餐
星期一	包子
星期二	汤面条
星期三	花卷
星期四	鸡蛋
星期五	蛋糕
星期六	稀饭
星期日	豆浆

图 6-95　压缩表格块出现分页标志

星期	早餐
星期一	包子
星期二	汤面条
星期三	花卷
星期四	鸡蛋
星期五	蛋糕
星期六	稀饭
星期日	豆浆

中餐	晚餐
香酥带鱼	东坡肉
宫爆鸡丁	萝卜肉
土豆炒肉	花菜炒肉
莲藕炒肉	清蒸鱼
豆角炒肉	小南瓜炒肉
尖椒萝卜丁	韭菜炒蛋
花生米烩猪手	包菜配粉丝

图 6-96　形成横向分页表格块

（3）合并连续的分页块。

1）用选取工具同时选中要合并的连续分页块（分页块要彼此相关联）。

2）选择“表格”菜单中的“表格块操作”子菜单下的“合并连续分页块”命令，结果如图 6-97 所示。

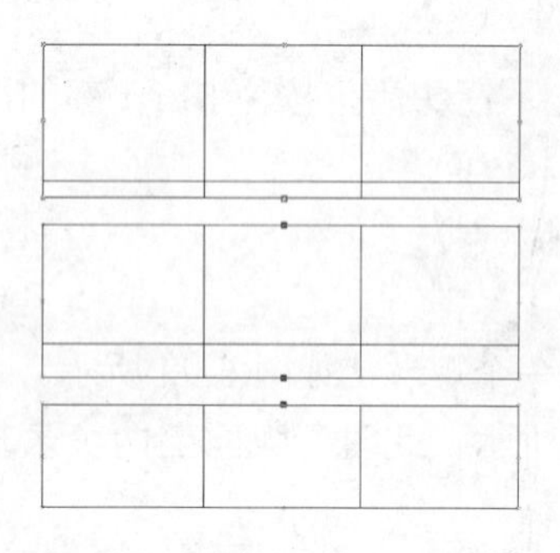

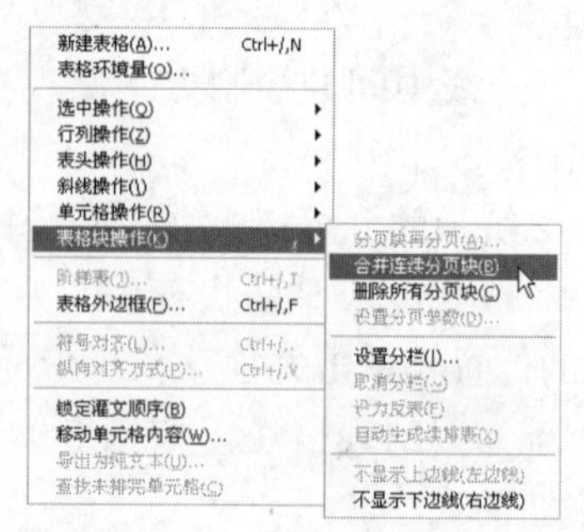

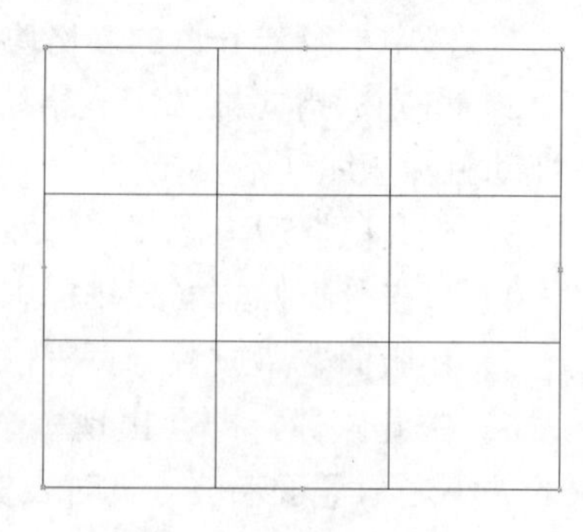

图 6-97　合并连续的分页块

（4）删除所有分页块。

如果要删除表格的所有分页块，可以选中其中的某个分页块，然后选择“表格”菜单中的“表格块操作”子菜单下的“删除所有分页块”命令，弹出删除提示对话框，单击“是”即可，如图 6-98 所示。

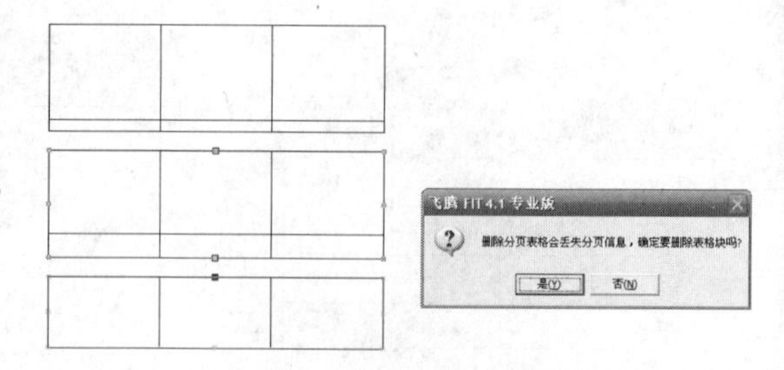

图 6-98　删除所有分页块

（5）设置分页参数。

通过“设置分页参数”对话框可以设置分页表格的页面参数，具体操作步骤如下：

1）选中一个分页表格块。

2）选择“表格”菜单中的“表格块操作”子菜单下的“设置分页参数”命令，弹出“设置分页参数”对话框，如图 6-99 所示。

3）在“页高度”文本框中输入需要的高度值，单击“确定”按钮，结果如图 6-100 所示。

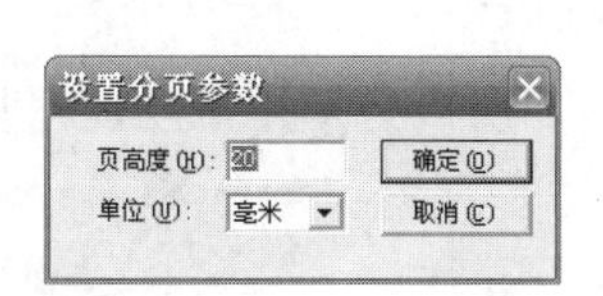

图 6-99　设置分页参数对话框

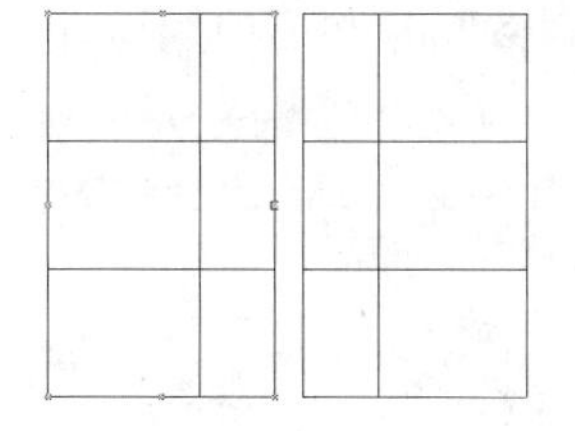

(a) 原分页块

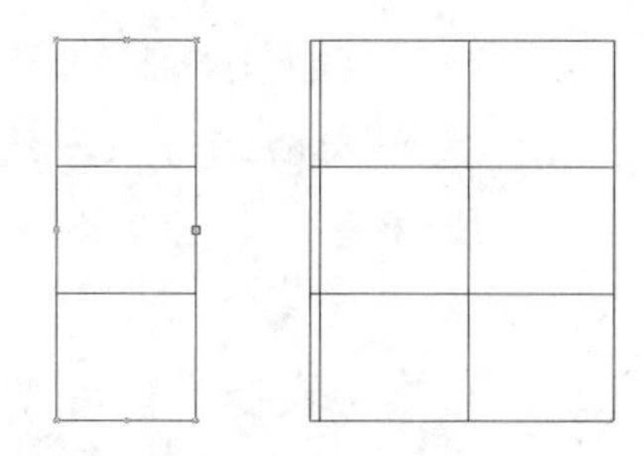

(b) 改变分页参数后的分页块

图 6-100　改变分页参数

改变一个表格块的大小，只能影响到下一个表格块，不会影响到上一个或者下下一个表格块。

5. 设置分栏

（1）选中要分栏的表格块。

（2）选择“表格”菜单中的“表格块操作”子菜单下的“设置分栏”命令，弹出如图 6-101 所示的“分栏属性”对话框。

（3）“分栏数”文本框是设置分栏数目的。“分栏间距”文本框是设置各栏之间距离的。“分栏大小”文本框是设置各栏宽度的。选中“横向分栏”复选框，设置分栏方式。选中“平均分栏”复选框，使各栏大小保持一致。

（4）单击“确定”按钮即可给表格块分栏，如图 6-102 所示。

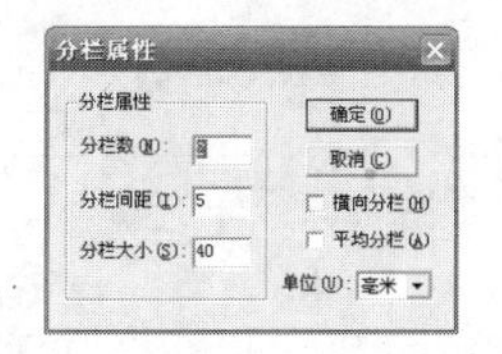

图 6-101　“分栏属性”对话框

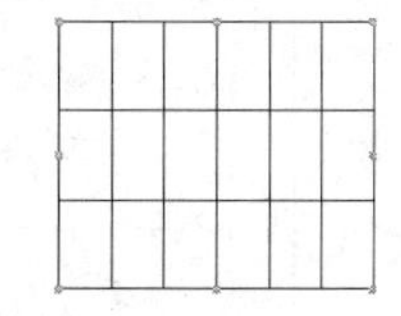

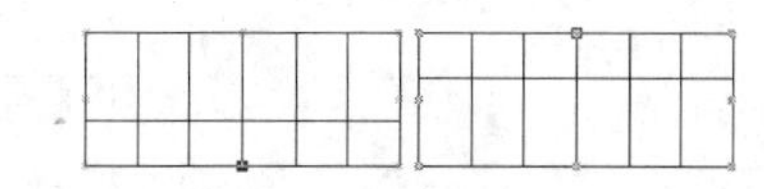

图 6-102　分栏后的表格

选中“横向分栏”复选框，设置分栏后，版面上的表格只显示设置的参数，即所分的栏数和分栏的大小。如果表格很大，还有剩余部分，则剩余的部分不被显示，而是在分栏的表格中显示续排标志。

如果要取消分栏，可选中要取消分栏的表格，选择“表格”菜单中的“表格块操作”子菜单下的“取消分栏”命令即可。取消分栏以后的表格就变成了相应的分页表格。

6. 设为反表

先建立一个表格，或选中要设置的表格块，然后选择“表格”菜单中的“表格块操作”子菜单下的“设为反表”命令，即可将表格设为反表，如图 6-103 所示。

星期	早餐	中餐	晚餐
星期一	包子	香酥带鱼	东坡肉
星期二	汤面条	宫爆鸡丁	萝卜肉
星期三	花卷	土豆炒肉	花菜炒肉
星期四	鸡蛋	莲藕炒肉	清蒸鱼
星期五	蛋糕	豆角炒肉	小南瓜炒肉
星期六	稀饭	尖椒萝卜丁	韭菜炒蛋
星期日	豆浆	花生米烩猪手	包菜配粉丝

原表

晚餐	中餐	早餐	星期
东坡肉	香酥带鱼	包子	星期一
萝卜肉	宫爆鸡丁	汤面条	星期二
花菜炒肉	土豆炒肉	花卷	星期三
清蒸鱼	莲藕炒肉	鸡蛋	星期四
小南瓜炒肉	豆角炒肉	蛋糕	星期五
韭菜炒蛋	尖椒萝卜丁	稀饭	星期六
包菜配粉丝	花生米烩猪手	豆浆	星期日

反表

图 6-103　将表格设为反表

7. 自动生成续排表

自动生成续排表对表格

的分页操作非常有用，特别是在下列情况时必须使用该功能。

（1） 要对表格的分页块进行自动排列，特别是要求自动排到下一页时。

（2）反表有多个分页时，由于在新建表格时不能设置反表，所以必须用该功能对反表进行分页。

（3）对续排表格进行规则分页时也必须要使用该功能。

具体操作方法如下：

1）用选取工具选中要生成续排表的表格。

2）按住 Shift 键拖动表格下面或右面的控制点，将该表格变成一个具有续排标记的表格块。

3）选择“表格”菜单中的“表格块操作”子菜单下的“自动生成续排表”命令，弹出如图 6-104 所示的“自动生成续排表”对话框。

图 6-104 “自动生成续排表”对话框

“X”间距表示所生成的分页表和前一个分页表的水平偏移量。“Y”间距表示所生成的分页表和前一个分页表的垂直偏移量。“块大小”表示所生成的续排表的大小。

4）在该对话框中输入表格块的间距和块大小值并确认，结果如图 6-105 所示。如果要使下一个表格自动排到下一页，则间距需要输入一个比较大的值。

样板菜			
星期	早餐	中餐	晚餐
星期一	包子	香酥带鱼	东坡肉
星期二	汤面条	宫爆鸡丁	萝卜肉
星期三	花卷	土豆炒肉	花菜炒肉
星期四	鸡蛋	莲藕炒肉	清蒸鱼
星期五	蛋糕	豆角炒肉	小南瓜炒肉
星期六	稀饭	尖椒萝卜丁	韭菜炒蛋
星期日	豆浆	花生米烩猪手	包菜配粉丝

原表格

样板菜			
星期	早餐	中餐	晚餐
星期一	包子	香酥带鱼	东坡肉
星期二	汤面条	宫爆鸡丁	萝卜肉
星期三	花卷	土豆炒肉	花菜炒肉

有续排标记的表格块

样板菜			
星期	早餐	中餐	晚餐
星期一	包子	香酥带鱼	东坡肉
星期二	汤面条	宫爆鸡丁	萝卜肉
星期三	花卷	土豆炒肉	花菜炒肉

星期四	鸡蛋	莲藕炒肉	清蒸鱼
星期五	蛋糕	豆角炒肉	小南瓜炒肉
星期六	稀饭	尖椒萝卜丁	韭菜炒蛋
星期日	豆浆	花生米烩猪手	包菜配粉丝

自动生成续排表

图 6-105 自动生成的续排表

8. 阶梯表

阶梯表的主要功能是用阶梯的方式选中表格中的单元格，生成阶梯幅度为一行或一列的阶梯表。针对阶梯表的特点，在设置阶梯表时可以隐藏第 1 行或第 1 列。

具体操作步骤如下：

（1）用“表格”工具条中的箭头工具，选中第1行或第 1 列中的一个或多个单元格。如果是选中多个单元格则它们必须是挨着的。

（2）选择“表格”菜单中的“阶梯表”命令，弹出“阶梯表”对话框，如图 6-106 所示。

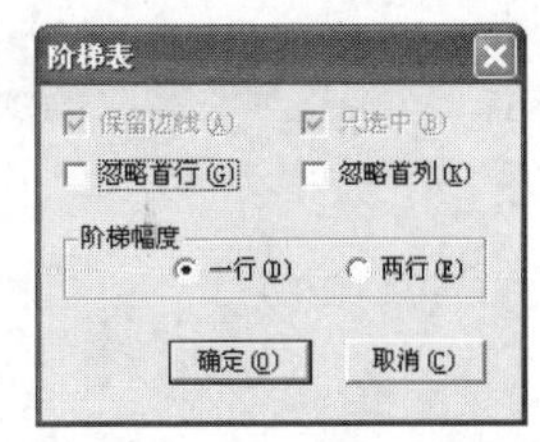

图 6-106　“阶梯表”对话框

1）保留边线：生成的阶梯表保留表格的边框，如图 6-107 所示。

2）只选中：只在要设置的阶梯表中选中单元格，并不生成阶梯表。此时，对话框中的“隐藏首行”和“隐藏首列”变为“忽略首行”和“忽略首列”，如图 6-108 所示。

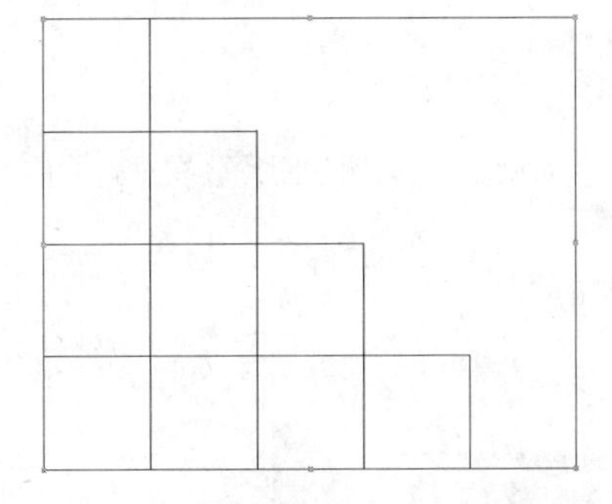

图 6-107　保留边框的阶梯表

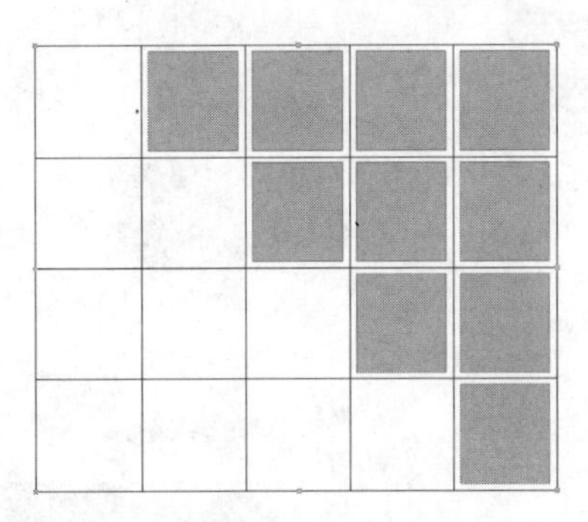

图 6-108　只选中

3）隐藏首行（忽略首行）：设置阶梯表后，首行被隐藏（或被忽略），如图 6-109 所示。

4）隐藏首列（忽略首列）：设置阶梯表后，首列被隐藏（或被忽略），如图 6-110 所示。

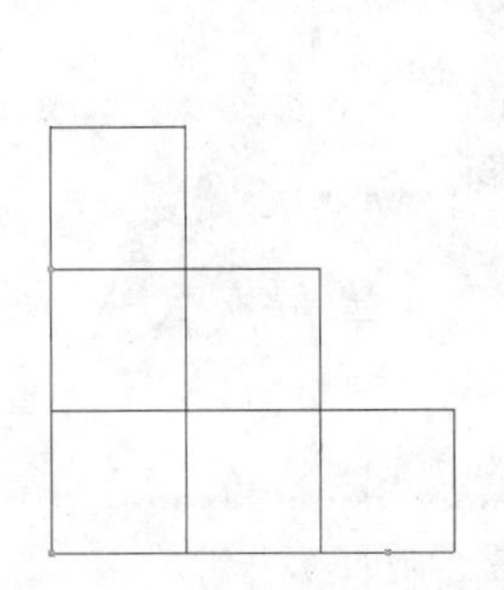

图 6-109　隐藏首行

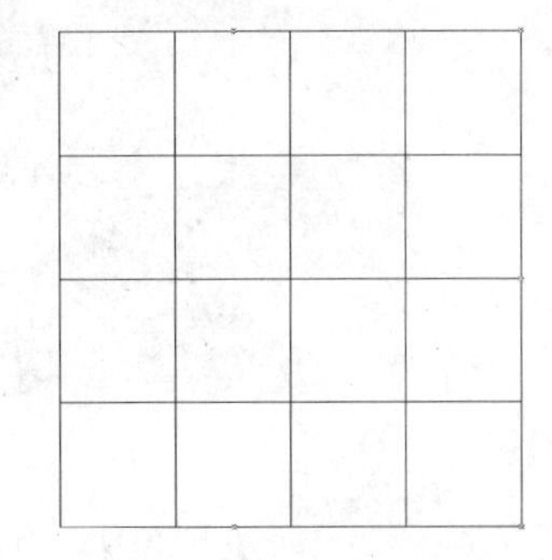

图 6-110　隐藏首列

5）阶梯幅度：指阶梯之间的跨度，可选择“一行”或“两行”。阶梯幅度为一行的效果如图 6-107 所示。

如果只选中了一个单元格，因为一个单元格是无法设阶梯表的，所以此时只能以阶梯的方式选中单元格，“阶梯表”对话框中的“显示边框”和“只选中”复选框都是置灰的。如果选中了多个单元格，此时既可以设置阶梯表，又可以以阶梯的方式选中单元格。

（3）设置需要的选项，单击“确定”按钮后，即可完成。

注意

分栏、分页表格块以及含有不规则单元的表格时不能设置为阶梯表。

6.4 说明书及宣传资料的版面编排集锦

图 6-111　巧妙地将说明问题的图片放在页脚的位置

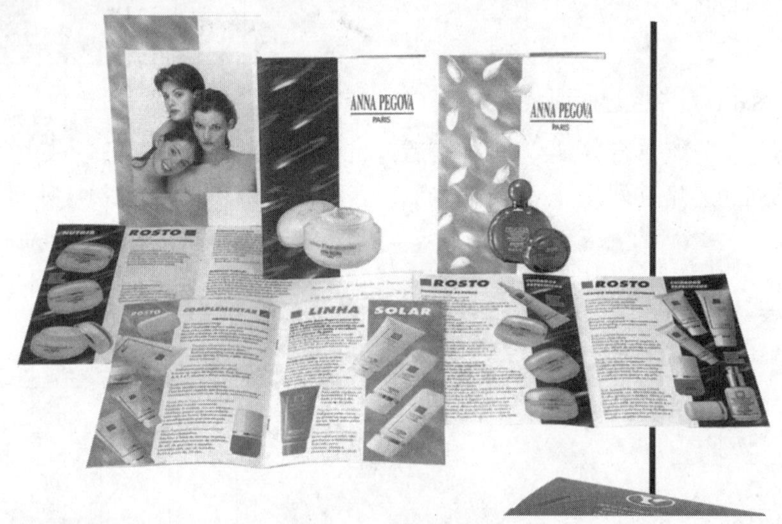

图 6-112　鲜艳的颜色、竖排的照片充满整个画面

图 6-113　利用两朵花已经说明一切问题 , 无需多言

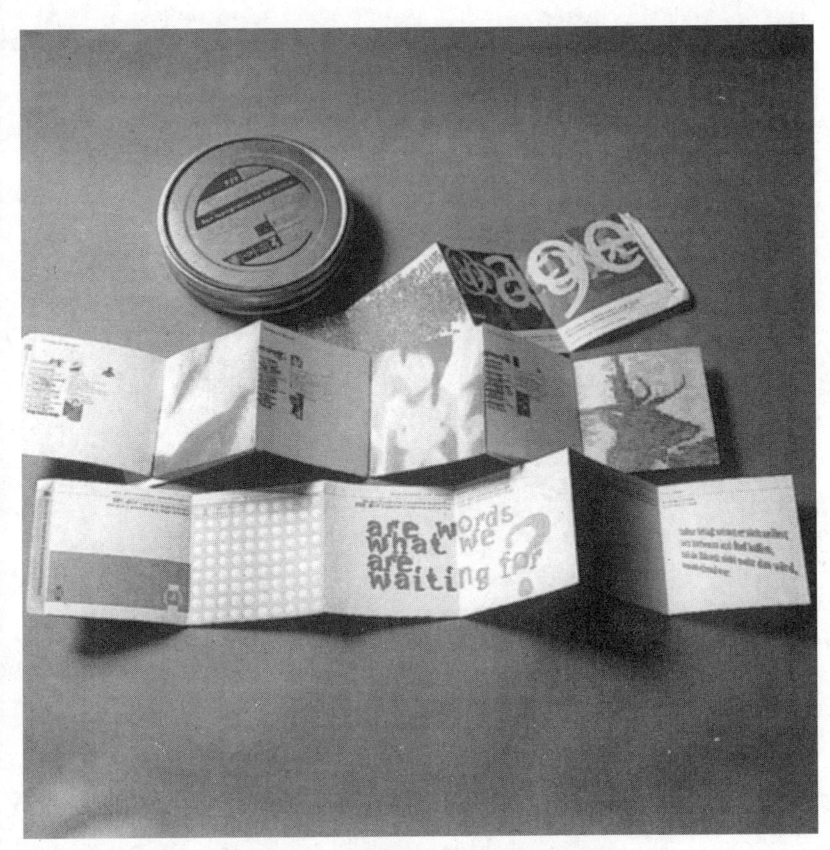

图 6-114　多折页的版式设计色调沉稳

图 6-115　仅利用图片和标题就说明一切

图 6-116　选择的图片与标题字母恰好配合、正文排列活泼可爱

6.5 本章练习

（1）了解说明书及简介版面特点，总结明书及简介的排版要素。

（2）练习如何将其他软件中的图像或表格等元素直接调入飞腾文件中。

（3）练习如何在飞腾文件中排入数学和化学公式。

（4）制作题。

题目：流程图。

完成稿：流程图完成稿如图 6-117 所示。

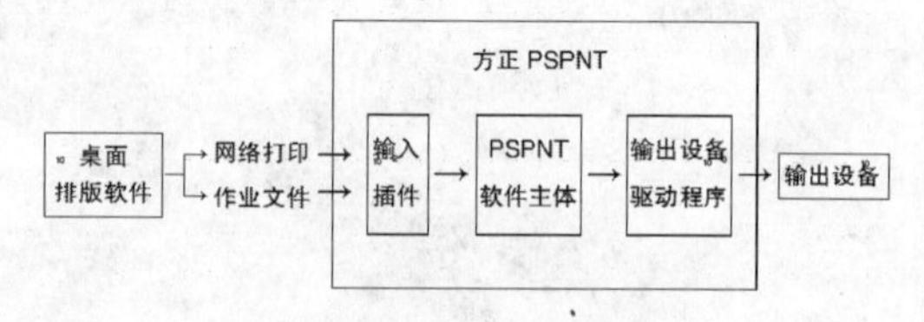

图 6-117　流程图完成稿

第7章

报纸版面编排与设计

版面是报纸各种内容编排布局的整体表现形式，报纸是否可读、能否在报摊上吸引视线，很大程度上决定于版面设计。透过版面，读者可以感受到报纸对新闻事件的态度和感情，更能感受到报纸的特色和个性。版面吸引读者，主要是吸引读者的视觉，通过利用人的视觉生理和视觉心理，产生强大的视觉冲击波，牢牢吸引读者的眼球。

相对于书籍和杂志而言，报纸版面的编排有着自己的特点。简约化是现代版面编排设计的国际趋势之一。特别对于信息量大的报纸，版面设计要求简单明了，直接切入主题。

7.1 报纸的版面设计主要表现

报纸设计幅面一般都在8开以上，由于幅面大，而且主要以文字为主，辅有少量的插图，排版的布局就显得非常重要，如图7-1所示。

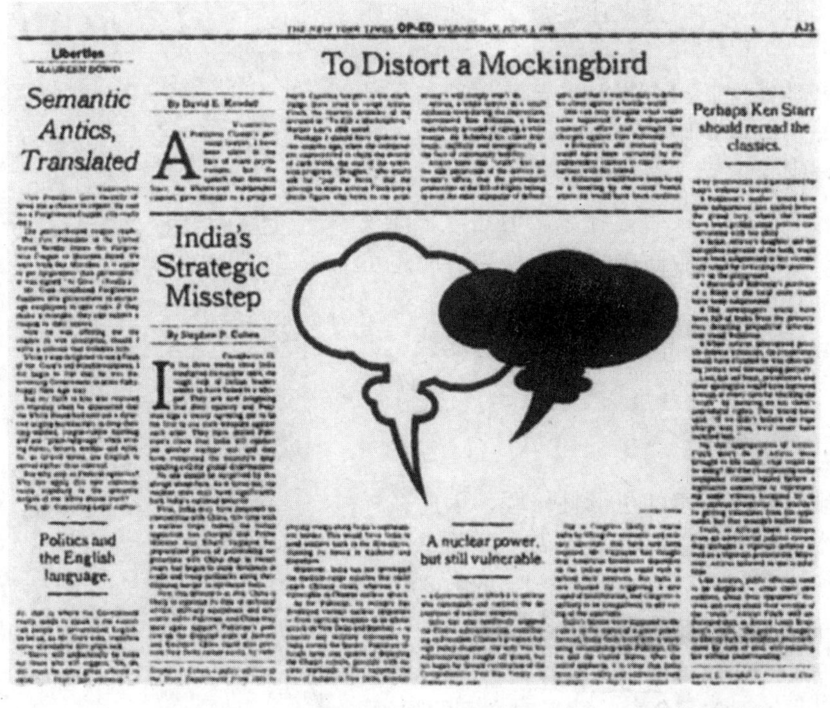

OP-ED

Liberties

Semantic Antics, Translated

To Distort a Mockingbird

Perhaps Ken Starr should reread the classics.

India's Strategic Misstep

Politics and the English language.

A nuclear power, but still vulnerable.

图7-1　以文字为主，标题层次感强，分栏清晰，字号、字体使用严谨

7.1.1 标题的处理

（1）标题是版面里最突出的文字信息，它也是引导读者视线进入正文的重要提示，人们习惯于拿起报纸首先浏览标题，然后选择自己感兴趣的部分进行阅读，所以标题的运用关系到整个版面的基调。标题是一个很广泛的概念，它的类型多种多样，在不同的媒体形式中的运用也不尽相同。

（2）在报纸版面设计中（特别是正刊新闻报），标题设计的变化形式相对较小。报纸标题所起的作用主要是以分隔篇章、吸引读者和提示阅读为主，所以报纸标题的编排多数做得粗重醒目，甚至为了吸引读者注意，不惜以特大图片配以具有卖点的标题，做成整版的标题新闻。这种标题的处理方法，其实目的主要是为了增强版面的视觉冲击力，达到醒目的目的。

（3）版面的整体标题需要按主次级别进行视觉上的分类和区别，但必须有一个最为强烈的标题，帮助读者分辨新闻的重要性，提供给读者粗略整版的标题的阅读视觉顺序，如图 7-2 所示。

FINANCIAL TIMES

ASSAULT ON AMERICA

THOUSANDS DEAD • BUSH VOWS REVENGE • US FORCES ON HIGH ALERT • WORLD MARKETS PARALYSED

图 7-2　美国“9•11”事件通栏标题引人注目

（4）标题使用以水平和垂直的方式进行视觉上的区分。标题可使用不同的字号和宽度，使版面形成对比。许多时候标题的宽度应尽量覆盖所属的正文。

因此较好地处理版面全局与局部、局部与局部的关系，甚至可以通过版面表现力的强弱，明确视觉层次，让读者在不知不觉中按编辑的要求，做到先看什么、再看什么、最后看什么。但是，版面视觉中心不能过多，是在版面中需突出两条有时也可为三条重要的稿件或图片时采取的一种非常有效的版面编排形式，突出处理的稿件过多，也就谈不上视觉中心。

7.1.2 正文的处理

报纸的排版要求文字的可读性极强，因此在标题文字的艺术设计处理上一般只是做一些简单的处理。正文往往需要分栏处理，每栏文字的数量、栏距尽可能保持一致，如图 7-3 所示。

Le Monde

Lire neuf, grand & beau

A type family story

Echoing old style faces

La Totale typographie

图 7-3　分栏清晰，结构合理。读者阅读时没有视觉上的疲劳

（1）字距。

编排中字距不正常，会影响读者对文字的阅读。

字距太大，阅读起来视觉跳跃频繁，不适合读者阅读思维的连贯性；字距太小，文字阅读费劲甚至识别困难或不能识别。只有字距适中才能保证文字的正常阅读和理解。一般字距的大小随着字号大小的增加而增加。根据经验，两个字间的比较合适的距离应该是文字宽度的五分之一左右。一般来说，字距的确定是由字体自身的字符所占用空间结构来决定的，字体结构较自由灵活的字符四边的占用率较小，字距也相对较小，反之就较大。根据经验，设计软件 CorelDRAW 电脑的默认字距偏宽，应该适当把字距调略小一点比较好。

（2）行距。

水平阅读的文字成行的条件必须是行距大于字距（除非你有意追求一种特效）。行距如果小于字距，文字则由上至下阅读。垂直阅读的文字行距也要大于字距。行距的处理最能体现一篇文字的气质，行距最小在字高的二分之一以上比较合适。在设计中使字距变大，则单个文字成了“点”。行距加大，一排文字形成了“线”，成行的句子连成一片就形成了“面”，文字的编排就是把这些点连成线、面、体，让它更好地为设计服务。适当地加宽或缩窄行距，可以加强版式的风格效果。如加宽行距可以体现轻松、舒展的情绪，应用于生活娱乐、休闲、诗歌的内容恰如其分。通过精心安排，使宽、窄行距并存，可增强版面的空间层次与韵律感。但行距过宽，会使每行文字失去了较好的阅读延续性。根据经验，国外的设计软件主要是针对英文字形结构特点开发的，实际的字距和行距默认值并不适合汉字的编排效果。所以一般设计师都会按照设计风格对字距和行距重新进行调整和设定。正常情况下，电脑的默认行距偏小，应该适当把行距调大一些。如 CorelDRAW 编排软件的行距默认值为 100%，最少应该改为 120% ～ 160% 之间比较合适。

（3）分栏。

分栏是将文字分成相等或不相等的若干块。为什么要分栏呢？在版面中，整行的文字过多，会使读者感到阅读压力和视觉疲劳。另外整栏形式也显得呆板，也不利于设计的灵活处理。为了避免这种情况，就需要把整体的文字分成几栏来排列，使阅读舒适。分栏还可美化版面的布局，从而使内容的分布更加条理化，这就是分栏的作用。

分栏时涉及栏数、栏宽和栏间距三个参数。栏宽太小会引起阅读不便。通过分栏排版往往可以得到一些特殊的版式效果。多少栏间距最为合适呢？根据经验，栏间距离应该是基本保持在 2 ～ 3 字宽的距离以上为好（根据具体的编排风格也不尽相同）。一般正度 32 开以下的书籍不分栏，即通栏；16 开或 16 开以上开本的书籍一般分成两栏或三栏；杂志一般分成两栏或三栏；报版的文字都以分栏的形式排列，一般传统的对开报版基本栏为 8 栏，四开报纸基本栏为 7 栏，栏距 2 ～ 3 个字为宜。分栏每行的字数不能太少，至少要有 4 ～ 5 字以上为好。不分栏的如 32 开本书籍，每行字数为 26 ～ 27 个字；大 32 开本，每行字数为 28 ～ 30 个字；杂志用 16 开本，每行字数约为 36 ～ 42 个字。

（4）文字的强调。

对文字的强调一般有如下几方面：有开篇强调，将首行汉字或字母变大、空位、变体、拉长、换色、加粗、加框、加下划线、加引导符合等处理进行强调，进行阅读的开篇引导提示；引文的强调，引文概括全文简略大意，一般会在文章的开头，为了使文字有别于正文，需要在字体和字号上进行区分，如将引文放在正文的上方、左右侧或中间等；标题的强调，应该把字距拉开，用更粗壮的字体，或用比页面更高明度和饱和度的颜色。最理想的办法是对标题进行适当的装饰字设计或增加文字投影、给文字勾边等处理。

（5）文字的层级关系。

文字的大小与文字之间间距，以及段距和章节距是相互依存的，它们的距离关系就是文字的一种表现。在版面的文字编排中，不同层级的文字之间需要用一定的距离来划分。在多页面的设计中文字需要有统一的视觉风格，每个层级的文字属性应该在不同的版面上保持相对统一的视觉效果。

各个文字层级之间，级与级之间的字号、字体都会有大小、主次之分，都应该按照一定的升降变化来体现。一般文字书籍里段距与行距是一样的，但专业设计中，文字较少，为了使阅读层次更加清晰，版面空间布局宽松，常把段落分开，这样就形成了段距，这时的段距一定要比行距大。章节层级是不管前一章节的最后留下空白有多少，章节都会从新的一页开始，这样就自然形成了章节之间的距离层级关系。例如一个版面，最上层是主题文字或标题，大标题到小标题的距离、小标题到正文的距离、正文的行与行之间的距离，三者之间的距离应该逐步减少，最后最小层阶的距离就是字距。这种编排阅读起来一目了然，轻松流畅。

（6）文字的排列方向。

汉字的排列方向主要有三种：横向排列、竖向排列、斜向排列。

横向排列是现代文字的主要排列方式，它具有稳定、舒适、横向流动等视觉特点。版面空间容易处理，符合人的视觉阅读习惯，适合各种类型文字的排列。竖向排列是传统汉字典型的排列方式。如传统的饮食、酒、茶、古文化活动、节日等内容的设计。由于阅读习惯的影响和竖排阅读回行的跳跃性很大的特点，篇幅过长，视觉容易感到疲劳。所以这种排列方式不适合大篇幅的文字编排，适合每行的字数不多、相对独立的并列字句。斜向排列方式是个性版面风格的排列方式，运用得不多，文字视觉方向属于斜向流动，不方便阅读。倾斜角度一般在 1° 过-90° 之间，处于 0° ～ 45° 之间的较多，视觉阅读方向是由左向右流动，阅读起来不会有很大的困难。处于 45° ～ 90° 之间，视觉阅读方向是由上向下流动。斜向编排的缺点是容易打乱画面整体的布局和调整。根据经验，一般画面使用斜向编排，文字需要吻合版面的图形或结构线条的倾斜度一起编排，画面容易协调形成整体的视觉效果。

（7）文字编排对齐的基本形式。

把多个文字排列成有规律的群体，使信息在版面编排时，容易形成信息的分类和视觉的整体感。文字编排对齐主要有水平对齐和垂直对齐两种，还有一种使用较少的是合成对齐。

水平方向可分为：两端对齐、左对齐、右对齐、中对齐、非对齐。垂直对齐可分为：上下对齐、顶对齐、底对齐、中间对齐。合成对齐可分为：两列左右中对齐，两列上下中对齐、两列左右向背对齐等。

选择什么样的对齐方式，并不是随意的，主要是根据不同版面型的形式构成的需要和版面均衡状况等来选用对齐方式。水平对齐适合大众化和常规的版式来排版，垂直对齐主要用于远古文化内容和非常规的异型版型。

两端均齐，是文字从左端到右端的长度均齐，字群形成规则的面，端正、严谨，是所有出版刊物的基本对齐方式，排列使用中最为普遍，视觉规律性好，可放置在版面的任何位置，主要运用于篇幅很长、语意连贯的段落文字。缺点是过于呆板。中对齐，是文字以中轴线为对齐，这种对齐使文字突出，有对称的形式美，适合放置在版面对称轴线处，其他的位置都不很理想。缺点是阅读性不好，用于文字过多或语意连贯的段落文字效果不好，很适合相对独立且并列的短句。如名片中的电话、地址、传真等。左对齐或右对齐，是使文字对齐在左右两边，自然形成一条视觉的对齐边。左对齐符合人们阅读时的习惯，显得自然，阅读时比右对齐效果好；左对齐可以适合较多数量的文字编排，放置的位置相比其他对齐方式却只适合较少的文字，由于视觉习惯，左对齐换行可在同一个垂直起点位置开始，而右对齐的文字右边对齐，左边就不对齐，阅读时的换行位置没有规律，容易产生错行阅读，故阅读效果不理想，较少采用，但显得新颖。这两种方式很容易与方块的图形组合搭配，而形成线与面、松与紧、虚与实等节奏感。非对齐，是一种自由的排列形式，完全不要求文字的左右整齐，主要讲究文字重心的稳定。是一种比较个性化编排形式，一般是以表现视觉效果为目的，不过多强调文字的可读性的编排形式。非对齐结合方向上的变化可以产生文字混乱、空间和疏密变化，其风格非常突出。其实在设计中几种对齐方式都会同时使用的。垂直对齐使用比较少，这里就不再进行说明。

版面整体的文字排列不要过于呆板，要使文字与标题和图形错落地分布，使版面的各类文字形成一个整体的穿插呼应又相对独立，既相对严谨又活泼轻松的版面视觉效果。在版面适当放置题花和插图，增强枯燥文字的阅读兴趣。

7.1.3　图片的使用

使用的照片尽量使它在版面的视觉中心，把大照片放在版面的最上部，除非版面上有带大幅照片的广告，如图 7-4 所示。

多数情况下，放大到三栏效果比较好。照片需要进行艺术裁剪，不要浪费版面的空间。

每个版都要尽可能使用一张或多张照片、漫画、图表、地图或其他图形形式。这样可以增强版面的视觉舒适度，但不是越多越好。

The Daily Telegraph

War on America

Reports: Pages 2, 3, 4, 5, 6, 7, 8, 9 and eight-page supplement. Comment: Pages 18 & 19

图 7-4　美国"9•11"事件大幅照片通栏展现

7.2　报纸版面编排实例

飞腾排版软件主要用于报纸的排版，目前，国内的绝大多数报纸印前排版制作都使用该软件。在这里以一个四开版面的报纸排版为例，简要介绍下使用飞腾排版软件排报版的基本使用方法，具体操作步骤如下：

（1）首先是准备报纸排版的相关图文数据，使用相关软件处理好源图像文件和文字文本文件，使之能够满足排版与印刷需要，并将图像文件和文本文件保存到使用飞腾软件的本地计算机中。

（2）打开飞腾软件，新建一个版心文件。在建立版心文件时，应该根据报纸版面设置好版心大小（栏数和行数）、度量单位、主字体号、正文行距等主要参数，其操作窗口如图 7-5 所示。

（3）如何完成如图 7-6 所示的报纸版面排版。

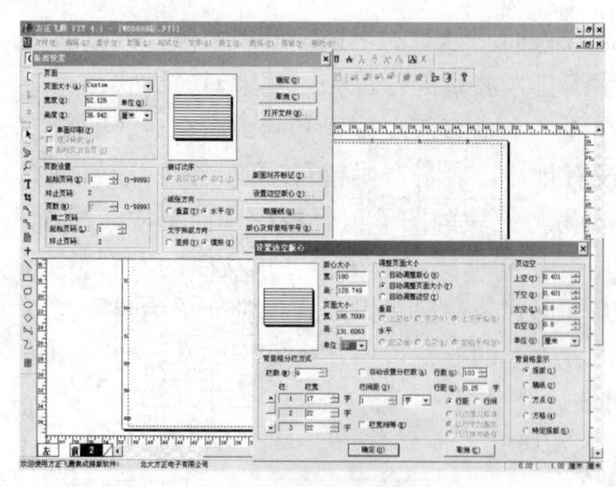

图 7-5 报版版心文件的相关参数设置

图 7-6 一个需要制作的报纸版面

（4）对于如图 7-6 所示的报纸版面，通常可以先从中缝开始排版，将其排在报纸版心的中间位置。中缝所需的原始文件由一个图像文件和文本文件组成。首先单击“文件”菜单中的“排入图像”命令，如图 7-7 所示，将图像置于飞腾文件中，然后将排入的图像放置到版面中相应的位置上，调整好大小；再单击“文件”菜单中的“排入文字”命令，如图 7-8 所示将文字排入飞腾文件中，并调整文字块大小和设置相应的文字字体和字号后置于图像块的空白区内。如此完成中缝排版。

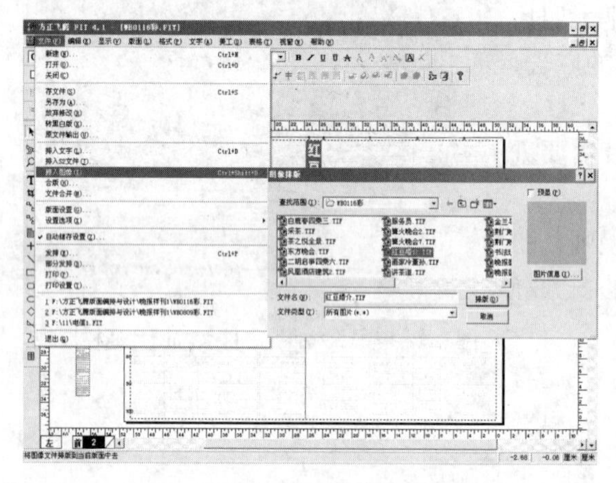

图 7-7 排入图像文件

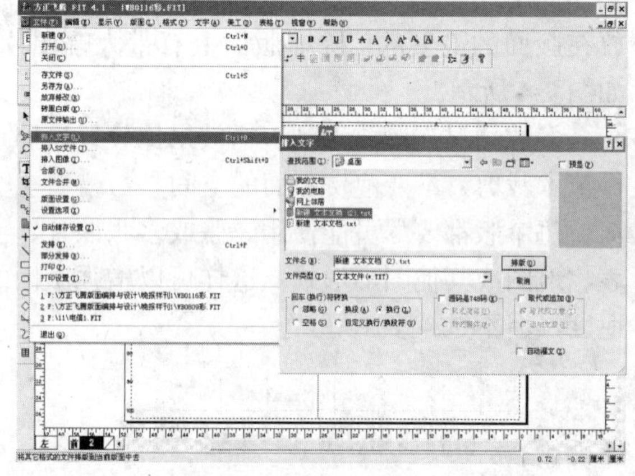

图 7-8 排入文字

（5）对于一版的排版制作首先是制作报头，报头由报头题字、报徽、主办单位、刊号、出版日期、期数以及出版单位的相关信息等内容组成。报头题字和报徽通常为一个图像文件，且在 Photoshop 中已经处理好并设置好颜色（通常为专色）；报头中的其他内容一般多为文字，可直接在飞腾中进行输入；同时，也会使用一些简单的文字装饰，如加入线框、底纹等。

单击“文件”菜单中的“排入图像”命令将报头和报徽图像文件排入报纸版面，调整好报头和报徽的大小，放置于相应的位置，效果如图 7-9 所示。对于报头中文字部分的排版，也非常简单，如图 7-10 所示，只要设置好字体号后，置于相应的位置即可。

对于文字部分还需要对部分文字的颜色进行设置，在使用飞腾中的文字工具选中需要设置的文字后，可单击“美工”菜单中的“颜色”命令，如图 7-11 所示，完成文字颜色设置。

对于报头中的线条，首先激活“直线工具”，然后在版面中相应的位置上，画出任意一条直线，如图 7-12 所示，对直线的属性进行设置。

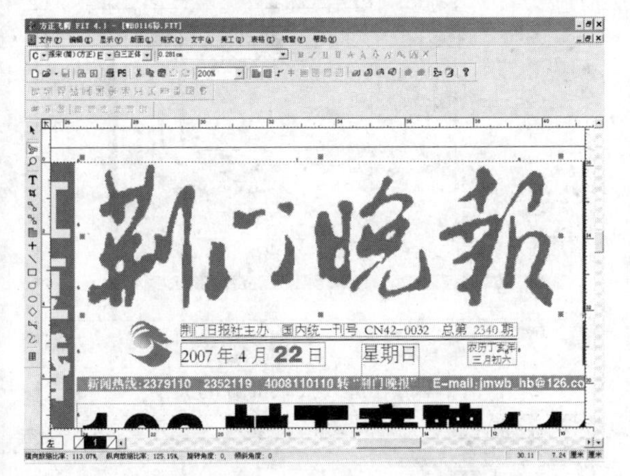

图 7-9　使用“缩放工具”调整好报头和报徽的大小

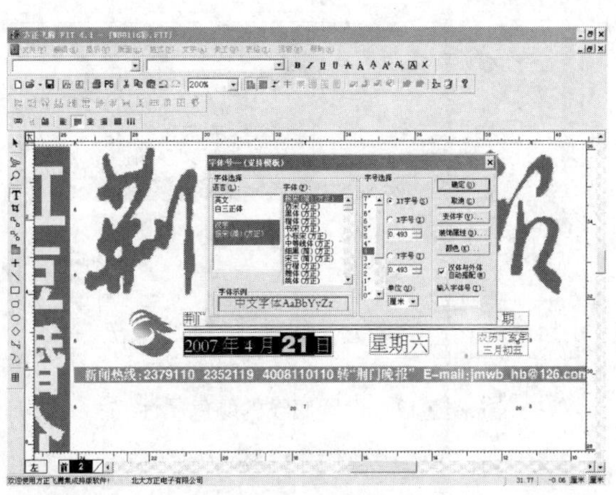

图 7-10　使用“文字”菜单中的“字体号”命令设置文字字体号

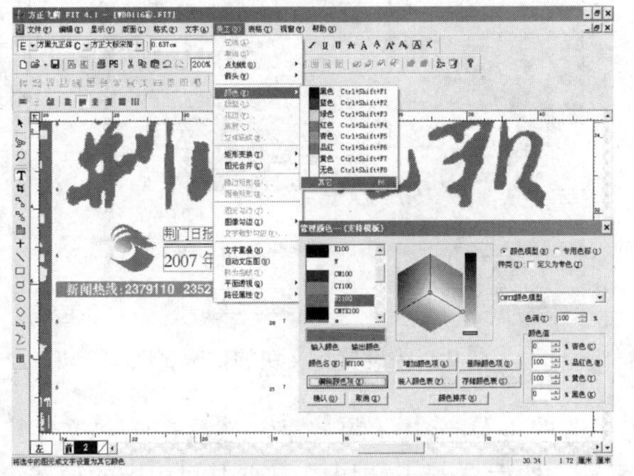

图 7-11　文字颜色设置

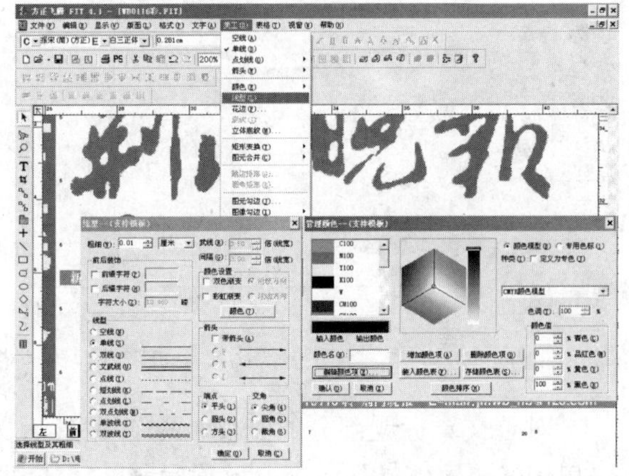

图 7-12　设置直线的线型及属性

对于报头中的底纹排版，则激活“矩形工具”，绘制一个矩形框，然后单击“美工”菜单中的“底纹”命令，如图 7-13 所示，设置矩形框的相关属性（主要为颜色属性）；调整底纹块，并将底纹块与文字块进行叠加，如果需要制作底纹空心字，则就将底纹块的属性设置为“取反”，再调整两个块的层次关系后，即可完成。报头部分通常是一张报纸相对固定的一个块，每次排版时一般只需要修改出版日期就可以了。

（6）完成报纸版面中文字和标题的制作。在图 7-6 所示的报纸版面中，主要有两篇文章进行排版，一篇处于一版报眼位置，一篇处于一版中间偏下一点的位置。对于报眼处的文章排版，单击“文件”菜单中的“排入文字”命令，将文字排入飞腾文件中，如图 7-14 所示；激活文字选取工具选中文章中的标题文字，利用“复制”和“粘贴”组合命令，将标题部分的文字单独置于飞腾版面中，使用之成为一个独立的文字块，如图 7-15 所示；激活块选取工具选中正文块，单击“版面”菜单中的“分栏”命令，设置正文块的排版属性，如图 7-16 所示；设置正文块中部分文字的字体属性，调整好正文块中的段落格式，并通过使用块选取工具调整正文块的大小，将其移动到报眼部分相应的位置上，留出制作标题的位置。

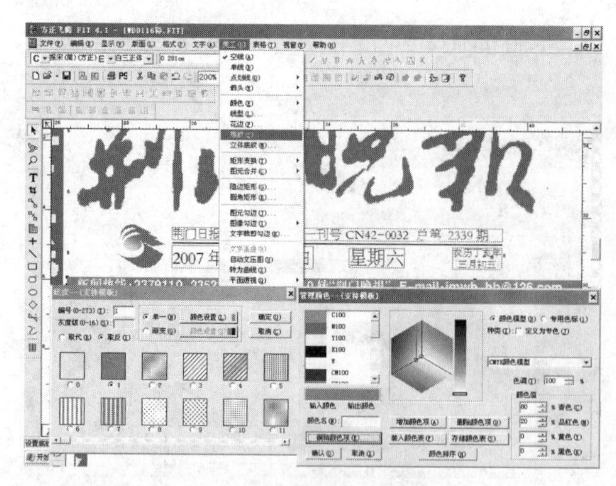

图 7-13　设置底纹的颜色属性

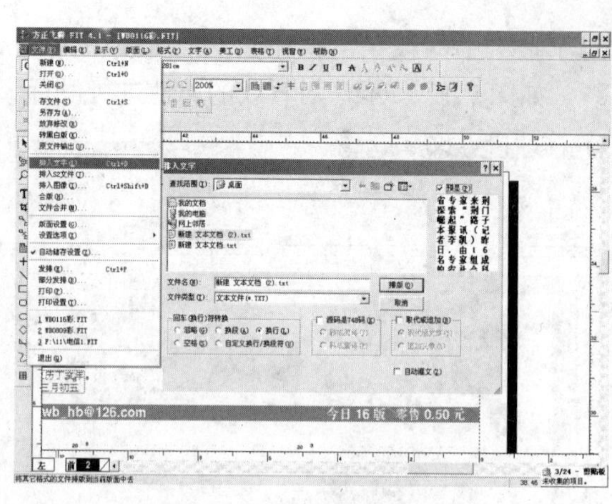

图 7-14　排入报眼部分的文字

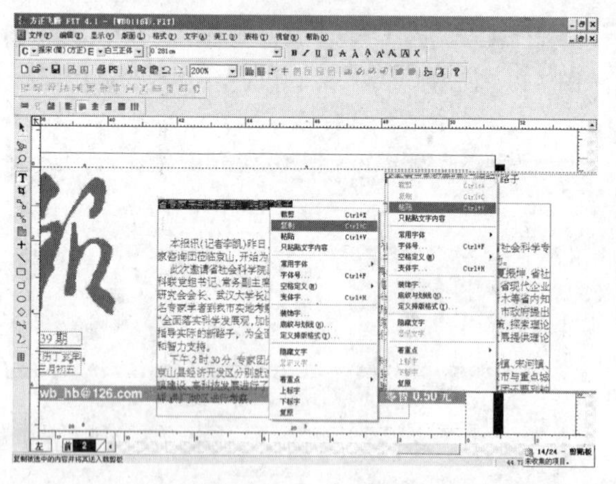

图 7-15　将标题文字分离出文章块之外

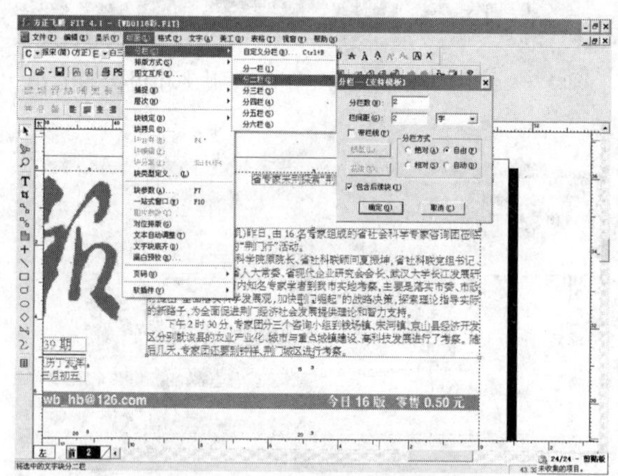

图 7-16　设置正文块的排版属性

对于文章标题部分的制作，则首先激活文字选取工具选中标题文字，然后单击“文字”菜单中的“字体号”命令，设置标题的字体和字号，然后置于正文块周围或中间相应的位置，如图 7-17 所示；至此，就完成了一篇文章的排版制作过程。另一篇文章，也可采用相同的方法完成其排版过程，所排出的版面如图 7-18 所示。

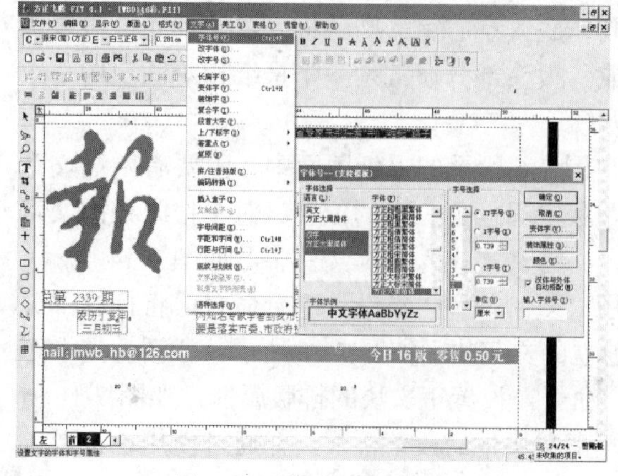

图 7-17　设置标题字体号

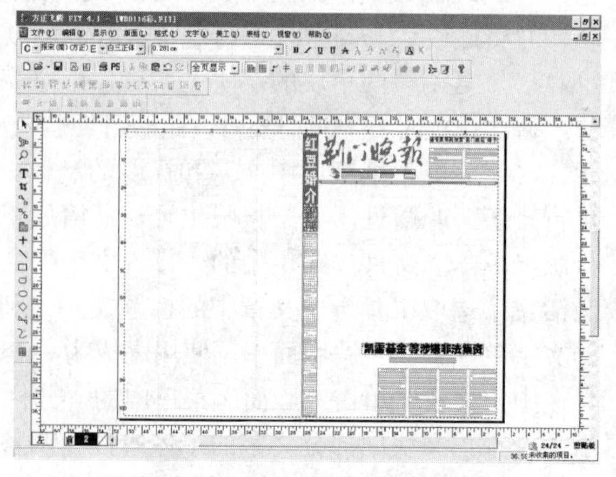

图 7-18　一版中已排好的两篇文章

（7）在如图 7-6 所示的报纸版面中，有很大一部分是导读部分的排版，导读部分是对本期报纸其他版面中重要内容或可读性强的内容进行简要介绍，并告之在第几版。导读部分的制作过程，与文章标题的制作过程基本相似，这里就不作详细介绍了。如图 7-19 所示为已制作完成的报纸一版中的全部导读内容。在导读部分的排版中，需要使用到的底纹制作、线条制作以及广告图像和其他图像排版的具体操作方法，可参见前面介绍的相关内容。

（8）在如图 7-6 所示的报纸版面中的中间偏上部分是本版报纸最重要的一个部分，这个部分由一幅图像组成，图像的下面部分是图片的说明文字，文字的下一层还有一个淡蓝色的底纹层，图像和文字部分由一个粗线蓝色框围住。

首先激活“矩形制作工具”，绘制一个矩形框，然后单击“美工”菜单中的“线型”命令，如图 7-20 所示，设置线框的粗细和颜色；单击“排入图像”命令排入图像，并将排入的图像使用“缩放工具”和“裁剪工具”调整至合适大小，然后移动至粗线蓝色框内上边，图像的边缘紧贴蓝色框内边缘，蓝色框内下面部分留出空白，使用“矩形制作工具”制作一个与蓝色框内下面空白部分一样大小的淡蓝色的底纹层，并放置于蓝色框内下面空白中，如图 7-21 所示；单击“排入文字”命令排入图像的文字说明内容，在调整好文字块的大小后，置于淡蓝色底纹块的上一层，文字块一定在置于底块之上，否则，底纹块将会覆盖文字块，无法正常输出图像的说明文字，块叠加的层次调整操作如图 7-22 所示。

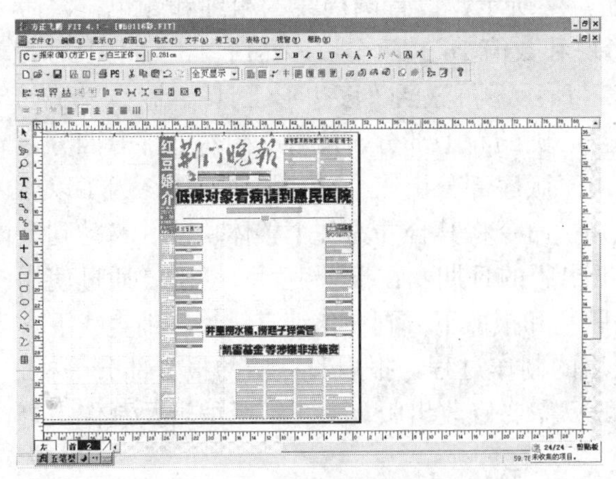

图 7-19　报纸一版中的全部导读内容

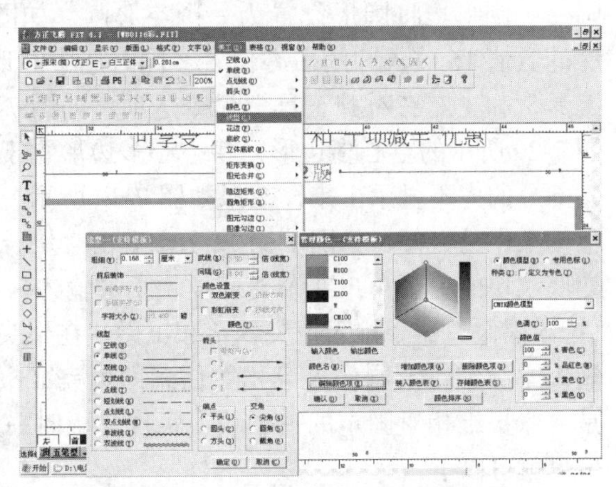

图 7-20　设置线框的粗细和颜色

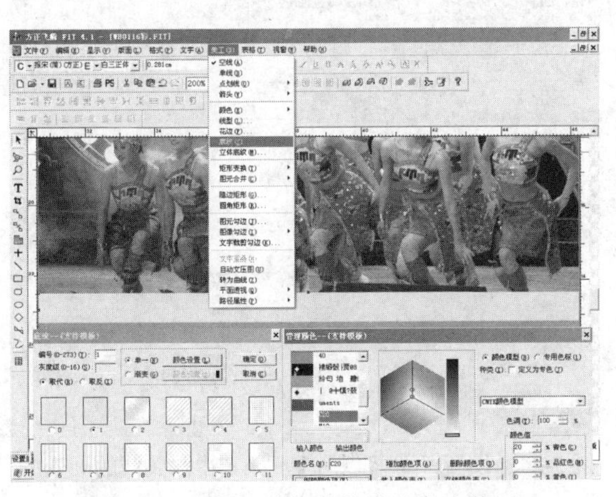

图 7-21　制作空白部分的淡蓝色底纹层

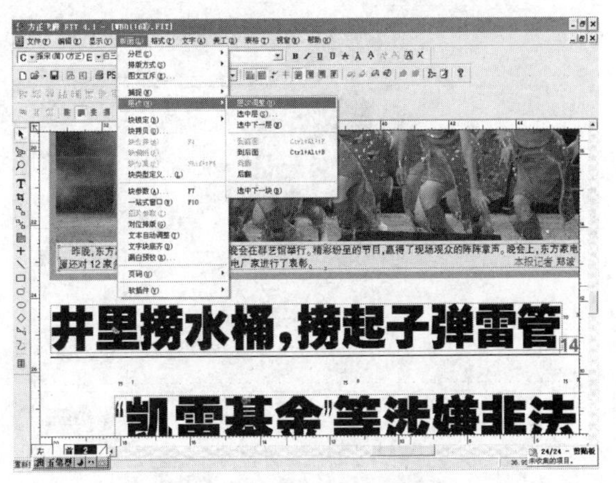

图 7-22　8 块叠加的层次调整

（9）广告排版。图 7-6 中这些小广告都是已经制作好的图像文件，因此，其操作方法非常简单。单击“排入图像”命令，调整好图像的大小后，移动到相应的位置即可。当然，有一些广告提供的源文件包括文字或图像文件，则需要在飞腾中通过文字和图像排版后，进行相应的制作过程，其操作方法与报纸的文字和图像排版方法一样，依次进行操作完成。至此，报纸的第一版的排版制作过程就已完成了。然后依次制作与第一版相连的第十六版的排版。四开小报的连版原则的首尾依次相连，如果一个报纸共为 16 个版，则一版与十六版相连，二版与十五版相连，三版与十四版相连，在连版时，左边的版为双数版，右连则为单数版。

（10）对于如图 7-6 所示的报纸版面中第十六版的排版，首先是制作报眉。报眉与报头的制作方法基本相同，只是操作中的一些细节不同，如图 7-23 所示的报眉制作效果制作相对复杂。

（11）在如图 7-23 所示的报眉中，包括一个蓝色渐变的底纹块、版序、本版主题、报纸英文名、出版时间、报头题字和报徽、本版编辑及制作人等信息。

首先激活“矩形制作工具”，绘制一个矩形框，单击“美工”菜单中使用“底纹”命令，设置一个蓝色从上到下、由深到浅的渐变底纹块，调整底纹块的大小至合适，放置于本版的左上角，效果如图 7-24 所示；输入本版主题、报纸英文名，设置好字体号后，将本版主题设置为空心字，放置于渐变底纹块上边部分，如图 7-25 所示；将报纸英文名设置为空心勾黑边字，放置于渐变底纹块下边部分，如图 7-26 所示；在制作版序时，单击“椭圆形制作工具”画一个圆形，将圆形设置为一个空心圆，如图 7-27 所示，设置圆周线的粗细和颜色；将版序的数值 16 放入圆的中心位置，同时选中圆形块和数值 16 这两个块，然后单击“上下对齐工具”和“左右对齐工具”命令选项，如图 7-28 所示；再激活“多边形工具”，制作一个如图 7-29 所示的空心多边形，将空心多边形置于空心圆的右下部分，使空心圆右下部分四分之一部分的先不显示出来，效果如图 7-30 所示；由于版序部分由三个单独的块组成，为了以后移动操作的方便，如图 7-31 所示，单击“块合并”命令将其合并为一个整体块，并移动到渐变底纹块的右下角；在渐变底纹块下方输入报纸出版的日期，在报纸出版日期下方通过使用“排入图像”命令排入报头题字和报徽，在报头题字和报徽下方画一条细直线，在细直线下方输入本版编辑及制作人等相关信息即可完成报眉的制作过程。报眉和一版的报头部分一样，是一张报纸相对固定的一个块，每次排版时一般只需要修改出版日期、本版编辑及制作人等信息就可以了。

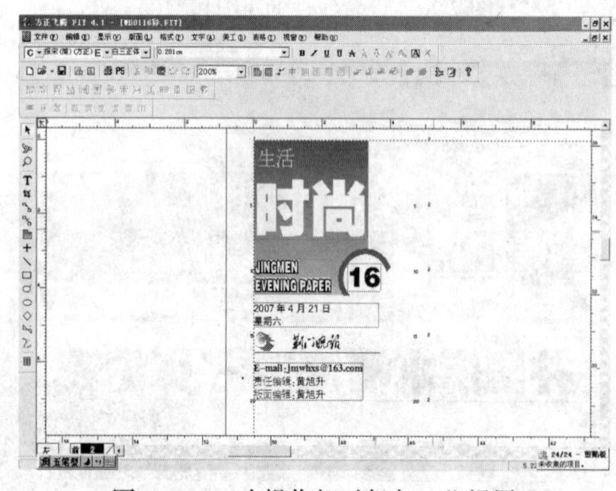

图 7-23　一个操作相对复杂一些报眉

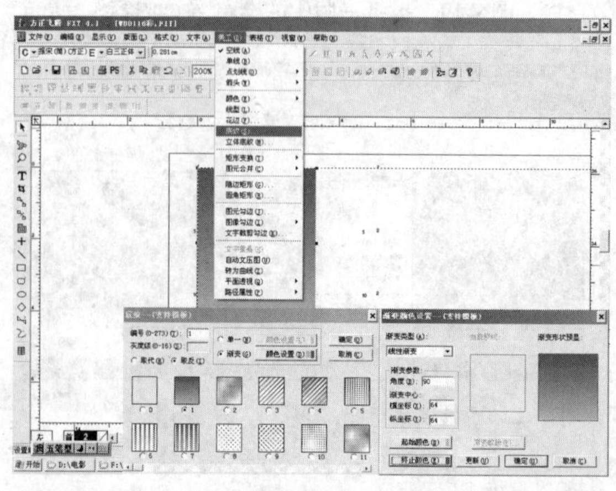

图 7-24　设置一个蓝色从上到下、由深到浅的渐变的底纹块

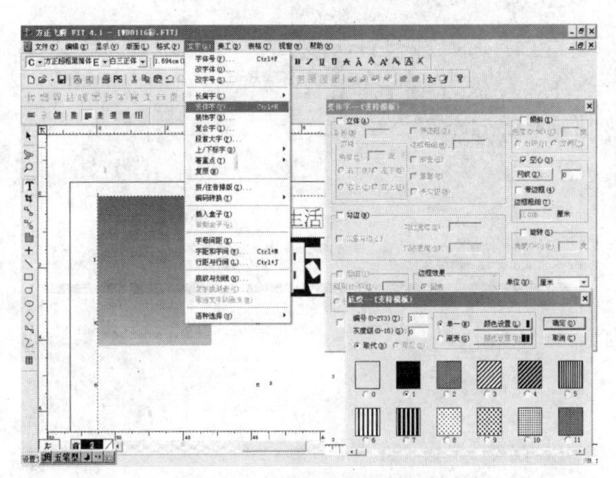

图 7-25　设置文字为空心

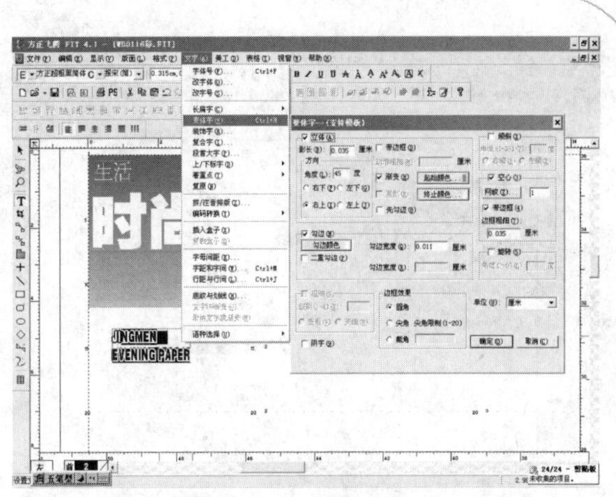

图 7-26　设置文字为空心勾黑边字

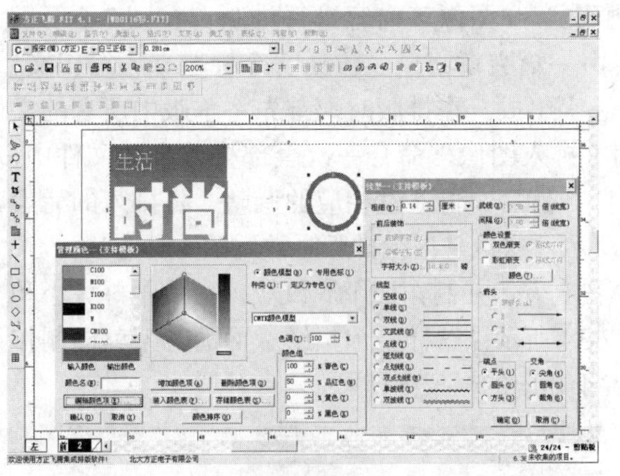

图 7-27　设置圆周线的粗细和颜色

图 7-28　设置一个块处于另一个块的中心

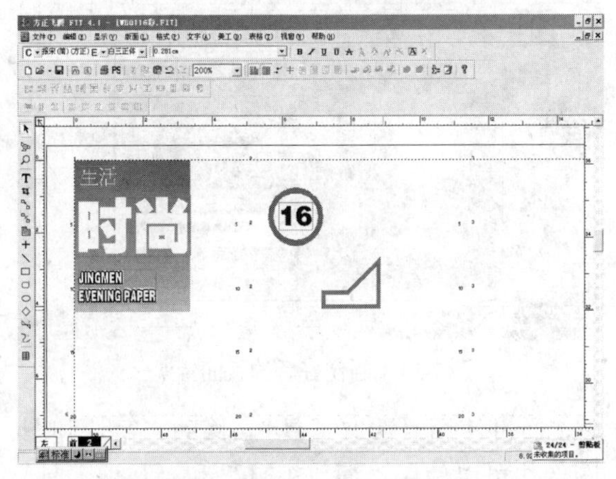

图 7-29　制作一个空心多边形

图 7-30　空心圆右下部分四分之一部分的线不显示

（12）由于本版为报纸的最后一个版，因此，在本版的最下方有一个报尾。报尾包括报社地址、邮政编码、电话、主要机构及联系方式等内容，使用了一个浅蓝色底纹。其排版制作方法比较简单，先制作一个浅蓝色底纹，再将相关的文字内容排成一个文字块置于底纹之上即可，效果如图 7-32 所示。

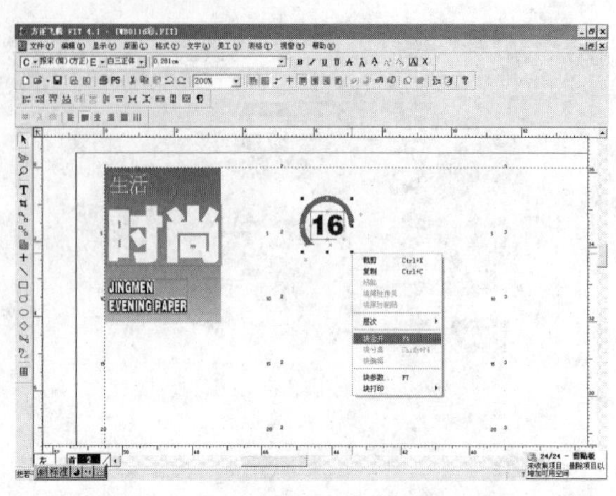

图 7-31　合并多个单独块为一个整体块　　图 7-32　报尾排版制作

（13）在报眉和报尾制作完成后，对报版中文章和图像等内容进行排版。在图 7-6 所示的报纸版面中左边的第十六版，版面内容主要由一篇文章组成，包括一个标题、一篇正文、十一张图片及图片说明、四个底纹块及底纹空心字组成。在排版时，首先将本版中所有的文字、图像文件，分别通过使用“排入文字”和“排入图像”命令一次全部排入飞腾文件中，并将所有元素置于排版版心区之外的辅助排版区，然后，再通过相应的调整，将排入的元素一个一个放置于相应的版面位置上，如图 7-33 所示，这也是报纸排版时常用的一种方法。

（14）首先将本版所使用的主图排入版面的右上方，并制作四个底纹块，在设置好大小和颜色后，移动到版面相应的位置上，效果如图 7-34 所示；这样整个报纸版面的骨架就已制作完成了，接下来就可以将相应的文字和图像放置于相应的框架内即可。

图 7-33　将文字、图像文件一次性排入辅助排版区

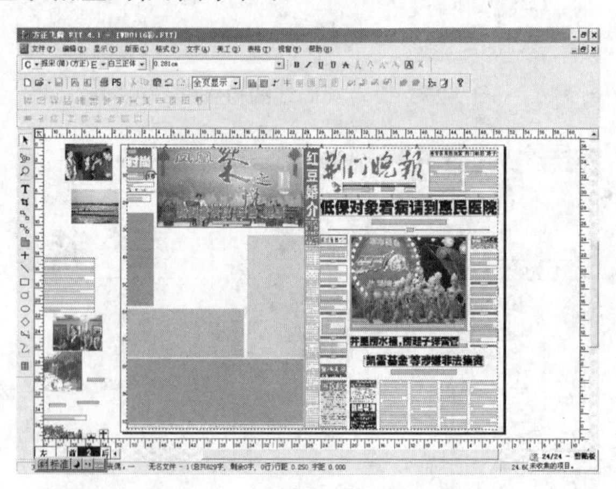

图 7-34　制作好后的版面骨架

（15）将文字和图像放置于相应的框架内方法。通过使用“选取工具”，移动文字块和图像块。其中文字块应调整大小和进行分栏操作，图像块可以使用“缩放工具”和“裁剪工具”进行大小调整。对于图 7-6 所示的第十六版，应该加以说明的是：版面最上面的图像中的两排标题，压在图像上时，首先应进行勾白边操作，如图 7-35 所示；在底纹块中的图像大小应一致，需要对齐、图像间的间距应一致，按上下方向调整图像之间间距时先在选中需要调整的多个图像，然后使用飞腾窗口上方第三排中的上下间距调整工具即可，如图 7-36 所示；按左右方向调整图像之间间距时先在选中需要调整的多个图像，然后使用飞腾窗口上方第三排

中的左右间距调整工具即可，如图 7-37 所示。

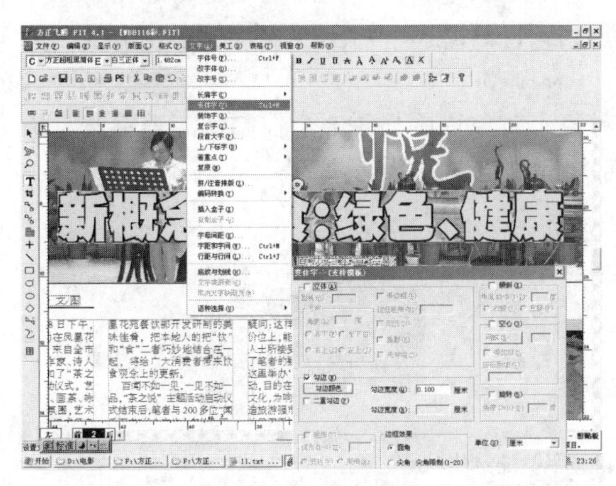

图 7-35　文字勾白边

图 7-36　按上下方向调整块间距

图 7-37　按左右方向调整块间距

（16）通过以上操作过程，一个四开报纸连版就已排版制作完成。通过多次输出校对和修改后，就可以用最终输出印刷了。在报纸排版制作过程中，应该特别注意的是：整个版面应力求对称，包括标题、图像、色彩等方面。文章、图像之间应该留出空白，文章标题也应空一点，不要太挤；一篇文章包括标题、配图等都应尽量为一个矩形块，整个版面中都就由多个矩形块组成，除特殊要求外，最好不要使用不规则块；彩版颜色使用不要过于复杂等。

7.3 基础知识拓展

7.3.1　对象的基本操作

1. 对象的概念

对象是指飞腾里用工具做成的排版项（如图元、文字块），以及灌入的各种排版数据（如图片）。

2. 选中对象

分为选中一个对象或多个对象。在对对象进行各种操作前，首先必须选中要操作的对象。

（1）选中一个对象。

激活工具箱中的选取工具，单击要选择的对象，对象周围显示 8 个控制柄，表示该对象呈选中状态。如图 7-38 所示是图元、图像和文字块为被选中的状态。

号脉小型车
为什么在各项利好的因素刺激下小车没有得到市场认同？汽车分析师贾新光认为，多款小车定位不准是重要原因，新上市的一些小车价位普遍在 8 万元以上，最高价格甚至上探中级车领域。

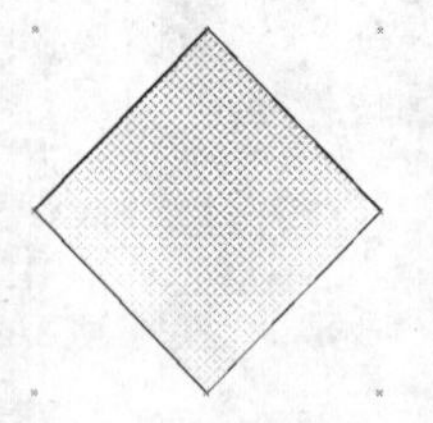

图 7-38　图元、图像和文字块的选中状态

（2）选中多个对象。

要对多个对象进行操作，首先就要选中这些对象，选中多个对象有 3 种操作方法。

第一种方法：激活选取工具，选中一个对象，然后按住 Shift 键，同时单击其他对象即可。同样，已经选中了多个对象，按住 Shift 再单击每个对象，选中的对象即被逐一放弃。

第二种方法：激活工具箱中的选取工具，按住鼠标左键拖动，在版面上用虚线显示选取范围，在选取范围内的对象被选中。

第三种方法：单击“编辑”菜单中的“选中”命令，将弹出一个子菜单，如图 7-39 所示。选择相应的多个对象。如果要选择版面中的全部对象，还可以直接单击鼠标右键，在弹出的快捷菜单中选择“全部选中”命令。

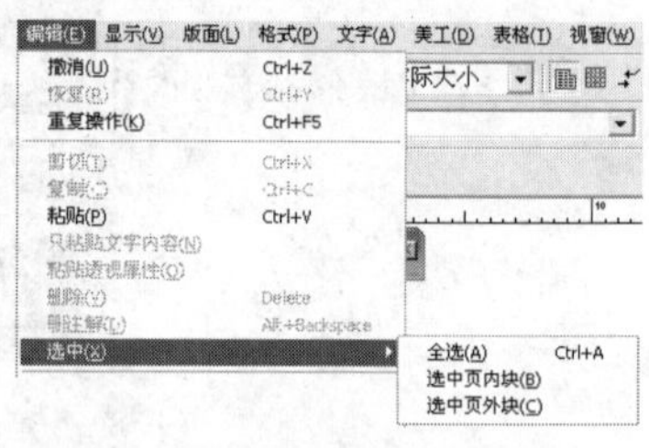

图 7-39　通选择多个对象的菜单

3. 移动对象

在飞腾中可以将对象移动到任何需要的位置。移动对象可以通过以下方法来实现：

（1）使用鼠标。

1）激活工具箱中的选取工具。

2）单击要移动的对象，则对象呈选中状态，此时可以拖动对象。如果先按住 Shift 键，则对象沿垂直或水平方向移动。

3）拖动对象到达合适位置，释放鼠标即可。

（2）使用块参数对话框。

1）激活工具箱中的选取工具。

2）单击对象，使对象呈选中状态。

3）单击“版面”菜单中的“块参数”命令，或右键菜单的“块参数”命令，或使用快捷键 F7，弹出“块参数”对话框，如图 7-40 所示。

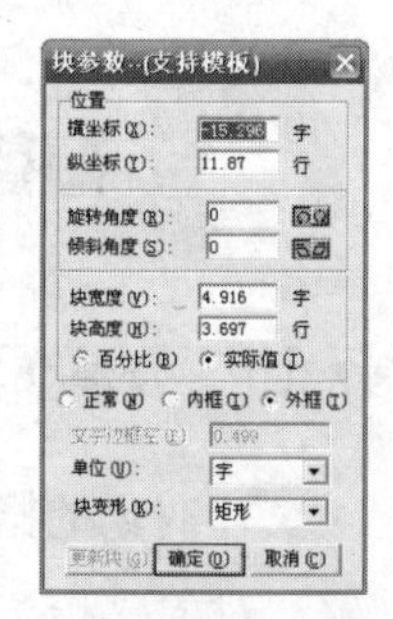

图 7-40　“块参数”对话框

“位置”编辑框中显示的横坐标和纵坐标，是选中对象的当前位置与版面左上方的点（原点）之间的距离。在“位置”编辑框中输入横纵坐标的值，则对象左上角的顶点将移动到此点。

4）各个项目设置完成，单击“确定”按钮。

4. 删除对象

在飞腾中可以任意删除不要的对象。

(1) 激活工具箱中的选取工具。

(2) 单击要删除的对象。对象呈选中状态。

(3) 可以按 Delete 键，也可以单击“编辑”菜单的“删除”或“裁剪”选项，实现对象的删除。

裁剪命令既删除对象，同时又把对象复制到裁剪板上，可以使用“粘贴”命令将其复制到原来位置。

5. 复制和粘贴对象

(1) 激活工具箱中的选取工具。

(2) 单击要复制的对象，对象显示出把柄，呈选中状态。

(3) 按快捷键 Ctrl+C，或选择“编辑”菜单的“复制”，或按鼠标右键菜单的“复制”。

(4) 按快捷键 Ctrl+V，或者选择“编辑”菜单的“粘贴”选项。或按“鼠标”右键菜单的“粘贴”选项。

复制后再粘贴的对象是和原对象重合的，选中且移动对象，即可看出复制对象的效果(也可以在“环境设置”中设置偏移量，将对象复制到不同位置)。而且，可以对复制的对象进行多次粘贴，实现复制多个对象的功能。

6. 改变对象大小

改变对象大小有两种操作方法：

(1) 使用鼠标。

1) 激活工具箱中的选取工具。

2) 单击要改变大小的对象，对象显示把柄。

3) 可以向放大或缩小的方向拖动对象的把柄中的任意一个把柄，在状态条上会显示拖动的把柄点的坐标。

4) 当达到所要求的大小时，释放鼠标左键，效果如图 7-41 所示。

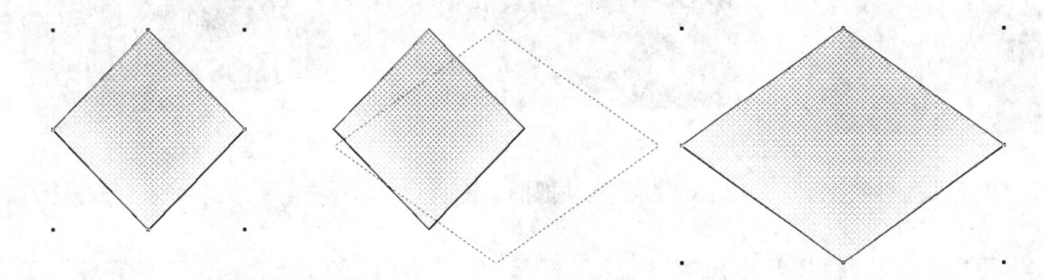

图 7-41　通过鼠标改变图元的大小

对一般的块，如果在拖动把柄时按住 Ctrl 键，则高和宽按原比例放缩。如果在拖动时按住 Shift 键，则放缩时高和宽相等。对图像块，拖动把柄时按住 Shift 键，则宽和高按原图像的宽高比例放缩。

（2）使用块参数对话框。

1）激活工具箱中的选取工具。

2）单击对象，此对象呈选中状态。

3）单击“版面”菜单中的“块参数”选项；或选择右键菜单的“块参数”；或使用快捷键 F7；系统弹出“块参数”对话框，图 7-42 为块参数对话框的一部分。

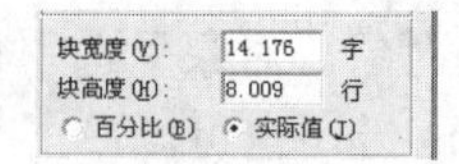

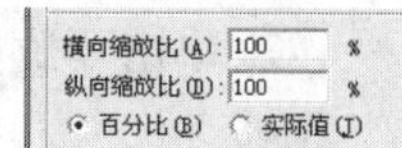

图 7-42 “块参数”对话框的一部分

4）先选择“百分比”或“实际值”，然后分别输入块高度和块宽度的值。当选中“实际值”选择钮时，在编辑框中输入块的宽度值；选中“百分比”选择钮时，在编辑框中输入相对于当前块宽度的比例值。

5）设置完成，可先单击“更新块”，版面中的图元更新为新设置的属性，但“块参数”对话框并不关闭，可以再次改变设置，如果单击“确定”按钮，则完成对象的修改。

7. 对象的旋转和倾斜

在飞腾中可以旋转版面中的对象，旋转时是以中心为原点旋转的，并且对象的旋转中心可以移动到任意需要的位置。

对象的旋转和倾斜有两种操作方法：

（1）使用鼠标。

1）激活工具箱中旋转工具。

2）单击两次要旋转的对象，显示把柄的形状如图 7-43，鼠标显示为▶。

3）向要旋转的方向拖动旋转把柄（四个角上的把柄符号），如图 7-44 所示。这时，如果状态条是打开状态，那么在状态条中实时显示旋转的角度。

4）当旋转到所要求的角度时，释放鼠标左键，如图 7-45 所示。

图 7-43 单击两次对象

图 7-44 拖动把柄旋转

图 7-45 释放鼠标

旋转中心可移动，旋转把柄在四个角上。如果移动旋转中心后，再次重新选中此对象，其旋转中心会自动回到对象原来的中心。改变旋转中心，选中对象的效果如图 7-46 所示。

同样倾斜也是这样操作，它只是调节这两个控制点即可。如图 7-47 所示。

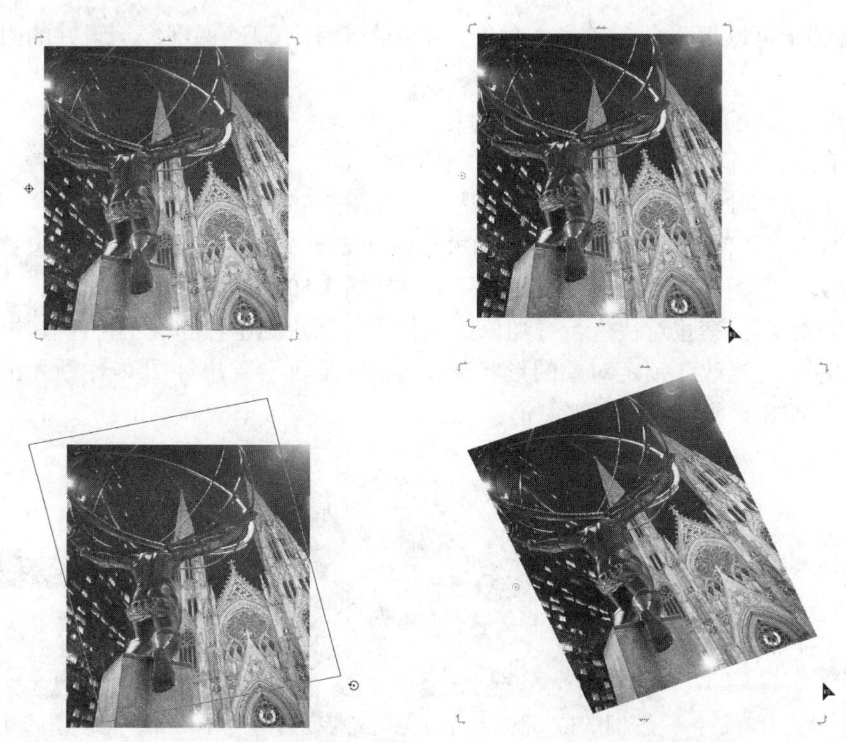

图 7-46 改变旋转中心并且旋转对象

图 7-47 对象的倾斜操作

（2）使用块参数对话框。

1）激活工具箱中的选取工具。

2）单击对象，对象呈选中状态。

3）单击“版面”菜单中的“块参数”选项，或右键菜单的“块参数”选项，或使用快捷键 F7，弹出“块参数”对话框。图 7-48 为块参数对话框的一部分。

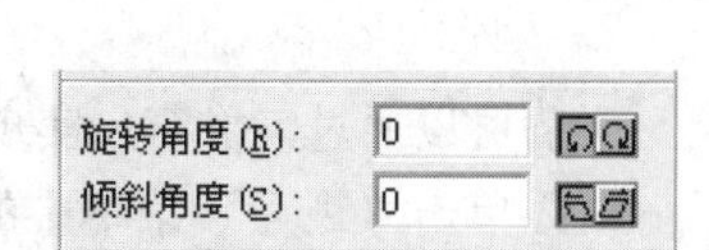

图 7-48 “块参数”对话框的一部分

4）在“旋转角度”和“倾斜角度”编辑框中输入数值，并选择旋转方向和倾斜方向。

5）设置完成，单击“确定”按钮。

8. 对象的锁定和解锁

（1）对象的锁定。

在飞腾中可以把一个或者多个对象固定在版面上，以确保已经编辑好的对象形状或位置不被修改。

1）激活选取工具选中准备锁定的对象。

2）单击“版面”菜单中“块锁定”子菜单下的“普通锁定”或“编辑锁定”命令，命令选项前出现一个对勾表示该选项已经被选中，如图 7-49 所示。

“普通锁定”：禁止修改块的位置和大小。如要改变锁定对象的形状和位置时，版面中的光标会变为一把小锁，锁定的对象不能移动，如图 7-50 所示。

“编辑锁定”：禁止对块进行一切修改操作。包括块的位置和大小，还有块的底纹、颜色、线型、文字等。当改变锁定对象的形状和位置时，版面会弹出如图 7-51 所示的对话框，如选择“确定”按钮，则编辑锁定被取消。

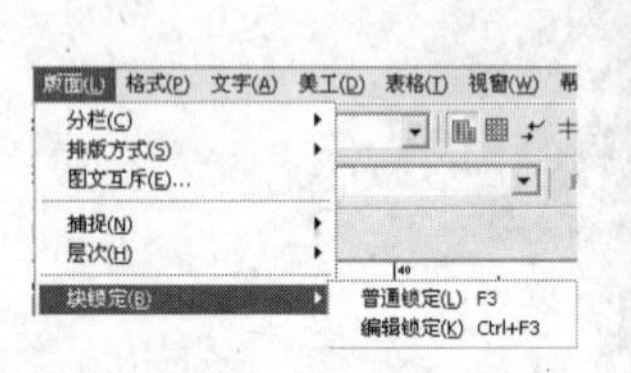

图 7-49　锁定对象命令

图 7-50　拖动锁定对象时光标变为小锁

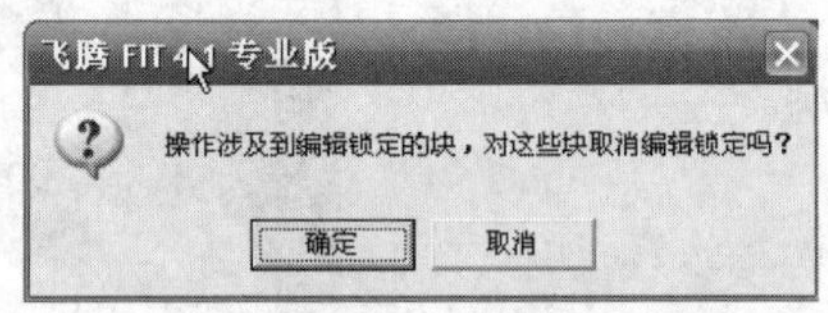

图 7-51　修改编辑锁定对象时弹出的对话框

（2）对象的解锁。

如果要移动已锁定的对象，则要先将锁定的对象解锁。

1）激活工具箱中的选取工具，选中准备解锁的对象。

2）单击“版面”→“块锁定”→“普通锁定”或“编辑锁定”命令，其前面的对勾消失，表示块已经解锁。

也可直接按快捷键 F3 对一个锁定的块普通解锁。对象的普通锁定和普通解锁的快捷键都是 F3。选中对象，按 F3，普通锁定对象；再次按 F3 则是普通解锁操作。对象的编辑锁定和编辑解锁的快捷键都是 Ctrl+F3。

9. 镜像

飞腾可以通过镜像窗口实现对象的多种镜像。

（1）单击“视窗”菜单中的“镜像窗口”命令选项，弹出“镜像窗口”对话框，如图 7-52 所示。

图 7-52　镜像窗口

（2）设置生成镜像的方式。

1）镜像产生方式。

“直接转换”：直接在特定位置生成镜像对象，不保留原对象。

“拷贝生成”：原有对象保持不变，同时产生镜像对象，拷贝生成的效果如图 7-53 所示。

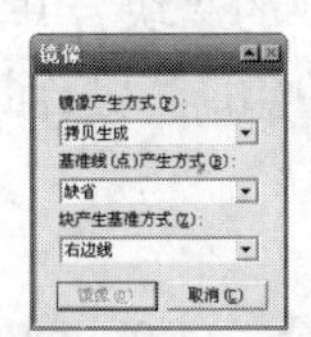

图 7-53　镜像的效果

2）基准线（点）产生方式。

“默认”：以对象自身为基准。选择此项后，可以进一步在“块产生基准方式”内选择以对象的哪一部分作镜像的基准。

“自定义”：用户可以用鼠标自定义作为镜像基准的线（点）。单击“镜像”按钮后，鼠标指针变为“十”字形。单击版面上任意位置，则以此为中心按点对称方式生成镜像。也可以在版面的任意位置拖动鼠标指针，这时会显示一条虚线，以这条虚线为基准生成镜像。按住鼠标左键拖动，可调节镜像的位置，到合适的位置释放鼠标即可。

“据给定块产生”：选中多个块，以最后选中的块的基准线为基准。选择此项后，还可以进一步在“块生成基准方式”内选择以对象的哪一部分作为镜像的基准。

3）“块产生基准方式”。

在“基准线（点）产生方式”内选择“默认”或“自定义”时，可进一步在“块产生基准方式”内选择具体以对象哪一部分作为镜像的基准：

水平中轴线：以通过对象中心的水平线为基准生成镜像。

垂直中轴线：以通过对象中心的垂直线为基准生成镜像。

重心：以对象的重心为基准生成镜像。

左边线：以对象的左边线为基准生成镜像。

右边线：以对象的右边线为基准生成镜像。

上边线：以对象的上边线为基准生成镜像。

下边线：以对象的下边线为基准生成镜像

（3）选择要生成镜像的对象，单击“镜像”按钮即可。

7.3.2　对象块的操作

1. 块合并与块分离

在飞腾中，可以将几个对象合并成一个组，将该组对象作为一个整体进行操作。这样可以实现对多个块同时操作等功能。相应地，对合并后的块，如果需要单独操作，还可以将它们再次分离。

（1）块合并。

1）选中要合并的多个对象。

2）选择“版面”菜单中的“块合并”或使用F4，也可从右键菜单中选择“块合并”命令，或单击“常用工具条”中的“块合并”按钮，被选中的多个对象即可合并为一个对象，如图7-54所示。

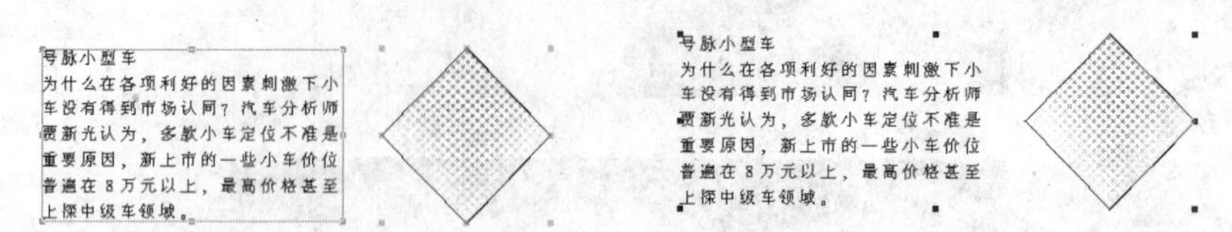

图7-54 块合并操作

（2）块分离。

1）选中要分离的组对象。

2）选择“版面”菜单中的“块分离”或使用Shift+F4，也可从右键菜单中选择“块分离”命令，或单击“常用工具条”中的“块分离”按钮。

块的合并可以分阶段合并，对应于分阶段合并的块，它的分离也同样是一步步地分离的。

2. 块编辑

如果要对合并的一组对象中的某个对象进行调整大小、形状的操作，不需先将这组对象进行块分离操作，可以通过“块编辑”功能实现在整个合并的对象组中进行个别块的编辑。

（1）选中合并后的组对象，在组对象周围出现8个把柄，如图7-55所示。

（2）单击“版面”菜单中的“块编辑”选项，或单击右键菜单中的“块编辑”选项，组合对象中的每个对象周围都出现把柄，如图7-56所示。

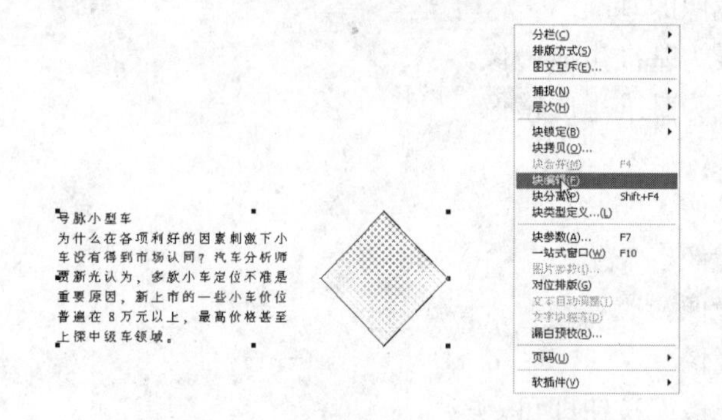

图7-55 选中合并的块，单击“块编辑”选项

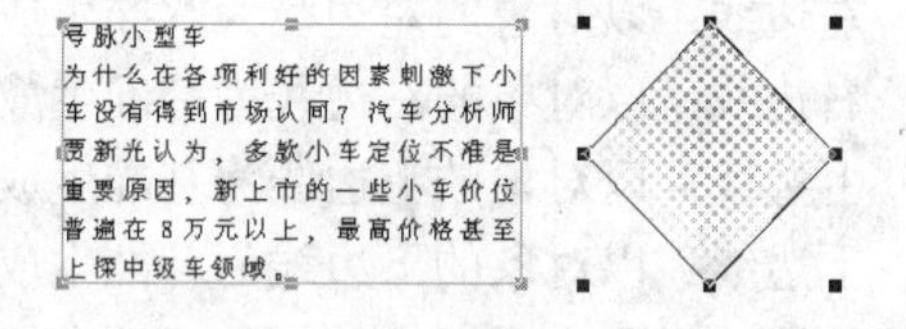

图7-56 出现把柄

（3）拖曳对象周围的把柄，即可分别改变每个对象的大小或形状，如图7-57所示。

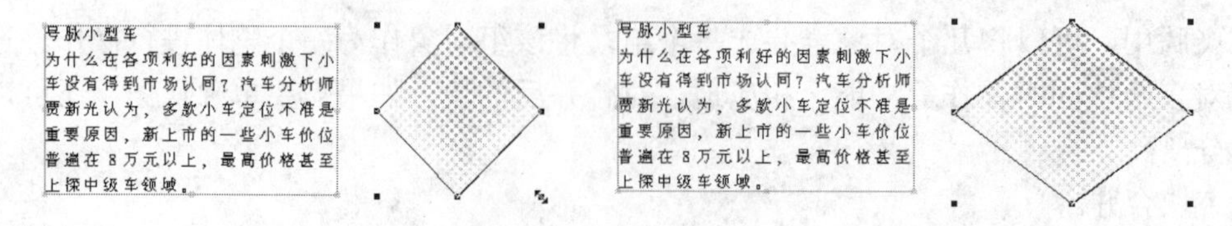

图7-57 拖曳把柄，改变单个图元的大小或形状

3. 拷贝块

飞腾可以生成文字块、图元、图像等对象的拷贝。拷贝生成对象时，可以通过“拷贝块”对话框设置拷贝生成的对象的个数和生成方式。

（1）选择工具箱中的选取工具，选定欲拷贝的对象。

（2）单击“版面”菜单的“拷贝块”命令，弹出“拷贝块”对话框，如图 7-58 所示。

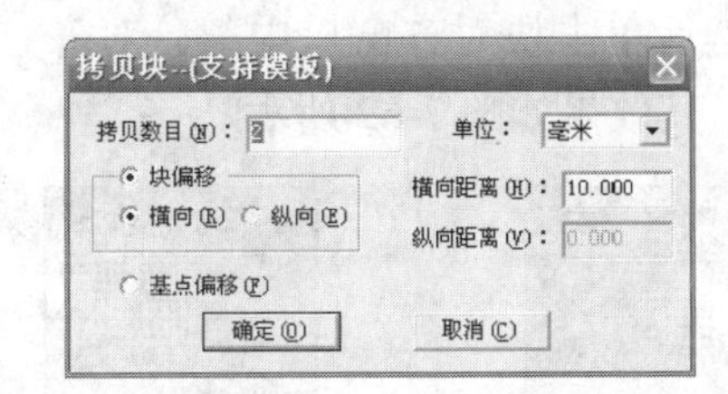

图 7-58　“块拷贝”对话框

“拷贝数目”：在编辑框中键入欲拷贝对象的份数。如果大于 1，则拷贝的对象在拷贝方向上依次排列。

“拷贝方式”：有横向、纵向、偏移。

“横（纵）向距离”：输入横（纵）拷贝时对象之间的距离，当选择偏移拷贝时，需要同时设置横向和纵向距离。

（3）设置好各个选项后，单击“确定”按钮。此时，对象将自身按照用户设置的方向和数目拷贝在版面上。

如图 7-59 所示是拷贝选项的设置及拷贝结果，如图 7-60 所示是设置基点偏移及拷贝结果。

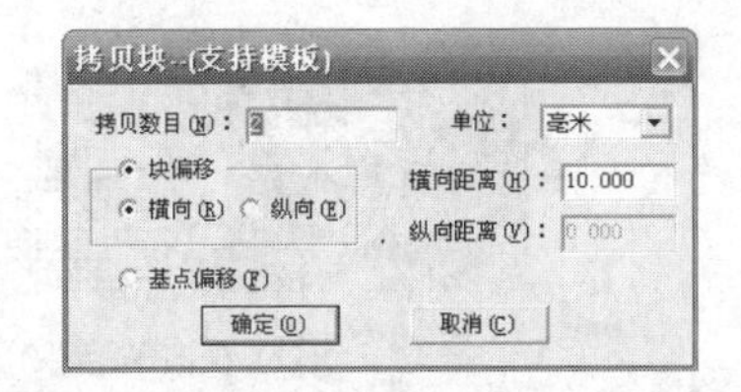

图 7-59　拷贝选项的设置及拷贝效果

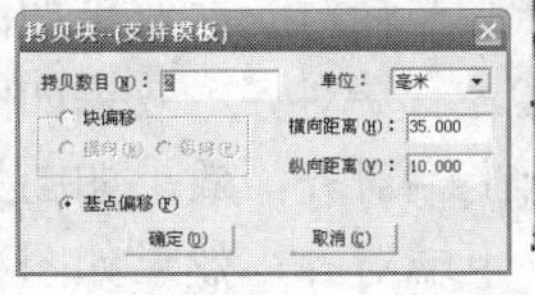

图 7-60　基点偏移的设置及拷贝效果

4. 对象的对齐

在飞腾中提供了使多个对象以特定的基准对齐排列的工具条，如图 7-61 所示。通过单击工具条中的按钮，可以实现多个对象的多种对齐方式的操作。

图 7-61 “块对齐”工具条

操作方法是：选中工具箱中的选取工具，顺序选中多个对象，然后单击块对齐窗口中某一对齐方式。在进行块对齐操作中，以最后选中的对象为对齐基准，其效果如图 7-62 所示。

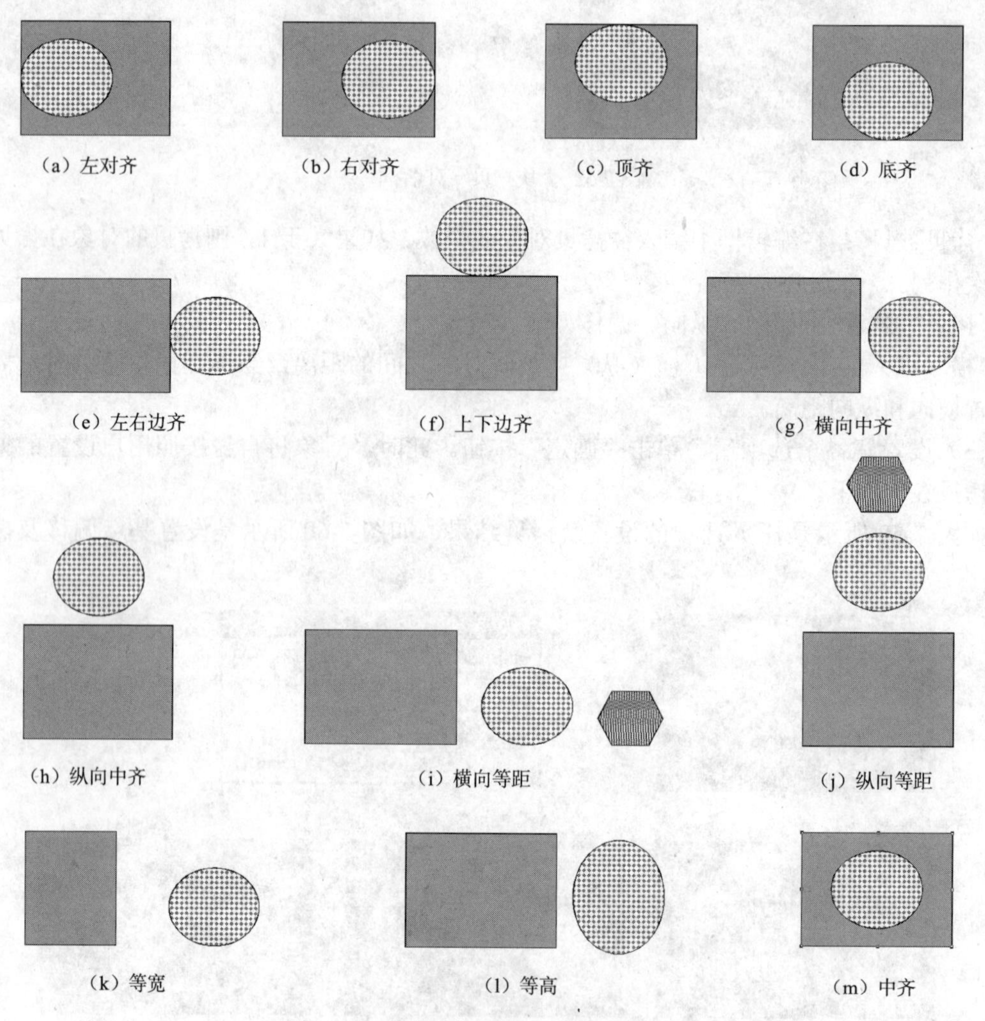

图 7-62 多个对象的不同对齐方式效果

以下具体介绍块对齐工具条中的各个按钮的含义。

左对齐按钮：以最后选中的对象为基准，左端对齐，效果如图 7-62（a）所示。

右对齐按钮：以最后选中的对象为基准，右端对齐，效果如图 7-62（b）所示。

顶齐按钮：以最后选中的对象为基准，上端对齐，效果如图 7-62（c）所示。

底齐按钮：以最后选中的对象为基准，下端对齐，效果如图 7-62（d）所示。

左右边齐按钮：以最后选中的对象的一侧为基准，水平移动先选中的对象（针对 2 个对象操作），效果如图 7-62（e）所示。

上下边齐按钮：以最后选中的对象的一侧为基准，垂直移动先选中的对象（针对 2 个对象操作），效果如图 7-62（f）所示。

横向中齐按钮：以最后选中的对象为基准，沿水平中线对齐，效果如图 7-62（g）所示。

纵向中齐按钮：以最后选中的对象为基准，沿垂直中线对齐，效果如图 7-62（h）所示。

横向等距按钮：在被选中对象最左端和最右端之间，将选中的多个对象的水平间隔调整均匀，效果如图 7-62（i）所示。

纵向等距按钮：在被选中对象最上端和最下端之间，将选中的多个对象的垂直间隔调整均匀，效果如图 7-62（j）所示。

等宽按钮：以最后被选中的对象的宽为基准，将选中的多个对象调整为等宽，效果如图 7-62（k）所示。

等高按钮：以最后被选中的对象的高为基准，将选中的多个对象调整为等高，效果如图 7-62（l）所示。

中齐按钮：以最后被选中的对象的中心为基准，将多个对象对齐（中心在同一位置），效果如图 7-62（m）所示。

自定义按钮：单击该按钮，则弹出如图 7-63 所示的对话框，在“对齐”选项卡 可以设置对象的对齐方向、对齐方式和基准等；打开“等间距”选项卡，则可以 控制多个对象等间距。

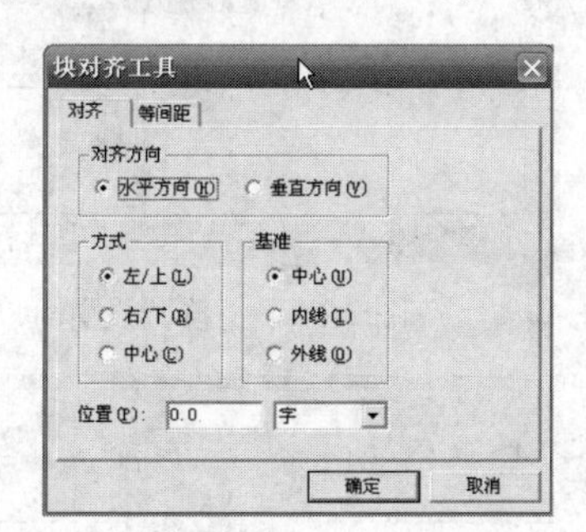

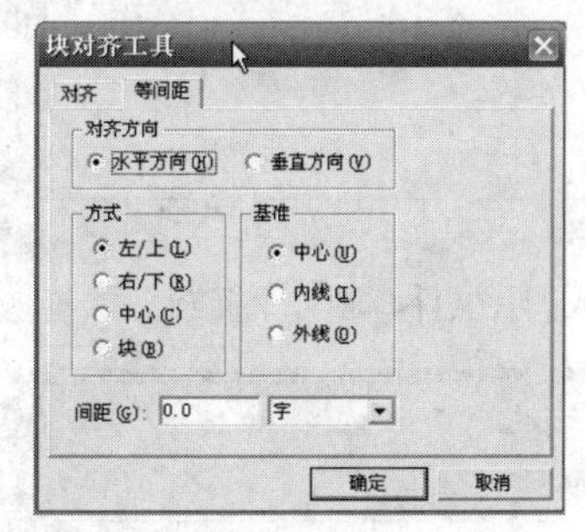

图 7-63 “块对齐工具”对话框的两个选项卡

注 意

“块对齐工具”对话框中的对齐选项卡和“等间距”选项卡是分别起作用的。对象的线型为双线或文武线时无效。

7.3.3 飞腾排版中的图片特殊形状处理

在使用方正飞腾排版软件排报版时，对于图片的处理，一般是通过 Photoshop 图像处理软件中首先将需要排入的图片处理好后，再通过飞腾排版软件排入报纸版面中。在 Photoshop 图像处理软件中，对图片的分辨率、尺寸大小、模式、分色参数等印刷参数和图片的形状都可以非常方便地进行相应的处理。在方正飞腾排版软件中，我们不能对图片的许多印刷参数进行处理，如图片的分辨率、模式、分色参数等进行修改，但是，可以对排入图片的尺寸大小和形状进行处理。

在方正飞腾排版软件中制作图片特殊形状的操作比在 Photoshop 中要简单一些，操作过程也比较灵活。大多数操作方法是首先将所需要图形通过使用绘图工具绘制出来，再将其设置为裁剪路径，然后使用“排入图像”命令，排入经过 Photoshop 处理好的矩形图片，将绘制好的图形放在排入图像的有效区域，最后同时选中图形和图片，并使用“块合并”命令即可。

1. 圆形、椭圆形、带圆弧角形状图片处理方法

在方正飞腾排版软件中对圆形和椭圆形图片的处理过程非常简单。首先单击“排入图像”命令将图片文件排入报纸版面中，然后绘制一个圆或椭圆，如图 7-64 所示。

激活“块选取工具”，选中画好的椭圆，单击“美工”菜单中选择“路径属性”命令，将椭圆设置为“裁剪路径”，如图 7-65 所示；再将椭圆放置于图片中的有效区域内，椭圆的尺寸大小不要超过图片的尺寸大小；利用“块选取工具”同时选中椭圆和图片，并单击“版面”菜单中的“块合并”命令，即可完成圆形或椭圆形图片的处理过程，如图 7-66 所示；如果变形后图片边缘不需要细条，则可以单击“美工”菜单中的“空线”命令，如图 7-67 所示。

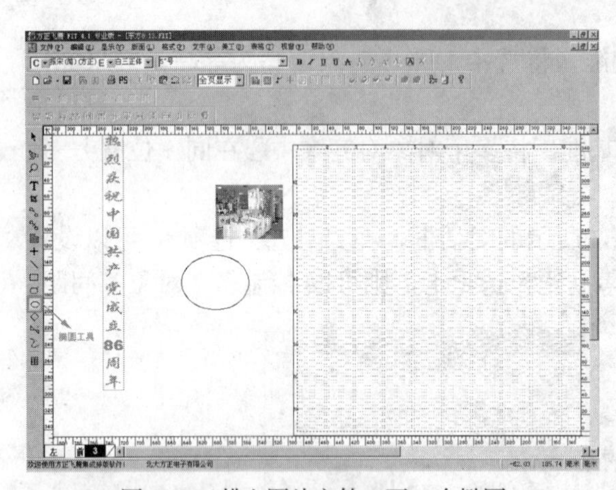

图 7-64　排入图片文件、画一个椭圆

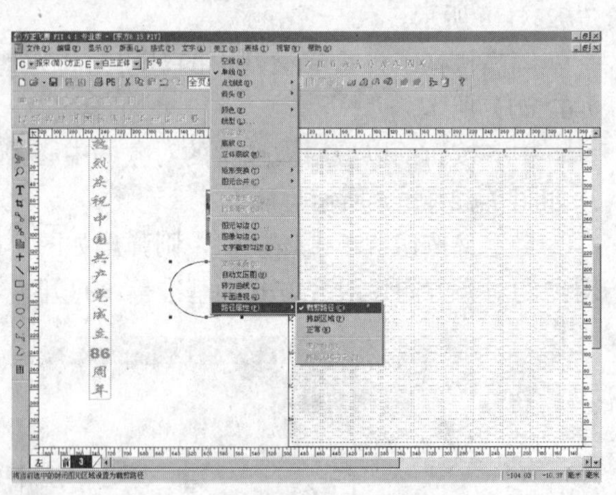

图 7-65　将椭圆设置为“裁剪路径”

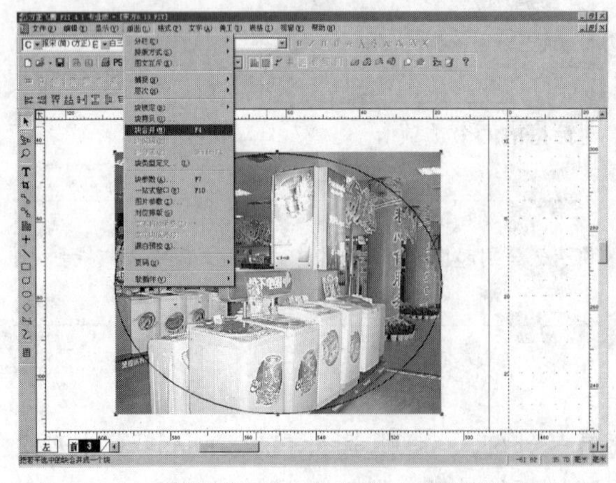
图 7-66　使用“块合并”命令形成椭圆形图片

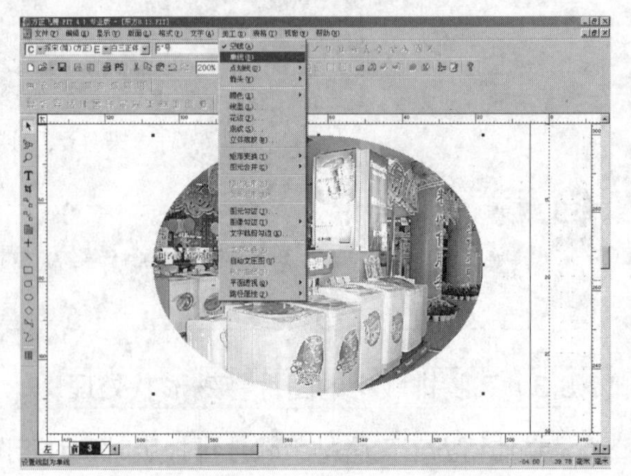
图 7-67　椭圆图片边缘不需要细条的设置

带圆弧角形状图片处理方法有两种，以图 7-68 所示为例其两种方法的具体操作方法如下：

（1）首先排入图片文件，然后制作圆弧角形状图形。

（2）第一种制作带圆弧角形状图形的方法是：激活椭圆形工具，按住 Shift 键的同时，绘制一个圆；再激活“曲线工具”在圆上画一个点，在按 Shift 键的同时在圆的一个角的外面画两条垂直的直线，两条直线的两上端点在圆上，此时，松开 Shift 键（还在“曲线工具”下），按照圆的边缘画一段弧线，并使用这个有一条弧线和两条直线所组成的图形成为一个封闭的

图形，如图 7-69 所示；然后选中圆弧角形状图形，单击“美工”菜单中的“底纹”命令，将圆弧角形状图形设置为一个底纹值为 0 的白色底纹块，如图 7-70 所示；然后将这个底纹块放在排入图片的右上角，并将这个底纹块的边线去掉，使用“块层次”按钮让其置于排入图片的上层，让这个底纹块遮盖图片的中右上角部分，即可完成右上角的圆弧角形状制作过程，如图 7-71 所示。

（3）制作图片左下角的圆弧角形状。其操作方法可以按步骤（2）的方法进行，也可以按制作带圆弧角形状图形的方法进行，其具体操作方法是：按照步骤（2）的方法使用“曲线工具”画出一个如图 7-72 所示在左下角带圆弧角形状的图形，并将该图形设置为“裁剪路径”，将该图形放置于经过步骤（2）处理后的图片有效区域上，使用“块合并”命令并将图片边缘设置为空线，即可使图片成为图 7-68 所示的效果。

图 7-68　在飞腾排版软件中所显示的带圆弧角形状图片效果

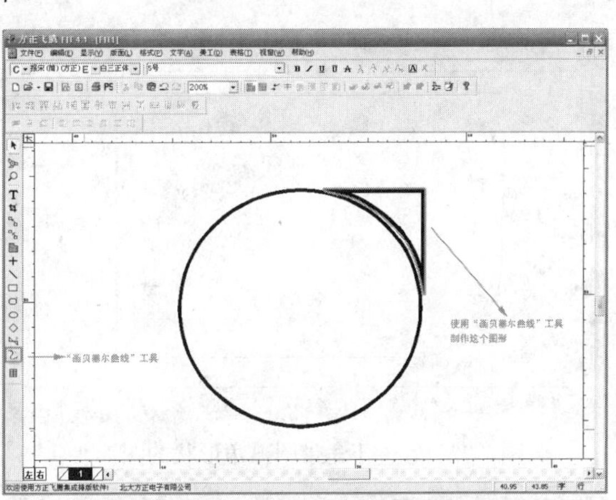

图 7-69　制作圆弧角形状图形的方法

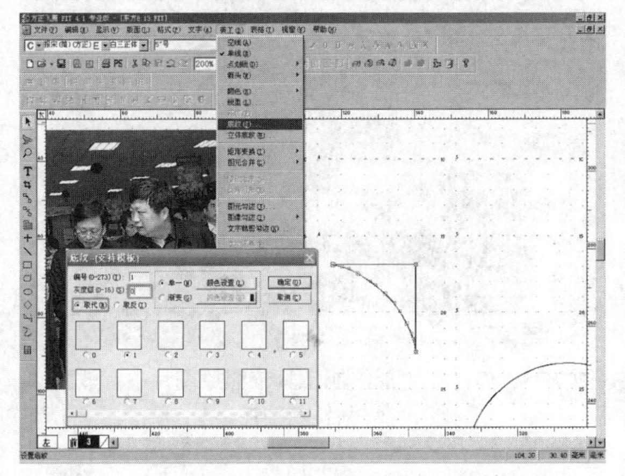

图 7-70　将圆弧角形状图形设置为一个底纹值为 0 的白色底纹块

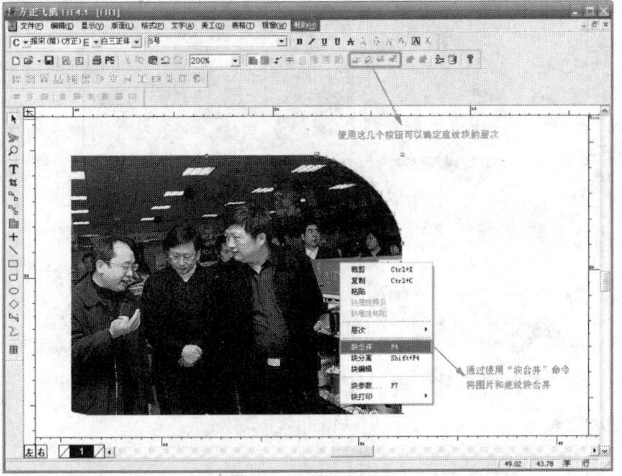

图 7-71　图片右上角的圆弧角形状效果

2. 多边形图片处理方法

在飞腾排版软件中，多边形的图片处理方法与上面介绍的方法类似，主要是如何制作多边形的问题。多边形的制作方法也非常多，可以使用如图 7-73 所示的多边形制作工具进行操作；然后将制作好的图形设置为“裁剪路径”，将该图形放置于图片有效区域上，单击“块合并”命令并将图片边缘设置为空线，即可完成多边形图片的制作过程。另外，还可以单击“版面”菜单中使用“软插件”命令，使用“素材窗口”中提供的一些多边形或不规则图形，如图 7-74 所示。

3. 不规则形状图片的处理方法

在飞腾排版软件中，不规则形状图片的处理方法与 Photoshop 中的处理方法类似，主要是使用曲线或多边形绘制工具依照原图片中有效区域的轮廓绘制出来，其操作方法如图 7-75 所示；然后将绘制的图形设置为“裁剪路径”，使用“块合并”命令并将图片边缘设置为空线，即可完成不规则形状图片的处理过程。

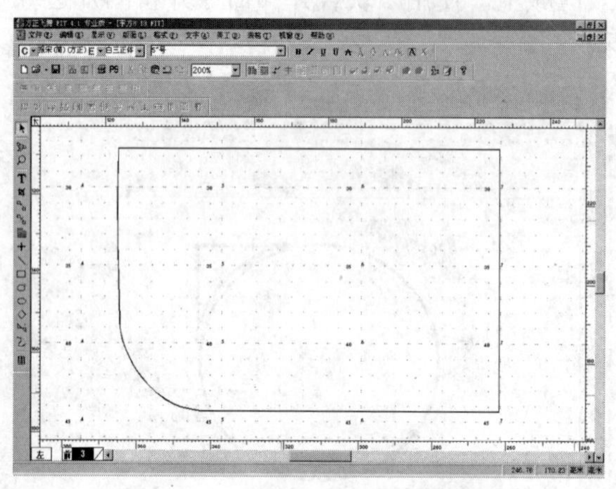

图 7-72　在左下角带圆弧角形状的图形

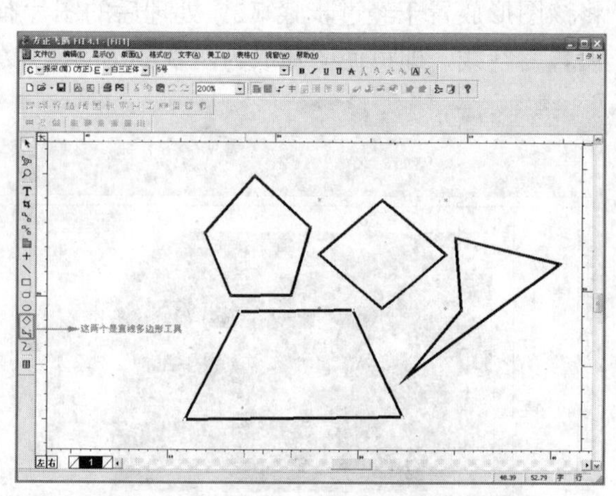

图 7-73　几种多边形制作工具进行操作

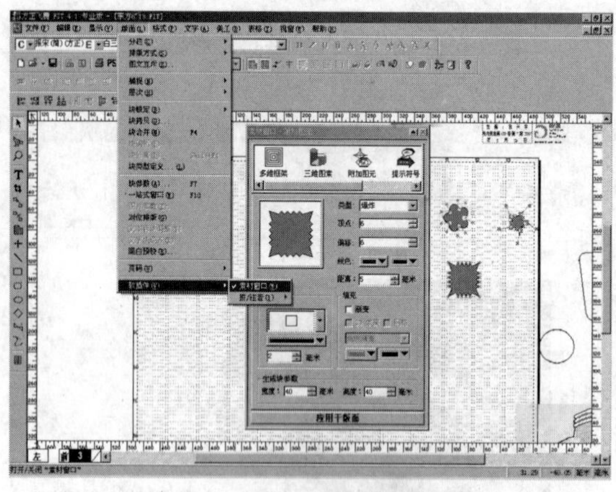

图 7-74　使用“素材窗口”中提供的一些多边形或不规则图形

图 7-75　使用多边形绘制工具依照原图片中有效区域绘制轮廓图形

4. 组合形状图片的处理方法

在飞腾排版软件中，组合形状图片的处理方法。首先将单个的图片进行变形操作，再将两个或多个变形后的图片组合到一起，在处理过程要注意的是多个图片在组合叠加时的层次问题。如图 7-76 所示的组合图片效果的具体操作方法如下：

（1）首先排入需要进行组合的两个图片文件。

（2）按照前文介绍的圆形和椭圆形图片的处理过程操作方法，制作一个圆形图片，如图 7-77 所示。

图 7-76　在飞腾排版软件中所显示的带圆角平行四边形和圆形的图片效果

图 7-77　制作一个圆形图片

（3）然后，激活“圆角矩形工具”绘制一个圆角矩形，通过“块选取工具”选中这个圆角矩形，单击“版面”菜单中使用“块参数”命令，在“块参数”命令窗口设置圆角矩形的倾斜方向和倾斜角度，使之变成一个需要的圆角平行四边形，其操作方法如图 7-78 所示。

（4）激活“块选取工具”将圆角平行四边形移动到第二张图片的有效区域内，并将其属性设置为“裁剪路径”，再同时选中圆角平行四边形和第二张图片，单击“块合并”命令，就可以得到一个圆角平行四边形图片，如图 7-79 所示。

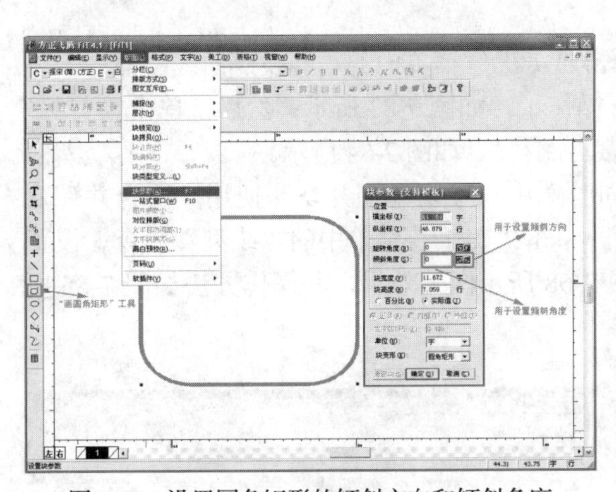

图 7-78　设置圆角矩形的倾斜方向和倾斜角度

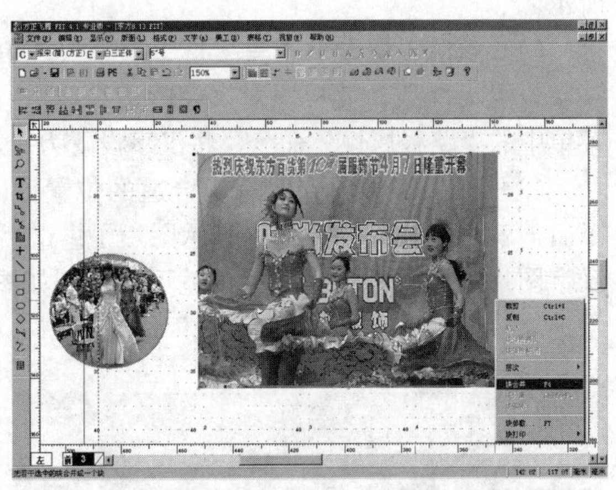

图 7-79　将圆角平行四边形移动到图片的有效区域内并使用“块合并”命令

（5）将两张已变形的图片边框线去掉后，激活“块选取工具”将圆形图片移动到圆角平行四边形图片的左下角位置，并将圆形图片设置于圆角平行四边形图片的上一层，即可完成如图 7-76 所示的组合图片效果。

在组合形状图片的处理过程中，还会有许多种的组合效果，可以根据具体排版要求进行处理。例如，如图 7-80 所示的多张图片组合效果，先将需要的图片按相应的版面位置排好，再将这些图片通过“块合并”命令拼成一个独立的块；激活“多边形工具”，按拼成好的图块边缘画一个梯形图，并梯形图属性设置为“裁剪路径”；最后同时选中这两个块，再使用一次“块合并”命令后，就可以得到一个由多张图片组合而成的梯形图片块。

另外，在飞腾排版软件中还可以将文字设置为图片，如图 7-81 所示其具体操作方法如下：

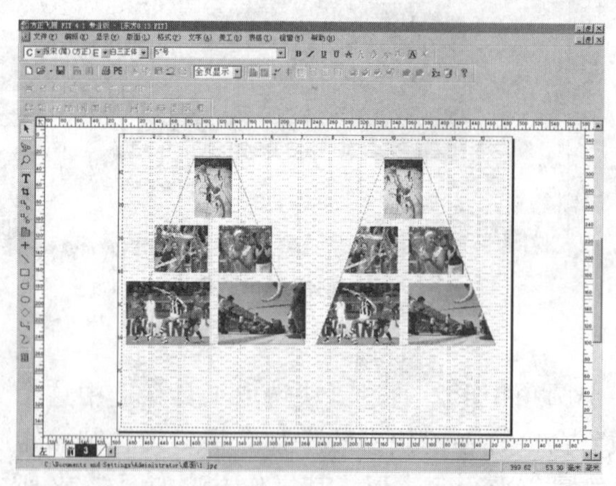

图 7-80　多张图片组合而成的梯形图片块

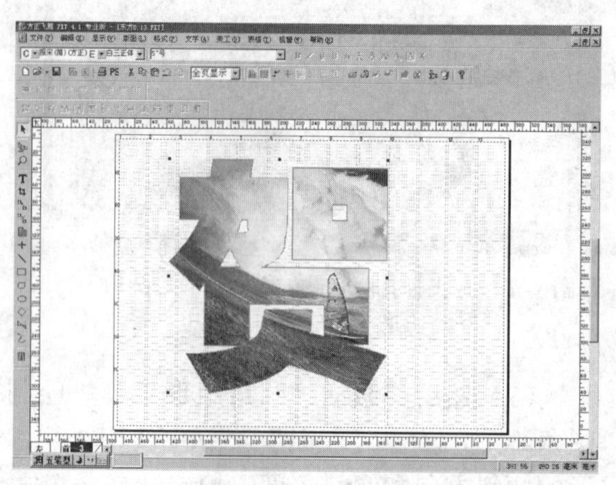

图 7-81　飞腾排版软件中将文字设置为图片的效果

（1）首先排入一个图片文件，激活汉字工具输入一个汉字，并将汉字设置为笔划较粗的字体（如方正超粗黑），将汉字的字号设置为与图片高度或宽度大小一致，如果使用“字号”命令不能将汉字设置为足够大，则可以使用“压缩工具”将文字尽量放大，如图 7-82 所示。

（2）激活“块选取工具”选中汉字块，单击“美工”菜单中的“转换成曲线”命令，将汉字设置为曲线，就可以对汉字的边缘线进行操作了，如图 7-83 所示；然后，单击“美工”菜单中的“路径属性”命令，将汉字设置为“裁剪路径”，如图 7-84 所示。

（3）将汉字移动到图片中合适的位置，同时选中汉字块和图片块，使用“块合并”命令后，就可以在汉字边框内显示图片了；最后，单击“美工”菜单中的“线型”命令，设置汉字图片边框的粗细和颜色，就可以得到如图 7-68 所示图片效果，其操作方法如图 7-85 所示。

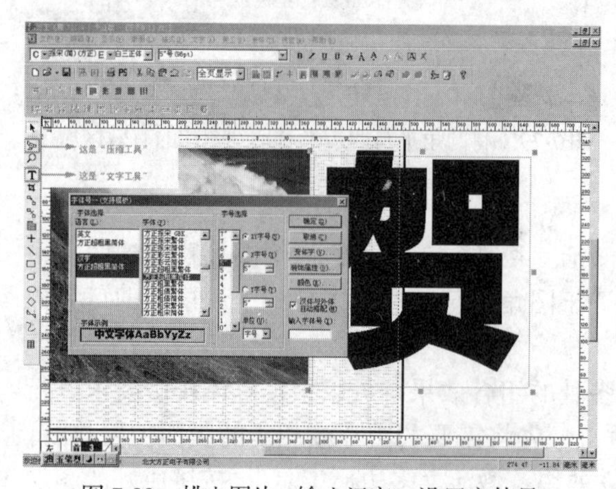

图 7-82　排入图片，输入汉字，设置字体号

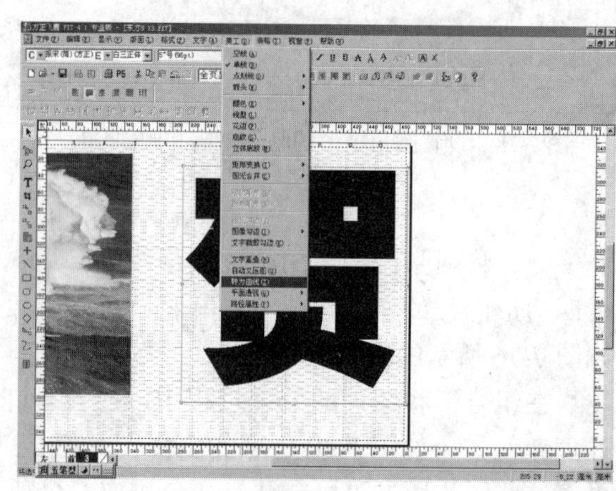

图 7-83　将汉字设置为曲线

图 7-84　将汉字设置为“裁剪路径”

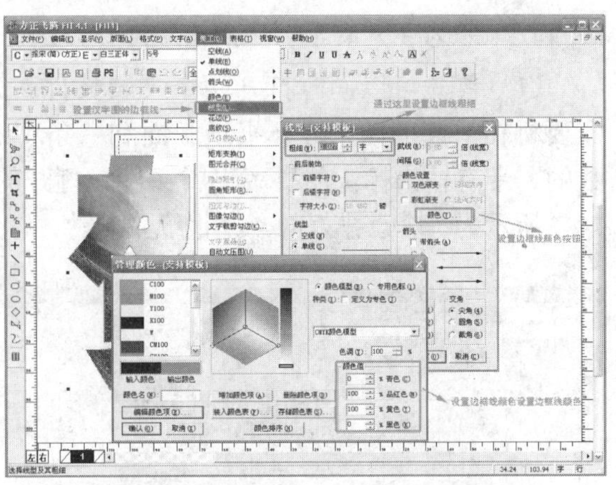

图 7-85　设置汉字图片边框的粗细和颜色

7.3.4　拼版

在报纸排版中，对图片形状的处理方法非常多，可以在 Photoshop 中进行操作，也可以在飞腾排版软件中进行。为了提高排版效率，根据图片的不同要求采用不同的方式进行处理，有必要的情况下，还可以同时在 Photoshop 和飞腾排版软件中进行处理。总之，在处理图片形状时，应该采用一些便捷的操作手段进行处理，这样有利于排版后的修改操作。

对于报纸的排版印刷，拼版是一个不可缺少的操作环节。无论是大版面报纸（单版为 4 开幅面的报纸，多指党报中的日报）还是小版面报纸（单版为 8 开幅面的报纸，多指晚报、晨报或一些专业报纸），一般都需要将排好的 4 开或 8 开单版通过计算机拼版软件拼成对开版后再进行输出，或者是对报纸 4 开或 8 开单版进行输出后再通过手工方式拼成对开版。对于不同的报纸印刷企业，所使用的报纸拼版方式也是不同的。大多数大型报纸印刷企业（如省级或以上的党报与相应的晚报等），目前大多数都采用了计算机直接制版系统（CTP），其报纸版面的拼版都是通过计算机系统完成，由专门的拼版软件（如方正文合拼版软件）完成对开拼版操作过程。而对于大多数中小型报纸印刷企业（如省级以下的党报或地市级党报与相应的晚报等），只有极少数使用了计算机直接制版系统，有许多都是采用激光照排机进行输出胶片。对于一些条件不好的报纸印刷企业，还在使用传统的手工拼版的方式，对输出的单个报版胶片进行手工拼版后再制成印版。

在本节的基础知识拓展部分，将以使用方正飞腾排版软件和方正 PSPNT-RIP 输出软件为例，介绍一种如何对单个报纸版面拼大版输出的方法。通过使用方正飞腾排版软件对排好的单版通过一次或多次拼版，并对部分版面进行旋转后，即可完成对报纸版面拼为对开印版的操作过程。通过使用飞腾排版软件实现报纸的拼大版输出，是对飞腾排版软件功能的扩展使用。

使用方正飞腾排版软件对报纸版面进行拼大版的实现过程，可以在报纸排版这一操作环节中完成。对于单版为 4 开的报纸版面，一般只需要同时打开两个飞腾文件拼一次就可以将其拼成对开版；而对于单版为 8 开的报纸版面，就需要同时打开两个或以上的飞腾文件并通过多次拼版操作后，才能将其拼成对开版。根据不同的报纸版面幅面大小不同及报纸印刷制版的要求不同，在使用飞腾排版软件对报纸版面进行拼大版时，通常可以采用以下几种拼版方式进行操作。

1. 单版为 4 开的报纸版面拼版操作方法

（1）首先可以同时打开两个飞腾文件。第一个飞腾文件为拼版的目标文件，用于放置需要拼在一起的两个 4 开报纸版面和一条中缝，如图 7-86 所示为一个已设置好相关排版参数的、带有输出标记的拼版飞腾文件。打开的另个飞腾文件是已排好的 4 开报纸单版，如图 7-87 所示为一个已排好的 4 开报纸单版。

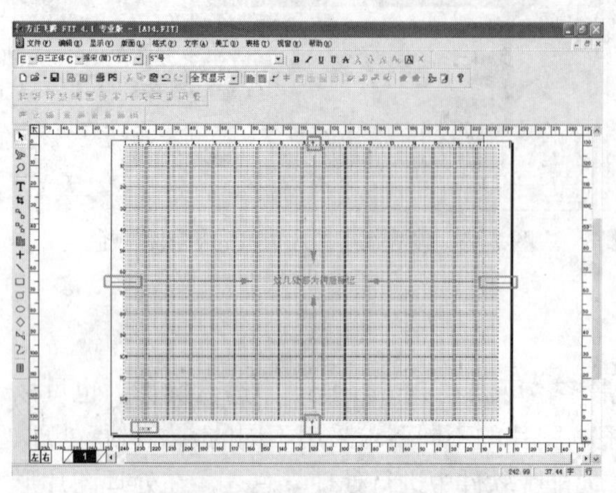

图 7-86　一个已设置好的、针对 4 开单个报版进行拼版的带有输出标记的拼版飞腾文件

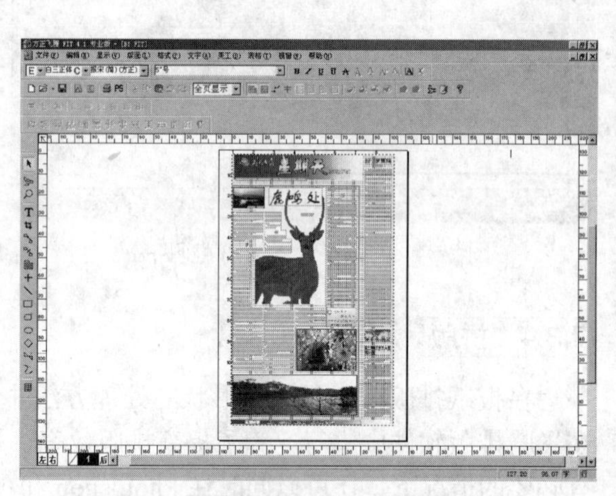

图 7-87　一个已排好的 4 开报纸单版

（2）在已排好的 4 开报纸单版版面中，选中全部有效区域内的报版所有元素内容（即飞腾报版中版心内的全部内容），并对选中的全部版面元素使用飞腾中的“块合并”命令，使之成为一个整体，如图 7-88 所示。选中合并好的报纸版面块，使用“复制”命令，如图 7-89 所示；然后进入到已打开的飞腾拼版目标文件中，在版面空白处使用“粘贴”命令，将 4 开报纸单版版面中的内容粘贴到飞腾拼版目标文件中，并按照版序“左双右单”的原则（即报纸版面中，将双数版序的放在飞腾拼版目标文件中的左边位置，如报纸的第 4 版；将单数版序的放在飞腾拼版目标文件中的右边位置，如报纸的第 1 版，并将中缝放在这两个版的中间），将粘贴的版面放在固定的位置上，如图 7-90 所示。

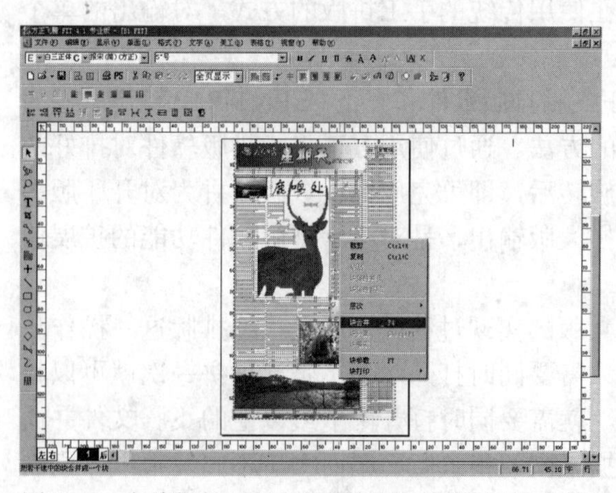

图 7-88　在单版版面中选中有效内容并使用“块合并”命令

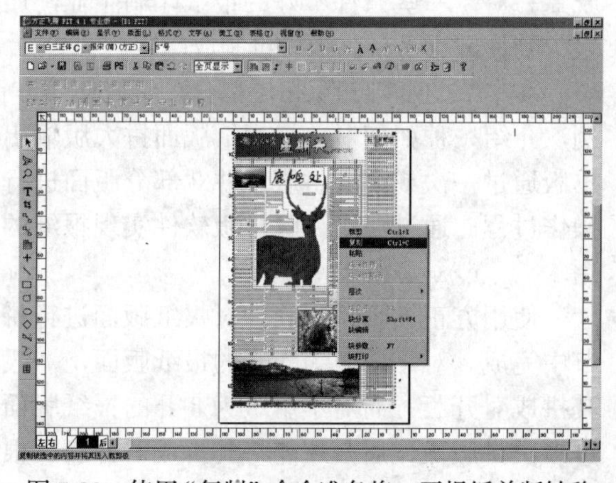

图 7-89　使用“复制”命令准备将 4 开报纸单版转移到飞腾拼版目标文件中

应该注意的是：在进行选中报版有效区域中的全部版面元素操作时，最好首先将版心外的辅助部分内容（主要是在排版过程中，所保留的常用版面元素，如每期报纸中所用的固定题花、报名的题字、常用的图形块以及一些制作复杂的图形块等等）全部删除，以免在后面的复制操作中，将辅助部分内容也粘贴到拼版文件中，特别是一些没有正常显示的白色底纹块，这些看不见但又确实存在的底纹块，很容易在拼版时将报纸的有效部分覆盖住，而造成报纸版面在输出时缺少信息。另外，在将单个报版粘贴到目标文件飞腾文件中后，不要删除单版的原飞腾文件，以防不测。

（3）使用与步骤（2）同样的方法将报纸的另外一个 4 开单版和一条中缝都粘贴到飞腾拼版目标文件中，并且固定好单版及中缝的相应位置，如图 7-91 所示为一个已经拼好的、由两个 4 开单版和一条中缝组成的对开版面，版序为第 4 版和第 1 版。在实际拼版操作中，最好先将中缝拼好并将其固定在版面中的中心位置，这样，就可以把固定好位置的中缝当作对齐整个拼版版面的参照物，将对其他两个 4 开单版的拼版操作带来诸多方便。

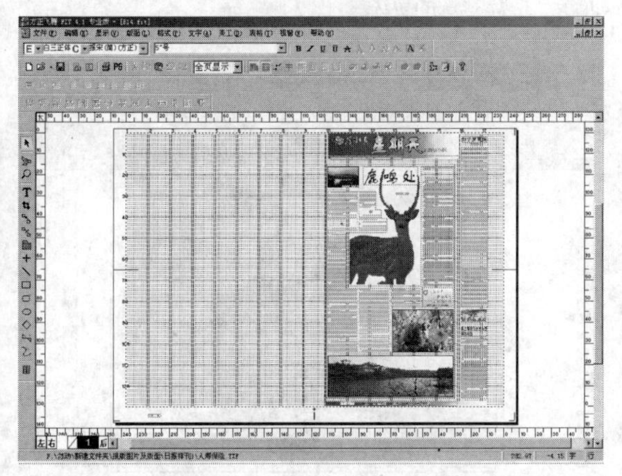

图 7-90　已经粘贴并固定好位置的报纸第 1 版

图 7-91　一个已经拼好的、由一两个 4 开单版和一条中缝组成的对开版面

（4）使用以上介绍的（1）～（3）步完全相同的操作方法将某一期报纸的其他版面都两两拼在一起后，在飞腾中使用“发排”命令将其保存为 PS 文件后，就可以使用方正 PSPNT-RIP 输出软件对这些已经拼好的报纸版面进行输出了。至此，也就完成了单版为 4 开的报纸版面拼版操作过程。

对于单版为 4 开的报纸版面的拼版，只需要进行两两并排拼版就可以（其中包括中缝），操作中不需要进行较复杂的版面旋转操作，因此，在报纸的排版过程中，就可简单、方便地完成其拼大版的操作过程。可以肯定地确认，对于单版为 4 开幅面的报纸要将其拼为对开版面制作印版时，根本不需要使用专门的拼版软件来进行拼版，只是用于拼版操作的计算机优越性能就可以了。对于信息量比较大的彩色报纸排版、拼版及输出，没有一台性能优越的计算机及其操作系统，是很难高效率地完成其报纸版面的印前制作过程的。

2. 单版为 8 开的报纸版面拼版操作方法

对于单版为 8 开的报纸版面拼版，如果在飞腾排版软件中完成，其操作过程就要复杂一些，首先必须在排版过程中，使用与单版为 4 开的报纸版面拼版操作一致的方法将 8 开的报纸单版两两拼在一起（当然包括中缝），使之成为一个 4 开报版，如图 7-92 所示。由于 8 开的报纸单版，多为晚报或晨报，版数非常多，一般是在局域网内进行的排版，而且由多人进行排版或直接由责任编辑进行排版，其版面中的图片保存路径比较复杂，在进行拼版时就有打开的飞腾文件图片不能正常显示的问题，如图 7-92 中的报纸版面中的图片就全部没有打开。对于这种情况，我们首先最好是将报纸版面中用到的图片文件都重收集到同一个文件夹中，然后在打开的报纸版面中重新指定图片保存路径，其具体操作方法如图 7-93 所示。在重新设置图片保存路径，就可以在报纸版面中显示其全部图片文件，如图 7-94 所示。另外，对于这类版面的拼版还必须对其中的全部或部分版面进行旋转操作。

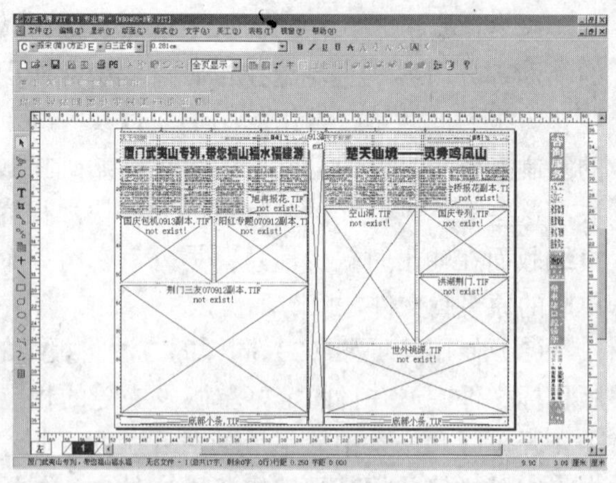

图 7-92　将 8 开的报纸单版两两拼在一起

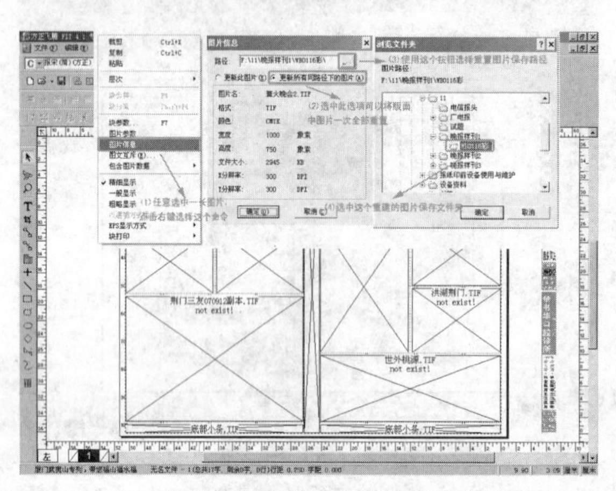

图 7-93　在报纸版面中重新指定图片保存路径

图 7-94　重新设置图片保存路径后的报纸版面

对于单版为 8 开的报纸版面的拼版，从版面的拼版方向和整体布局方面来考虑，又可以分为按左右方向和按上下方向进行拼版这两种方式。其中，按左右方向进行拼版的具体操作方法如下：

（1）首先同时打开两个飞腾文件。第一个飞腾文件为拼版的目标文件，用于放置需要拼合四个 8 开报纸版面和两条中缝。另一个是已排好的 8 开报纸双版，并且是如图 7-96 所示已经两两拼在一起的 8 开报纸双版。如果在拼大版前，报纸版面都采用 8 开单版方式进行排版的，并没有将所有的报纸版面两两拼成 8 开报纸双版，则首先应该使用单版为 4 开的报纸版面拼版操作步骤中所介绍的方法，将 8 开单版两两拼在一起后再进行拼大版的操作过程。

（2）在拼版的目标飞腾文件中，应确定好能够正好放置四个 8 开报纸版面和两条中缝的版心尺寸，并在版心的中间位置设置一个白色底纹块，这个白色底纹块的作用有两个：一是确定需要拼版的两个报版合并块之间的距离（其宽度值即为两个拼版块脚对脚之间的距离值）；二是可以作为两个拼版的报版合并块对齐的参照块，通过使用飞腾中的块对齐功能使用拼好的版面整体保持整齐。白色底纹块的高度与整个版高度一致，但宽度值则需要根据拼版和制作印版的需要设定，以保证整个拼版的版心不超出或不缺少，如图 7-95 所示为设置白色底纹块宽度值的方法。为了防止这个白色底纹块在操作中被移动，可以对其进行锁定操作，如图 7-96 所示。

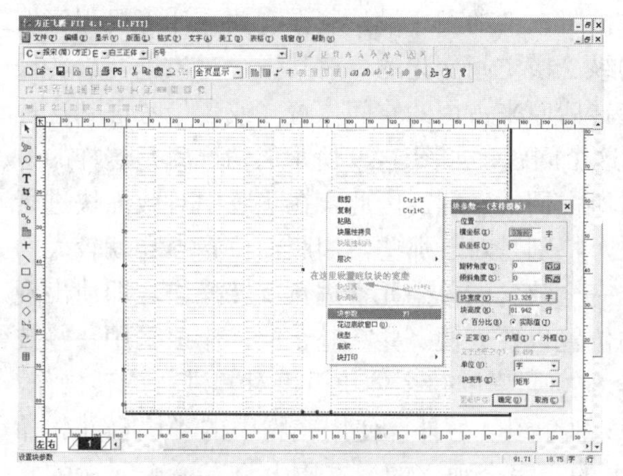

图 7-95　设置拼版的目标文件版心大小尺寸大小及设置白色底纹块宽度值的方法

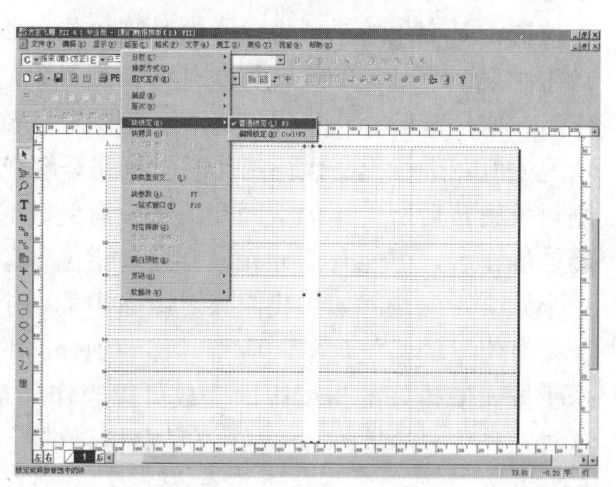

图 7-96　锁定白色底纹块

（3）打开两个需要进行对开拼版的、已两两拼成好的 8 开报纸版面，使用两次“复制”和“粘贴”命令将其转移到拼版飞腾目标文件中，如图 7-97 所示。在复制前必须使用“块合并”命令，将需要拼合的版面组成一个块，以便于对版面块的整体操作，同时避免版面中的某一个或某一些元素出现错位现象。

（4）接下来就必须对已使用“块合并”命令后的两个版面块从横向（也就是按左右方向上）进行脚对脚的拼版，要实现两个版面脚对脚的拼版，就必须对两个版面块进行旋转操作，如图 7-98 所示为对报纸版面块进行旋转操作的方法。如果要实现脚对脚的拼版，拼版的目标文件中放置于右边的版面块需要旋转 90°（也就是顺时针旋转 90°），而放置于左边的版面块则需要旋转 270°（也就是逆时针旋转 90°）。至此，也就完成了在飞腾中采用左右方向拼版的方式对 8 开单版报纸进行对开拼版的操作过程。

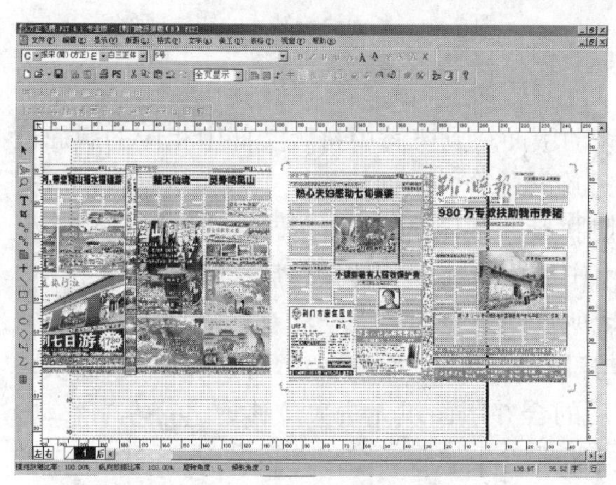

图 7-97　完成单个版面块转移到拼版目标文件的操作过程

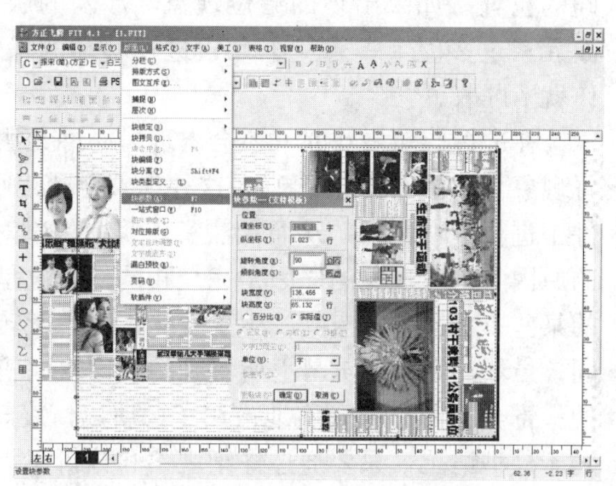

图 7-98　对报纸版面块进行旋转操作的方法

在进行旋转操作时应该注意的是：在版面块进行旋转操作后，可能会在旋转后的版面中出现的部分标题或图片相对于原来排版的位置发生变化（即出现错位现象）。这种现象产生的原因是由于版面块通过旋转操作后，其版面合并块内的单个元素（是指报纸版面中独立的单个图片、图形、标题或正文块等）占用的空间发生了变化，从而造成了版面中部分元素出现位置相对变化的错位现象。这种现象与飞腾排版软件的程序设计制作有关，计算机程序设计中对某一个对象的旋转算法是考虑到对象的纵、横空间变化的，对某一个对象进行旋转操作后，如果旋转算法中没有考虑到消除对象旋转后原来占用的空间位置（或者是考虑到这种情况，但在进行程序设计制作时没有完全解决这个问题，如图 7-99 所示的情况就是这样的），则对象旋转后所占用的空间要大于没有旋转时所占用的空间。因此，在飞腾中对版面块进行旋转操作后，可能有部分元素会出现错位现象，特别是对于那些占用版面位置本身就较大的单个元素。但是，如果我们只对版面中某一个完全独立的单个元素进行旋转操作，即使出现了相对位置的错位现象，应将其移动到合适的位置也要方便一些。基于此，应该采用一些技术手段，使排好的报纸版面变成可以当作一个独立元素的整个体块，再对其进行旋转操作，这种操作方式在后面介绍的内容中将会进行详细介绍。另外，使用飞腾中的“块合并”命令，并不是把这个合并块当成一个真正意义上的、完全独立的、本质上只有一个元素的整体块，即使对包含了多个元素的版面块使用了“块合并”命令，其合并后的块实质上还是由于多个独立的元素组成的。但是，应该知道方正飞腾既然是这样设计程序，就有它相应的理由，如果通过“块合并”命令将其变成了一个真正意义上的整体，在解除“块合并”命令后，又如何能够将组合了多个元素的版面块分开呢？如图 7-99 所示为对一个使用“块合并”命令并进行旋转操作后的版面块中有一个标题块出现了错位现象。对于出现的错位现象，应该首先使用“块分离”命令，解散版面块，再将错位的元素移动到正确的位置；如果出现的错位现象，涉及的版面元素过多时，一个一个元素进行移动的操作就不可取了。

图 7-99 版面块旋转后的错位现象

在进行旋转操作时，还会出现另一种无法移动版面块到飞腾中拼版文件中相应的版面位置现象（即移动锁定现象），这种现象会导致通过旋转的合并版面块无法正常在飞腾中拼版文件中进行左右移动，从而无法实现版面的脚对脚拼版，如图 7-100 所示。造成这种现象产生的原因与错位现象的原因是完全相同的，也是由于版面块通过旋转操作后，其版面合并块内的某些单个元素的空间发生了变化，对象旋转后所占用的空间要大于没有旋转时所占用的空间；虽然，我们在屏幕上所看到的版面块面积与没有旋转时的面积一致，但实现上版面块外的一部分空间是被真实地占用了，所以，旋转后的合并版面块无法大位移地进行左右移动。对于这种情况，只要通过仔细观察和分析飞腾排版软件中的版面结构，会发现飞腾版面中的左右最大宽度值比上下最大宽度值要小，因此，是否能够考虑按照上下位置对 8 开报版进行对开拼版呢？通过多次实验后，得出的结论是在旋转版面合并块后，可以按照上下方向的顺序进行对开拼版。采用上下方向这种方式进行拼版还有一个好处是，其中有一个版面块不需要进行旋转操作，这样在计算机运行过程就可以提高排版与输出的数据处理速度，因为在报纸排版中如果使用了旋转操作，计算机系统在读取和处理相关数据时，必须对放置的对象进行旋转运算。

对于单版为 8 开的报纸版面按上下方向进行拼版的具体操作方法如下：

（1）首先同时打开两个飞腾文件。第一个飞腾文件为拼版的目标文件，只是这个拼版文件的排版方向应定为上下方向，即有效的版心高度要大于宽度，如图 7-101 所示。另一个打开的飞腾文件是已排好的、两两拼在一起的 8 开报纸双版。在飞腾文件为拼版的目标文件中，应确定好能够正好放置四个 8 开报纸版面和两条中缝的版心尺寸大小，并在版心的中间位置设置一个白色底纹块，这个白色底纹块的宽度与整个版高度一致，但高度值则需要根据拼版的需要设定（因为高度值决定了两个报版拼版块脚对脚之间的距离）。为了防止这个白色底纹块在操作中被移动，同样应对其进行锁定操作。

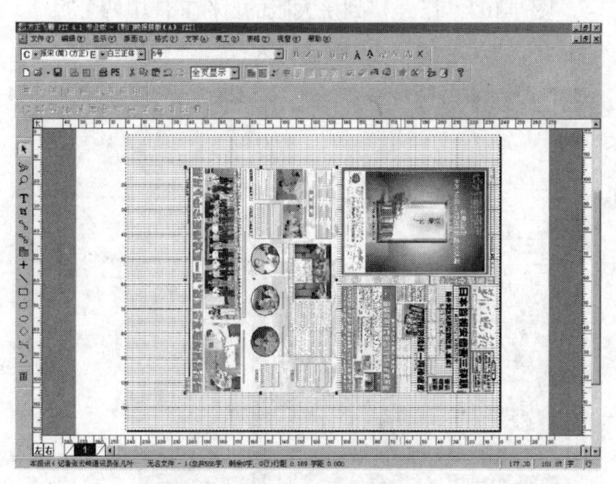

图 7-100　旋转后的合并版面块即使扩大的报纸版面的排版区域也无法正常进行左右移动

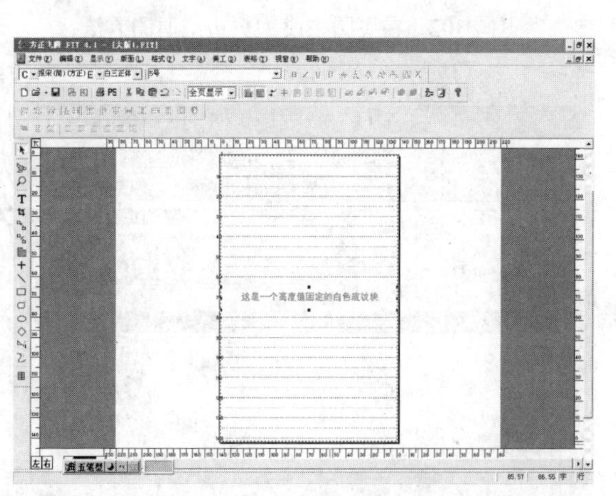

图 7-101　从上下方向进行拼版的飞腾拼版目标文件

在建立拼版目标飞腾文件的有效排版区域时，应该注意的是：应该尽量小地设置有效排版区域与整个排版区域之间的空白位置，即页边空值。因为，在使用 PSPNT-RIP 输出时页边空被认为是有效排版区域。不将页边空值设置为 0 的目的是为了防止操作员在排版时不小心将排版内容稍稍超出了排版区域，从而在输出时，超出的部分将会被 PSPNT-RIP 丢弃。如图 7-102 所示为设置页边空值的方法。另外，应该尽量小地设置页边空值，可以减小飞腾文件发排为 PS 文件后在使用 PSPNT-RIP 进行输出时，报版有效区域与所输出的印刷对齐标记及其他辅助标记的距离，有效防止由于报纸版面超大而影响 RIP 的正常输出操作。

（2）接下来的操作就是分别将两个已经两两拼版后的 8 开报版移到拼大版的目标文件中，其操作方法前文已有介绍，如图 7-103 所示为已经移到拼大版的目标文件中两个报版合并块。然后对版面中上面一个版面块进行移动操作，使它与白色底纹块的上边界平齐，千万不要让版面块与白色底纹块有重合的部分，否则，版面块中重合的部分可能会被白色底纹块覆盖，在输出时覆盖部分将会被丢弃；同时，还要使用块对齐功能使版面块与白色底纹块的左右对齐，如图 7-104 所示。对于下部分的版面块首先要进行 180° 的旋转操作，然后再将其移动到白色底纹块的下部边界处，并与白色底纹块左右对齐且上下不能重合，如图 7-105 所示为已经旋转过的、下面部分版面块与白色底纹块左右对齐且不能重合。

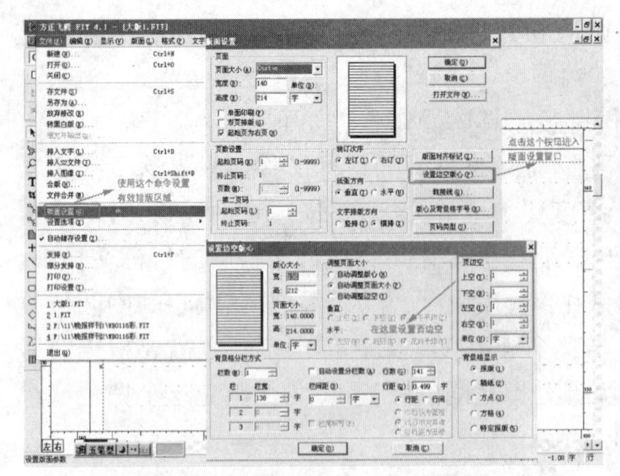

图 7-102　在飞腾中设置页边空值的方法

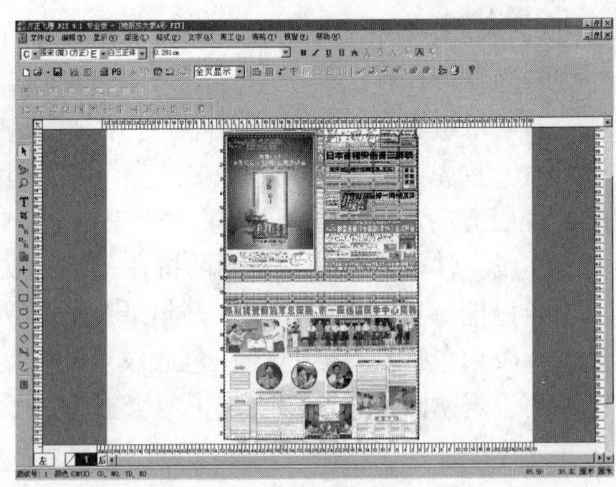

图 7-103　已经移到拼大版的目标文件中两个报版合并块

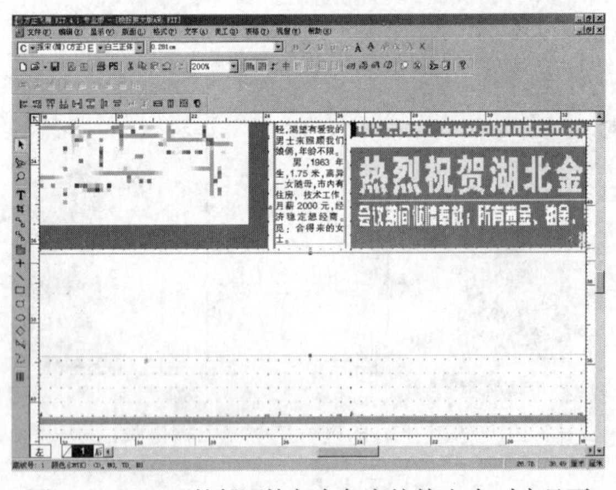

图 7-104　上面的版面块与白色底纹块左右对齐且不能重合

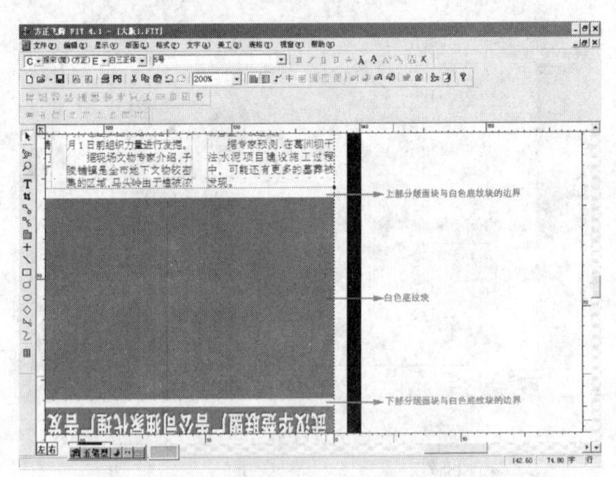

图 7-105　已经过旋转后的、下面部分版面块与白色底纹块左右对齐且不能重合

（3）在通过对拼版版面进行仔细检查后，就可以保存拼版文件，将其发排为 PS 文件，使用方正 PSPNT-RIP 输出软件进行输出了。在进行版面检查时，一定要仔细检查，版面中是否出现元素丢失、是否出现元素错位现象、是否版面中有元素存在于有效排版区域之外、版面中的元素之间是否有重叠现象或者是版面中是否有非常明显的错误等。

3. 将两拼好的 8 开报纸版面转换为一个整体文件后进行拼对开版的操作方法

在前面介绍的内容中，我们提到了为了防止拼版时出现错位现象和出现移动锁定现象，通过分析原因后，可以将已经排好的、需要拼版的报版文件转换为某种格式后，再使用这种格式在飞腾中进行拼版。这样，在重新排入的报纸版面进行旋转操作时，就是实实在在地对一个对象（而县城这个对象只包含一个元素）进行操作了，因此，在进行旋转操作时，就可以完全杜绝错位现象和出现移动锁定现象的发生。在实际操作中，可以将飞腾文件发排为 PS 文件或 EPS 文件后，再重新排入飞腾中进行旋转拼版。这样操作，一定不会出现错位现象和移动锁定现象，因为通过飞腾文件发排的 PS 文件或 EPS 文件相当于一个图片文件，与 Photoshop 中的图层合并功能一样，因此无论怎样对其进行旋转操作，都不会使用版面中的单个元素位置发生变化。这种操作方式比较麻烦一点，其主要目的是为了杜绝旋转中的出现错位现象和移动锁定现象，因单版为 4 开的报纸版面拼版操作，不存在旋转操作，因此，对于这类报版的拼版操作可以飞腾中直接进行，就没有必要这样麻烦了。将 8 开单个版面转换为一个整体文件后进行拼版的具体操作步骤如下：

（1）同样是首先同时打开两个飞腾文件。第一个飞腾文件为拼版的目标文件，建立的目标文件拼版方向可以采用左右或上下方向中的任何一种进行版心设置，因为上下方向只需要对一个版面块进行旋转，因此，建议使用这种版心设置方式进行拼版。另个打开的飞腾文件是已排好的、两两拼在一起的 8 开报版。对于这个报版文件，必须先进行相应的排版参数设置，重点是设置页边空参数和发排时的包含图片信息参数。页边空参数应该尽量小一点，理由是为了保存输出版心不会超出激光照排机的输出范围，如图 7-106 所示为设置页边空参数值。在飞腾中的“文件”菜单下的“设置选项”中使用“环境设置”命令，就可以设置在发排飞腾文件为 PS 或 EPS 格式时，将报纸版面中的所有图片文件都包含在 PS 或 EPS 格式文件中，从而确保在再次对 PS 或 EPS 格式文件进行排版时，出现找不到原始图片保存路径，而使拼好的版面文件在 PSPNT-RIP 中输出时出现缺少图片的情况，如图 7-107 和图 7-108 所示为设置包含图片的操作方法。应该注意的是：为了使包含图片设置生效，在设置好参数后应该对飞腾文件进行一次保存操作。

（2）由于在对飞腾文件使用“发排”命令将其保存为 PS 文件时，不能设置对 PS 文件的预览功能，因此，重新在飞腾中排入 PS 文件时，是看不见 PS 文件中的具体内容的，如图 7-109 所示为将飞腾文件发排为 PS 文件，如图 7-111 所示为在飞腾中看到的重新排入的 PS 文件。而如果使用飞腾中的“部分发排”命令将飞腾文件发排为 EPS 文件时，则可以通过选择预览功能，在重新排入 EPS 文件后，在飞腾中是可以看到文件中的内容的，这样可以方便进行旋转、拼版操作。如图 7-110 所示为将飞腾文件发排为 EPS 文件，如图 7-111 所示为在飞腾中看到的重新排入的 EPS 文件。应该注意的是：虽然在重排入 PS 文件时，不能在飞腾中正常显示其内容，但是，在输出时是可以对其进行正常输出的。

（3）在使用上下方向拼版方式中，将需要进行拼版的版面块文件，按照前面介绍的排版要求，将这样两个文件发排为可预览的 EPS 文件，并重新排入飞腾拼文件后；就可以按照前面介绍的采用上下方向拼版方式的操作方法完成拼版操作。通过这样得到的拼版文件，从全版面上看根本就不会出现错位现象和移动锁定现象，只要在每一步操作中的版心参数和相关参数设置正确，也不会出现缺图少字、丢失版面信息等现象；再次在飞腾中排入的版面显示的

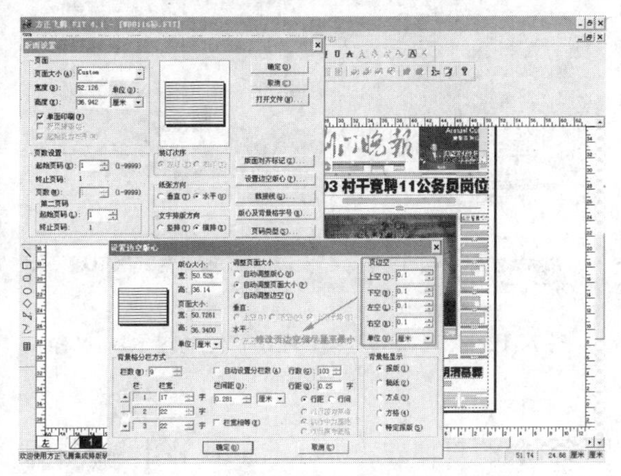

图 7-106　设置页边空参数值尽量小一些

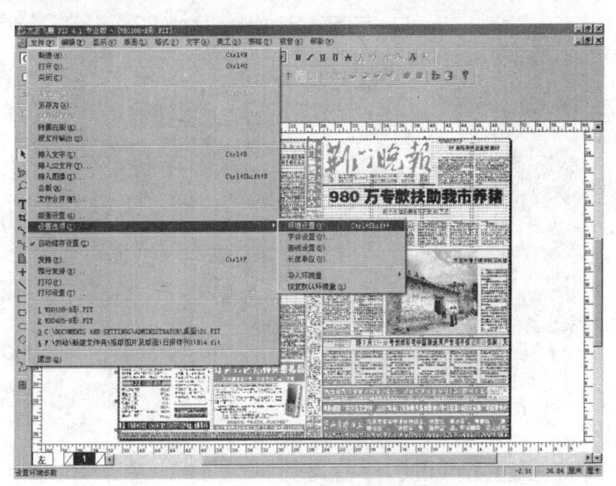

图 7-107　进入“环境设置”命令窗口

虽然是不清晰的预显文件，但在输出时一定不会影响版面中的图文件信息，如图 7-112 所示为在 PSPNT-RIP 输出软件中，经过 RIP 解释后输出的版面文件，版面中的图文是非常清晰的。

图 7-108　设置包含图片选项，操作时应将所有图片格式都勾选中

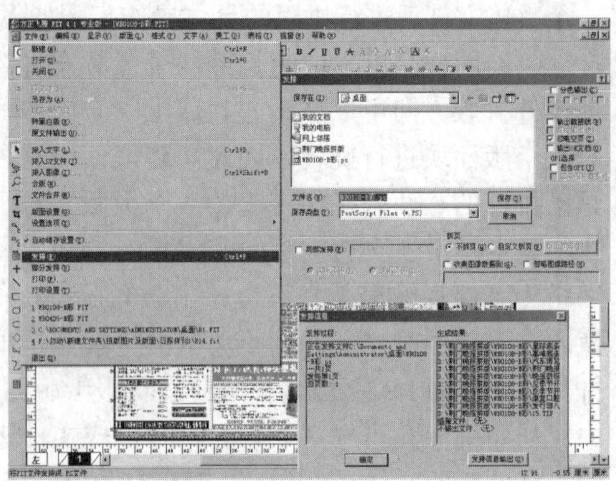

图 7-109　将飞腾文件发排为 PS 文件

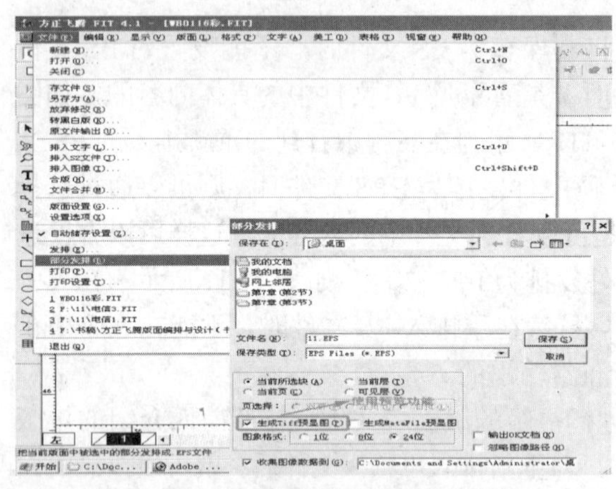

图 7-110　将飞腾文件发排为 EPS 文件

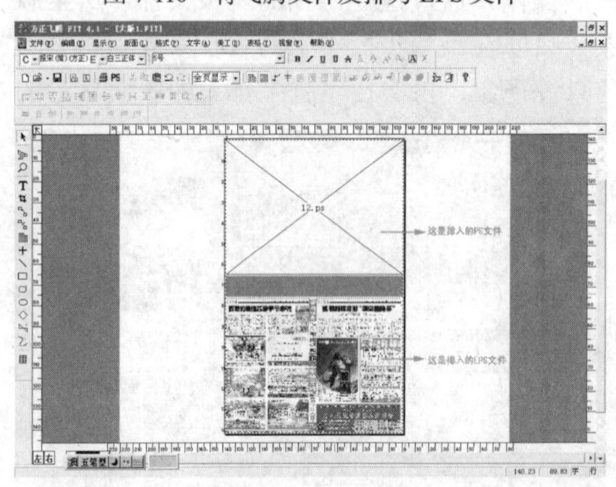

图 7-111　在飞腾中看到的重新排入的 PS 文件和 EPS 文件

荆门晚报

热心夫妇感动七旬婆婆

980 万专款扶助我市养猪

小银狐巷有人强收保护费

荆门市康复医院

图 7-112　在 PSPNT-RIP 输出软件经过 RIP 解释后输出的版面文件

以上是对使用飞腾排版软件中对报纸版面进行拼版的三种方法进行了详细介绍，在拼版中具体使用什么样的方式进行操作，应该根据报纸版面的具体情况进行合理选择，能够采用

简单的方法，就采用简单的方式进行操作。力求在保证质量的前提下，提高操作速度。当然，除了使用飞腾排版软件对报纸版面进行拼版外，我们也可以使用其他一些图文处理软件对使用飞腾排版软件排出的报纸版面进行拼版，如使用 CorelDRAW 图形制作软件对飞腾排版软件发排的 EPS 格式文件进行重排拼版。

7.4 报纸版面编排集锦

Today Morning Express 记者在行动 今日早报 10

杭州家装市场回扣黑幕

回扣一分不会少

又爱又恨说回扣

《今日早报》良知引领我们前行

Today Morning Express 读图 今日早报 6

武教头的洋徒弟

更娇丽 减肥 博士信箱

《今日早报》读图时代

新报

汶川地震七日祭

2008年5月19日、20日、21日

举国哀悼

今日14时28分全国默哀3分钟

图 7-113　竖标题引人注目

人民日报

RENMIN RIBAO

国旗半垂 汽笛长鸣 山河齐哀 举国同悲

全国各地各族群众深切哀悼四川汶川大地震遇难同胞

胡锦涛江泽民吴邦国温家宝贾庆林李长春习近平李克强贺国强周永康深切哀悼四川汶川大地震遇难同胞

温家宝主持召开国务院抗震救灾总指挥部第十次会议

习近平赴陕西省地震重灾区指导抗震救灾工作

李克强在四川地震灾区指导协调救援防灾工作

贺国强赶赴重庆地震灾区慰问灾区干部群众指导抗震救灾工作

悲痛中凝聚不屈的力量

中国青年报

WWW.CYOL.NET

全面部署当前抗震救灾工作

四川汶川7.8级地震造成重大人员伤亡

温家宝抵川指挥抗震救灾工作

温家宝主持召开国务院抗震救灾指挥部会议

全军和武警部队紧急驰援灾区

搜狐社区

CLUB.SOHU.COM

北京日报

胡锦涛总书记作出重要指示

中共中央政治局常委会昨晚召开会议

全面部署当前抗震救灾工作

中共中央总书记胡锦涛主持会议

温家宝抵川指挥抗震救灾

人命关天 救人要紧

四川汶川县发生7.8级地震

市委市政府致电慰问

本市召开第二次经济普查动员会

图 7-114　汶川地震发生后，报纸在报眼等位置突出主题

大众日报

气吞山河创奇迹 满怀豪情绘新篇

纪念红军长征胜利 70 周年大会在京隆重举行

胡锦涛江泽民吴邦国温家宝曾庆红黄菊吴官正李长春罗干出席

在纪念红军长征胜利 70 周年大会上 胡锦涛的讲话

历史瞬间 浓缩长征

杨传升任省纪委书记

孙永春任烟台市委书记

信念的力量

图 7-115 标题的宽度覆盖整版的正文

《今日早报》良知引领我们前行

图 7-116 标题长短不一，图片大小错落有致

《今日早报》读图时代

《今日早报》读图时代

图 7-117 利用图片说明问题

城市风格 03
Club Med
我爱我的俱乐部
【骑马车俱乐部】图的就是方便
【摄影俱乐部】行行"摇摇"的快乐
【遛狗俱乐部】宠友的心情妈头

08 城市风格
Spring fasion
春季时尚之奇幻旅程

城市风格 A03
新节俭主义的幸福生活

图 7-118　东方新报，展现生活、娱乐，版式设计明朗而清新

7.5 本章练习

（1）了解和掌握报纸排版的基本步骤。

（2）练习使用在报纸排版中一些常用的飞腾菜单命令。

（3）制作题。

题目：报纸。

完成稿：报纸完成稿如图 7-119 所示。

时尚
凤凰
红豆婚介
荆门晚报
低保对象看病请到惠民医院
井里捞水桶，捞进子伴雷管
凯雷基金 寻涉嫌非法集资

图 7-119　报纸完成稿

第8章

月、台历版面编排与设计

月历、台历在现代社会中处处可见，过年为了吉祥可以贴一副有月历的年画；办公室的桌面会放一本台历，便于记录一些日常事务；特别是近几年桌面打印出版系统的诞生，更多的个性化台历、月历比比皆是。画面基本上通过以图片为主，文字为辅，并留有大量的空间，因此在设计这些台历、月历时，要注意版面的编排，除注重色彩的运用外，在形式上更应该注意点、线、面的运用。

8.1 点、线、面的关系

点、线、面是构成视觉的空间的基本元素，也是排版设计上的主要语言。排版设计实际上就是合情合理的安排点、线、面的位置。不管版面的内容与形式如何复杂，归根结底可以简化到点、线、面上来。在平面设计师眼里，世上万物都可归纳为点、线、面。一个字母、一个页码数、一幅图片可以理解为一个点；一行文字、一行空白，均可理解为一条线；数行文字与一片空白，都可理解为面。它们相互依存，相互作用，组合出各种各样的形态，构建成一个个千变万化的全新版面。

1. 点在版面上的构成

点的感觉是相对的，它是由形状，方向、大小、位置等形式构成的。这种聚散的排列与组合，带给人们不同的心理感应。点和其他视觉设计要素相比，既可以形成画面的中心，也可以和其他形态组合，起着平衡画面，填补空间，点缀和活跃画面气氛的作用；还可以组合起来，成为一种肌理或其他要素，衬托画面主体。

2. 线在版面上的构成

线游离于点与形之间，具有位置、长度、宽度、方向、形状和性格。直线和曲线是决定版面形象的基本要素。每一种线都有它自己独特的个性与情感存在着。将各种不同的线运用到版面设计中去，就会获得各种不同的效果。

线从理论上讲，是点的发展和延伸。线的性质在编排设计中是多样性的。在许多应用性的设计中，文字构成的线，往往占据着画面的主要位置，成为设计者处理的主要对象。线也可以构成各种装饰要素，以及各种形态的外轮廓，它们起着界定、分隔画面各种形象的作用。

作为设计要素，线在设计中的影响力大于点。线要求在视觉上占有更大的空间，它们的延伸带来了一种动势。线可以串联各种视觉要素，可以分割画面和图像文字，可以使画面充满动感，也可以在最大限度上稳定画面。

3. 面在版面上的构成

面在空间上占有的面积最多，因而在视觉上要比点、线来得强烈、实在，具有鲜明的个性特征。面可分成几何形和自由形两大类。因此，在排版设计时要把握相互间整体的和谐，才能产生具有美感的视觉形式。在现实的排版设计中，面的表现也包容了各种色彩、肌理等方面的变化，同时面的形状和边缘对面的性质也有着很大的影响，在不同的情况下会使面的形象产生极多的变化。在整个基本视觉要素中，面的视觉影响力最大，它们在画面上往往是举足轻重的。

8.2 月历版面编排实例

月历版面编排主要包括底纹、图像、图形、标志（或商标）、表格、文字和数字等内容的编排，其操作过程是非常复杂的。使用飞腾排版软件排月历并不是一件简单的事情，需要耗费一定的时间。这里以一个如图 8-1 所示的产品宣传月历为例，简要介绍一下相关的基本操作，其具体操作步骤如下：

（1）与其他种类的对象一样，月历的排版过程首先是准备月历排版中所需要的相关图文数据文件，并将图像文件和文字文本文件保存到使用飞腾软件的本地计算机中，以供排版时调用。

（2）打开飞腾软件，建立一个版心文件。在建立版心文件时，应该根据月历排版的版面要求，设置好版心大小，可直接以厘米或毫米为单位确定月历的版心大小，也可以不设置版心中的主字体号、行距等排版属性，其操作窗口如图 8-2 所示。

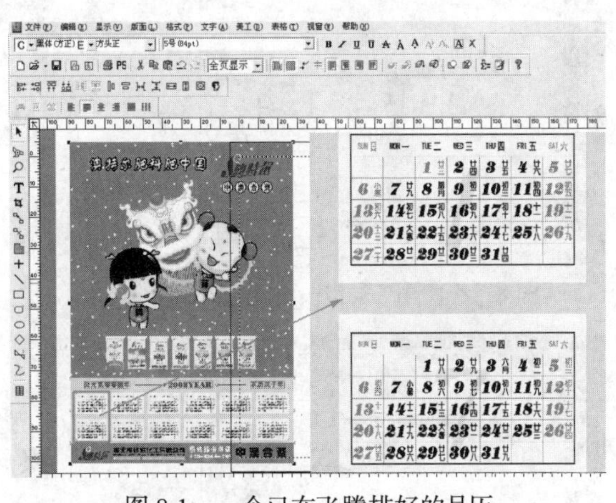
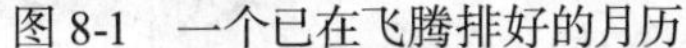

图 8-1　一个已在飞腾排好的月历

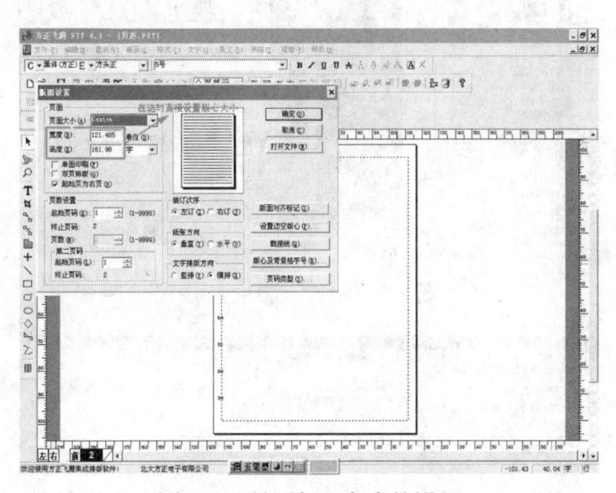

图 8-2　月历版心大小的设置

（3）在图 8-1 所示的产品宣传月历中，其制作元素主要包括：一个红色的满版底纹块，满版底纹上铺有一些黄色的小图形块（主要有梅花、五边形和星形三种）；最上面是一排文字，一个产品商标和四个黄色圆底的文字；一个图像文件，还有七个产品品牌的图像文件；最底下的是产品生产厂家及联系方式等信息；在上面的部分为月历的主体部分，由黄色底纹作铺称，有一排月历年分的文字和一两个小图标及两条直线。

（4）首先应该制作的是一个红色的满版底纹块，可以使用“矩形制作工具”画一个矩形框，将其设置为一个红色的底纹块，并设置底纹块的大小为所需要的尺寸，其操作方法如图

8-3 所示。

（5）在制作满版底纹上的黄色小图形块时，可以使用“多边形制作工具”制作出各种不同的图形后将其设置为黄色底纹块，也可以在飞腾中的“素材”窗口找一些合适的图形块。单击“版面”菜单中的“软插件”命令打开“素材”窗口，在该窗口的“附加图元”中找出一些需要的图形，并将选中的图形块设置为黄色，最后单击“素材”窗口底部的“应作于版面”按钮，就可以将选中的图形排入飞腾排版页面中，如图 8-4 所示；将制作的图形调整至合适的大小，然后选中这些图形，使用“复制”和“粘贴”命令，制作出足够多的各种小图形块，如图 8-5 所示；将这些小图形块通过使用“块选取工具”一个一个地移动到满版底纹块中，并采用规律的排放方式，置于满版底纹块的上层；要使小图形块确保一定处于满版底纹块的上层，在移动小图形块前，可以使用“翻层”命令，将满版底纹块设置为最底层，如图 8-6 所示；将全部小图形块移动至满版底纹块的上层后，为了以后在操作中，不至于移动这些小块的位置，可以在同时选中满版底纹块和全部小图形块后，使用“块合并”命令，将设置为一个整体，这样在使用移动操作时，整个块中的所有元素都会一起移动，如图 8-7 所示；如果有必要，为了防止这个合并块，在操作中被随意移动，还可以使用“块锁定”命令，将其锁定在一个固定的版面位置上，其操作方法如图 8-8 所示。然后按照从上到下的顺序在合并的底纹块上进行排版了。

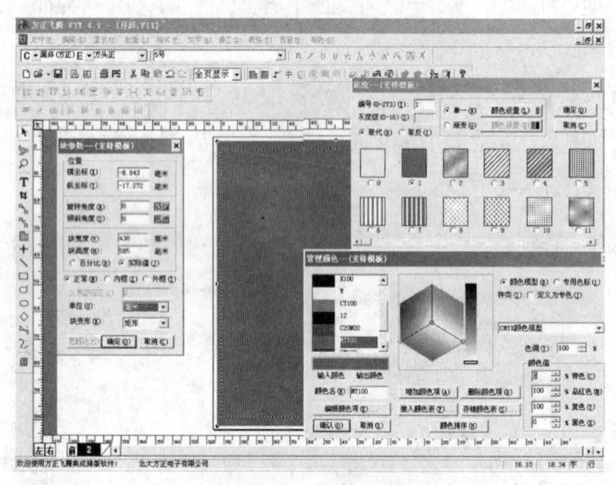

图 8-3　制作满版底纹块

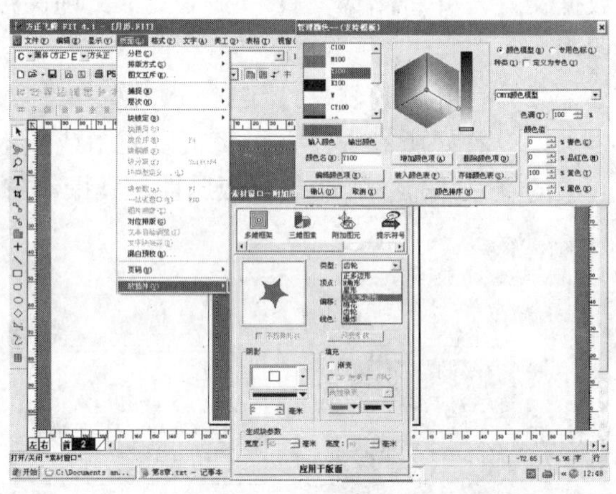

图 8-4　使用“素材”窗口制作各种小图形

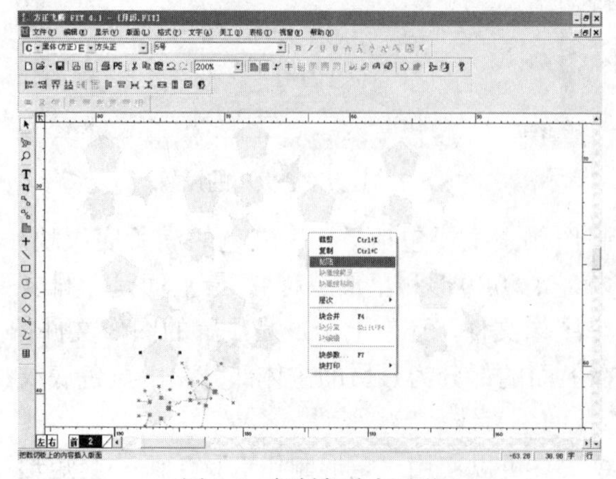

图 8-5　复制各种小图形

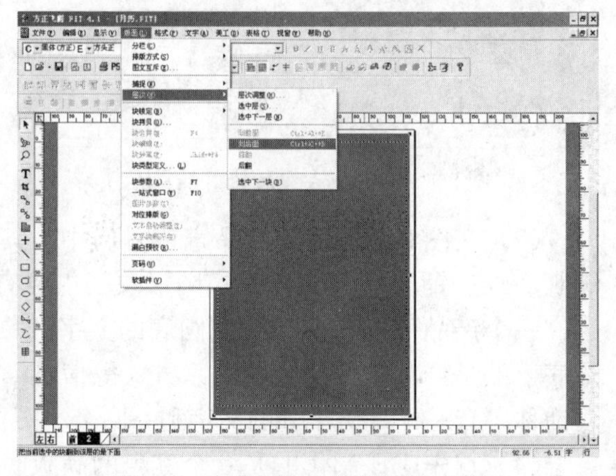

图 8-6　将满版底纹块设置为最底层

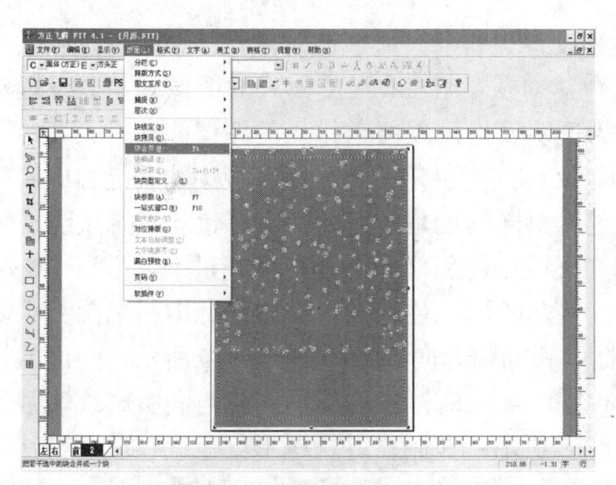

图 8-7　使用块合并命令

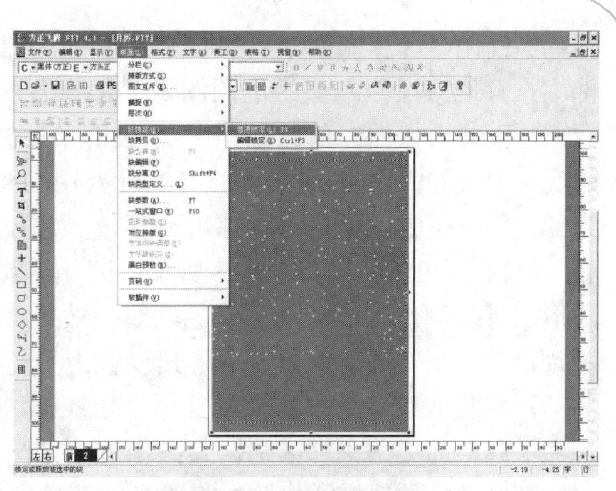

图 8-8　锁定锁的位置

（6）输入最上面的广告词文字内容，设置相应的字体、字号；左边的文字设置为黄色带黑边的文字，如图 8-9 所示；左边商标下的四个汉字时，可先输入汉字，并设置好字体、字号，将字与字之间留出相同的字距，以第一个字为准，使用“椭圆形工具”制作一个比汉字稍大一点的圆形框，将圆形框设置为黄色底并带黑边的底纹块，如图 8-10 所示；使用“复制”和“粘贴”命令，复制三个黄色底并带黑边的圆形底纹块，将复制的三个圆形底纹块置于其他三个文字上，同时选中这四个圆形底纹块，使用“翻层”命令，将其置于文字的下一层，让文字能够正常显示出来，其操作方法如图 8-11 所示。

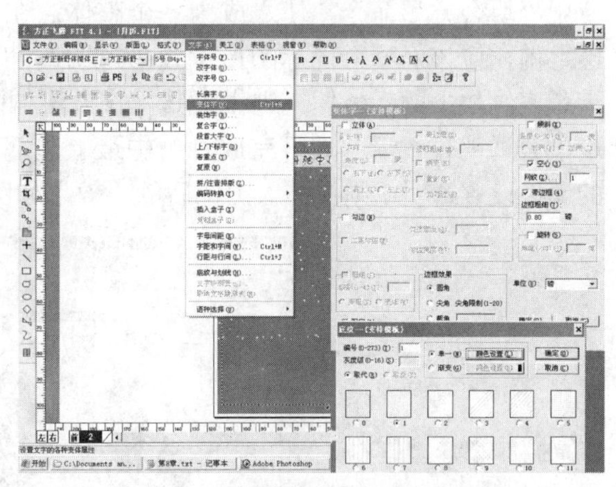

图 8-9　制作黄色带黑边的文字

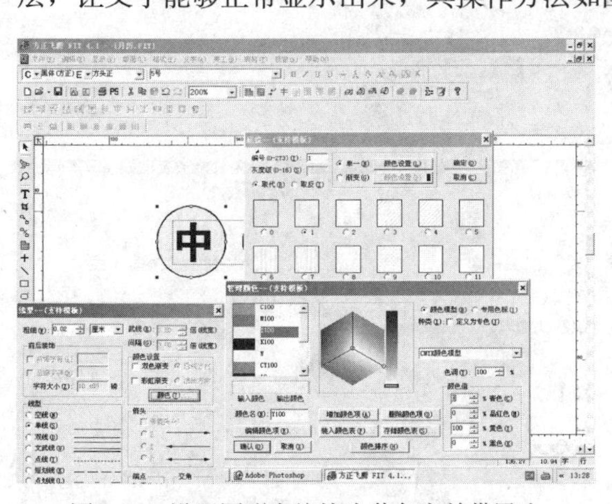

图 8-10　设置圆形底纹块为黄色底并带黑边

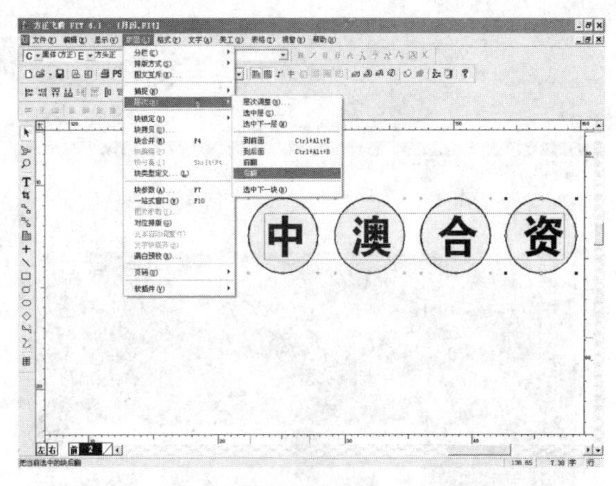

图 8-11　将圆形底纹块置于文字的下一层

（7）上面部分的商标是一个图像文件，单击“排入图像”命令将其排入飞腾文件中；由于排入的图像为 Photoshop 软件中制作的位图文件，因此，所排入的图像是一个黑白二值的图像，因此，还需要对图像进行颜色设置，在使用块“选取工具”选中图像块后，单击“美工”

菜单中使用“颜色”命令，如图 8-12 所示，将其设置为蓝色（应该注意的是：在飞腾排版软件中，只能对黑白二值的位图图像才能设置颜色，对灰度和 CMYK 模式的图像则不同设置颜色，而且对黑白二值的位图图像还可以设置为透明属性，以便于排入的图像能够融入下层的底纹中）；此时所获取的图像与实际要用的商标文件还有一定的差别，商标中的斜椭圆应该为红色的，但是，通过对图像进行整体颜色设置后斜椭圆也是蓝色的，且红色斜椭圆边缘还有一圈白色的圆边，如图 8-13 所示；因此需要在飞腾中将斜椭圆的颜色修正过来。激活“椭圆形工具”制作一个椭圆形红色底纹，然后，调整椭圆形红色底纹大小与商标中斜椭圆大小一致，并使用“倾斜”命令，将其设置为与商标中斜椭圆方向一致，如图 8-14 所示；画出的椭圆形红色底纹边缘一定要设置一个白线框，否则，加入商标中的斜椭圆将与满版底纹块融合在一起，而无法正常区别，其操作方法如图 8-15 所示；在制作好椭圆形红色底纹后，将其移动到原商标的斜椭圆位置，将原来的蓝色斜椭圆覆盖住，同时选中这个新制作的商标图像，使用“块合并”命令，使之成为一个整体；在将合并后的商标图像移动到满版底纹块的上一层之前，应该对这个商标图像设置为透明属性，这样才能使用商标图像中的空白部分自动让满版底纹块中的颜色填充进去，其操作方法如图 8-16 所示；最后将商标图像移动至满版底纹块中合适的位置后，即可完成月历中最上边部分的制作过程。在操作中，如果不将商标图像的属性设置透明，则在排入图像后的，效果如图 8-17 所示。

图 8-12　设置位图颜色

图 8-13　设置颜色后的图像与所需图像的对比（上面的为所需图像效果）

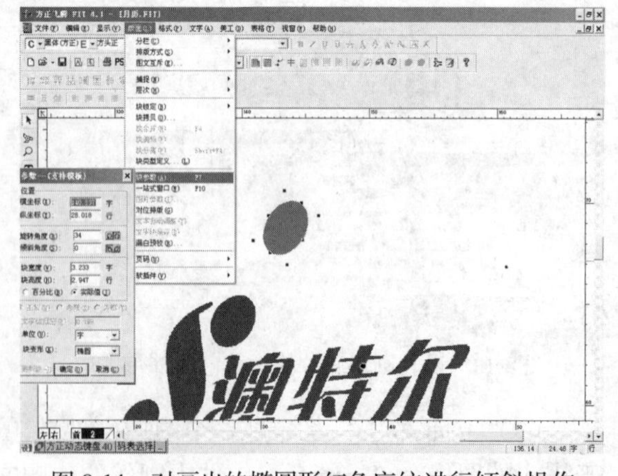

图 8-14　对画出的椭圆形红色底纹进行倾斜操作

（8）对月历中的主图像进行排版，单击“排入图像”命令将准备好的CMYK模式的彩色图像排入飞腾文件中。在图像排入飞腾文件后，将图像移动到满版底纹块中时，出现了如图8-18所示的情况，这种情况与要制作的图8-1所示的要求是有很大误差的；其原因是排入的图像文件是在Photoshop软件中制作的彩色图像，该图像虽然在进行图像处理时已经将白色去掉了，但实际上还是一个矩形图像，在使用飞腾排入图像后，无论将其置什么位置，都是要占据一个矩形图像的完整位置，不可能在排入后按照处理过程中的要求占用版面中不规则的排版区域，因此，图像中没有颜色的部分，就不可能融入满版底纹块中。解决这个问题的方法有两种：第一种方法是在图像处理软件中加以解决，将图像中不需要的区域设置为透明属性后，再用于飞腾排版；第二种方法是直接在飞腾软件中对现有的图像进行处理。因为，本书介绍的是有关飞腾软件的基本操作方法，因此，这里就介绍如何使用第二种方法解决上面出现的问题。

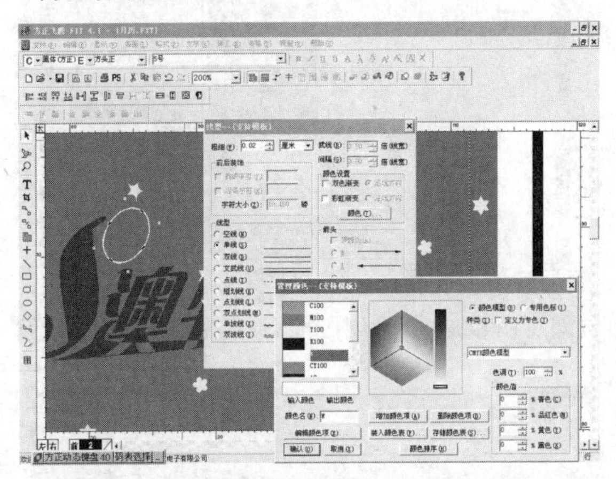

图8-15　设置椭圆形红色底纹边缘的白线框

图8-16　设置商标图像为透明属性

图8-17　没有将商标图像属性设置为透明所排入图像的效果（下面部分显示的效果）

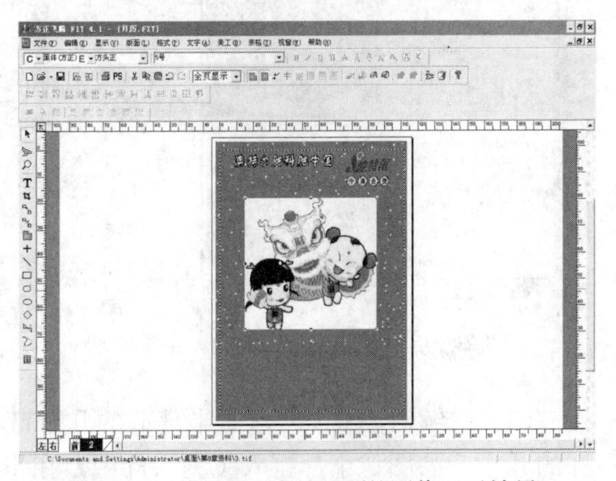

图8-18　排入月历中的问题的图像显示效果

在排入图像文件后，分别激活“多边形工具”或“曲线工具”，沿排入图像有效区域的边缘，绘制一个封闭的不规则多边形或曲线区域，在制作过程中，虽然有些麻烦，但也只能按这种方法慢慢做，一定要沿着图像的边缘、小步距进行制作，尽量使制作的图形框边缘光滑，如图8-19所示的蓝色线条部分就是使用“多边形工具”制作的不规则图形框；然后选中这个图形框，单击“美工”菜单中的“路径属性”命令，将其设置为裁剪路径，如图 8-20 所示；在不移动图形框处于排入图像对应位置的情况下，同时选中图像和图形框，单击“版面”菜单中的“块合命令”，这样，处于图形框内的图像区域就会被保留下来，其操作方法如图 8-21 所示；然后将合并的图像移到满版底纹块内合适的位置后，将其设置为满版底纹块的上层，选中这个图像块，单击“美工”菜单中使用“线型”命令，将原蓝色边框的颜色改为与满版底纹块颜色完全相同的颜色，就可以得到将图像融入满版底纹块中的效果了，其操作方法如图 8-22 所示。

图 8-19　使用“多边形工具”制作的不规则图形框

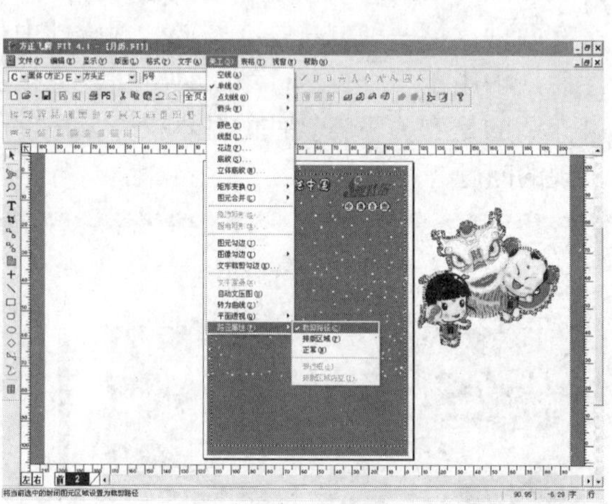

图 8-20　设置制作的图形框为裁剪路径

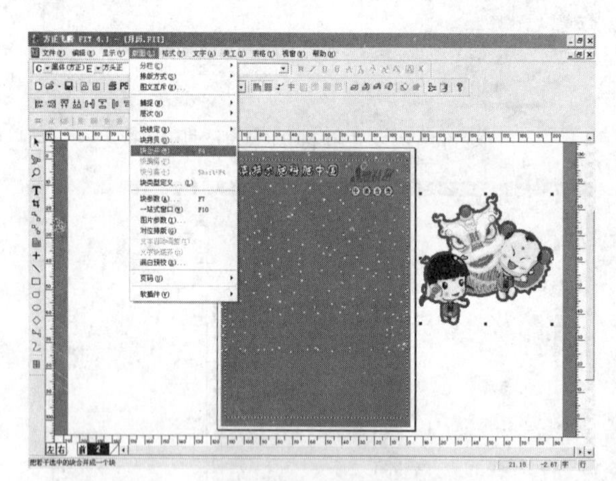

图 8-21　合并图形框和图像为一个整体块

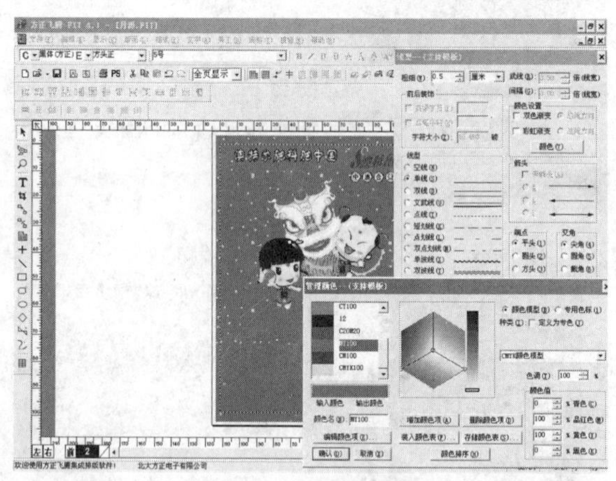

图 8-22　设置图形框线的颜色

（9）继续对图 8-1 所示下半部分的几个产品图像的排版。单击“排入图像”命令将准备好的几个产品图像全部排入飞腾文件中，在将图像移动到满版底纹块中时，出现了与前面开始排主图像时同样的问题。解决这个问题的方法与前面的方法完全一致，利用“多边形工具”将不规则的产品图像正常排入满版底纹块中。

在图 8-1 中的几个产品图像形状完全是一致的，因此，只要将制作好的第一个图形框设置为裁剪路径后，通过使用“复制”和“粘贴”命令，就可以方便地制作出多个图形框，将这些图形框一个一个地准确套到其他产品图像上，通过使用“块合并”命令就可以逐一完成全部产品图像的修正操作。为了能够整齐地将这些产品图像放置于满版底块的合适位置上，可以先在排版区外将全部产品图像排列整齐，并进行“块合并”操作后，一次就可以移动到满版底块的合适位置上。

（10）制作月历的主体部分，也就是制作月历。其操作过程看似非常麻烦，但掌握一些操作技巧后也是非常简单的。首先制作一个宽度与满版底纹块一样、高度合适的黄色底纹块，其操作方法与制作满版底纹块一样，在移动时一定要保证两个底纹块在纵向是对齐的，为了确保对齐，同样可以使用飞腾文件中上面第三排列出的“水平对齐工具”进行操作，如图8-23所示。

（11）输入月历上面部分的文字和英文，并设置好字体和字号。在制作两个小标志块时，激活“菱形制作工具”制作一个大小合适的菱形绛紫色底纹块，再以菱形绛紫色底纹块四个边线的中点为准，激活“斜线工具”画一个“×”，并将这个“×”的线型颜色设置为无色，并移动到菱形绛紫色底纹块中，就制作成一个符合要求的小标志块，选中这个标志块后，单击“块合并”命令将其设置为一个整体；通过“复制”和“粘贴”命令，制作出另外一个小标志块，在两个小标志块的左右两边使用“直线工具”画出两条长度、粗细、颜色完全一致的两条直线，如图8-24所示；将已输入月历上面部分的文字和英文按不同位置排列好，并使用飞腾文件中上面第三排列出的几个对齐工具，将单独的几个文字块和小标志块排列整齐后，移动到黄色底纹块的上层。

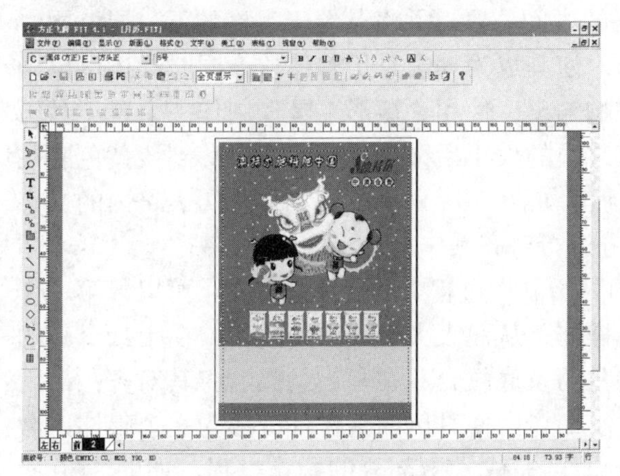
图8-23　在版面的下半部分制作一个黄色底纹块

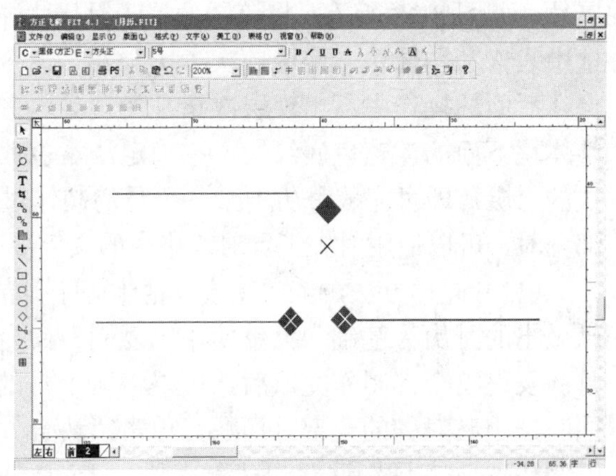
图8-24　制作小标志块

（12）制作12个月历。在制作时，可以一个一个地单独制作，在制作过程中需要使用到飞腾中的“表格制作工具”，当然也可以采用直接使用“直线工具”画出表格。在这里以使用“矩形工具”和“直线工具”直接画出表格为例，介绍一下有关表格的制作方法。

激活“矩形工具”绘制一个矩形框，利用“直线工具”画出表格中的直线，在表格制作完成后，对整个表格使用一次“块合并”命令，并复制出11月表格，以便于制作其他月份的月历，效果如图8-25所示；输入月历中所需要中英文字，根据表格的大小设设置好字体和字号，在输入月历中的文字时，可以一个格一个格地输入，为了操作方便，可以使用“复制”和“粘贴”命令对部分文字进行修改，这样可以确保各个文字块大小的一致性，同时，也省去了大量的输入和设置文字字体号操作；将输出的文字一个一个移动到月历表格的相应格内，将节日和周末格内的文字颜色设置为红色，在所有文字及位置都确定好后，选中所有的文字和表格线框，单击“块合并”命令，使用月历成为一个整个，效果如图8-26所示。

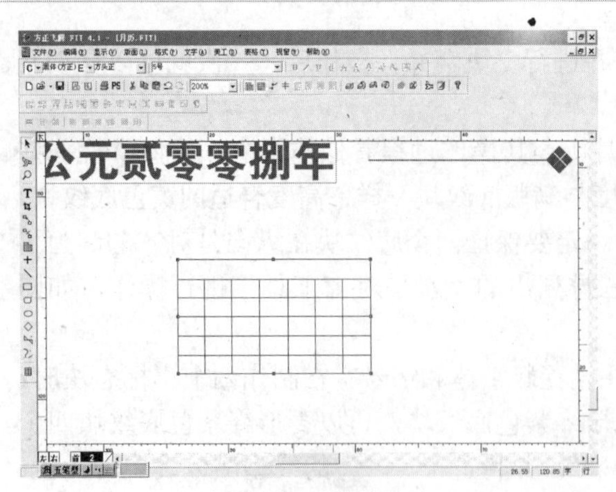

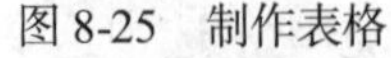
图 8-25　制作表格

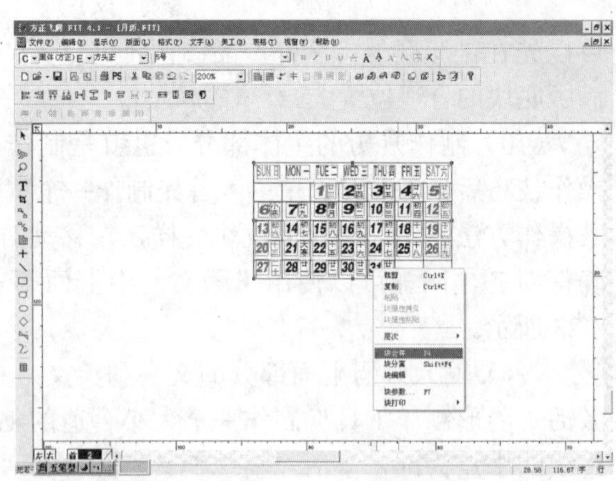

图 8-26　制作月历的主体表格文字

在月历表格的下面有一个手写的月份数字，这个数字在飞腾中是无法直接输入的，可以通过使用扫描仪或数码相机输入为图像文件，在使用 Photoshop 软件将其处理为黑白二值的位图保存起来，设置位图的目的是为了能够将该图像在飞腾中能够设置透明属性，以便于在月历表格下面能够正常显示出来，同时还可对排入的图像设置颜色，其操作方法如图 8-27 所示；单击“排入图像”命令排入位图图像，在调整好图像的大小和颜色后，将其设置为透明属性，如图 8-28 所示；将该图像置于月历表格的中间位置，并将其置于表格的下一层，同时选中表格和图像块，使用一次“块合并”命令，使其成为一个月历整体块，同时，还可以确保在后面的操作中不出现层次错乱的现象，影响输出；使用“矩形工具”制作一个置于月历整体块下面的淡黄色底纹块，在确定淡黄色底纹块的大小后，将月历整体块移到淡黄色底纹块的上层，即可完成月历中某一个月的制作过程，如图 8-29 所示。在制作月历表格内的文字部分时，可以使用对齐工具对表格中的文字部分进行对齐操作。

（13）同样方法，依次完成其他十一个月的月历制作过程。在操作过程中，可以以第一个已做出的月历为基础，大量使用“复制”命令操作，从而大大提高操作效率。在十二个月的月历及底纹全部制作完成后，可以将每个月的月历及底纹合并在一起，然后将其对齐；最后同时选中已对齐的全部月历块，单击“块合并”命令，使月历的主体部分成为一个整体，激活“块选取工具”移动到黄色底块的上一层，即可完成月历部分的操作过程，如图 8-30 所示。

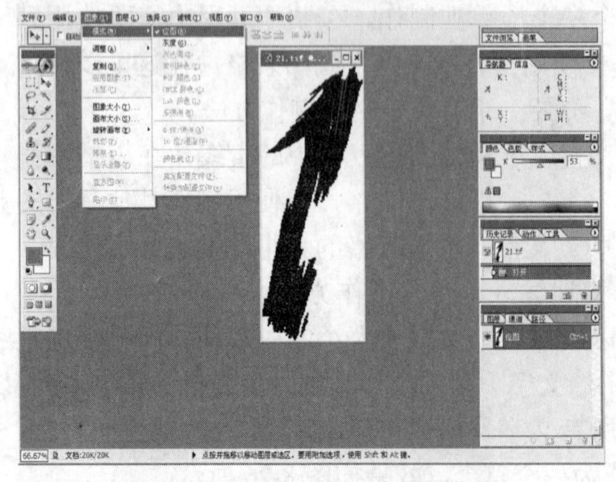

图 8-27　在 Photoshop 中设置位图

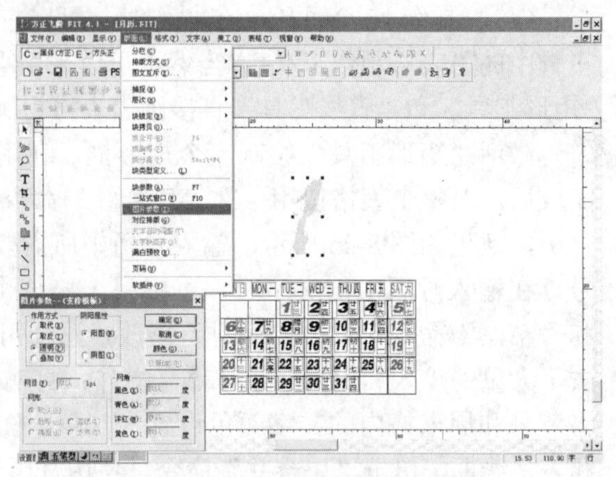

图 8-28　设置位图的透明属性

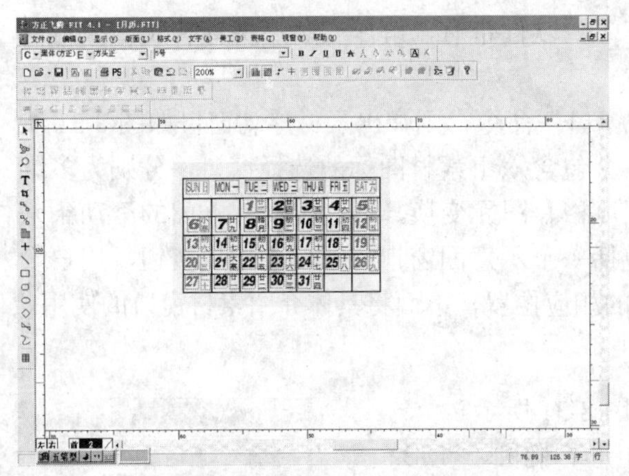

图 8-29　制作好的某一个月的月历

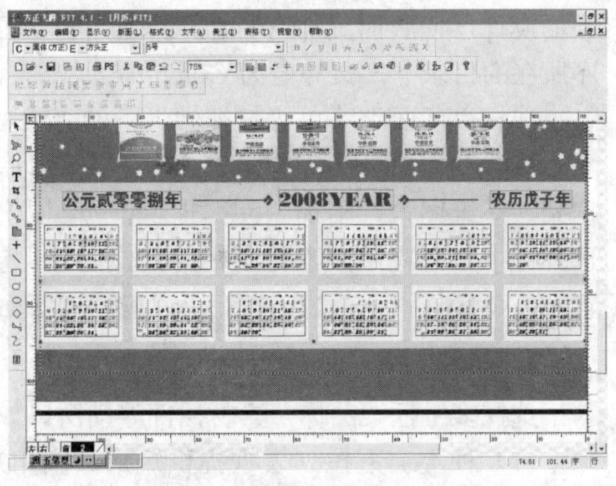

图 8-30　已制作好的月历部分

（14）产品生产厂家及联系方式等信息的制作。其中的商标可以复制前面已制作好的商标，只是将其缩小一点即可；其他的文字可以直接输入，如果有的文字部分需要设置为空心，可以单击“文字”菜单中的“变体字”命令完成；将输入的文字和复制的商标排成一排，并对齐后，单击“块合并”命令合成为一个块，移动到满版底纹相应的位置上并处于满版底纹的上一层后，即可完成整个月历的制作过程。

在月历版面编排与设计中，其操作过程根据需要可能会过于复杂，但是通过使用一些技巧性的操作，则可以大大简化操作步骤，从而提高排版效率。在操作过程中，对于一些元素的排版，同样可以首先定一个框架，然后在框架中加入排版元素；对于一些相同的操作，可以通过使用“复制”和“粘贴”命令完成，以减轻工作量；同时，还要注意排入版面中的元素层次问题，对于较多的层次应一层一层地处理好元素之间的层次关系，避免在输出过程中，丢失元素。另外，月历版面编排与设计大多是用于精美印刷的，因此，对于排版中的图像元素，应尽量保证其图像的饱和度；图像的色彩在印前处理中，也应加以特别注意。以上几个方面的问题，在本书其他章节的实例中，已有较多的介绍，在此就不再重复了。

8.3 基础知识拓展

8.3.1 软插件

软插件是为实现一些特定功能而做的程序组件，可以作为可选件加入软件中。对于飞腾排版软件来说，报社的用户可以安装与报纸制作有关的软插件，如打开 PUB 文件、插入 S2 文件等；排杂志的用户可以安装素材窗口软插件，它方便灵活地生成常用的图形。飞腾排版软件通过软插件技术，使得系统更加开放。

飞腾系统主程序自带的插件有：自动存盘、扩素材窗口、排入 S2 文件、打开维思文件。在安装飞腾主程序时，选择简洁安装将不安装软插件；选择典型安装将自动装入所有过滤器和软插件。

8.3.2 素材窗口

素材插件是飞腾为丰富图形效果与简化常用图形设计而制作的软插件，使用它可以加快版面设计，使版面更加有特色；该插件随方正飞腾软件带有，解压安装后保存在飞腾执行程序所在的目录下，文件名为 Graph.fsc。

选择“版面”菜单“软插件”下的“素材窗口”命令，则弹出素材浮动窗口如图 8-31 所示。该浮动窗口分为上中下三部分，上部为一个包含六组素材图标的选择窗口，分别为多维框架、三维图素、附加图元、提示符号、边框风格、图元变换，通过拖动其下面的滚动条来选择；中部对应不同素材图标的具体设置，包括一个示意图窗口；下部为应用按钮，用户设置的复杂素材图元通过该按钮可以应用到版面的相应位置，下面将具体介绍素材窗口的使用。

1. 多维框架

选择多维框架图标，素材插件浮动窗口如图 8-31 所示。

图 8-31　素材窗口

（1）种类：下拉列表框提供矩形、圆角矩形、椭圆、菱形、等边多边形、灯笼等六种框架种类。

（2）顶点：本设置仅在多边形框架时才为可选项，控制等边多边形的顶点数，范围是 5 ～ 15；其他设置时本选项为置灰项。

（3）步长：多维框架相邻两个图元的间距。

（4）线设置：设置多维框架线的颜色、渐变和渐变方式。当选择渐变设置时，左边的颜色按钮为设置渐变的起始颜色，右边的按钮为设置渐变的终止颜色。选中后，弹出相应的颜色对话框，进行颜色的选择；渐变方向提供四种选择。

（5）填充设置：以不同的渐变颜色进行图元框架的填充，并可以改变渐变方式。

选择“填充”后，相应的设置由置灰状态变为可选状态。“空线”：不显示线框；“颜色按钮”：两个颜色按钮操作方式与线设置中相应操作相同；“渐变类型设置”：下拉列表框提供线性渐变、圆形渐变、菱形渐变、双线性渐变、方形渐变等五种渐变方式。

（6）生成块参数：用于设置相应素材插件的宽度与高度，其单位为毫米。

2. 三维图素

三维图素提供了几种常见的立体图元，选择三维图素图标后，素材插件浮动窗口如图 8-32 所示。

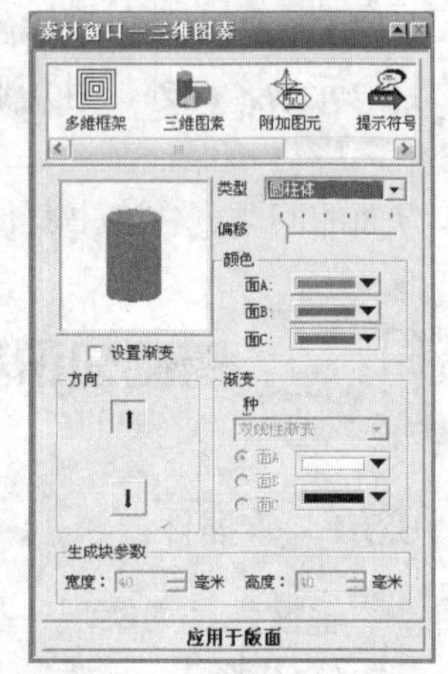

图 8-32　三维图素的设置窗口

（1）类型：下拉列表框提供圆柱体、球体、立方体、锥体、棱锥五种选择。

（2）偏移：可以适当调整立体图效果。

（3）颜色：三个颜色按钮可以分别设置立体图元的三个面的相应面颜色，选中后，弹出相应的颜色对话框，进行颜色的选择。

（4）设置渐变：选中该复选框后，渐变组框相应的设置由置灰状态变为可选状态。

“种类”：下拉列表框提供线性渐变、圆形渐变、菱形渐变、双线性渐变、方形渐变、单向线性扇形渐变、双向线性扇形渐变等多种渐变方式。

“颜色”：当选择渐变设置时，上边的颜色按钮为设置渐变的起始颜色，下边的按钮为设置渐变的终止颜色，选中后，弹出相应的颜色对话框，进行颜色的选择。

（5）方向：改变立体图的视角方向。

3. 附加图元

附加图元提供了几种常见的几何图形，选择附加图元图标后，素材插件浮动窗口如图 8-33 所示。

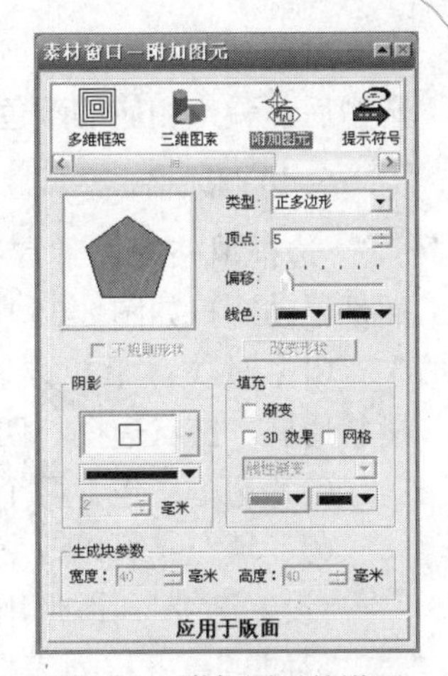

图 8-33　附加图元的设置窗口

（1）类型：下拉列表框提供正多边形、N 角形、星形、交叉多边形、梅花、齿轮、爆炸等多种附加图元类型。

（2）顶点：用于设置顶点个数，其范围为：正多边形、N 角形、星形范围为 3 ～ 40；交叉多边形范围为 3 ～ 10；

（3）偏移：用于改变图形的内接圆半径的大小。

（4）线色：用于改变线的颜色。

（5）不规则形状：通过不规则形状与“改变形状”的设置，可以随机生成不规则形状的素材。

（6）阴影：用于设置图形的阴影。

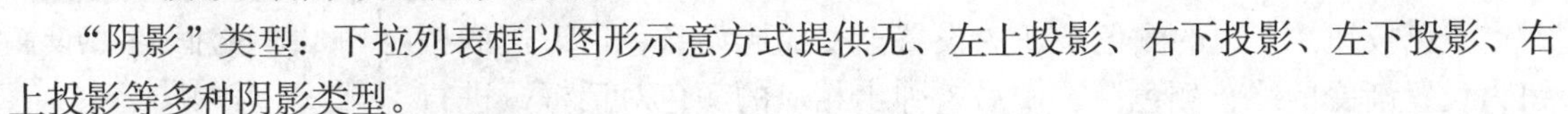

“阴影”类型：下拉列表框以图形示意方式提供无、左上投影、右下投影、左下投影、右上投影等多种阴影类型。

颜色按钮：用于改变投影的颜色。

距离：用于设置图形与阴影之间的距离，单位为毫米。

（7）填充：可以改变颜色渐变方式、填充不同的颜色。

“3D 效果”：增加图形立体感。

“网格”：图形用网格进行填充。

“类型”：下拉列表框提供线性渐变、圆形渐变、菱形渐变、双线性渐变、方形渐变、单向线性扇形渐变、双向线性扇形渐变等多种渐变方式。

“颜色按钮”：左边的颜色按钮为设置渐变的起始颜色，右边的按钮为设置渐变的终止颜色，选中后，弹出相应的颜色对话框，进行颜色的选择。

4. 提示符号

提示符号提供了几种常见的提示符图形，选择提示符号图标后，素材插件浮动窗口如图 8-34 所示。

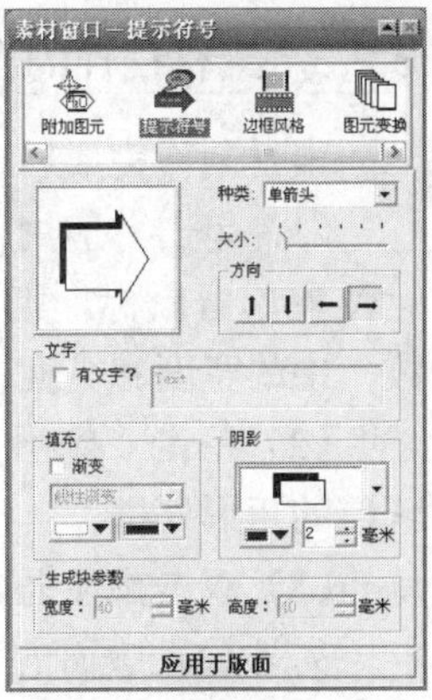

图 8-34　提示符号的设置窗口

（1）种类：下拉列表框提供单箭头、双箭头、实体箭头、五角形、规则锯齿形、不规则锯齿形、十字形、带箭头矩形、矩形、圆角矩形、菱形、椭圆形、正六边形、逗号、窗花、窗棂、双矩形、斜角矩形、尖角矩形等多种选择。

（2）大小：用于改变图形大小。

（3）方向：用于改变提示符的指向。

（4）文字组框：选中“有文字”，可以在后面的编辑框中输入提示符所需文字。

（5）填充组框：可以改变颜色渐变方式、填充不同的颜色。

“渐变”：图形用渐变颜色填充。

“类型”：下拉列表框提供线性渐变、圆形渐变、菱形渐变、双线性渐变、方形渐变、单向线性扇形渐变、双向线性扇形渐变等多种渐变方式。

颜色按钮：左边的颜色按钮为设置渐变的起始颜色，右边的按钮为设置渐变的终止颜色；选中后，弹出相应的颜色对话框，进行颜色的选择。

5. 边框风格

边框风格提供了常见的边框修饰，选择边框风格图标后，素材插件浮动窗口如图 8-35 所示。

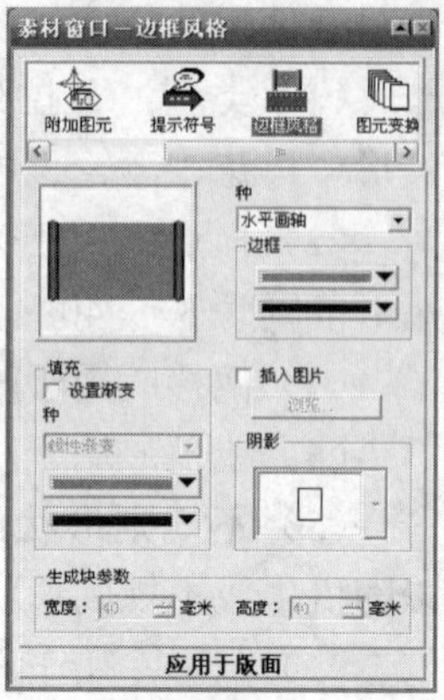

（1）种类：下拉列表框提供水平画轴、垂直画轴、柱状边框、棱状边框、链状边框、四角修饰边框、卡片形边框等多种选择。

（2）边框：包含两个颜色按钮，设置边框颜色。

（3）填充：可以改变颜色渐变方式、填充不同的颜色。

“设置渐变”：图形用渐变颜色填充。

“种类”：下拉列表框提供线性渐变、圆形渐变、菱形渐变、双线性渐变、方形渐变、单向线性扇形渐变、双向线性扇形渐变等多种渐变方式。

颜色按钮：上边的颜色按钮为设置渐变的起始颜色，下边的按钮为设置渐变的终止颜色；选中后，弹出相应的颜色对话框，进行颜色的选择。

图 8-35 边框风格的设置窗口

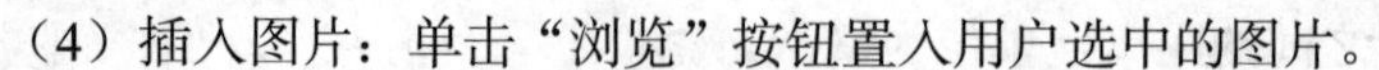

（4）插入图片：单击“浏览”按钮置入用户选中的图片。

6. 图元变换

边框风格提供了常见的边框修饰，选择图元变换图标后，素材插件浮动窗口如图 8-36 所示。

（1）种类：影深效果、缩小效果、扩大效果等多种选择。

（2）步数：设置图元的个数。

（3）步长：调节和改变相邻图元的距离。

“属性设置”中可以选择是单色或渐变及其颜色设置、图元的种类、图元重叠方向。

图 8-36 图元变换的设置窗口

8.3.3 素材插件的应用

素材制作完成后，要将设计的结果应用到版面，有 3 种方式：

（1）单击“应用于面板”按钮，此时鼠标变为⌐，在版面上的相应位置单击鼠标，则素材按照用户在素材窗口中设置的“生成块参数”中的宽度和高度置入到版面。

（2）单击“应用于面板”按钮，在版面上的相应位置画出排版区域，此时素材按照排版区域的矩形外框，自动调整长宽比例，置入到版面。

（3）双击预显框，在飞腾版面的左上角生成一个默认大小的图元。

另外置入版面的素材均为块合并后的飞腾图元，用户通过块分离可以进行更加细致的调整。

8.3.4 层的概念及层次调整

飞腾中的层与 Photoshop 中的图层差不多，都可以比作一张透明的纸。层与层之间是独立存在的，在一个层上进行的操作，不会影响到其他层，飞腾中的层可以独立发排。

在使用飞腾排版时，可以把排好的、位置固定不变的对象放在一个层中，然后将其设为不可见层，则该层变为不可被编辑，以此来避免因误操作而导致不必要的麻烦。如果版面上某些对象的大小需要精确定位，可以专门使用一层来标定位置，排版结束后再删除该层。在进行封面设计时，可以将文字、图片、背景放在不同的层上，针对某一层进行修改，而不影响其他层，修改结束后再合并层。总之，正确地使用层，可以给排版工作带来很大的方便。

1.“层管理窗口”面板

单击“视窗”菜单的“层管理窗口”命令可以打开“层管理窗口”面板，如图 8-37 所示。默认情况下，飞腾版面只有一层，层名为“层 0”，其前面的序号表示层的叠放次序，序号大的在上层，小的在下层。

利用“层管理窗口”面板，用户可以创建和删除层、改变层的显示状态、调整层的位置、合并层等。

（1）创建和删除层。

单击“层管理窗口”面板右下方的按钮，可以增加新层。如图 8-38 所示，增加的层按照产生的顺序依次叠放，且自动被命名为“层 1”、“层 2”等。

如果要改变层的名称，可以双击要改变名称的层，然后在弹出的“设置层属性”对话框中输入新名称，如图 8-39 和图 8-40 所示。

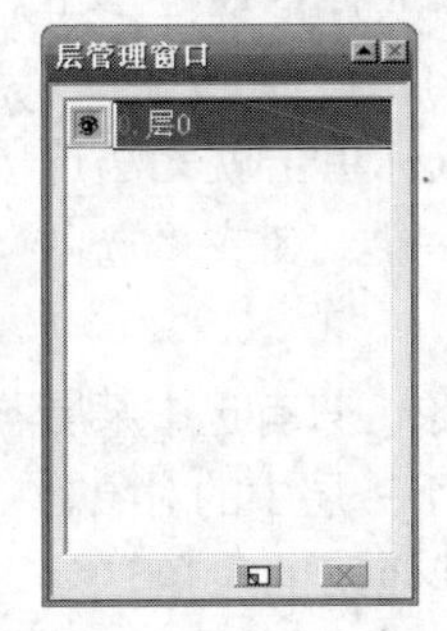

图 8-37 “层管理窗口”面板

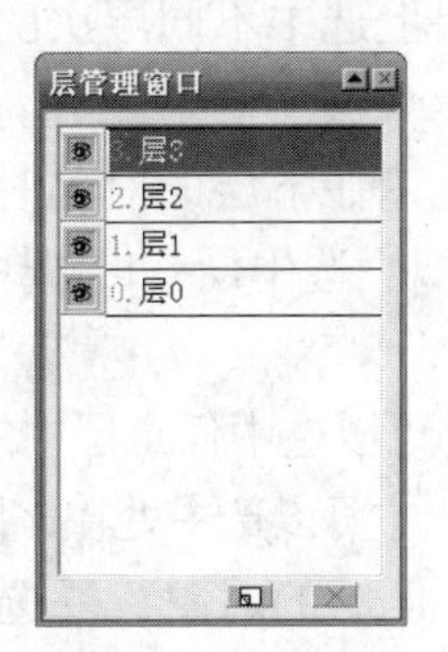

图 8-38 增加多个图层

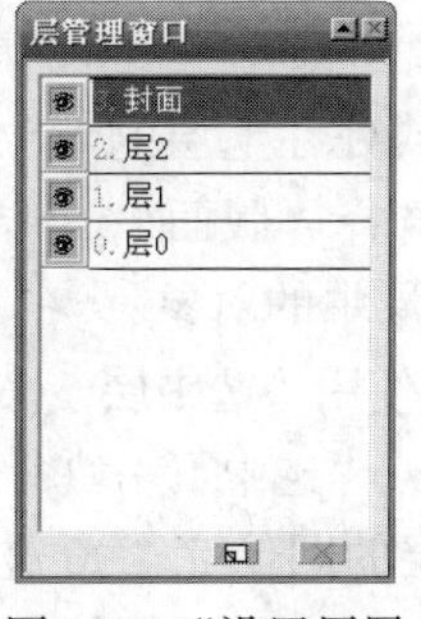

图 8-39 “设置层属性”对话框

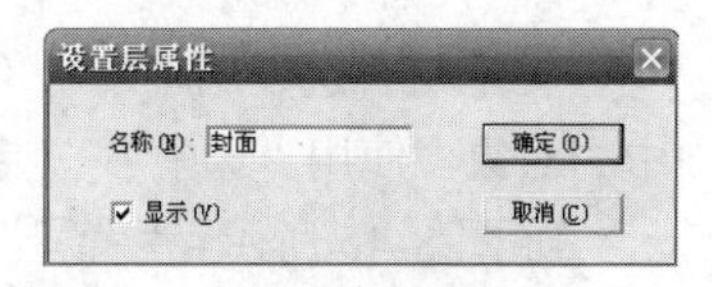

图 8-40 为层命名

要删除层，只需在“层管理窗口”面板中选中该层，然后单击面板右下方的按钮即可。但当面板中只有一层时，该层不可删除。当删除有对象的层时，会弹出提示对话框，提示用户删除层时会删除层中的所有块，可根据情况做出选择。

（2）选中层。

在“层管理窗口”面板中单击某一层，即可选中该层。

（3）合并层。

在“层管理窗口”面板中选中要合并的层，然后单击右键，从弹出的菜单中选择“合并到下一层”命令，可以合并层，如图 8-41 和图 8-42 所示。

（4）调整层的叠放次序。

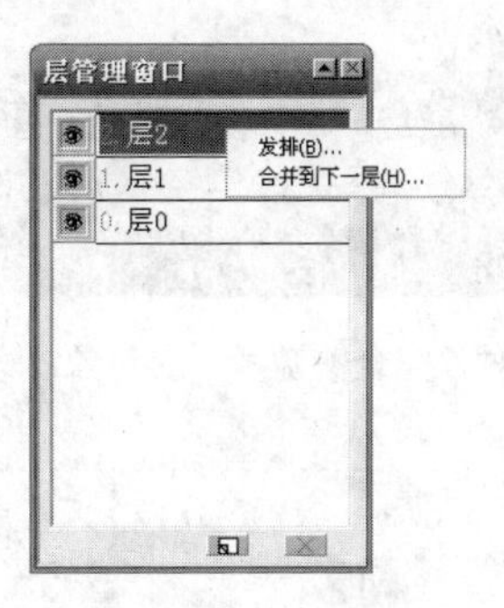

图 8-41 合并层

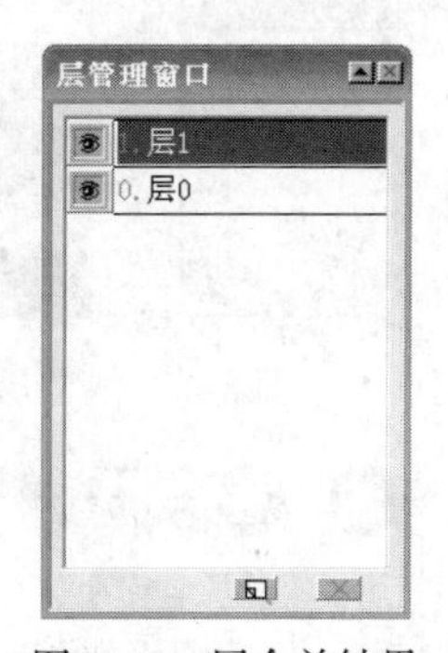

图 8-42 层合并结果

利用“层管理窗口”面板，可以方便地调整层的叠放次序。例如，要将“层2”移到“层1”的后面，只要将“层2”拖动到“层1”下方后释放鼠标即可，如图8-43所示。调整层的叠放次序后，层中对象的叠放次序也跟着改变，如图8-44所示。

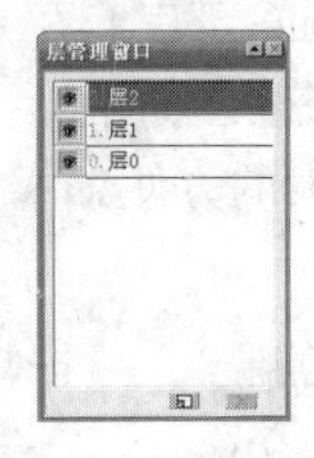

图8-43　调整前的面板和层对象状态

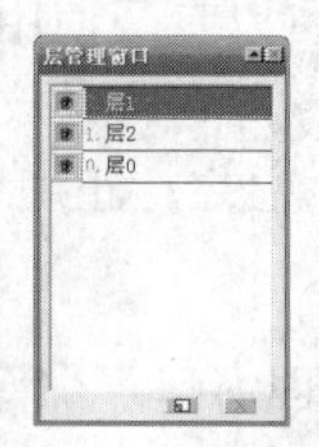

图8-44　调整后的面板和层对象状态

（5）设置层的可见性。

通过“层管理窗口”面板上的图标或“设置层属性”对话框（见图8-40）可以设置层的可见性。

单击面板上的图标，使“眼睛”消失，则该层不可见；再次单击该图标，则该层又恢复可见。

选中或取消选取“设置层属性”对话框中的“显示”复选框；也可以设置层可见或不可见。

（6）选中层中的对象。

当各层中的对象不是完全重叠时，就像在同一层上选中不同层次的对象一样，通过单击鼠标左键即可选中各层中的对象。

当各层中的对象完全重叠或处在上层的对象完全遮住下层的对象时，鼠标单击就无法选中处在下层的对象了。这时，选择“版面”|“层次”|“选中层”|“选中下一层”（或“选中下一块”）命令才可以选中所需层中的对象。

无论是否选中层中的对象，使用“选中层”命令都可以选中任意层中的对象。只有选中某层中的对象，使用“选中下一层”或“选中下一块命令”，才可以选中处在该层的下一层中的对象。

如图8-45所示，“背景”层的图像完全覆盖了其他层的对象。要选中其他层的对象，就必须选择“版面”|“层次”|“选中层”命令，弹出“选中层”对话框，在该对话框中选中“选中单层”单选按钮，在其后的文本框中输入“2”，单击“确定”按钮，即可选中第2层的对象。选中“选中多层”单选按钮，在“层范围”文本框中输入“0-2”，可以选中第0层到第2层中的对象，如图8-46所示。

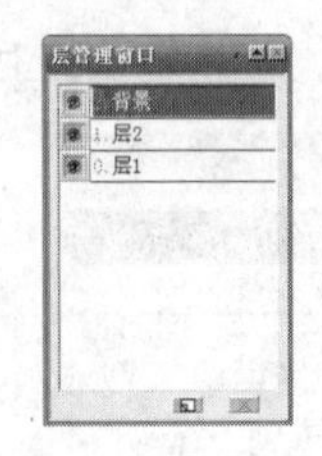

图8-45　背景层对象完全覆盖了下层对象

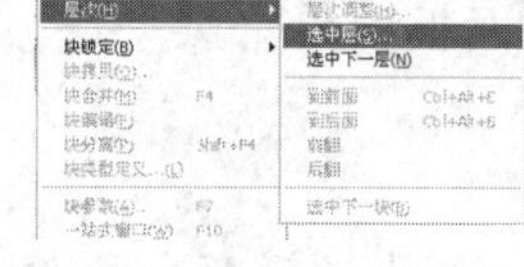

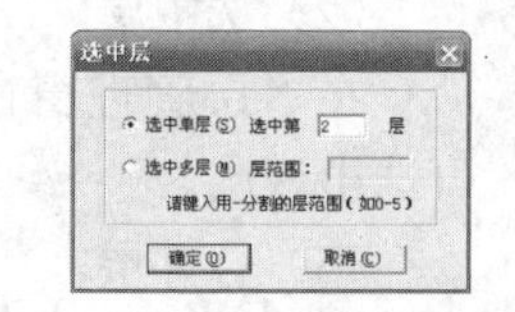

图8-46　“选中层”菜单命令和对话框

注意

不管层名称如何变化，系统总是按照“层管理窗口”面板中层的排列次序来判断其层次，排在“层管理窗口”面板上方的层比排在下方的层的层次高，即由下往上的层顺序依次是0，1，2，依此类推。

（7）调整块所属的层。

单击“版面”|“层次”|“层次调整”命令，可以将一个层中的对象移到另一层中。

选中要移到另一层中的对象，如图 8-47 所示；单击“版面”|“层次”|“层次调整”命令，弹出如图 8-48 所示的“层次调整”对话框。

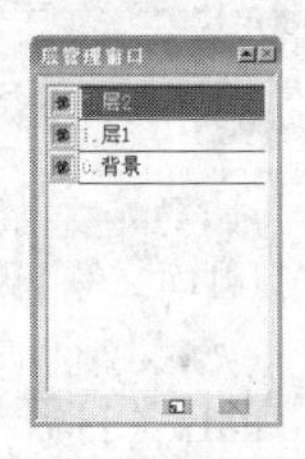

图 8-47　选中要移动的对象

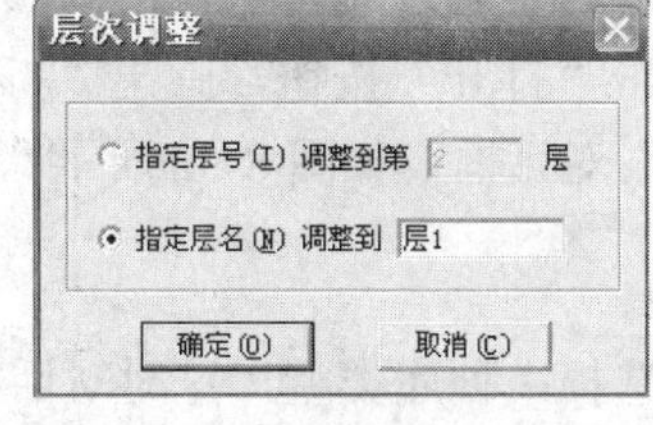

图 8-48　“层次调整”对话框

选中“指定层号”单选按钮，在其后的文本框中输入“0”，则将第 2 层中的对象移到“背景”层（即第 0 层），如果选中“指定层名”单选按钮，在其后的文本框中输入“层 1”，即可将“层 2”中的圆角矩形对象移到“层 1”。

在调整对象所在的层时，如果在“层次调整”对话框中指定的层不存在，将创建该层。

2. 分层发排

在飞腾中可以单独发排某层中的对象。方法是在“层管理窗口”面板中选中该层，单击鼠标右键，在弹出的如图 8-49 所示的快捷菜单中选择“发排”命令，弹出如图 8-50 所示的“部分发排”对话框。

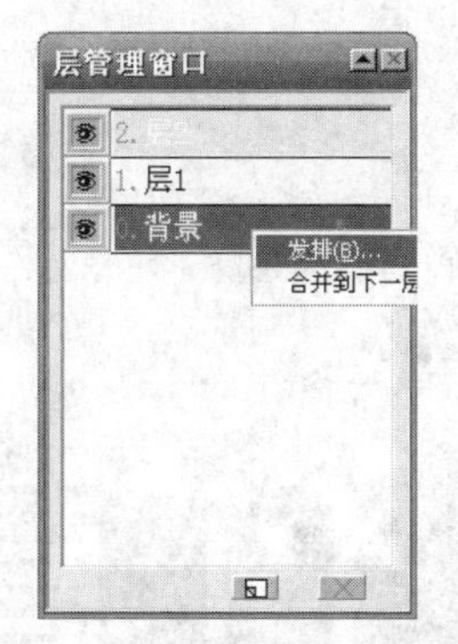

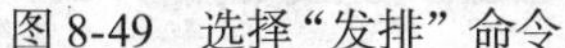

图 8-49　选择“发排”命令

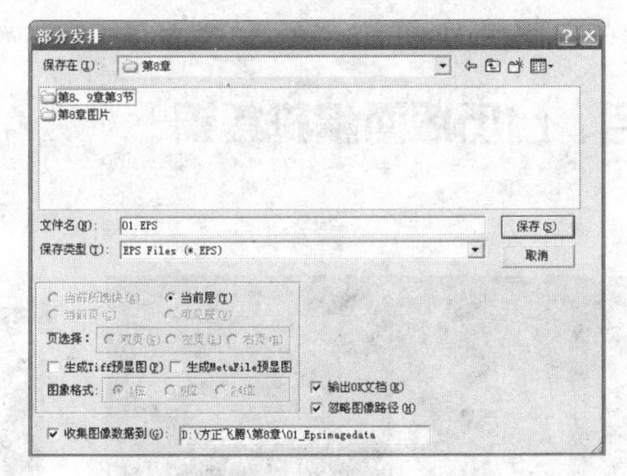

图 8-50　“部分发排”对话框

在该对话框中选择要保存的文件夹并输入文件名，然后设置必要的选项，单击“保存”按钮即可将该层中的对象发排成 EPS 文件。

8.3.5　使用库中自带的图形

飞腾图形库加入了 234 种常用图形（典型安装）和 445 种装饰边框（特定安装），这些图形和边框可直接拖入版面使用，也可进行“块分离”，然后编辑修改后再用。

使用库中自带图形的操作方法如下：

（1）单击“视窗”菜单的“库管理窗口”命令，弹出“库管理”窗口，如图 8-51 所示。

（2）最初显示的“库”面板中没有任何项目。要调入飞腾自带的库项目，可单击“打开”按钮，弹出“打开库文件”对话框，如图 8-52 所示。

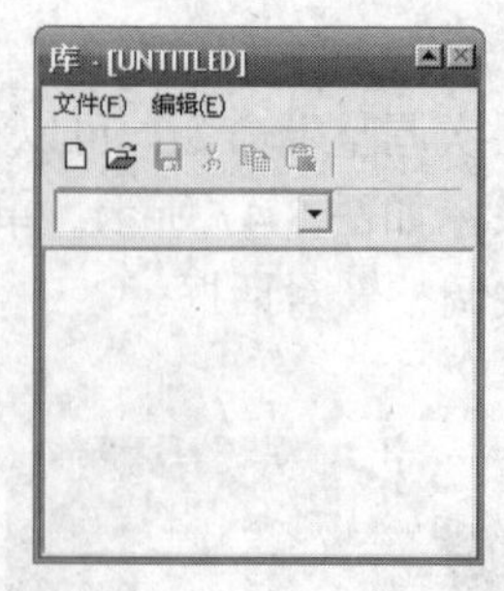

图 8-51 “库”窗口

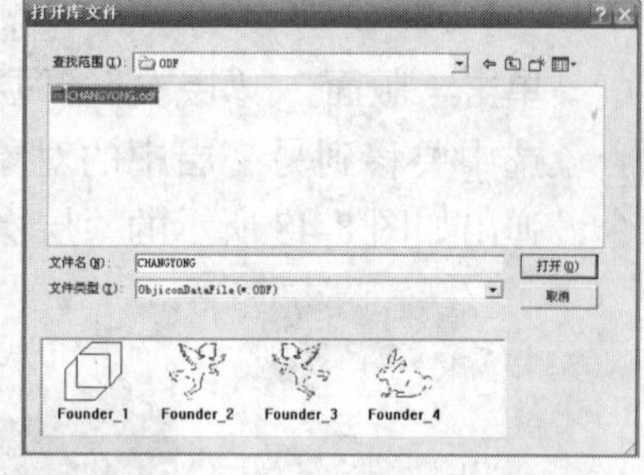

图 8-52 “打开库文件”对话框

（3）选择一种库类型，这时对话框下面会显示该类型库项目的预览，单击“打开”按钮，所选类型的库项目即会显示在“库”面板中。单击“库”面板的下拉列表，还可直接通过选择库项目名称来选择库项目。选择要使用的图形，拖曳到版面上即可，如图 8-53 所示。

图 8-53 图库排入版面的效果

8.4 月、台历版面编排集锦

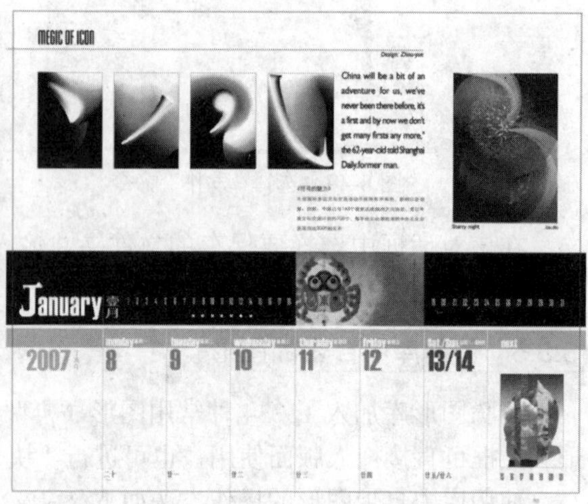

图 8-54 带有中国元素的版面设计

图 8-55　个性化、卡通化月历

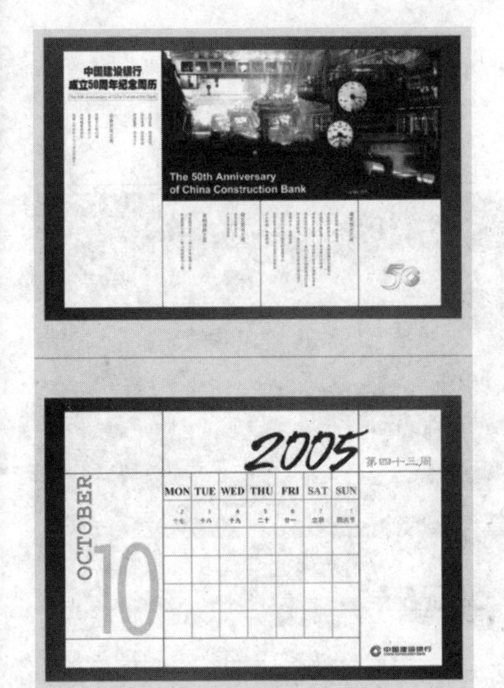

图 8-56　具有广告性质的台历版面设计

图 8-57 书签也可作为月历的载体

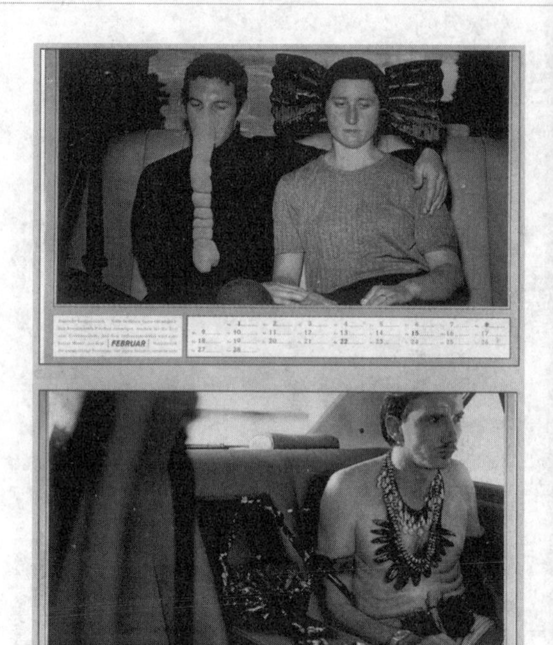

图 8-58 外国滑稽台历

8.5 本章练习

（1）如何正确认识月历排版中的图层问题。

（2）你认为月历排版中有哪些操作技巧可以帮助提高排版效率？

（3）制作题。

题目：月历。

完成稿：月历完成稿如图 8-59 所示。

图 8-59 月历完成稿

第 9 章

名片版面编排与设计

名片是“绘画性”兼具“设计型”的视觉媒体，早期的名片设计大多以简单扼要为主，现在所使用的名片，比以往则有趣多了，字体表现、色块表现、图案表现、色彩表现、装饰表现，甚至是排版的变化无不彰显着个性，因此名片不再是一张简单而没有生气的纸片；它变成人与人初次见面时，加深印象的一种媒介，同时也体现个人与单位的形象。

9.1 名片的意义

名片的意义有多个方面，而这几个方面意义的确定要依据名片持有人的具体情况而分析。

（1）宣传自我。一张小小的名片其最主要的内容是名片持有者的姓名、职业、工作单位、联络方式等，通过这些内容把名片持有人的简明个人信息标注清楚，并以此为媒体向外传播，如图 9-1 所示。

（2）宣传企业。名片除标注清楚个人信息资料外，还要标明企业资料，如企业的名称、地址及企业的业务领域等。具有 CI 形象规划的企业名牌纳入办公用品策划中，这种类型的名片企业信息最重要，而个人信息是次要的。在名片设计中同样要体现企业的标志、标准色、标准字等，使其成为企业整体形象的一部分，如图 9-2 所示。

图 9-1　自我宣传、张扬个性

图 9-2　企业形象的宣传

因此说明片也是信息时代的联系卡。在数字化信息时代中，每个人的生活工作学习都离不开各种类型的信息，名片以其特有的形式传递企业、人及业务等信息，很大程度上方便了我们的生活。

9.2 名片的构成要素

通常在设计名片时，形式、色彩和图案都依 CI 手册或信笺设计：尺寸和形状常配合皮夹的大小来裁切，内容则由客户来决定。为了使设计不落俗套，应多发挥具有独创性和有活力的构想，使设计的名片有别于一般传统的名片。名片设计的表现手法虽因行业、诉求角度、或客户而有所不同，但是构成画面材料大致是一定的，这些材料就是名片设计的重要要素，称为名片设计的“构成要素”，如图 9-3 所示。

图 9-3 体现名片设计的“构成要素”

（1）属于造型的构成要素。

插图：象征性或装饰性的图案。

标志：图案或文字造型的标志。

商品名：商品的标准字体，又叫合成文字或商标文字。

饰框、底纹：美化版面、衬托主题。

（2）属于方案的构成要素。

公司名：包括公司中英文全名与营业项目。

标语：表现企业风格的完整短句。

人名：名片持有人的中英文职称、姓名。

联络资料：中英文地址、电话、移动电话、传真号码。

业务领域：包括主营与兼营项目。

（3）其他相关要素。

色彩（色相、明度、彩度的搭配）。

编排（文字、图案的整体排列）。

9.3 名片的设计

名片作为一个人、一种职业的独立媒体，在设计上要讲究其艺术性。但它同艺术作品有明显的区别，它不像其他艺术作品那样具有很高的审美价值，可以去欣赏。它在大多情况下不会引起人的专注和追求，而是便于记忆，具有更强的识别性，让人在最短的时间内获得所需要的情报。因此名片设计必须做到文字简明扼要，字体层次分明，强调设计意识，艺术风格要新颖，如图 9-4 和图 9-5 所示。

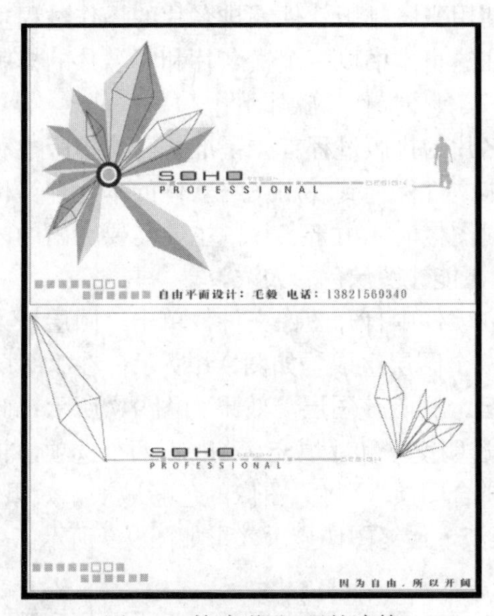

图 9-4　简洁明了，目的清楚

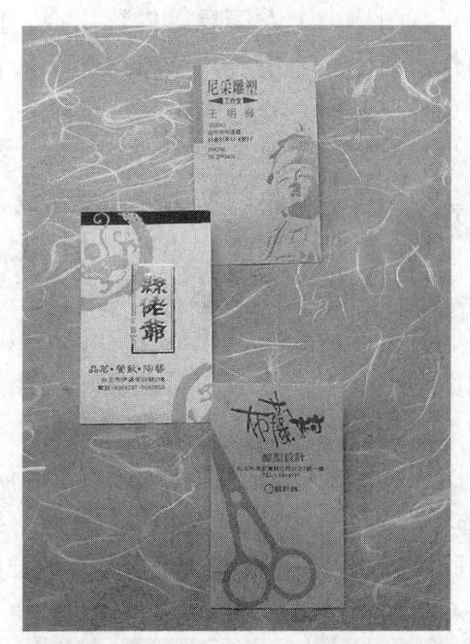

图 9-5　艺术风格新颖，字体使用讲究

名片设计的程序如下。

1. 名片设计之前首先做到三个方面的了解

（1）了解名片持有者的身份、职业。

（2）了解名片持有者的单位及其单位的性质、职能。

（3）了解名片持有者及单位的业务范畴。

2. 独特的构思

所谓构思是指设计者在设计名片之前的整体思考。一张名片的构思主要从以下几个方面考虑：使用人的身份及工作性质，工作单位性质，名片持有人的个人意见及单位意见，制作的技术问题，最后是整个画面的艺术构成。名片设计的完成是以艺术构成的方式形成画面，所以名片的艺术构思就显得尤为重要。

独特的构思来源于对设计的合理定位，来源于对名片的持有者及单位的全面了解。一个好的名片构思经得起以下几个方面的考核：

（1）是否具有视觉冲击力和可识别性。

（2）是否具有媒介主体的工作性质和身份。

（3）是否别致、独特。

（4）是否符合持有人的业务特性。

3. 设计定位

依据对前三个方面的了解确定名片的设计构思，确定构图、字体、色彩等。

9.4 名片版面编排实例

由于名片的组成元素相对要少，因此，名片的版面编排相对要简单得多。名片一般主要由底图、一些图标、个人信息等内容组成。使用飞腾排版软件编排名片的操作过程主要是进行拼版操作，以便于输出胶片或输出印版。在这里本书以一个横名片和竖名片的排版及拼版为例简单介绍一下有关名片的基本操作方法，其具体操作步骤如下：

（1）与其他种类的对象制作方法一样，名片的排版过程首先是准备名片排版中所需要的相关图文数据文件，并将图像文件和文字文本文件保存到使用飞腾软件的本地计算机中，以供排版时调用。在准备用于名片排版中的底衬图像时，由于名片中主要需要突出的内容、人名和联系方式，因此，底衬图像应该淡一点，不能让图像色彩太浓。

调整底衬图像的操作过程。在 Photoshop 软件中打开图像文件，单击“图层”菜单中使用“复制图层”命令，此时打开的图像就由两个图层组成，如图 9-6 所示；在“图层”面板中，选中原来的背景图层，通过单击鼠标右键，删除该图层，效果如图 9-7 所示；此时，在保留的新图层图像的“图层”，将显示出“不透明度”和“填充（fill）”两个选项，将“填充（fill）”选项的值由 100% 改为 40%，然后“拼合图层”，将原图像的色彩减淡，效果如图 9-8 所示；相同的方法，将竖幅名片的图像色彩减淡，最终图像显示效果如图 9-9 所示。

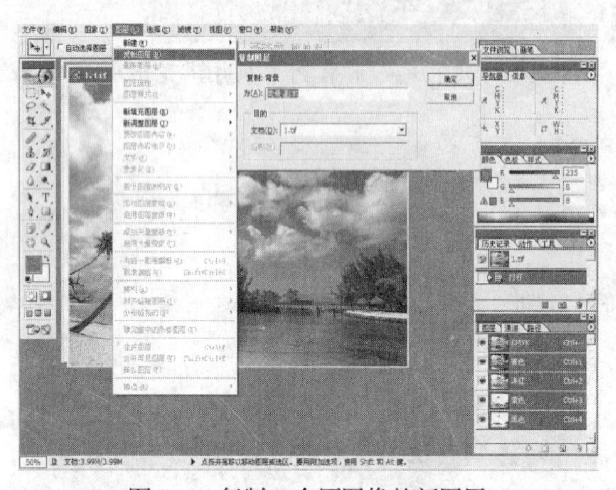

图 9-6　复制一个原图像的新图层

图 9-7　删除了原图像图层

图 9-8　将原图像的色彩减淡

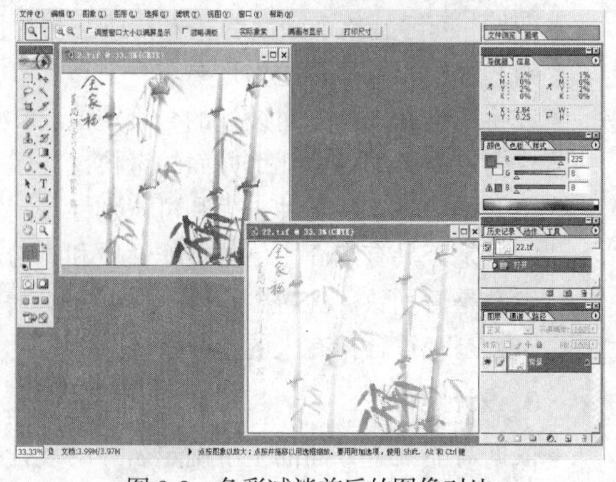

图 9-9　色彩减淡前后的图像对比

（2）打开飞腾软件，建立一个版心文件。在建立版心文件时，应该根据名片排版的版面拼接要求，设置好版心大小，可直接以厘米或毫米为单位确定月历的版心大小，也可以以能够满足输出设备的最大版心为准建一个版心，可以不设置版心中的主字体号、行距等排版属性，在此以一个最大幅面的四开版心为例，介绍如何在该排版区域拼排名片版版面，其操作窗口如图 9-10 所示。

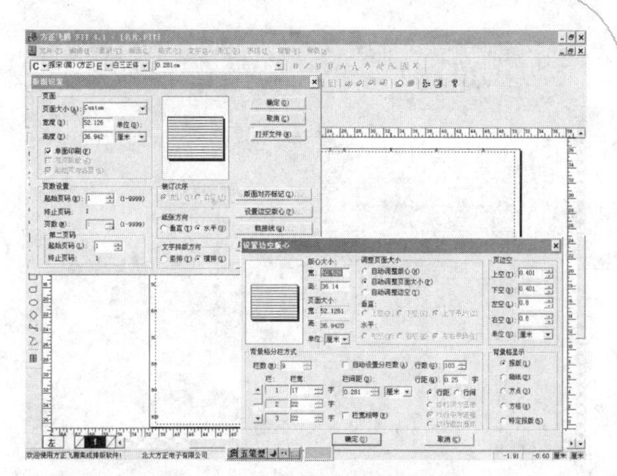

图 9-10　名片版心大小的设置

（3）名版的制作过程中，对其尺寸大小的确定是有要求的。对于横名片其长宽一般为 90mm×55mm；对于竖名片其宽高一般为 50mm×90mm。在如图 9-11 所示已制作好的名片中，在排版时，激活“矩形工具”，绘制两个矩形框，设置一个矩形框的长宽为 90mm×55mm，用于横名片的制作，另一个矩形框的宽高为 50mm×90mm，用于竖名片的制作，并将这两个矩形框的属性设置为“裁剪路径”，其操作方法如图 9-12 所示。

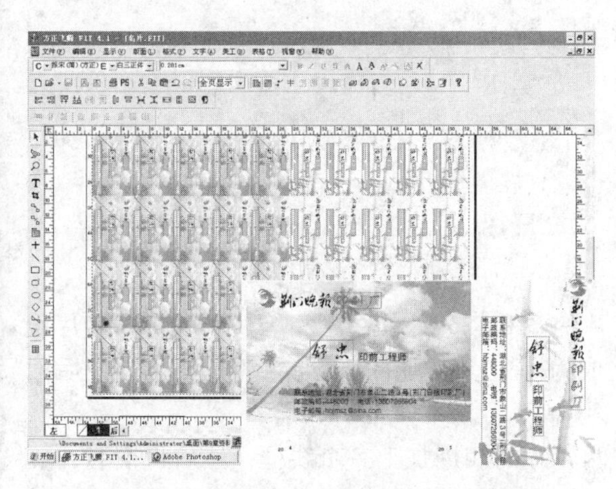

图 9-11　已制作好并完成拼版的名片版面

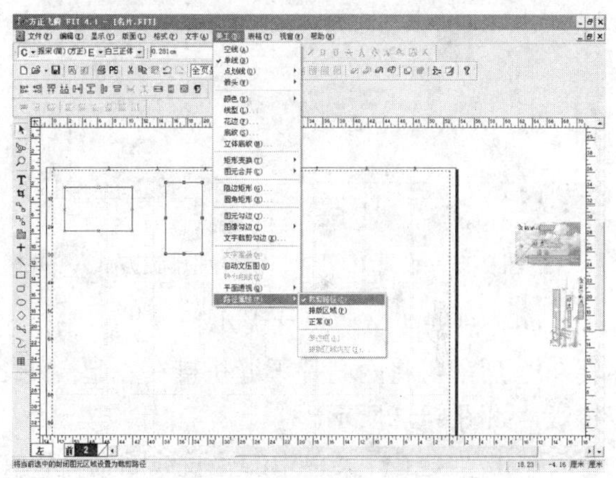

图 9-12　将矩形框的属性设置为“裁剪路径”

（4）单击“排入图像”命令，将两张底衬图像排入飞腾文件中，调整图像大小至合适尺寸；将设置为“裁剪路径”的两个矩形框，分别压在两张底衬图像中的合适位置上，如图 9-13 所示；分别同时选中每组一个矩形框和一个底衬图像，单击“版面”菜单中的“块合并”命令，然后单击“美工”菜单中的“空线”命令将图像中的边框去掉，此时，就可以在不对图像进行变形操作的情况下，将底衬图像的尺寸大小调整为名片的尺寸大小了，如图 9-14 所示。

（5）输入置于底衬图像所需要的文字，根据排版方式设置好字体和字号，如图 9-15 所示；单击“排入图像”命令将需要排入图像的各种标志排入飞腾文件中，将文字和各种标志移动至底衬图像中相应的位置中，再对每个制作好的名版使用一次“块合并”操作，使之成为一个整体，以方便后面的拼版操作，如图 9-16 所示。

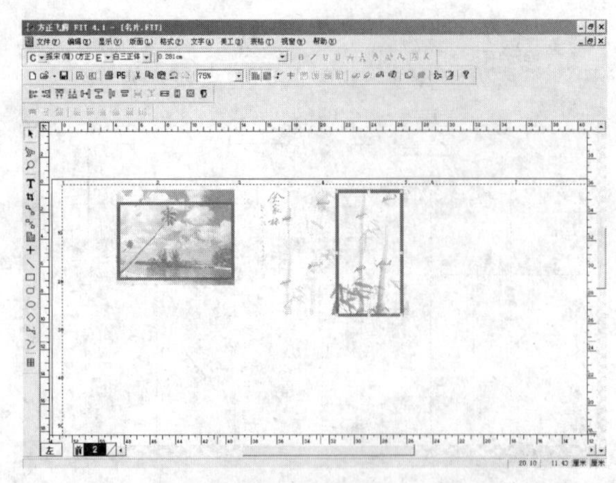

图 9-13　将矩形框压在底衬图像中的有效区域上

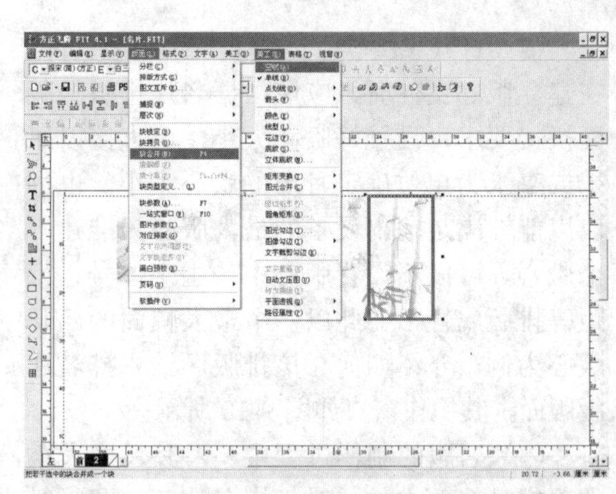

图 9-14　将尺寸大小调整为名片的尺寸大小

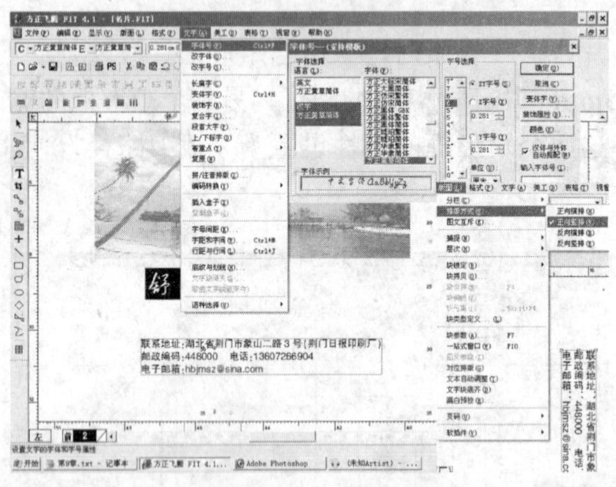

图 9-15　设置好字体、字号和排版方式

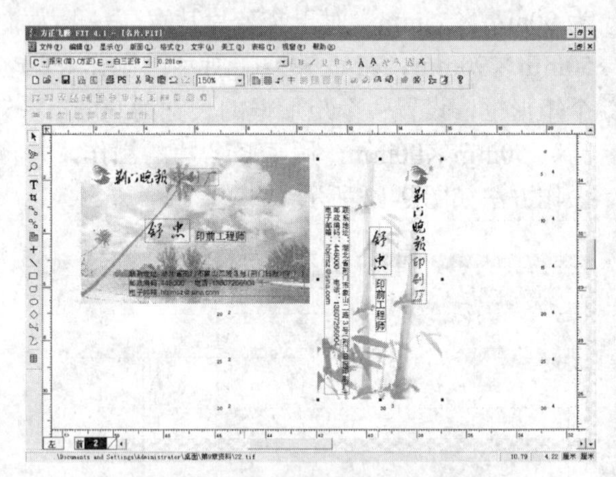

图 9-16　两个已制作好的单个名片

（6）根据两名片尺寸大小特点，由于横名片的宽和竖名片的高度相等，可以将横名片旋转 90° 后，再将两名片无缝拼接在一起，使之成为一个有规则的（矩形）整体，以方便后面拼版，如图 9-17 所示。

单击“美工”菜单中的“直线”命令，在两名片的四周加上一个线框；然后将横名片旋转 90° ，如图 9-18 所示；调整两名片位置，如图 9-19 所示，单击“块合并”命令，使之成

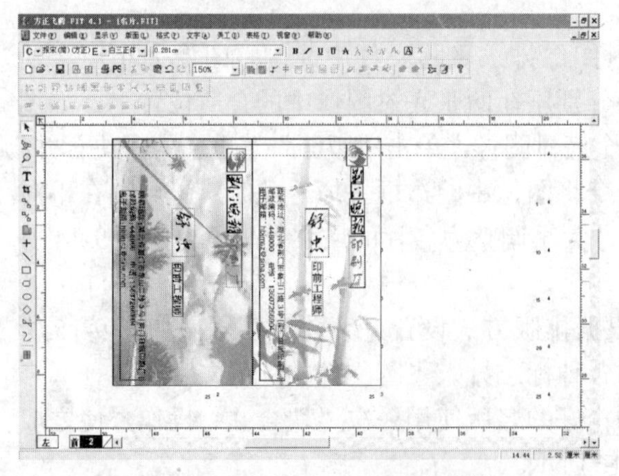

图 9-17　将横名片旋转 90° 后两张名片拼在一起

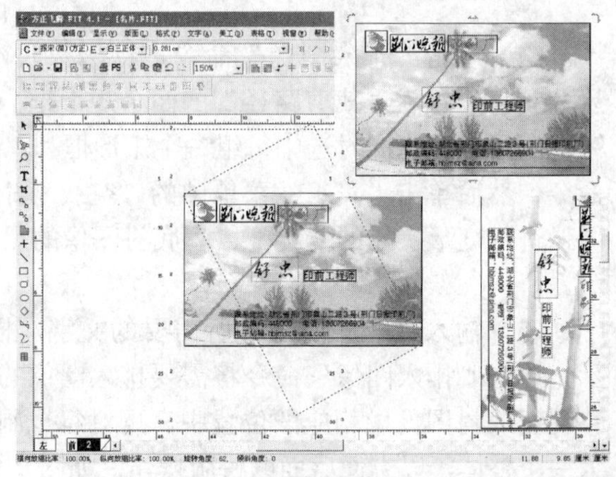

图 9-18　图像旋转操作

为一个整体；然后选中该合并块，单击 Ctrl+C、Ctrl+V 键，则将复制的合并块粘贴到了原合并块的位置上，并置于原合并块的上层，按住“Shlft”键横向移动复制的合并块，效果如图 9-20 所示。

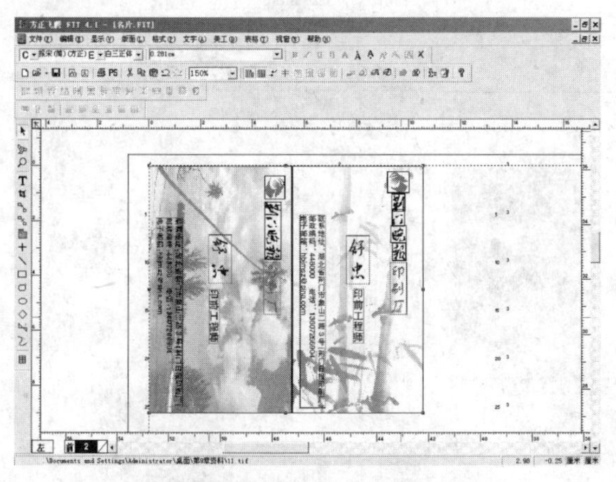

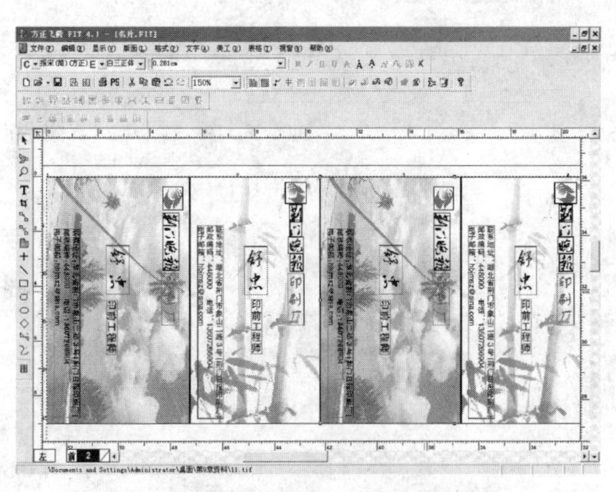

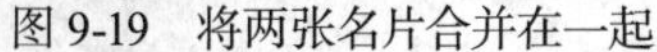

图 9-19　将两张名片合并在一起

图 9-20　复制一个合并块

使用相同的操作方法，一直在排版版心，制作一排同样的两名片合并块，效果如图 9-21 所示；再将这一排名片合并在一起，通过使用“复制”和“粘贴”命令，制作出第二排名片，直至最后一排名片，如图 9-22 所示为拼好的名片版面。在拼好大版后，同时选中所有的名片，将其边框线去掉，即可完成整个名版的制作与拼大版操作过程。

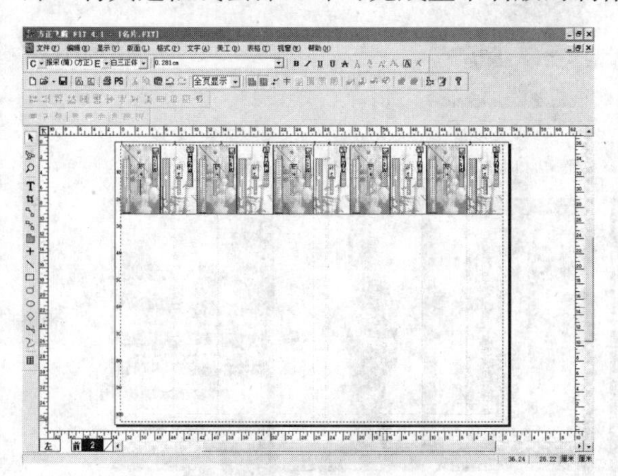

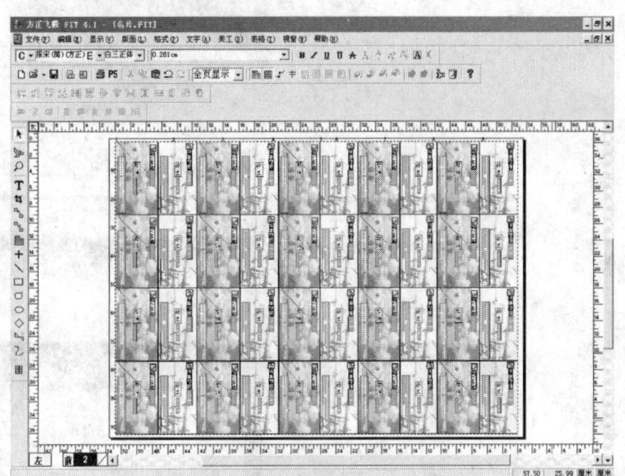

图 9-21　拼好的一排名片

图 9-22　拼好的名片版面

9.5 名片版面编排集锦

图 9-23　突出企业标志

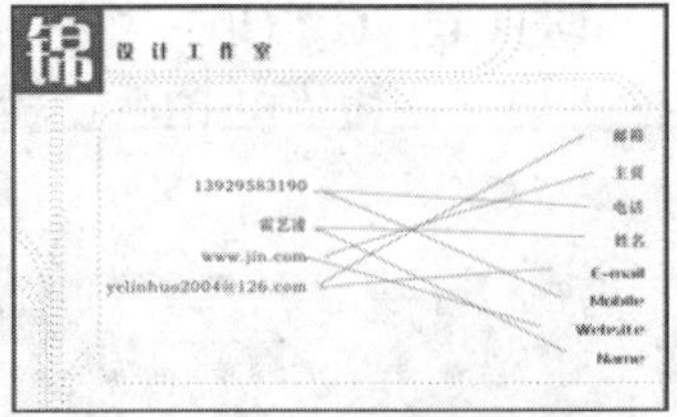

图 9-24 强调点、线、面的运用

图 9-25 折叠式名片含蓄不俗

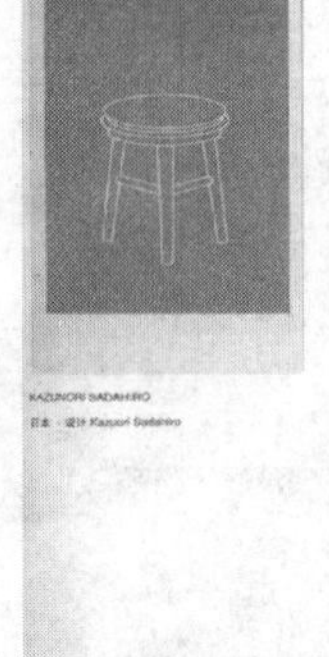

图 9-26 讲究纸张与纹理的使用

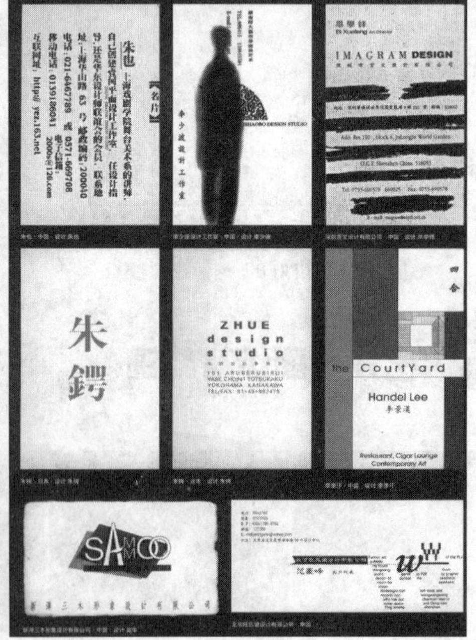

图 9-27 突破传统、展现个性化

图 9-28　突出文字表现

9.6 本章练习

（1）了解名片排版的特点，如何确定名片排版的版心尺寸。

（2）简述单个名片在飞腾中进行拼大版的操作步骤。

（3）制作题。

题目：名片。

完成稿：名片完成稿如图 9-29 所示。

图 9-29　名片完成稿

第 10 章

打印和发排

打印和发排是排版中的最后一步操作，在这一步操作中，应该特别注意到一些关键参数的设置。

10.1 文件的打印

在飞腾排版软件中直接打印文件，首先必须安装打印机及打印机驱动程序。

本章将以使用文杰 A 5000 激光打印机为例，介绍有关打印机驱动程序的使用方法。

10.1.1 激光打印机驱动程序的使用

文杰 A 5000 激光打印机驱动程序，用于对激光打印机进行相关参数的设置，该程序允许应用程序与打印机通信并打印文档。

文杰打印机驱动程序提供了四种打印机属性对话框：纸张、图形、水印和高级，在 Windows 操作系统中还提供了其他可能的属性对话框，如常规、详细资料、共享和捕获设置等。打印机属性对话框是否可用取决于打印配置。如果需要对打印机的打印属性进行更改，在更改完成后，可以单击“应用”按钮或“确定”按钮保存更改后的设置。如图 10-1 所示为激光打印机的输出参数设置窗口。

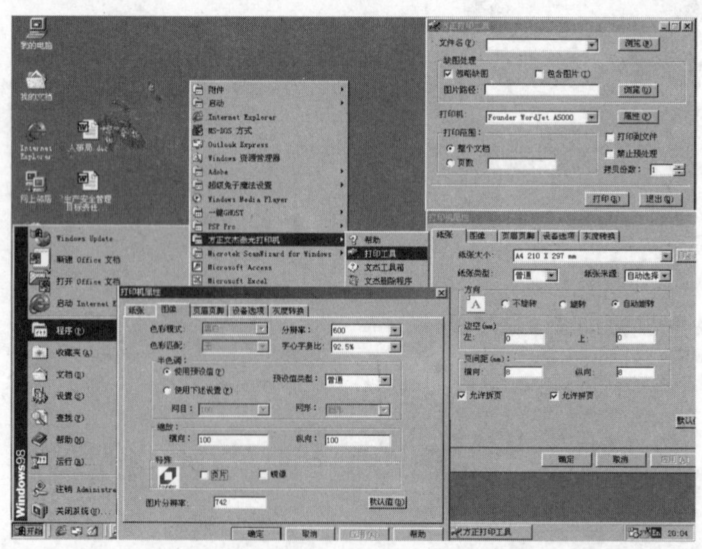

图 10-1　激光打印机的输出参数设置窗口

1. 使用文杰打印机驱动程序直接进行打印输出的方法

文杰打印机驱动程序的主要功能是允许操作员根据不同的规格打印文档。在报纸的版面输出中，有时根据需要可以在使用的排版软件或图像处理软件中直接对文件进行输出，在此时进行的输出操作，就不需要使用 PSPPro 输出软件来完成输出操作。

使用文杰打印机驱动程序直接打印输出文件的操作方法是：在应用程序中打开需要打印的文件，然后单击“文件”菜单中的“打印”命令，在对话框中选定打印机类型；根据需要更改基本的打印选项，如份数和页面范围等，当应用程序的“打印”对话框中的打印选项可用时，就可以对其进行设置；单击打印机属性对话框并更改驱动程序打印设置，大多数应用程序在“打印”对话框中提供了“属性”、“选项”或“打印机”等按钮可以设置打印机的属性；当相应的打印参数设置好后，单击“确定”按钮即可。如图 10-2 所示为在飞腾排版软件中，直接对报纸版面进行打印时的相关参数设置。

2. 更改打印设置的方法

如果要更改打印的设置，单击“文件”菜单中的“打印”命令或者是“打印设置”命令进行操作，也可以使用“打印机”文件夹中的“属性”命令进行操作。在操作中，更改打印设置的选项主要包括：纸张选项、图形选项、水印选项和高级选项等，如图 10-3 所示。

图 10-2　在飞腾排版软件中对报纸版面进行打印参数设置

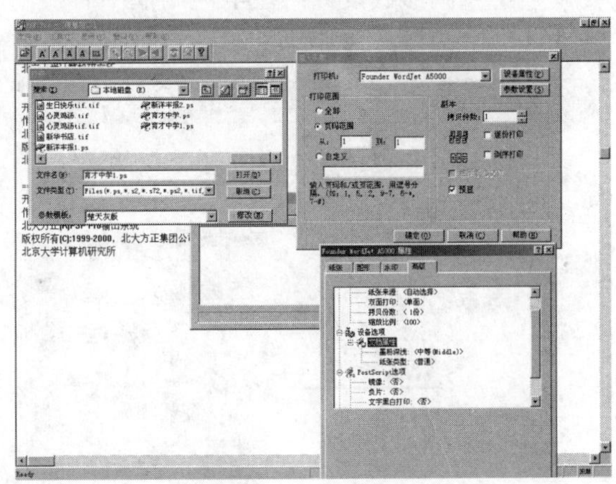

图 10-3　打印参数设置

更改当前输出文件打印设置的操作方法是：单击“文件”菜单中的“打印”命令或者是“打印设置”命令，并单击显示打印机属性对话框的按钮；然后选定打印机类型，选定想要的文档打印属性；最后单击“确定”按钮即可，如图 10-3 所示。

更改发送到打印机的输出文件设置的操作方法是：单击“开始”菜单中运行“文件”菜单下的“打印机”命令，然后在所需的打印机上单击鼠标右键，选择“属性”选项，并选定想要的打印属性；最后单击“确定”应用设置，如图 10-3 所示。

（1）设置纸张选项的操作方法。

文杰打印机驱动程序中的“纸张”属性用于指定纸张打印选项。设置纸张选项的操作方法是：首先在打印机属性对话框中单击“纸张”标签按钮，然后根据需要调整“纸张大小”、“方向”选项的值，如果要指定自定义纸张大小，可以查看自定义纸张设置；通过“页面布局”选项可以指定在一个物理纸张缩印多个逻辑页面，如果要在缩印多页时打印页边框，请选中“打印页边框”检取框；最后单击“确定”按钮保存设置，如图 10-4 所示。

自定义纸张的操作方法是：首先在“纸张”属性对话框中，纸张大小列表的末尾选中并单击“用户自定义纸张”，进入“自定义纸张设置”对话框；然后在“自定义纸张尺寸”选项中，“宽度”和“高度”框中输入纸张尺寸即可。

自定义单位的操作方法是：在“单位”框中单击“英寸”、“毫米”或“磅”作为纸张宽度和高度的度量单位即可。

指定页边距的操作方法是：在“纸张”属性对话框中选择“用户自定义纸张”，进入“自定义纸张设置”对话框；然后输入相应纸张边缘的非打印区域范围的单位数，以指定上、下、左、右的页边距（也可以单击滚动箭头以选定新的设置）；在输入了所有尺寸后，单击“确定”按钮即可。

（2）设置图形选项的操作方法。

在文杰打印机驱动程序中，设置图形选项主要包括：设置打印机分辨率和半色调选项（就是挂网参数选项）。通过使用“图形”属性对话框就可以设置打印机的分辨率和半色调参数。打印分辨率以每英寸点数（dpi）为单位。分辨率越高，打印输出的质量越好，但打印文件的时间也越长。半色调用于指定每英寸的行数（刷新频率）和用于半色调屏幕的图案，在打印照片或精美图像，或者使用特殊介质在特定设备上输出（比如使用胶片在照排机上输出）时，需要调整半色调参数设置；在半色调框中有“使用打印机预设值”和“使用下述设置”两组互斥的选项可供选择，多数情况下最好使用打印机预设值作为半色调参数值，如图 10-5 所示。

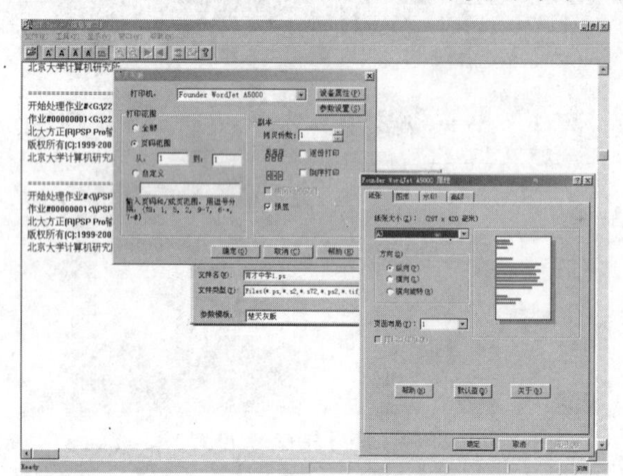

图 10-4　设置“纸张”属性

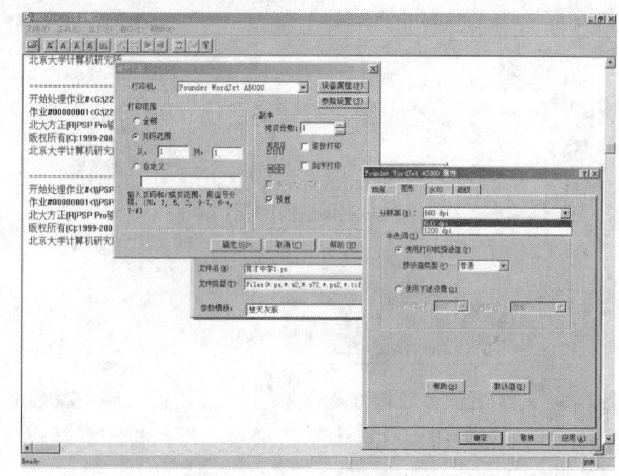

图 10-5　设置图形选

指定打印机分辨率的操作方法是：在“开始”菜单中运行“文件”菜单下的“打印机”命令，然后在所需的打印机上单击鼠标右键，并选择“属性”选项，单击“图形”标签按钮；如果要更改打印机的分辨率，可以在“分辨率”菜单中选择所需的数值，此菜单仅显示所选定打印机的有效分辨率的数值；最后单击“确认”按钮即可。

由于不同打印机的机心和硒鼓特性不同，每种型号的打印机都有自己的颜色输出曲线，为了达到最佳输出效果，文杰打印机针对特定网频和网型调整出了三条最佳补偿曲线，这种特定网频、网型和相应的曲线便组成了一种预定义的半色调类型，这三种类型分别为：“草稿”、“普通”和“精细”。在操作中，可以在“预设值类型”组合框中选择这三种类型中的某一种。其中，选中“草稿”选项时，输出质量稍差，但是输出速度较快；选中“普通”选项时，适合于绝大部分页面输出，效果较好；选中“精细”选项时，如果图像本身比较细腻，选择该选项可以取得更好的输出效果；在对报纸版面输出大样时，为了加快输出速度，可以选择“普通”选项；如果要在大样上观察图像的效果则应选择“精细”选项。

当选择了“使用下述设置”选项设置半色调参数值时，则可以对打印机预设值进行相应的修改。

（3）设置水印选项的操作方法。

在文杰打印机驱动程序中，除了打印应用程序提供的“水印”特性以外，文杰打印机驱动程序的“水印”特性同样允许在文件的首页或每一页打印水印文本。在“打印机”文件夹可以查看和更改所有水印选项，通过使用“新建”和“编辑”选项可以定义水印，在“新水印”和“编辑水印”对话框中指定的水印定义可用于所有打印机及文档，在“水印”属性对话框中所做的选定仅适用于当前文件，如图 10-6 所示。

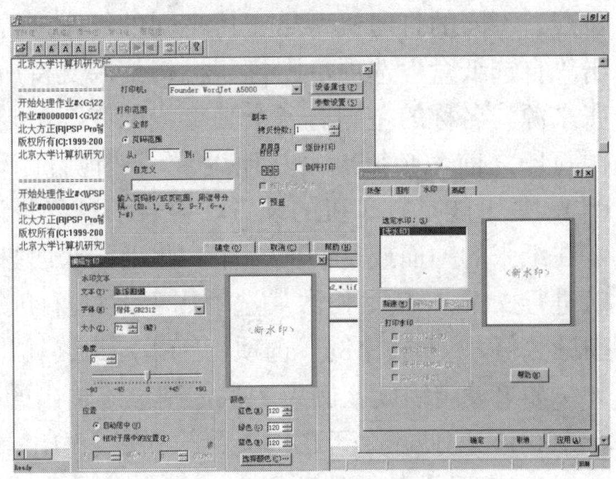

图 10-6　设置水印选项

创建新水印的操作方法是：在打印机属性对话框中单击“水印”标签按钮，然后单击“新建”按钮；指定水印的文本、字体、大小和样式，在右上角的预览框中显示打印出的指定水印的页面效果；通过将游标箭头拖动到所需的程度，可以在“角度”框游标上指定水印角度；在“位置”框中可以指定驱动程序打印相对于页面居中的水印的位置，操作时可以指示驱动程序使水印自动居中，或者指定相对于居中页面的 x 轴和 y 轴的数值；在“颜色”框中可以指定驱动程序打印水印的颜色，如果已经知道想要使用的颜色精确的 RGB 值，则可以在“红色”、“绿色”和“蓝色”域中输入数值，如果不知道 RGB 值，则可以单击“选择颜色”选项，就会显示一个标准的“颜色”对话框，在该对话框中可以查看并选定颜色；当以上参数值设置完成后，单击“确定”按钮即可。

编辑现有水印的操作方法是：在打印机属性对话框中单击“水印”标签按钮，然后在“水印”属性对话框的“选定水印”框中选择一种水印，并单击“编辑”选项，就可以开始设置新的属性，在设置完成后，单击“确定”按钮即可。

删除水印的操作方法是：在“水印”属性对话框的“选定水印”框中选择要删除的水印，并单击“删除”选项，然后在“删除水印”对话框中单击“确定”按钮即可。

指定文件水印的操作方法是：打开要为其指定水印的文件，采取必要的步骤打开打印机属性对话框，单击“水印”标签按钮；然后在“选定水印”框中单击所需的水印名称，在“打印水印”框中决定如何打印水印；设置完成后，单击“确定”按钮即可。

（4）高级选项设置的操作方法。

在文杰打印机驱动程序中，高级选项设置是一些平时不经常使用的功能的设置，它包括五个部分的内容：“纸张 / 输出”选项、“设备”选项、“PostScript”选项、“字体”选项、“页眉页脚”选项和“特殊”选项，如图 10-7 所示。

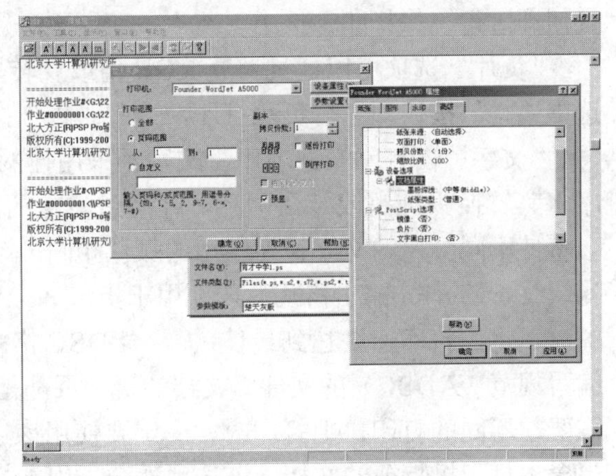

图 10-7　高级选项设置

1）在“纸张/输出”选项中，可以通过“纸张来源”、“双面打印”、“拷贝份数”和“缩放比例”等选项进行相应的参数设置。其中，“纸张来源”选项用于指定纸张在打印机所处的位置，不同的打印机型号支持不同的纸张来源，通过打开菜单，然后单击纸张来源；如果单击“自选纸盒”选项，则打印机将使用支持所选纸张大小的纸盒；在操作中，如果看到“纸张来源”名称的左侧有一个画直线的红圈，则可以选择这种纸张来源，但在使用这种纸张来源打印之前，必须更改其他设置，其他打印设置可能在这个对话框中（诸如纸张来源设置等），也可能是打印机的设置，警告信息将告诉该设置在什么地方。“双面打印”选项用于指定在纸张的一面或是两面打印，此处的双面打印是通过软件方式实现的，需要操作员在打印时进行操作。“拷贝份数”选项用于设置打印份数，操作时可以键入或单击滚动箭头选定一个新的数值。“缩放比例”选项用于指定最终输出的页面与应用程序生成的页面之间的比例，比如，如果设定缩放比例为25%，则最终输出的页面大小为原页面的1/4；如果设定缩放比例大于100%，即便在大于逻辑页面的纸张上输出，超出页面的部分也会被裁掉。

2）在“设备”选项中有一个文档属性项，这个选项提供了每个打印机自身的一系列特征，选项的具体内容依赖于打印机的型号，而且在将来的版本中这个选项的内容也是可以变化的。其中，通用的选项只有“墨粉深浅”选项。“墨粉深浅”选项可以通过设置墨粉深浅度来控制打印浓度，打印浓度可调范围为五种跨度：最浅、较浅、中等、较深和最深，在打印输出时可以根据需要调节浓度大小，对于报纸版面大样的输出可以选择“最浅”选项。

3）在“PostScript”选项中，包括“镜像”、“负片”、“文字黑白打印”、“PostScript输出格式”、“速度优化”、“符合DSC格式”和“归档格式”等选项的参数设置。其中“PostScript”选项是一个非常重要的选项，它不仅可用于文件的打印输出，而且可以用于对文件格式的转化。“PostScript”选项在用于文件格式转化时，可以将其他一些不包含PostScript功能的软件所生成的排版文件转化为PS文件，直接用于激光照排机的输出或用于其他排版软件的排版，就相当于飞腾排版软件中的发排功能；例如，在使用Word软件制作表格时，该软件所生成的是doc文件根本不能在飞腾排版软件中进行排版，此时，就可以使用“PostScript”选项将其打印为PS文件，在飞腾排版软件安装了PS插件后，就可以将PS文件排入到报纸版面中；要实现这一操作的前提是，在安装了Word软件的计算机上必须同时安装文杰打印机驱动程序。

“镜像”选项可以通过反转水平坐标来打印文本及图像的镜像，单击此项后，选中“是”按钮即进行镜像打印，选中“否”按钮即不进行镜像打印。

“负片”选项可以通过补充RGB值或反转黑白色来打印文本及图像的负片，单击此项后，选中“是”按钮即进行负片打印，选中“否”按钮即不进行负片打印。

“文字黑白打印”选项用于文字不采用挂网的方式输出，也就是在遇到彩色文字时驱动程序将其转换为纯黑或纯白两色，在超过一定的阈值时转换为黑色，否则为白色。该选项可能会将使不同颜色的文字最终输出的颜色相同。

“PostScript输出格式”选项用于指定PostScript文件的输出格式；“速度优化”选项在选中时，将使打印速度达到最佳；“符合DSC格式”选项被选中后，可以创建符合Adobe文档编写规范（ADSC）的文件，文档的每一页都是完全的自包含对象，在创建PostScript文件并需要在不同的打印机上打印时，一定要使用该选项；“归档格式”选项被选中后，可以创建不包含本打印机特征的文档，该选项适合于用本打印机驱动生成PS文件，然后送到不同的输出设备上输出。

作为PostScript打印机，文杰驱动程序提供了很多精确控制字体输出的选项，文杰打印机内置52种中文字体，但并非所有字体都可以使用，这依赖于安装时的选择。在“字体”选项中，如果要用TrueType字体打印文本，可以让文杰打印机驱动程序以质量最好的PostScript字体替换文档中所使用的TrueType字体，这样可以产生快速、高质量的输出效果；在高分辨率情况下的PostScript字体，字体的优势更加明显，在特殊情况下，也可以选择将TrueType字体发送到打印机，这会导致慢速和稍差的输出质量，但输出的字体与排版中的字体完全一致，而且在某些TrueType字体无对应的PostScript字体时驱动会自动下载该字体。

文杰打印机驱动程序可以用任何可用的PostScript字体替换文档中的TrueType字体。在操作中，可以让驱动程序自动选择最好的PostScript字体，或者操作员自己可以选择要替换的字体。PostScript打印机中可用的PostScript字体包括安装在主机硬盘上的字体和使用ATM（Adobe类型管理程序）安装的所有Type 1字体。使用“字体替换表”选项选定一种PostScript字体就可以替换TrueType字体，“字体替换表”为大多数PostScript打印机中永久安装的52种PostScript字体提供了最有用的替用字体。在使用PostScript字体替换TrueType字体时，打印出的字符看起来可能与计算机屏幕上的字符不是十分相似，但是线条长度并未改变；如果不用PostScript字体替换TrueType字体，则必须指定字体的特殊格式。

使用文杰打印机驱动程序自动选择PostScript字体的操作方法是：首先在“开始”菜单中运行“文件”菜单下的“打印机”命令，然后在所需的打印机上单击鼠标右键，并选择“属性”选项，单击“高级”标签按钮；在“字体”的“字体替换表”中，可以选中“使用字体替换表”选项让驱动程序在用PostScript字体替换TrueType字体（或者从“TrueType字体”对话框中选定下载方式），该选项一般可为常用的Windows字体提供最佳的匹配字体；如果不选中“使用字体替换表”选项则让驱动程序在打印字体时使用“TrueType字体”选定下载形式，而不是“字体替换表”，此时使屏幕上的字体与打印出的文档中的字体最为接近，但可能会降低打印速度；在完成设置后单击“应用”或“确定”按钮即可。

将选定的PostScript字体应用于TrueType字体的操作方法是：首先在“开始”菜单中运行“文件”菜单下的“打印机”命令，然后在所需的打印机上单击鼠标右键，并选择“属性”选项，单击“高级”标签按钮；在“字体”的“字体替换表”中，单击“编辑字体替换表”按钮，并选定一种TrueType字体；接下来从“打印机字体”菜单中选定一种打印机字体，单击“确定”按钮返回到“字体”属性对话框，如果要还原默认的PostScript字体的替用字体，则可选择“还原为默认值”选项；在完成设置后单击“是”按钮，最后单击“确定”按钮即可。

在计算机和打印机中存在同一名称的字体时，如果要使用系统TrueType字体取代PostScript字体，则可选择“TrueType和PS同名时优先选择TrueType”对话框，在选择发送字体的格式时需要考虑性能、可移植性以及印刷质量等方面的因素。发送TrueType字体的操作方法是：首先在“开始”菜单中运行“文件”菜单下的“打印机”命令，然后在所需的打印机上单击鼠标右键，并选择“属性”选项，单击“高级”标签按钮，选择“字体”选项，再单击“TrueType字体”选项；接下来选择将TrueType字体发送到文档中的格式，如果要将TrueType字体发送为可缩放外观，可以选择“下载为轮廓” 选项，驱动程序用TrueType字符外观创建PostScript Type 1字体，“下载为轮廓”选项适用于高分辨率打印机和使用10点或

10 点以上大小的文档，该选项提供压缩方法，对装饰性很强的字体可能不是最佳选择；如果要将 TrueType 字体发送为位图，则可选择“下载为位图”选项，驱动程序用 TrueType 字符外观创建位图的 PostScript Type 3 字体，“下载为位图”选项适用于低分辨率打印机和使用较小点值的文档，如果需要打印为 PS 文件，则不要选择该选项；在完成设置后单击“确定”按钮即可。

4）“页眉页脚”选项用于添加和修改文件的页眉页脚。方正文杰激光打印机具有不必依赖应用程序，自行为文档设置页眉页脚及打印边界功能，但在选择默认值时没有此项设置。在“页眉页脚”选项的设置中包括：插入文件名、页码、时间和日期等内容；另外，页眉页脚的放置有“左对齐”、“右对齐”和“居中对齐”三种对齐方式可供选择。

添加页眉页脚的操作方法是：首先在“开始”菜单中运行“文件”菜单下的“打印机”命令，然后在所需的打印机上单击鼠标右键，并选择“属性”选项，单击“高级”标签按钮；接下来单击“页眉页脚”选项，使其前的“＋”变为“－”，展开页眉页脚设置；如果要添加页眉，则单击“页眉”选项，使其前的“＋”变为“－”，展开页眉设置，如果要添加页脚，则单击“页脚”选项，使其前的“＋”变为“－”，展开页脚设置；再单击“页眉标记”选项，使高级属性页的下部分变成页眉标记，此时每个可选择的标记，即文件名、页码、当前时间和当前日期都以检取框的形式出现，如果要设置某个选项，可单击相应的选取框；接下来单击“对齐方式”选项，使高级属性页的下部分变成对齐方式，系统默认的对齐方式为“左对齐”，如果需要选择其他方式，可以选择所需的选项；在完成设置后单击“确定”按钮即可。

5）在“特殊”选项中提供一些特殊控制，其主要选项是“纠偏”选项，该选项主要用在使用激光打印机输出胶片的印刷领域用户，这些用户要求严格的纸张对齐，而办公应用则不必考虑该选项。在“纠偏”选项中又包括“变形纠偏”和“旋转纠偏”两个选项。其中，“变形纠偏”选项用于对由于激光器的回扫使得着墨过程带来一些误差而产生某些变形的修正；“旋转纠偏”选项用于对由于打印机引擎的进纸结构采用单进纸压轮而使得最终的打印结果出现类似旋转偏差的修正。

3. 设置打印机特性的方法

在操作中，如果要调整打印机和可安装的特性，可以使用“高级”属性对话框完成。调整打印机特性的操作方法是：在“开始”菜单中运行“文件”菜单下的“打印机”命令，然后在所需的打印机上单击鼠标右键，并选择“属性”选项；接下来单击“高级”标签按钮，在“设备选项”项中单击想要更改其数值的特性的名称，然后单击下面对话框上的新值；最后单击“确定”按钮即可。

10.1.2 文件打印的操作方法

打印设置的操作方法是：首先运行“文件”菜单中的“打印设置”命令，将弹出“打印设置”对话框；在该对话框中的“打印机名称”列表中选择一种打印机，并确定纸张大小与方向；如果有必要，可以按下“属性”按钮，在弹出的“打印机属性”对话框中还可做更细致的设置。

打印文件的操作方法是：首先运行“文件”菜单中的“打印”命令，将弹出“打印选项”对话框，在该对话框中对“打印选项”中的各个选项进行设置，当设置完成后，单击“确定”按钮即可。

其中，“打印选项”中主要包括：“忽略空页”、“打印前预显”、“局部打印”、“打印比例”、“输出裁接线”、“双页打印”、“拆页打印”和“版面对齐标记”等选项的参数设置。

（1）“忽略空页”选项用于设置文件内空白页不打印。

（2）“打印前预显”选项用于在打印前模拟显示打印的结果，如果选用PS打印机则此选项不起作用。

（3）“局部打印”选项用于在编辑框中输入要打印页的页码，输入的页码之间应该用逗号隔开（如1，2，3），也可以用“－”号（如1－20）指定打印页的范围。

（4）“打印比例”选项用于指定页面在打印时放大、缩小的比例。

（5）“输出裁接线”选项用于打印文件中所设置的裁接线。

（6）“双页打印”选项用于把双页打印在一张纸上，比如：一个文件总页数为8页，则第1、8页打印在一张纸上，第2、7页打印在一张纸上，然后依此类推。

（7）“拆页打印”选项用于将需要打印的文件按照输出纸张的大小将版面自动拆为若干页。

（8）“版面对齐标记”选项用于设置版面对齐标记的形状和位置。设置版面对齐标记的操作方法是：首先单击“版面对齐标记”按钮，将弹出“对齐标记”对话框；在该对话框中选中“加对齐标记”复选框，在“标记类型”选项内列出了“方形”、“圆形”、“十字形”和“T形”四种对齐标记，可以根据需要选择其中的一种或几种；在“线宽”编辑框中输入对齐标记的线宽，此数值必须大于0；选中“存入INI”选项则有关对齐标记的信息被保存在INI文件中，作为今后的默认设置；当以上设置完成后，单击“确定”按钮即可。

10.2 文件的发排

飞腾的发排主要用于对所制作的印刷版面进行最终的输出，如使用激光照排机输出胶片或使用直接制版系统输出印版。通过飞腾发排的PS或EPS文件主要用于RIP输出软件对其进行输出，只有通过发排后的PS或EPS文件才能被RIP识别，通过飞腾中的打印功能是根本不可能启动RIP软件和输出设备的，因此，发排是飞腾软件应用于印刷过程中必不可少的步骤。以下本章以一个报纸版面的发排为例，简要介绍一下有关发排的基本操作方法。

在飞腾中有两种发排方式：一种是发排为PS文件，另一种是发排为EPS文件。这两种方式可以通过在“文件”菜单中运行“发排”和“部分发排”命令完成，如图10-8所示。

1. 文件发排的操作方法

飞腾文件可以通过执行发排命令生成PS文件，进而使用方正或其他厂家的RIP软件，在激光印字机或照排机上输出纸样或胶片，还可以通过RIP软件在CTP设备上直接输出印版。

生成PS文件的操作方法是：单击“文件”菜单中的“发排”命令，将弹出“发排”对话框；在该对话框的“文件名”编辑框中输入要生成的PS文件的名称，在“保存在”编辑框中选择保存该PS文件的文件夹；当设置完成后，单击“保存”按钮即可。

其中，发排的选项参数设置包括：“版面对齐标记”、“设置PPD”、“局部发排”、“分色输出”、“输出裁接线”、“拼版输出”、“忽略空页”、“输出OK文档”、“OPI选项”、“包含OPI”、“转成748码”、“忽略图片数据”、“忽略图片路径”等参数选项以及进行对排版文件进行部分发排操作，其操作界面如图10-9所示。

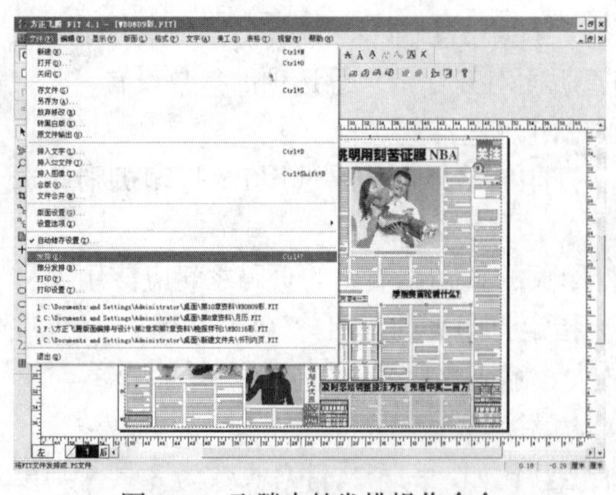

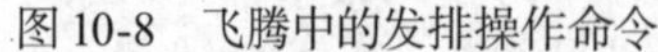

图 10-8 飞腾中的发排操作命令

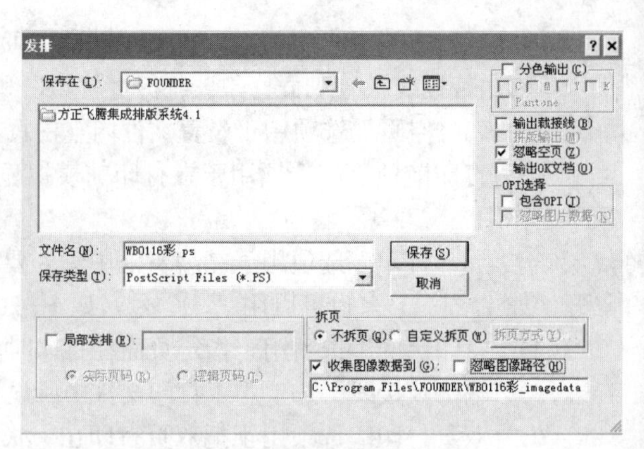

图 10-9 发排的选项参数设置

“版面对齐标记”选项用于在底版上设置版面对齐标记，如果选中此按钮，则打开“对齐标记”对话框，在该对话框中可以对相应各项进行设置。

“设置 PPD”选项用于设置和选用 PPD 文件。PPD（PostScript Printer Description）文件是由打印机厂商提供的一种描述打印机属性的文件，如打印机的纸张大小、输出分辨率等等，它反映了设备最常见的状态。当选用了一个 PPD 文件后，还可以在“Print Document”对话框中对某些参数做修改；在发排时可以将这些信息包含在 PS 文件中，这样，在操作中就可以在前台发排时预先设置好 PostScript 输出设备的参数，如打印比例、纸张方向、打印份数等。

“局部发排”选项用于在编辑框中输入要打印页的页码，输入的页码之间应该用逗号隔开（如 1，2，3），也可以用“－”号（如 1－20）指定打印页的范围。

“分色输出”选项用于控制分色输出。如果所使用的 RIP 不支持分色输出，则可以选择此检查框，这样，就可以在前端控制分色输出，生成包含分色信息的 PS 文件；此时在不支持分色输出的 RIP 上输出 PS 文件，同样可以生成 C、M、Y、K 四种颜色的灰度页，以满足彩色印刷的需要。

“输出裁接线”选项用于输出 PS 文件中的裁接线。

“拼版输出”选项用于在发排时第一页和最后一页拼成一版，第二页和倒数第二页拼成一版，而零头则以单页输出。

“忽略空页”选项用于设置文件内的空白页不输出。

“输出 OK 文档”选项用于输出 PS 文件中的若干资源信息。在发排 FIT 文件时，如选择“输出 OK 文档”选项，则会生成以 FIT 文件名为前缀，以 OK 为后缀的文件，该文件记录了 PS 文件的若干资源信息，如所有图片的全路径名、所用到的字体、PS 文件产生的时间、大小等；使用 OK 文档便于异地印刷或传版时对 P S 文件所包含的资源信息进行管理。

“OPI 选项”用于提高图像的输出效率。OPI 是指在前端排版时以低分辨率的图像作显示，以提高显示速度，而在后端则以高分辨率的图像作输出，以保证输出质量的技术。

“包含 OPI”选项用于设置在发排时的 PS 文件中包含 OPI 图像。

“转成 748 码”选项用于使用方正 RIP 进行输出时的发排需要。

“忽略图像数据”选项用于设置不进行 OPI 处理，报纸版面中排入的图像以低分辨率输出。

“忽略图像路径”选项用于指定发排的 PS 文件中是否包含图像的全路径名。如果在 PS 文件中不包含图像路径，在输出时就必须在输出设备上指定图像的路径（RIP 在解释 PS 文件时，遇到图像文件后，首先查看 PS 文件中是否给出了图像路径；如没有，则在 PS 文件的所在目录中查找；如果仍然找不到，则在 RIP 上设置的图像搜索路径中进行查找）。

如果在操作中需要将当前显示页输出为 EPS 文件，或者是将当前显示页中的选中对象输出成 EPS 文件，则需要进行部分发排操作。部分发排的操作方法是：首先选中工具箱的箭头工具，然后选中要输出的对象，运行“文件”菜单中的“部分发排”命令，将弹出“部分发排”对话框，如图 10-10 所示；在该对话框中的“文件名”编辑框中键入 EPS 文件的名称，并选择保存该 EPS 文件的文件夹，再确定是选择“当前页”选项进行输出还是选择“当前所选块”选项进行输出，如果文件是双页排版方式的，则应选择“当前页”选项后还要确定是当前显示的双页都输出还是左页或右页输出；如果希望生成的 EPS 文件包含预显图像的信息，则可以选择“生成预显图像”选项，并确定预显图像的位数，这样在排入该 EPS 文件时，就会用预显图像对 EPS 图进行显示，否则只显示图的大小和图的文件名，预显图像位数越高则图像的显示效果越好，但文件也会越大；当以上参数设置完成后，单击“保存”按钮即可。

2. 飞腾中有关发排操作的组合参数设置

（1）在飞腾中使用发排前应该进行相关参数设置，主要是设置排版文件中的图像文件在发排后，保存到什么位置。可以在“文件”菜单中运行“设置选项”中的“环境设置”命令，如图 10-11 所示；在“环境设置”命令主窗口中单击“环境设置”按钮，打开下一层的“环境设置”设置窗口，如图 10-12 所示；在“环境设置”设置窗口下面部分单击“包含图像数据”按钮，就可以打开“设置包含图像数据”窗口，如图 10-13 所示；在该窗口中，主要需要设置的参数在上半部分的“选择图像类型”栏中，如果全部选中所有图像类型，则在飞腾中进行发排或部分发排操作时，所输出的 PS 或 EPS 文件中，会包括排版文件所排入的所有图像文件（当然是指“选择图像类型”栏中指定的图像格式）；如果一个图像类型也不选中，则在飞腾中进行发排或部分发排操作时，所输出的 PS 或 EPS 文件中，就不会包括排版文件所排入的所有图像文件。在输出的 PS 或 EPS 文件中包含所有图像文件的好处是，在通过网络输出时，在 RIP 解释发排文件时，不用到处查找通过网络排入的、路径不同的各种图像文件，从而提高网络调用文件效率；但这样设置也存在一个缺点，由于发排文件中包括了所有图像文件，造成文件过大，计算机系统运行的速度会受到影响。应该注意的是：在“环境设置”命令中设置的相关参数，只有在保存相关设置后，并在“文件”菜单中运行一次“保存文件”命令后，相应的设置才能生效。

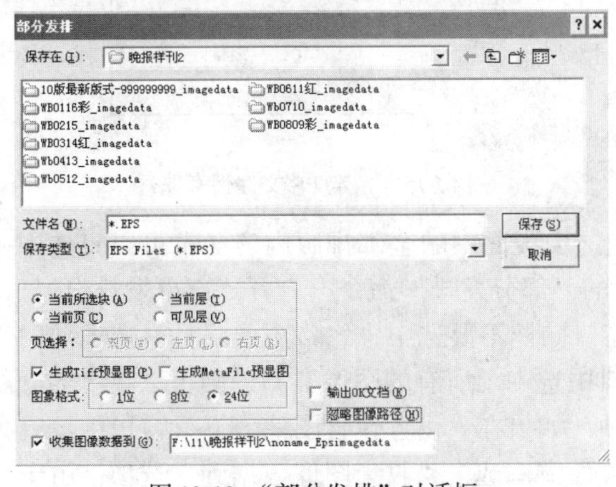

图 10-10　“部分发排”对话框

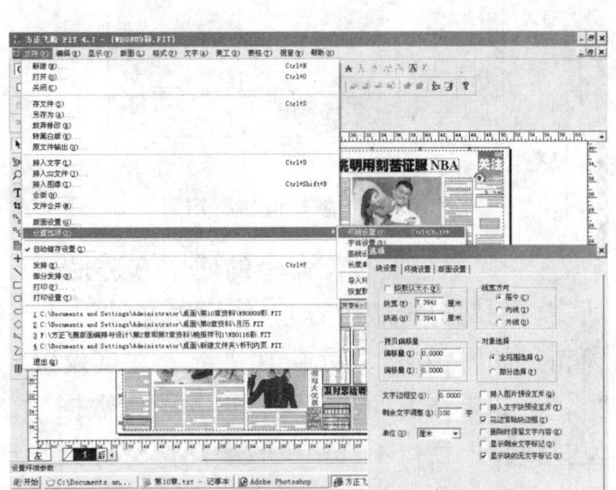

图 10-11　“环境设置”命令主窗口

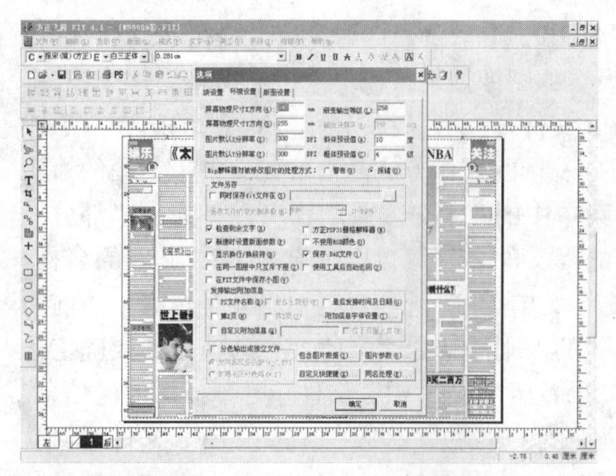

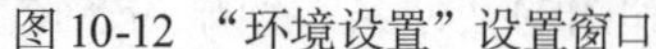

图 10-12 “环境设置”设置窗口

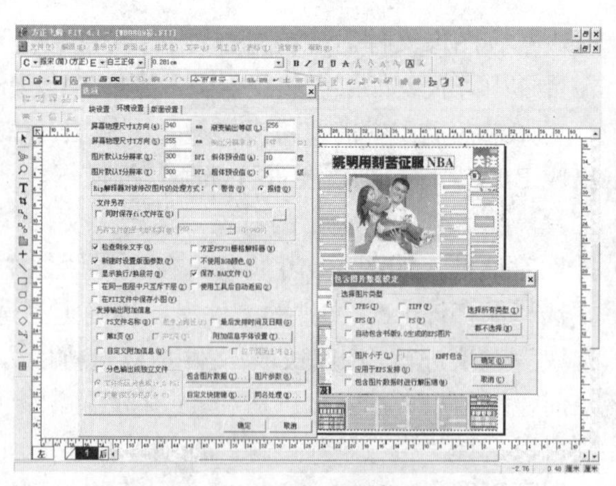

图 10-13 “设置包含图像数据”窗口

（2）“发排”命令的使用方法是：单击“文件”菜单中的“发排”命令，打开“发排设置”窗口，如图 10-14 所示；在“发排设置”窗口注意一定不要选中“忽略图像路径”选项前的“√”，否则，发排的文件可能不能正常输出版面中的图像文件；如果在前面的“设置包含图像数据”窗口中选中了所有的图像类型，则可以在“发排设置”窗口不选中“收集图像数据到”选项；如果在“设置包含图像数据”窗口中没有选中了所有的图像类型，则应该在“发排设置”窗口选中“收集图像数据到”选项，这样，在发排飞腾文件时，所排入的图像将自动收集到一个指定的文件夹中保存来，在通过网络输出时，RIP 软件同样可以不用在网络中查找路径不同的各种图像文件，直接调用文件夹中保存在一起的图像文件。在发排参数设置好后，并指定 PS 文件的保存路径后，通过单击“保存”按钮就可以开始发排保存 PS 输出文件的过程，如图 10-15 和图 10-16 所示。

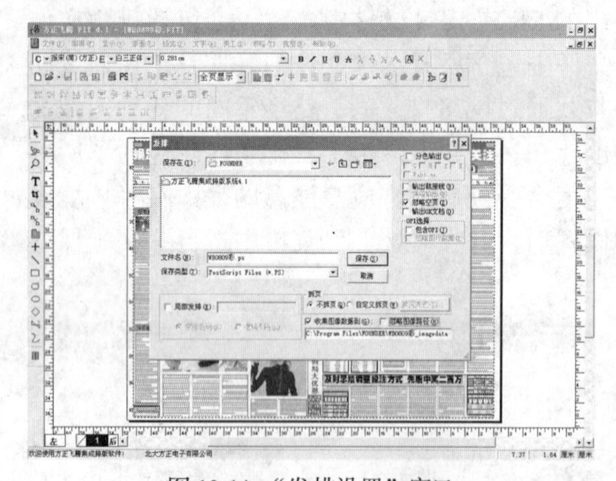

图 10-14 “发排设置”窗口

图 10-15 指定 PS 文件保存路径

（3）“部分发排”命令的使用方法是：首先选中版面中的全部排版内容（也可以只选中所需要的部分排版内容），使用“文件”菜单中的“部分发排”命令，打开“部分发排设置”窗口，如图 10-17 所示；在“部分发排设置”窗口同样不要选中“忽略图像路径”选项前的“√”；如果在前面的“设置包含图像数据”窗口中选中了所有的图像类型，则可以在“部分发排设置”窗口不选中“收集图像数据到”选项；如果在“设置包含图像数据”窗口中没有选中所有的图像类型，则应该在“部分发排设置”窗口选中“收集图像数据到”选项；由于在发排前选中了飞腾文件中需要发排的内容，因此，在“部分发排设置”窗口的中间部分，应该选中“当前所选块”选项；为了能够对发排的 EPS 文件进行进一下操作，也可以选中“生成 Tif 预显图”选项；在指定 EPS 文件的文件名和保存路径后，通过单击“保存”按钮就可以开始发排保存 EPS 输出文件的过程。

图 10-16　PS 文件发排完成窗口

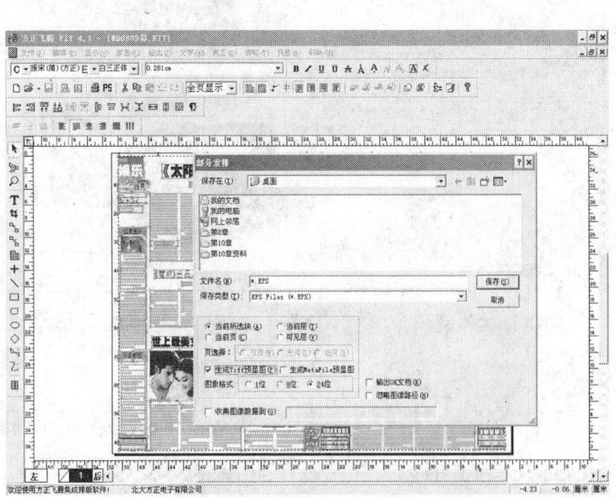

图 10-17　“部分发排设置”窗口

10.3 基础知识拓展

10.3.1　打印和发排参数的设置

排版最终目的就是为了使用激光照排机输出菲林（DTP 系统）或直接制版设置输出印版（CTP 系统），因此，版面的打印和输出操作是印前制作中一个非常重要的环节。其中的相关参数设置一般是在进行打印或发排操作的过程中完成的，因为针对不同的版面输出需要，所需设置的相关参数也会不完全一样，需要根据实际情况进行参数设置。打印和发排参数的设置主要在飞腾排版软件中的“文件”菜单中完成，如图 10-18 所示为飞腾排版软件“文件”菜单中关于输出方面的参数设置选项。其中，打印参数设置是为了完成打样操作，发排设置是为了完成输出菲林或输出印版操作。

1. 打印参数设置

飞腾排版软件中的打印参数设置主要用于直接对飞腾排版文件通过使用激光打印机等数码打样设置进行直接输出，输出的报纸版面主要用于图文及版式的校改，一般不是用于最终的印刷输出。最终的印刷输出应该使用 RIP 输出软件或直接制版系统完成，对于最终印刷输出的报纸印刷版面，通常需要在飞腾排版软件中使用“发排”或“部分发排”命令，将其输出为 PS 或 EPS 格式的文件后，再通过专门的 RIP 输出软件或直接制版系统进行输出。要进行打印设置一般首先必须安装好打印机的驱动程序，如果没有安装好打印机及驱动程序，则系统会出现如图 10-19 所示的错误提示。使用打印机输出报纸校样的参数设置可以通过两种方式完成，一种是在打印前通过使用“打印设置”命令完成相关的打印参数后再进行打印操作，另一种是通过直接使用“打印”命令，在该命令窗口中根据报纸版面输出的要求进行相关的参数设置后再进行打印。

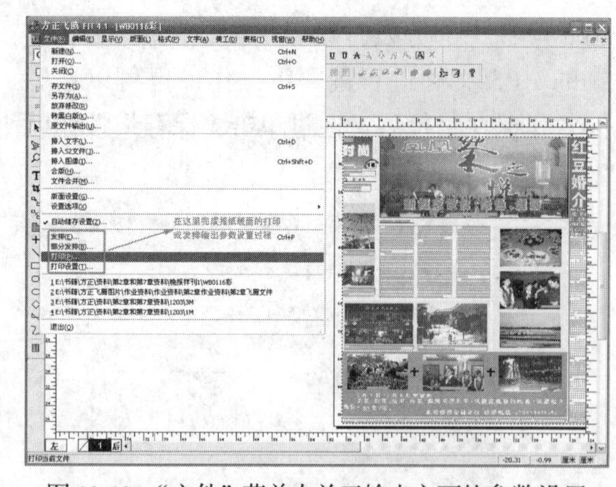

图 10-18 “文件”菜单中关于输出方面的参数设置选项

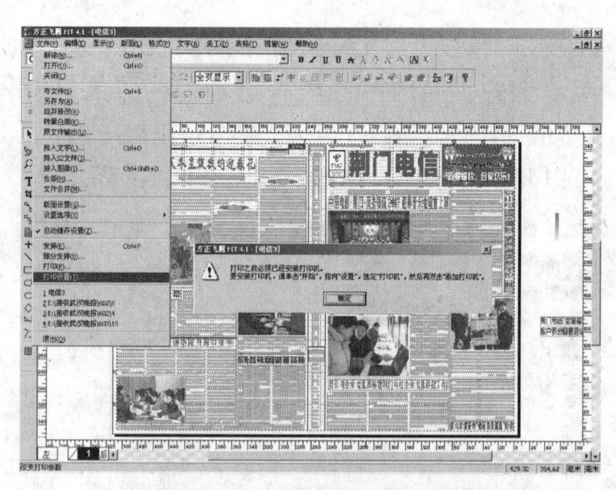

图 10-19 在没有安装打印机驱动程序时设置打印参数时系统所出的错误提示

在安装好打印机及驱动程序后，运行飞腾排版软件“文件”菜单中的“打印设置”命令，将弹出“打印设置”对话框；在该对话框中的“打印机名称”列表中选择一种打印机，并确定纸张大小与方向；如果有必要，可以按下“属性”按钮，在弹出的“打印机属性”对话框中还可做更细致的设置。如图 10-20 和图 10-21 所示为设置打印机输出参数的具体操作方法。

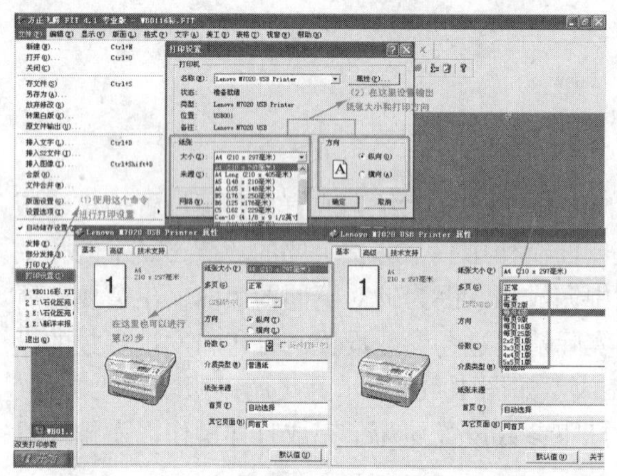

图 10-20 设置打印输出幅面大小、打印方向及打印页数等参数

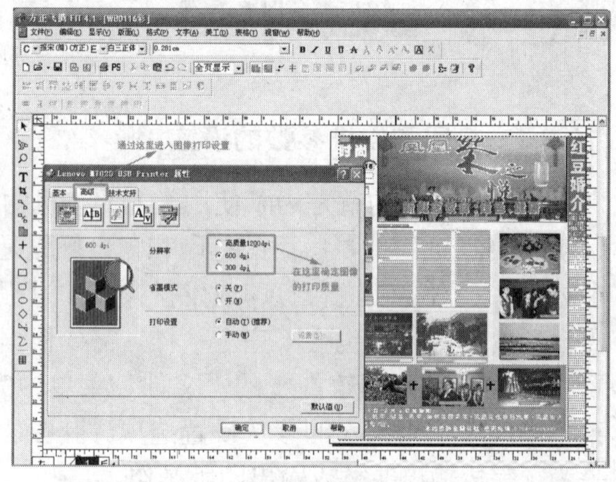

图 10-21 设置图像打印输出质量

在打印文件时，通过运行“文件”菜单中的“打印”命令，将弹出“打印选项”对话框，在该对话框中对“打印选项”窗口中的各个选项进行设置，当设置完成后，单击“确定”按钮即可直接完成对飞腾报版的打印操作过程。

“打印选项”窗口中主要包括：“忽略空页”、“打印前预显”、“局部打印”、“打印比例”、“输出裁接线”、“双页打印”、“拆页打印”和“版面对齐标记”等选项的参数设置。如图 10-22 所示为“打印选项”设置窗口。其中，“忽略空页”选项用于设置文件内空白页不打印。“打印前预显”选项用于在打印前模拟显示打印的结果，如果选用 PS 打印机则此选项不起作用。“局部打印”选项用于在编辑框中输入要打印页的页码，输入的页码之间应该用逗号隔开（如 1，2，3），也可以用“－”号（如 1 － 20）指定打印页的范围；“打印比例”选项用于指定页面在打印时放大、缩小的比例。“输出裁接线”选项用于打印文件中所设置的裁接线。“双页打印”选项用于把双页打印在一张纸上，比如：一个文件总页数为 8 页，则第 1、8 页打印在一张纸上，第 2、7 页打印在一张纸上，然后依此类推。“拆页打印”选项用于将需要打印的文件按照输出纸张的大小将版面自动拆为若干页。“版面对齐标记”选项用于设置版面对齐标记的形状和位置。设置版面对齐标记的操作方法是：首先单击“版面对齐标记”按钮，将弹出“对齐标记”对话框；在该对话框中选中“加对齐标记”复选框，在“标记类型”选项内列出了“方形”、“圆形”、“十字形”和“T 形”四种对齐标记，可以根据需要选择其中的一种或几种；在“线宽”编辑框中输入对齐标记的线宽，此数值必须大于 0；选中“存入 INI”选项则有关对齐标记的信息被保存在 INI 文件中，作为今后的默认设置。

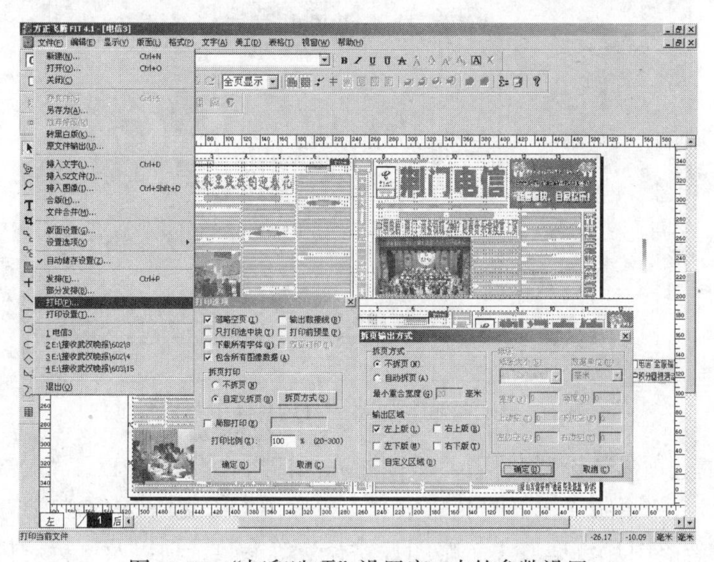

图 10-22　“打印选项”设置窗口中的参数设置

2. 发排参数设置

飞腾文件可以通过执行“发排”或“部分发排”命令生成 PS 或 EPS 文件，进而使用方正或其他厂家的 RIP 软件，在激光印字机或照排机上输出纸样或胶片，还可以通过 RIP 软件在 CTP 设备上直接输出印版。如图 10-23 和图 10-24 所示为将飞腾文件输出为 PS 或 EPS 的操作窗口。

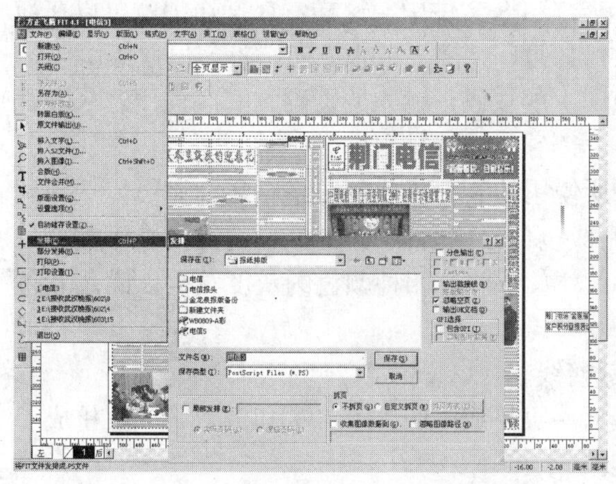

图 10-23　将飞腾文件输出为 PS 的操作窗口

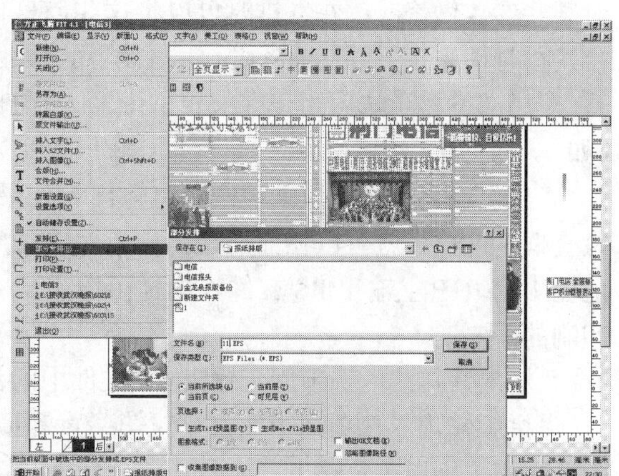

图 10-24　将飞腾文件输出为 EPS 的操作窗口

在生成 PS 文件的操作中，通过运行飞腾排版软件“文件”菜单中的“发排”命令，将弹出“发排”对话框；在该对话框的“文件名”编辑框中输入要生成的 PS 文件的名称，在“保存在”编辑框中选择保存该 PS 文件的文件夹；在设置完成相关的发排参数后，单击“保存”按钮即可生成 PS 文件的操作过程。如图 10-25 所示为报纸版输出为 PS 文件的具体参数设置过程。

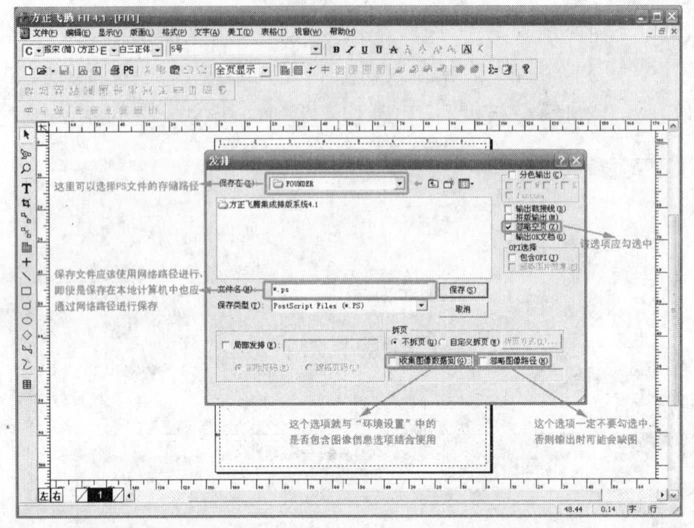

图 10-25　报纸版输出为 PS 文件的具体参数设置过程

其中，发排的选项参数设置包括：“版面对齐标记”、“设置 PPD”、“局部发排”、“分色输出”、“输出裁接线”、“拼版输出”、“忽略空页”、“输出 OK 文档”、“OPI 选项”、“包含 OPI”、“转成 748 码”、“忽略图片数据”、“忽略图片路径”等参数选项以及进行对排版文件进行部分发排操作。

“版面对齐标记”选项用于在底版上设置版面对齐标记，如果选中此按钮，则打开“对齐标记”对话框，在该对话框中可以对相应各项进行设置。

“设置 PPD”选项用于设置和选用 PPD 文件。PPD（PostScript Printer Description）文件是由打印机厂商提供的一种描述打印机属性的文件，如打印机的纸张大小、输出分辨率等，它反映了设备最常见的状态。当选用了一个 PPD 文件后，还可以在“Print Document”对话框中对某些参数做修改；在发排时可以将这些信息包含在 PS 文件中，这样，在操作中就可以在前台发排时预先设置好 PostScript 输出设备的参数，如打印比例、纸张方向、打印份数等。

“局部发排”选项用于在编辑框中输入要打印页的页码，输入的页码之间应该用逗号隔开（如 1，2，3），也可以用“－”号（如 1 － 20）指定打印页的范围。

“分色输出”选项用于控制分色输出。如果所使用的 RIP 不支持分色输出，则可以选择此检查框，这样，就可以在前端控制分色输出，生成包含分色信息的 PS 文件；此时在不支持分色输出的 RIP 上输出 PS 文件，同样可以生成 C、M、Y、K 四种颜色的灰度页，以满足彩色印刷的需要。

“输出裁接线”选项用于输出 PS 文件中的裁接线。

“拼版输出”选项用于在发排时第一页和最后一页拼成一版，第二页和倒数第二页拼成一版，而零头则以单页输出。

“忽略空页”选项用于设置文件内的空白页不输出。

“输出 OK 文档”选项用于输出 PS 文件中的若干资源信息。在发排 FIT 文件时，如选择“输出 OK 文档”选项，则会生成以 FIT 文件名为前缀，以 OK 为后缀的文件，该文件记录了 PS 文件的若干资源信息，如所有图片的全路径名、所用到的字体、PS 文件产生的时间、大小等等；使用 OK 文档便于异地印刷或传版时对 PS 文件所包含的资源信息进行管理。

“OPI 选项”用于提高图像的输出效率。OPI 是指在前端排版时以低分辨率的图像作显示，以提高显示速度，而在后端则以高分辨率的图像作输出，以保证输出质量的技术。

“包含 OPI”选项用于设置在发排时的 PS 文件中包含 OPI 图像。

“转成 748 码”选项用于使用方正 RIP 进行输出时的发排需要。

“忽略图像数据”选项用于设置不进行 OPI 处理，报纸版面中排入的图像以低分辨率输出。

“忽略图像路径”选项用于指定发排的 PS 文件中是否包含图像的全路径名。如果在 PS 文件中不包含图像路径，在输出时就必须在输出设备上指定图像的路径（RIP 在解释 PS 文件时，遇到图像文件后，首先查看 PS 文件中是否给出了图像路径；如没有，则在 PS 文件的所在目录中查找；如果仍然找不到，则在 RIP 上设置的图像搜索路径中进行查找）。

在发排参数设置中，应该特别注意的两点：一是 PS 文件的存储最好是通过“网上邻居”找到存储路径，即使是在本地计算机中存储也不例外，同时在飞腾排版软件中排入报版图片文件时，也应该通过“网上邻居”调用图片文件，这样可以保证通过网络调用的图片文件能够正常输出。二是尽量保证报版中排入的所用图片文件在输出时都在一个路径中读取，通过飞腾排版软件中的相关设置就可以确保在排版时通过网络系统调用的在任何一个路径的图片文件，全部收集到一个统一的路径中，这样做也是为了确保报纸版面中图片文件能够正常输出。为了实现图片文件的收集，其具体参数设置方法有两种：一种是首先在飞腾软件的“文件”菜单中选择“设置选项”下的“环境设置”命令，在“选项”窗口中选择“环境设置”命令按钮，再单击“包含图片数据”按钮进入“包含图片数据设置”窗口中，将所有图片类型都不要勾选中并保存设置，还需要进行一次飞腾文件保存操作后，以上设置才能生效，其具体操作过程如图 10-26 所示；然后运行“发排”命令，在“发排”设置窗口中勾选中“收集图像数据”选项，这样就可以将报纸版面中无论保存在任何路径下（前提是必须共享的、可以访问的路径）的所有图片文件收集在一个统一的路径中，但 PS 文件中并不包含任何报版中排入的图片文件，其具体操作过程如图 10-27 所示。另一种方法则是通过与第一种方法

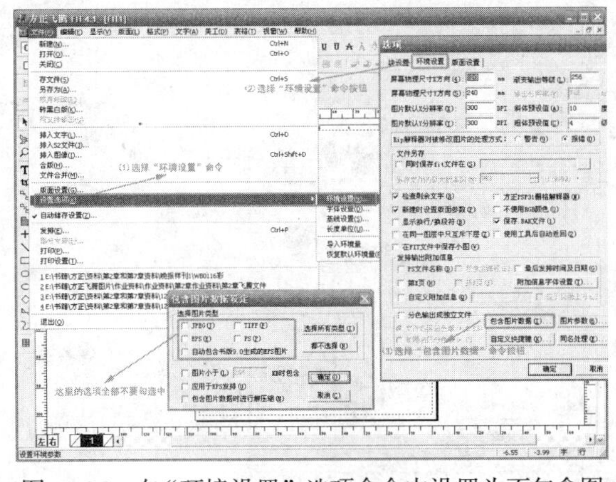

图 10-26　在“环境设置”选项命令中设置为不包含图片数据的操作过程

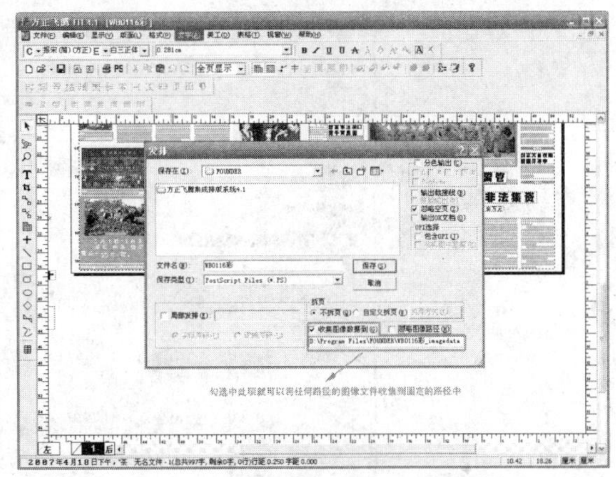

图 10-27　在“发排”选项命令中设置收集报纸版面所有图片文件的方法

一样的操作过程，而在“包含图片数据设置”窗口中，将所有图片类型都勾选中并保存设置，然后在“发排”设置窗口中不要勾选中“收集图像数据”选项，通过这样发排得到的 PS 文件中将会包含报纸版面中所排入的所有图片文件数据，其具体操作方法如图 10-28 和图 10-29 所示。

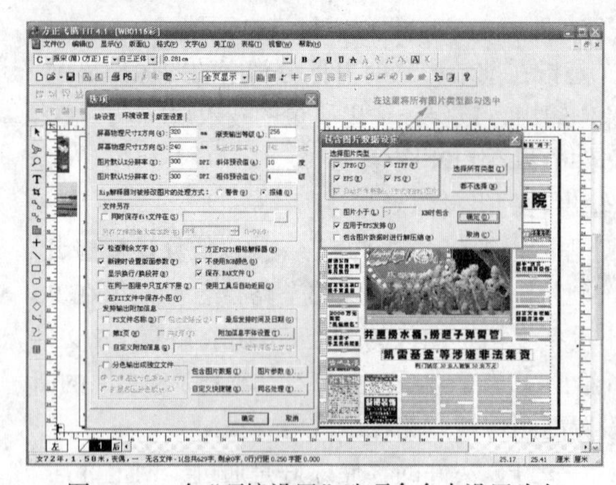

图 10-28　在“环境设置”选项命令中设置为包含图片数据的操作过程

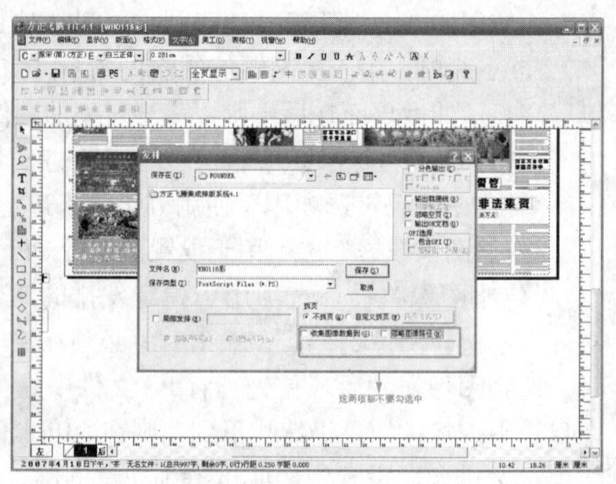

图 10-29　在“发排”选项命令中设置不收集报纸版面所有图片文件而是将图片文件直接保存到 PS 文件中的方法

如果在操作中需要将当前显示页输出为 EPS 文件，或者是将当前显示页中的选中对象输出成 EPS 文件，则需要运行“文件”菜单中的“部分发排”命令。在部分发排操作中，首先必须通过选中工具箱的箭头工具，然后选中要输出的对象，运行“文件”菜单中的“部分发排”命令，将弹出“部分发排”对话框；在该对话框中的“文件名”编辑框中键入 EPS 文件的名称，并选择保存该 EPS 文件的文件夹，再确定是选择“当前页”选项进行输出还是选择“当前所选块”选项进行输出，如果文件是双页排版方式的，则应选择“当前页”选项后还要确定是当前显示的双页都输出还是左页或右页输出；如果希望生成的 EPS 文件包含预显图像的信息，则可以选择“生成预显图像”选项，并确定预显图像的位数，这样在排入该 EPS 文件时，就会用预显图像对 EPS 图进行显示，否则只显示图的大小和图的文件名，预显图像位数越高则图像的显示效果越好，但文件也会越大。如图 10-30 所示为将飞腾文件发排为 EPS 格式进行保存的具体操作步骤。

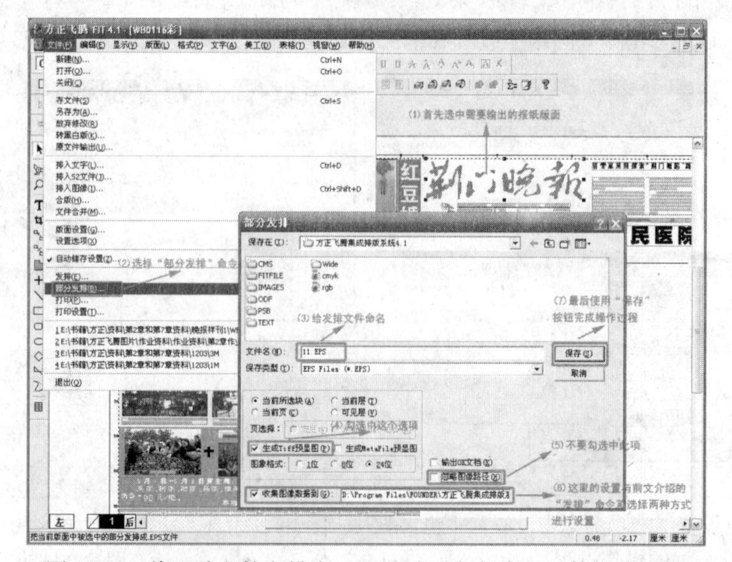

图 10-30　将飞腾文件发排为 EPS 格式进行保存的具体操作步骤

10.3.2 印前设备色彩管理的基本过程

在画册版面的编排与设计中，如何确保彩色图像的颜色准确是最主要工作。在确保彩色图像在印刷过程中不出现偏色现象，可以从图像处理和进行设备的色彩管理两个方面入手加以控制。在本节的基础知识拓展部分，将简要介绍有关色彩管理方面的内容。

在飞腾排版软件中，不具有色彩管理方面的功能，因此，就必须通过使用其他辅助软件完成对印前及印刷设备的色彩管理工作。

进行色彩管理必须遵循一系列规定的操作过程，才能实现预期的效果。色彩管理过程有3个要素，即“Calibration”（标准化）、“Characterization”（特性化）及“Conversion”（颜色空间转换）。

1. 标准化校正

为了保证色彩信息传递过程中的稳定性、可靠性和可持续性，要求对输入设备、显示设备、输出设备进行标准化校正，以保证它们处于校准工作状态。

（1）输入校正。输入校正的目的是对输入设备的亮度、对比度、黑白场（RGB三原色的平衡）进行校正。以对扫描仪的校正为例，当对扫描仪进行初始化归零后，对于同一份原稿，不论什么时候扫描，都应当获得相同的图像数据。

（2）显示器校正。显示器校正使得显示器的显示特性符合其自身设备描述文件中设置的理想参数值，使显示卡依据图像数据的色彩资料，在显示屏上准确显示色彩。

（3）输出校正。输出校正是校正过程的最后一步，包括对打印机和照排机进行校正，以及对印刷机和打样机进行校正。依据设备制造商所提供的设备描述文件，对输出设备的特性进行校正，使该设备按照出厂时的标准特性输出。在印刷与打样校正时，必须使该设备所用纸张、油墨等印刷材料符合标准。

2. 特性化

当所有的设备都校正后，就需要将各设备的特性记录下来，这就是特性化过程。彩色桌面系统中的每一种设备都具有其自身的颜色特性，为了实现准确的色空间转换和匹配，必须对设备进行特性化。对于输入设备和显示器，利用一个已知的标准色度值表（如IT8标准色标），对照该表的色度值和输入设备所产生的色度值，做出该设备的色度特性化曲线；对于输出设备，利用色空间图，做出该设备的输出色域特性曲线。在做出输入设备的色度特性曲线的基础上，对照与设备无关的色空间，做出输入设备的色彩描述文件；同时，利用输出设备的色域特性曲线做出该输出设备的色彩描述文件，这些描述文件是从设备色空间向标准设备无关色空间进行转换的桥梁。

3. 颜色空间转换

在对系统中的设备进行校准的基础上，利用设备描述文件，以标准的设备无关色空间为媒介，实现各设备色空间之间的正确转换。由于输出设备的色域要比原稿、扫描仪、显示器的色域窄，因此在色彩转换时需要对色域进行压缩，色域压缩在ICC协议中提出了前文介绍的四种方法：①绝对色度法；②相对色度法；③突出饱和度法；④感觉性。

印前设备特性化的目的是创建设备的特性文件。其具体实现过程是：首先获得一定数量色块的设备值和对应的三刺激值，然后由特性化软件计算各再现意图对应的PCS值，并建立各再现意图设备值和PCS值之间的转换关系，保存成profile文件。

针对印前出版系统所使用的设备，其设备特性化的总体过程如下：

（1）对输入设备（如数码相机、扫描仪等）做色度特性化，建立扫描仪的色彩描述文件；对照输入图像的 RGB 值，依据描述文件转换到标准色空间。

（2）对显示器做色度特性化，建立显示器的描述文件，通过 CMS 转换到标准色空间。

（3）对输出设备（彩色打样设备、激光照排机或直接制版设备）进行色域特性化，建立输出设备的描述文件；依据描述文件，把 CMYK 网点百分比转换到标准色空间。

（4）输入、显示和输出设备都处在同一标准色空间下，从而获得统一的颜色外观。

10.3.3 一个简单的设备色彩管理方案的实现方法

简单的设备色彩管理实现方法是指针对一些印刷企业，在没有任何色彩管理软件和相应的硬件设备的情况下，如何进行必要的色彩管理。这个问题是当前大多数印刷企业，特别是一些小型印刷企业都面临的一个问题。其解决方法有三条：一是请专业的色彩管理公司进行统一规划、制作；二是使用设备提供商提供的色彩管理方案和 profile 特性文件；三是自己动手，在现有设备和技术条件的基础上进行简单的设备色彩管理。第一种方法固然是最佳方案，但投入本是比较高的，还需要长期跟踪服务。第二种方法无法满足印刷条件的多变性要求，而且局限性非常大。只有第三种方法，是一种比较可行的色彩管理有效途径，而且几乎不需要投入。

简单的设备色彩管理主要是在图像的显示、图像的处理和图像的最终输出等环节中进行，其实施方法应该是比较多的。在此将简要介绍几种方法，主要以对中性灰的印刷作为对比进行图像的处理与输出。

1. 输入设备的简单色彩管理

对于输入设备的简单色彩管理主要完成对数码相机或扫描仪的校正操作，校正的方法可以参考前文介绍的方法，也可以从关键点入手进行。例如，对扫描仪进行较正时，我们可以通过对一个标准中性灰进行扫描，得到一个图像文件；然后在 Photoshop 中制作一个标准的中性灰图像；通过对这两个中性灰加以比较，找出图像 CMYK 四色值的差值，并记录下来。在今后的图像扫描中，都可以对照这个四色差值在 Photoshop 中使用图像色彩工具加以修正。

数码相机也可以采用与扫描仪校正相同的方法进行校正。通过使用这种方法，还可以在没有能力建立专门的色彩管理流程的情况下，省去制作 profile 特性文件的麻烦，只是在 Photoshop 中必须对图像进行认真、细致的处理。

2. 显示器的简单色彩管理

显示器的简单色彩管理可以通过使用 Photoshop 中 Adobe Gamma 校准功能完成，其具体操作方法如下：

（1）在操作系统中依次运行“开始→设置→控制面板”命令，并运行 Adobe Gamma 程序。

（2）进入 Adobe Gamma 控制面板，选择“逐步（精灵）”，进入“Adobe Gamma 设定精灵”，单击“加载中……”按钮，进入“打开屏幕描述文件”对话框，如图 10-31 所示。

（3）单击打开 sRGB Color Space Profile 文件，回到 Adobe Gamma 设定精灵界面，注意现在的描述字段已经同刚才不一样，变成了“sRGB IEC61966-2.1”，这个 sRGB IEC61966-2.1 实际上就是刚才选择的描述文件 sRGB Color Space Profile，是整个 Gamma 校准工作的起点，操作方法如图 10-31 所示。

（4）进入“对比度、亮度”对话框，先调整对比度，然后调整亮度，操作方法如图 10-32 所示。

图 10-31　打开 sRGB Color Space Profile 文件

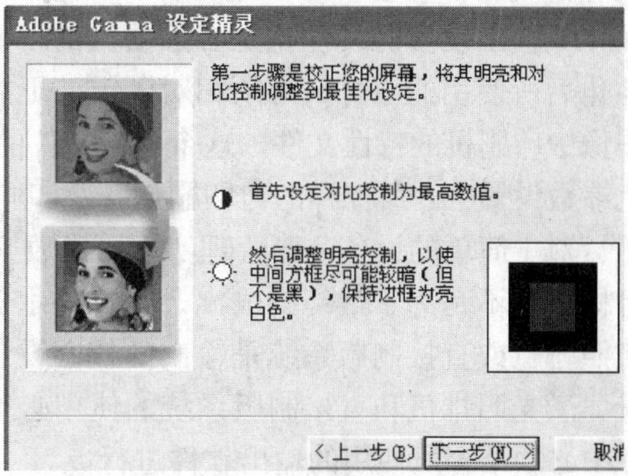

图 10-32　对比度、亮度调整

（5）进入“屏幕荧光剂设定”对话框，选择荧光剂剂型，操作方法如图 10-33 所示。

（6）进入“伽马设定”对话框，选择伽马为 2.2，操作方法如图 10-34 所示。

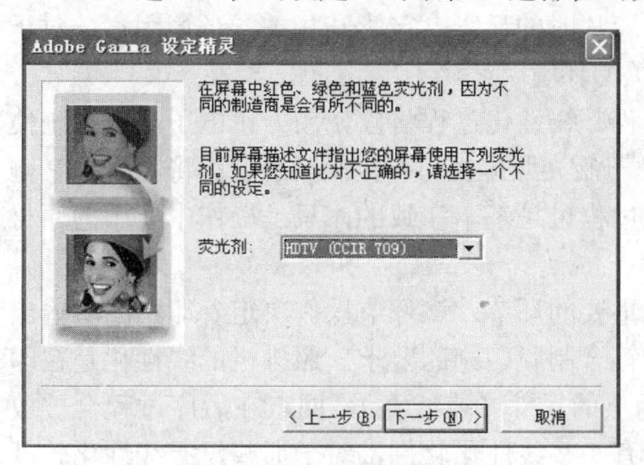

图 10-33　选择荧光剂剂型

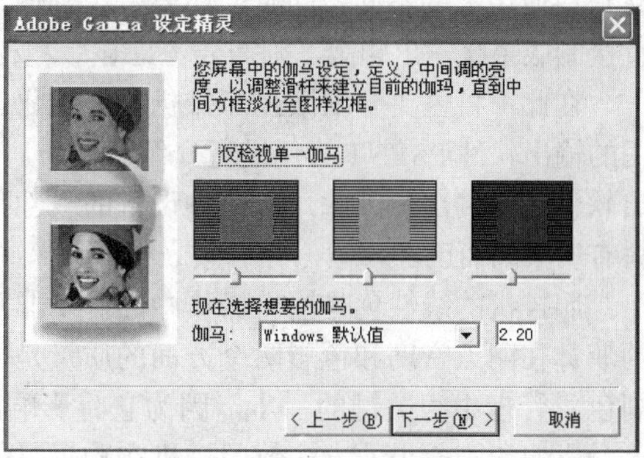

图 10-34　伽马值设定

（7）进入“硬件最亮点设定”对话框，设置亮度值为开氏 6500 度，操作方法如图 10-35 所示。

（8）进入“完成”窗口，在该窗口单击“完成”按钮。

（9）进入“另存为”对话框，将特性文件保存在相应的位置，如图 10-36 所示。

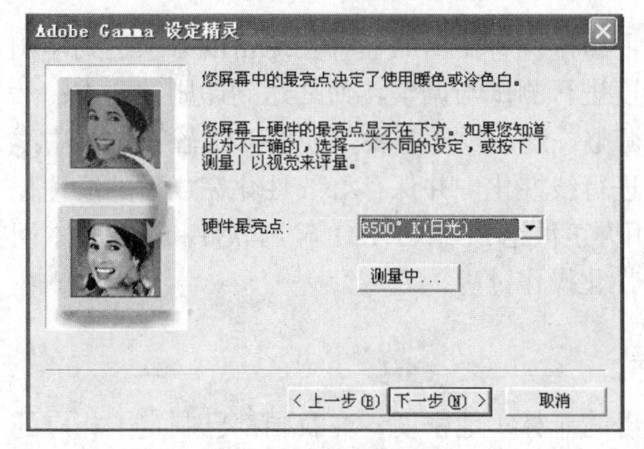

图 10-35　亮度值设定

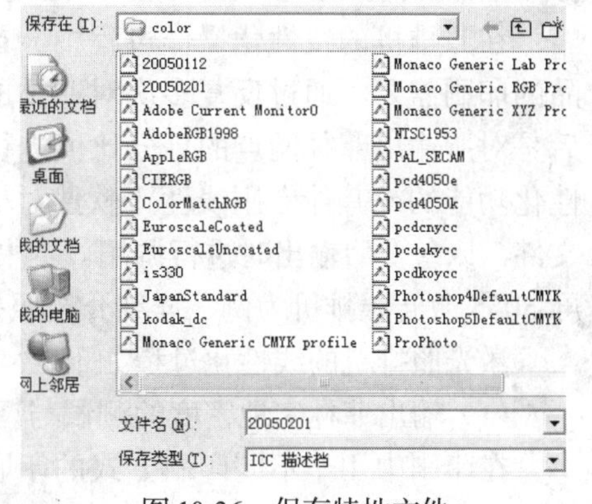

图 10-36　保存特性文件

（10）显示器特性文件产生后，就可以通过 Photoshop 将其嵌入图像中。

3. 输出设备的色彩管理

输出设备的色彩管理主要指最终输出设备激光照排机的线性化和直接制版系统设备的线性化。输出设备的线性化是必须要做的，如果没有密度计可以通过设备提供商加以解决。线性化后所使用的原材料必须相对固定，不能随意更换。同时，在 RIP 输出软件中一定要嵌入图像中印刷机的特性文件，这个特性文件的获得，可以使用前面提到的在 Photoshop 软件的分色参数设置中，所保存的与印刷设备及印刷材料相关的印刷机特性文件。

对于简单的设备色彩管理实现可以放弃一些不必要的输入、输出环节，特别是打样环节，打样毕竟不是为了最终的输出，经过显示器的校正后，通过屏幕进行简单的软打样即可。激光照排机或直接制版系统是输出的核心设备，其输出的制版胶片或印版直接决定了印刷的质量。激光照排机和直接制版系统的使用必须通过专门的 RIP 输出软件完成，因此，其色彩管理中必须结合所使用的输出软件进行。

目前，激光照排机或直接制版系统的特化过程主要是完成基本线性化，生成激光照排机或直接制版系统的“.cuv”的线性化文件。与彩色打印机 Profile 特性文件的制作相比，激光照排机或直接制版系统主要区别在于设备的线性化和设备运行过程选择的成像方式的不同和原材料使用上的不同；同时，还要考虑到输出胶片时的显影、定影和相关的环境因素，对于直接制版系统输出印版，则需要考虑显版和相关的环境因素。

在此，将主要介绍激光照排机的线性化过程。线性化过程将以使用方正电子出版系统使用的输出软件 PSPNT 为例进行介绍。另外，由于激光照排机与直接制版系统都将使用 RIP 输出软件进行输出，因此，这两种设备的线性化过程也是基本一致的，只是操作中使用的原材料有所不同而已。

照排机的线性化是输出操作中的一个非常重要的环节，该环节操作决定着印刷品所输出的菲林在网点密度和色彩两个方面的质量是否符合制版印刷的要求。照排机的线性化是在印刷色彩管理中很关键的一步，因为它将影响网点的尺寸（或线宽），网点在后序过程会被放大，影响印刷效果。大多数照排机在购买时带有一些线性化软件，对于那些没有线性化软件的，可以采用专门出版服务部门使用的色彩校正软件，这些软件可以完成大部分照排机的线性化，精确性也非常高，能创建出 RIP 中的校正功能，使输出结果稳定可靠。在输出操作中如果保证了照排机能够产生线性化输出，就可产生出与原稿相同的分色片。当然保证输出与原稿一致的前提不可能只是照排机的线性化一个方面，还包括图像数字化过程中的操作与图像处理方面的操作等一些其他重要因素。

在照排机的线性化操作过程中，首先要保证照排机所输出的菲林实地密度必须达到印刷品的印刷需要，通过反复多次对菲林的实地密度进行测试与调整，使之达到印刷的要求；然后是对所输出菲林网点的百分比值进行测试与调整，这一操作主要是使用 RIP 输出软件中线性化功能的或其他专用线性化软件对输出操作进行线性化，并保存好线性化完成后的线性化文件，以备今后输出时进行调用。本书将以使用方正世纪 PSPNT-RIP 输出软件和使用日本网屏 5055 激光照排机为例，详细介绍照排机的线性化操作过程。

激光照排机的线性化过程如下：

（1）输出菲林实地密度的测试与调整。

在印刷中用于不同印刷方式的印刷品所输出的菲林实地密度，在我国都已制定了相应的标准，因此，调整输出菲林的实地密度也就需要使用针对不同的印刷品和印刷方式加以区别对待。比如，对于目前多数报纸的印刷就应该使用GB/T17934.3—2003中的第三部分《新闻纸的冷固型油墨胶印》标准执行，该标准规定分色片的实地密度值必须大于等于3.5；而对于其他大数一些印刷品的实地密度值要求则不能低于4.0，有一些则要高于4.0。由于目前有许多印刷企业特别是中小型印刷企业不具备专业的菲林实地密度测试能力，对于菲林的实地密度测试大多通过放大镜或凭经验目测；另外，由于菲林实地密度测试的操作过程比较麻烦，不同的品牌的菲林、湿影药水、定影药水等因素都对所输出的菲林实地密度值有着不同的影响，再加上不同季节的湿影温度以及所使用的不同品牌的激光照排机对菲林实地密度值也有着不同的影响，使得操作员放弃了经常测试和调整菲林实地密度的操作。因此，在实际输出过程中很有可能对于所输出的菲林实地密度值根本就没有达到国家标准中所规定的要求，所印刷出来的印刷品的质量也就很难达到要求了。

对输出菲林实地密度的测试与调整需要使用的工具主要是密度仪，主要是测试输出分色菲林片100%网点的输出密度是否达到印刷要求。如果当前所输出的分色菲林片100%网点的输出密度达到了印刷的要求，如对于报纸印刷的分色菲林片中的黑版100%网点的输出密度已大于或等于3.5（对于使用新闻纸印刷的报纸分色菲林片的实地密度值最好不要高于4.0），就不需要对输出菲林的实地密度进行调整了。因为使用的激光照排机是同一台，因此，在进行输出菲林实地密度的测试时只需要对其中的一个色版进行测试即可，没有必要对所有分色的四个色版进行同时测试，一般情况下，我们多选用黑版进行测试。对于使用方正世纪RIP输出软件和使用日本网屏5055激光照排机进行输出的菲林实地密度测试与调整的具体操作方法，我们可以按照下面介绍的步骤进行。

1）首先要在当前状态下，在方正世纪RIP输出软件中的“光栅化”菜单中的“参数模板”命令，并选中一个已经制作好的、需要进行参数调整的参数模板，如图10-37所示。

2）然后单击“修改”按钮，可以进入参数模板的“修改”窗口中并选择“参数”命令按钮，又可以进入“选项”参数设置窗口中，在该窗口中选中“灰度转换”按钮命令，就可以进入“灰度转换”参数设置窗口中，在该窗口中可以完成主要激光照排机线性化操作过程，如图10-38所示。

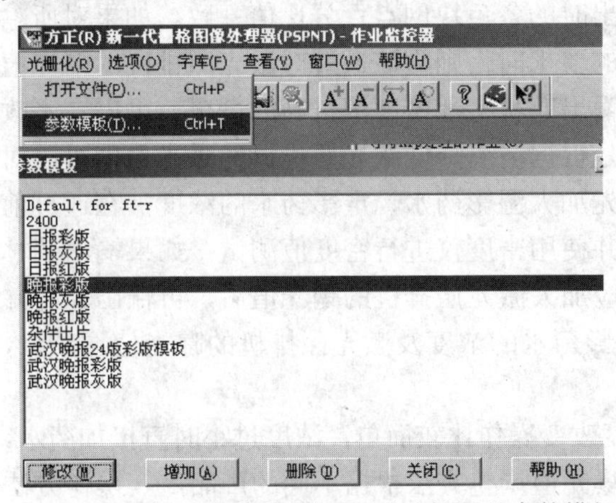

图10-37　选择一个需要进行实地密度测试的参数模板

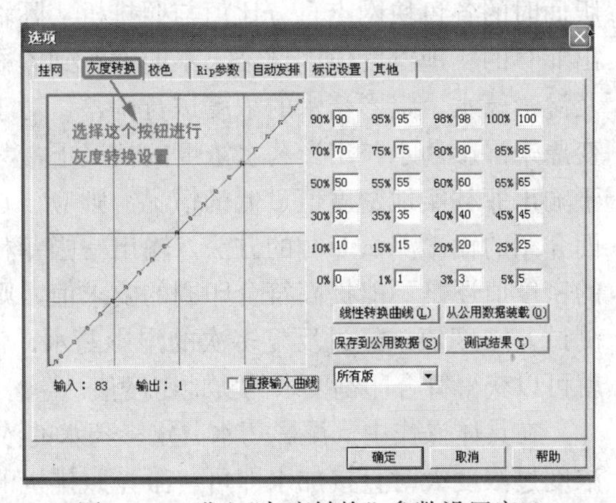

图10-38　进入“灰度转换”参数设置窗口

3）在“灰度转换”参数设置窗口中，只需要在当前没有进行任何修改的状态下选择“黑（灰）版”选项，并选择“测试结果”按钮命令进行结果输出即可，如图10-39所示。

4）在单击“测试结果”按钮命令后，将在 RIP 输出软件中的“作业监控器”窗口中，产生四个色版的输出文件，由于在“灰度转换”参数设置窗口中只选择了“黑（灰）版”选项，因此，在 C、M、Y 三个色版中没有具体的测试结果内容，只有在 K 色版中有测试结果内容（但在 K 色版中将会包括所有四色版中的网点块信息），将在 K 色版中的测试结果内容在与网屏 5055 激光照排机联机后将其输出为菲林即可，如图 10-40 所示。

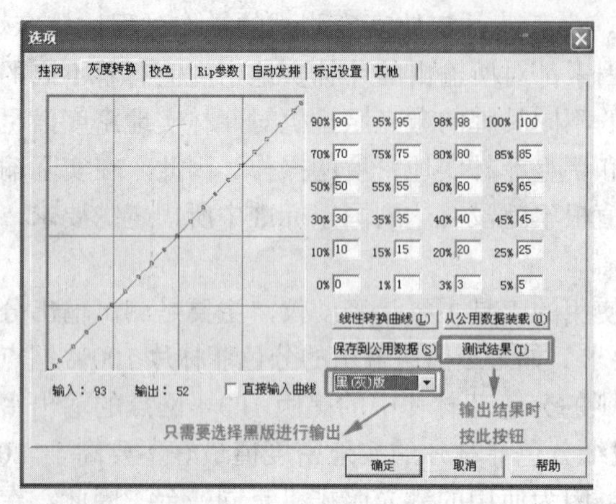

图 10-39 输出测试结果

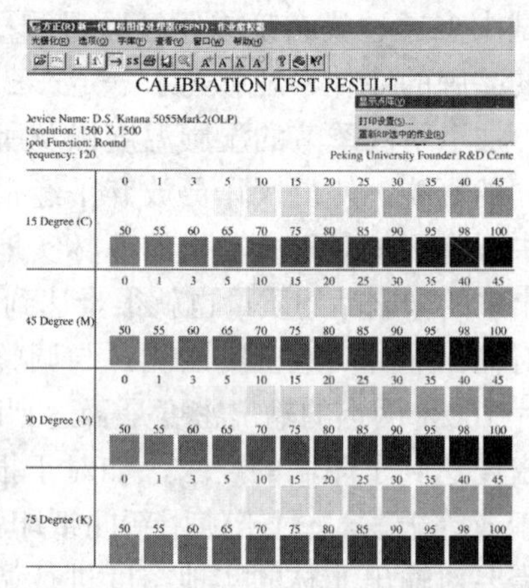

图 10-40 显示测试结果并将其输出为菲林

接下来是对于所输出的菲林中 100% 网点块的实地密度值进行测试。测试输出菲林的实地密度值一般使用的工具就是密度仪，目前密度仪的种类比较多，功能也不尽相同，但是我们所使用的密度仪至少应该具备测试菲林实地密度值和菲林网点百分比值两项功能，并且必须具备较高的测试精确度。测试输出菲林的实地密度值的方法非常简单，只需要将密度仪调整到测试密度值的功能上，对所输出菲林中各色块中的 100% 网点块的实地密度值进行测试即可。在当前没有对 RIP 输出软件和激光照排机进行任何调整的情况下，如果对所输出菲林的实地密度值测试结果能够达到印刷的要求时，这说明当前的 RIP 软件与照排机的参数是符合当前印刷要求的，就不需要再对一些相关的参数进行调整了，可以直接对所输出的菲林进行网点百分比值的测试，并在 RIP 软件中进行“灰度转换”参数的设置，以保证在设计印刷版面时的各色块网点百分比值与照排机实际输出时的各色块网点百分比值一致。如果对所输出菲林的实地密度值测试结果不能够达到印刷的要求时，则应该通过对激光照排机的曝光值及湿影药水、定影药水的浓度进行调整。对于输出菲林实地密度值过高的情况，可以在不改变原来湿影药水、定影药水浓度的情况下，只是根据情况降低激光照排机的曝光值即可；对于输出菲林实地密度值过低的情况，则应该首先加大湿影药水、定影药水的浓度，在通过前面介绍的输出测试菲林的方法，输出一张菲林并使用密度仪进行密度值测试，如果输出菲林的密度值还是不能提高符合印刷的要求值，则应加大激光照排机的曝光值后，再输出菲林并测试其密度值，经过反复多次的湿影药水、定影药水的浓度及激光照排机的曝光值调整后，就可以获得符合印刷要求的实地密度值。

在具体操作中，湿影药水、定影药水的浓度改变操作比较简单，浓度过小时直接加药水，浓度过浓度大时直接加水即可。激光照排机的曝光值调整方法根据不同的产品，其操作方法也不尽相同。网屏 5055 激光照排机的曝光值调整方法是：在启动照排机的状态下，通过使用操作面板的“MENU”按钮进入菜单选择界面；然后通过使用“→”按钮选中“LASER”菜单并按“ENT”按钮进入该菜单窗口，在该菜单窗口中显示的信息为“LASER（12，200）

EXP”；其中，数值“12”表示输出分辨率为1200DPI，数值“200”表示曝光值，曝光值越大所输出菲林的实地密度值越大，菲林上输出的图文信息就显得越黑，网屏5055激光照排机的最大曝光值可设置为300；“LASER（12，200）EXP”信息表示，在当前状态下，对于在RIP设置中使用输出分辨率为1200DPI的菲林输出，在激光扫描菲林时的曝光值就为200；如果在RIP中所使用的输出分辨率为1500DPI，则应该在显示为“LASER（12，200）EXP”信息的窗口中，通过使用“→”和“←”两个按钮将数值“12”改为数值“15”，再通过使用“ENT”按钮将修改光标移动到数值“200”下面，就可以通过使用“→”和“←”两个按钮对曝光值进行修改；在曝光值修改完成后，通过使用“MENU”按钮就可退出并保存设置；在修改曝光值时应该从低到高逐渐适当加大其曝光值进行测试，应该尽量将照排机的曝光值调整为最小值，但又能够保证所输出菲林的密度值符合印刷要求；同时，在修改照排机的曝光值时，首先一定再确认一下RIP设置参数中的输出分辨率是多少，只有在RIP中设置的输出分辨率与照排机中设置的输出分辨率完全相同的情况下，其曝光值的修改才会生效。在RIP中的输出分辨率设置窗口如图10-41所示。

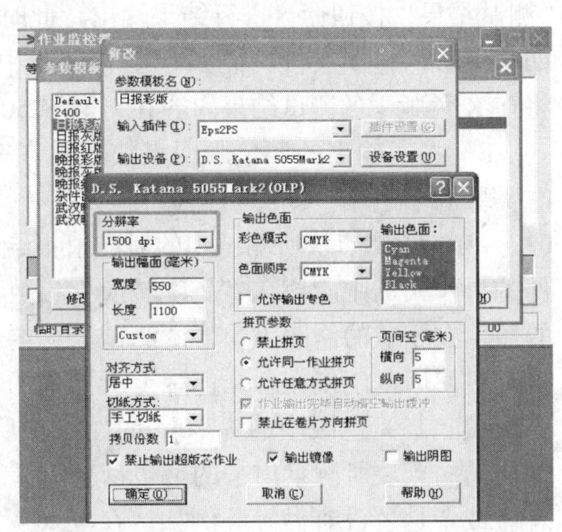

图10-41　RIP中的输出分辨率设置窗口

根据实际的印刷需要，在通过对以上的步骤进行反复多次的操作后，只在是所使用的设备与原材料没有问题，就应该基本上能够完成对输出菲林实地密度的测试与调整操作过程。

（2）输出菲林网点百分比值的测试与调整。

对输出菲林网点的百分比值进行测试与调整也就是我们常说的照排机线性化操作，这一观点其实不具备完整性，只是说出了照排机线性化操作的一个方面，并没有强调输出菲林的实地密度，但又不能说没有道理。作者认为这种认识上的不完整性被大家所认可的根据主要是因为目前的RIP软件大多都具备了对输出菲林网点百分比值具有调整功能，而且设备线性化的结果都是可以保存起来，能够被输出软件直接调用，可以说这一部分操作是整个照排机线性化操作中比较重要的一部分，也是易于操作与控制的部分。输出菲林各色块的网点百分比值与印前设计制作时所本身具备的或人为设定的相应色块的网点百分比值是否完全一致，决定着在印前输出过程中原稿在色彩方面能否在印刷品得到真实地还原。因此，可以说对输出菲林网点百分比值的测试与调整同样与印刷流程中的其关键环节一样决定着印刷品的色彩还原质量，是防止印刷品出现偏色或色彩不饱满的重要操作之一。

对输出菲林网点的百分比值进行测试与调整的主要操作一般都是在RIP软件的相关输出参数的重新设置上，同时也需要使用密度仪测试输出菲林中各色块中的网点的百分比值。其操作环节与输出菲林实地密度的测试与调整的操作环节相比要少一些，操作也就方便多了，但在进行菲林网点的百分比值测试与调整之前一定要保证菲林的密度值已经达到了印刷要求。对于使用方正世纪RIP输出软件和使用日本网屏5055激光照排机进行输出的菲林网点的百分比值测试与调整的具体操作方法，其主要操作都是在前面介绍过的“灰度转换”参数设置窗口中完成的，我们可以按照下面介绍的步骤进行。

1）在保证输出菲林的密度值已经达到了印刷要求的条件下，在方正世纪 RIP 输出软件中的“光栅化”菜单中的“参数模版”命令，并选中一个需要进行参数调整的参数模版；然后单击“修改”按钮，可以进入参数模版的“修改”窗口中并选择“参数”命令按钮，进入“选项”参数设置窗口中，在该窗口中选中“灰度转换”按钮命令，就可以进入“灰度转换”参数设置窗口中，接下来的操作主要就是在该窗口中完成的。

2）在“灰度转换”参数设置窗口中，在当前状态下选择“黑（灰）版”选项，并选择“测试结果”按钮命令进行结果输出，此时在 RIP 输出软件中的“作业监控器”窗口中，产生四个色版的输出文件，但只有在 K 色版中包括了所有四色版中的网点块信息测试结果内容，将在 K 色版中的测试结果内容在与网屏 5055 激光照排机联机后将其输出为菲林。

3）将所输出的四色版网点块菲林在密度仪上使用网点百分比值测试功能进行测试，此时需要两名操作人员同时进行操作。一名操作员对菲林上的 C、M、Y、K 四色版中的从 0% ～ 100% 网点块所测试到的对应值报给在 RIP 输出软件的操作人员，正在使用 RIP 输出软件的操作人员则应该在“灰度转换”参数设置窗口中对应的修改表中，把测试操作人员报出的数值在相应的修改表中将所测试获得的值填入其中或将原值修改为测试所获得的值。在此时通过使用密度仪在各个色版上所测量的对应于菲林上的各个百分比值应该不是一致的，有可能黑（灰）色版中的为 70% 的网点块所测量的值为 74%，其他色块中所对应的不同百分比值的网点块所测量出来的值也都会有差距，这就表明当前所使用的照排机线性化操作还没有做或者是还没有做好。例如，在黑（灰）色版中的为 70% 的选项框中，如果原值为 70%，在输出菲林的黑（灰）色版中 70% 的网点块使用密度仪所测量的值如果为 74%，则应在黑（灰）色版的修改表中 70% 的选项中将原来的 70% 值改为 74% 即可，如图 10-42 所示。在修改表中其他任何色版中的任何一个网点块对应的百分比值的方法也与此一样进行测试修改，直至所有四个色版从 0% ～ 100% 的所有值都测试修改完成后，就完成了灰度曲线的转换操作过程。如图 10-43 所示表示的是应该注意将 C、M、Y、K 四个色版中的不网点块所对应的值测试并修正过来，最终的测试并修正后的所有色版的灰度转换曲线应该是一条接近于直线的曲线，曲线中不应该有非常明显的拐点或弯曲线段，如果有非常明显的拐点或弯曲线段出现，则说明照排机本身的线性化就非常差，通常的处理方法是，直接在曲线上将拐点或弯曲线段拉直即可。

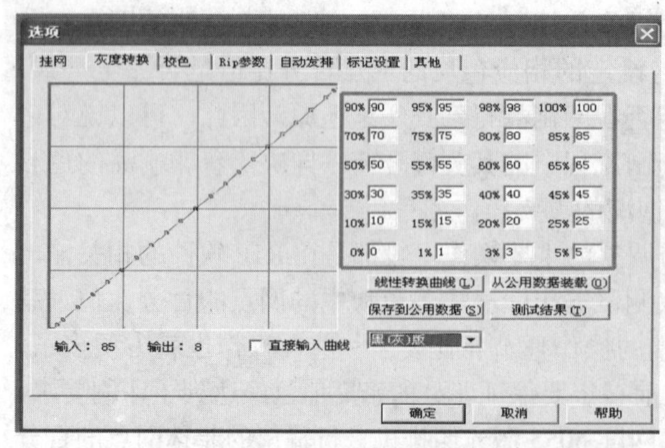

图 10-42 在“灰度转换”参数设置窗口所对应的修改表中将值修改为测试后获得的数值

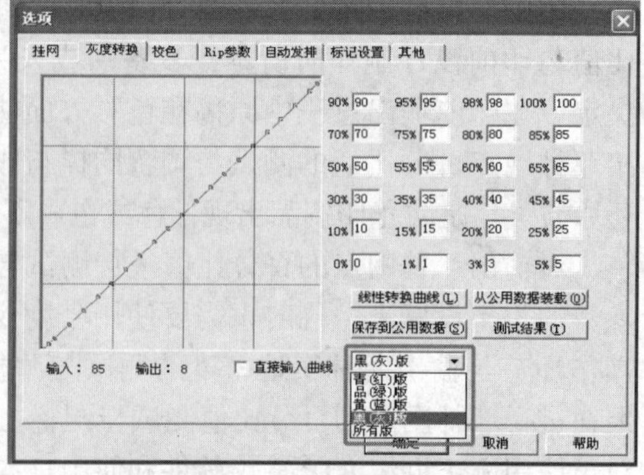

图 10-43 在“灰度转换”参数设置窗口选择四色版对应的灰度转换曲线表

4）当 C、M、Y、K 四个色版中的不网点块所对应的值都全部测试并修正过来后，可以通过单击“灰度转换”参数设置窗口中的“保存到公用数据”按钮，系统将当前定义好的灰度转换曲线保存到公用数据中，使之成为当前的公用灰度转换曲线；其保存的路径为“c:\Program Files\FOUNDER\PSPNT21\Color”，对于使用不同参数模版的灰度转换曲线应该使用不同的名称进行保存，其命名原则可以根据所输出的分辨率不同的参数模版进行区分，也就中说，在输出的菲林中如果使用同一输出分辨率的参数模版可以共用同一个已修正好了的灰度转换曲线，比如，使用 1500DPI 输出分辨率的灰度转换曲线可以命名为“1500 灰度曲线 .cuv”，如图 10-44 所示；对于保存好的灰度转换曲线可以在“灰度转换”参数设置窗口中单击“从公用数据装载”按钮，在统一保存的路径中调用所需要的灰度转换曲线；对于已经修正好的了灰度转换曲线可以在“灰度转换”参数设置窗口中击点“测试结果”按钮将其输出为 PS 文件，就可以 RIP 软件的“作业监控器”窗口中使用照排机输出菲林。此时，所输出的 C、M、Y、K 四个色版中的不网点块，还可以再次使用密度仪上的网点百分比值测试功能进行检验性测试，如果已经完全将灰度转换曲线修正好后，再次测试的网点块百分比值应该与所输出的菲林上的 C、M、Y、K 四个色版中的不网点块上对应的百分比值是一一对应的，其百分比值应该是完全一致的。如果不一致或者有一部分百分比数值不一致，则就使用前面的第 3）步和第 4）步进行重新修改，直至测量的百分比值与输出的菲林上对应的百分比值完全一致，就可以肯定照排机的线性化操作已经全部完成了。

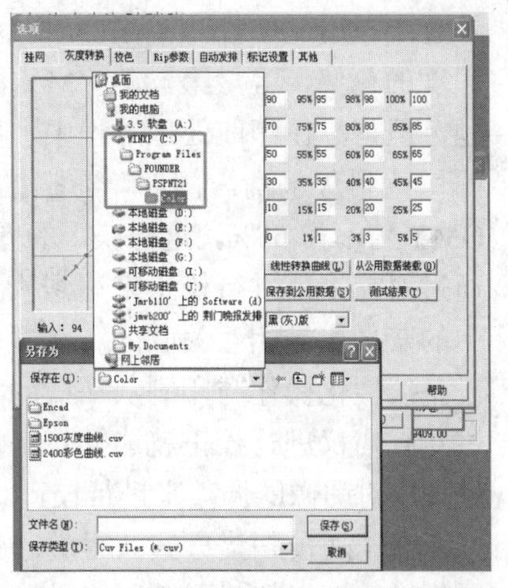

图 10-44　将定义好的灰度转换曲线保存到公用数据中的统一路径下

在通过以上介绍的从输出菲林实地密度的测试与调整和输出菲林网点百分比值的测试与调整两个方面，通过使用专用的测试设备与 RIP 软件及激光照排机的参数调整相结合，就可以相对精确地完成照排机的线性化操作方法过程。在实际工作，要经常对照排机进行线性化操作也是不可能的，但我们还是可以定期检查所输出菲林的密度及网点百分比值，当出现误差时可以简单地进行部分参数进行调整。另外，使用相对固定的一些照排机耗材也是保证输出质量非常重要的一个方面。

4. 中性灰控制的印前设备色彩管理

在没有专业色彩管理能力的情况下，可以通过对印前设备对中性灰的印刷还原过程作为标准，进行简单的系统色彩管理过程。该色彩管理过程的实现前提是确保印前相关设备处于正常的运行状态，同时必须进行必要的设备校正；另外，在使用 Photoshop 对图像进行处理的过程中，必须以图像的 CMYK 四色值作为图像色彩修正的依据，不要只凭显示器的显示效果。

在彩色图像的印刷中，对原稿色彩的真实还原是非常重要的，如何防止在印刷过程中出现偏色现象是印前图像处理中最为关键的操作之一。我们常用的防止彩色图像出现偏色的印前操作手段就是对印前输入输出设备进行线性化操作。这里应该提出的一点的是：我们所做的印前输入输出设备的线性化操作的最终目的其实就是实现印刷中的灰平衡，只是这里所说的灰平衡是专指印前设备之间在进行数据交换时保证不会出现数据信息之间存在着差异而出现偏色现象，并不是指在印刷时由于印刷材料的因素而出现的灰平衡失调。我们知道，图像处理中在出现中性灰不平衡时就会造成色偏，其原因是由于油墨的色相、饱和度都存在不同程度的色偏，等量墨量的CMY混合得到的不是灰色。这只是考虑到印刷材料中的灰平衡问题，但是，在印前处理过程中，由于扫描仪的原因也可能导致扫描后获得的图像同样无法使图像达到灰平衡。例如，在扫描仪一张CMY值同为50%的灰度底纹图，所获得的图像的CMY值不为50%，这样获得的图像本身不能达到理想的灰平衡。这种情况通常的解决办法是通过对扫描仪进行校正来达到灰平衡。因此说，印前输入输出设备的线性化与整个印刷过程中的灰平衡是相互关联的。在这里将试图以印前输入输出设备的线性化操作过程为例，说明设备线性化操作与印刷灰平衡的实现是相互关联的。那么，在印前操作中是否有办法在不通过对扫描仪进行校正就能够获得达到灰平衡的图像呢？答案是肯定的，同样可以通过在图像处理中对图像的调整来进行校正。

对于通过扫描方式获得的印刷图像的灰平衡调整必须通过再次来进行，首先是对扫描的图像进行理想的灰平衡调整，也就是对于图像中应该是50%的灰，必须首先将其调整到理想的值；然后再根据所使用的油墨和纸张特性进行相应的调整。本文将主要介绍如何将扫描获得的图像进行理想的灰平衡调整的方法，其具体方法就是通过使用Photoshop软件制作一个标准的CMYK值均为50%的灰色底纹图，再使用一台固定的最终输出设备（如激光照排机并且确保能够正常准确输出这一标准的灰色底纹图），再将输出的胶片在扫描仪上进行扫描，这样获得的图像与标准的灰色底纹图进行比较，仔细比较一下两张图像的CMYK四值就可以方便地找出差距，通过使用Photoshop软件对扫描获得的图像进行调整就可以使扫描的图像达到理想的灰平衡。如果有已印刷好的CMYK值为50%中性灰的样张图是最好的，就不用输出一张胶片了，直接扫描标准样张图，也可以与制作的标准灰色底纹图进行比较调整。在对图像进行理想的灰平衡调整时，首先应该有两点明确的认识：一是通过对图像中的中性灰部分进行调整后，整个图像的其他色彩部分出肯定得到了校正。二是不论使用什么样的扫描仪都是一样的（当然扫描仪的扫描质量不能太差了），但扫描仪和所使用的最终输出设备必须是固定的，不能随意更换，因为进行灰平衡调整时需要对输和扫描的图像进行色彩参数比较。以下就以50%的中性灰为例，简要介绍一下对扫描的图像进行理想的灰平衡调整的操作步骤。

（1）简单的设备的线性化操作实现对扫描图像的灰平衡调整。

首先在Photoshop软件中通过使用新建命令制作一个CMYK值为50%中性灰的样张图，具体操作方法如图10-45所示。应该注意的是：在新建时就将图像模式设置为CMYK模式并将图像分辨率设置为200dpi。

其次是对制作的样张在最终输出设备上进行输出。可以使用方正RIP软件对制作好的CMYK值为50%中性灰样张图进行输出。应该注意的是：由于样张图片为CMYK模式，将会输出四张胶片，而样张将用于扫描，故只需要选择输出K版的胶片即可。

再次是将输出的样张用于扫描，通过使用扫描仪和Photoshop软件获得一个对比图像文件。应该注意的是：在

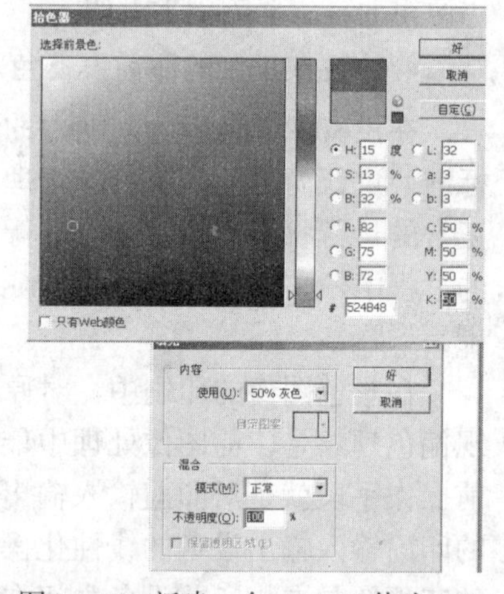

图10-45 新建一个CMYK值为50%中性灰的样张图

设置扫描参数时，需要将图像的模式设置为 CMYK，并将图像分辨率设置为 200dpi。

再次是使用 Photoshop 软件同时打开样张图像文件和扫描获样张后得的对比图像文件，对这两张图片的 CMYK 四值进行比较。通过实验比较可以看出：标准样张图的 CMYK 四色值均为 50%，而扫描获得图片的 C 值为 48%，M 值为 47%，Y 值为 47%，K 值为 41%。其中，C 值比标准样张相少 2%，M 值比标准样张相少 3%，Y 值比标准样张相少 3%，K 值比标准样张相少 9%。

最后是对扫描所得的图像 CMYK 四值进行调整，其具体调整操作方法如图 10-46 所示。应该注意的是：在调整图像 CMYK 四值操作时，可以使用 Photoshop 软件中的“色阶”或“曲线”命令；使用调整命令时应该单独对 C、M、Y、K 四值进行调整，使其值分别达到 50%；应该注意根据扫描仪扫描后图像的值决定是对 CMYK 值进行加或减操作。通过以上调整操作后所得到的图像文件就是一个与制作的标准样张完全一致的达到灰平衡的图像了，这样也就是通过对印前输入输出设备的线性化操作完成了印前处理部分的灰平衡调整。

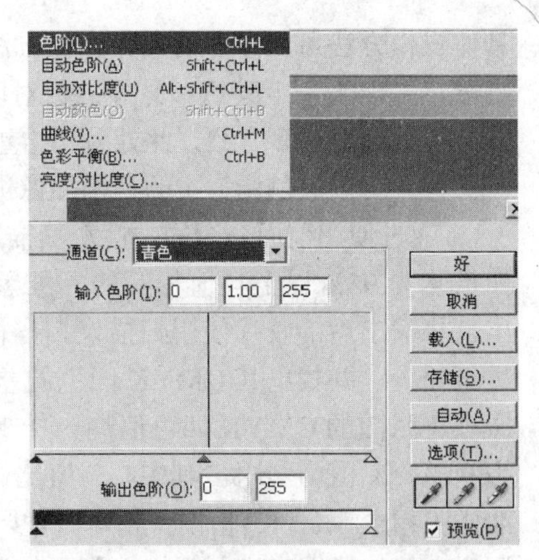

图 10-46　对扫描图像进行 C 值调整

对于以上获得的 C、M、Y、K 四色差值，我们可以把它们记下来，直接用于印前图像处理时的灰平衡。对于一个带有灰色的彩色图像，在通过同一台扫描仪进行扫描后，在处理时只要针对图像中的灰色部分进行 CMYK 四值进行调整后，就可以完成对整张图片的偏色调整操作。以上的例子是对一张 50% 的灰色底纹图的调整，如果是一张色彩丰富的彩色图像又应该怎样进行灰平衡调整呢？我们可以通过对彩色图像的原稿进行分析，找出图像中的灰色部分，如水泥路面、灰色的墙壁、人身上灰色的衣服等。在找到灰色的部分（这一部分可以是图像中的某一块区域，也可是某一个点，只要找准就行了），在观察其 CMYK 四值后，就可以对照灰色部分的 CMYK 四值，使用前文介绍的方法将其值分别加 2%、3%、3% 和 9% 即可完成整个图像的标准灰平衡调整过程。也就是说对于所有的图像（特别是找不到灰色部分的图像而言），可以肯定地说，在使用某一台已经通过测试的扫描仪上对原稿进行扫描后，通过使用 Photoshop 中的“色阶”或“曲线”命令，将其 CMY 值分别直接加 2%、3%、3% 即可完成整个图像的标准灰平衡调整过程，而且调整的效果是非常好的。通过以上的标准灰平衡调整操作其实并没有完成对整个印刷要求的灰平衡调整过程，接下来要进行的是针对印刷材料中的灰平衡调整。应该注意的是：在进行标准灰平衡调整操作时，并不是任何图像的处理都是这样的，前面说到了，只要将其 CMY 值分别直接加 2%、3%、3% 即可完成整个图像的标准灰平衡调整过程，而并没有确定 K 值是否只加 9% 就可以了，对于一个以黑色调为主的图像，如果只对 K 值加 9% 是远远不够的，其原因在后面的内容中将进行介绍。

（2）针对印刷材料中的图像灰平衡调整。

我们目前所说的图像灰平衡调整可以说就是指针对印刷材料中灰平衡调整，其实这对于整个印前图像的色彩调整来说是不完整的，还应该包括对上面所说的图像中的灰平衡调整，这一点目前还没有引起广泛的重视。针对印刷材料中的图像灰平衡调整操作需要根据使用的印刷材料（如油墨、纸张等）进行细致的分类进行，目前我国也已经定制出相应的标准，其具体操作方法可以参考前文介绍的方法进行，只是要计算好 C、M、Y、K 四色值是应该加还是减，并准确判定其值。另外，针对印刷材料中的图像灰平衡调整的具体操作方法在各种印刷杂志上已有许多介绍，此处就不再重复了。

（3）对以黑色调为主的扫描图像进行灰平衡调整。

通过使用前面介绍的中性灰扫描图像的理想灰平衡调整的方法，首先将制作一个 CMYK 四值均为 95% 以上且值相等的标准黑色底纹图片，再将标准黑色底纹图片通过输出设备输出，将输出后的胶片使用扫描仪扫描得到一个扫描文件。使用 Photoshop 软件对这两个文件进行比较，并找出其 CMYK 四色的差值。通过对 CMYK 四色值进行比较后可以看出：标准样黑色张图的 CMYK 四色值均为 95%，而扫描获得图片的 C 值为 91%，M 值为 90%，Y 值为 90%，K 值为 76%。其中，C 值比标准样张相少 4%，M 值比标准样张相少 5%，Y 值比标准样张相少 5%，K 值比标准样张相少 19%。非常明显，K 值的量就少多了，因此，对以黑色调为主的扫描图像进行理想的灰平衡调整时，其值必须加 20% 左右。其具体的调整方法与前文介绍的中性灰的调整方法一致，只中需要将 K 值加大得多一些。应该注意的是：对于这类图像的灰平衡调整一定要注意图像中的点中的任何一色都不要超过 98% 的值，最好是控制在 95% 以内，特别是 CMYK 四色值中不能有任何一个点达 100% 的值。

对于一些图像信息中没有灰色或黑色成分的情况，在对图像进行色彩调整时，就无法以最简单的灰色或黑色作为参考依据了。对于这种情况，可以根据操作员的经验选择一种自己比较熟悉的颜色作为参考依据，如以人脸和肤色、绿草和树叶、蓝色的天空等，牢牢记住这些在图像处理中比较常用的颜色及大致 CMYK 值。通过对图像中某一种颜色的调整，同样可以基本上完成图像在印刷中的偏色现象。其实，以中性灰为参考依据进行图像色彩调整，就是基于图像处理中的以局部控制整体的快速图像处理原则。这一原则，在报纸的图像处理中是非常实用的。

目前对于印刷图像的色彩调整，大多数的操作员都是通过经验来进行灰平衡调整的，其实最精确的还是需要通过数值来进行判断调整，通过对数值的分析，可以相应的对印前输入输出设备进行线性化调整，以保证输入输出设备对印刷原稿图像色彩还原的一致性。在操作中，只要找到了 CMYK 四色值的数值变化规律，就可以非常方便、准确地进行图像的灰平衡调整操作。同时，操作员在操作过程中，应该针对不同的图像记录自己的一些操作参数值，就可以总结出一些特殊图像的特殊数值变化规律，从而大大提高图像的处理质量和效率。

10.4 本章练习

（1）为什么要将最终印刷的飞腾文件发排为 PS 或 EPS 格式文件？

（2）简述飞腾软件中的打印和发排参数的意义和作用。

（3）为什么要对飞腾文件进行发排操作？

（4）简述一些网络环境中的发排操作技巧。

（5）论述将文件发排为 EPS 格式的作用。

发排为 EPS 文件可以作为图像使用，在将 EPS 文件作为图像使用时，如果需要在飞腾以外的软件中使用，则 EPS 文件中必须包含飞腾中排入的图像文件，否则，在其他软件调用 EPS 文件时，在飞腾中排入的图像是无法正常输出的。因此，在飞腾中必须正确的参数设置。

参 考 文 献

[1] 赵俊生，高萍．方正飞腾 4.1 排版应用教程［M］．北京：科学出版社，2008．
[2] 何燕龙．方正飞腾 4.X 标准教程［M］．北京：电子工业出版社，2006．
[3] 曹蓉蓉，方梅．方正飞腾 4.1 排版创意实例集［M］．北京：新时代出版社，2006．
[4] 沈晓辉，张秋实．现代版面编排与设计［M］．北京：印刷工业出版社，1997．
[5] 何飞雄，吴玉红，杨进珉．版式设计［M］．武汉：湖北美术出版社，2006．

中国电力出版社读者服务卡

非常感谢您选择中国电力出版社计算机与自动化类图书，您的支持是对我们工作最大的肯定！请对我们的图书提出宝贵的意见和建议，以帮助我们不断提升图书质量，继续推出更符合读者需求、更实用、品质更高的图书。

返回此服务卡后，您将成为我们的正式读者会员，能更快捷地了解到最新的图书出版信息和优惠购书信息，谢谢！

姓名 ______________（必填）性别 ____________ 学历 ________________

职业 ______________________________ 职称 ________________________

年龄 □ 10~20　□ 20~30　□ 30~40　□ 40 以上

工作单位 ____

电子邮件 __________________________（必填）联系电话 ____________________（必填）

通信地址 ____

邮政编码 __________________

您经常阅读哪种类型的图书：

□操作系统 □数据库 □网络 / 通信 □ Web 设计 □程序设计 / 软件开发 □ 图形图像与多媒体

□单片机 / 嵌入式系统 □机电一体化 □自动化 □电子技术 □其他 ______________

您对中国电力出版社计算机与自动化类图书印象最深的几本图书是：

____

____

您对本书的评价：

____

____

您认为此类图书的价格定位在多少合适？ ____

您最希望我们出版本方向哪些内容的图书？

____

您希望成为我们的作 / 译者吗？

您准备编写的图书名称：____

您可以翻译的图书类型（从事的专业或研究方向）______________________________

您推荐引进出版的 ____

您的其他建议 ____

地址：北京市西城区三里河路 6 号中国电力出版社（100044）
电话：010–58383336　**传真**：010–58383267
E-mail: du_changqing@cepp.com.cn
敬请访问 **www.cepp.com.cn**